U0819058

# 笑相逢

宋潇凌——著

作家出版社

# 目　录

# 毒　疗

## 一

吕小霜是典型的良家妇女，但这个良家妇女此刻却在做一件并不良善的事——寻找一场外遇。

知道的，没有别人。

事情是在一个下午凸显出来的，丈夫肖毅在被吕小霜像克格勃一样跟踪盯梢威逼利诱了无数次之后，终于忍无可忍，他飞快将身上的衣服扒下来，劈头盖脸砸向吕小霜。

其时吕小霜正悄悄躲在洗衣间，像只参与侦破的警犬把肖毅刚换下的毛衣嗅来嗅去，纷纷飞来的衬衣、背心、臭袜子让她猝不及防，正愣怔着，肖毅裹着睡袍冲过来，把一只放大镜啪嗒按在洗衣机的盖子上，恼羞成怒地嚷着："看啊，看啊，让你看个够！"

肖毅有恃无恐的态度立刻让吕小霜振奋起来，她等这一刻已等得好苦，终于又揪到理由可以好好地吵一架了，她几乎是快乐地把放大镜扫到地上，那哗啦一声碎响像夜空的信号弹让她从潜伏的战壕一跃而起，她尖叫起来："怎么？搞外遇你还有理了？"

就像突然扔出一颗手雷，屡试不爽，每次都能将肖毅炸得血肉模糊，乖乖束手就擒。但凡吕小霜心情不畅，不管刚开始的话题是什么，台海局势石油涨价隔壁邻居生了小娃娃，或者新地铁线开通小煤窑塌陷毒牛奶事件等等，甭管肖毅怎样腾转挪移，吕小霜总有本事拐到他外遇的主题上，只要一进入这个雷区，吕小霜就扛起正义的大旗开始狂轰滥炸，而肖毅这个背叛家庭背叛组织的狗特务只能被迫坦白交代。

首先进入第一个环节——敌我双方共同完成一份问答试卷：

问：你追她还是她追你？

答：她追我。

问：你爱她吗？

答：不爱。

问：不爱为什么和她上床？

答：没……上。

问：到底上没上？（严厉地）

答：上了。（小声地）

问：几次？（更加严厉地）

答：忘了。

问：忘了?！你能忘了?！（严厉到咬牙切齿地）

答：那你说吧，你说几次就几次！（恼怒地）

……

非常明显，以上答案很不可靠，那个可耻的叛徒企图蒙混过关，但审判者保持着高度的警惕，她一举粉碎了叛徒的痴心妄想，厉声喝道："不爱？不爱你们一晚来六次，据说你把膝盖都磨破了！"

这样的反击虽有些寡廉鲜耻，但强悍有力直击叛徒的罪恶内心，使他面如死灰，额发虚汗……于是问答仓促结束，进入第二个环节：叛徒摆出一副死猪不怕开水烫的样子，任其宰割，审判者则趁机痛快淋漓地拔毛剥皮，并剖开猪的心肝让他目睹自己霉变发黑的那部分……当然，审判一定会在女儿慧心放学回家之前结束，审判者本着治病救人的原则，最后总是代表人民代表党对叛徒处以死刑，但暂缓执行，并补偿一顿丰盛的晚餐来压惊。当一家三口貌似和谐地围坐晚宴时，已进入第三个环节：各就各位，生活继续。

但是这一次，情况发生了根本的改变，当吕小霜再扔出一颗手雷时，叛徒突然不配合了，不只不配合，他还蔑视他的组织，他龇着牙说："你，变态！"

……什么？变态?！搞外遇的人是你，光天化日、朗朗乾坤，你可看清楚！

叛徒既已暴露了本质，就不吝啬更丑恶一些，他竟然煽动他的组织，嘲讽道："吕小霜，实在不行，你也去搞一场外遇，咱俩就扯平了。"

什……么？吕小霜犹如五雷轰顶，她咯咯地咬着牙，恨不得咬碎牙齿和血……不！我不吞，我喷这厮一脸血水。她倒退数步："好！你……你等着，不就搞外遇吗？以为我不会啊?！"

从那天开始，吕小霜就变成一颗愤怒的外遇种子，铆足了劲儿要给肖毅戴上一顶金光闪闪的绿帽子。

当然，"寻找"一顶合适的绿帽子并不那么容易，如同种子需要合适的温度、湿度和水分才能发芽。而发芽仅仅才是开始，对土壤酸碱度，对风力强弱，对雨水疏密，对环境噪音，对空气污染指数，甚至对穿衣指数等等，吕小霜这颗日益坏掉的种子都有诸多挑剔。

## 二

然而这一次真的不同！

她知道！

看着眼前的这个男人，被众人簇拥在中心，夹一支烟，浅笑、淡定，眼神低回时漫不经心地瞟她一眼。他还不知道她的名字，不知道她是谁，但是，这都不重要，她知道自己将成为他的猎物，像《动物世界》里那些信步的豹子，它们若无其事、不动声色，却随时随地都可能发动猛烈的进攻。

吕小霜兀自倒一杯酒，眼神咬住他的眼神，热辣、直接，坦荡生辉，却暗藏凛然的风情。她将酒一饮而尽，男人的眼皮跳了一下。她知道她有些坏，有些野，但不过分，不安分时想掌控局面，就像此刻。

她倒了两杯酒端在手里，目光投向男人，他正与众人交杯换盏，谈笑风生，偶尔歪着头，蜻蜓点水般瞟她一眼，自以为已将她洞穿。

豹子将自己隐藏得很好，置身丛生的华草间，风声飒飒，偶尔它将尖尖的耳朵竖起来，捕捉着卷过草叶的风声，分辨藏匿其中有关花开的消息。

她是美丽的羚羊，无比机敏，总能逃避各种各样的追捕，可是这一次，她决定主动出击，因为这只豹子与众不同，使她滋生走近他的冲动——人类最本真的优美品质等等，在丈夫肖毅与那个姑娘之间，是否也是由于被人类本真的优美品质所吸引？不！他们？哼！那两个肉欲盛宴的狂欢者，人类本真的优美品质？他们不配！

内心忽然滋生的仇恨使她充满勇气，快步上前直奔男人而来，她把手中的两杯酒碰了一下，一杯给男人，一杯给自己，依然不说话，她平静地再一次喝掉了杯中的酒。

她拨开杂草，使豹子暴露了出来。

众目睽睽之下，男人有一刻的愣怔，他眯了眯眼睛，似乎被阳光刺了一下，他很认真地看了她一眼，接过酒，干掉了。

她说："林森，我能拥抱你一下吗？"神态从容，声音响亮。

不止是叫林森的男人，周围所有的人都愣住了，这样的一个女人，柔弱，优雅，混合着莫名的野性，纪伯伦说：除了诱惑，我什么都不怕！她在诱惑他，而且明目张胆。

林森笑了，他微微张开双臂，一种开放式的姿态，她镇静地走上去，用力地拥抱了他一下，然后迅速掉头，向门口走去。

林森在身后说："告诉我，你是谁？"

她没有回头，衣裾翻飞的身影在大门口惊鸿一瞥即消失不见。像一只潜伏静卧的猫，想出现，就旁若无人地出现，想不见，就若无其事地不见。

好了，她的不安分到此为止，就这样开始，就这样结束，没有危险，接近于完美。

然而事情并没有就此结束，第二天，当吕小霜坐在报社新闻部整理一篇新闻稿时，桌上的电话响了，她拿起话筒搭在耳朵上，眼睛并没有离开电脑屏幕。

一个陌生的男人。

声音轻轻的，他说："吕——小——霜！"很温柔，很深情，也很遥远。

典型的情场高手，善于把声音伪装成隐形的气枪，对着你心上最柔软的那部分，扣动扳机。不至于送命，但会全身酥软。可是……等等老兄，她在心里笑一声，你哪只眼睛看出我会被击中？

男人再扣一次扳机，仍然温柔并执着，"吕——小——霜"，声音散发出蒙蒙的水汽，对清醒视听极具干扰。

吕小霜的嘴角掠过一丝嘲讽，她向来无意与不相干的男人纠缠，下意识地挺直后背，冷冷地："是我，你哪位？"

对方加重语气："这位，不记得了？"

吕小霜皱一下眉头，脑海再次展开强大的搜索引擎，捕捉有关这个男人的蛛丝马迹，然而大脑屏幕最终呈现给她的是：本次搜索无结果！

她把话筒拿得离耳朵远一点儿，一个准备挂线的预备姿态："没事我挂了。"

吕小霜的淡漠并没有令对方退缩，他语气郑重："有事，很重要！十万火急！"

"请简而言之！"她保持着必要的礼节。

"很冷，但香味馥郁，像加拿大安大略的冰酒！你，怎么可以这样？"他在挑逗，语气温柔，绝非指责。

吕小霜微微阖一下眼皮，已厌倦这种轻薄的冒犯，又不是十八岁的豆蔻少女，但凡有个异性假以辞色，便当前世的情人穿越时空回来认领了，她还没有白痴到如此程度。也许，肖毅——自己的丈夫开始也是这样觍着脸和那个女孩勾勾搭搭，然后慢火轻煨，然后咕嘟咕嘟冒起水花，然后两人齐心协力终于扑腾成一锅香喷喷热辣辣的爱情麻辣烫……爱情？他们也配叫爱情？！哼！真该报复他们！

她冷起脸："非礼勿扰！我挂了！"

男人更迅速，在她之前挂线，似乎以此决定胜负，并扔下一句话："昨晚，我欠你一个拥抱！"

是……林森?!

吕小霜愣住了!

## 三

林森，生于六十年代，学者型作家，出书，写电视剧，有过一次婚姻；善于在媒体抛头露面，也常游学四方，像一块积雨的云彩，不定期地飘到某座城市上空，淅淅沥沥播洒一阵知识的雨露，滋养他的拥趸，然后满载赞誉与爱慕飞抵他的老巢——北京。

吕小霜，省城报社小有名气的才女记者，为人清醒冷静，常年在报纸开专栏针砭时弊，探讨人生百态。世俗中人的贪嗔痴慢、爱恨情仇，于她信手拈来，都摇曳出芳华无限，又因文风泼辣有趣，行文清爽洒脱，拥有大批读者。

当林森这块积雨的云彩飘到吕小霜所在的城市上空时，她奉命前去采写一篇新闻稿，虽然此前喜欢他的作品，也熟知他作品中的众多人物，那又怎样呢？就像她喜欢喝牛奶，却没有养一头奶牛的冲动。

但是因为那天晚上的那个拥抱，林森欠她的了。

林森没有再打电话，但是他的短信追踪而至，他说："平生不喜欢欠债，尤其是欠一个女人的。"

吕小霜回复他："我不介意做一个债主。"

林森："我介意，一世英名被你所毁！"

吕小霜："毁灭而后重生。"

林森："毁灭我吧！就在今晚。"

吕小霜飞快打出一句："名字中有五个木的人，燃烧时会否将我化成灰烬？"她按住发送键，肖毅的脸恍惚一闪，喜怒难辨。她心里涌起报复的快意，却在最后的时刻，忍而不发。这是在干什么？和肖毅他们有什么区别？明明就是一对狗男女打开天窗说亮话了嘛。

吕小霜将这一句话删掉了，一个字，一个字，就像一棵一棵拔掉她心中疯长的野草。

林森说："我就知道你不敢！"貌似蔑视，实则挑战。

不敢吗？真的不敢？抑或是对所有的结局已了如指掌，而完全丧失了尝试的热情？曾经是有过一些男人的，大庭广众下看着尚且顺眼，于是单独坐下来一起聊聊，可是但凡两个人单独在一起，三言两语便直奔主题，让人坏了兴致。吕小霜并非禁欲主义者，恰恰相反，如同很多知识女性她要先给自己的精神找一个稳妥之处存放，然后肉体才会开出一片锦绣繁华。可是哪个男人有闲心陪着一个已婚妇女说天说地说人生？这样的要求，简直荒唐。

丈夫不可以！情人不可以！大家讲究的是速度与效率。

她执拗地与速度和效率做斗争，即使是一场报复性的外遇，也不肯将就。

真的是为了报复肖毅的背叛？或者是为了体味偷欢的快乐?！可是……那真的快乐吗？这快乐纯粹吗？难道肖毅在偷欢时就没有同时背负良知的折磨？或者这种痛苦的快乐才令人沉醉而无法自拔？她审判自己，既对肖毅的背叛充满仇恨，又满怀跃跃欲试的好奇，甚至滋生以身试之的冲动。但这越来越像一个挑战自身极限的游戏，如同杂技演员的耍碗把戏，不断地加碗，一个又一个，战战兢兢，摇摇晃晃，似乎随时都能稀里哗啦砸出一片残局，可是每次的最后关头，她都能沉着冷静，全身而退，安全收场。

也许，在她心里还存着小小的私心，只要不背叛，她就有资格继续折磨肖毅，继续在道义上凌驾于他之上；在她不高兴的时候，情绪不稳定的时候，耍横撒泼的时候，扮演威严的监狱长，把那个已经捉拿归案的犯人反复重审。

这是她的快乐呀，她怎么舍得放弃！

寻找一场外遇，吕小霜自己并不急，急的是她的丈夫——那个可怜的被人赃俱获的犯人，吕小霜间歇性发作的疯狂审问已经快把他逼疯了，他太渴望回到原来的生活，原来的平静，原来有秩序有规矩的一切，可是……他还回得去吗？

他欺骗了吕小霜那么久，背叛了她那么久，还不允许她撒几次泼，发几次疯？她又不是古代的小脚妇女，手心向上需要丈夫养着，男人三妻四妾都不敢闹个脸色，她是独立的社会新女性，她和她的男人拥有同样的家庭地位和社会地位，是肖毅自取其辱，自降身价。

在那个黑洞未显现之前，她是多么尊重她的丈夫肖毅——省城医院这位英俊潇洒的外科医生，医术高明，技艺精湛；他是病人心中的救命菩萨，他是医院重点培养的青年才俊，他是吕小霜的体面丈夫，他是女儿慧心值得骄傲的好爸爸——当然，他还忙里偷闲兼任艺术学校那个大二女生燕子的亲密老公。

起先没有任何痕迹，他的兼职工作做得相当出色，低调、克制，细水长流，正常上班，正常下班，正常回家与老婆女儿享受天伦之乐，然后抽空和他的小燕子忙着做窝而四处衔春泥。

是一天中午，吕小霜在超市买东西，突然看见她的体面丈夫肖毅，不只他一个人，还有一个漂亮的白裙子姑娘：她有粉色的脸庞，以及红萝卜的胳膊，白萝卜的腿。他们一起推着购物车走走停停，车上装着一应生活用品，拖鞋浴巾拖把小块地垫；姑娘流连在瓷器专柜前，对着一套上等细瓷的咖啡杯欣赏把玩。

姑娘喜笑颜开，眉眼间洋溢着置身爱情的人特有的妙曼动人，肖毅则闪闪躲躲，不时四处张望，如同负案在逃的小偷，随时准备应付突发情况。那姑娘显然是调皮且张扬的，她故意亲热地挽着肖毅的胳膊，或者搂着他的腰，看他浑身不自在，笑得花枝乱颤。

如果那天不是蓬头垢面，如果那天不是光脚套着凉鞋，如果那天不是衣着过时且陈旧，吕小霜一定会冲过去，冲到他们面前，以妻子的身份假装平静地要求丈夫介绍另一个陌生的女人。她似乎看见肖毅惊愕地睁圆眼睛，微微张着嘴巴，手里的上等细瓷咖啡杯划出一道漂亮的弧线，在地上溅出一片耀眼的雪白碎片，他会说什么？在那一瞬间，会不会因为事发突然而张皇失措？会不会因为心虚理亏而无言以对？或者充分发挥他外科医生临危不乱的优良品质，面不改色心照跳地挥洒自如……可是很不幸，那天她形容庸常神情琐碎，面对那张年轻无敌的粉脸，自卑战胜了愤怒。

吕小霜躲在货架一侧，浑身瑟瑟发抖，把架子上的膨化薯条都扑簌簌碰到了地上，也浑然不觉。

那天晚上，肖毅还是照常回家，照常和女儿说说笑笑，照常和吕小霜睡到一张大床上。她面对背叛的丈夫，千言万语，竟然无从开口。肖毅似乎很疲惫，头一挨枕头，立刻沉沉睡去。吕小霜彻夜难眠，不可抑制地抖个不停，后来，她不得不爬起来蹑手蹑脚躲进洗手间，对着镜子咬紧牙关默默地流眼泪。

关于婚外恋，看得太多，听得太多，也想得太多了。身边的朋友、自己的姐妹，甚至是而今已白发苍苍的耄耋父母，这两个世界上她最爱也最爱她的人，彼此仇视了一辈子。因为父亲的背叛，因为母亲的不肯原谅，直到如今两人都已半身不遂，依然无法宽恕。他们躺在一个房间的两张单人床上，贴着东墙边躺一个，贴着西墙边躺一个，无法施以拳脚，则互相用拐棍攻击对方。

败的是身体，不败的是仇恨。

吕小霜和姐姐就这样在父母的争吵与攻击中长大。姐姐发誓终身不婚，至今仍孑然一身，并很早便皈依佛教，每晚每晚挺直后背，盘腿打坐到午夜，以放弃世界上的一切来拒绝世界对她的伤害。而她自己虽然嫁了人人羡慕的肖毅，却永远悬着一颗心，似乎随时在等待背叛的到来。

来了，到底还是来了！

她迅速成长为一名优秀的间谍，沉着冷静，胆大心细。她打印出了肖毅的通话清单，掌握了他们的活动动向，摸清了那姑娘姓甚名谁芳龄几何，也查获了他们租住的小屋；她精心打扮，涂脂抹粉，演练多次，适时出动，肖毅连抵赖都来不及，就在作案地点被老婆人赃俱获了。

其时，肖毅正扎着围裙在厨房给他心爱的姑娘做一道辣子鸡丁。当门铃响起时，那姑娘哼着歌儿，蹦蹦跳跳地去打开了门，吊儿郎当地就将肖毅的洪水猛兽放了进来。

吕小霜保持了必要的冷静以及风度，甚至假模假式地说："对不起！我为打扰了你们的晚宴表示抱歉，但对于这场感情戏来说，我不是旁观者，是当事人之一，所以，我有资格了解事情真相。"

肖毅肯定是受了不小的惊吓，他握着锅铲，系着围裙，张着嘴巴，迷茫地看看老婆，又看看情人，眼睛频繁地眨呀眨的，好像邪灵附体，必须使劲睁开眼睛，才能赶走可怕的梦魇。吕小霜稍感安慰，哼，知道惊慌，他到底还是有一点儿良知。

吕小霜倚在厨房的门口，她看着自己的男人，始终不看那个姑娘，她平静地说："你是回家，还是继续留在这里?"

肖毅愣了愣，他扔下锅铲，扒了围裙，闷头向门口走，谁也不看，像一个贪玩至天黑的孩子，被母亲揪着回家，赌着气，怀着恨。

吕小霜在后面拎着他的皮包，亦步亦趋。

是他自己做出的决定，回归家庭。但就像一个孩子被迫在玩耍和写作业之间做出选择，总忍不住要背着大人搞些小动作，把玩具藏在桌洞里，偷偷往嘴巴里塞一粒糖等等；他也会悄悄给那姑娘打打电话，发发短信，然后自作聪明地把种种痕迹清除得干干净净，以为大人不知道，以为大人什么都不知道啊，于是胆子慢慢又大了起来……

野火烧不尽，春风吹又生啊!

吕小霜累了，烦了，心一横，索性随他们去吧。她甚至很认真地跟肖毅探讨离婚的有关事宜，肖毅本人也很苦恼，他总是诚恳地说："我会断的，给我点儿时间。"

后来，他也真的努力过，尽量不打电话，不发短信，更不见面，以为拖一拖，冷一冷，也就过去了。可那燕子姑娘却突然间歇性地就发了疯，经常不管不顾地跑到医院来，也不管肖毅在干什么，她就那么一言不发坐在他办公桌对面，没事儿，只为了看心爱的人一眼。

同事们陆续地知道了，领导也就陆续知道了。肖毅怕了，累了，也烦了。可姑娘的火是他点起来的，她一定要抱紧心爱的人同赴火海。肖毅这才知道搞艺术的姑娘不能轻易招惹。

吕小霜有些幸灾乐祸。你想，当一个玩具让孩子费心劳神时，他还会巴不得睡觉都把它抱在怀里吗？他多想一脚踹烂它!

可吕小霜并没有高兴多久。有一个周末，当他们一家三口正貌似祥和地共享天伦之乐时，那燕子姑娘飞到她家屋檐下了，自称是搞社会调查的在校大学生。



面对女儿疑惑的脸，吕小霜和肖毅脸色苍白。吕小霜拉着姑娘迅速离开了，在楼下茶馆，姑娘淡淡地开口："我怀孕了，我想，这不应该是我一个人的事。"

吕小霜舔舔干裂的嘴唇，伸手去拿桌上的茶杯，那手却抖着，把杯里的茶洒到了桌上。

后来，吕小霜带着姑娘去了医院，当那姑娘从手术台下来，纸片一样倚在她肩膀上，咝咝咬着牙说"姐姐，我疼……"时，吕小霜的眼泪在眼眶里转了又转，到底又生生憋回去了。

肖毅是个好人，他的燕子姑娘也是个好人，但吕小霜却无法原谅这两个好人。

后来，他们悄悄搬了家，没有告诉任何人新家的地址。他们决定忘掉过去，重新再来。

## 四

可是！过去真的那么容易就能忘掉吗？

当外患平定，内乱开始。吕小霜开始怀疑一切，对肖毅完全失去信任：她偷看他的手机，查询来电和短信；对他的衣服望闻问切、查貌鉴色，对他皮包里的每一张发票追根究底；她整夜不眠企图破译他梦话里可能潜藏的秘密，她跟踪，她盯梢，她寝食俱废，她做所有令自己不齿的事情。她愁得要命，拼命揪自己的头发，却无法控制自己的行为。吕小霜知道，她是病了，她的灵魂正从头顶冒出来，咝咝地渗着寒气，她就要变成一个空壳了。她去看中医，大碗大碗地喝那黑乎乎的草药汤，却依然睡不着觉，依然无法安妥她的灵魂。

灵魂出窍的人为难着自己，也为难着别人。吕小霜整天和肖毅吵架，女儿不在家时，大声吵，女儿回家时，就关起门小声吵。

到后来，两个人真的都累了，就想离婚算了，一了百了。

那一天吃完晚饭的时候，女儿推开椅子要回房间，吕小霜终于鼓足勇气对女儿说："慧心，你先坐下，有一件事，我们……要和你商量一下。"

那个十三岁的少女并没有坐下，她冷冷地看着自己的父母，居高临下地说："我知道你们要离婚，随便。但是，你们记住，如果你们离婚，我就从楼上跳下去！"

吕小霜和丈夫当时都被骇住了，手脚软到不能动弹，他们目瞪口呆地被钉在原地。

女儿面无表情地说："我是认真的。"她头也不回地进了自己的房间，摔上了门。

吕小霜和肖毅脸色苍白地互相对望。在这个时候，他们才想起来女儿慧心已经沉默许久了，她总是把自己关进房间，也不知道在里边干什么。而且他们很清楚，这个敏感、脆弱的十三岁少女不是开玩笑，她但凡不出事，出事必定是大事。

慧心曾经有个要好的女同学，那个少女的父亲有外遇，夫妻两人经常吵架。有次父亲把那女人带回家，带进少女的房间，被提前放学回家的少女当场看见。她愤怒地告诉了母亲，一直委曲求全的母亲在盛怒之下打了她一耳光，那少女就绝望地从十七层楼跳了下去。临死前她在博客上留下一段话，她说："我很热爱生命，但我真的不想活，这个世界太脏了。"

……

当那少女跳楼自杀以后，女儿慧心有许多改变。吕小霜明白，每一个女人，都曾经是柔软的、脆弱的、做着白日梦的纯洁少女，而每个纯洁的少女都要经历从少女到女人的修剪，都要经历从娇弱到坚硬的社会化的修剪，这是惊惧不安、无法言说的惨痛，慧心的那位女同学经不起这种残暴的修剪，就败下阵来，放弃了，灰飞烟灭。

每个少女成长的过程都极其危险！

每个少女成长的过程都极其艰难！

吕小霜的母亲、姐姐，她自己，她的女儿，女儿的同学，艺术学院那只小燕子，以至更多更多的女人，都是这样一路跌跌撞撞、磕磕绊绊地走过来，不管时代怎样改变，她们都有着共同的惨痛、共同的命运，像娇嫩的花朵在风雨中被撕碎，零落，辗转成泥。她心痛，她不忍，她以自己三十八岁的女人之肉身投之沙石般的现实得出的经验，早已明白生命是不断受伤不断愈合的过程，是不断努力清洗却不断弄脏的过程，不再做梦，不再奢望，所有的变数，扛一扛都能撑过去。可是她的女儿慧心怎么办？这个正在成长的脆弱地做着青春白日梦的十三岁少女怎么办？

不！吕小霜要保护自己的女儿，要挡在她的面前，替她遮挡一切的阴霾，直到女儿自己有能力去面对所有的这一切。

于是，保护心爱的女儿成了他们共同的目标，他们决定前嫌尽释，保护家庭，更要保护女儿。

但是尽管吕小霜很努力地控制自己的行为，她依然像一个间歇性发作的精神病人一样对肖毅实施着折磨，直到肖毅忍无可忍终于脱口而出让她也去搞一次外遇。他是认真的，在当时。

对病入膏肓的人采用以毒攻毒的疗法，也许能起死回生。

## 五

好吧，好吧，就搞一次外遇吧，权当治病救人。吕小霜却挑挑拣拣找不到合适的人配得上她以毒攻毒的外遇疗法，直到林森的出现，直到他强大的短信攻势让她乱了分寸。

她决定去见他，有些兴奋，有些抵触，又有些期待……她去商场挑选了白色的羊毛外套（林森所有可爱的女主角都穿白色衣服，必然是因为他本人喜欢），还买下一套昂贵的白色蕾丝文胸，她恍惚想象到有一双温柔的手轻轻将它抚摸……这让她脸红，也让她看到自己骨子里的不安分，看到潜藏的蠢蠢欲动和卑贱……不！不是这样的，这只是一次普通的会面而已，很简单嘛，一个资深读者，一个博学作家，大家一起坐一坐，谈谈文学，对，谈谈文学而已。吕小霜心里迅速界定了这次会晤的性质，由此她感觉好受多了。

当天傍晚，她愉快地香芬沐浴，对镜贴花黄，喷了娇兰的“午夜飞行”，穿上崭新的白色蕾丝文胸。她看着自己的身体，依然窈窕，曲线跌宕起伏，皮肤光滑细腻，一切尚好，值得珍惜。

她在镜前留恋，一笔一画，描绘大好河山，一个狐媚女子剥掉世俗生活的外壳，活色生香地浮现……如果不是客厅的沙发上盘踞着她法定的男人肖毅，她简直要快乐地唱起那首悲歌。

是的，快乐地唱一首悲歌。

“就像是大海中漂流的细沙，孤独地忍受潮水的冲击，不管是得意，或者不如意，永不变的是默契……”她知道，每个人都是大海中的一粒细沙，孤独、渺小，颠沛流离，但不管怎样沧桑流变，始终在默默承受苦难，默默等待奇迹……

吕小霜在心里哼唱着这首悲歌，心情却是愉快的。肖毅坐在沙发上把一张报纸翻得哗哗响，当吕小霜光鲜耀眼地亮相时，他似乎吃了一惊，飞快地上下打量她，嘲讽地扔过来一句：“是去约会吧?!”

小妖精尚未来得及兴风作浪，已被打回原形，吕小霜尽管心虚，却仍然一梭子子弹扫过去：“谁规定只能你搞外遇，却不允许我约会?!”

总是这样，自从肖毅的外遇事件暴露以来，他们已经不能正常交流，除了恶语相向、冷嘲热讽，就是唇枪舌剑。

肖毅翻了个白眼，悻悻地哼了一声，一把拉起报纸挡住脸。

吕小霜恨恨地盯着那张报纸，也不知报纸后面的脸是什么样的表情，屋里一时静下来，两人都保持着各自的姿势不动。

僵持了一会儿，吕小霜哼一声，转身回屋，对着镜子端详那一张跃跃欲试独自去偷欢的脸，自己也感觉荒唐：林森不过一片云彩，偶尔停驻在她的树梢，他曾经为了多少棵树停驻徘徊，甚至是整片茂密的森林，以及广阔的草原？难道她真的要搞一场外遇了？

林森，一个路人而已！

吕小霜拼命地说服自己，却对自己并不放心，像管束一个不听话的孩子，临出门时，她鬼使神差迅速换上了一只破旧开线的文胸，就在华美的白色羊毛外套下面，像埋下了一颗秒针咔咔作响的定时炸弹。

吕小霜就这样揣着一颗炸弹敲响了林森的房门。

林森似乎在门边等候许久，敲门声响起的瞬间，他从门里伸手将吕小霜一把拉进去。

两人靠得如此之近，他的睫毛清晰可见，姜味木糖醇的味道裹着他的呼吸如涨潮的海水层层逼近，辛辣而温暖，蛊惑人心，随时都可将她吞没。

危险来得如此迅猛，怀里的炸弹秒针咔咔推进，声声震耳，吕小霜后退一步，抽出自己的手。

林森笑意真诚："请祝我节日快乐吧！"

吕小霜："嗯？你生日？"

林森摇头："再猜。"

吕小霜心下一动，难道是祝贺两人相识？文人大多骚情，喜欢煽风点火把一场偷情搞得像旷世绝恋，心念及此，她为之汗颜。

林森轻轻捏一下她的鼻尖："傻丫头，11 月 11 日呀，今天是光棍节。我们一起来欢乐！"

这句话的含义太复杂，或者无比简单，他无非是告诉她，自己光根一条，你尽管放马过来，我不欠道德的，也不欠任何人的，难道一个光根不该有个一起欢乐的女人?!

欢乐？她听到体内那只被绑缚的野兽正挣扎着醒来，伺机越出牢笼，它听到了林森的呼唤，并积极地响应他……不！欢乐是可耻的！她必须抽紧绳索，将它牢牢捆紧，蒙住它的眼睛，掩住它的口鼻，直到它窒息混沌，因为它一旦跃出笼子，必将置主人于死地。

于是吕小霜假装镇定，退后两步，在椅子上坐下，她后背紧紧抵住椅背，貌似轻松地谈起他的小说，谈起他作品中的女性，为什么每个女性最后一定有悲惨的结局？她带着少许指责的口吻："难道你就没有心软的时候？让命运这只困兽少咬她们几口，你怎么忍心？"

林森哈哈笑起来，为她的真幽默，或者假天真，他们略带尴尬地谈着文学，谈着文学中号称大师的那些人，三言两语，一笔带过，似乎羞于把大师们带到这样一个暧昧的场合。

谈话断断续续，难以衔接，他不时看她，似乎拿不定主意是否该将她俘获。

她貌似坦荡，却不时有疯长的草芽破土而出，原以为自己已将野草拔净，那些斩断的草根却在土里蠢蠢欲动。到底忍不住，她突然问一句："为何不再婚？"

他叹一口气："没有让我心动的。"停了停，小声地补一句，"直到——遇见你。”

她感觉突兀，本能地怀疑他的真诚，并警觉起来，她向椅背靠得更紧一些，感觉破胸罩搭扣的刺扎，她说：“我有家庭。”

他没有犹豫：“让我们忘了这一切。”

她急于辩解，或者倾诉：“……”

男人将她的脸捧在手里，轻声地：“我知道！我都知道！”似乎明了她所有的委屈、所有的忍耐、所有的不甘！

她莫名其妙地哭了，眼泪流过嘴角，她轻轻抽泣起来，随即感觉不妥，为自己在一个陌生男人面前的真情流露，她侧身将泪水蹭在自己肩头上。

她身上散发出一种清新的优雅，低迷克制的欲望，糅合着冒险与刺激，一步步将他诱惑。

他的双手慢慢滑下来，顺着脸颊，漫过脖子，然后钻到了衣服里。

炸弹的秒针又开始咔咔作响，不！她需要的不是欢乐，是一场严肃的爱情，焚心蚀骨，涅槃而后生。那么林森，眼前的这个男人带给她的会是一场严肃的爱情吗？

他的双手执着地抓住她后背羁绊的绳索，欲将它打开，她软弱地挣扎抵抗。他步步紧逼，她节节败退。她已管不住自己，已抵挡不住他的进攻，放弃吧，放弃，在这个温暖而暧昧的夜里，她渴望自己盛放如玫瑰……可是，那该死的破胸罩，那狗牙参差的破胸罩，它绑缚她，如同无形的命运。

他很固执，双臂强劲有力，令她窒息。管不了那么多了，见鬼去吧！狗牙参差的破胸罩，还有她破绽百出的生活，统统见鬼去吧！她真的要放弃了，她就要自由了，她闭上眼睛，决定成全他，也成全自己。难道这就是爱情，或者是欲望，让人忘乎所以？

“啾啾啾”，黑暗中突然有一只小鸟欢快悦耳地唱起来，空谷鸟鸣，沾着雨水的清凉。是……吕小霜的手机短信提示音。

两人都怔了一下，停止了纠缠，吕小霜下意识地走过去拿起手机，竟然是肖毅的短信，他说：“下雨了，早点儿回家吧。”这是很久以来的第一次，他没有恶语相向，也没有顽固对抗，像一个合格的丈夫耐心地等待晚归的妻子。

合格的丈夫？哼！真是莫大的讽刺！林森靠近过来，双手围拢继续抱住她，她回应他，内心冰冷，动作热烈。

林森的吻温柔、狂暴，让她迷乱而崩溃，她紧紧地闭上眼睛，抱紧他，就像大海中漂浮的人抱住一块救命的木板，就这样吧，由他拯救自己，或者毁灭……

"啾啾啾"，那只小鸟再次欢唱起来，在暧昧而温暖的夜里，像刮过一股寒风，令人心头一紧。

吕小霜长长叹了一口气，林森松开了手，如松开捆绑的绳索。吕小霜心头一轻，有些忧伤，竟然还有些高兴。她拿过手机，仍然是肖毅的短信，他说："马上出来，我在门口。"

什……么？他在门口？难道……他在跟踪她？就像吕小霜曾经干过的那样！

吕小霜还没有想清楚到底是怎么回事，她的手机就尖厉地叫嚣起来，肖毅的电话打进来了，他的小头像在屏幕上拼命闪动，争分夺秒似乎要钻破屏幕跳出来。

吕小霜把他摁掉了，他再打，她再摁，他再打，固执到不屈不挠。

林森退到一边，点上一支烟，慢悠悠地吸着，微笑着看她。

她尴尬地接通电话，肖毅的声音直接冲进耳膜，既亲昵又凶狠："不许搞外遇！听见没有？否则，你……你死定了。"

"……不是你说的……"吕小霜看了一眼正吸烟的林森，把后半截话咽下去了。

"我后悔了，限你一秒钟马上出来，我在酒店门口。"

……

什么意思？你不是不在乎吗？你不是让我出去搞外遇吗？反悔了？生气了？感觉到屈辱了？吕小霜哧哧地低笑，笑得一脸泪水。

"怎么了？有事?!"林森淡淡地问，他在烟缸里轻轻摁熄烟，心意已阑珊。

吕小霜慢慢站起来，告辞。

林森没有再挽留，在门口停驻的片刻，他征询地问："我能抱抱你吗？"

"不能！"她干脆地回答，生怕慢了，身体先背叛了这个无能的主人。

林森把手举到鼻子前，轻轻嗅着，是刚刚抚过她脖颈的手，他说："真好，是'午夜飞行'。"

那个叫圣修伯利的男人，他是最好的飞行员，又写出了世界上最柔软的小说《午夜飞行》；他总是在午夜飞行，而他的妻子总是在漫漫长夜默默等待。

这一款名为"午夜飞行"的香水，就是根据圣修伯利的故事激情调制而出。于是，每夜每夜，在世界上的某一个角落，总有一个精灵样的女子在风中绽放，一点点儿的风情，一点点儿的诱惑，一点点儿的惆怅……

吕小霜走了，感觉林森就站在门口目送她，她没有回头，尽力让自己走得优雅。

就这样吧，很好，不全是为了法定的被称为丈夫的那个男人，也不全是为了身为已婚妇女的道德感，是为了灵魂的高贵，为了这一片清净心，为了欲望仓皇落幕后自己不看轻了自己，也许这种抱残守缺的高贵具有伟大的乌托邦精神，她为自己的伟大骄傲，并且心如刀绞。

酒店大门口，站着浑身湿漉漉的肖毅，她径直走过去，从后面抱住了他，他的后背僵硬了一下，突然软了。

吕小霜就这样抱住自己的丈夫，内心平静如水，波澜不兴，她躲在他的背后，一动不动，不让他看见自己的表情。

周围寂静无声，只听见淅淅沥沥的冬雨敲打着门前的台阶，多么渴望一场雪，覆盖了整个世界，白茫茫一片，真干净！



2011年第8期《青年文学》

# 我又不是没爱过

认识平安的时候，是个冬天。

从一开始，白楚就没认为平安有魅力，她只是觉得平安很特别。像蓖麻地里长出了一棵向日葵，向日葵并不比蓖麻高贵，唯一的区别在于与众不同，仅此而已。

在发现这棵“向日葵”之前，白楚正在谈着一场似是而非的恋爱，既然似是而非，那就肯定用不着“朝思暮想”之类的词，至于更高级别的“刻骨铭心”“神魂颠倒”什么的就更派不上用场了。

这场恋爱的男主角叫王博，人倒是魁梧挺拔，个子有一米八〇，面目也颇英俊。他话不多，基本上沉默寡言，偶尔说什么，都是简明扼要，一句当双。因为他风度良好，有房有车，出入的都是富丽豪华的场所，往来的尽是商贾贵人，这就给人一种错觉，以为他的沉默是胸有丘壑，不善甜言蜜语是不屑于表达。

白楚知道，是有这样一种男人，表面上不显山不露水，蒙耷着眼皮，好像挺迟钝的，没什么心计，但越是这种人，越不能忽视，他们往往早把一切了然于心。他漫不经心地看着你在他眼皮底下搞些小小的阴谋，耍些小小的诡计，嘴角挂着一丝宽容的微笑，就像如来佛看着掌心翻跟头的孙猴子。

他不急，他急什么呢？反正你也翻不出他的手掌心。

有时候，两人坐在车上，王博一言不发握着方向盘，沉着而优雅地驾驶着车子，每当此时，白楚总是盯着王博的脸看，那张英俊的脸总是在微笑，但是你永远不知道微笑后面藏着的是什么。这样的时候，白楚就充满智慧地想：这个男人肯定是少年老成的那种人，颇有城府，却故作纯朴。跟这样的男人斗智斗勇，很惊险，当然也很刺激。

很多时候，她想王博虚晃一枪，不过是探探她的虚实，就像宴席开始前上的那些小菜，是当不了正餐吃的。于是她抖擞精神，等着后面的美酒盛宴，却发现这就是王博所有的招数。没有境界就是王博的境界，没有招数就是王博的招数。

后来越来越多的事实证明：白楚是被自己的聪明智慧给迷住了眼睛。王博真的很简单，简单到乏味。

曾经有过一段时期，白楚想和王博分手，但是左右考虑，反复权衡，她最终却难以下定这个决心。她知道自己的最爱是：富裕无忧的生活，不必为柴米油盐绞尽脑汁，以致摧残了身心与面容。

当然不爱也不少，有十六条之多，比如：没有激情，没有情调，不会甜言蜜语讨女人欢心等等，但是，一个浑身上下都冒着情调泡泡的穷鬼，也是没人稀罕的。如此高瞻远瞩地权衡一番，白楚就决定了：为了这些最爱，她得克服一切的不爱。

于是在水到渠成的情况下，他们的感情向着婚姻稳稳地推进，两人结婚了。开始心如止水地上班、下班、吃饭、睡觉。

白楚是个浪漫多情的女人，在夜晚，她喜欢朦胧的灯光、半开的玫瑰、轻柔的音乐，还有滚烫的嘴唇，以及浓浓的甜言蜜语，这些不过是爱情最基本的道具，已上演过几场恋爱戏的白楚对这些并不陌生。但是对于王博这样一块湿木头来说，就算把他埋在通红的火星堆里，他都不会冒烟。

就连做爱，此兄也是严肃认真地执行着每周一次的惯例，且遵循着几乎雷同的样本格式。一般是这样开始的：时间基本在周五的晚上，吃完饭坐在沙发上看电视时，王博说，你准备准备，晚上我要用一次。

不是开玩笑，口气是认真的，他这样说的时候，白楚总觉得自己是一台榨汁机或者洗衣机。但白楚从不让自己在这个问题上纠缠太甚，她总是一言不发地去洗澡沐浴，擦干净了，慢慢爬到床上去，等待被王博用一用。

除非有特别精彩的电视节目，白楚等着等着会睡过去，否则王博不会让她等得太久，一般在五分钟之内，他会从外屋进来，像个准备上手术台的主刀医生似的问一句：准备好了吗？

白楚的角色已经被定位，她是个配合手术的护士，表情与反应也是早就固定了的：开始吧。她总是这样说，没有表情。

王博就爬上来，有条不紊地履行他的义务，一边动作，一边说：这样行吗？这样呢？冷静的声音像一口丧钟不停地在白楚的耳边敲响。

等到最后这道工序完成后，如果时间还早，王博就重新回到客厅的沙发上，抓紧时间再看一会儿电视。他从不知道在接下来的黑夜里，白楚是怎样度过的，她都想了些什么。

平安就是在这时出现的，他不需要谁给他火星，他自己就是一只打火机，随时随地一按开关，呼呼冒出的都是红红的小火苗。

那是一个冬天的上午，白楚穿着单薄的衣裙在屋里晃来晃去。她的办公室宽大明亮，中央空调源源不断地输送着温暖，而窗外雪花飘飘。白楚把鼻子压扁在玻璃窗上，看着外面苍茫的世界，也看着那些呆立的树，她的心情莫名地寥落着。

门就是在这时被敲响的，她回过头来。

一个男孩，神采飞扬地出现在门口；他的脸不好看，甚至称得上丑陋，可是他身上有一股神奇的魔力，使他看起来像一棵春天的小杨树，挺拔、健壮，招展着满树碧绿的叶子，照亮了这一个冬日的寂寥。

目光碰着目光，两人都愣了一下：平安听见自己心里咯噔一声响；他从没看见这样的一张脸，那么美丽，却好像担着满世界的忧郁似的。

正如两个武林高手，这一眼对视已过了致命的一招。

白楚看在眼里的这个男孩穿着水磨蓝的牛仔裤，白色的套头毛衣前胸叠压着褐灰两色的几何图案，脚上是白色的运动鞋。他甚至没有穿外套，因为冷，他不停地搓着手，可是他的神情是快乐的，充满了阳光的味道。他对着白楚笑，露着雪白的牙齿，看得白楚心里一动，多久都没看过这么真实的笑了！

当然，后来白楚才知道，其实那时平安已经不年轻了——他是个三十六岁的中年男人，是他颀长的身材、没有皱纹的脸，以及阳光般的笑容迷惑了自己。

那天，平安掏出一张名片放在白楚面前，他伸出来的手迅速缩回去，白楚仍然看见了：他青紫的手上布满冻疮。她垂下眼，感觉自己像一不小心突然掉进了一只黏糊糊的牛奶瓶子里，冻疮的后面是一种怎样不堪的生活呢？她挣扎了一下，拿过那张名片。

平安说：我是《现代生活报》的记者，贾平安，想采访一下我市公安局关于户籍改革的有关情况，你们领导让我直接过来找你，这些业务你最熟悉。我想，你肯定就是白楚……说到这儿，平安打住了，他放轻口气，声音里就饱含了一些别的东西：除了你，别人不适合叫这个名字。

白楚唇边卷过一抹笑，不以为然地说：我当然是白楚，这屋里又没别人。

平安看着她的眼睛，口气肯定地说：不！哪怕这屋里有一百个人，我也能一眼把你认出来，你身上有一种和别人不一样的东西。

白楚眨了一下眼睛，挪开了视线，她突然觉得有些紧张，就低头去看那张名片，贾平安——贾平安……她感觉到了，一种危险正从这个叫贾平安的男人身上弥漫着，直向她逼近过来……

这是他们的第一次见面。

后来又有了再二再三次的见面，都是平安抱着新买的什么好书跑来推荐给白楚，或者他在哪儿发表了小文章要与白楚分享快乐。因为这样的接触，白楚就知道了平安的一些情况，他原来是河南一所中学的语文老师，离婚后，辞了工作，应聘到这座城市的《现代生活报》当了一名记者。



他没有钱，没有房子，也没有车，可是他总是很快乐地和白楚说：到海边去吧，看看冬天的海，你会有很多意想不到的收获。白楚觉得他很煽情，他是故意用这样一种情绪来掩盖他生活的不堪，可是后来她发现不是这样，平安对生活的热爱与赞美是真诚的。

白楚曾经和平安去过一次海边，平安像个孩子一样，飞翔的海鸥、草坪上奔跑的小狗、一片落在石子路上的冬青叶子，都能让他的眼睛充满喜悦。可是白楚看见的只有厚重的推不开的灰色，天空、海浪、人群，无一例外。

也是那天，在海边，平安看着白楚的眼睛，有些委屈地说：我很快乐，可是我没有早些遇到你，我要是先遇到你……

听到这儿，白楚就忍不住笑了，她一笑，平安就不说了。白楚心里很清楚，不管在什么时间遇到，他们之间都不会发生什么。他们是完全不同的两种人。

平安从不送她礼物，但经常给她写诗，信纸里夹着各式各样的树叶，或者配上一些可笑的漫画。他也从不写爱情诗，说的都是四季变化、万物生长之类的话，而且一定要通过邮局寄到白楚手里。

有时候，在去白楚办公室的途中，平安会顺便拐到邮局把信发走。白楚觉得这很特别。另外她也十分好奇。一个三十六岁的男人，一穷二白，怎么能活得那么轻松呢？在她心里，三十六岁已经很老了。她不能明白，这个活到三十六岁都没什么作为的男人，为什么总是说：挺好的，真的挺好的。难道在他的生命中真的涌动着持续不断的欢乐吗？

平安领到稿费的日子，会请白楚去小饭馆吃饭。他们一起喝廉价的二锅头，一人一瓶，谁也不劝谁，也不倒进杯里，像个小手雷一样握在手里，边喝边说边笑，喝得差不多了，就相互揭老底。白楚说：老贾，你的所作所为真令人恶心。你都四十岁了，还不赶紧找个老婆过日子，你天天跑我那儿干吗呢？你要爱我就痛痛快快地说出来，你要没这意思，就赶紧走开，这算一种什么态度呢！

平安的话也不怎么好听：你都不知道你自己找了个什么男人，他除了钱什么都没有。赶快跑吧，去找个好男人，你真可怜，你都不知道好男人是什么样的，你都不知道好男人到底有多么好……

白楚觉得这个满手冻疮的平安实在嚣张，他有什么理由这么趾高气扬？他总是和白楚说：你真可怜，你不知道我有多疼我老婆。她比你幸福一千倍。每晚睡觉前，她总是枕着我的胸脯，我拿一本书读给她听，听着听着，她就睡着了……

白楚就讽刺他说：她那么幸福，还不是和你离了婚，你们为什么离婚呢？

平安就摇晃着脑袋装醉，说：不能全部告诉你，可我对她是真的好，我敢说，到现在她都承认我是个好男人。

类似的话，断断续续听得多了，时间一长，就像轻剂量的毒药，一点儿一点儿地积聚，终于有一天就达到了致命的程度。白楚突然就特别想知道平安他老婆是如何幸福的。这个念头像一个小黑点，在她心里慢慢扩大，等到再有一天和平安面对面地喝酒，平安微笑地看着她的眼睛时，那个黑点就哗啦一声塌出一个洞来。

她沉默着喝酒，不能决定是不是就此将自己交出去。当酒意渐浓，在醉眼蒙眬中，欲望终于一点儿一点儿占了上风，她叹息着，毫无办法地看着平安，她知道那个时刻就要来了，她就要成为她自己了。

靠在这个男人的怀里，平安带她回家。理智仍时时挣扎着，想浮出头来，要她保持平素的优雅与尊贵，甚至想用平安的贫困与寒酸将欲望逼退，但这是多么无力的较量啊！她吊在平安的肩膀上，哧哧地笑着，看欲望这头勇猛的怪兽将理智的残骸推翻、湮没，终于占领了全部的阵地……

于是，一切都变了，她不知道自己是谁，也不知道眼前这个男人是谁；欲望在想象中插上了飞翔的翅膀，飞越了重重岁月，飞越了千山万水，是在前生或来世，她抱住了自己深爱的男人，抱住了自己一生一世的爱情，她就要和自己的爱情一起化为灰烬了……

……

当激情消退，白楚飞快地穿着衣服。在这时，她无意中扫了平安一眼，就是这一眼让她很受打击；她看见了平安的腿，这条腿简直像一条毛驴的腿，黑瘦，青筋突出，且布满了浓黑的卷毛。她咬住嘴唇，心情悲凉。

从平安家出来，他送她到楼下。她看见肮脏破旧的楼道里到处飞扬着灰尘和纸屑，她的脚下踩着一块腐烂的菜叶。她突然想起，就在刚才，平安紧紧地压住她，咬着牙说：哪怕现在有一支枪顶在我的后背上，我都不会停下来。她觉得喉咙被一股气浪猛地冲开，她张开嘴干呕了一下，但没有吐出来。

平安走在她的身边，说着什么话，她一句都没有听清。她感觉平安在看她的脸，可是她没有去看平安，不是因为害羞，而是因为厌恶。走着走着，平安突然哎呀叫了一声，趔趄了一下，差点儿摔倒，他蹲下来，似嘲似笑的表情，暧昧地说：都是你害的，我腿都软了……

她一句话也没说，就急急地向前走了，她听见平安在身后说：我应该去送送你……她紧紧地攥了一下两手，倘或这时手中有一条棒子，她一定会狠狠地向平安的脑袋敲过去。这个不顾死活的男人，刚才在床上，他是多么贪婪，多么没有节制啊！他竟然还有脸说腿都软了……

一路小跑着，白楚逃走了，好像这样一声不响逃开这个地方，身后那个无耻的男人就和她没任何关系了。

在第二天上午，平安曾给白楚打来一个电话，声音饱含无限深情，但是白楚把这个声音狠狠地掐死了。下午的时候，平安带着这把深情的声音亲自来了，白楚把他向门外推，平安揽着门框，白楚就推不动他了。她顽强地看着平安那张粗糙的、布满黑痣的脸，忍了忍，到底没忍住，说：你真让人恶心。

平安也不生气，好像白楚说什么都伤害不了他的自尊。他靠近过来，小声说：你不知道你自己的样子，好像有几百年没吃男人了，你别和自己斗。

白楚听见啪的一声，她已经赏了平安一个响亮的耳光。

两人都愣了一小会儿，平安抿了一下嘴唇，看着白楚，有些凄凉地说：我不会缠着你的，我只是希望到你老的时候，头发白了，耳朵也听不见了，那时，再也没有男人喜欢你了，在这座城市，我还能看见你。有一天，我在街上走，你会远远地冲着我喊：喂，老贾……

白楚闭了一下眼睛，突然有点儿想哭，她不知道这是为什么，但肯定不是爱，她一点儿不爱眼前这个丑陋的男人，甚至连同情都没有。

她眼里的厌恶，平安也看见了，她就是要让他看见，她从不计较他的自尊。稍稍停留了片刻，平安轻轻带上门，走了。

这一天晚上回家，在吃完饭，看了电视，就要睡觉前的这段时间里，白楚又被丈夫王博用了一次。

但是这一次，感觉不同了，躺在宽敞舒适的大床上，欲望就像放出笼子的猛兽，无法将它驯服。她再也不能默默地被用，又浓又厚的血液在血管里哗哗地奔腾，使她像一匹不安分的马，渴望跃出马厩，在田野里狂奔……

但是就在即将挣脱缰绳的片刻，她猛地被绊了一下——是王博推了推她，她睁开眼睛，就看见了王博的眼睛，那双正直的眼睛里充满了讶异和惊恐。

……

在黑暗里，白楚感觉自己正在慢慢变冷，而王博嘹亮的鼾声，表明他正睡得香甜。她突然想，在这样的夜里，会不会有一个什么样的女人正躺在平安的胸脯上，听他用饶舌的普通话读一本书给她听呢？

不管快乐不快乐，日子过得总是快的，冬天慢慢地过去了。

而平安，再也没找过白楚，人不来，电话也没有，但是隔三差五仍然有诗寄过来，说的仍然是四季变化、万物生长，信纸里夹的不再是冬天的干树叶，而是早春的小草、金黄的迎春，或者淡紫的车前子花。

这些信把一些有关春天的消息，断断续续地带到白楚的面前。偶尔，她也有些怀念以前两人在一起喝二锅头时的日子，可是这样的念头，在心里想一想，即一瞬落退：算了，就算寂寞，也不至于找那样的一个男人吧。

有一天，白楚在屋里坐得发闷，就伸个懒腰站起来，在屋里闲闲地溜达，当她的脸贴在窗户玻璃的那一刻，眼神游移，她突然就顿住了，她看见了平安。

平安就在对面的楼下，倚着一棵树，直对着她窗户的位置站着。那是一棵芙蓉树，树上已发出了绿色的新芽，恐怕过不了多久，就要显出铺天盖地的架势了。那时，春天就真的来了。

从这天开始，白楚每天都会向窗子外面张望。她发现经常是在傍晚快下班的时刻，平安会在那棵树下站一会儿，而等到白楚下班走出办公大楼时，树底下就没有人了。

于是，等待平安的出现，成了白楚的一块心病。如果看不见那个身影，她就会焦虑不安。可是一旦那个身影出现，她的心里又涌出一些耻辱，这样丑陋的一个男人竟然就成了自己的一种牵挂。

他们再一次的面对面，是在一个雨天的下午。平安就在楼下，依然靠着那棵芙蓉树。芙蓉树的绿意已经浓了，密了，羽毛似的叶子里飞着许多扇形的花朵，那些绿色的叶子和羽毛一样的花，蛊惑了白楚的心。她看着雨丝倾注在平安的肩头，突然就有了一丝不舍：再也不能和自己斗下去了！她抓起一把雨伞，冲下楼去。

在路边，他们一起坐上了出租车。这一次，白楚没有跟平安去那间混乱简陋的小屋，他们去的是一间豪华的酒店。

踏进房间门口的那一瞬，平安有些犹豫，他也许想说些什么。白楚的表现很沉着，她像个主人一样径自进入，果断地拉上了厚重的窗帘，关闭了所有的灯。她知道，只要不看平安的脸，他就是世界上最优秀的男人，他有着神奇的翅膀，能带她一起飞翔。

她渴望这样的飞翔，意乱且情迷。

在接下来的日子里，在这个酒店或那个酒店，类似的情形就经常出现了。

只是有一天，当窗帘依然紧闭的时候，房门被激烈地敲响了。

是平安拧亮了灯，看着惊恐不安的白楚，他冷静地向门口走去，在打开门之前，平安只说了一句话，他温柔地对白楚说：是你丈夫，我叫他来的……



2002 年第 4 期《春风》

# 非常接近爱情

## 一

老实说，我并不希望有很多故事，有故事是需要付出代价的。但在某一时期，我是个很容易出事的人，就像黄昏来临，月亮就要出来似的，这是没有办法的事。

好在我是那种复原能力极强的动物，像夏天在墙上爬来爬去的小壁虎，它们总是容易受伤，但只要不伤了关键部位，偶尔断了尾巴掉条腿，都没事。躲在哪个角落里，喘息几天，也就万事大吉了。

但在每次出动之前，壁虎并不知道哪一次的伤害是足以致命的。

好了，这一次就从1995年的夏天开始说起吧，这个夏天有着划时代的意义。在此之前，我们家除了孤儿就是寡母，连苍蝇也很少光顾。在此之后，也就是说，自从我妈成了老年舞协的骨干力量以后，家里人气越来越旺，一伙儿来路不明的男女“老来俏”与我妈一起唱唱跳跳，打打闹闹，更为难得的是，不知疲倦，不分白昼与黑夜。

必须承认，他们是真正放下包袱，立志献身舞蹈事业的一群人。反正去日苦多，来日又少，爽性放开了手脚寻欢乐。在家里跳，在广场跳，在街道码头跳，在本地跳嫌天地不够广阔，又与外县外市交流着跳。凭着对舞蹈事业的无限热爱，凭着苦学苦练的实干精神，这支舞蹈队伍在同行业中一路领先，脱颖而出，并准备代表我省人民，光荣地出席第一界全国老年交谊舞大赛。

于是，1995 年的深秋，以柳惠心女士为首的这一队人马斗志昂扬地开往北京。

通过电视的现场直播，我有幸目睹了他们的风采。我得说这场比赛声势极为宏大，场面无比壮观。至于我妈他们的舞姿……怎么说呢？也许，你见识过这样的情形：一匹老马，费力地拖着一辆破黄包车。不同的是，这是十匹老马，严阵以待十辆破黄包车……

当然，我是一个很不会说话的人，我的比喻可能很不妥当，所以你尽可能不要相信我的话，而是充分发挥你自己的想象力。我保证，只要你开始想，你就一定能看见那座人声鼎沸的大礼堂，看见无数个红男绿女，争相眉飞色舞，他们过于夸张的面部表情，使得脂粉扑扑掉落，空气里烟尘滚滚，他们遍布皱纹的脸，如一张张斑驳的纸扇……

不幸的是：天外有天，强中自有强中手。他们没有拿到冠军。当然，亚军和季军，也是没有拿到的。至于他们的名次，考虑到不管男女老幼，每个人都有自尊心，我还是不说了吧。不过我真的替他们遗憾，他们强压悲痛的表情十分悲壮。

从北京归来的日子，是他们卧薪尝胆的日子，除了冒风顶雨在室外操练，就是在我家埋头切磋技艺。饿了，有人买来消夜；困了，就三五一簇摆起长城助兴。半夜里，我经常会被他们高涨的学习热情吵醒，便感叹：是这样的，发奋的人总是睡得少，他们身上的热情能把灯点亮。

麻烦的是，我是一个懒人。世界上的懒人大概都一样，需要充足的睡眠。尤其是我，不止需要保证睡眠问题，还是个喜欢独处的怪物。

这样的一个怪物，赶上目前又运交华盖，刚刚经历过一次感情的洗礼，失去了工作不说，身体与心灵还都受到了重创，极需要一个安静的角落休养生息。因此，你一定能够理解，从很大程度上讲，我妈的所作所为，很不利于我恢复健康。

曾经，我向柳惠心女士抗议过多次，她的答复是这样的：你不懂啊？人旺财气就旺，咱们的好日子就要来了。

我觉得人旺和财旺是两码事，倘若它们之间可以画等号，那咱们就用不着计划生育了。但对于类似的问题，我从来懒得去纠正我妈，这个家她说了算，对的要说了算，不对的，更要说了算。二十三年来不都是这样吗?!

唉，一个没有男主人的家，实在是很不像话！我好像在另外的场合说过，我的父亲很早就飞上别的枝头去闹春意了，留下我和母亲相依为命。这是比较无趣的话题，就此打住吧。

那一天，我从外面回来，我妈与一男子在客厅里对坐喝茶，见我进来，郑重地和我说：过来，这是黄叔叔。

我并没有过去，点一点头，径自向里屋走。我妈却没有放过我的意思，紧接着问：你知道黄叔叔是干吗的？口气无限仰慕。令我不禁抬眼打量他：四十六七岁的年龄，脸长如马面，眼袋很大，颜色青红，如两粒干缩的老枣，诡秘地卧在泪堂那里。还有……发型奇特，不是一点儿，是很奇特。

我笑一笑，并不是马龙·白兰度式的人物，老也老得弥足珍贵，这样的货色，与我何干！正打算走开，我妈大概看透我的心思，直截了当说：黄叔叔是位大作家，他得的荣誉证书摞起来比你还高。口气里竟然洋溢着一股得意，好像她就是比我还高的那摞证书的主人。

我瞥了我妈一眼，她是越老越糊涂了，就算美国总统里根的表弟住在隔壁，跟我有一毛钱的关系吗？我瞥了一眼那个所谓的黄叔叔，他也正看着我，肥重的身子靠在沙发上，歪着头，嘴角挂着一抹含意不明的微笑，眼神专注，一言不发。

我对这种不动声色的老家伙向来惧怕，他们最擅长使用暗器，从来不和你明刀明枪地斗，放任你明目张胆地向他们挑衅，只等你稍一露出破绽，他们的小飞镖就嗖嗖地逼近了你的要害。

我妈拍一拍沙发扶手，兴致极高地说：过来，过来，听你黄叔叔讲讲他的长篇小说，他把咱们这座城市的历史摸得透透的，从明朝写到现在，几百年，啊……几百年，多么宏大的框架结构啊……



她竟然提到了“框架结构”这么一个新名词，估计是刚刚跟黄作家活学活用来的。我知道在未来的几天，这将是柳惠心女士使用频率极高的一个词。没什么好奇怪的，我说过了，柳惠心女士的优点很多，聪明好学是其中之一。

既然这样，我就只能走过去了，靠在我妈刚刚拍过的那只沙发边上，听他们继续畅谈。

黄作家说：我为什么要写这样的一部书呢？征询的眼神看着我和我妈，得到意料之中的摇头动作后，他沉着地说：因为这是最难写的……等我们都点头表示肯定后，他又补充一句：还因为这是从来没有人写过的。

柳惠心女士由衷地发出一声感叹：啊，那你这是前无古人，后无来者呀！黄作家对聪明的听众投去赞许的一瞥，转向我，淡淡地问：研究过《史记》吗？

我点点头，想想不对，又摇摇头。《史记》我知道，好像是一个叫司马迁的人在监狱里边写的，可是里面写了些什么，我并不清楚，况且人家黄作家用的是“研究”这个词。

黄作家微微颔首说：我的这部书具有《史记》般的重要价值，既有其文学价值，又有其历史价值。我写了整整十年……

我惊叹一声：比八年抗战还漫长！你怎么写得那么慢啊……我妈立刻给了我一个警告的白眼，黄作家倒是没跟我计较，不过他用了严肃的口吻说：这部书是留给后人的，它将功在千秋，利在万代。

我妈拿起茶壶给黄作家斟茶，像只鹦鹉一样把他的话重复了一遍。黄作家看着我，稍稍歪着头说：孩子，多了解些历史吧，对你有好处。声音不大，却意味深长。

我妈戳一下我的胳膊，说：好好听着，都是为你好。那神情恨不得按着我的脑袋，在水泥地上咚咚地磕两个响头。

以上这段，是我跟作家黄子林同志的初次会晤。在未来的一段时间里，这位伟大的作家将在我们孤儿寡母的生活中频频出现，并与我本人过从甚密。

## 二

那个秋天，总是下雨，弥漫不散的雨雾使心里爬满了青苔，湿漉漉的。

我是一个很容易被环境诱拐的女人，天气的阴晴也能左右我的心情。于是，在这一段时期，我和一个无所事事的家伙打得比较火热。他是个混混，名叫马达。

当然，把这种轻浮的行为归咎于“天在下雨”，可能完全是个借口。在做某一类自己也心虚的事情时，我会找出很多理由，先说服自己，然后准备着说服别人，比如我妈。

那一天小混混马达在楼下等我，按着他的摩托车喇叭哇哇乱叫。我透过窗玻璃向外看，并不是为了看他，因为他从来都躲在楼的拐角处，在楼上绝对看不见，我看只是因为我无所事事。

当然马达并不是故作神秘，而是我妈明令禁止过，不许他找我，他便望而却步。只此一点，你也可看出他是个胆子很小的混混，你骑到他的头上，他便怕你，你怕他，他便骑到你的头上来，所以我妈不怕他，我柳翘翘更不怕他。

柳翘翘是谁？柳翘翘是经陈世雷淬过火的金刚钻，她难道有必要怕一片破瓦片吗？

当然没有。我知道，如果在此之前，我没有经历过一个道行比他更高的混混，弄得满身伤痕累累，我极有可能在他身上吃些苦头，所幸他只是一个处在初级阶段的混混，仍属于摸索发展时期，有很多空白亟待填补与充实。

我停在窗前，漫不经心地看着楼下，那儿时而有一两个无趣的人走过。我还没有决定是否下去，这取决我在某一瞬间的心情。

马达从拐角处露出脑袋向上边张望，看见我急忙打着手势，好像我是他一个同伙儿，我们正合谋干着偷鸡摸狗的勾当。我嘴角挂一抹笑，心里想，几年前，我和陈世雷在一起时，他的摩托车是国内一流的，当然那厮的风度也是一流的……眼前这小瘪三，脸子尖尖，牙齿尖尖，眼睛倒不尖，是圆圆的两小粒，我总把它们当成两粒饱满的黄豆，这样的一个人物，真是……我怎么越活越回去？

你听吧，那嘶哑的破喇叭，又呜哇呜哇地哭将起来，像替我招魂的破唢呐，说：来吧，来吧……

我梳头整脸，换了花衫，将自己打扮得风生水起。需要说明的是，类似对镜贴花黄的举动并不是为了谁，这是我一贯的优良品质，哪怕我心中正承受着巨大的不幸。

这得感谢我母亲，我是得她真传，柳惠心女士在任何艰难困苦的环境下，都能把自己治理得山清水秀。在这个问题上，我们之间保持着罕见的统一。我们都不能原谅一个形容邋遢的女人，除非她遭受了非人的磨难，否则都不值得同情。

我打扮得漂漂亮亮，向楼下走。我母亲正抱着厚厚一本书在看，不止她的神情，连拢在书上的手指，姿势都是虔诚的，估计此书是经黄子林同志隆重推荐的吧。这么虔诚的文学爱好者，真让我脸红。

她没有说话，目光跟随我的脚步向前移动，在我拉开门之前，她终于开口说：站住，去哪儿？神情像个设卡检查的哨兵。

我叹口气，她什么时候能对我心平气和些？我说：哪儿都不去，随便走走。

她一下子抓住我的把柄，面带讥讽地说：随便？你从来都是随便。你一辈子遇到一个陈世雷已经够了，不必再随便第二次。

我不止一次说过，我母亲是聪明人，又经过岁月的重重磨砺，她深知陈世雷是一只真正的老虎，飞逝的时光虽已将他湮没，但虎死余威仍在，提提他的名字就足以打掉我的威风。

对此，我能说什么呢？

她生我养我，并不知道我的痛苦，伤疤落在我的身上，不劳别人来提醒，我也是会疼的。她何苦忙着赶着来掀一掀，揭一揭。我平静地说：你的风度呢？打人不打脸。

这不大像母女对话，倒像我们在排演莎士比亚的剧本。

她很认真地看我，脸上的优雅节节上升，点点头说：都是为你好。停了一下，她指了指窗外，换了劝慰的口气再说：和这样的小瘪三混下去，你觉得有意思吗？浪费了人力物力不说，还得搭上鞋袜衣服钱。

我没有看她的脸，我看着眼前那扇门，我想我只待一会儿，就会拉开它走出去。我现在之所以站在这儿，是因为她是我的母亲。她供我吃，供我喝，供我买衣置衫，而她并没有太多钱，正如她自己所说，她一直在割肉卖血，抚育孤儿长大，功劳、苦劳、辛劳，她样样都有。所以我有义务听她发牢骚。

她继续说下去，声音变得悲苦，似在控诉：你不想想，这么多年，我容易吗？我吃过多少苦，你知道吗？你不小啦，你都二十三岁了，不该为自己打算打算吗？

她一回忆峥嵘岁月，就擅长用类似的反问句式来逼问我，好像我是万恶的源头。她也不扪心想一想，就算她是寡母，那我也是孤儿，我们一直是半斤对八两。她那么聪明，怎么就不明白，如果她是高粱，我就是大豆，把我们放在锅里煮熟蒸烂的是来势凶猛的生活。

我并不恨她，她是我的亲人，我愿意相信是悲伤令她失去理智。她舒出一口气，再说：一个女人，只要长得平头整脸，想抓些钱在手里并不困难，关键立志要立得早。你别像我，到老了，后悔也来不及了。你告诉我，你脑子成天都想什么？难为最后这一句，她说得如此苦口婆心。

但是，我要说但是了，现在我并没耐心做她的听众，在心情好的时候，我会顾虑她的感受。她应该看得出来，我也烦着呢，所以很对不起。

我说：今天就这样吧。然后我拉开门走了，把她和她的喋喋不休一起关在屋里。但愿黄子林能及早赶到，以带给她一些安慰。

我向楼下走，去呼应那个瘪三马达。要说不悲伤是不对的，但目前我只能如此。我母亲不止一次说过：你总是和些小混混缠在一起，不用眼睛，你们闻闻味儿就能找到对方……

请不要相信我母亲的话，她是个喜欢夸大其词的女人，我从来就没有自甘堕落。真实的情况是，我之所以忍受来自心理与视觉的诸多不适，与马达这只小老鼠混为一谈，实在是囿于形式所迫。

什么样的形式呢？你是知道的，一个二十岁左右的姑娘，她决不仅仅缺一双鞋子，她总是少这样缺那样，更要命的是——我的母亲，老年舞协的这只花蝴蝶，如果没有了漂亮的翅膀，她怎能翩翩起舞？

还需要说得更多吗？请给穷人留下最后的一点儿尊严……

也许，你会疑惑，这和马达有什么关系呢？

关系当然是有的，因为我和马达正在密谋一件事。这件事情不好把握，我拿不准应该怎么办。但是，我一直睁大眼睛，看着身边的世界，只等机会一飞过，我就紧紧抓住它的小辫子——连小混混马达所提供的一点儿信息，我都不放过。

作为旁观者，你完全可以讥讽我的愚蠢，竟然如此轻信一个小混混。但是我得说，我不是太笨，而是太迫切。你听见一个饿倒在路边的乞丐说“我不吃馒头，我要吃汉堡包”吗？或者，你见过一个四十未娶的穷汉拒绝一门亲事，是因为那姑娘脸上有几个麻子。你见过吗？

我出了楼道，向马达走去。他看见我，咧开嘴巴准备笑，可能是天气太冷的缘故，那笑还没放开，便冻住了，僵在腮边。他嗖地向墙上一靠，好像他原本是墙上的一幅画，要马上复归原位。

这个瘪三，我心里冷笑一声，哪怕他在哥伦比亚拥有了一座城堡，也别指望他能雍容华贵……但是我马上感觉不对，马达瞪着圆溜溜的小眼睛，看的却不是我，他看着我身后的地方，腮帮子上的肌肉一抖一抖的。我正要回头，我妈已经一个箭步跨到我前面去了。

她上上下下把马达看了一遍，目光像法海的照妖镜把他紧紧咬住。我听见我妈说：你要闲着没事，我请你上去坐坐。

马达飞快地斜眼看我，结结巴巴地说：翘翘……我妈大喝一声：闭嘴！不许你叫她的名字。马达向我投来惶恐的一瞥，似正在显形的白蛇。可惜，我不是他的患难姊妹小青，并不会执剑相救。

马达低头去推他的摩托车，我妈在他身后冷静地说：别走，陈世雷请你上去坐坐，他想拧断你的双腿别在裤腰上。

柳惠心不愧是我的妈，智勇双全，她抛出陈世雷的大名，不禁使我心里咯噔一下，更把小混混吓得面无人色，浑身哆嗦。

马达一溜烟儿地逃走了，连滚带爬，像一只下坡的兔子。

我妈冷笑一声，撇下我，斗志昂扬地走了。

我站在她身后，一直盯着她的背影看，她一定不知道，她坏了我的大事。我今天真有要紧的事和马达商量。我在前面说过，这是个机会。

关于这件事，是这样的，不久前马达跟我说：在我们这个城里“星”最多的那个酒店，有些和你一样年轻漂亮的女孩，你知道她们一个月能赚多少钱吗？

我当然不知道，我不知道的事太多了，我甚至不知道“星”和酒店有什么关系。

马达耐心地开导我说：她们每月能赚一两万。

一两万？我吓了一大跳，虽然我兜里的钞票从没超过一百块，但是我曾经在一个单位干过现金会计，一两万的概念我是有的。她们怎么会比一家中型工厂赢利还多？这些年轻漂亮的女孩也不见得能研制出原子弹吧。我惊讶地问：她们在里面干什么呢？

马达咧嘴笑了，两粒黄豆眼滴溜溜转了一下，轻快地说：也不干什么，就是陪人唱唱歌、跳跳舞、喝喝酒什么的。

他这样一说，我就明白了，怪不得赚那么多呢，她们肯定都是艺术学校毕业的，吹拉弹唱，无一不精。我挺不甘心地说：早知道唱歌跳舞这么吃香，我也去学艺术。

马达哧哧笑一声，鼻孔喷出的风把他的小胡子吹得一阵乱颤。我把目光从他脸上挪开了，真是奇怪，他为什么留着这样一小撮黄毛软胡子呢？真恶心。但是这个令人恶心的人只说了一句话，我就把目光又转回了他的脸上，他说：不用学艺术，你也能去干这活儿，专门有人教你。

这怎么可能？但马达肯定地告诉我，这绝不是痴人说梦话，而是事实。他说：凭你的模样，绝没问题，我见过那些女的，她们的刘老板肯定能看好你。

难道天下真有这等好事？人家只是看看你的脸蛋儿，你唱唱歌、跳跳舞，人家就会把钞票哗啦哗啦地数给你？

……

到此时为止，请相信，我决不是故作混沌未开，真的，我发誓。也许在今天，一个十几岁的孩子，就能明白马达所说的陪人唱唱歌，跳跳舞，实质上行的就是娼妓的勾当——千真万确，我必须老老实实地说，当年马达要提供给我的机会，就是一个当娼妓的机会。但是退回十多年前，这一行业，尚属超前领域，处于探索发展阶段，又具有高度的保密性，我这样的良家妇女不可能了解其中的奥秘。

马达说他认识那儿的刘老板，愿意把我推荐给他，还说这是我翻身得解放的一个机会……总之他设身处地为我考虑了很多，包括我和母亲的未来等等，他都想到了。

是的，多年来一直是母亲在养我，现在，我也该为她做点儿什么了。

……

于是我蠢蠢欲动，准备为母亲牺牲了我自己，当我终于备齐一身行头要奔赴新生活时，我妈却把我的一番良苦用心瓦解掉了。

因为这一个小小的意外，使我与“卖笑生涯”擦肩而过，对此，我应该感谢我母亲，是她老人家在关键时刻拉了我一把。倘或当年我跨进了那个带“星”的所在，那么现在的我，一定很热闹。

最保守的估计有两种：一是在某个院墙高高、布满铁丝网的地方蹲着喝白菜汤；二是在某个夜总会做技压群芳的妈妈桑。

## 三

在前边，我说过，黄子林同志是一个伟大的作家，但是他并不计较和我们这些无知的人打交道，他勤勤恳恳、任劳任怨，主动替我们家买米买面，扛煤气罐，不仅牺牲了人力、物力，还贴上了财力。更难得的是他从不以功臣自居，捋起袖子就快快乐乐地下厨，为我们母女变出一桌丰盛的美味，当然，他也不计较扑下身子就替我们修理堵塞的下水道。

在这样的感情基础上，他的舞姿日益出神入化，大有取代唐王子的架势。他本人十分欣慰，我私下里却以为，黄子林付出的太多，跟他得到的不成比例，这令人费解。

对此，黄子林自己是这样说的：你们孤儿寡母的不容易。他说话的语气像一个慈悲为怀的善人。他由此得到了这样的评价：你是个真正的好人，天上难找，地上难寻……这话肯定不是我说的，是我妈说的，这符合她喜欢夸张的本性。

我们权且相信我母亲，也相信黄子林，只是，老实说，免费的午餐我吃得十分不安，我很担心吃着吃着，一颗小炸弹突然就在我的牙齿缝里引爆。我以狐疑的态度暗中观察他们、打探他们，越来越觉得事情并非那么简单。

首先是我妈活得越来越年轻，言行举止，一颦一笑，竟回复了些许小女儿的娇羞，脸搽得更白了，衣服换得更频了，花儿朵儿得越发艳丽了。还有情绪，乐得莫名其妙，悲得也毫无来由。

我虽说在谈情说爱方面没有什么建树，但到底也身体力行实践过，明白我妈的这些表现都属于准恋爱症状。

至于黄子林，我看出来了，他在追求我妈。肯定是这么回事，要不是这样，他的行为又怎么解释呢？

没什么好大惊小怪的，凡是有男人女人的地方，就一定会滋生各种感情。况且，昔日柳惠心女士可是有名的美人，现在虽说老了，但再黄也是颗珠子。

综合以上种种，我倒不反对我妈打破身份局限，放下包袱，轻轻松松谈情说爱。

等等……大概连你也察觉到了，我的观点有些不大对头，是黄子林说他喜欢我妈了？还是我妈说她喜欢黄子林了？

他们谁都没说。他们都是君子。

既然这样，我怎么能看我母亲脸上搽了粉，身上穿了花衣服，就硬说她春心萌动？这是不道德的。

对于一件似是而非的事，我的态度向来是模棱两可的。我从来看不准一个人的内心，我妈说我脑子漏电；陈世雷对我的评价更不高，他曾经很严肃地说：柳翘翘，难道你长个脑袋是用来喘气的吗？

你肯定要问，这个一再出现的陈世雷是哪路的神仙？是的，他的确是个人物，我二十年看见的都是井绳，只有他是一条真正的响尾蛇。这就够了，我不想再说什么。

基于以上的原因，关于我母亲和黄子林，我就没必要瞎操心了。

## 四

不久后，我光顾了小混混马达所说的那个“星光灿烂”的地方，当然不是我备齐了衣服鞋袜，去见那个教人唱歌跳舞赚大钱的老板，而是作家黄子林带我去的。

如果你以为黄子林有着和马达一样的打算，那就真的错了，黄子林同志是个高雅的人，我母亲十分尊重他，而据我所知，我母亲只尊重两种人，名人和有钱人。

一个高雅的人，他的行为也总是高雅的，所以带我出去见世面，是一件光明的事，黄子林做得极为大方。那一天，他和我母亲说：我今天去王总经理那儿吃饭，带翘翘一起去吧，反正她也没事。

我妈眼神复杂地看看我，又看看黄子林，我很希望她能表示反对。因为反对，才更像一个母亲的正常反应，但是她并不反对。我记得我母亲的名言是：到街上去走走，好运不会坐在床头上等着你。当然了，我妈的这种走，不是闭着眼睛乱走、瞎走，而是有目的、有目标地走。打个比方你就明白，如果我今天要去的是摩托车行，她老人家会说：跟经理要辆摩托车；再比如说我明天去的是砖瓦场，她又会指示说：弄两吨煤回来。基于这样的情况，我很害怕黄子林有一天会带我去某个军火库，因为如果那样，我妈就敢说弄一把手枪回来。

看看吧，这就是我的妈。我很庆幸自己生在新社会，长在红旗下，这要是搁在封建时代，我再出淤泥而不染，也早被她送到青楼里讨生活去了。当然，现代社会也比较复杂，感谢上帝，我是个扶不上墙的东西，否则，有这样的母亲栽培，夜总会的霓虹灯下十有八九活动着我的身影。

……

以上，我说了很多废话，其实我一直想说的是，通过黄子林，那天我认识了王树。

王树是一个中年男人，他长得不是很好看，个子比较矮，眼睛比较小，体形比较胖，侧面看去，像一个大写字母D，也就是说，他有一个鼓鼓囊囊的大肚子，但是……这有什么关系呢？一个没肚子的男人，还算个男人吗？

像王树这样的一个男人，很容易让人对他的外表忽略不计。他的通讯电缆厂是省级保护企业，他经常和些省里或中央的领导一起在电视上露面，比比画画着他的宏伟蓝图。

第一次随黄子林去那个“星”最多的酒店时的情形，我还记得。在金碧辉煌的大厅里，我看见耀眼的柱子、晶莹的吊灯、华贵的大理石地面，所有这一切，都折射着金钱的光芒。

我走进这座酒店，就像那个叫仙德瑞拉的姑娘，走入那座华丽的宫殿，脚上穿着美丽的水晶鞋……我走得很慢，心里并不很慌，只是脚在地上有些打滑，我让自己冷静，以保持优雅的风度。

黄子林带我上楼，去了一个美轮美奂的包间。包间格局内设两部分：外面娱乐休闲，全套的进口音响、波斯长毛毯、芳香的百合，一应俱全；而里面的宴席间，银制的刀叉、上等的瓷器、手工刺绣的红白两色桌巾与口布，让人怀疑这不是用来就餐，而是用来欣赏的艺术品。至于椅子，更是有些旁门左道，红木镶嵌紫红天鹅绒，椅背上钉着金闪闪的铜扣，威严而逼人，这样的气派，我只在《茜茜公主》的电影里领略过……由于我的浅薄无知，具体情形实在难以复述，但是我敢说英国女王伊丽莎白的宫殿也不过如此华丽吧。

在座的都是些陌生而尊贵的牛头马面，我以黄子林外甥女的身份落座他的旁边，盘杯交错，欢声笑语，所有的人都对着王树眉开眼笑，吹捧有加。那个据说是省什么报的女记者，举着酒杯，频频地向王树抛媚眼，说：好男人都是别人的丈夫，来，来，为你背后那位幸运的女性，我们干了这一杯……

黄子林冲着王树拍手打趣：美女这是恨不相逢未嫁时啊，这杯无论如何你得干了。王树把酒杯推给黄子林说：人生处处是相逢，老兄，我是赶不上了，你就赶紧争取吧。众人哄笑，一齐让黄子林代酒，他捋捋袖子站起来，准备就谁恰逢其时的问题展开热烈讨论，女记者自然当仁不让，如珠的妙语惹得大家把眼泪也笑了出来。

我觉得记者都是些睁着眼睛说瞎话的人，他们总是说成功的男人背后站着一位伟大的女人，她含辛茹苦、任劳任怨什么什么的。我觉得这很可笑，其实这些男人的背后往往藏着一位可怕的女人，她们就像 110 的值班警察一样，时刻准备着，将自己的丈夫与别的女人捉奸在床。

这样的场面，我总是闷闷的，没什么话说，黄子林很着急，他偷偷地示意了好几次，让我抓紧时间好好向王树表现。那女记者则用讥讽的眼神，斜斜地瞟着我，越发让我知道自己不是孔雀，尾巴上没有漂亮的羽毛，没什么可拿来炫耀的。

没想到的是，那天离开的时候，王树从后面叫住了我，当着黄子林的面，他给了我一张名片，他说：翘翘，你有事尽管过来找我。然后他点点头笑着走了，他走得很快，我发现两只棕色皮鞋贴着红地毯，像漂在颠簸的湖面上，眨眼就随着水流远去了。

或者这就叫“迈着弹性的步子”？要是那位女记者一定会这样奉承，可是……我突然想起来好像相书上说这叫“雀行”。而雀行，似乎是不吉的，真的，他的脚步就像一跳一跳的小鸟，在地上觅食。我抬头想用目光网住那两只小鸟，他已经拐过墙角不见了。

在回来的路上，黄子林笑眯眯地把我端详了又端详，好像我是他失散多年的一个亲人。

近墨者黑的说法是有道理的，就拿黄子林来说，他认识了我妈，也就染上了无中生有的毛病，根据王树的一张名片，黄子林便说王树喜欢我。

我觉得这实在无聊，一张名片而已。王树是成功人士，他自然懂得看一个男人的品位，要看他身边的女人这个道理，所以他喜欢的应该是那个女记者：她环佩叮当，口吐莲花，又有着令人敬畏的职业，一只描金贴花细瓷碗总比一只泥壶看起来要高贵些吧。

但是黄子林理直气壮地说：我是男人，我当然知道男人的心理，你注意到他看你的眼神了吗？

这我倒是没注意，我甚至没有看清王树的脸，但是黄子林一再申明这是我的一个机会，他说他那部伟大的著作马上就要诞生了，需要一笔赞助，他准备让王树出十万块。

我一点儿都不明白，这部著作和王树有什么关系呢？难道他想在上面署个名？

黄子林耐心地开导我说：你怎么能这样看问题？一个不关心文化事业的有钱人，充其量不过一个暴发户。王树是个很要面子的人，十万块对他不过是九牛一毛，赶上他高兴，你在他身上薅下一把毛都没问题。可是你不接近牛，怎么知道牛什么时候高兴呢？

我好像有些明白了，但是……这是黄子林的好事，怎么就变成了我的一个机会呢？对于这些疑问，黄子林是这样帮我分析的，他说：我是个作家，在社会上也算有头有脸的人物，有些话我不能直说，只能慢慢渗透，这样太影响事情的进度。你是女孩子，长得又漂亮，说话人家愿意听……总之，你也不需要做什么，就是随我一起常去他那儿坐坐……

话已至此，我总算明白了：柳翘翘的任务就是调动一切积极因素，想方设法赏王树的心，悦王树的目，趁他心花怒放、放松警惕的当口，黄子林冲上去狠狠地薅两把牛毛下来。

至于牛毛到手后的事情，黄子林主动说他不会亏待我。我大致想了一下，认为帮助王树成为一个有文化品位的企业家，也算不上道德败坏。况且，我和黄子林不薅他的毛，别人也是要薅的，没准儿还有些家伙早就想剥了他的皮，卸了他的骨头呢。

既然如此，那好吧，就暂且相信黄子林的话，相信一个乞丐会把他千辛万苦讨来的烧饼，掰一块给我。

# 五

于是，作家黄子林带着他的外甥女柳翘翘闪亮登场，出现在王树一场又一场的豪华盛宴上，但是那些鱼翅、鲍鱼、龙虾，甚至是真正来自东北长白山的鹿茸和熊掌，我从没品出它们的滋味，它们昂贵的出身总是将我的肠胃击成严重的内伤。

不止如此，关于薅羊毛的计划进展得极不顺利，比想象中艰难了无数倍。主观原因是王树非常忙。就算哪一天他不忙了，也总是被很多跟我们差不多的家伙紧紧地围着，他们坐在沙发上，喝茶、吸烟、打电话，故作轻松地聊天打哈哈，好像都是王树的亲密战友。

其实我早看出来了，他们怀里都揣着银光闪闪的大剪刀，在话语的间隙，那银光不时倏忽一闪。连我这样愚钝的家伙都看出来了，可想而知，黄子林他们更是心知肚明，谁都想早点儿下手，谁又都被别人紧紧地咬住。

这样的情形实在有些像金庸的武侠小说，一群来路不明的武林中人，身怀绝技，为着探取藏宝图共同聚到某一山庄，表面上你敬我让，脚底下却相互使着绊子。

为此，黄子林十分着急，嘴巴上长了一圈的小疮。

那一天，老天终于有点儿于心不忍，给了我们一个机会，和王树单独待在他的办公室里。黄子林顾不得喝茶，就开始了他的行动，他是这样开口的：王老弟，我的那部书马上就要完成了，出版社的总编给我发来了传真，上面有十几个编辑的联合签名，他们说这是一部难得的好书，他们看了前半部分都很激动，让我抓紧时间赶出来……

王树笑眯眯地看着这位伟大的作家说：祝贺你，子林，不容易啊！

黄子林连声说：是啊，是啊，你说我图的什么？这么多年要名没名，要利没利，不就是凭着一个知识分子的良知，来弘扬社会正气吗？要说不容易还真不容易，可是我觉得为文也好，为商也好，为官也罢，归根到底讲的是一个做人的境界……说着说着，黄子林就有些激动起来，他比画着双手，神情也肃穆起来，一副我不下地狱，谁下地狱的架势。

王树认真地听着，表情有些庄严，他不停地点着头，表示默许。王树的这种态度鼓舞了黄子林，他用了话剧演员那样的声音，饱含深情地说：我们失去的东西已经太多了，我们不能再失去精神的家园，我是一个作家，我有义务，也有责任来唤醒麻木的民众……

这一刻，好像是在某个庄严的剧场，黄子林正站在一束强光笼罩的舞台中央，悲愤激昂，慷慨陈词。他看了一眼王树，坚定的目光飞快地向我一扫，我不知道自己是如何变成一小堆磷片的，反正他的火柴头一擦，我眼前“嚓”地冒出一大朵火花。我抖了一下，心里明白，这就该我出场了。

我的剧情比较简单，扮演一个被打动的人民群众，情到极致，突然忍不住冲到台上，和主角一起向着台下振臂高呼。

不能原谅的是，我早已忘了出场时该迈哪一只脚，更不用说嘴里还得喊点儿什么了。单单不能和主角好好配戏倒也罢了，更可耻的是我像只老龟一样哆哆嗦嗦，把脑袋紧紧缩在壳里，似乎脑袋一露出来，就会被按到锅里煮一锅热汤。

稍稍的静默，配角没有出现，老练的主角开始救场，我听到一些“沉渣泛起、利欲熏心、精神守望者”之类的词，鱼群一样在我耳朵边上游过去，我极想逮住其中的一两条，哪怕一条，我就可以从隐藏的观众席中站出来了。可是它们游泳的速度实在太快了，我根本无法捕捉。

在这期间，黄子林的目光收割机似的，一遍又一遍向我轧过来，我听见它突突突地从我身上碾过，但颗粒无收。

由于配角的恶劣表现，严重影响了主角的激情发挥，更延误了剧情的纵深发展。正当主角彻底绝望，打算振作精神，独自把场子救起来时，电话铃响了。

电话铃真的是在这时响起来的，那时黄子林正说到这儿，他说：我准备把事情做大些，让全国的重要媒体先做做舆论，这样才会一呼百应，王总，我敬重你，我也需要你的支持……正当这时，王树桌上的电话就响了。

我不可能知道这是谁的电话，更不可能知道电话的内容，但是从王树的面部表情看，这个电话等于敲响了黄子林美梦的丧钟。王树捏着话筒，紧紧皱着眉头，脸色越来越阴沉，他一言不发，最后干脆闭上了眼睛，当然他绝对不是睡着了，这个我敢肯定。

黄子林紧紧盯着王树，他的表情恨不得变成一只怪兽，一口把那个电话机吞下去。王树却猛地大吼一声：闭嘴！声音之大、之突然把我和黄子林都吓了一跳。

王树继续吼道：告诉你，小子，糊弄别人行，跟我耍花枪，休想！他嘭的一声撂下电话，呼哧呼哧地坐在那儿生气，我看见他的喉结上下滑动，像一只雨后池塘边的青蛙。

坐在沙发上的黄子林则长叹一声，默默低下了头。他的姿势比较奇特，屁股深深地偎在后边，上身努力向前伸，好像胸脯是从膝盖上长出来似的。他的两手端着茶杯，遮在茶杯后面的眼睛恶狠狠地盯着我，我看见他的目光里长了牙齿，这些牙齿紧紧咬住我的脸，咯吱咯吱地乱响。

在中午的宴席上，深受打击的黄子林喝醉了，他的头耷拉在胸前直晃悠，好像从脖子那儿折断了似的。王树让司机送他回家，他却紧紧地抓住我的手送到王树的手里，连声说：兄弟，别客气，别客气。好像我是他敬给兄弟的一支香烟。

我想我是应该走掉的，但是我没有，我随王树去了他的办公室。

坐在白色的意大利真皮沙发上，美酒使我有些兴奋，也有些眩晕。我看着那两只棕色的皮鞋，如小鸟的两脚在织花地毯上无声地弹来弹去，轻快而有些懵懂，然后它们骤然向我逼近，有一杯茶落在我面前的茶几上。

我抬起头，看着王树的脸，他的脸很苍白，浮着一层虚汗。我很想仔细地看看他的眉眼，看看他额上那两道深深的皱纹，这张脸就在我的眼前，却好像网在恍惚的雾里，不能看清。



我突然抑制不住想要告诉他，黄子林并不是我的舅舅，他什么也不是，我和他没有任何关系。可是这些话猛地长出了凌厉的钩子，牢牢地抓在我的喉咙上，吐不出来。我低下头，感觉有水一漾一漾地荡过来，我像水底的一株草被冲得倒倒歪歪。

我听见咔哒一声，王树扣上了门的暗锁。我捏着自己的手，心里想：我应该跳起来冲出去。可是，我一动不动地坐着。我看着他走回来，拔掉了电话线，又关了手机，然后他去拉窗帘。他看着我，很慢很慢地松着百叶窗的绳子，一句话也不说。

我也看着他，我知道我仍然是有机会逃出去的，但是……我像扔在沙发上的一只靠垫，不能移动半步。

最后一叶窗帘，也终于落下来了，有一缕光线在王树的脸上闪了一下，如蝴蝶的翅翼划过暮色。王树停在那儿，端详了我片刻，这肯定是我最后的机会了……

该来的到底来了，王树坐下来，他没有说话，抓住我的手，紧紧夹在他的两手之间，翻来覆去地搓着。我屏住呼吸等待着，突然有水珠重重砸在手背上，我愣了一下，看清那是王树的两滴眼泪。

我吓了一跳，然后就听见他在哭，哽咽压在喉咙，他的身体微微颤抖，更多的泪水滴在我的手背上，也滴在王树自己的手上。

在这一个下午，王树就这样握着我的手，跟我说了很多话，一小段，一小段，断断续续，都是他和妻子的往事残片。他说：……那时候，我很穷，人又矮，可她还是嫁给了我，没有一个人同意。我去她家，她哥故意让我去挑水，铁桶碰在地上，哗啦哗啦地响，满村人都站在路边看笑话……

……先前，我在一家工厂干业务员，每到一个地方出差，我就跑到车站捡车票，回到厂里报销，然后把钱拿回家给她，有一次多报了两块六……

……那一回，我去了东北，她自己在家，只剩下一捆柴，两碗米。她做了点儿干饭，饿了就挖一团，泡点儿凉水喝下去，靠着这一点儿米，她过了十六天，等我回来的时候，她躺在床上，人都瘦脱形了……

……可是，后来，她竟然和我的司机偷情，那个狗娘养的，还骗她说要和她结婚，等到把钱都骗到手，人就跑了。她后悔了，要和我复婚，她竟然找市长来说情，孩子也天天对着我哭……

王树抱住我，头俯在我的怀里，一边哭一边嘟嘟囔囔地说着，他看起来真的很伤心，身体不停地颤抖。我惊讶地看着王树，不能说出一句安慰的话。我应该谴责他妻子的轻浮，咒骂那个男人的无耻，可是除了震惊，我并不能体验他的憎恨、耻辱和委屈。

那个女人，那是怎样的一个女人啊，多少人梦寐以求的生活，就这样被她毁了。想到生活，我妈和黄子林的脸开始在我脑子里晃来晃去，我极力想把他们赶跑，但是他们紧紧地缠着我不放，使我不能听清王树在说些什么。在这一刻，我突然无比的悲伤，我紧紧抱住了王树，眼泪流下来，刷刷地落在他的头发里。

我一句话都说不出来，感觉自己像表面平静的大海，水面底下，无数的暗流在涌动。

从王树那儿离开的时候，下雪了。一个人走在雪地里，冰冷的雪花滑过我的面颊，我看着前面的世界，迷茫一片，说不上是什么样的心情，反正，自此我与王树拥有了共同的秘密。

到家的时候，又吃了一惊，黄子林等在我家门口，一见我，他就抱怨说：你怎么才回来？我的腿都快冻掉了。你妈又不知疯到哪儿去了。他歪着身子揉腿，脑壳上一绺长长的头发滑到脸上，露出里面滚圆的光脑壳。

我们离得如此之近，我终于洞悉了他发型奇特的秘密。左边的头发，无限拉长，横跨中间的不毛地带，搭到右边，形成了局部包围中央的统一格局。这种发型，好像有一个时髦的名字，叫“地方支援中央”。

我笑了一下，挪开了视线，突然想到下午时的情形，王树俯在我的怀里，他的头发又软又密啊，他有多大年纪了……

打开门，黄子林钻进来，他说：怎么待了这么长时间？你们……他停下来，端详我的脸，好像在我的脸上能看到今天下午的实况转播。

我不动声色地给黄子林泡茶，我说：你不是喝醉了吗？不在家睡觉跑这儿干吗？

他哈哈地笑起来，笑得像一只阴险的老狐狸，说：醉？笑话！我从不知道醉是什么滋味。他伟人一般沉着地踱着步子在地上转了两圈，猛地转回身来坐在沙发上向我说：翘翘，你知道吗？你不能改变你的出身，但你可以改变你的命运，我有一个伟大的设想，一个智慧的设想。你知道是什么吗？

我不说话，拿两只茶杯来回倒着一杯热水，我听王树讲了一下午的故事，可是我没有喝一口水，实在是渴得很。

他看着我，神秘地探头过来又问：你知道是什么吗？他一边说，一边拿手小心地安抚着那绺长头发，使它们稳定下来，安心成边。

他兴奋地说：这一次我绝对没有看错，他真的喜欢你，你一定得把他笼络住，你的好日子就要来了，翘翘，你不会忘了我吧？

我说：怎么会？我吃只蚂蚁也掐条腿给你。黄子林向我眯眼笑，我坚定地看着他那只造型奇特的脑袋。我想，我应该用敬畏的眼神。

那天的雪下得很大，到天黑的时候，仍然没有停。我妈不知道去了哪儿，一直没有回来，黄子林就一直赖着不走。后来，我妈来电话说雪太大了，路上没法走，连车都打不到，她今晚不回来了。

我放下电话时，黄子林在我身后说：你妈说得没错，雪真的太大了。

我说：那你最好早点儿走，越等越走不了啦。他拉长嘴角笑了说：你那么狠心？我还是你舅舅呢。

他的笑真令人作呕，可又不能跟他翻脸。他坐下来看电视，很有滋味地看完连续剧，看娱乐，看完娱乐，再看体育，直到后来，除了雪花，再也没什么可看的了，他又抱起了一本书……

我一而再，再而三地打着呵欠，故意把声音放得极为夸张，黄子林听懂了我的意思，他很体贴地说：你去睡吧，你们小孩子就是觉多。可是他却继续盘踞在沙发上，看那本书。活像那本书上有什么秘籍大法，他看了以后马上就能得道成仙。



我不能赶他走，又不能表现我的愤怒，更不愿意待在客厅里和他说话，就气冲冲地进了自己的卧室，关上了门。在上不上锁的问题上，我稍稍考虑了一会儿，最后还是决定不上锁，人家是作家呢，又没表现出什么不良企图，我若上了锁，那不就是小人之心吗？

屋子里很冷，我开了电热毯，钻到被窝里。躺在床上，心里极力想弄清楚黄子林到底是个君子，还是小人，但是他的情况十分复杂，难以分析。想着想着，就有点儿迷糊起来，我本来是不打算睡的，但是被窝里十分温暖，有些身不由己……好像是在我的上下眼皮一照面的时候，门就响了，黄子林的手指像猫爪子一样挠了挠门，还没等我说什么，他人已经进来了。

他说：外面真的很冷，翘翘，你怎么不生炉子啊？

我一激灵，从床上坐起来。黄子林直奔过来，把手插进被窝里说：你可真自私，把我扔外面冻着，你自己在这儿享受。被窝里真暖和啊！

我使劲瞪着黑暗中的那个影子，像是一不小心，吞了一条肥肥的大青虫子。黄子林的手紧紧地按住我的肩膀，像一位慈祥的祖父似的说：你快睡吧，别起来，小心感冒，我暖暖手就行了。

我扭了一下，没甩掉他的手，那手仍紧紧黏在我的肩膀上，像一条烂菜叶，我没好气地说：那我去客厅。他更用力地按住我说：你躺下，你躺下，我马上走。

我轰一声躺下了，脸转向里面的墙壁。他的手拿开了，但是仍在被窝里，我说：你怎么还不走？

他理直气壮地说：我暖暖手也不行吗？

我没有道理说不，所以我沉默，谁知我退一步，他就进两步，他暖了一会儿手，又想暖暖脚。他说：我暖暖脚，马上就走，我不骗你，真的马上就走，你睡吧。

这简直是满口雌黄，如果在这种情况下，我还能睡着，那我一定不属于人类，也不属于这个星球。

他竟然真的钻到床上来了，因为他说他的脚都快冻掉了。我再也不能相信这个狗娘养的！我又一次坐起来，他的爪子火辣辣地按住我的肩头，我去推他的胳膊，那胳膊的力度超出了我的想象，像两座大山压在我的左右肩头，正不知所措，他放轻了声音好言相劝说：听话，别动，我保证我不碰你。

我放下手，他果然就拿开了胳膊，但是他歪过脸，在黑暗中看我，抻着他的脖子，像一只寻食的鹅。我厌恶地扭过脸，倘或这时手中有一条木棒，我一定会忍不住敲向这只愚蠢的脑袋。他感觉到了我的不满，但他不能理解，所以很委屈地说：我就看看也不行吗？我又没有碰你。

他说的是实话，尽管他像只蒸熟的猪头一样，把热气呼呼地喷在我的脸上，脖子上，但如他所言，他真的没有碰我，他表现得像一个含辛茹苦的君子，始终用胳膊支着他的身体，那两只贱胳膊一直在颤抖。

在这一瞬间，我突然就明白了一个问题：人是怎么被气死的！

我跳下地，啪哒一声拉开灯，指着这个高尚的人说：你真恶心，你看看你那样，让人想吐。

黄子林看着我，很无辜的样子。他似乎真的生了气，掉过头，一言不发地向门口走，我在后面步步紧逼，像押一个案犯。逼出我的卧室，直到家门口，他顿了一下脚步，微微侧着脸，以为我会改变主意，但是，这一次，他真的错了。

我把他推出去，轰的一声狠狠地卡上了门。

## 六

不久后，我与王树开始单独约会，地点基本都在那座“星”最多的宾馆。的确是单独的约会，没有他的狐朋，更没有他的狗友。至于黄子林，基于他的所作所为，我早就想把这座吊桥拆掉了，难道他还指望我过了桥，再把他扛在肩膀上吗？

那是一个雨夹雪的上午，我穿着红色的大衣，披着黑色长发，走近了那座繁华的所在。我的脸上带着微笑，脚步坚定而沉稳，直接走进金碧辉煌的大厅。虽然没有王子来挽住我的手，但我并不慌，我知道王树就在十六楼的一个房间里等我，我还知道他并不是不体贴，而是在这种地方，认识他的人实在太多。

我是一个懂事的好孩子，我一直自己照顾自己，从来不会给人添麻烦，就算在这个陌生的地方，哪怕心里揣着一百只吱吱乱叫的小耗子，我依然能貌似从容。

走近电梯，闪身进去，按下十六楼的按钮，我舒出一口气，看自己映在电梯间墙壁上的影子，水汽蒸腾在发梢与脸颊上，使我的脸如喷红的蜜桃一样，无比鲜润。

这真是一个令人快乐的日子啊！

电梯灯闪了一下，十六楼到了，门刷的一声打开，我向着电梯外的世界，迈出脚步。

我相信，微笑一定还浮在我的嘴角，风情一定也还留在我的眼梢，但……无边的黑暗突然包围了我，像突然停电，所有的物像与感觉……不，是整个的世界，在一瞬间消失不见。

我本能地回头，在即将关闭的两扇门缝间，我看见电梯里那块红色的脚毯，像一张诡笑的脸，仓皇一闪，逃遁了。

这是我看见的最后一线光明，然后我被这个世界突然抛了出来，眼睛看不见，耳朵也听不见，我伸出手试图触摸，只有凉凉的空气从指缝间滑过，恐惧将我吞没，汗水像疯长的草叶，从所有的毛孔里嘶嘶钻出来，我瞪大眼睛，但是黑暗是厚重的黑暗，坚硬的黑暗，我不能将它穿透……

我像黑暗中悬在树枝上的一只鸟，一动不敢动，也许身前身后，左左右右都是万丈悬崖，随时都可能粉身碎骨。当然，我并不是鸟，我没有翅膀，可以飞走。

尚存的一点儿理智，让我意识到脚底的土地是可靠的，我蹲下身，在脚边摸索，我摸到了冰冷粗糙的水泥地……怎么可能？我如此熟悉的铺着长毛提花地毯的十六楼哪里去了？我如此熟悉的那些富丽堂皇都哪里去了？还有……那个被富丽堂皇簇拥着正在等我的男人哪里去了？

……



一点点儿，双手向前摸索，双脚小心地跟着移动……

这样的探索不知过了有多长时间，在无边的黑暗中，我终于摸到了一堵墙，是的，一堵墙，冰冷硌手，它可能连着一个世界，这个世界里有我想要的光明。我跪在地上，顺着墙，继续向前探索……

向前，继续向前……终于我看见了一线光明，这是什么地方？似乎是野外的一片空地，空旷、广阔，没有边际，一缕缕蓝色的烟雾缥缈着，浓浓淡淡，正慢慢散去……

我看见了一间屋子，除了缭绕的烟雾，屋子里空无一物，裸露着灰色的墙皮，灰色的泥地。

不！屋子里有一个人，在烟雾的下面，就在地中间，是一个男人。他没有穿任何衣服，赤身躺在地上，仰面向上，两腿张开，正对着门口的方向。他的身上没有任何遮掩，我看不清他的脸，却突然看见他的胯下之物，硕大、粗壮，球茎形，如某种植物的根部……

我顺着泥墙滑下去，在一瞬间，魂飞魄散……

有一颗钉子，被牢牢地砸进了水泥地里，拔不出来。那就是我……

时间过了很久，不，也许，并没有多久，我的意识开始残喘，向着来时的黑暗，我蹲在地上，一点儿、一点儿退回去，用我的双手，摸着世界上唯一剩下的这堵墙。

我一直没有回头，不知道在身后的黑暗中潜伏着怎样的危险，我向前移动……这是有生以来我所经历过的最漫长的黑暗，也许贯穿了我的最初与最终，在黑暗中跋涉，黑暗更深、更黑、也更长，似乎人间已过了千年……

有几个世纪那么长的时间，我终于从一截楼梯上跌跌撞撞地滚下来，停在一扇门前，我撞开它，毫不犹豫，我并不像自己以为的那样手无缚鸡之力，这时的我，勇猛得像愚公的后代。

光亮一下刺疼我的眼睛，我跌坐在地上，跌坐在一堆乱糟糟的东西里，我张开嘴，像狗一样吐着舌头大口吸气。空气里蒸腾着一种腐朽的怪味，地上有歪倒的油桶、裂缝的酱缸，带血的猪下水摞成了山，青菜堆在地上，水果正在腐烂，碎在地上的一堆酒瓶子，剥了皮的某种小动物的尸体……

这些东西，让我闻到一股久违的味道，人的味道，这种味道就在不远处徘徊、萦绕，让我感到亲切而温暖。

我的心像一颗风干多年的老枣，终于被扔进了水盆里，一点点儿地滋润、饱满起来。我并不想哭，可是眼泪从脸上滑下来，扑簌簌地落到地上。我欣喜地看着眼前的这一切，看着那只从颈子那儿切下来的猪头，它闭着眼睛，温顺地垂着两耳，我看着它，就像看着亲密的我自己。

片刻之后，当我推开墙上那道小门时，我一下子置身于光天化日的野外，阳光刺疼了眼睛，我的脚底是铺着光滑鹅卵石的小路，眼前是一片一片苍翠的松树，雪花仍在一朵一朵地飘着。我茫然地看着这一切，不能去回想刚才发生了些什么，我只知道我还活着，我的眼睛能看，我的耳朵能听，我的心能感觉，这多么好……

那一次的单独约会就是这样，我不能解释这所有的一切，我没有跟王树提起，也没有跟别的什么人提起。后来，我经常回想起那天所经历的一切，我试图解释，也许在那一天，我误入了另外的时空，看到了未来的王树，而这种解释是沉重的、诡异的，我并不想知道。

## 七

黄子林说得没错，认识王树是我的一个机会。王树帮我做了很多事，该做的他做了，不该做的，他也做了。春天来到时，我有了一份正式的工作，成了一名剪纸艺术家。

王树通过一名副市长，把我安排在市艺术馆上班。艺术馆自然是艺术的殿堂，有唱京剧、拉二胡、吹唢呐、写剧本、跳舞蹈的各色人等，总之满地缝都是人才，我遇到的任何一个不起眼的家伙都可能是一个道行颇深的什么“家”。

看来看去，就我是个不学无术的家伙，可我的工资一点儿不比他们少。据王树说在此之前，我在离这四百里的一个偏僻小县城的文化馆上班，专攻中国传统艺术——剪纸，有六年的艺术工龄了，当然还有些别的什么经历，具体是什么，我一时半会儿也记不清，反正这些都在我的档案里清清楚楚地写着。

这肯定有些令人匪夷所思，但我确实是先成为艺术家，后来才学会剪纸的。你不必大惊小怪，我是个诚实的人。

艺术家柳翘翘的这份档案，就这样在市艺术馆落地生根。当然芽是没有时间发的，也发不出来。我没有先去艺术馆露面，而是先跟馆长请了半年的假，不是亲自去找的馆长，至少在我成为艺术家之后的半年时间里，我不知道这个专管艺术的人面长面短。

所有的一切，都是王树替我打点的。

据王树说，柳翘翘请假的理由是出去采风体验生活，因为混在人群里，艺术家总是不知道生活是什么样子的，非得找个地方躲起来，才能揪住艺术的小辫子。

据王树又说，管艺术的馆长非常赞同体验生活这一举动，并表示尽一切所能为体验活动提供支持与鼓励。同时，他为有这样勤勉追求艺术的年轻人感到欣慰。

至于王树打点馆长的其他情节，我一概不知。

接下来，我就真的去追求艺术了。

王树送我去跟一个老头儿学剪纸，老头儿住得比较偏远，是一百里外海边的一个小村子。别人都打鱼，只有老头儿给人写写春联对子什么的，当然他主要的作为不是这个，他是个画年画的。

在以前，退回十年，再退回十年，老头儿的那些花花朵朵、凤凰鲤鱼之类的年画非常吃香，他的年画曾被好几个出版社大批印刷过，可是后来，人间三两年就换一个天，老头儿就怀才不遇了。

怀才不遇没什么好说的，这种生不逢时的家伙太多了，他们要么沉默如金，要么唠唠叨叨。在老头儿的家里，这两种表现形式都有，前者是老头儿自己，后者是他的老太婆。

老头儿是我见过的唯一真正的君子，严格遵循着动口不动手的原则，举个例子你就明白，比如说，哪怕灶上的水壶正在噗噗向外喷着热气，他也只是坐在那儿骂：你又死到哪儿去了？脑子被狗吃了吗？

再比如，如果老太婆把饭菜都端上了桌，而忘了拿筷子，老头儿就守着饭桌一边骂一边等，哪怕等上一个小时，也决不坏了君子作风。

老太婆呢，她总是很忙，颠着小脚，一会儿赶鸡，一会儿撵鸭，一会儿骂猪，一会儿喂兔，一边忙一边反击老头儿：你眼瞎眼圈也烂了？不看见我忙得腿脚不沾地?!

当然，反击是一回事，她对老头儿从来都是很尊重的，每顿饭都坚决要向老头请示，比如：中饭吃什么？晚饭吃什么？老头儿的回答简明扼要，总是两个字：吃屎！老太婆似乎也就心安了，欣然领命而去，不过下顿饭她还会过来请示……

我觉得乡下是一个不错的地方，空气永远都是清爽的，随着天气的转暖，春光明媚起来，远的山、近的水，似乎都可入画。有时我甚至想，在这儿买间房子，潜心钻研艺术也是蛮不错的事呢！

我真的有些不愿意回去了，尽管坐公共汽车回市里很方便，可是我并不觉得有什么事情需要回去。反正王树会经常过来看我，黄子林也曾经随他来过两次。

那一天，老头儿院子里的杏花都开了，王树和黄子林又来了，是王树自己开的车，他拉了一车吃的、喝的。我们和老头儿一起盘腿坐在暖烘烘的土炕上，松木棒子在炕洞里呼呼地烧着，空气里弥漫着松油的清香。

我们大口吃肉，大碗喝酒，老太婆里里外外地跑，腿都比平日细了一圈。到傍晚的时候，我们都有些喝多了。黄子林老拿红红的眼睛瞅我，王树的话格外多，笑声十分爽朗，老头儿呢，他的眼泪和口水流得满下巴颏都是。

忘了是谁提议的，反正王树和黄子林决定当晚不回去了，我们一起上山去撵兔子。

出门时，天已全黑，王树开着他的“沙漠风暴”蹿出了村子，顺着小道，奔上村西的山岭。黑暗的山野四处潜藏着鬼魅，树影、灌木、草丛都如怪兽，或蹲或伏或站，只有当雪亮的灯光刷地扫过时，它们才显出原形来。

王树的车子在草坡上忽而向东、忽而向西地乱窜，车灯如探照灯四处乱闪，不时有小动物的身影仓皇地从车前窜过，偶尔有一两只吓破胆的小兔子，竖着两只长耳朵在原地不动，惊惶地看着车子向它碾压过来。

我总是忍不住尖叫，似乎被碾在轮子底下的不只那只兔子，还有我自己，我听见我浑身的骨头都在吱吱嘎嘎地乱响。

王树和黄子林也在尖叫，每看见一个惊惶失措的小影子，他们就哇哇地喊起来，是一种兴奋、夸张的喜悦。我不能明白他们为什么对这样的游戏乐此不疲。

后来，又一只小兔子在灯前显身，我看见它圆圆的红眼睛，一眨不眨地瞪着，黄子林蹲伏在副驾驶的位置上，向前伸着两臂，造型如一只扑食的老鹰。王树嘴里嗬嗬地低叫着，扭着方向盘向兔子冲过去，但是车身突然一歪，就听轰的一声，我们同时尖叫起来。

报应终于来了，车子突然熄火，陷在一个巨大的土坑里。

我们跳下来，围着车转了一圈，黄子林这时仍不忘幽默，说了一句：我们被包围了。没人理他。

三个人对着这辆刚刚还肆虐的“风暴”又推又拉，但它像突然死了，纹丝不动。王树爬上去重新发动车，拼命地轰着油门，准备让它冲出包围。轮胎哧哧地啃着土坑，反而把它挖得更深了，车子更彻底地陷进去。

能想的办法都想了，仍然解决不了问题。最后王树让黄子林去山下的村子里找人帮忙，谁知黄子林向后一闪，一边摇手，一边笑说：不去，我可不去，我怕狼。

后来王树就骂骂咧咧地自己下山去了，他一走，山野显得更加寂静而可怕。早春的天气，随着夜色越来越深，寒冷也一层浓似一层。我和黄子林蹲在草坡上瑟瑟发抖，我的牙齿嘚嘚地磕着。

黑暗中，黄子林突然抱住了我，他说：这样就暖和了。他俯过身来，热气嘶嘶地拂着我的脸，被它们蒸腾过的地方，开始腐烂。我推开了他。



然而他执着地又围困过来，两条胳膊像绳索一样把我紧紧箍住。我很生气，这个狗娘养的，竟然还存着这种心思。我说：你疯了吗？

他的头俯下来，小声说：我喜欢你，翘翘，你都不知道我有多喜欢你。他的声音低低的，竟然有些伤感。就像那个下大雪的晚上，他在床侧抻着脑袋看我，也是用了这样的口气说：我看看你还不行吗？

我觉得他的抒情十分下流，忍不住踢了他一脚，他哎呀了一声，但依然没有放开我。我又使劲踢了一脚，力气比第一次大得多，这次他没叫，更没有放开我。他用那张老脸摩挲着我的脸皮，喃喃地说：我真没想到王树能对你这样，早知道这样，打死我也不会让你们认识的。

他的那一绺长发滑下来，像条黏答答的破抹布，在我脸上蹭来蹭去，我由此联想到他油光锃亮的秃脑门，这一次，我用了全部的力量抬脚向他使劲踹过去。

他立刻像个娘们儿一样哎哟哟地抱着腿跌坐在地上，我向后退了一步，当然，只是一小步，我不可能退得更远，更不可能像影视剧中那些女主角那样，撒腿就跑，跑了以后怎么办？或许周围的黑暗中隐藏着更大的恐惧呢！

我站在一旁看着黄子林，他抱着腿一边哎哟，一边悻悻地说：你可真狠哪！我哧地冷笑了一声，突然想起有首歌是这么唱的：……朋友来了有好酒，若是那敌人来了，迎接他的有猎枪……没用猎枪已经够意思了，他还有什么好抱怨的。

也许是我的笑声惹恼了黄子林，他突然一个高儿从地上蹿起来，扑过来把我按倒在地，我听见他咬牙切齿地说：我就不信了，我制服不了你。

我有一刻的愣怔，显然光拼体力，不用脑子是不行了，他的手已撕开我的衣襟，直逼禁地。我干脆摊开双手，高声说：今天就随便你，王树会让你死得很难看。

这句话根本没有吓住黄子林，他骂了一句：让王树去死吧！我飞快地追上一句：他死了，你的十万块向谁要去？

这一句话终于起了作用，黄子林停了下来，不过他的手仍紧紧地按住我的胳膊，腿仍紧紧地抵住我的胸脯。我知道必须一鼓作气，乘胜追击。我说：我跟王树说了，我舅舅出这本书不容易，前期投入要很大一笔资金，你就帮帮他吧。

黄子林疑惑地看着我：你真这样说的？

我肯定地点头：嗯，王树说没问题，过几天，就把钱给你。

十万块的威力，终于使黄子林缩回了他的爪子。他放开我，一边摸索被踢坏的那条贱腿，一边说：这事你得抓紧时间，别让我等太久啊！

我从地上爬起来，狠狠扑打着身上的烂泥，心里说：放心吧，你一定会等到死不瞑目的。

## 八

不久后，我妈也来乡下看我了。那一天，我妈穿着黑色的鱼尾裙、白色的羊绒小衫，胳膊弯上搭着火红的短风衣，当她从车上下来，摇曳着舞步向老头儿家走来时，街头站着的村民都以复杂的眼神看着她。她昂着头，面带尊贵的微笑不时地点点头，好像她不是城里一个提前病退的老工人，而是香港哪位富豪家的贵妇。

从她一露面，我的脸就开始发红，好像被谁狠狠地扇了两巴掌。

她踮着脚，在老头的院子里躲躲闪闪地走着，一边走一边叫：天啊！怎么这么脏啊！当那些鹅冲她嘎嘎地叫唤时，她甚至天真地捂住了耳朵。

在老头的家里，老太婆一遍又一遍地用笤帚刷刷地扫着炕沿，而我母亲始终站在炕前，不肯落座，她礼貌地冲着老太婆把手一摆再摆，以示谢绝。转向我，就板着脸开始埋怨：你看看，脸都晒出红血丝了，乡下的太阳毒，你不知道吗？看你这样怎么回城里见人……

老太婆手忙脚乱地在炕沿上铺了一条毛巾被，柳惠心女士依旧不肯落座，眼睛看着我，却对老太婆说：大妈，难为你了，这孩子在家可是没吃过一点儿苦，凡事你多照顾着……

我使劲咳嗽了一声，心里说：天哪，快闭嘴吧！你要不是我妈，早被老头儿赶出去了。

后来，我妈把我叫到一边，开始了另一番谈话。她很神秘地说：

王树和他老婆的事你知道吗？现在闹得风声很大，我看你还是早点儿回去。

我很不愿意我妈插手这回事，她一掺和，事情就变得莫名其妙。我没好气地问：回去？我为什么回去？他和他老婆又不是一天两天了，这和我有关系吗？

我妈的眼睛瞪得有鸡蛋那么大，反问我说：没关系？关系大着呢！我告诉你，必须把他牢牢地抓在手里。万一他和老婆复婚，你就完了，我不是吓唬你。

说到急切处，她甚至不惜以自身做反面教材，深入浅出地帮我分析。听听她老人家都说了些什么吧：女人必须争分夺秒，好时光转眼就过，你看看我，一步踏错，终身错。你必须抓住王树，光知道爱是没有用的，你需要……再需要……

我亲爱的老妈，窃窃私语，详细向我展示她精心制定的乌鸦变凤凰规划图，第一步是什么，第二步是什么……

我看着她，心里并非不悲凉的，她的脸上搽着白白的香粉，嘴角有尊贵的笑容，她打扮得花红柳绿，可是在她的心里，永远是恐慌的。我知道她很俗气，但是这跟肤浅没关系，实在因为她活到现在，见识过太多画在纸上的大饼，所以要急急地抓些东西在手里。

我没有听母亲的话，更没有跟她回去，尽管她很生气，但是我早已明白，在我们两人的关系中，她若不生气，我自己就会很生气，这是一件不能两全的事。

我留在老头儿的家里，继续学习剪纸。

虽然，迫不得已，我成了一个偷机取巧的人，可是我的良心并不坏，欺世盗名并非我的本意，我做梦都在想着一觉醒来，就真的变成了技艺高超的艺术家，能为国家，为人民做点儿什么。真的，我很有紧迫感，自拜在老头儿门下，就潜心研究、精心揣摩，日日趴在昏暗的土炕上，又是画，又是剪。

就算我妈不辞辛苦，跑来告诫我说：你是女人，靠男人没人敢笑你。可我依然坚信，这个世界上，只有一个人是靠得住的，那就是柳翘翘自己。

说什么呢？世道如此，我妈这般，这真令人感叹。好在身处如此险恶的环境，我仍保有一腔真情，且心地善良，这十分难得，我觉得自己很不容易。

## 九

我是第三者，可我一样是好女人。

也许“第三者”这个概念不大准确，王树是离了婚的，可是最近他又在复婚的边缘徘徊，因为这样，很难说清谁是第二者，谁又是第三者。总之，我觉得爱情不是请客吃饭，没有先来后到，更不必论资排位。唯有真实。我爱王树，这就够了。

从乡下老头儿那儿回来，我已基本学成。于是艺术馆楼上楼下，就多了一个剪纸艺术家的身影。据馆长在全馆大会上的发言说：剪纸，是一门古老的艺术，和艺术瑰宝京剧以及皮影戏一样，在商品经济大潮下，正走入低谷，且面临失传的境地。正因为此，我们很欣慰年轻的有志青年如柳翘翘者，能安于寂寞、安于清贫，勇敢地担负起这一重任，将我们的民族艺术延续下去，并发扬光大。

我由此十分佩服王树的高瞻远瞩，幸亏我听了他的话，没有学画画，也没有吹笛子，更没有拉二胡什么的。这些玩意儿，那些真正的家们，从奶毛未干时，就开始苦练苦学，到现在早已玩儿得炉火纯青。我起步晚，底子差，怎么和他们比。索性就爆个冷门，弄弄剪纸，剪得精致，那叫栩栩如生，剪得粗陋，那叫拙朴大气。

艺术馆给我发第一个月工资的时候，我给王树买了一件真维斯的短袖T恤衫，直接送到了他的办公室。他十分高兴，当时就走进里边的卧室换上了。

接下来的时光十分温馨，我们一直在微笑，王树接电话，或者和进来请示工作的人交谈，他神采飞扬，眼神明亮。我的目光追随着他，感觉眼前这个男人充满了魅力。而他总是忙里偷闲给我送宋丹丹所说的那种“秋天的菠菜”。

后来，王树的妹妹来了，他的妹妹是一个满脸苦相的干瘪女人，她瞟了我一眼，说：哦，你就是那个姓柳的，这么年轻啊。然后她开始和王树谈他的婚姻，她苦口婆心地对王树说：我离婚就已经满城风雨了，你再离婚，别人怎么看咱家？

我看王树，他的脸已打上斑驳的阴影，我站起来，准备回避，那女人却拦住我，并走过去锁上了门说：你不是外人，听听也好。我只得在沙发上重新坐下，王树脸上最后一缕阳光也消失了。

女人一边抹泪，一边说：哥，你在外面人家都尊重你，在家里，兄弟姐妹也都听你的。你是个有脸面的人，你家里再一散，咱爸咱妈还能出门见人吗？

王树在屋里低着头走了几步，突然冲着我喝道：你没事，老跑我这干吗呢？不是说别再找我了吗？他的脸像一页书，翻过这页的温情，就露出了另一页的冷漠。我目瞪口呆地看着王树，完全不能明白这是怎么回事。

他转向他妹妹，无奈地摊着两手说：我有什么办法？她连对象都不肯找，说要一直等着我，你说，我能怎么办？

我的脑袋轰轰乱响，好像里面有一小堆炸药被王树突然点着了。我张着嘴巴看王树，看着这个完全陌生的人，他身上穿着我给他新买的T恤衫，五分钟前这个人还在对我脉脉含情……

屈辱与恐慌变作滔滔的泪水从我眼睛里哗哗地倾倒下来，我很想质问王树，这是为什么？但是悲愤使我浑身颤抖，不能说出话来，我抖得像件晾在半空的湿衣服。

在这时，王树长长叹了一口气，苦恼地摇着头，对妹妹说：你也看见了，我一提跟她分手这事，她就哭，要死要活的，我是没有办法了。

王树的妹妹紧紧皱着眉头，转过脸跟我说：你能不能别哭了？这样影响多不好。

我拿手紧紧地掩住嘴，企图把呜咽压下去。我知道这样是太丢脸了，我怎么能拉下脸在不相干的人面前声泪俱下，我的尊严呢？

更重要的是我恨王树，我从来不知道他是这样一个翻脸无情的家伙。我紧紧咬住嘴唇，抬起头狠狠地盯着他，真希望眼睛里能飞出刀子。

王树一点儿都没有做贼心虚，他眉毛一拧，呵斥道：你哭什么呀？看看你那熊样，不知道的还以为我怎么欺负你了呢。

我本来已经不哭了，可是他一开口，我的决心立刻被瓦解，就像一只坏掉的水龙头，无法再拧紧，泪水又稀里哗啦地流下来。我恨我自己，竟然完全失去理智。我应该对着王树冷笑两声，若无其事地扬长而去，然后跑回家抱着枕头哭个天翻地覆，哪怕把枕头泡得像一个热水袋也没关系。

想到此，我总算意识到应该逃离这个可恶的地方，一头向门口冲去，王树大喝一声：站住，你这样出去，明天人家又有闲话说了。

王树的妹妹不耐烦站起来：那我先走，你再劝劝她，她这样可不行！她走了，随手带上了门。王树跟在她后边，把一侧耳朵贴在门上，一边听外边的动静，一边对我做怪脸。

我愣着，过了片刻，王树从门上挪开脸，舒了一口气说：总算是走了。

他拉我在沙发上坐下，对着我的脸，歪着头左瞅瞅，右瞅瞅，扑哧笑了说：好了，看看你，眼睛都肿了，做做样子就行了呗，还哭个没够了。

我真想对着他的脸就是一巴掌，像拍一只吸血的蚊子。可是王树说：平时都是我教育他们好好做人，今天被她碰个正着，要不这样，以后他们怎么会服我。

这真是个奇怪的理由，他怕在妹妹心里失掉尊严，难道我的脸面就无所谓了吗？王树是这样答复我的，他说：这怎么能一样呢？我和她低头不见抬头见的，你一年才见她几次？

就是在那天，王树跟我说：该给你买套房子了，你喜欢装修成什么样子，都随你，我娶你时，咱们就住那里。

# 十

在王树之前，我一直是个不走运的人。每一次的感情纠葛我都以为这就是我的真爱，这一个或那一个，眼看就要一生一世，可事实上，我要么是在对的时间遇上了错的人，要么就是在错的时间遇上了对的人。而这一次，我想我终于对了。

不是每个女人都能像麦当娜或大嘴罗伯茨一样，靠自己的本事赚钱，运气好，有男人肯提供舒适的生活，当然求之不得。再假若这男人又是自己喜欢的，就没有理由不快乐。

在夏天到来之前，王树在海边看好了一套白色的别墅，欧式风格，典雅不凡。我十分喜欢。

王树跟我说：我不能去办这件事，认识我的人太多了。我把现金交给你舅舅，让他去办理吧。买下来马上装修。

我舅舅？我愣了一下，才反应过来，他说的我舅舅正是黄子林，这怎么可能！我当即坚决反对，王树说那就另外再找人吧。我于是放下心来，心里说：黄子林同志，自此你过你的独木桥，我走我的阳关道。

接下来，在半个多月的时间里，王树已经找人把房子的事情办妥，装修人员也浩浩荡荡开了进去。他说等哪天有空儿，带我过去看看，让我有空先转转家具商场。

那一天，我看好了一套家庭影剧院，就拿了产品宣传书，兴冲冲跑去找王树。那是个傍晚，有很美的夕阳。王树一个人伏在桌上看书，见到我，笑容马上在脸上绽放了。他身子一仰，靠在老板椅上，像大人对一个婴儿那样拍拍手，张开了双臂，我就一直走到他的怀里去了。

王树跟我说：到时把阁楼当你的工作室，你得给那儿起个名字，你打算叫“听雨楼”，还是叫“怡香阁”……说这话的时候，他眯起眼睛笑了一下，露出很白的牙齿。

夕阳从窗子外爬上来，整个屋子里显得金碧辉煌，我看着王树饱满的脸上有一层浅浅的绒毛，呈现着安谧的金黄色。

这种颜色，就是我要的幸福。

我在等王树的电话，他说哪天有时间，带我一起去看新房子，但是他的电话一直没来。我给他打过去，手机关着，办公室也没有人接。我想他也许在开会，也许在忙别的，那么好吧，我待在办公室里继续工作。

我手头正忙着赶制一套“四美图”，是上海美院定制的，一共十套，一套四帧。所谓“四美图”就是古代的四大美人，大小就一个巴掌那么大，用普通的红色宣纸制作，底下衬上白色的宣纸，边角盖上我的红色印章。红与白的对比，古朴、典雅，因为尺寸小，制作起来更见精致。连美人们皮肤纹理的走向、裙子上的皱褶我都能表现得细致入微、栩栩如生。

但是无论别人怎样夸我，怎样说杨玉环的衣裙在抖动、貂蝉的脸上有忧郁的微笑，我都只是淡淡地笑一笑。哪怕在后来的日子，我的作品开始在国内得奖，并且走出国门，赚外汇时，我依然能保持这样的笑容。因为我知道，在那个偏僻的乡下小院里，住着一个老头儿，还有他的老太婆，他们一辈子都待在那个小山村，他们从不知道剪剪窗花也能成为艺术家，而我，只是跟他学了一点儿皮毛。

这是后来的事情了，还是回到那天上午吧。那个上午和平时并没有什么不同，我正埋头于一大堆红纸屑中，母亲打来电话叫我马上回家，说她病了，很重。我于是撇下杨贵妃她们，回家照顾我妈。

但是我妈精神饱满、面色红润，我实在看不出她老人家哪儿不妥。她抱着一本什么书，坐在椅子上，翻两页，放下，过会儿拿起来又翻两页，再放下，不时地偷眼瞟我，而我们的目光一旦相遇，她就马上避开。

这神情不像是她病了，倒像我出了什么大问题。更奇怪的是，每次电话铃一响，她就紧张地一路小跑冲过去说：我来，我来。

在家待了一天，我闹着要回去上班，我妈看拦不住我，只得摊牌说：王树……不在了。

……不在了？王树？

我愣了一下，完全不能明白这是什么意思。有时我们去某个地方找人，别人也会说他不在，但是我母亲脸上的表情，绝不是这个意思。

我皱着眉头：什么？你在说什么？我母亲冷静地看着我，不知道为什么，她的嘴唇特别红。她低低地说：王树不在了，昨天开的追悼会。

我慢慢退到椅子上坐下……

太荒唐了！这怎么可能？完全不可能，这不是真的。我知道这肯定不是真的，我看见那个夕阳很美的黄昏，王树冲我微笑，我的手温柔地抚过他的脸颊，而现在，我的手掌仍残留着他皮肤的温热……

我看看我的手掌，然后使劲搓着我的脸，搓着搓着，我母亲那些话就消失了，我相信从来没有人说过那些话。我走到电话机前，开始给王树打电话，我知道这个时间，他肯定会在办公室的。他说他要带我去看房子，他说要把家具尽快布置好，黄昏的时候，我们就坐在阳台的秋千上看夕阳……我知道他马上就会拉长声音“喂”一声，我会小声说：嗨，是我。

电话没有人接，我开始拨他的手机，可是那个烂熟于心的号码，我怎么都想不起来了。我看见我的手，像一条奇怪的鱼在键盘上滑来滑去，而那些号码键突然变得无比光滑，我再也按不住它们。

……

我要去看看王树！

空气十分沉闷，五月的风竟然如此燥热，它鼓荡起我宽大的裙裾如风篷正举。我不知道为什么要穿这条裙子，它似乎没有经过我的双手或思维就跑到我的身上来了，后来我意识到这条裙子正是王树送给我的，燥热的风在裙摆里面黏稠稠地紧裹着双腿，使我走路走得磕磕绊绊。

没有下雨，只是闷热。去看王树的路濡湿、阴暗，黑色的沥青路面渗着大片的水渍，许多黄色的冥纸，在我走过时，像惊起的蝴蝶飞舞着，它们围拢来簇拥着我。

街上的人离我很近，又离我很远，我不认识他们任何人，也听不见他们的声音，可是我看见他们的嘴唇在动，红润的嘴、苍白的嘴、粗糙的或者干裂脱皮的嘴，这些嘴像树叶子一样在空气里飘浮，我看见一团一团的话语在树叶间绽放，说的都是这座城市的风云人物王树突然在他的豪宅里仆地不起，而在前一分钟，他正因为妻子杀死了他的一条热带鱼而大动肝火，一句诅咒的话还挂在他鲜润的嘴唇上，他突然就重重地摔倒了。

……

我慢慢地走着，茫然地看着街上的那些人，在他们每个人的脸上，我都看到了王树，那就是王树的脸，那就是王树的笑，露着白白的牙齿，我跟在他们身后，拐过一条街再拐过一条街……突然透过蒙眬的眼睛映出的都是些诧异的不相干的人，我垂手站在正午十二点的太阳下，向着无底的黑暗坠下去，再坠下去。

那是在多久以前，我已经不记得了，王树跟我说：我得回家去看看了，我女儿今天给我做了炒土豆丝。我很爱她，我知道你，你能明白这是怎么回事。

我向他点点头，并不惊讶，也不生气。我想王树有王树的理由，而我，他有理由，对我也并不完全是坏事。

在为王树奔丧的路上，我想起了他经常回家看女儿这件事，这件事使我心情复杂，也使我停下了踉跄的脚步，站在路边。我侧脸看着地上自己的影子，然后看我黑色的薄纱上衣、浅咖啡色的长裙，以及精巧的黑色细带凉鞋……这时的我，停在路边茫然四顾。我看见许多的眼神像鱼的白肚皮一样从我脸上滑过，他们探询地打量我，秘密地揣测我，甚至放慢了行走的脚步，他们随意想象着一位停在路边的女人，想象着她的种种可能性。

可是一定没有谁能想到，这个停在路边茫然四顾的女人，是为了去看一位英年早逝的爱人。是的，英年早逝，我突然想起了我母亲的话：已经都过去了，你去那个场合不合适。

真的不合适吗？那个举行追悼会的场合，我去真的不合适吗？

可是，站在路边，我明明看见，那个叫柳翘翘的女人裙裾飘飘出现在那个场合，出现在那些面目庄严的人们面前，他们看着她，表情诧异、惊奇、愤怒、或者漠然，并在心里迅速将两个女人进行比较评判，同时密切关注着事态的发展。于是在众目睽睽之下，柳翘翘与死者的妻子面对面，她们装作视而不见，或者仇恨地对视，然后，然后会出现什么情形呢……

奇怪，在这时候，我完全忽略了这个场景中最重要的那个人物——王树，这怎么可能，完全不对头，我好像把走在街上的目的给忘了。

我是应该痛哭流涕、呼天喊地的，我怎么能这样？但事实上，我真的想了一些完全不相干的事。

我不能明白，这是怎么一回事呢？

不管怎样，有一点可以肯定，在奔丧的路上，我很悲伤，我有理由比所有的人都悲伤，但是我为什么不哭？我一直流不出眼泪。

我没有看到王树最后的样子，于是他停留在我记忆里的始终是一副生动的表情：眼睛会眨，睫毛抖动，嘴巴在说话，我无法把他在脑子里演变成另外一种我完全不熟悉的样子。

我想我妈是故意的，她故意让我看不见、也摸不到王树，故意等到追悼会都开完了，王树已化为灰烬，才让我知道这件事。

王树去了哪里呢？

我被带到了一个地方，一个所有人都无力拒绝的地方，这个地方使血肉化为尘灰，喧嚣归于宁静。

空气中充满了焦煳的香味，许多粉末状的微粒被黑烟裹挟着，从一座高大的烟囱里爬出来，它们在空气里游动，擦过我的头发时发出咝咝的轻响。

一个女人提着一大串钥匙，叮叮当当从走廊尽头走过来，那些钥匙像些串在一起活着的鱼，它们挣扎碰撞发出刺耳的尖叫。我跟在女人的身后，走在长长的走廊里，拐过一条楼道，又拐过一条楼道，在一扇紧闭的门前，停住。我听见从紧闭的门缝里泄出许多细碎的声音：叹息、哭泣、欢笑、私语……我看着女人的脸，她表情模糊，无动于衷，钥匙碰着铁锁的瞬间，一切突归阒寂。

门吱吱呀呀地开了。

我看见一满屋的铁架子，它们被分割成许多排，又划成无数的小空格，每一格都放着一个小小的盒子，盒盖上贴着逝者的照片。

在敞开的门口，一缕阳光斜斜照在地上，一张女人的黑白照片蜷曲着躺在地上，轻伶伶地抖动，似乎因为没有来得及藏匿而发出低低的窃笑。挂钥匙的女人奇怪地自语：咦！明明是放在那里。我看见照片上的女人向我飞快地眨了眨眼睛。

我径直走进去，感觉到有许多的眼睛在注视着我走进去。穿过两排铁架子，我向前走，再向右拐，无需指点，冥冥之中有人在牵引我，在第五排第三个空格处，我踮起脚抱下那个紫漆檀香木盒。

我把王树紧紧地抱在怀中，檀香木盒上有隐匿的火焰在闪烁跳动，它们噼噼啪啪燃烧的声音深深灼痛了我。我寻觅这些火焰，寻觅她的隐匿所在，我追寻的目光发现她逃遁在敞开的窗子一角，那是一朵炫目、艳丽的刺梅，衬着三五片墨绿的叶子，探头在窗子的一角摇曳。

在五月的一天，这朵血红的刺梅开得如此恣睢、如此放纵……

只此一次，我再未去看过王树，但在想象中，我无数次看见那个叫柳翘翘的女人，清晨，她在山野里采一把野花，天空阴翳，总是下着小雨，她穿着长长的裙子，慢慢向一座墓地走去。初春时，她的手里会握一束迎春，在秋天，她会带一把野菊……我总是沉默地看着她的脸，看着她手里的花，我甚至闻到了那些花淡淡的香味，但我不能触摸她的心情。

## 十一

我在街头游荡，不知道该到哪里去。夜色很深了，我趴在一个公用电话亭给黄子林打电话，除了他，在这个世界上，我再也找不到一个人说话了。当他接通的时候，我终于哭出来了，泪水噼噼啪啪落下来，把眼前的地面都打湿了。

他很紧张地问：翘翘，你怎么了？在这时我突然醒悟，悲伤是属于自己的，别人只需看见我美丽的容颜，至于泪水，我应该好好地藏起来，不跟任何人声响。

于是我开始说话，支离破碎，断断续续，大意是：我的一个女同学死了，突然的车祸，曾经的细节我都一一记得，我很伤心……

后来，黄子林就赶过来了，他扶着我的肩膀，安慰地握着我的手。在这时，我突然想到：我又错了，应该让黄子林去买那套房子，我不知道王树把这件事托给了谁。

我打了一个寒噤，寒冷和恐惧，一层紧似一层围逼过来，我浑身的骨头突然都被抽掉了，我虚弱地靠在黄子林的身上，不能说话，不能动。

那晚，黄子林沉默地送我回家，在门口，他在我背后终于缓缓地开口：我知道，你是为王树哭的。他迅速抱了我一下，把头抵在我的后背上，轻声说：好运走到头了，翘翘，小心点儿。

自此，我住在我妈家里，安心做一个艺术家。在我的卧室，我剪了很多巨大的绿色喜字，贴在白墙上。绿与白的对比，有一种凉丝丝的阴森。

有一天，我妈站在一个大型绿色喜字下，沉吟了一会儿，幽幽地看着我说：翘翘，你真可怜！

可怜！这是什么话？像在《祥林嫂》的剧中听谁说过，可我并不是谁的未亡人。我笑一笑，我可怜吗？并不！我不和命运斗，有何可怜？最不幸的是另一种女人，什么都争，什么都争不到。比如母亲。

但是，有时，我也忍不住会想，或许在某一天，会有一个神秘电话打过来，有个声音，我熟悉的声音，他说：过来看看吧，这是我留给你的房子，上面的阁楼，做你的工作室……

也许是这样，也许……什么都不会再有了。

2004 年第 3 期《小说月报·原创版》

# 笑相逢

## 一

### *1*

如果有一天，你熟悉的一个人突然以另外一种面目出现在你面前——伪造的名字、年龄、学历，以至家庭出身等等，你一定不止惊讶，还有好奇。

荣灯此刻就面对这样一个让她既惊讶又好奇的问题。

没错，是她！纤瘦的身材，象牙色皮肤，神情安静、淡定，左眉间藏着一颗黑痣，绿豆大小，麻衣神相称之为“草里藏珠”。据说这样的女子即使出身贫寒，也会有富贵人生。此刻她就坐在走廊的椅子上等待荣灯的面试。

现在，她叫丁之恩，1988年生于山东烟台，父母为中学教师，毕业于中国海洋大学中文系，在就业感言里她这样说：上帝给了我两只耳朵，一张嘴，就是为了让我多听少说，但是他却给了我十根手指、十根脚趾，十根脚趾能够走遍世界上每一寸土地，十个手指能够为这个世界描绘无数斑斓的图画，猜猜看，你能想到我会用什么样的颜色吗……



喊！二十二岁，身家清白，父母良善，刚刚大学毕业，尚未染指社会，明明一张白纸嘛，干净简单得令人羡慕。够了，别再装腔作势了！荣灯弯起手指弹了弹简历上那张照片，照片中的丁之恩小姐正冲她微笑，必须承认，人家孩子笑得宁静、镇定，理所当然。

真是一个做戏的天才！

但是！请问丁之恩小姐，流连于“风之尚”的那个叫明珠的女人是谁？那个总是轻声走路，小声说话，一双手在无数女人脸上身上抚摸来揉搓去的女人是谁？那个为了知心爱人而重生的女人又是谁？还有，那个小嘴巴的令荣灯乖乖奉上一笔现金就逃之夭夭的女人又是谁呢？

荣灯悄悄躲在窗户后边向走廊上偷看，她在心里一连用了四个排比的疑问句砸向正等待召见的丁之恩，似乎这个可怜的骗子马上就要被这排山倒海的疑问砸得抱头鼠窜。可是，那骗子，她就像一颗钉在椅子上的铁钉一样纹丝不动、理直气壮，并且还装模作样地抱着一个蓝色的文件夹。她没有不安地啃噬指甲，也没有下意识地咬着嘴唇，甚至她冲旁边的几个人点头微笑时，她那两扇心灵的窗户既不斜向左，也不斜向右，她直视对方的脸，坦荡、明亮，就好像那几个应聘的人是假的，而她才是真的一样。

怎么能够这样？怎么能够这样呢?!

一个骗子，她不应该紧张吗?！她不应该羞愧吗?！她不应该无地自容吗?!

如果普天下的骗子都这样堂而皇之，甚嚣尘上，那么好人怎么办？好人都灰溜溜地夹起尾巴做人吗！简直——嗯，太不像话了！

荣灯气鼓鼓地坐回椅子上，双手绞在一起使劲啃着指关节。这是她一贯紧张思考的模样，用林森的话说是：“进入探索人生真相状态。”他说这话的神情总是有些调侃，有些不以为然，甚至还总是冲她顽皮地眨眨眼。虽然那小眼睛既不明亮，也不好看，三角形，甚至有鼠目之嫌，可因为那是林森的眼睛，她就喜欢，觉得相得益彰。多么深藏不露的小眼睛啊，像宝剑藏在鞘里，出鞘的那一刻，光芒四射，天地黯然……

林森，这个名字中有五个木的人，随时随地都能将荣灯轻易点燃。荣灯的嘴角划过一丝微笑。林森也总是淡定的、从容的，因为他有明亮的生活、明确的目标、明快的生活态度，以及明晰严肃的道德观，明亮、明确、明快，还有明晰，真好啊！多么令人欣慰，又令人振奋的一些字眼……可是一个骗子，她怎么也能那么从容，那么淡定，那么理所当然呢？

不！荣灯感觉到些许的愤愤，那骗子的从容冒犯了她，她的淡定也激怒了她。哼哼，她心里冷笑一声：我让你装无辜，我让你装从容，我非撕下你伪装的画皮不可，看你还装不装？

## 2

荣灯和明珠——不，暂且还是称她为丁之恩小姐吧，她们既非亲朋，也非故友，她们是去年冬天认识的。

去年冬天，荣灯命犯桃花，她遇到了自己梦寐以求的白马王子——林森。

林森生于六十年代末，就职于某高校，属学者型教授，出书论著，善于在媒体抛头露面，有过一次婚姻，也常游学四方，像一小块积雨的云彩，不定期地飘到某座城市上空，淅淅沥沥播洒一阵知识的雨露，滋养他的拥趸，然后满载赞誉与爱慕飞抵他的老巢——望岛。那是个被联合国科教文组织命名为“最适合人类居住的”海滨城市，有哥特式的尖顶建筑，满街都是挺拔葱郁的梧桐树，整座城市弥漫着浪漫的童话气息。

荣灯，三十四岁，某市报社小有名气的才女记者，为人清醒冷静，常年在报纸开专栏针砭时弊，探讨人生百态，世俗中人的贪嗔痴慢、爱恨情仇，于她信手拈来，都摇曳出芳华无限，又因文风泼辣有趣，行文清爽洒脱，拥有大批读者。

当林森这块积雨的云彩飘到荣灯所在的城市上空时，她奉命前去采写一篇新闻稿，虽然此前极为喜欢他的作品，也熟知他作品中众多人物与故事，但那又怎么样呢？就像她喜欢喝牛奶，却没有养一头奶牛的冲动。

那天的晚宴，气氛热烈，微醺的荣灯在众目睽睽之下大声说：“林森，我能拥抱你一下吗？”在众人一片喝彩声中，荣灯纯洁无瑕地拥抱了林森，等于是拥抱了智慧，拥抱了博大精深，也拥抱了这个社会的良知。是的，荣灯始终认为优秀的知识分子是这个社会最后的良知，而林森是他们中为数不多的一个。

凭什么呢？女人的一种直觉。不，女人往往被长头发所害。那么就凭他那些源源不断挤出来的新鲜牛奶好了，那些牛奶既然滋养了荣灯，所以她感谢一下奶牛无可厚非。

但是……也许林森不这样想，事后，他邀请荣灯出去坐坐，理由是他欠她一个拥抱。荣灯拒绝了，她是个已婚妇女，虽不是贞女烈妇，却有为无爱婚姻抱残守缺的道德感，她要的是一场严肃的爱情，而不是一场即兴的肉体欢娱。

事情并没有结束，林森返回的航班飞机穿越大片积雨云时，遭遇雷电，飞机在空中激烈颠簸，座位上空的氧气面罩齐刷刷地全部弹出，每个乘客都以为领到了赶赴西天的生死牌。终于……还好，飞机最后到底挣脱厄运，顺利降落。

飞机尚未停稳，所有的人悲喜交加又惊魂未定，林森的第一个电话就打给了荣灯，他说：“午夜飞行，我已经飞到了地狱门口，可是看门人对我说，‘你尘缘未了，欠债未还，还了债再来吧。’”

舱门还没有打开，林森还没有离开座位，他被冷汗湿透的衣服凉飕飕地贴在后背上，他紧紧抓住手机扣住耳朵，热烈地说：“亲爱的，让我们结婚吧！先结婚后恋爱！”

于是，就这样，一场严肃的爱情鸣锣开演。

这一个冬天，总是在落雪，白皑皑的雪封锁了万物的激情，却封锁不住一场来势凶猛的爱情。

每个周末，在济南开往望岛的特快列车上都有荣灯的身影。这个世界，除了林森，已经万物不存，她不是在林森的身边，就是在赶往林森身边的路上，其他的时间都用来想念。

想念渗透在每一个毛孔，想念在一起的每一刻，想念他们从进到屋子的瞬间，就扔掉手里的东西，紧紧抱在一起，再也不肯分开；想念林森带她一起探索她身体的奥妙，一点点，一寸寸，浅浅淡淡，长长远远，荣灯在战栗中尖叫，泪流满面地哀求："请不要假装爱我，我很傻，会当真的。"林森就用无数的吻将她席卷，淹没，直到窒息……

她恐惧地看着被关在身体里的那头欲望猛兽咆哮着，挣断了所有捆绑的绳索，冲破笼子，疯狂地四处冲撞，她再也不能把它关进去。

荣灯是恐惧的，也是欣喜的，充满好奇，当她有生以来第一次放出这头困兽，她感觉如释重负，似乎她早就巴不得把它放出来了，只是不好意思而已。

林森好意思，他脸皮厚，他稀松平常就打开了她肉欲的铁门……等等，他是不是也打开过其他无数女人的笼子呢？难道他是把万能钥匙？

不！不！林森是一个知识分子，不是一个女人标本收集者，看看他辽阔的客厅，两面墙全是整排整排的书柜，全世界有思想的伟人都欢聚在这里，就在这里，庄严肃穆，充满道德感，和林森本人一起，焕发出璀璨的光芒。

这种光芒照进荣灯的生命，掠起她生命中沉积的灰尘，甚至重新雕塑了她的面容，像剖开包裹的石层，露出沉睡的美玉，整个人焕发出熠熠夺目的光彩。

她盘腿坐在林森家的木地板上，感觉到体内万物花开，宛若新生。屋外万物肃立，静静飘雪，而屋内温暖舒适，她裙裾宽大，长发如云，手里拿一本书，背后依着书柜，痴迷地看着林森在电脑键盘上敲敲打打，制造思想，她甚至不敢大声呼吸，怕惊扰了这场美梦。

真好啊！看一本书，爱一个人，过一生！她真的愿意，生命就这样删繁就简，摒弃芜杂，开出孤绝美艳的花朵。

可她必定是要回到原来的生活，她总是赖到最后一班车，总是拖到最后一秒钟，她恨不得把时光像猴皮筋一样抻长再抻长，抻到啪的一声断裂，她宁愿如千年琥珀，在这声断裂里静止成永恒的姿势。



最后的那班车总是在午夜，林森开车送她去火车站，送她回到原来的生活，就像把一个越狱逃跑的犯人重新投回监狱。逃犯焦躁不安，而那个曾经的同谋——狱警则总是一副公事公办的样子，笃定、冷静，双手闲闲地揽着方向盘，好像所有的热情都在床上干苦力活时用光了。

在告别的最后一刻，荣灯尤其渴望他突然说："别走了，留下吧。"就像言情电影中的男女主角，总是唧唧歪歪着难舍难分。可是林森从不，甚至连吻别都忽略不计，车子也不熄火，他跟那个独钓寒江雪的老头儿一样有定力，稳坐在驾驶座位上，待她刚从后备厢取出行李，他即刷地掉头离去，连声喇叭都不按。他的理由是：警察不允许在此停车！

警察还不允许乱搞男女关系呢！荣灯提出抗议时，林森也总是轻抿嘴角，一副鱼在钩上的从容笃定。

每当荣灯独自站在寒冷的街头，悲怆地看着火车站硕大的钟表，耳边回荡着午夜当当的钟声：魔法消失了，马车变回南瓜，灰姑娘光着脚，并没有一双漂亮的水晶鞋。

他爱她吗？爱她的人？还是爱她的肉体？林森的固定答案是："都爱，越做越爱，越爱越做。"这方面他堪称言行一致的君子，绝不纸上谈兵，而是积极主动加以实施。她总是被他的"两越"战术攻击得大声尖叫，叫得越大声，她就越欢愉；叫得越放浪，她就越厌恶自己。这是爱吗？或者是邪恶的肉欲狂欢？

荣灯感觉自己就像猪肉市场的质量监督员，而他们的情事就像摊在面前白花花的剥光猪。她既怀有对肉腥的深刻厌恶又肩负些微道德的压力，所以她查毛鉴色、去伪存真，喏，没有病毒，没有细菌，没有臭味，于是她给剥光猪的肉身打上蓝色印戳，在放行的那一刻，她甚至透过浓烈的腥膻捕捉到空气中弥漫着的肉香。就是这样嘛，他们进行的是一场严肃活泼的爱情，无涉金钱，无涉肉欲，更无涉利益，这是纯洁的，也是道德的，所以！她叫得再大声，都不必羞耻。

荣灯千方百计说服了自己，也就原谅了自己，她搬掉压在心口上的那块石头，重新燃起对林森的满腔热情。为了爱，她什么都愿意做，只是她再也不能忍受被重新投回监狱，跟那个苦刑犯（丈夫）

关在一起。

## 3

女人一旦下了决心，就变得比圣女贞德还铁面无情。荣灯跟丈夫提出离婚，丈夫当然是不同意的，就算两只猫狗关在一起，时间长了，还舍不得呢！

同不同意，那是男人的事，荣灯只是通知他而已，她干脆从家里搬出去了。在一个男人不在家的日子，她雇了一辆车，找了几个人，把自己的东西席卷一空，哪怕她曾用过的一只化妆品的空瓶子，一个遗弃的旧盒子也都清理得干干净净，似乎要擦掉所有她曾在这里停留过的痕迹，甚至连双破拖鞋也不肯留下。她可不想让那男人对着她的遗物回忆往事，缠绵悱恻，搞得像一场人鬼恋。

接下来的一天，荣灯的办公室突然出现了几个喜气洋洋的花童，他们送来了九百九十九朵红玫瑰，加上一封长达二十多页的情书。

没有人不知道红玫瑰代表什么，九百九十九朵红玫瑰热烈芬芳，声势浩大，把整间办公室的空气都开疯了，滋养了每一颗干渴的心灵。

荣灯是有夫之妇啊！是谁？不鬼鬼祟祟地偷鸡摸狗，却大鸣大放地搞外遇？

激动的不止荣灯，她的那些同事毫不掩饰兴奋，人人挤眉弄眼，妄加猜测，并严密注视荣灯的一举一动。

林森到底不是普通男人啊，他当然是浪漫的。荣灯羞涩地捏着信，像捏着一颗定时炸弹，林森会对她发射一些什么样的甜言蜜语呢？可是，荣灯的表情从开始的惊喜——醒悟——愤怒——到最后脸色苍白，她把看了一半的信塞进抽屉，神情恍惚地冲出办公室。

大家面面相觑，然后，不约而同把目光投向抽屉——放情书的那只抽屉。



一封情书嘛，有什么大不了的，名人的情书不都向社会公开吗？多好啊，熏陶大众，共同受益！

于是抽屉被打开了，大家激动万分地共同受益。可是这封情书有点儿不同凡响啊，一个男人鼻涕一把泪一把，酸溜溜苦唧唧又深明大义地说："亲爱的老婆，你回来吧，我知道你爱上了别人，可是，只要你回来，我就不计较你的背叛……"

什么？这哪里是情书？这分明是一个头上绿帽子熠熠生辉的丈夫声声控诉的血泪史呀！看这情书，涕泪横流，字迹都被模糊了，这被泪水模糊的一片到底是什么内容呢？会不会提到奸夫的名字？奸夫会是谁？是否就隐藏在大家的身边？甚至就隐藏在看信的这些人中间？

这个想法让大家激动得目瞪口呆，似乎这一团模糊的泪水下面隐藏着天机，只要破译了，就能揪出那个隐藏在人民群众中的败类。可是，时间紧迫，荣灯——那个不要脸的红杏出墙者随时可能回来，而且情书实在太长，比他们平时搞一个专版的字数还要多，这里面有多少秘密需要认真研究啊？

怎么办？背叛者是可耻的，被背叛者是值得同情的，也是需要道义支持的。大家再一次迅速取得一致，他们分工明确，有人望风，有人熟练地启动了复印机。不久，有份名为"致背叛妻子的一封情书"的复印件就在江湖上广为流传了。

荣灯怕吗？不！她有伟大的爱情呢，那头被囚禁的野兽喜获新生，洋溢着无穷的力量，逢山开路，遇河架桥，没有任何力量可以阻挡，她喜悦地看着它，如此勇敢！如此骄傲！如此恣睢！

她听到冲锋的号角吹响，血液在血管里哗哗奔流，潜伏的斗志从每一个汗毛孔嗞嗞向外冒，她拒绝妥协，反抗游说，消灭一切威逼利诱。她大义凛然得就像个女共产党员，正为全人类的利益赴汤蹈火，不仅迅速离了婚，还迅速辞掉了工作，义无返顾斩断一切后路，以高贵的姿态期待着她的置之死地而后生。

其实……心里也不是不忐忑的，当战争迅速结束，她这一小粒来势汹汹的子弹，爆出所有的炸药，只剩一个空弹壳，被寂寞地扔在荒地上。

竟然没有人，对她的勇敢报以热烈的掌声！竟然没有人，对她的无畏献身加以褒奖！林森呢？荣灯的爱情大旗可是为他在猎猎生风啊！

当然，在战争打响前，荣灯没有对他透露任何只言片语，她讨厌前思后虑，讨厌战略战术，讨厌庸俗世故消解掉一场严肃的爱情。或者说，她害怕枪声一响，同伙的男人就抱着脑袋逃跑了。

荣灯有勇气独立赢得这场战争，却不敢贸然把胜利的消息报告给林森。也许对于狼藉的战场，男人也是心有余悸的。那么，还是从思念开始吧，风花雪月的事，每个男人都消受得起。

她开始对林森倾诉自己的思念与眷恋，以证明这份感情的真实可信。林森马上回应，表示自己思念更甚，他不想吃苹果，不想吃橘子，只想吃新鲜多汁的她。于是她迅速被点燃，他们飞快地舞动手指，短信像密集的炮弹一样嗖嗖飞向对方的阵地，将彼此轰炸得血肉横飞，恨不得插上雪亮的刺刀，展开贴身肉搏，马上将对方俘虏擒获……在最后，在激情倾诉的末尾，荣灯到底没忘记试探地问一句："我再也不能和你分开，我辞职去你那儿好吗？"

林森在那边沉默，这是枚新型炮弹，他还从未见识过，所以不好轻易下结论。

荣灯却再也沉不住气，直接拨通了他的电话，极力表明，她早就想辞职了，早就想离婚了，而且因为林森态度的暧昧，她赌着气说："我不会打扰你的生活，我在外面住，我也不需要你养我，我能找到工作。"言外之意我是社会独立新女性，我有独立谋生的能力，你不必担心我会拖累你。

总之，千言万语一句话：我什么都不要，只要你爱我。

林森还能说什么呢？林森是个知识分子，知识分子都是含蓄的，明明浴火的是只肉鸡，可他总不能等人家全身的毛都烧光了，再告诉她跳进去的是只大烤炉吧?!

所以林森很温柔、很温柔地说："你自己做决定。"

嗯……"自己做决定"，这算一句什么话呢？往好里理解，这是尊重你，你是社会新女性嘛，有独立判断能力。往坏里理解，爱死爱活都随便，反正你自己做的决定，跟我没关系！

把自己当凤凰的那只肉鸡当然要往好里理解了，谁会把自己想象成一只香喷喷的烤鸡，挂在架子上，被食客滴溜溜转动着挑来挑去！

## 4

这一次，荣灯与林森在望岛的团聚，非同往常，对她来说，有着井冈山“朱毛会师”般的非凡意义。

林森笑眯眯地打量着这个不辞辛苦、送货上门的姑娘，问她也是问自己：“这就真的来了？”

荣灯已没有退路，索性摆出一副咬定青山不放松的姿态，斜眼看他：“怎么，后悔了？”坏笑着再补一句，“后悔也来不及了，谁让你勾引我的。”

林森不以为然地：“干吗后悔？大不了退货呗！”他抱起她，要搬到卧室去，“让我先检验一下产品是否合格。”

荣灯虽铁嘴钢牙地和林森打情骂俏，表情也是轻松愉快，心里却对他的不严肃生出恨意，又不好表现出来，只得硬撑着继续调侃。

林森轻描淡写，话里话外似乎都透露着进可攻、退可守的从容，却不知道荣灯内心已隐隐作痛，她心里翻腾起“聘则为妻，奔则为妾”的阴影，想自己放弃一切，真能像人家小女子红拂那般，眼光又准又毒，夜奔则奔出个卫国公夫人的锦绣前程来吗！

荣灯对这一份爱情到底是缺乏信任的，她把牙齿咬进林森的肩膀，狠狠追问他是否还有其他女人。

林森的表情真假难辨，脑袋时而歪向左边，时而又歪向右边，他煞有介事地皱起眉头想了想，缓缓张开嘴，似乎马上就要坦言相告。荣灯脸色苍白地扑上来，揪住林森的耳朵，气急败坏地叫道：“不许说！不许告诉我任何你的风流韵事，就算我严刑逼供，也坚决不许告诉我，听见没有？你听见没有……”

林森一迭声地答应着：“好的，好的，我又不傻。”

两人抱到一起，又开始一场抵死缠绵，可是荣灯有诸多不悦，她谴责林森做爱态度不严肃，他扑闪着舌头，小眼睛滴溜乱转，馋涎欲滴的样子根本不像个教授，和一条馋嘴的狗倒十分相像。她说：“我当自己是盘献上圣宴的圣饼，刚刚经过烈焰的烘烤，你却拿我当根喷香的肉骨头，缺乏必要的虔诚与恭敬。”

这样的论调十分有趣，林森笑得浑身发软，他争辩说：“男人都是食肉动物。”

荣灯果断地告诉他：“没错，但狼和狗还是有区别的。”

林森仍然不服：“我做的是爱，是享受，是娱乐，像闭着眼睛，舔舐奶油冰激凌。”

荣灯不反对娱乐，但坚决反对低级娱乐！她要求他：“收起你活泼的小舌头，端正态度，严肃认真地做爱。嗯，怎么说呢，就像做一场恨，拒绝娱乐精神。”

于是林森及时改正错误，配合荣灯郑重地把恨又做了一次，恨着恨着，就真的恨起来了。荣灯把这个男人紧紧抱在怀里，却感觉像抱着一块木板在汪洋中漂浮。

她紧紧咬住林森的肩头，恨不能把他一口吞下去，她恨他，恨得咬牙切齿，恨得摩拳擦掌。恨他如此优秀如此引人注目并为此沾沾自喜，他如果不是这样得意就好了，他如果吸引的都是男人就好了，他如果虽然优秀却只死心塌地爱一个女人就好了。可是他是那样不安分，哪怕走到大街上眼神都像暗藏的飞镖一样啪啪甩向那些漂亮的小妖精，哪怕看看电视，也和那些女演员含情脉脉，当人家是前世的情人穿越时空回来认领他了……唉！恨哪！万叶千声皆是恨哪！可是……荣灯愿意为这个恨之入骨的男人死去。

## 5

像捕捉一条泥鳅，努力辨明水流，看清它逃遁的方向，悄悄跟踪而至，突然下手，飞速合拢，猛地将它围剿在掌心，嘿嘿，这次逃不了了吧！

小心翼翼地张开双手，可是，手心里空空如也！怎么会呢？明明捉到了，明明它滑溜溜的身体还在手掌间扭动，怎么就逃走了呢?!

这就是荣灯和林森的关系。

荣灯真的不明白，她明明已经来到了林森的身边，明明和他亲密无间，可是！为什么却总是感觉越来越远呢？

他不让她接家里的座机，理由是：反正也不是找你的。

他不给她家里的钥匙，理由是：反正我都在家里等你。

他不主动给她打电话，理由是：反正你会打过来。

他不主动说爱，却总是埋头做爱，理由是：不爱怎么会做呢？越做越爱！

他说得头头是道、句句在理，他做得沉着笃定、若即若离。没道理的反而是荣灯，每时每刻都在水深火热中煎熬，像两个花样击剑对手，她尚未站稳，已频频中招。她震惊之余，又暗暗钦佩对手剑法的绝妙，疼痛并为之着迷。他感觉到她的迷恋，更加有恃无恐，并愉悦地欣赏她的痛苦。

怎么会这样？她的痛苦竟然是他快乐的根源！

荣灯抱着手指啃啊啃，怎么都想不明白，她想不明白自己为什么对他如此迷恋，恨不得两人变成连体人，每时每刻都在一起，可是林森却不愿意和她住在一起。

他说了，一个优秀的作家需要独立的思想空间和创作空间。他甚至把托尔斯泰也搬出来了，那个驴瘦毛长的老头扬言世界上最可怕的地方是妻子的卧室，临死还偷偷跑到一个小镇上藏了起来。

荣灯肯定是败了，她怎么拼得过那个资深老头呢！

当然，林森也是关心她的，在她租房子期间，林森很随意地问她："需要钱吗？"

钱?！多么庸俗的东西，真让人不好意思呵！她摇头，浅笑，心里央求道：你再问一次吧，再问一次，我就说需要。

可是，林森再也不问了。

其次是找工作。

荣灯早就说了，自己是社会独立新女性，她当然要自食其力，她怎么可能像个古代的小脚妇女，手心向上等着男人赏两个铜板！

当然，这方面，林森也是关心过她的，他曾经问过："挺好的吧?！"

荣灯笑呵呵地说："挺好，挺好。"然后煞有介事地报告去了几家报社几家杂志社，人家怎样热情相待。生怕说出遭到拒绝的实情，自己在他眼里就变成一无是处的废物。

再其次，两人过起"周末喜相逢"的日子。

平常的时光，桥归桥，路归路，各忙各的，只有周末大家一起来欢乐。

林森说："你是自由的，我尊重你，你也应该有自己的独立空间与生活。"

可是荣灯不要自由啊，她也不要独立空间，她宁愿他霸占自己所有的一切，她的身体，她的呼吸，她的生命，所有的一切，都拿去好了，做她的主人吧，她的神，她的主宰，拿皮鞭抽打她，让她光脚走在碎玻璃上……尽情地惩罚她、虐待她吧，让她淋漓尽致地感受彻骨的苦痛。

可是，林森恪守协议，每个周五傍晚来接走她，激情狂欢，每个周日下午再送回来。似乎她是一道甜点，只在周末用来改善生活。

荣灯已经快被那个"周末喜相逢"弄崩溃了，每个被送走的那一刻，她就在等待下一个周五的来临。

从分开的那一秒开始，眼睛还看得见林森，她的心灵已开始饥渴。

林森是她的盐水，不喝渴，喝了更渴。

林森也是她的光明，他使黑夜更黑，长夜更长。

因为无从把握，因为深陷爱中无法言说的孤独，荣灯寝食俱废，整夜整夜无法安睡。深夜里，她总是心神恍惚地一个人在阳台上徘徊，似乎随时都可能一头栽下去。她是病了。当她在这致命的黑暗中载沉载浮时，那个叫明珠的女孩子出现了。

那是个寒冷的日子，天空阴暗，乌云垂絮，光秃秃的树枝在凛冽的风中嘎嘎作响，地上到处堆着一摊摊的残雪。

荣灯无事可做，也无处可去，一个人游荡在寒冷的大街上。她患了重感冒，不停地咳嗽，对温暖的怀抱有着异乎寻常的渴望，她突然决定去找林森，也许在这样一个寒病交加的日子，两个相爱的人抱在一起，就不再冷了。她柔肠百转着弃妇般的爱恨情仇，决定把自己这个幽怨的惊喜送上门去。

荣灯兴冲冲地坐上出租车，向林森家奔去，她也曾掏出手机，打算先给他打个电话，可是都提前预告了，那还叫惊喜吗？

再说了，凭什么他来接，她就去，他不来接，她就得乖乖等待？不！她就是要主动出击，看看他此刻到底在家里干什么，看书？写作？与朋友通电话？或者……有另外一个女人，在这样的时刻与他边做边爱？

一定有些什么是他隐匿，令她不知的。

比如：他从不喝咖啡，桌上却摆着一套漂亮的咖啡杯，一盒开启的速溶咖啡。

比如：他不是勤快人，却总在荣灯度完周末后，将她的鞋子收进盒子，衣服收进柜子，洗漱用具放进袋子。

再比如：放药品的抽屉里有各种避孕工具，荣灯却从未使用。

再再比如……一定是了，荣灯不在的时候，有另一个女人欣然光顾，香浓的咖啡漫过她灵巧的舌尖，甚至涂满她的全身，而他会一点点儿将她舔舐，像舔舐一支点缀着果仁的冰激凌……

荣灯快要被自己丰富的想象力逼疯了，她浑身颤抖，大口喘息，忽然有一种强烈的直觉，似乎她马上就要与某种隐匿的事实劈面相逢，她恐惧，却又莫名的亢奋，抑制不住这股立即揭秘的冲动。

她下了出租车，向林森家冲去，像被拴在一匹狂飙的马后，滚滚狼烟中，脖子套着绳索，身不由己，狂奔不止。

不！不！还是等等，咖啡杯也许是前妻用过的，或者是招待客人用的；把她的用品收藏起来也许是出于体贴和爱护；那些避孕用品呢？也许是古时候他与前生前世的女人用过的，既然这样，有什么道理打上门去呢？

如此的不信任，林森是会很不高兴的，接下来会怎样？会爆发一场恶战？会老死不相往来？她站在林森家的楼下徘徊，仰脸看着紧闭的窗帘，不！不！她怎能让他不高兴呢？她的使命就是让他高兴，让他快乐，让他比以前更优秀。她怎么可以忘掉这些？

她使劲掐自己，企图让自己清醒，浑身哆嗦着赶紧跑开了。可是那匹马还在狂奔不止，拖她回头冲向危险的深渊，她不得不抱住路边一棵梧桐树，紧紧抱住，狂暴的野马扬起四蹄咆哮不止，梧桐树被拉得倒倒歪歪，似乎随时都会被连根拔起。

就是在这时，她一抬头看见了一家美容院——风之尚，她脚步踉跄着投奔而去，怕稍一松懈又奔林森家——奔向一场灭顶之灾。

咳！一定是佛祖看我可怜，现身来救我了。她心里叹息！

荣灯一脚迈进屋子，有些虚脱地跌坐在椅子上。前台小姐送来桂圆暖身茶，几本时尚杂志，两杯暖茶下肚，复魂归原位。荣灯有些后怕，手心冒出汗来，感觉刚刚犹如被邪灵附体一般不可理喻。

店里的环境宁静温馨，仿红木家具渲染淡淡奢华，暗灰印花地毯松软，白色云纱窗帘悬垂，背景音乐静静流淌，有大棵绿色观叶植物停立角落，是一个安静的所在。

前台小姐在与另一女孩说话：“明珠怎么还不来？”

“今天周三呀，明珠休假。”

“原来不是休周末吗？”

门一响，匆匆进来另一位女孩子，挟一股寒风。

前台小姐白她一眼：“真是，干吗周三休假？客人这么多。”

荣灯看那女孩，想必这就是明珠了。五官平常，双眼却黑亮，左眉间有一颗黑痣，绿豆大小，宛如草里藏珠，那珠子在草影摇曳间闪烁光华，瞬间便化腐朽为神奇，点活了她稍显凝滞的表情，让人不禁怦然心动。

明珠开口了，轻言细语，浅笑如兰，她说：“我老公周末有事，所以调在周三。”

明珠带荣灯去单独的包间做护理，眼神清澈、笑容温暖，知心知性的样子，却又保持着恰到好处的分寸感。

也许是女孩子的微笑明亮柔软，也许是她的手温软舒适，也许是舒缓的音乐让人放松，荣灯竟有一种莫名的亲近感，两人闲闲地说起话来。

荣灯喜欢她的名字——明珠，与她倒是般配，她有些顽皮地皱起小鼻子，羞怯地说："是我老公给改的名字。"说到"老公"两个字的时候，她眼睛一亮，有幸福的波光在荡漾。

据荣灯所知，改名字是很麻烦的一件事，女孩说："是呀，我老公找了公安局的朋友，很是费了一番周折呢。"

一口一个老公，可见她的老公非常疼爱她，唉！幸福的小女子啊，怪不得如此淡定、如此满足。也许她的那个老公，不见得有多英俊洒脱，不见得有多权高位重，对世界而言，他只是一个普通的人，但对这个叫明珠的小女子来说，却是整个的世界。

这样的爱真好，简单、直白，没有盘根错节。

荣灯喜欢干净明朗的爱情，亦不吝惜赞赏，她真心祝福别人的幸福，并认为祝福别人也就接通了自己的幸福频道。可是……她真的接通了幸福的频道吗？她不禁叹息一声，激烈地咳嗽起来。

明珠扶她起来喝过水，帮她压住鼻翼两侧止咳，并告诉她如果心情抑郁愤怒，就按揉两乳之间的膻中穴，如果失眠就按揉脚底的涌泉穴，如果不快乐就按揉虎口处的合谷穴……唉！真是，这几个月来，荣灯何时不抑郁？何时不失眠？又何时快乐过？即使和林森在一起谈笑风生时，她也总是怀着深深的忧虑。

这是为什么？为什么越爱越怀疑？越爱越不能平静？对此，明珠有自己的观点："姐姐，何必探求原因？生活太复杂，我们的眼睛该势利一点儿，只看见美的，忽略丑的；我们的心灵该高贵一点儿，只记住快乐的，而忘记悲伤的。"这些话经由一个平凡的美容小姐说出来，还是让荣灯有些惊讶。

可是，明珠马上又恢复了孩子气，皱起小鼻子，小声嘀咕道："姐姐，`我老公说了，'智慧的人都懂得，遗忘比记忆更重要'。"

又是老公说的，简直让人受不了。荣灯问："那你为什么改名字呢？你老公怎么说的？"

明珠淡淡地笑了："我老公说我是明珠蒙了灰尘，他就是替我擦去尘埃的那个人。"

嗨！这是怎样的一对小恋人啊？甜蜜、默契、依赖、互相珍惜……先等等，职业习惯让荣灯极为善于在言词间发现潜藏的秘密，蒙了怎样的尘？又如何擦拭？擦掉了没有？

荣灯不好探询下去，明珠也不多说，她温暖柔滑的双手在荣灯脸上、脑后、脖颈处妙曼游走，轻重得当，舒缓有致，荣灯多日紧绷的神经渐渐放松，意念涣散，竟然睡过去了。

等再醒过来，四周悄无声息，她脸上蒙着面膜，深陷黑暗，喊了一声明珠，无人应答。正焦躁着，房门轻响，明珠脚步轻盈地进来了。

明珠给她卸掉脸上的滋养膜，收拾妥当后，递一面镜子过来，荣灯端详镜中的自己，不禁喜从心生，眉清目秀，肌肤柔嫩雪白，哪里像弃妇嘛？信心重又附体，一切尚好，值得珍惜！

正自我陶醉着，明珠递上一盒风寒感冒颗粒和一瓶止咳枇杷膏，原来她刚刚是跑出去为她买药了，这样寒冷的天气，只穿件薄毛衣就跑出去，鼻尖冻得通红。

这样的殷勤关顾，这样的细心呵护，林森不曾有过，他只让她感冒时多喝白开水，而她们不过萍水相逢。这一瞬，荣灯真的心生感激了。

荣灯就是这样遇到明珠，笃定、安静的女孩子，让她心里舒适而温暖。

明珠从未向她推销过产品，当荣灯询问，才如实相告是否适用，甚至还阻劝她购买精油套装产品，因为她的皮肤角质层太薄，不适合活血性太强的产品。明珠的坦诚、体贴、温柔，让荣灯信任。

于是，当荣灯懒得出门时，明珠就在下班后，赶到家里给她做面部护理和全身按摩，兼加心理医生，一双绵软的小肉手在全身游走，按、揉、搓、推、捏、揪、压……面部护理、淋巴排毒、胸部护理、卵巢保养、足底按摩，一点点儿打通荣灯全身滞涩的血脉神经。

肌肤相亲总是让人容易解除戒备，况且又是不相干的人，无需防范。荣灯断断续续说起正深陷的这段感情，她的困惑，她的挣扎，她的怀疑，她的不甘心，却从未提到林森的名字……

明珠静静地听，并不多问，她似乎从不为爱操心，更不怀疑，总是高高兴兴把老公挂在嘴边，她甚至嗔怪荣灯庸人自扰：“姐姐，你真是的，管他是真的，还是假的，那是他的事儿，只要咱自己是真的，就行了。反正人一辈子总要真正爱一次，否则，多对不住自己呀。”

明珠的安静认命，感恩乐生，以及逆来顺受，像小量的安定剂让荣灯安静并产生依赖，她总能悄然睡去，当明珠做好全套护理，静静关上灯，悄悄离去，睡梦中的荣灯有时竟然都不曾醒来。

而第二天早上，当荣灯还在床上赖着时，明珠又煮了热腾腾的红豆八宝粥送上门来。

两人的关系是有些不一般了，荣灯叫她妹妹，明珠叫她姐姐。荣灯愿意给明珠一些补偿，送她小的礼物，自己不喜欢的新衣服打包送她，把护理费直接给她个人，带她出去喝咖啡，逛商场。有两次，她甚至很冲动地想带明珠和林森一起出去吃饭，甚至还想让那双温柔的小手也帮林森按摩一下酸疼的肩膀，可是……

在最后的关头，她盯着明珠的脸看了又看，以一个男人的欣赏角度，这一看，把自己吓了一跳，明眸皓齿，巧笑如花，更重要的是她多善解人意啊，简直就是温香软玉嘛！引狼入室的故事听的太多了，荣灯马上就打消了自己天真的想法。

甚至当林森提到她最近皮肤状态不错时，她也含糊其词，绝口不提明珠，明珠—— 一个让人浮想联翩的名字，哪个男人不想暗藏一颗明珠呢！

为了将美丽进行到底，也为了能长期得到明珠的呵护，荣灯在美容院办了一张三万块钱的白金卡，可是交完钱不久，她的明珠妹妹就人间蒸发了，再也不见人影，连手机都停了。荣灯从此被剥夺了做上帝的待遇，那些小姐天天猫念经一样嘟囔着千奇百怪的产品，恨不得把她兜里的钞票全掏出来。

更可气的是，她们也不知给荣灯抹了什么鬼东西，整个脸通红肿胀，甚至溃败破皮，像只熟过头的西红柿。荣灯要求退款，店家说明珠已经拿了高额提成走了，何从退起呢？荣灯又气又恼，就算她不诟病提成，也迁怒于明珠的不辞而别。

可是，谁能想到呢？就在此刻，就在眼前，那颗踏破铁鞋都找不到的明珠，竟然又撞到眼皮底下来了。荣灯能轻易放过她吗？

# 二

## *1*

荣灯抱着双臂，背对房门站着。

房门吱呀一声轻响，她——那个小骗子进来了。

高跟鞋哒哒敲着地面，轻快，跃动，富有弹性，合身剪裁的白色短袖套装勾勒出妙曼的身姿，她走到椅子前坐下，从容、淡定，静静地等着。

荣灯暗自冷笑一声，从窗前缓缓转过脸来，感觉自己像手持照妖镜的那个老和尚。果然，明珠脸上的笑容开了一半，僵住了。小妖精尚未来得及兴风作浪，已被打回原形。

可是那眉间的黑痣一跳，僵住的笑容紧接着噗地一下璀璨着，就盛放开了，明珠惊喜地叫道："姐姐？是你！"

没有意料中的惶恐、难堪，甚至连难为情都看不到。难道照妖镜这就失灵了？荣灯板起脸，沉默，她走向老板台后的椅子坐下，静静地开口："请问，我是称呼你明珠女士，还是丁之恩小姐？"

隔着一张宽大的老板台，两颗心便是咫尺天涯的距离。明珠抿了一下嘴唇，无辜地看着荣灯，她的双手仍紧紧抓住文件夹，因为用力，指节发白，那里面应该装着她全套伪造的证件吧，事关生存，所以要牢牢抓紧。

荣灯挑起嘴角，她不愿意纠缠，单刀直入地："不管你现在是谁，我已不会录用你。原因你知道。"



明珠自然是知道的，她的睫毛飞速地眨动，似乎在试图抵挡雨季的到来，或者思索对策。她迅速镇定下来，慢慢挺直腰，靠在椅背上，平静地缓缓开口："姐姐，我——需——要——这份工作，并且能够胜任。"

什……么？她仍然叫她姐姐，并不惭愧，也不心虚，而且，竟然有一丝执拗。

"你……凭什么？"轮到荣灯惊愕，惊愕于一个骗子的理直气壮，"凭你高中辍学却把自己伪造成大学生？凭你隐瞒父母农民身份而将他们粉饰成教育工作者？凭你一会儿叫明珠一会儿叫丁之恩？对了，你到底叫什么？还有，你二十二岁？还是二十六岁？老家东北黑龙江，还是山东烟台？你到底有没有一点儿是真的？"

明珠并不激动，也不混乱，她说："姐姐，撒谎是我不对，但并没有对社会和他人造成伤害。我希望出身清白，父母明白事理，我本人受过高等教育，但是我没有，所以我要粉饰了给大家看，大家不是就这样要求的吗？社会不是就这样要求的吗？没有单位愿意聘用河南人、湖北人，尤其是东北人，你们觉得东北人男盗女娼，我是东北人没错，可是我有的缺点，其他地方的人也都有。"

轮到荣灯哑然。

明珠将文件夹放在桌子上，叹了一口气，她伸手挠了挠头，有些欲言又止。

荣灯等着，看她还有何高见。

明珠舔了一下嘴唇，缓缓地开口："我……有一个女儿，四岁了……"

荣灯没想到是这样的开始，她内心震惊，却逼迫自己保持平静与淡定。

明珠平静地："她在老家，跟我妈妈过，每年春暖花开的时候，我妈就把她放在板车上，拉着她满世界走……"

"为——什——么？"荣灯小声叫出来。

"因为我爸总是打老婆，我妈受不了，天气一暖和，她就跑出去，冬天的时候，她再回家……"

荣灯再也不能假装平静，她生气了，愤怒地："你妈妈为什么还要回家？既然跑了，就再也别回去。”

明珠抿抿嘴唇，她甚至笑了一下“……可是，妈妈并没有地方可以安身呀，冬天的黑龙江是会冻死人的，所以，她只能回家等，边挨打，边等春天到来……”

荣灯不自觉地叹出一口气，那个女人——听从春天召唤的那个女人，她是怀着怎样的心情，满世界游走？还有那个四岁的孩子，该有明亮的眼眸，雪白的牙齿，可她童稚的笑容在花开的季节四处飘零。

“她们……吃什么？”

“总会有好心人。”

“……住呢……住哪里？”

“走哪儿就住哪儿，草垛、桥洞、野外、庄稼地……”

“怎么能这样呢？”荣灯变了脸色，叫起来，她受不了明珠的平静，更受不了这样的情景：一个筋疲力尽的女人，拉着板车在野外游荡，车上坐着一个满脸泪痕的孩子，脏黑的小手抓着车帮，她的小脸因为紧张而绷紧，头上一株开残的桃花随着小身体激烈地摇晃……

“所以，我想得到这份工作，我需要高报酬，我想把女儿送进幼儿园。”

荣灯的脸涨得通红，她已忍无可忍：“她父亲呢？你那个亲爱的老公呢？他为什么不管孩子？”

明珠低下了头，过很久，她浅浅地笑了，慢慢开口：“那……不是他的孩子。”

很容易生气，很容易脆弱，很容易感动，也很容易怀疑，这就是目前的荣灯，她心里设置的壁垒哗啦坍塌了一片，她差一点儿就要冲过去把这个可怜的明珠抱在怀里了，可是等等……谁敢肯定这一次她就是真的？谁敢肯定这不是她一贯行骗的伎俩？再说了，就算是真的，难道不幸能够成为招摇撞骗的理由吗？难道不幸能够成为为所欲为的通行证吗？

遭受苦难仍品行高贵才令人肃然起敬！

荣灯飞速将坍塌的残砖碎瓦立起一堵墙，挡在两人之间，她长长吸一口气，冷淡地说：“你出去吧。”

明珠还是浅浅地笑，并不卑微，对荣灯的冷漠似乎也不放在心上，她站起身来，柔声道别："那我走了，姐姐，你脸色不好，多保重身体！"

明珠款款带上门走了，荣灯差点儿被那张风轻云淡的脸气死。看看人家孩子，命苦从不怨政府，点儿背从不骂社会，心胸开阔地撑着小舢板能乘风破浪十万八千里。倒是荣灯这艘豪华客轮搁浅在一个臭水湾里，连朵小浪花都消受不起。

真是，什么人啊？什么世道？一眼瞥到桌上蓝色的文件夹，她没好气地一把抓过来，丁之恩小姐全套的假证件历历在目：改名换姓的身份证复印件，身家清白的简历，鲜红的大学毕业证钢印加身，摇身一变的小妖在两寸照片上装神弄鬼……够了！荣灯啪一声合上简历，把文件夹扔向墙角。

## 2

荣灯要招聘一个人做助手。

虽说不是老谋子为新片全国选演员，但具体人选却很难定夺。太丑，会吓跑客户；太漂亮，会抢了主子的风头；太单纯，会成为客户的肉鸡；太厚黑，会挤掉老板取而代之。唉！整个就是一悖论！最好是很聪明但善于装傻，不漂亮但风度奇佳，足够优秀但绝对忠诚，只是到哪里找这么好的人，配得上荣灯遮遮掩掩的私心？

按理说明珠也许是个不错的人选，疲惫时还可以提供全身按摩呢，可是……她不忠诚啊，也许是情有可原，也许是迫于无奈，荣灯眼前又不断闪现一个老女人拉着板车在旷野里行走，车上蜷缩着一个小女孩的情景，她的心不断地收缩痉挛……打住！快算了吧，她自嘲：泥菩萨过河，眼下你可没工夫同情别人。

荣灯自己正有一大堆破烂事呢，她来到林森身边后，求职屡屡受挫，后来干脆就把外地的一份三十六版报纸《时尚生活》拿到望岛市来做市场，对于这份报纸的品牌定位、受众群体、广告营销、推广策略、优劣势态、未来走势等等，她一一进行过详尽的分析，最终义无返顾签订合同。

报社总部要求：半年内发行量达到四千份。所有广告收入算她的，所有费用也算她的。半年后，发行量达到六千份，一年后发行量达到一万份，广告收入双方三七分……荣灯马不停蹄地租房子，招广告业务员，到工商税务登记备案，到新闻出版局办手续，抽空在露天广场搞宣传活动，宴请各色人等吃喝玩乐等等，荣灯的小积蓄和父母的赞助迅速见底，她的帝国大厦尚在图纸上沉睡。

荣灯叹息，唉！赚钱就像鳖上树，花钱就像鳖跳湾，扑通一声就没影了。三个月的时间转眼即过，她吃奶的劲儿都使出来了才征订了不到三百份报纸，她满嘴起泡，满脑子想的都是发行量——广告额——费用支出，正当她抱着脑袋头疼的时候，报社总部刘副总编的电话又来了，催命似的，一天三遍。

荣灯都不好意思不向他报告点儿好消息了，她于是打起精神，态度热烈，笑声爽朗，假装斗志昂扬，一切进展顺利。

刘副主编则假借关心之名，实则了解发行量，并顺便敲打她：“小荣啊，知道你很能干，否则好多人抢这块市场，凭什么给你呀！发行量该增了吧？”

荣灯只能顺杆向上爬了：“当然增了呀，我正要通知发行总部呢，让他们明早发四百份报纸过来。”

“不错，不错，继续努力！”临了刘副总编又告诉荣灯马上赶到总部去，要研究一下促销方案。

放下电话，荣灯把负责投递的王大柱叫了进来：“从明天开始，我们的发行量是四百份了，二百多份按原名单投递，其余的送到储藏室锁起来。记住！这件事情，只有你和我知道。”

王大柱起先皱着眉头懵懵懂懂，后来忽然冲着荣灯灿烂一笑，神秘地：“你放心吧，老总，我明白。”那笑容里有自作聪明的得意，还有狼狈为奸的亲近，荣灯厌恶这样的亲近，可这又是必需的。如果发行量继续停滞，在接下来的日子，她还要自己掏钱买报纸，节节攀升更多子虚乌有的发行量，她还会把更多报纸直接锁进储藏室，直到她的小腰包干瘪得再也掏不出一个子儿为止。

王大柱刚离开，房门又被敲响，是明珠，她站在门口，不卑不亢地说："我有东西忘在这里。"

届时，明珠的东西正躺在墙角尚未被清理。

荣灯有些心意阑珊，她长长叹一口气，靠在椅子上看那个镇定的骗子，同样是欺骗，明珠则磊落得多。

明珠捡起墙角的文件夹，一样样清点里面的东西，低眉敛目，萎靡如一棵脱水的青菜。一个假证件怎么也要被人诈个千儿八百的吧？这个数目够孩子两个月的入托费了吧？荣灯忽然就有些歉疚，她张口就说："别走了，留下吧。"后悔都来不及。

明珠原地停驻片刻，瞬间她即经过雨露涤荡滋养，焕发出神采。她快步走过来，惊喜地说："太好了，姐姐，现在需要我做什么？"

荣灯面无表情，指了指她怀里的文件夹："只做一件事，把这上面你伪造的东西全背熟。"

荣灯带明珠去总部开会，不，是丁之恩小姐，明珠本人也尚未习惯这新名头，喊她时，要五秒钟，才会有应答。

荣灯其实不愿意去总部，明天是她和林森周末喜相逢的日子，她疲惫且厌倦，像只电量不足的手电筒，苟延残喘，亟需紧紧地抱住爱人充电，才能重新焕发光明。她给林森打电话，缠绵悱恻，好像两人即将分开一百年，林森取笑她："不就去两天就回来了嘛？哪儿像个独当一面的老总啊？你既然注册了公司，就得像个法人那样严格要求自己。反正我都在这儿，丢不了，也跑不了。"

因为不舍得林森早起，因为不舍得扰乱他睡到自然醒，荣灯没有叫林森送站。大清早，她坐地铁去火车站和明珠会合，两人一起奔赴长途。

在报社总部见了新闻、发行、广告等各路人马，因为老总没出面，刘副总又常年善于打太极，浑身一团和气，气氛自然也就宽松随意。大家就报纸的一些问题乱扯一通，最终也没能达成一致意见。

荣灯最烦广告部经理老黄，胖得像只吹大发了的气球，皮肤稀薄透亮，让人担心他随时都能噗的一声炸了。明明一肚子的诡计与多端，却偏要装出一派祥和喜庆，他伸出五根热狗似的手指与荣灯紧密相握，一口一个“我心爱的荣妹妹”，可是在广告版面问题上，却和他心爱的荣妹妹锱铢必较，蚊子腿上都恨不得刮下一层油来。

《时尚生活》因为跨越多地区发行，所有广告内容都要经总部老黄统一安排。荣灯好不容易哄着客户上份广告，可老黄总是压着不发，或者延后，再则就是临时撤换，把自己的广告插上去。弄得荣灯在客户面前里外不是人，广告费也很难收取。

老黄口沫横飞，荣灯当仁不让，两人唇枪舌剑，还要保持优雅笑容，以防伤了和气。当刘副总编出来和稀泥时，荣灯则立马掉转枪头让报社总部答应三个条件：一、增设望岛地区的专版；二、每天刊发当地两则新闻，以后随发行量增加；三、对于没能准时刊发的广告所造成的损失，报社酌情考虑赔偿。

起先刘副总只是微笑着看荣灯和老黄打嘴架，眼神妙曼，如水无声流淌，欣赏，却不动声色。当荣灯提出三个要求，他看惯其他代理商的奴颜婢膝，奉承讨好，荣灯的叫板，倒是让他在惊讶之余又生出些许的喜欢了。

晚宴是在一家名曰“鱼翅皇宫”的酒楼进行的，气氛热烈，杯盏交错，荣灯感觉到刘副总的眼神像八爪章鱼阴谋的触角，无所不在地游动在身边。她有些不悦，似乎和他眼神交错，溅溅小火花，就是对林森的背叛。

她比任何时候都更思念林森，此时此刻，他在干什么呢？他没有电话来，也没有信息，难道他从不担忧一个单身女人在阑珊的夜里被一群酒精男围攻所潜藏的危险吗？

荣灯冷眼旁观，众生或捉对厮杀，或举杯邀明月，老黄缠住明珠喝交杯酒，喝完一杯，还要成双成对。明珠脸色绯红，连眉间的痣也染上了桃花色，荣灯的保护欲空前高涨，勇敢地上去替她挡了两杯。很有正义感地回自己座位时，不经意地一瞥明珠，看见她正笑吟吟地斜看老黄，眼神里垂下无数闪亮的小钓钩。

荣灯心下一惊，这小妮子，不会是只披着羊皮的狼吧？

酒宴结束，报社的商务车送她们回酒店，荣灯与明珠坐中排，老黄与另外一男人坐后排，借着酒精遮脸，老黄半真半假地拿明珠开玩笑："小丁丁啊，你和我喝了交杯酒，接下来就该入洞房了呀。"

荣灯和明珠不说话。

车上的其他人大笑。

老黄继续："荣总，你同意不？我带小丁丁走了啊。"

荣灯："带走呗，那我就报警，说我公司员工被不法分子拐卖。"

老黄把脑袋伏到前座，伸手揪明珠的耳朵，摸她的脸蛋："跟哥哥走好不？"一股热腾腾的汗酸夹杂着浓郁的酒糟气扑过来，明珠挣脱开，把脸转到一边。

荣灯抑制住满心的厌恶，半假半真地："黄总，你醒醒，这儿可不是 KTV 包房啊！"

老黄讪讪地打着呵欠："醉了，我醉了。"缩回身子，坐到座位上。

车子继续前行，车上的人都不再说话，夜色深沉，树影浓郁，摇曳着在车窗上一闪而过。

老黄似乎睡着了，身体夸张地摇晃颠簸，胖猪头乱晃了一阵儿，抵在前座的靠背上，两只胳膊也架上来了，他枕着一只胳膊继续摇晃，而另一只手从椅背上垂下来，顺着明珠的肩膀，目标明确滑到了她的怀里。

五根热狗在明珠胸脯上欢快地跳起了小天鹅舞。

明珠并不愿意成为一所黑暗中翩跹的舞台，她悄悄挪开身子，热狗群跟踪而至，她再挪，他再跟，直到无处可逃。明珠拿开他的手，他执着地再次俯冲，直击目标。你来我往，反复多次，一个防守，一个进攻，一个节节败退，一个步步紧逼。

荣灯观察这场无声的厮杀良久，终于忍无可忍，她扬手给了老黄一个响亮的耳光，大叫一声："停车！"

所有的人都吓了一跳，司机一个急刹车，还不等车子停稳，荣灯拖起明珠就跳了下去。

也许不成熟，也许太冲动，也许小不忍乱了大谋，可是顾不了那么多了，荣灯好歹在报社做了多年无冕之王，走到哪儿都是被人尊敬的才女，何时受过这等鸟气?!

一路无话，两人回到房间。

荣灯气呼呼坐在沙发上，明珠表情平静，把拖鞋放到她脚边，低头俯身时，那对肥白兔在裙子的低胸领口处蹦蹦跳跳，极尽招摇。

荣灯狠狠瞪了明珠一眼，先是指责她胸部饱满惹是生非，后是指责老黄得寸进尺、欺人太甚。可恨的是荣灯说得口干舌燥，明珠始终一言不发。

荣灯皱着眉头看明珠，明珠把衣服挂好，鞋子摆正，散乱的文件归拢，还给她倒一杯水放在手边。她表情淡定，并不生气，也不恼怒，似乎受侮辱的是荣灯，而且也不值得同情。

这什么人啊？哪怕她和荣灯一起骂骂老黄也好，或者强挤几滴眼泪，做个不堪其辱的姿态，可是她惜言如金，只字不吐，简直……简直不知好歹，是非不分嘛！

“你什么意思？为什么不戳穿他?”

“何必，撕破脸大家都不好看。”

“那你就甘心受辱?”

“跟我没关系，他辱不到我。”

“你……你知道他想干什么?”

“想跟我睡觉。”还是平静的表情，平静的语调。她忽闪着无辜的黑睫毛，不以为然地。“他说陪他睡觉，以后他就不再为难我们公司。”

荣灯一下挺直了后背，她的大脑空白了一分钟，缓缓地问：“什——么——时——候——说的?”

“喝交杯酒的时候。”

荣灯一巴掌拍在茶几上，终于炸了，她冲明珠叫起来：“你以为陪男人睡觉就能解决所有问题吗？你是愚蠢，还是脑子被狗吃了？难道我们是来卖春的？你，还是我，看起来像妓女?”

明珠不辩解，也不反驳，她只是平静，只是逆来顺受。荣灯已经受够了她这副死猪不怕开水烫的嘴脸，她不想见到她，一秒钟都不想。

荣灯夺门而去。

## 3

夜已深，夜色浓郁，将世界遮掩吞噬，所有的物体都不再完整，不再清晰，街灯迷离，使人陷入光与影的恍惚中。荣灯头疼欲裂，独自走在夏夜陌生的大街上，只有一条疲惫的影子亦步亦趋地跟着她。

那么悲伤！那么脆弱！那么委屈！对感情的不确定，对未来的惧怕，对现实的疲于应付令她急需得到安慰。

她走走停停，感觉自己像流落街头的一只丧家犬，巴不得有个主子将她领回去，安顿到一个舒适的草窝里。

可她的主子呢，沉默得像个贵人，没有电话！没有短信！更勿谈安慰！

总是这样，总是她主动打电话。总是她主动发信息。总是她主动想念。总是她主动谈情说爱。总是她主动给他买礼物。而他呢？他总是主动埋头做爱。他总是主动匆匆挂掉电话，让她一个人捏着话筒在那边愣半天，冷半天。他总是以恩赐般的态度收下她的礼物却又百般挑剔。他总是理直气壮地说“我根本用不着想你，你就是我的空气，存在着，感觉不到，不存在，那就有生命危险”。这样的论调总是让她不知该喜该忧？当她为此恐惧不安时，他则为此沾沾自喜，并开心地大笑。

她于是觉得他是有些轻浮的，甚至是油滑的，可他是一位才华横溢的青年学者，他那么多的作品摆在大学图书馆里熠熠生辉，他怎么可能轻浮呢？他怎么可能油滑呢？他怎么可能对感情不认真呢？

荣灯边走边想着，把手机握在手里，不时看看，唯恐错过林森的电话。电话始终沉默，她于是怀疑手机出了问题，干脆用路边的公用电话拨了来验证，那手机却又好好地响起来。她开始恨林森，恨他的无情，恨他的冷漠，恨他的不上心……并决定永远也不再理他了，可是没过一秒钟，她就忍不住开始拨主子的手机，怀着百转的柔肠，竟然……关机！

会不会出车祸了？会不会喝多了酒精中毒了？会不会走在路边被半空飞下的一只花盆砸中了？会不会遭遇劫匪了？会不会家里的液化气泄漏了？会不会……天哪，林森这倒霉的人在一瞬间就遭遇了世界上所有的不幸。

她浑身发冷，颤抖着手指立马拨他的座机，并做好随时迎接噩耗的准备，林森带着梦魇的声音微弱地传来："喂……"

呜呜，还活着。简直要喜极而泣。咽下一口唾沫，陪着小心翼翼，温柔地问："宝贝，你好吗？"

"你说呢？真是！都几点了？"不悦，微词，看来她的宝贝不是很好。

"嗯，我……没事，就看看你好不好。"

"本来挺好的，被你一吵醒就不好了。"厌烦，并不加掩饰。

她的怒火立刻燃烧起来，仇恨重新充斥心头，张口就问："你——爱我吗？"这样的问题显然不合时宜，她立刻为自己感觉到羞愧，为掩饰这种卑贱，便极力伪装出平静的声音，"没事，你睡吧。"

林森迷迷糊糊地嘟囔了一句："神——经——病！"就啪地挂了电话。

什——么？神经病?！是酒精让她疯狂，她开始无休止地拨他的座机，起先林森不搭理她，她执着地再拨，终于通了，林森几乎在拿起话筒的那一瞬间就恶狠狠地吼道："说！你到底要干什么？"

她突然就冷静了，这不是她要的男人！这不是她要的感情！这不是她要的爱人！无需再伪装，她的声音已冷到零度，她说："如果你爱我，请善待我，如果不爱，请告诉我，那么我们分手。"

"你随便！"林森再次撂了话筒。

荣灯彻底愣住了！

你随便！什么叫"你随便"？她讨厌他的无所谓，讨厌他的模棱两可，他的不负责任，他的不严肃。她扔掉工作、家庭和熟悉的一切跑到他身边来，胼手胝足、孜孜以求，将自己置于悬崖边上，就为了最后一句"你随便"?!



不！她迅速变得理智且冷静，没什么大不了，分手也死不了人，就算死，也要死个明白，那就是：他到底有没有真正地爱过自己？就这一句话，说清楚就好。她绝不会指责，绝不会缠连，绝不会像无知妇孺一般猫念经“都是为了你，我才怎样怎样……”，也绝不会像祥林嫂一般逢人便说“我真傻，我只知道……”，她是独立的社会新女性，她有能力为自己的行为负责。

她继续拨他的座机，却始终是占线的声音，原来……他把电话线拔掉了。

恩断义绝！真够狠的！

醉意席卷而来，像涨潮的海水，一波猛似一波冲击着她，她神情恍惚，头晕目眩，靠着一棵树，慢慢地蹲下来，抱着自己的胳膊。

明珠悄无声息地走过来，也不知她何时跟在身后，她轻轻摇晃着荣灯的肩，荣灯闭着眼睛，不由自主一把抓住明珠的胳膊，毫无顾忌地：“林森是个坏蛋！你知道吗？林森是个坏蛋！”

明珠的脑袋好像突然被门挤了，她瞪大眼睛，微微张着嘴巴，有点儿痴呆的样子傻傻地看着荣灯。似哭似笑地：“林森……”她咽了一口唾沫，像鱼刺卡在喉咙，“是那个教授吗？”

“你认识他？”

“不！我看过他的小说。”明珠迅速摇头。

“很多人都看过他的小说，可我看透的是他的灵魂，这是一个混蛋，我那么爱他，可是他谁都不爱，他只爱自己……你知道吗？他只爱自己……”酒精让荣灯激动且混乱。

明珠轻轻拍打她的后背，像哄一个焦躁的孩子，轻声说：“我知道，我都知道，咱们回去吧。”

荣灯虽然醉了，心却努力醒着，她警告自己不要和明珠过分亲近，毕竟不是同路人。怎么能随便就把林森供出来呢？他好歹也是个著名的知识分子，要注意影响，荣灯多少有些后悔。

明珠扶着她回酒店，两人都不再说话，夏夜的风吹在脸上，潮湿、黏腻，像罩了一层破抹布。

屋里的灯光明亮柔和，明珠看着荣灯，欲言又止，眼睛中闪烁着坦诚相见的小信号，也许她想说说她的父母，说说她亲爱的老公，或者说说她的孩子……

荣灯的心却突然冷了，谁也替不了谁，说出来又能怎样呢？她走进卫生间，锁上门，把水龙头开到最大，用浴巾捂住脸，痛哭起来。

难道真的就这样结束了？她想到和林森的初次相遇，她知道那是她想要的爱情，它来了，她毫不犹豫抓住它，像伸手抓住锋利的刀刃，她看着血流下来，很疼，却舍不得松手，愈抓愈紧。

## 4

第二天一早，老黄和刘副总来陪她们吃早餐，对于昨晚的变故，大家只字不提。微笑、谦让、周到，人人都是仁义礼智信的绅士与淑女。

真好，这样的世界，再也没有夺妻之恨，再也没有杀父之仇，再也没有一言不和老死不相往来的豪气，有的是共同的利益，有的是把垃圾吃下去变成糖的智慧。

荣灯坐在会议室和大家探讨着报纸的未来，脑子里却翻腾着昨晚和林森的诀别，是真的？抑或是一场梦？她面带微笑，却心如刀绞。不止舍不得，更多的是恐慌，她的爱情已崩盘，她的事业已式微，她的未来凶多吉少，怎么办？何去何从？她突然那么害怕，像置身无边的汪洋，哪怕一根稻草都要紧紧抓在手里。林森是一根稻草？还是一艘救生艇？她心事重重地把手机拿在手里，打开又合上，合上又打开，有好几次她甚至下意识地拨出了林森的号码，又赶紧挂断。

明珠坐在荣灯身边，看她艰难地进行一个人的拉锯战，她咬了咬嘴唇，低头写了一张纸条，此时荣灯的手机突然响了。

两人都吓了一跳，同时探头去看，来电显示：林森。

荣灯似乎听到命运在召唤，她立刻站起来迅速出门去接电话。

一按下接听键，林森甜腻的声音就扑面而来："我的小神经病患者，你痊愈了？"亲密、调侃，还带着一点儿小小的嘲弄和包容。

嗯……春风扑面，犹如天籁之音啊！

荣灯连摆摆样子都来不及，她迫不及待地就原谅了他，并马不停蹄地开始道歉，是我不好，我不够温柔，不够体贴，不够海纳百川，不够壁立千仞，不够曲意承欢，不够死了都要爱……

荣灯顺着梯子骨碌碌就滚了下来，自尊早被抛到九霄云外了，管他谁对谁错，自己先认了错再说。这招儿果然受用，林森说："看在你口蜜腹剑的份儿上，我就暂且原谅你了。"

死罪已免，荣灯重获新生。她微笑着回到会议室去，心里说：看看吧，这就是男人的爱情，哪有什么公平！他无理取闹时你要忍耐他，他撒泼无赖时你要迁就他，他闯祸惹事时你要包容他，他脆弱无助时你还要哄着他。真是，哪里是找一个体己的爱人，搞来搞去，无非将他妈妈的接力棒抢在手中而已。

明珠看着荣灯如沐春风的脸，慢慢地把那张纸条揉成团儿，一点儿一点儿撕碎了。

## 5

从报社总部返回望岛，荣灯和明珠在火车站分手，各自回家。荣灯说："坐我男友的车一起走吧，他来接我。"

明珠摇头浅笑："不了，我老公也来了。"

林森没有站在出口，他向来这样，只在车上等。荣灯找到车的时候，他正在打电话，都没有注意到她站在车边，她隔着车玻璃看他，他眉飞色舞，笑得很灿烂。

荣灯突然拉开车门，林森吓了一跳，微微张着嘴巴，愣了两秒钟，像一个偷嘴的孩子，被当场逮个正着。但他迅速反应过来，匆忙挂断。嗔怪地轻轻拍一下荣灯的后脑勺："讨厌！神出鬼没的，吓我一跳。"

动作无限亲昵，但荣灯仍然感觉不妥，她按住怀疑，假装随意地问："跟谁打电话呀？干吗我来就挂了？"

林森吻她一下："当然要挂了，管他是谁呢，我的女人回来了，这才是最重要的。"

嗯，好像无懈可击呀！好像至高无上呀！可是……怎么就总感觉哪儿不对劲呢？

她盯着林森看，恨不得每根汗毛都掀起来审查一遍。林森把她的脑袋扳正，发动车子："别像个警察似的盯着我，我又不是小偷，你查不出什么问题来。咱还是回家吃'大拌菜'去。"

荣灯自嘲地笑了，也是，何必呢？正如林森所言，人生就是一盘苦难的大拌菜，又酸又苦又辣又咸，爱是美妙的调味剂，没有它，这盘苦难的大菜怎么吃得下去！

于是回家，甜言蜜语，紧密拥抱，你中有我，我中有你，加很多的柠檬汁，加很多的阿斯巴甜，加很多的麦芽糖醇，加很多的低聚果糖，加很多的碳酸钠、碳酸钾、碳酸二氢钠……再也尝不出苦辣咸酸了吧？这盘菜吃起来如此可口，如此令人迷恋。

他们抱紧对方，沉沉睡去。当荣灯迷迷糊糊醒来时，她发现自己和林森相对而眠，他长相潦草的脸很突兀地横在面前，陌生、隔膜，甚至有些丑陋。屋里光线昏暗，她几乎是惊讶地屏住呼吸端详着眼前的这张脸。林森很警觉，似乎扑闪的睫毛惊动了他，他下意识地眯了一眼身边的人，转过身，继续沉沉睡去。

这就是她爱的人？她爱的是这个人？还是爱他的身体？

他总是埋头做爱，而她的身体总是欢呼雀跃，积极响应，贪婪并放肆，这令她恐惧。她恍惚觉得：有爱先行，肉体的欢娱才是道德的，而纯粹的肉体欢娱，就是非道德。

林森本人从不为此困惑，并嘲讽她是一位典型的"道德爱好者"。

没错！她热爱道德，尤其崇尚有道德感的男人，有道德傍身的男人不刻薄，不狭隘，不萎缩，不污垢，即使偶尔蒙了尘，清洗过后，仍然珍贵，令她安全并信任。

那么在他和她之间，到底是道德的还是非道德的？还有，自己爱的是林森？还是爱的道德？或者林森只是道德的载体？

荣灯摇晃着混沌的脑袋起床，轻手轻脚走进卫生间，她无意间踩动垃圾桶投进了一个纸团，当垃圾桶的盖子啪嗒盖上时，有一道闪电瞬间划过她的眼前，她脑袋轰的一声，被击中，随即俯身抱住了垃圾桶。

有一只粉红色的用过的避孕套！

荣灯感觉到地动山摇，她的大厦顷刻坍塌，柱子断裂，墙面崩离，沙石俱下，烟尘横飞，瞬间将她深深埋了进去。

荣灯靠着墙，看着那朵粉红的恶之花，哀莫，心却不死！她一把抓起它，疯一般向卧室冲过去。

冲了两步，又踉跄着退回来了，她将手里的东西扔回垃圾桶。

荣灯飘回床上，神情恍惚地看着林森，林森被惊醒了，他皱着眉头伸手来拉她，她却突然跳下床，刷刷地拉开窗帘，拉到最大限度，刺目的阳光猛地射进屋子。

两人都感到一阵眩晕，林森拿手遮住眼睛，荣灯紧盯着林森，恨不能把自己变成一束 X 光射线，穿透他壁垒森严的表象，看清潜藏的病变。

林森奇怪地看着这个神经兮兮的女人，疲惫地打了个呵欠。

荣灯貌似冷静，牙齿咔咔响个不停，好半天才结结巴巴地问："你……真的……没有其他女人吗？"

林森白了她一眼："无聊！"

荣灯瞬间便身心俱碎，虚弱地："求求你了，跟我说句实话吧。如果你有心爱的女人，那么，我祝福你们，但是请你真的不要骗我。"她几乎是苦口婆心地在哀求对方给她最起码的坦诚。

林森似乎受了很大的侮辱，他的小眼睛瞪得圆溜溜的，口气强硬地训斥道："荣灯，你怎么对自己那么不自信？我原以为你与众不同，其实也不过一庸脂俗粉而已！"

荣灯咬着牙，一字一顿地："是我不自信？还是你太虚伪？"

林森冷笑，他那副不屑的表情终于激怒了她，她一把拽起林森，拉向卫生间。

两人在卫生间站住脚，荣灯看着他，冷静地看，冷静地问："我再问你最后一遍，你到底有没有其他女人？"

林森很坦荡地看着她，很坦荡地说："我再回答你最后一遍，我没有其他女人！"

荣灯的心冷了，脸也冷了，她像一位案发现场的法医，沉着地拿起浴池边上的一只手套，缓缓戴上，保持风度是必要的，如果再有一只镊子就更好了，无奈案发突然，只好将就了。她踩开垃圾桶，捏起那个有力的罪证举到林森面前。

林森的表情有瞬间的震惊，但是，他突然笑了，有点儿得意，有点儿无奈，还有一点儿生气，总之，难以界定。他看看他的罪证，再看看荣灯，嘲讽地嘟起嘴唇，似乎荣灯的行为极其荒唐可笑。

嗯？他为什么不慌乱？为什么不解释？为什么不羞愧？他竟然有脸笑？荣灯又惊又气。

林森有点儿害羞地附到她的耳边，小声说："我想你了，自己用的。"

这真是个石破天惊的理由！

还有更振聋发聩的，他几乎是委屈地低声嘟囔道："我怕弄脏被子，又没人帮我洗。"

荣灯被蒙住脑袋打了两闷棍，她愣着，只剩下苟延残喘的份儿了。

可她依然不甘心地瞅着那个粉色的小东西，企图确定它参与的是一场男子单打？还是一场男女混合双打？但小东西对此事件的关键部分讳莫如深，守口如瓶。

林森板起脸，愤怒地说："你再这样，我不喜欢你了。"他忍无可忍掉头就走。荣灯立刻恐慌，她马上抱住他，怀着对失去爱的恐惧以及做错事的愧疚，迫不及待地展开自我批评。

肯定是冤枉了他！否则，但凡一个人，怎么会有如此出色的应变能力？怎么会有如此强大的心理定力？怎么会有如此颠倒是非的廉耻心？

被冤枉的林森生气了，他梗着脖子背对她，并且拒绝她的拥抱。她感觉到他的僵硬和冷漠，她开始哭，有些牵强，哭着哭着，就真的委屈起来，好像她的爱情已经冻僵，马上就要死去。她不怕死，她只怕失去他的爱。

因为害怕、委屈、歉疚，以及怀疑，她的眼泪哗哗地止不住，林森终于揽住了她，但手松松的，缺乏力度与温度。她打定主意，厚着脸皮继续哭下去，边哭边撒娇边痴缠，直到他将她的爱情捂进怀里暖活为止。

# 三

## 1

荣灯也不知道自己糊里糊涂是怎么就走到了这一步，她的爱情，狗牙参差，她的事业，凄风冷雨。她都没时间思考到底是从哪一步开始走歪了，如今只能踩着泥泞一步步向前跋涉，随时有葬身沼泽的危险。

沼泽中不仅前路难辨，还有凶恶的鳄鱼张开血盆大口向她扑来。她的《时尚生活》要在望岛市开辟市场，扩大发行量并抢夺当地广告份额，遭到当地报业集团激烈的围追堵截。他们不止从舆论上进行棒喝诋毁，还联系当地宣传部及新闻出版部门以行政指令的方式企图将《时尚生活》扫地出门。

荣灯立足未稳，就被一个浪头接着一个浪头冲得东倒西歪。先是在一天清晨，当投递员正在分发报纸准备投递时，新闻出版局和当地报社来了一群人，他们以《时尚生活》是非法出版物为名没收了所有报纸，扛走了新闻中心的大牌子，记者则啪啪进行拍照。当天的当地报纸就醒目刊发了这则新闻，配上记者的大幅图片说明，号召广大市民擦亮眼睛警惕非法小报招摇撞骗。

同时，当地市委宣传部以行政指令的形式下发红头文件，召集各企业团体领导人开会，要求他们认清形势，支持当地报业发展，不允许企业集体征订《时尚生活》。

不止如此，《时尚生活》报的多名订户被买通，他们集体向315投诉，向媒体曝光，捏造子乌虚有的事实起哄闹事……

一时间，对荣灯的非法小报，人人喊打。而那些街边竖块牌子等活儿干的泥瓦匠油漆工疏通下水道的游民们被买通后，都摇身一变充满正义感，他们围攻投递员，围攻荣灯的办公室，要求退报，要求赔偿，要求滚出望岛市，吓得投递员们纷纷撂挑子不干了。

此时此刻，荣灯内外交困，四面楚歌，她唇青面黑，寝食俱废！林森似乎觉得这件事情很好玩，他向荣灯抖搂着报纸，没心没肺地说："嘿嘿，不错呀，小女子曝光率挺高。跟我仔细说说，我要的是细节，没准儿能写一篇好文章呢。"

荣灯无语！这就是她的亲密爱人，他的快乐不是她的快乐，她的悲伤也不是他的悲伤。她甚至不敢告诉他自己已投入全部积蓄，如果不是哥哥在帮她，她连生活都难以为继。曾经有一次她试探地问："如果报纸失败了？我该怎么办？"

林森想想说："嗯，你原来的单位还能回去吗？回去也不错，生活环境也习惯，省得在这边老是皮肤过敏，我想念你吹弹可破的水嫩皮肤。"

荣灯忍住酸楚，假装随意地："那我们呢？还能在一起吗？"

林森的观点："当然能啊，我想你了，就去看你，你想我了，就来看我。这多好啊，既浪漫又新鲜。"

荣灯不要浪漫，荣灯要的是两相厮守，天长地久。林森嘲弄她："太老土，如果真爱，又何必在乎形式，内容要大于形式，如果不结婚能相爱一辈子，那才是最高境界。像萨特和波伏娃。"

荣灯冷冷地说："对！各自都有情人，甚至波伏娃还给萨特拉皮条。"

林森嬉皮笑脸地说是啊是啊。荣灯看着他笑得眯成一条缝的小眼睛，内心突然充满深深的厌恶。

在这一刻，她已模糊地将前路看清，是为了爱情，为了留在爱人身边，她才咬牙撑起这份报纸的市场，一旦失败，她的亲密爱人不会收留她，更不会养她。你是社会新女性呢，况且，生活由来逼人，养一个人多么不容易！

呵呵，其实早就应该明白，又不是小孩子，从来就没有知心爱人，有的是在爱情名义下进行的欺骗与压榨。以淡漠的心看人生，反而不会恓惶，以凉薄的心看爱情，反而不会绝望。

这样一思考，荣灯就能对自己笑了，冷冷地笑，她咬着牙，以赴死的决心独自应对所有的一切。还能怎样？大不了，无家可归！无人可爱！无处可去！无事可做！

挺住，就是一切！

停报！停报！荣灯的总部发出紧急命令。并召集相关人等马上开会。

荣灯赶往总部开会，留下明珠在公司应对每日上门讨说法的订户。荣灯给她一个原则：对所有的敌人，笑脸相迎，茶水侍奉。如果对方滋事打闹，直接拨打110。

明珠答应得很好，荣灯却终究担心她应付不了，在总部开会时经常发个大大的“？”过去。明珠总是迅速及时回复一个笑脸，令她稍稍心安。

对于何去何从的问题，最后在报社集团老总的强硬态度下达成一致：决不后退！因为退，意味着承认自己非法的身份，意味着甘心以失败者自居。这是决不允许的。

于是斗争上升到两座城市之间的较量，由总部刘副总编统一带队，荣灯随行，报社总部调动了当地宣传部门、新闻出版部门等，直接到对方的政府管理部门进行友好拜访。

拜访，对方当然是欢迎的。这有什么呀？美越战争前前后后打了十二年，死了一百多万人，如今还不照样握手言和在南海联合军演？况且都是在咱共和国的土地上，多大点儿事呀。

其实白天只是公事公办把事情一二三摆出来，到了晚上，在豪华大酒店，真正意义上的拜访才鸣锣上演。

这些官员们虽非故交或旧友，但平时总有些许交往，都是公家人，做着公家事，况且，铁打的江山，流水的官，今天在这个市，明天没准儿就调到那个市了。何必呢？又不是扒了自家院墙，又不是从自家锅里抢饭吃。所以！百花齐放，百家争鸣嘛。

趁着喝得耳酣面热时分，刘副总悄悄把几个红包塞给荣灯，示意她找机会塞给在座的几个人，并亲热地捏捏她的手，低声说：“这可是为你打通关节啊。”

荣灯知道那是购物卡，她还知道不会低于五千，也不会高于一万。低了，怎么拿得出手！高了，收下了怎么说得清楚！

于是大家欢声笑语喝起酒来，这一杯负荆请罪，这一杯赔礼道歉，这一杯不计前嫌，这一杯继往开来，这一杯友谊地久天长……每一杯都有必须要喝的理由。

那天晚上，大家都喝高了，气氛热烈，刘副总替荣灯代了好几杯酒，他有些激动，拍着荣灯的肩膀，一再请大家对这孩子多多关照，夸这孩子聪明懂事值得关照。

荣灯一直微笑，沉默。不是不感动的，但有些难以言说的尴尬，像父女之间的感情，亲密、收敛，难以言说。

大家都笑，眉来眼去，暧昧，敏感，模棱两可，他们愿意想象得比实际发生的丰富且多彩。

酒意正浓时，大家趁兴去 K 歌，刘副总喝多了，荣灯送他回酒店，也许可以不上楼，在楼下就别过，也许可以不进房间，在门口潇洒转身。

可……还是进来了。

钥匙牌捏在他的手里，屋里一片黑暗。他们分别靠在窄窄的走廊两边，沉默。

他知道这份报纸她已投入全部；他知道报纸的经营法则是一年亏二年平三年赚，可她能否坚持到三年？他知道她孤家寡人孤注一掷做困兽斗；他知道她有多坚强就会有多少磨难在等待她，太清楚，太明了，反而无从劝慰。

黑暗让她放松，突如其来的疲惫、软弱以及恐惧将她攫住，犹如在汪洋中漂浮，她渴望抓住一块木板停靠片刻，稍事喘息。

他慢慢伸手将她揽过来，靠在肩膀上。

她闭上眼睛，静静地靠着，即使不强大，即使不长久，靠一靠也是好的。

“没事儿……都会过去。”缓缓地，他说。

“嗯……我知道！”

就这样吧，心里的软弱一瞬即退，她暗自叹息一声，从他手里摸过门卡，插进取电孔。

灯亮了。

他们的脸靠得如此切近，他染过的黑发下是白刷刷的发根，触目惊心，眼角有沧桑的皱纹，像……父亲，信赖，却不能靠近。亲切，却令人辛酸。

他走向屋里，坐下来。

“喝杯茶吧。”

“还是……不了。”

她向门口走，轻轻掩上门，走了。

他坐在椅子上，一动不动，慢慢地给自己倒一杯茶……

## 2

经过刘副总的友好访问，形式发生了微妙的变化。当地管理部门闪烁其词，暗里支持当地报业，明着却不好有所行动了。毕竟《时尚生活》也是正规出版物，有权利在共和国的任何一寸土地上销售。

荣灯去新闻出版局把牌子拿回来重新挂上了。报纸停报五天后，也重新投递发行。总部还给所有订户送了一小桶花生油表示歉意，另外免费赠一个月的报纸，凡是年度订户都会得到一个神秘大礼包等等，总之报社总部是铁了心要来抢市场了。

拿人家的手短，吃人家的嘴短，所有得到好处的订户开始说《时尚生活》的好话。不止如此，荣灯还把当初被买通的那些泥瓦匠油漆工聘请过来投递报纸，他们每月都有固定工资，倒是两厢其美。

当地报业集团等于是搬起石头砸了自己的脚，他们一再召集中层领导开会，高呼：狼来了！狼来了！厉兵秣马筹备新一轮的较量。

就这样，荣灯在夹缝中腾转挪移、摸爬滚打，发行量竟节节攀升，更令人鼓舞的是她变身为藤，与当地几家重点企业紧紧缠绕在一起，共荣共生。



荣灯先是搜集到联通公司、人寿保险公司、邮政局、公交公司等十几家企业老总的信息，然后连续半个月以私人名义给他们发特快专递，只做一件事：免费赠送报纸。

半个月后，美女老总荣灯打扮得风度翩翩登门拜访。当然这是美女如云的时代，随便在街上一抓一大把，没人看看你的脸蛋就掏钱，只有利益才能让人更听话。

荣灯没有现成的利益，但她有一张跨越多地区销售的报纸，她以免费的广告版面交换到了巨大的发行量。第一场艰难的突击战是与联通公司的交手。

联通公司有几百万个手机用户，哪怕从这个汪洋中舀一瓢水，也足够荣灯畅饮。但是这样大公司的老总一定都很拽，荣灯三次登门拜访都被拒之门外。可是没关系，荣灯还有第四次拜访，她相信自己不是乌鸦，是一只喜鹊，她带来的是喜讯。于是第四次，她重整河山，再次温文尔雅出现在联通老总面前，老总实在不好对一位优雅得体的女士发火，轻描淡写地说："去吧，中午去海悦等着。"

于是荣灯早早在海悦大酒店恭候，中午时分，剽悍霸气的联通老总在一群人簇拥之下闪亮登场，荣灯迎上去，他瞥她一眼，不说话，只摆一下头，荣灯就乖乖随着众人上楼去。

那天荣灯不怎么说话，但非常听话。联通老总是土匪式的人物，不多话，但一句顶万句，他让所有人都倒上白酒，妇女儿童，不得例外。就一个字：干！

荣灯老老实实，每一杯都喝得底朝天，也不知道像别人那样吐到口布或倒进茶杯，直至乱醉。好在知道趁着尚有一息清醒时求助明珠来救场，撑着，一直强撑到最后一秒，她始终对在座的每一位保持优雅的微笑。

阿弥陀佛，明珠出现，她救苦救难的菩萨终于来了，她眼前一黑，放心地晕死过去。

不知道是怎样回的家，不知道是怎样被明珠安顿在床上，沉沉睡去，一天一夜，中间被拍着脑袋强灌过醒酒汤，也无知觉，就算灌下毒药，也是不知道的。



终于醒来，已是第二天的傍晚，明珠蜷缩在墙角枕着自己的脑袋打瞌睡，摇摇晃晃，如栖枝而眠的鸟。一缕淡淡的阳光斜斜地淌在地板上，荣灯静静地躺着，看睡梦中的明珠，唉！同是天涯沦落人啊！

隔了一天，荣灯再去找联通公司的老总，被告之去打高尔夫了。半途而废不是荣灯的风格，她打个车就奔二十里外的球场。

联通老总正玩儿得兴奋，大肆向荣灯吹嘘他一杆能挑多少个洞。荣灯对此一窍不通，穿的又是高跟鞋，但她不能坏了老总兴致，索性脱了鞋，光着脚陪玩。一上午，球没击中几个，球杆倒是每每砸中自己，她疼得龇牙咧嘴，联通老总问："疼吗？"

她含着眼泪摇头，微笑："不疼。"

到中午的时候，荣灯累得腰胯脱节，路都走不了，她双手托着腰，咝咝地偷偷吸着冷气。

联通老总看着她一脚的泥巴，一脸的汗，哈哈大笑："傻丫头，说吧，要我帮你做什么？"

于是，荣灯以十个整版免费广告版面换了八千份订报量。

同样道理，公交公司每天有几千辆大大小小的车在全城晃悠，所有的乘客都是荣灯的潜在客户。在联通老总的引荐下，同样是以版面换广告，她与公交公司的领导达成基本协议，预计在半年内，全城的公交车都将悬挂上可免费阅读的《时尚生活》报。

还有保险公司等等，也如法炮制。

当然，广告版面换订报，那是公对公。还有公对私，则是每份订报让利二十元，送给相关人士。荣灯明白这不是君子所为，但君子若做生意，也必定变为小人。

荣灯的事业终于拨开乌云见了晴天，不到一年的时间，报纸发行量已达到万份，随着市场的培育成熟，她预计第二年发行量将稳步上涨，这样的话，买房买车都指日可待。林森也不由对她刮目相看起来，经常会用赞许的眼神偷偷打量这位独立的社会新女性，荣灯假装不知道，心里却悄悄松一口气，她知道，她的好时代就要来了。

但上天是个顽皮的家伙，当他安排你在街上开怀大笑时，一定打发痛苦在你的床上恭候。就在这时，有一小块积雨的云彩走走停停，慢慢飘到荣灯的天空。

# 3

还是例行的“周末喜相逢”时间，还是例行的埋头做爱，不提未来，不涉及日常生活，似乎专注于挖穴才是崇高的工作，而日常生活不仅无比庸俗，简直不能忍受。

你荣灯不是一个庸俗的女人呀！林森如是说。那么荣灯是怎样的一个女人呢？她年过三十不需要吃饭如厕？不需要呵护关爱？不需要一个法定意义上的男人提供安全感？而只是高尚地沉迷于肉体的欢娱?！等等，难道只沉迷于肉体才是高尚的？不！只有男人可以拥有纯粹的肉体享乐，而女人总是附带其他的条件：爱情、婚姻、利益，以及其他种种便利与实惠。

有承诺的情欲让女人激情四溢，而不负责任的情欲则让男人排山倒海。荣灯渴望她的爱情不仅能开出鲜艳的花朵，更能结出婚姻的硕果。所以她抱住她的爱人说：“我们结婚吧。”

她一提到这个庸俗的话题，林森立刻皱起眉头，既矜持又鄙薄地说：“干吗逼婚？等我求婚不行吗？庸俗！”

僵硬的已经不止是林森了，荣灯的皮肤上起了一层小疙瘩，当初明明是他说“让我们结婚吧”，可如今倒变成她在逼婚，她在祈求了，真是荒唐！

荣灯咬住嘴唇，看来私奔能奔出个好下场的只有红拂和卓文君，自己并不是现代版的那一个。

不想和他争吵，不想和他理论，甚至不想看到他那张得意的脸，好像全天下的女人都拿他当珍宝似的。

荣灯离开卧室，走进客厅，独自坐下来生闷气。林森也不管她，一个人在卧室里看电视，也不知道是什么节目，看得没心没肺地哈哈大笑，存心往她的怒火上泼油似的。

她看见林森的手机在外屋桌上不断闪亮，是无声状态中的短信提示。她肯定是进行了激烈的思想斗争，别动！那是一颗手雷，很危险！理智警告她，但情感比理智更血性，它有着粉身碎骨在所不惜的冲动，所以她抓住手雷，毫不犹豫地拉弦引爆，有一个代号“玲珑剔透心”的女人浮出水面。

……

林森说：心疼你，抱抱，给你力量。

林森又说：亲亲小咪咪。

林森还说：妹妹等着，哥哥慰藉你的相思。

……

每一条短信，都是一颗炸弹，轰轰的爆炸声连续不断地响起，荣灯顷刻间变成了一颗引爆的人体炸弹，她攥着手机冲向林森……

荣灯彻底发作了：“怪不得总感觉你有另外的女人，怪不得你不愿意结婚，怪不得你若即若离，原来你真的有其他女人！你有其他女人没关系，你可以脚踩多只船，你可以石榴裙下死，你可以卑鄙下流无耻，那是你的事，跟我没关系，但你不能欺骗我，不能打着恋爱的幌子来欺骗我。”

荣灯很生气，林森更生气，他脸都绿了，他扬言从来没有哪个女人敢偷看他的手机，包括他的前妻。他叫嚣着：“你怎么能够这样做？这是品质问题，我那么信任你，你竟然这样做，你辜负了我对你的信任！你知道吗？我对你很失望！”

听听！林森对荣灯很失望，天下竟有这样的道理！荣灯都被他气笑了。她真的不知道，人家爹妈都是怎么教育的？竟然能教育出这样才貌双全的混蛋！

且听林森如何为自己解释，他说：“那是我前女友，早已回老家了，我们藕已断，只不过丝还连着。她是一个脆弱的女孩，失恋又失业，我若再对她恶语相向，她那么可怜，还不跳楼自杀呀！”

多么仁慈、多么悲悯、多么厚道，简直就是一善人嘛！荣灯不解：“可是……既然如此，那又何必分手呢？”

林森抢白道：“还不是因为你呀，还不是因为我们真心相爱，我才抛弃她呀！”

奇怪！荣灯明明是受害者，怎么摇身一变成了横刀夺爱的第三者了？想想……再想想……

荣灯的怀疑与怒气不能平息，所以她收拾自己的东西，打算绝尘而去，否则听他几句花言巧语就偃旗息鼓，太没自尊！况且她希望他以郑重的态度来解释这件事，他要承认错误，他要明白事态的严重性，可他并不认为自己错了，他甚至还轻描淡写地说："不就是一点儿前尘往事吗？犯不上这样大动干戈！"

连"亲亲小咪咪"都是小事，那这天下还有什么大事？绝对不能让步！

荣灯冲到洗面台前收拾自己的瓶瓶罐罐，故意弄得叮当作响，意思是说：我要走了！我要走了！可是，那个混账在电脑前一动不动。荣灯故意磨磨蹭蹭，好让他有时间来挽留，来道歉，可是直到她自己再也不好意思拖延下去，那王八蛋仍然在电脑前有条不紊地敲敲打打。荣灯真的很生气了，她在门口穿鞋，故意用鞋跟使劲当当敲着地板，那意思是说：我真的要走了！可是那个混账王八蛋挨千刀的仍然目不转睛地盯着电脑屏幕，似乎那是他的生身父母，似乎那是他的锦绣前程，似乎那是他的身家性命。

荣灯使劲一甩门，真想甩到他脑袋上，再不走，真的颜面扫地。

没有电话，没有短信，更没有追上门来赔礼道歉！一连三天，林森没有任何反应。这算怎么回事呢？难道这就是一个新时代知识分子发动的外遇捍卫战?!

她憎恨他，并看清他的本质，她决定不再爱他，并忘掉他。但让她羞愧的是，她渴望他的身体，那只被他放出笼子的狗再也不听从主人的命令，它咆哮着跳跃、冲击、撕咬，一次次将主人咬伤，它渴望偷猎者的驯养，并企图将他独自霸占，她徒劳地与那只卑劣的狗搏斗，却再也无法降伏它。

荣灯总是精神恍惚，一个人呆呆地坐在办公室长时间沉默。她没有跟任何人提起和林森的冷战，但明珠似乎明了一切，她陪在荣灯的身边，给她捏肩膀，做背部刮痧排毒，每天在大清早给她煮了红豆粥送过去，永远不温不火，不急不躁。

荣灯叹息："真羡慕你啊，有一个好老公，就等于有了全世界。"

明珠总是笑笑，不说话。荣灯想问问她的孩子，已经如愿去了托儿所吗？孩子的外婆呢？那个更老的女人，谁来解救她？她是否还在春天的时候到处流浪？最终也没问出口，轻叹一声，也就过去了。

到了周末时间，林森那边依然没有任何动静，荣灯百无聊赖地在街上游逛，她看着街上的女孩，莫名其妙就恐慌起来，夏日的大街上，那些女孩都美得耀眼，挺着胸脯，露着雪白的大腿，充满诱惑。她们……她们每一个都可能是“玲珑剔透心”啊，每一个都可能趁她不在的时候和林森幽会……

荣灯真的是不对劲了，她精神恍惚地盯着那些女孩看，谁能证明“玲珑剔透心”不是潜伏在这些女孩中间？谁能证明她们只是短信往来？谁能证明她已远走高飞？

有一次坐地铁，她竟然悄悄跟踪一个漂亮女孩，一路跟到科技园站，那女孩起身下车。她惊出一身冷汗，林森家就在这附近啊？难道……难道真的是去和林森约会的？女孩紧走，她也紧走；女孩慢走，她也慢走；她一边跟踪，一边揣测，他为什么不开车去接她？他为什么一定要带到家里来？她难道真是“玲珑剔透心”……正闷头跟踪着，女孩突然回头，急步抄过来，站在她面前大喝一声：“喂！你有病啊！”

荣灯如同灵肉分离的游魂被拿住，她如梦初醒，魂魄归位时，对自己的所作所为无比震惊。

她知道，女人一旦真爱，就变得卑贱。像张爱玲，尚且爱上一个虚伪油滑的流氓，其他女子又能好到哪里去？只不过张爱玲说得含蓄而已，“低到尘埃里”。

## 四

### *1*



变，是宇宙中唯一不变的真理。没有不老的容颜，没有永不背叛的爱情，没有永远好或永远不好的人生，世间万物都在变化之中。

荣灯的《时尚生活》经过一段貌似欣欣向荣的时期，就像表面波澜不惊的大海，深处却隐藏着凶险的惊涛骇浪。凶险来自对利益的觊觎。

当地一名权贵的亲属看到《时尚生活》报所潜藏的巨大市场，企图取荣灯而代之。他暗中拜访了报社总部老总，双方迅速达成了合作协议，于是报社老总开始在全体干部会议上，对荣灯的工作表示不满。

对于有多年集团工作经验的刘副总来说，这是一种信号，一种造势，一种渐渐清晰起来的欲加之罪，就等时机一到往荣灯身上一拍，缴了她的兵权，然后打入死牢。他原本是可以装聋作哑的，可是对荣灯这小女子，她的坚持、努力、隐忍，他都是明白的。他有些于心不忍，不能明说，却忍不住只言片语进行点拨。荣灯并不愚钝，她马上明白自身处境的凶险，可是荣灯不甘心，她说："我和报社是签了合同的。"

刘副总说："结婚了，国家还允许离婚呢。"

荣灯中的都是带毒的暗箭，林森的那一箭，尚未拔出，报社的这一箭又凌空而来。

她还没想好对策，报社总部那边已经开始收紧口袋了，假惺惺派了一个工作组，以了解市场发展为名，堂而皇之逐家拜访所有的大客户（包括联通、银行、保险公司等），想方设法要搞到订户名单。

外患已定，内战全面爆发！

荣灯想到了狡兔死，走狗烹，想到了人为刀俎，我为鱼肉，想到了……可即使是一只肉鸡，在最后被拔毛开膛的时刻也是要拼死挣扎的。

愤怒让荣灯不打算乖乖成为一只被按在砧板上的肉鸡，可她缺乏同盟，更缺乏幕僚。林森也许是很好的人选，他理智、坚硬，善于保护自身利益，应该听听他的意见。

没什么不好意思的，关键时刻，国共两党还同仇敌忾对付日本小鬼子呢！

于是，荣灯给林森打电话，林森一听她的声音，立刻得意地大笑起来："我就知道你撑不住，早晚要投降，被我算准了，想一起度周末了？来吧，等着你呢。给你准备了最喜欢的宫颐府蜂蜜小蛋糕，还有进口绿提。"

面对这样的一个男人，荣灯真的不知该喜还是该悲，但她累了，慢慢平静了，不再因他动辄掀起滔天巨浪，沉默片刻，她说："我要是不过去呢?"

"那我就过去呀，想——你——了，傻丫头，没有你，已经不习惯了。"依然温柔，依然一往情深，好像他们之间从未发生过任何不快。

这样的语言，对荣灯仍然具有致命杀伤力，她告诫自己不可以，不可以……可她，还是妥协了。

## 2

关键时刻，林森坚决站在荣灯的身边，他说："不要怕，就算你什么都没有了，还有我呢!"就算是假话，也让荣灯感觉些许欣慰。

两人发挥所有聪明智慧，制定出"浑水摸鱼，以暴制暴"的战略方针。具体战术是：首先把订户名单牢牢控制在手中，这个总名单一直由荣灯自己掌握，除了她，没有第二个人知道，只要报社没有订报名单就不敢轻举妄动。第二加紧时间把所有订报款收上来，但绝不上交，以观后效。

这两条战略方针保证荣灯进可攻，退可守，即使她迫不得已让出市场，也多了和报社谈判的筹码。

思路一清晰，荣灯立马付诸行动，先期收上来的订报款有五十多万，她找了各种借口向报社拖延，林森打趣说"做嫁妆够了，我不嫌少"，他说为保险起见，让荣灯把这笔钱存在他的账户上，他保证会替她保管得好好的。

差一点儿，只差一点儿，荣灯就同意了，就在她要点头的那一刻，林森说"咱们早晚是要结婚的，我的都是你的"。荣灯突然就清醒了，他向来习惯说你随便，你自己做决定，此时此刻却大包大揽要替她做决定了，她怕只怕自己的变成他的，他的还是他的，到最后，一切都是他的，当报社追讨这笔款子时，仅一项“贪污公款”的罪名就能把她关一辈子。

她心底悲凉，笑一笑，再笑一笑，这个亲爱的人，他真的是从未替她想过的。

荣灯单独立了账户，把这笔报款存进去，以备万不得已时乖乖交给报社，而在此之前，她还是要做垂死反抗的。由于荣灯拒不交出订户名单，也不上交报款，报社终于失去耐心，双方公开对阵了。

一番唇枪舌战后，大家最终面对面坐下来开始谈条件。敌我双方力量悬殊，报社方：刘副总带队，发行、广告、财务、律师等人多势众。而荣灯这边，只有她和一个手无缚鸡之力的明珠，不过荣灯属于死猪不怕开水烫，既然躲不过，她索性就豁出去了。

报社的条件：交出名单，上交报款，否则公堂相见。

荣灯的条件：单方毁约，何理之有！交出市场可以，但必须补偿损失。

双方都有道理，双方也都有些惧怕，报社怕荣灯一旦停止投递，并拒不交出名单，那么拿不到报纸的订户必然对报社群起而攻之，群众的力量是巨大的，报社不敢开这样的玩笑。

荣灯则担心报社利用那五十多万的报款大做文章，当然不到最后关头，他们不会出此下策。

报纸在继续发行，继续投递，战争也在继续进行。刘副总带着一拨人来了又走，走了又来；发行部经理和广告部老黄先是好言相劝，接着是威胁恐吓加利诱；而律师则旁敲侧击地擂响法律的边鼓，企图利用正义之声炸毁荣灯的心理防线。好在荣灯生性顽强，又在报社做过多年新闻记者，有过一些历练与社会经验，和他们叫起阵来，倒也是一位不让须眉的对手。

为了避嫌和划清界限，刘副总有时也故意和荣灯叫板，荣灯心领神会，故意配合他把气氛渲染得剑拔弩张，往往需要旁人来劝解，两人才停止对抗。

明珠到底单纯，并不懂得其中奥妙，她对刘副总心生恨意，私下对荣灯说："那个老头最讨厌！恨不得把咱们赶尽杀绝。"

荣灯并不避着明珠，不以为然地说："他呀，他是咱们这边的。"像小时候看电影，简单地把红军和鬼子划分成"这边"和"那边"。

明珠惊讶地微微张着嘴巴看荣灯，一双山泉样明澈的大眼睛充满迷茫，让荣灯都有些不好意思让她看见这个世界的复杂。她捋捋明珠的头发："别傻了，就当他是个间谍。"

明珠若有所思地点头："间谍的下场一般都很惨。"

谈判陆续进行了一个多月，荣灯和明珠都在这场斗争中迅速成长起来，由起先的恐惧、担忧、愤怒变得谈笑风生，游刃有余，甚至在谈判间隙还和对手们开开玩笑，诉诉苦，互相嘲弄一番。在这种微妙的环境里，最终大家达成初步一致：荣灯交出名单，交出市场，报社不再追缴报款，并另行补偿一笔资金。

至于补偿多少，荣灯要八十万，报社只给四十万，荣灯不肯妥协，刘副总说了不算，所有谈判的人也都说了不算，他们于是回去请示老总。

希望的曙光在闪烁，但荣灯不能掉以轻心，她等着，有些心焦，好在有明珠一直陪在身边，一如既往地安静，贴心，她享受着明珠温柔的按摩，不仅感叹：疾风知劲草，板荡见忠臣。她跟明珠商量，一旦与报社谈判成功，两人就合伙开一家美容院，荣灯投资，明珠做首席美容师，也做股东，不止拿工资，到年底还拿分成。

明珠眼里分明有感激的水花在涌动，她咬着嘴唇低声地说：姐姐……

荣灯受不了这个，她是真的动了情，她想明珠多好的一个孩子啊，那么善良，那么懂事，却有那么苦难的人生，真是应该好好帮她一把。一瞬间她都有了救世主的情怀，悲悯地说："到时候，咱们把你妈妈和女儿也接过来，春天的时候，她们就再也不用到处乱跑了。"

明珠使劲点头，眼里的水花都甩出来了，她不好意思地笑了，荣灯也笑了。

## 3

等待总是让人心焦，报社总部迟迟不见答复，荣灯难免有些心焦，就偷偷与刘副总沟通，刘老头面慈心软，架不住荣灯的温言软语，撒娇装可怜，就悄悄透露，报社的底线是六十万。

荣灯松了一口气，加上那五十多万的报款，她和明珠可以开家很好的美容院了。

荣灯获知了报社的底线，她也就镇静下来，笃定地等着报社上门摊牌。

可是……报社突然没动静了，谈判小组不来，连电话也没有了，一连七八天，他们竟然悄无声息、无所作为。

战争并不可怕，可怕的是你不知道敌人会从你哪处软肋攻进来！

终究还是来了，直击荣灯的死穴。那天早上，所有的投递员们都照常在等报社总部的运报车，但是运报车始终没来。

荣灯给报社打电话询问，竟然所有的电话都无人接听，她预感不妙，就在此时，她的发行经理王大柱带来更坏的新消息，他说今天早上报社总部开始自己投递报纸！

……

为什么？他们不谈判了吗？

为什么？他们哪里来的订户名单？

王大柱像一条忠实的狗满大街打听消息，原来三天前，报社总部派了一批投递员秘密进驻望岛市，迅速分布到各大街小巷熟悉地形，三天后，他们抛开代理商荣灯直接进行投递。

紧接着，报社连续六天整版刊登通告，告之广大市民因业务需要，《时尚生活》新闻中心搬迁至曙光大厦，并公布了新的新闻部电话、广告电话、发行电话等，就这样，所有的一切都跟荣灯没关系了。

真是死不瞑目啊！

荣灯不明白，只有自己保管着完整的订户名单，报社到底是怎样拿到这个杀手锏的呢？她再给刘副总打电话，希望从他那儿获知一点儿蛛丝马迹。刘副总却只字不提，只是劝她认清形势，报社已不追究那五十万的报款，你并不吃亏，事已至此，你就从了吧！

真的就这样从了？荣灯不甘心啊，她还要和明珠开美容院呢。明珠倒是什么都没说，她淡漠地笑笑，大概已习惯生活中的种种变故，她与荣灯匆匆告别，就回老家看父母孩子去了。

## 4

荣灯的事业大戏尚未成功上演，已仓皇落幕。好在她还有林森，危难时刻终究收留了她，他即使没有献出他的心，至少也献出了身体，他们同居了。

荣灯发现，他并没有删除“玲珑剔透心”的电话号码，不过换了个名字又存上了，他们仍在暗中纠缠着。

他们住在一起，表面波澜不惊。她貌似平静，可是她每时每刻都在惶恐地等待。每一次门铃响起，她都以为是另一个女人不请自来，那女人一定是熟悉这个家的，她躺过这张床，抱过这个靠枕，用过那只镀金咖啡杯，甚至握过这把铲子做过菜，当然家里的这个男人，她也是用过的，不止用过，还淋漓尽致地用过多次……

荣灯等待着华丽或狼狈转身的那一刻，可那女人始终潜伏，荣灯已失去耐心，她打算呼啦一声把天窗打开算了，可是每次当荣灯表情严肃地说：“我们谈谈吧。”林森就不辞辛苦扑下身子做爱，像勤劳的农夫挥汗如雨。

做爱只能掩盖问题，不能解决问题，他缺乏解决问题的诚意或者是技巧。荣灯甚至有点儿可怜他，像逃避惩罚的坏孩子，拼命讨好大人，带着献媚的微笑。大人表情莫测，却从未打算放过他。

荣灯渐渐生了厌倦之心，对他的身体亦开始产生些微的抵触。她抓起鞭子，下决心把那只野兽关起来，伤人也伤己的野兽奄奄一息地静卧；她看着它，它也看着她，它乖乖地站起来，摇摇晃晃走进笼子，扑通一声倒下了。

它累了？抑或死了？

# 五

## 1

一念天堂，一念地狱。荣灯在等待中沉沦，也在等待中重生。

她没有等到什么女人上门，却等来了另一个消息。那天王大柱给她打了个电话，口气神秘地说丁之恩现在到《时尚生活》总部上班了。

荣灯愣了片刻，才想起来丁之恩是明珠，可这跟她有什么关系呢？冬天来临时，树上所有的叶子都会落光，她与明珠已好久没有联系。她淡淡地说："那又怎样？你不是也回报纸干老本行了吗？"

王大柱立刻不好意思起来，好像他背叛了主子。其实荣灯并没有怪罪他的意思，生活由来逼人，他做这行已熟络，赚一碗饭吃，有何不可！

王大柱愤愤难平："她和我，不一样，报社给了她正式编制，听说还是干部身份，有单身宿舍，有固定工资，有三保基金，退休了还能拿养老金呢……凭什么呀？报社凭什么对她这么好？你不觉得奇怪吗？老总，你为什么会突然失败？肯定有叛徒出卖了你……"

荣灯捏着话筒愣了半天，事情已经过去，她不愿多想，可思绪却不由自主地四处蔓延。

她想到那个寒冷的冬日，魂不守舍的她投奔风之尚美容院，遇到这个文静、笃定、总是微笑的明珠，不！她叫丁之恩，现在她真的叫丁之恩了，她有了全新的名字，也许——还有全新的人生。

不会吧？那个眉头有一颗好运痣的明珠，那个总是眯着眼睛微笑的明珠，那个有孩子有前夫有爱人有苦难人生的明珠，真的把自己洗白了？

她拿什么洗的？拿荣灯的信任？拿荣灯的不设防？拿荣灯对她的慈悲心？

荣灯忽然起了好奇心，想探求事实真相的冲动让她急于见到明珠。她打电话给刘副总，直截了当地问："我的那个助理到您那儿高就了？您何时策反了她？"

聪明人之间不需要遮遮掩掩，刘副总没有回避："她确实在我这儿，但我既非主谋，也非帮凶，直到她来报到上任，我才知道你为什么会失败。"

荣灯已不再愤怒，只觉荒唐可笑，想想自己，还时常为不能兑现美容院的事对明珠心存愧疚，其实哪需你愧疚，每个人都有自救的办法，哪怕一条小小的乌贼鱼，亦会释放烟雾弹迷惑敌人，哪怕一只满身疙瘩的癞蛤蟆也会喷出毒气伤害对手，况且人，魔法诡计不知高明了多少倍。

荣灯决定去见明珠。

是秋日的傍晚时分，明珠来了。

荣灯站在街边一棵树下打量她，她夹在报社下班的人群中，与同事一起走出那座庄严的大楼，浅浅的微笑，端庄的服饰，举手投足优雅得体，就像一滴水，融入水。

嗯……这么快，关于明珠的那一页，已经翻过去了。是的，干净的丁之恩小姐，她还年轻，忘记过去，开始新生活，一切都来得及。

明珠站在公交车站等车，没有发现荣灯，她依然微笑，轻松地东张西望，嘴唇轻轻翕动，也许她还在低声哼着一首歌。

荣灯向她走过去，她相信当明珠看见她的那一刻，一定会有磁带被卡住的惊人效果。

可惜公交车来了，明珠混入人群上车，荣灯打了一辆出租车在后面不急不慢地跟着。

车过六站路，是一个小小的贸易市场，路边有很多临时兜售各种物品的小摊点。明珠从车上下来，她埋首疾步向前，有一瞬，荣灯还以为自己暴露了。

明珠奔向一个小小的摊子，一个四五岁的小女孩欢天喜地扑过来，一头扎进她怀里。明珠把孩子抱起来，高高地举着，两人开心地咯咯笑着。

那孩子，瘦弱、黢黑，有双和明珠一样的大眼睛，以及笑起来弯弯的嘴角……没错，是她的女儿！

荣灯在路边站住了，这时她才注意到旁边还有另外一个中年妇女，同样瘦弱、黢黑，一头白发，满目疮痍，破旧的衣衫像直接搭在一根竹竿上。

妇女蹲在寒碜的小摊子前，摆弄着劣质的发夹、头绳、鞋垫、钥匙环等小玩意儿，边招揽着过客，边不时抬头看明珠母子，脸上是开心的笑。

她……应该就是明珠的母亲吧？那个春天时四处流浪的女人。荣灯站在树下静静地看着她，也看着她廉价的小摊子。自己的母亲应该也是这样的年纪，但比她年轻了十倍，经常因家里的小保姆和父亲争风吃醋，也在为是否去割双眼皮和父亲较劲，可是她呢，这个满目疮痍的女人，她和谁较劲呢？

市场突然乱了起来，有人高喊：城管来了！一时间烟尘滚滚、狼奔豕突。荣灯惊讶地看着这一幕，就见明珠脸色一变，她把孩子往母亲怀里一搡，胡乱卷起地上的小摊子，抱在怀里，冲进人群，她穿着那么高的高跟鞋，转眼就跑得不见了踪影。

暮色浓了，路灯尚未亮起，有大团的夜的阴影慢慢地围上来，将万物遮蔽。

明珠的母亲扯起孩子，快步向前奔走。孩子跟不上，被扯得跌跌倒倒，可是她来不及哭，紧张地咬着嘴唇，亦步亦趋。

荣灯忍了又忍，到底没管住自己，她跟上这一老一小仓皇的身影。

她们走得很快，乡下人特有的惊慌而局促的步子。红灯亮时，她们也没有停下来，大人拖着孩子惊慌跑过马路对面，留下一连串怪叫的汽车刹车声。



荣灯在后面等绿灯，那一老一小两个身影如同生锈的钉子扎进眼睛，有泪水涌上来，她微微昂起脸，逼它们退去。绿灯亮时，她一溜小跑冲上去，边跑边掏了三百块钱，她冲到她们面前。暮色里，大人和孩子都恐惧地看着她，她冲她们艰难地笑，那大人和孩子也艰难地笑，带着卑微的讨好以及不知所措，她不敢看她们的眼睛，把钱塞给孩子，低声说："好孩子，拿去买糖吃。"

大人和孩子一起攥着钱，用一大一小两只干瘦的黑手，大人说："她哑了，不会说话了。"

荣灯伸手轻轻摸了一下孩子的脸，像摸一张砂纸，老女人又说："烧坏了，发烧烧坏了。"

孩子只是笑，温顺地站着，仰着脸看荣灯。

荣灯扭头就走，感觉有泪水冲下来，顺着面颊飞速滑落，她使劲睁大眼睛，才看清脚下的路。

## 2

在酒店客房，当两个女人重新面对面坐下，她们已不需要客套，不需要寒暄。因为彼此都知道对方的软肋，知道对方的死穴。

明珠给荣灯倒了一杯水，轻轻放在她面前，一如从前的恭顺。

荣灯深深吸一口气，缓缓开口。

"什么时候你拿走了名单？"

"你和报社决裂之前。"

"怎么得手的？"

"在你办公室，你出去了，没有关电脑。"

绝对优秀的间谍人才，胆大心细，镇定从容，温良恭顺，不动声色。

荣灯抿一口水，慢慢咽下去，慢慢地说："你走吧，自此，我们互不认识。"

明珠起身，向门口走，她的手握住了门柄，她顿了一下，猛地转过身来，突然开口："我偷走了你的秘密，也还给你一个秘密。"

荣灯漠然。

"关于我和林森。"

……

“林森，就是我的那位老公，我们在一起三年了。”

……三年？三年！三年有几百个日日夜夜？几百个日日夜夜他们都在一起，他们是彼此的爱人！

“我就是你要找的那个‘玲珑剔透心’，林森说不想让你知道，不想伤害你……”

毁灭！不亚于原子弹爆炸，有蘑菇云冲天而起，荣灯的世界彻底毁灭了，她脸色苍白，颤抖着抓起桌上的茶杯向明珠砸过去，凶狠地叫道：“滚！滚——”

明珠一闪，护住脸，茶杯砸在墙上炸开，碎片四溅，她拉开门，飞快地逃出去。

荣灯瞬间即失去理智，她抓起另一只茶杯，又狠狠向墙上砸去，文件、书、笔筒、台灯，甚至连椅子，都被她一古脑地向墙上砸去，破碎使人疯狂，破坏却带来宣泄的快感。

不想伤害我?! 不想伤害我?! 他们合起伙来不想伤害我！这是一个什么世界？肮脏混乱、背信弃义、男盗女娼，这样的世界有什么存在的意义？她要把这个肮脏的世界砸乱了，砸碎了，要把它彻底毁掉！

……

客房里的异常响动惊动了酒店的服务员和保安，他们紧张地冲到房间门口，却发现有一名年轻的女子正候在门边不动，是明珠。她静静地说：“对不起！给你们添麻烦了。是我们老总，她生意失败了。我们会赔偿所有损坏的物资。”

正在这时，从屋内传出女人悲愤的哭泣声。

保安问：“你保证不会发生意外?”

年轻女子郑重地点头：“请允许被伤害的人表达不满。”

保安和服务员离开了，明珠继续站在门边。

门里的哭泣声持续了一段时间，停止了。又过了一个小时，荣灯洗干净脸，梳理了头发，重新打开了门。

明珠再次走进来。

荣灯光脚踩着地上的碎玻璃，有血流下来，可是她浑然不觉。

明珠和以前一样一声不吭，开始收拾凌乱的屋子。

荣灯抱住自己，蜷缩在沙发上，来吧，真相。来吧，事实。你不是坚强吗？你不是勇敢吗？那么好吧，它来了。曾经它就像一条鱼不时从水中跃出，在阳光下耀疼她的眼睛，又飞快隐入水中，可是这一次，它真的来了，离开水的隐蔽，完全暴露在干涸的沙滩上。

……

是三年前的盛夏，明珠离家出走，踏上死亡之路，随时准备了结生命。在火车上，林森遇到了神色异常的她，于是悄悄跟踪下车。就这样，他们相遇了。

明珠在林森家的附近找了一家美容院做美容师，她爱他，于是奉献一切。他救了她，不止生命，还有身体。明珠平时住店里，周末去林森那儿欢乐，两人保持着疏密有致的性生活。直到荣灯出现，取代了明珠的周末喜相逢。

嗯……这样说来，愤怒的人似乎不该是自己，荣灯自嘲："鸠占鹊巢的人原来是我！你恨他吗？"

明珠摇头："爱一个人，就按照他喜欢的样子源源不断地给他。"

呵呵，简直是爱的圣人。他喜欢的样子？他喜欢的样子就是朝三暮四，脚踩好几只船，也不怕跌下去摔死！

境界到底是不同，也不知人家明珠曲意承欢的小妾功夫是怎样练成的？以前都是她去林森那儿度周末，可是从某一天开始，他突然不让她去了，于是明珠就很听话地改在周三去欢乐。明珠说："还记得我们第一次见面吗？就在周三，我从他家出来，你在店里等我。那时，我们谁也不知道谁……"

……记忆在很遥远的地方漂浮，每一块碎片都想极力抓住，借以登上彼时的陆地。那时自己在干什么？为什么到美容院里去？是什么样的心境……

哦，荣灯想起来了，那个如无主游魂的冬日，她突然感觉无比强烈的恐惧和思念，她只想和林森在一起，只想知道他在干什么。于是她决定突然去看他，给他送个惊喜。如果她去了，那么林森一定会送个更大的“惊喜”（明珠）给她，可是最后的一刻，她在林森家楼下盯着紧闭的窗帘徘徊许久，终于改变了主意。于是鬼使神差她拐到美容院来等那个“惊喜”了，就差那么一点点儿，就差那么一点点儿她就与那个“巨大的惊喜”劈面相逢了！

这是谁的旨意呢？是上天可怜她？还是在玩弄她？将一场骗局延续如此之久？

荣灯咝咝吸着冷气，她已被打入冰窖，浑身覆满一层冰凉的水珠。她缓缓问：“那天……你们在干什么？”

“……帮他收拾卫生，做饭，也做按摩。”

荣灯嘲讽地：“……还做别的吧？”像握住刀子逼近跳动的脉搏，可她管不住自己了。

明珠看她，点点头，坦诚，或者是一点儿挑衅：“是的，我们——还做爱！”

该哭还是该笑？这个她同情的明珠，她信任的明珠，其实一直和她在同饮一碗热汤，你一勺，我一勺，相安无事、其乐融融。

“你们……真的很无耻！”

“……并不，我们和你们一样，都是真诚的。”

“可是，你们不道德！”

“道德？难道林森只有爱你才是道德，爱别人就是不道德？”

“可是……他不能同时爱上两个女人。”

明珠沉默片刻：“不止两个，他还有其他的女人。他给我看过她们的照片。”

荣灯已经不止是震惊：“……你……你都知道？”

“是！各式各样的女人。每一个，他都爱，每一次，他都是真的。或者爱她的眉毛，或者爱她的嘴唇，或者爱她笑起来的样子，或者爱她穿军装的英武，或者爱她弹吉他时的惆怅……”

荣灯笑，冷冷地笑，笑人，亦笑自己，真是，怎么说呢？还命里因缘呢，还缘定三生呢，其实哪有什么唯一？哪有什么绝对？男女犹如集市客，来来往往，聚聚散散，都不过萍水相逢的过客而已。这样一想，倒是自己过分了……可是！荣灯到底是不甘心的：“难道这个社会真的不需要道德了？不需要真爱了，不需要互相忠贞了？”

轮到明珠笑了：“怎么不道德了？他给女人快乐，他就是道德的。他对我是道德的，他对你也是道德的。他对每一个女人都是道德的。你为什么总要陷入中间的灰色地带？男人本性就这样，高贵卑贱富有贫穷统统不计，都以追逐女色为快乐，就像女人喜欢梳妆打扮涂脂抹粉，本性而已。古今中外，不都这样吗？大家都习惯了，你为什么偏要钻这牛角尖儿呢？你和谁较劲啊？”

是的！你和谁较劲呢？荣灯问自己，和社会？较得过吗！和别人？谁搭理你！他不就是喜欢收藏女人吗？凭什么一个男人收藏书籍，收藏美玉，收藏古董，甚至收藏打火机和卷烟纸都可圈可点，唯独收藏美人就不可饶恕?！这是多元的社会，这是自由的时代，爱谁不是爱！爱谁不快乐！你管得着吗，你就是在逼自己，在跟自己过不去……

是吗？是吗？

是的！爱如捕风，谁能把风捉住?！

是的！世界非黑亦非白，它是黑与白之间那一片混沌的灰色，聪明的人不较真，也不追问真相，看见自己的黑，也看见别人的黑，但都不放在心上。

## 3

荣灯在一处荒僻风景区的小客栈租了一间房子住下来，不做事、不出门、不开机、不见人，像孤独的野兽，受伤时找个无人的角落舔舐伤口，静静疗伤。

当心境完全平和，她下山回到人间。

重新面对林森，竟然也十分平静，如沉船后的海面，波澜不兴。

曾经他是太阳，是主宰，是上帝，是她的神，她愿意匍匐在他的脚下，被统领，被奴役，被牵引。可是有一天，她发现这个上帝是假的，冒充的，他假借上帝之名，谋取个人实惠。于是他身上所有的光华都消失了。

林森一定是和明珠联系过了，他等待多日，也准备多时，一定有很多说辞，到底还是有些尴尬，他低声问："关于明珠，你知道多少?"

"一切。或者一无所知。"她淡然，这都不重要了。

她在屋里整理自己的东西，他的情绪起伏，跟在身边走来走去，摊着手解释，怎样看都像表演，"那个明珠，我和她，怎么可能有未来？她在中专上学时，和社会上的一个男人同居，并为此辍学。后来那男人开了一家洗浴中心，就逼她卖淫接待客人，她离家出走时，我遇到她，也救了她，并给她一些帮助，挺可怜……"

"那你和嫖客有什么区别？嫖客零售，你批发而已！"

荣灯说完这句话，两人都有些微变色。不过她已不是很悲伤，心里明白，这场轰轰烈烈的爱情已寿终正寝，正式落下帷幕。

他说："还是很欣赏你这一点，敢作敢当。"

她轻轻地笑，感谢上天，她真的不需要在这个男人身上浪费太多时光。

他有些留恋，或者是装装样子："是否可以……继续做朋友呢?"

她想都不想地摇头。

装样子？完全不必！做朋友？怎么可能！因为她恨过他。当然他们也不可能做敌人，因为她还爱过他。

女人一旦不爱，即变得坚强！

就这样吧，不爱这个人，也要爱那个人，不在他这儿受伤，也要在别人那儿受伤。总之，都过去了，她还是她，胳膊是胳膊，腿是腿，牙齿没有少一颗，骨头没有缺一块，就连头发掉了几根那也是正常代谢，挺好，就这样吧。

因为懂得，所以慈悲，因为懂得，所以微笑。

当她不再计较，不再仇恨，她知道已有力量原谅他，并感谢一切。

在爱中，她既享受它的甜蜜，也畅饮它的毒汁，只要是爱情给的，她都不拒绝。所以，她有全部的欢乐，和最完整的痛苦。她的生命，虽已伤痕累累，可是它仍然圣洁，值得珍惜！

她为自己感到骄傲！

突然想到那天和明珠最后分别时，她站起来对荣灯深深一鞠躬，真诚地说："谢谢你，懂得我。"

懂得！多么好！因为荣灯懂得，所以就算这个曾经叫明珠的女子临阵倒戈，陷她于不义，她还是能够宽容，因为这女子要拯救母亲拯救女儿也拯救她自己。因为刘副总懂得，所以他背叛主子，偷偷给荣灯通风报信，希望她得以保全。因为报社懂得，所以他们放荣灯一条生路，不再穷追猛打。因为林森懂得，白云苍狗，去日苦多，所有的感情及生命都不能永恒，所以他凌驾所有事物之上，不为所累亦不为所惑。因为明珠懂得，所以不苛责别人，也不委屈自己，更不对抗，静静地逆来顺受，安然地接受生命中的每一次飞升与坠落。

因为懂得，所以慈悲！

因为懂得，所有的生命安然地生生又灭灭。

从林森家出来，下雨了，淋湿了衣服与头发，水珠顺着发梢与衣角滑落，敲起活泼的小水花。

荣灯拐上郊外的一条小路，心情愈来愈澄澈，脚步愈来愈轻快，不愿意停下。她经过一片果园，鲜艳的红苹果挂满枝头，雨水刷刷，涤荡过的枝叶与果实新鲜芬芳，渲染出无尽的锦绣与繁华。

她脱了鞋拎在手上，光脚走在雨中的马路上，踏实、笃定，有着与生俱来的舒适与安全。放下吧，全都放下，就不再害怕。

她光着脚向前走，微笑，坚定，充满逆来顺受的力量，她感觉自己正慢慢成为一粒苹果的果核，曾经丰盈的身体已从枝头坠落，撕裂、干涸，直至肉身腐烂，可是苦痛的还不够，还需要承受更大的苦痛，果核才能爆裂，裸露出种子，温柔之极，繁华洗尽。

此刻她将是那粒渺小而忧伤的种子，却孕育着一棵繁茂的苹果树。

2011年第6期《小说月报·原创版》

# 中途下车

## 一

午后的一缕阳光，从南边的窗子爬上来，跌碎在豆灰绿的地毯上，斜斜地淌了一地。在这个安静的午后，没有客人上门，时装店里静悄悄的，连一只苍蝇也没来拜访，大概连它也懂得上午十点至下午两点是太阳黑子活动猖狂时分，要待在安全的地方休养生息。

樱桃摊开四肢，歪在一张椅子里，闲闲地说着话，声音越来越细，过一会儿，脑袋一沉，眼皮闭了又睁，睁了又闭，挣扎了一番，终于认命地睡去。

我靠在另一张椅子里，也神思恍惚，瞌了一下眼皮，去看街上：外面起风了，芙蓉树的叶子起起伏伏着，开败了的花朵，红羽毛一样，一朵又一朵地飘起来，斜斜地落向地面。

不知道为什么，这座海滨城市有很多的芙蓉树，它的另一个名字叫合欢，合欢……上海是没有合欢的，上海……总是下雨，天空阴沉沉的，像杜木的脸……

杜木的脸永远不动声色，他住在上海淮海路的一栋老房子里——据说不远就是张爱玲曾住过的房子——老房子的光线不好，他看着我，也总是沉默，不怎么说话；我不知道他心里想什么，他心里想什么呢？



思考这样的问题总是令人头疼，好像我的脑袋正在孕育一群蝴蝶……

到了下午三点，整个世界好像又活过来了。樱桃在用快乐的声音哼着一首哀伤的歌，像只苍蝇嗡嗡嗡，我对店员小丽说：你去买只特大号的苍蝇拍。

樱桃没听明白，翻了翻眼，接着再唱，一边唱一边骂方忠：这个死人怎么还不来接咱俩？

方忠是樱桃的男朋友，他自己开了家电脑公司，经营情况勉强说得过去，他的好处是哪怕站在一小堆垃圾上，也敢豪情万丈地展望未来，基于这样的原因，算是有志青年。

樱桃特别希望能为方忠掌管财务大权，以亲自参与他美好蓝图的绘画工程，但方忠总以各种理由加以拒绝。樱桃虽说不满，可她没有正当职业，花一分钱都得向着方忠手心向上，经济不独立，人格又怎么好意思独立？所以永远不敢和他翻脸。

方忠的耳朵大概是面筋捏的，不经念叨，樱桃刚骂完，他就在店门外一个劲地摁车喇叭，樱桃这才想起她忘了补妆，赶紧跑到镜子前又涂又抹。

我在旁边懒洋洋地打呵欠，没有情人的女人是不需要打扮的，像我，赤脚踩着凉拖，随时就可出门去。

当然，去上海例外，每次我飞越了千山万水去看杜木，踏响那咯吱咯吱的木楼梯时，都感觉自己像行走在朦胧夜色里的栀子花，诡异、美丽……而现在，我需要吸引谁的目光？我又在乎谁的目光？

樱桃的后脑勺上也长着眼睛，一边忙着整修门面，一边教导我：告诉你一个热爱生活的绝招，不信你试试，马上投身另一场恋爱，保证你就活得精神了，否则艺术家为什么要找那么多情人呢？赶快让那个什么木头见鬼去吧。

我哼一声：去你的吧，投身爱情？那得有副铁打的好身板儿，像我这样，常年节食，手无缚鸡之力，哪有多余的力气去爱别人……话未说完，就听得门外的车喇叭已不是声声的尖叫，而开始像旷野里的狼一样长啸，樱桃沉着地刷上粉紫色睫毛膏。

我叉开腿坐在椅子上，看那两条伶仃的细腿裹在赭石色的九分裤里，裤是软缎的，下面露出一截苍白的脚踝，它们落寞而委屈。咦？在这时，我的右眼皮突然嘣嘣跳个不停，我扭脸去看桌上的镜子，两条眉毛竟然一高一矮，一长一短，因为这样，两边脸也不一样了。

我端详着镜子里的自己，很怪异的一张脸。这时，方忠已经阴着脸冲进来了，叉腰站在屋中间，火气腾腾地说：真服了你俩，出去喝杯茶也这么隆重，以为去白宫出席晚宴呢！走不走？不走我走了。

这家伙总这样，气焰嚣张，自恃貌美形俊，到处招蜂引蝶，惹些女孩子和樱桃抢夺资源，别人越把他当回事，他越是插根鸡毛就飞上天去了，时不时闹出些鸡飞狗跳的事儿来。樱桃哭也哭过，吵也吵过，到现在拼的就是胸怀和智慧了。所以他火，樱桃不火，她撒娇，笑眯眯、黏糊糊地靠着方忠，像香口胶，吐不掉，甩不脱，这是制服方忠屡试不爽的一个绝招，当樱桃温柔地摩挲方忠的猪耳朵时，他就忍不住咧嘴笑了。

这两个贱人，也不看看什么场合，就算我不计较，旁边还有店员小丽呢，可见没人的时候会张狂到什么地步。我像个封建大宅院里多年守寡的老妖婆一样，斜视一身红裙的樱桃，咬着牙说：红——色——妖——姬！

樱桃乐滋滋地含笑接纳这个美名，说：好啊，妖姬好啊！百媚千娇，颠倒众生。并不计较我口气里的嘲讽。

摆平方忠，樱桃捏起眉笔，镇静地重整河山。方忠在旁边再说：我劝你，除非打算靠出卖色相过日子，否则，决没必要把自己整得像一个夜总会的咪咪、菲菲什么的。

我不再理他俩，拿手按住眉头。方忠叉着腰，在屋里不耐烦地走来走去，好像他急着赶考场，我冲他摆摆手说：你能不能坐下来，别像艘破轮船似的，晃得我头晕。他却一下子折到货架子那边，提下一件黑色长裙赞许地说：啊呀，小荷，你的眼光是越来越好了，这件让樱桃试试，这件绝对好。

樱桃在旁边翻白眼，方忠不容商量地说：快试试，我说好就绝对好……

总是这样，他一自信，樱桃就不自信了，她提着衣服随小丽进了更衣室。

我撇一下嘴，悻悻地：看来我今天又要破财。方忠得意地笑说：贼不走空嘛。

樱桃这一试，果然就不愿再脱下来了，她提着裙角在镜子前转来转去，喜形于色。方忠在边上替她理一理头发，扶一扶领子，嘴里不时再说几声“好，太好了”之类，像演双簧。

小丽对我做个无奈的怪脸，我无动于衷地坐着看他们。樱桃可没少搜刮我的民脂民膏，好像我这间时装店是为她开的一样，选好了就拿走，从没说过钱的事。我也从没跟她提过钱这回事，不是我的觉悟已经高到了共产主义时代，人人都可各取所需，实在是因为樱桃真的是我的朋友。也就是她吧，除了她，我跟别人还是挺计较的，我要是跟谁都不计较，这店早关门大吉了。

当然，它之所以没有关门大吉，主要的原因还在于我爸帮我拉了许多客户。这些客户一般都是些有钱有款的主儿，男的女的都有，反正不是什么经理，就是什么局长、厂长之类，我给他们大批量定做工作服；其实工作服不过是个由头，它们有时是价格几千元不等的高档西服，动辄数十套，甚至上百套。所以，我能赚点儿钱，跟我本人的能力没什么关系。

好了，现在不得不说一说这间时装店了，它的名字叫“天堂鸟”。听着还算顺耳是吧？是我的主意，当然我爸也有主意，他希望最好叫个什么“喜来等”“利滚利”之类的，我说随便，那你得请别人来当店主，那一次他迁就了我。

“天堂鸟”到现在已经飞了四年了，地角是黄金地带——我爸给选的，装修与首期资金投入六十万——我爸给出的，至于卖什么？怎么卖？那是我自己的事，他老人家不管。

按照他的计划，我每年至少该赢利三十万，所以当时他像黄世仁欺负杨白劳一样硬逼着我按下红手印，每年要交给他二十万块。遗憾的是他的设想过于一厢情愿，一方面我缺乏玩魔术的才能，不大善于把别人口袋里的钱变进我的口袋；另一方面我本着取之于民，用之于民的原则，把有限的一点儿利润又都回报给了社会。

因为这样，黄世仁的这片地我现在还种着，但是租子的事，地主已不怎么和我提了。他基本失去了造就我的热情，我觉着这样挺好，有安全感。我最怕别人期望我干什么了，好多事都这样，本来我能干得好好的，可他们一期望，我准得完蛋。我不在乎他老人家说我胸无大志还是不思进取什么的，都随他去好了，反正我也没打算成为邓亚萍那样的巾帼女英雄，或是奥尔布莱特那样的国家栋梁。

我们家有我爸一个栋梁就够了，乐得我和我妈歇在他老人家的树荫底下，玩的玩，乐的乐，多么幸福！所以华联商厦里七万块的貂皮大衣，我妈有资格随手拿走一件；而我本人也有资格不谈理想和抱负。最不幸的大概要数“栋梁”本人，从我记事起，他就摆出一副端着机关枪冲锋陷阵的架势，恐怕自己也不知道到底哪一座山头是最后的胜利，可以放心大胆把红旗插上去。

我说不准他这样好还是不好，但有一点是可以肯定的：那就是我们家必须有一个栋梁，致于“栋梁”本人……唉！总得有人豁上去吧，“牺牲我一个，幸福后来人”，这可是革命前辈教导我们的。

至于我自己……我总是莫名其妙想到蚂蚁，想到一只蚂蚁在地上爬，他打算出去找点儿吃的，也许一会儿运气好能遇到一块蜜糖，那就约了心爱的她一起来品尝，饱餐之后呢，要躺在一片草叶的下面，再说说未来……可是，在这时，有一只脚落下来，蚂蚁被踩死了。所以想到蚂蚁的时候，我就对自己说：算了，眼前的快乐才是最要紧的事，刚买的新衫要马上穿出去，漂亮的脸蛋儿要赶紧亮出来。谁要把今天的幸福拖到明天去享受呢，谁知道在今天和明天之间隔着的那一段薄薄的夜色里，会发生些什么呢……

樱桃穿着黑色长裙摇曳生姿，款款出门去，我尾随在后说：你要是不到白宫出席晚宴，我这件裙子还真是可惜了。她笑得花枝乱颤。

樱桃与方忠坐在前座叽叽呱呱地说话，我的眼皮在跳，连右边脸也嘣嘣跳个不停，拿手按一按，不起作用，我跟樱桃说：好像有什么事情要发生了，我有预感……她哦了一声，突然问：哎？对了，到底哪边跳的是财？哪边又跳的是灾？我总是分不清。

我说：管它哪边呢，反正我跳的都是好事。她哈哈大笑：咱们今天出门准一头撞到好事堆里，要么咱俩去买七合彩吧，一不小心中它一千万，每人一半，都成款姐了。我说：美得你，到时候万一打破了头，我连最后一个朋友也没有了。

直到进了桑妮冰屋，我的眼皮还在莫名其妙地跳，摸一摸跳得有些疼的脸，心里忽然想：难道杜木要来看我？

不！他怎么会！我对自己嘲讽地笑，除非现在发生了世界大战，他会对我说：来，亲爱的，我们一起去逃难吧。可是战乱并没有发生，一切都好好的；他活在他有序的世界里，按时上班下班，说着他不怎么想说的话，见着他不怎么想见的人，做着他不怎么想做但一直在做着的事。所以他不会对我说：来吧，亲爱的……

想到杜木，我决定要五个冰激凌，可是我的电话在这时响起来了，我在心里赌：如果杜木真爱我，这个电话就是他对我爱的感应。

不是杜木，是妈妈，那个终日无所事事的贵妇，她说：小荷……你回来……快回来……她的声音吓了我一跳，是那种崩溃的哭喊，她说：快回来呀……小荷，你爸不要咱俩啦，他……他要离婚……

我呆呆地看着樱桃，电话扣在耳朵上……

## 二

樱桃送我回家，一路上我都在想……想小时候爸爸把我扛在脖子上，妈妈的手扶着他的后腰，三个人说笑着回家去……想我和妈妈鼓着嘴比赛谁能一直不笑不说话，爸爸在旁边挠妈妈的胳肢窝，于是我就赢了……还想晚上洗了脚爬上床去，妈妈给我剪完脚指甲，再给爸爸剪……一幕一幕都是家园欢乐图，可是现在，他们要离婚……

我发呆，不觉已到楼下，樱桃拍一拍我的肩，轻声说：上去吧，你应该庆幸这不是发生在十年前。

十年前？我苦笑，十年前我十七岁，尚在上学。我明白樱桃的意思，如果提前十年，我会为了学费或生活费的问题战战兢兢去敲爸爸和后妈的家门，吃饱一顿白眼空手回家去，再被妈妈骂一顿或打一顿，然后母女缩在屋角相拥着大放悲声，像上演苦情剧，而这幕剧一直要演到我长大成人，直到彻底变成一个心理扭曲的怪物。退一步，就算不和母亲相依为命，结局也不会好到哪里去，掉到后妈的手里讨生活照样暗无天日。

我该庆幸这不是发生在十年前？不！就算再过十年、二十年我也不会觉得幸运。我爱他们两个，我希望他们白头偕老，我希望在我六十岁时和我的儿孙们张罗着给他们庆祝钻石婚……

我匆匆进屋。

父亲衣衫不整，母亲披头散发，都站在客厅里，父亲向门口迈脚做挣脱状，母亲拽着父亲的胳膊不放，一个要走，一个要留，看见我，都愣一愣。母亲先反应过来，脸上一副救兵终于赶到的悲喜交加，冲父亲说：你说呀，跟孩子说呀，说你又找了个小狐狸精。

父亲看我，皱着眉头，面色尴尬，母亲乘胜追击：说呀，怎么不说了？你的本事都哪儿去了？告诉你闺女你在外面怎样风流快活……

父亲恼怒，抽身要走，母亲仍紧紧抱住他不放，并冲我喝道：你哑巴了？快抱住他。我惊讶地看着我的母亲，她仰头望着父亲，脸上有泪，嘴角有白沫，神色是凄婉而祈求的，我已经习惯了她平时抬得高高的头，这一幕看在眼里不免触目惊心。

我傻傻地看着他们，不知道这场面如何应付。

父亲急欲挣开身子，母亲坚持不肯放松，他们扭缠在一起，父亲使劲一推，母亲噔噔噔连退几步，竟然跌倒在地。我目瞪口呆，父亲也愣着忘了走，母亲呆一呆，放声大哭起来：好啊！黄子翔，你终于下毒手了，你不让我好过，我就豁上去和你拼了。

她从地上爬起来气势汹汹扑向父亲，我赶忙冲上去抱住她，掰开她的手，她在我怀里扭来扭去，又哭又骂，又踢又咬。我紧紧咬着牙，不放手，她泪雨滂沱，向父亲伸着双手，拼了命地挥舞，似是生离死别。

父亲木木地站着，神情沮丧，我冲他暴喝：还不快走！他一激灵，趁机撞开家门，冲下楼去。

父亲一走，母亲就在我怀里瘫软着，哭倒在地上，一身的泪，一脸的汗，汗把头发泡透了，一绺一绺缠在脖子上的铂金链子上。她整个人好像已经虚脱，我想把她抱到床上去，可是她肥重的身子，我根本抱不起来。她的头摇来荡去，那个硕大的钻石挂坠歪在粗短的脖子后边，仍璀璨着，动来动去，今日它和它的主人一样不堪。我看着这一团耀眼逼人的东西，悲从中来，手一松，坐在地上也凄凄哀哀着抽泣起来。

过了些时候，母亲从地上爬起来，也不理我，径自到沙发上坐了，发呆，偶尔抽泣一声。她并不过来劝我，大概还记恨着我不帮她，反而帮了父亲。我虽然无辜，却也觉得有些愧疚，只得自己厚着脸皮爬将起来，顺势把眼泪也止了。

去拿了杯子倒一杯水，送到母亲面前，她并不伸手接，冲我喝道：你还管我？让我去死好了！我死了你们大家都高兴！

我仍向她举着杯子，乞求她喝一口。平时我是最看不得女人这样，一遭抛弃，便失去理智，乱缠乱打，风度全无。其实这世界每天有多少人在分分合合啊，难道离婚的人都得去死？时过境迁还不照样活得好好的。所以离婚事小，尊严要紧，怎么能一点儿脸面都不要了？难道以后连人也不做了?!

可是现在，这个遭抛弃的女人不是别人，是我的母亲，那就……另当别论吧！

母亲对我很不满，絮絮叨叨着骂：我白养了你，白疼了你，我活着还有什么指望？好！好！你靠着他去，他给你找个小妈，你们一家三口过去，我死了，你们就高兴了……

听听，这就是我的母亲，越发的混乱，失去了理智。我把杯子放在茶几上，也有些生气：和她离婚的是父亲，又不是我要离开她，她何必把我也算作敌人，一竹竿都打进水里去。我说：妈，你怎么这么糊涂？你越这样，人家越高兴，人家恨不得你生气、上火、去住院，这不正合了人家的心意！

她听着，没说话，好像在琢磨。我再说：你得好好的，比原来还好，想办法让她生气才是本事……我妈看了我两眼，我继续说下去：

你这样要死要活的，便宜了谁？还不是便宜了别人！

我妈面色一凛，猛地拿起那杯水大口喝起来，好像立马就要善待自己，喝得太急，呛得咳出了眼泪，我在后边给她捶背，她终于缓过一口气，止住了，眼泪却又下来了，跟我哭诉道：……他太欺负人了，原来以为他玩一玩就收心了，男人在外面，谁还没点儿事？我装聋作哑，不给他点破，他倒是动真的了……

什么？我大吃一惊：你早就知道了？她点头，恨恨地说：他们扎到一块儿好几年了。我再问：那你怎么不早说？我妈动气：早说？早说对我有什么好处！

我愣一愣，嗫嚅地：可是……可是你不说怎么忍得下这口气？她叹息一声：不忍这家早完了，只要他留点儿余地，我不会和他撕破脸，我是不知道深浅的人吗？他……太欺负人……她又哽咽起来……

我怒从心头起：那女的是干吗的？我问我妈，心底里实在担心老爸身手不够利落而被些咪咪菲菲什么的粘在了手心，蚊子苍蝇打一打未尝不可，拍得一掌的血就不漂亮了。

我妈叹气，小声说：听说她开了间公司，在商业街东头的华星大厦。我有一天……在那楼下，里边出来的都是年轻漂亮的女人……她的声音有些底气不足。

我眯了一下眼睛，很是不以为然，开公司怎么了？现在开公司的多了，猫啊狗啊的谁没个仨巴掌俩脚的，那些背景复杂的女人，越是年轻越不能小瞧，奶毛未干就立下赚钱的宏图大志，只待花残柳败时，守着一座城堡安度晚年。父亲要是被这样的女人锁住手脚，肯定不得善终。

我妈看我，喃喃道：……怎么办？现在怎么办……求助的眼神无限哀怨。

## 三



樱桃给我打来慰问电话，我躲在阳台上和她窃窃私语。阳台上有好几盆热带植物，长得葱茏旺盛，我妈总是泡了黄豆喂它们。樱桃问：你估计有没有挽回的余地？我说：恐怕很难，他们在一起……最少也有四年，以我爸那脾气，想好了才会做决定。我估计这是最后的摊牌吧。

樱桃在那边不说话，大概在思考，我坐到一把椅子里催她：你说怎么办？快帮我想想办法呀。这把椅子的形状像一只打开的蓝色贝壳，坐着、躺着都行，感觉很舒服，它一直放在这里，以前我爸喜欢坐着它喝茶，或看看《曾国藩家书》什么的；现在我坐着它，跟樱桃探讨我爸的感情归宿问题。

樱桃吁一口气说：恐怕没什么办法了，一般的婚外恋，基本上热乎一两年也就完蛋了，能坚持四五年都不完蛋，那差不多就是固若金汤。况且，你也说了，你爸那性格，要不是认真的，也就不会摊牌了。男人嘛，都喜欢玩儿，要不是动了真心，怎么会说到婚嫁这一节上，就算是玩儿出了麻烦，最多甩点儿钱破财消灾……

我说：你最好别“玩儿玩儿”地刺激我。她在那边笑，说：对不起，我忘了说的是你老爸。我呵斥她：你正经点儿，告诉我到底怎么办？她也不服：我怎么不正经了？你以为我有还魂丹呢，可以让破裂婚姻起死回生?！告诉你吧，感情就像方忠的那辆破车，靠保养是没用的，唯一的新鲜感只能靠换个司机了。

我喝她一声：你闭嘴，狗嘴里吐不出象牙！我妈这边要死要活的，你还是不是我朋友！她那边静了静，到底正经些了，说：别想得那么严重，她还有你呢，你妈会为你爸活下去，她也会为你活下去。

为我？我自嘲地笑一声，斜眼去看椅子旁边的那盆绿玉人，我多长时间没回家了？它原来有些萎靡，现在已长得蓬蓬勃勃，叶子油绿，一派生机。我摸了一下它的叶子，小声说：这种愚蠢的话你也能说出来，真不懂？还是装的？要是退回十年，她会咬紧牙关和我相依为命，可我早长大成人了，所有的事都是自己做主，连找男朋友也是最后和她打个招呼了事，人不被依赖是会崩溃的。

我叹口气，再说：我妈真不幸，年过半百，竟然遇到这样的事；我爸太绝情了，他一点儿都不可怜我妈，他就不能看在多年的夫妻情分上……

樱桃打断我，抢着说：你醒醒脑子吧，你妈的不幸就是嫁给了你爸，她要嫁个普通的张三李四王二麻子什么的，也会白头偕老，享尽天伦之乐，可是她嫁了你爸，你爸太优秀了，他俩根本不配。

这个脑袋漏电的家伙，她准是突然疯了，才会说出这么没人性的话。我很生气，冲着话筒叫：你以为我妈十八岁就这样？她原来也是很优秀的，原来有多少人追她你知道吗？

樱桃长了一张乌鸦嘴，你能指望一只乌鸦唱出什么喜歌来呢？她不客气地说：我知道她原来很优秀，可现在她不优秀了呀，不同的时期，人需要不同的伴侣。你还说你妈可怜，我看啊，你爸才可怜，这桩婚姻他早就感到委屈了，你还要他看在夫妻情分上可怜可怜你妈，可是谁来可怜他呀……

我张口结舌，万万想不到她竟然吐出这样一番鸟语来，这是安慰我吗？这简直是拉了一个大油罐跑来支援火灾现场来了，我听到啪哒一声响，绿玉人的叶子已被我折断一枝，我索性把它扯下来，紧紧攥在手中，结结巴巴地说：你……你……我妈对你不薄。

樱桃也有些结巴了，哼呀了半天，小声说：你别生气，你真的别生气，我是就事论事，咱这不是摔碎了碟子说碟子，摔碎了碗就说碗嘛。

就事论事？这种时候，你还能就事论事？你还有没有一点儿良心？我叫起来：那不是你妈，你才就事论事，换了你妈，你试试！那柄宽大的叶子在我手里挥来挥去，像个配合我情绪的道具。

樱桃又咂嘴，又叹气地说：哎呀，我可真是没什么好话说了，你也知道，我从来不会安慰人的……很多人都离婚的，像……我楼上邻居，我姑妈，方忠他哥，还有……还有我原来公司的经理，离婚死不了人，真的——对了，好像文化局长最近也在离婚，还有……还有，她拼命地想，好像说的人越多，就越能减轻她的罪责似的。

算了，算了，我不想和她再啰唆了。樱桃很认真地跟我说：对不起，小荷。



关了手机，我挥着那柄绿叶子，气得在屋子里直转圈，闷闷地想：离婚是没什么大不了，可是我妈不比别人，她多少年不在外面做事，她的心智像十岁的孩子，你现在让她端起机关枪去跟社会搏斗，她怎么适应？

我太想找个人诉诉苦衷了，我有一肚子的怒气，没处发泄，可是找谁呢？给杜木打电话？但我说什么啊？说我想你，你好吗？什么时候能见到你啊之类，他会怎么说呢？他会说，啊——啊——哦——哦，想到那张漫不经心的脸，神情漠然地瞌着眼皮……还是，算了吧，他不是可以给我安慰的人。

手里那柄绿叶子发出刺鼻的怪味，一股绿色的黏汁从折断的地方汩汩而出，流得我满手都是，我狠狠地扔掉它，它躺在地上，像一把被遗弃的绿色破扇子。

## 四

我把店里的事交代给小丽，让她好好照看，我留在家里安慰我的老妈。受此打击，她的脸色越发灰黄，穿着皱巴巴的丝绸睡衣，趿拉着真皮拖鞋，脸也不洗了，头也不梳了，脚步摇荡，游魂一样在屋里飘着。

她那些平时一起打牌的、一起逛街的、一起美容健身的姐妹们，也不知从哪里得到的消息，一批又一批跑上门来安慰她，给她出主意。我妈如祥林嫂一般，对着每一个人哭诉：我真傻呀，我只知道好好维护着这个家，好好维护着他在外面的面子，哪儿想到他什么都不顾了，我真傻啊，这些年来，我一直替他掩着、护着、藏着，说出去丢人啊……

那些也正闹更年的女人就陪着她唏嘘，拍打着我妈的肩膀说：老妹，都一样呀，咱们都傻啊……她们同病相怜地哭一哭，抹着泪，仍不忘向我妈打听有关细节。

我实在是怀疑她们安慰的诚意，恐怕兔死狐悲的成分大些，又恐怕探听消息的成分多些。我想我妈实在是昏了头，这些女人从我家迈出，所到之处，流言会像风一样刮来刮去。等到所有的人都知道了，我爸回家的路也就被彻底堵死了。他怎么可能回来呢？迈出去，至多不过被骂作流氓，他要是胆敢再回来，就是流氓加㞞包。

可是我说服不了我妈，良药从来苦口，忠言有谁听得进去？那些姐妹的话才声声入耳，听听她们都说了些什么吧：

甲：……可要聪明点儿啊，老妹，无论如何不能离婚，只要不离婚，你就是这房子的主人，这屋里屋外的东西就都是你的……

乙：……拖着他，咬牙坚持着，拖下去，反正咱都这么大年纪了，看那个小狐狸精能坚持多久……

丙：……他说什么都答应他，他回来你就好酒好菜地伺候他，他不回来你也不用找他，他就是和那小妖精住到一个窝里你也随他，他骂你，你就装着没听见，他打你，不要怕，打碎了脸，多搽几遍粉，没人看得出来……

丁：……不能太老实了，去找那小狐狸算账，就在她办公室里骂，在大街上骂，人越多越好，去找她的爹妈，找她的领导……

众人：……对！当着她的同事，让她说清楚，以后还敢不敢再勾引人家的丈夫？她要是不老实，就抓她的脸，她不就是靠着那张脸害人吗……谁年轻的时候，还没一张脸……

这一番话听得我胆战心惊，我妈却犹如被注入了 RHO，重新焕发了生命活力。

她一遍又一遍地和我说：我得去找那个小狐狸精，你跟我去，小荷，你答应我，一定得跟我去……

我当然不愿意她这样做，可我绝不敢说不愿意去，只得想了种种理由来拖延这件事。

可是有一天，我的姨妈竟自告奋勇要拔拳相助，我妈很受鼓舞，立刻就要拖了我打上门去。趁她们在房间里卸项链、卸手镯、卸耳环，脱了裙子换裤子，我赶紧躲在洗手间给我爸通风报信。天地良心，我并非吃里爬外，故意坏我妈的好事，我也恨那个第三者，可是我不能充当一个失去理智的打手，倒不是想当什么君子，唯恐失了风度罢了。



我们打车直奔那女人的办公大楼，一进大厅，感觉装饰得富丽堂皇，有保安别着警棍板着脸走来走去。不敢细看，三人赶紧进电梯。我摸出墨镜戴上，姨妈赞许地看我两眼，以为我要扮黑社会，她大概再希望我弄件黑风衣披上。

在五层，出了电梯，我妈站住脚，不再向前走，面有犹豫地看着我，我赶紧说：妈，咱回去吧。姨妈瞪我一眼，冲我妈说：都来了，干吗回去？你有什么好怕？怕的是她，她抢别人的丈夫，在公理上先输了三分。说完，率先迈开大步，我妈也就紧紧跟上，我尾随在后，东张西望。

推开玻璃门，往里闯，有一个看着精明干练的年轻女孩果断地拦住我们，口气是礼貌的：请问，你们找谁？我姨妈高声大嗓地说：李丽影！就找这小狐狸精。女孩平静而淡漠地说：李总不在，请你们改天再来。说话间，一股优雅的香味弥漫过来，层层推近，是CD，我不禁再看她两眼，气质与涵养不凡。

姨妈不信，挨个儿屋探头去看，嘴里叽叽呱呱地骂。女孩不再说话，冷冷地看着我妈，眼神是尊贵的，也是漠视的。她留短发，梳得纹丝不乱，穿着欧珀莱的浅麻灰短袖套装，不夺目，但品位绝好。

我妈没有跟去，眼神四处打量，从地上亮可鉴人的大理石，屋角高大的绿色植物，气派的落地钟，书柜里满满的书，办公桌上的电脑、复印机、扫描仪及各种文件夹和大堆的文件，还有眼前那傲然的女孩身上一一扫过，她的嘴唇微微颤抖，轻声说：这是老总办公室？

女孩嘴角挂一抹笑：不！这是秘书办公室，李总办公室在那边，你要看？

不知为何，我妈连说了三个不字，她不去看那女孩，竟低下头来看着自己的脚。我也歪头去看我妈，看着她为了奔赴一场恶战而换上的行头：白底黑布鞋，鞋面被增生的脚掌骨撑歪了形，腿上是早已过时的宽腿裤，打着两条笔直的裤线。她就那样低着头，一声不吭，站了站，突然转身向外走。

她走得很急，两脚绊来绊去。我和姨妈在后面追上来，不知发生了什么事。我妈顺着楼梯向下奔，在四层的楼梯拐角处，她站住了，很虚弱地看着我和姨妈，小声说：她的一个秘书都那样……

她的眼神虚弱地挣扎着，灰烬一样，一点点儿暗淡下去。我转了脸，不愿去看她绝望的眼神。这一刻，我真的恨那个女人：她自己这么有本事有能耐，手下又管着好几十号的人；她呼风唤雨、无所不能，多少不贰之臣愿拜倒在她的裙裾底下，她何苦再多一个我爸这样的男人？我妈不同，她是最平凡最普通的家庭妇女，她只有我爸一个男人，多少年来她依靠着他，没有我爸她根本无法自己站稳。

但是现在，她依靠的人，要另谋新生，这让她怎么甘心？

三个人沉默着从那栋大楼撤出来，正是中午时分，在街口，一浪一浪的热气席卷过来，人几乎要晕倒。我紧紧握着我妈的手，她的指尖硬而有些粗糙，静静蜷在我的掌心，一动不动。我牵着她向前，我走，她也走，我停，她就停，像一个听话的盲人。我的心颤栗着缩成一团，心里冷冷的都是恨。

姨妈走在旁边，拿一手支在额上挡住太阳，边走边说：找个地方歇一歇吧，吃点儿东西，我肚子饿了。我不理她，继续牵着我妈向前走，她再说：去肯德基吧，那儿的辣翅汉堡好吃……

我高喝一声：你自己去，我们饿不死。她站住，瞪眼看我，奇怪地说：你冲我火什么？我又没惹你，她今天不在，咱明天再来，明天不在……

我二话不说，拦住一辆出租车，把我妈推上去，催着司机快快开走了。

让她晾在路边好了，人家不是饿吗？肯德基的快餐不是诱人吗？吃上两个汉堡、四块鸡翅，喝一杯冒着泡泡的冰可乐，打几个饱嗝儿，多享受啊！我们这样的孤儿寡母，吃气就吃饱了，哪儿还吃得下别的！这真是，到底是外人，天大的事不轮到自己头上，永远不知道厉害……

这还是我的姨妈呢，至于不相干的人，更是无关痛痒。隔岸观火，都盼着火势越烧越旺，车子向前走，我越想越气……我妈突然在旁边说：下车吧，小荷，我……我想去那买些东西。她指着车外。



她指的地方是海港大厦，这种时候，怎么就想起买东西了？我疑惑，还是下了车，陪她进去。

她并不说要买什么东西，闷着头向电梯走，我问：去楼上？她点头。在三楼，我们下来，这整个一层都是琳琅满目的女装，我很奇怪她怎么忽然就有了买衣服的兴致？

她在各个展区走走停停，不时把某件衣服拿下来比在身上看一看，问我：好看吗？这好看吗？

她甚至在一件碎花镶藕荷色软缎边的吊带装前停下了脚步，犹豫着，茫然地看了看四周，终于走上前去，怯懦地伸了手，慢慢拿下那件吊带装。

我突然想起刚才在四楼的楼梯口，我妈绝望地说：她的一个小秘书都这样……

在这一瞬，我脑清神明，突然就明白了我妈，明白了她为什么从那座大楼惶恐逃出，是因为她自愧不如她的情敌，她没有条件和人家争，还没交锋便已败下阵来。可是她多么不甘心，多么不甘心就这样失败，所以她要买新衣新衫，要改变自己，以求占些上风……我呆呆地站在一边，心底悲凉，竟然没有勇气走上前去劝她。

她拿着吊带装茫然地抬头看我，不说话，眼神是犹豫的，也是征询的。也许只要我点点头，她也就真的以为她可以穿着这样的衣服，而且是好看的……天哪！这个可怜的人，她已经失去了最基本的判断能力……

服务小姐向我妈走过去，她总算是有良心的，她笑着委婉地说：太太，这件衣服不大适合你，我带你看些质地更精良的好吗？

就是这一句话，也打击了我妈，她手里的衣服架子当啷碰在铁架子上，眼神也被碰散了，喃喃着说：啊，我……老了。声音里是藏都藏不住的悲凉。

那天，我妈买了两套裙装，还有一件美丽的丝绸睡衣，白色低胸，带蕾丝花边。套装是我帮她挑的，睡衣是她自己拿的主意，我没有多说什么，一个五十岁的女人也许不适合穿吊带装招摇过市，但谁说她没有权利拥有一件美丽的睡衣？

# 五

一日，我那宝贝姨妈又来了，嘘寒问暖，说长道短，后来终于问道：你和姐夫怎么样了？我妈说还那样。她就苦着一张脸，看我妈的脸，张嘴，又闭上，欲言又止，屁股上也似安装了一圈小弹簧，一会儿坐下，一会儿起来，在屋里转了转，到底忍不住，很不开心地跟我妈说：你看你，平日也不知费点儿心思笼住他的心。你说你们要真离了，我们这些亲戚再靠谁去？小康他爸在公司里，人家还不是看着老黄的面子才让他干个政工科长。还有小康，大学马上就毕业了，我原来琢磨着托老黄把他弄到进出口公司，你看这现在……无奈和焦虑挂在一张胖脸上，她是如此的哀伤。

我懒得多看她一眼，摔上门出去。真难为她把一家安危都系于尊敬的老黄同志，那个老黄同志，你知道吗你？辜负了多少人的期望啊！我向楼下走，因为幽默，自己忍不住笑了。

正是傍晚，刚刚下过雨，空气十分清新，林荫道上的花砖地面濡湿的一团，上面落着芙蓉树细细的碎叶子和零落的花朵。朦胧的灯光下，夜色温情而可爱。

我拾了三四朵芙蓉花捏在手里，淡淡的香气袭来时，想起杜木说：我喜欢合欢，一棵树怎么能开出这样精灵的花……是的，他喜欢合欢，他喜欢所有开花的树。开花复杂了树的心思，好像花不是花，树也不是树了。

我想杜木自己就是这样的人吧，外表随意，可他的内心绝不随意，就像他的外套可能不怎么起眼，但他里面的衬衣一定是都彭的，永远都考究高贵……我正慢慢地走着，慢慢地想，路边竟有人和我搭话。

当然是男人，陌生的，他说：小姐，你长得好舒服啊！我顿一顿脚步，立刻就明白，这芙蓉树下不是我的地盘，一个良家妇女怎么会在一团暧昧的树影里转悠呢！



他靠上来，和我并肩站着，很老手的姿态说：一起走走吧。很显然，他把我当成了皮肉零售商。

我哧地冷笑一声，自己也奇怪，怎么总是会吸引了这种无耻之辈的青睐，好男人从不把我当真，杜木就从不把我当真，杜木……想到这个冷漠的家伙，我向地上唾了一口，恨恨地想：就算要卖，也得找个豪华的所在安营扎寨，零售是不干的，批发倒可以考虑……电话在这时爆响起来，我吓了一跳。

是方忠，这小子不知又惹了什么麻烦，上来就低声下气地说：小荷，你得救救我，我有麻烦了。我扬脸对站在旁边那来历不明的男人说：咱们还走走吗？我那帮哥们儿正想找点儿酒钱呢，刀枪都是现成的……

那男人站了站，一言不发地走了，他的影子在一棵树下一闪，消失不见了。

方忠不是开玩笑，听声音就知道情况十万火急，他一把哭腔地说：小荷，只有你能救我，快送两万块钱过来。我说：你是不是又在赌？输了多少？

这个鸟人果然是在赌，到现在不仅把身上的三万块输个精光，还欠了人家两万，他说这会儿正被人家用刀逼着脖子呢，若不送钱，就一万买一根手指。

这种时候就想到我了，方忠可真他妈够朋友！我拿着银行卡去自助银行取了一万块钱，奔赴救命的途中。坐在出租车上，越想越愤愤然：说得轻巧，开口就两万，跟玩儿似的，这可都是血汗钱啊！再想，这一万还不是肉包子打狗，有去无回吗？心念至此，立刻借着车外朦胧的灯光又数出五千。

结果呢？

我就用这五千块把方忠救了出来，当然很是费了一番周折，至于它的过程我不想多啰嗦，免得日后有人把我想象成青面獠牙的女匪首，谁要真有兴趣，不妨回想一下杨子荣智斗座山雕片段，或是阿庆嫂的“全凭嘴一张”有关精华部分。



当然最成功的还算灵活运用了诸葛先生的“空城计”，具体情节是这样的：

我沉着老练地说：钱就这些，爱要不要。十分钟后，我如果不和方忠出去，外面的朋友就报警。他们对了一下眼色，面有犹豫，当然是怀疑我可能在耍诡计。

不过，我也看出来了，他们不是黑社会，也不是亡命徒，他们不过是一群欺负胆小的害怕胆大的无耻之辈，所以我才敢和他们斗智斗勇。我面不改色心不跳地说：既然敢来，自然会留一手，谁会傻到来送死？他们再对了一下眼色，就放我们走了。

出了那个屋子，我一下就乱了方寸，脚步踉跄，满手满脸都是冷汗，身上的汗毛孔忽地全部张开，好像冒出来的不是汗，而是我的魂魄元气。

拦了一辆出租车坐上去，方忠就又精神了，上下打量我说：看不出来啊，小荷，你要是在兵荒马乱的年代，准能出息成个乱世英雄。我没好气，说：第一个开刀问斩的人就是你。他也不知突然起了什么歹念，探身过来，鼻梁凑上了我的脸说：其实你真该成为一个人物……

我伸手把他的脑袋安妥在该在的位置，冷冷地：成什么人物？一个小流氓是不是？我具有小流氓的一切基本素质。

方忠爆出一串大笑，嚷着说：这可是你自己承认的……我从包里掏出笔和纸拍到他手里，他瞪眼看我：什么？我说：少装糊涂，借条。

老黄这棵大树，马上就靠不上了，以后，我凡事都要精打细算才好。

## 六

我去老爸的公司见他。

他手下那些员工见我都躲躲闪闪，笑得暧昧且复杂，欲言又止的神色掩藏着很多内容，全不似平日那般黏黏糊糊。我心里冷笑，昂头挺胸，旁若无人地进去。并不打算要替谁讨回公道，气焰倒是有些嚣张了。

我爸——老黄同志在屋里等我，吸烟，满屋都是升腾的烟雾。我去打开窗子，他在烟缸里按灭了半支烟，抬起头来，一张脸灰灰的，肌肉松松地挂下来，垂在下巴上，整个人竟憔悴了许多，并不似平日那般满面红光、神清气爽。

我就奇怪，他是聪明人，以前总是告诫我：做事的最高境界是，既不损人又能利己；其次是利己但要损人；最糟的便是既损人又不利己。按照他的观点，扮演背叛者至少自己要春风得意马蹄疾才行，倘若搞得鸡飞狗跳，实在就算不得高明了。

我坐下来，自己在饮水机接了一杯冷水喝，这事以前都是刘秘书干的，他会给我泡杯上好的花旗参茶，但今天那个善于察貌鉴色的家伙没有露面。我淡定地说：怎么？连一杯水也没人招待了？就算你和我妈离了，我也还是你的女儿。

父亲叹了一口气，从老板椅上起来，坐上我旁边的沙发，倾身过来，摆出一副倾心交谈的姿态说：是我不让他们进来的……小荷，我想和你谈谈，有些话我得和你说说……

我歪着脑袋看我的父亲，这真是乾坤倒转，他什么时候这样低声下气和我商量过？他什么时候不是想说就说，想骂就骂。在家里，他是功臣，我们老的小的、亲朋狗友歇在他的树荫下，温顺驯服唯恐不及。在外面，他体面风光，一颦一笑举足轻重，众人都习惯了竖起耳朵听他发号施令，根本不记得自己还长着嘴。可是今天，他竟然要和我这个不成器的女儿倾心交谈？我哧哧发笑，不以为然道：和我谈？谈什么？这么隆重。

他疲惫地垂下头，微微闭了闭眼，似在告诫自己要忍耐。再注视我时，终于开口，说：小荷，我知道这不好，这样对不起你……

我面露讥讽打断他：如果要道歉，去和我妈说，她是这桩事件的受害者，我不是。

我知道，我也对不起你妈，可是，小荷……你以为我愿意这样吗？父亲拿手支住额头，似有许多苦衷，我静静地看他，等待下文。这多像一出肥皂剧的蹩脚情节，一个外遇的父亲要向他的女儿申述自己的理由，希望得到理解。

好吧，听听他老人家是如何开口的……他说：小荷，我也不愿这样，可是，你也知道你妈，她……她永远分不清主宾和次宾的位置，永远搞不懂刀叉该放在什么位置，永远也记不住三步和四步的走法，工厂里的小女工还懂得喝白兰地要用肚大口小的杯子……

咄！这算什么理由？亏他说得出口。

我不屑一听，打断他：我妈是家庭妇女，交际花的生活不是她的理想。她的丰功伟业就是把地板擦得铮亮，把屋子整理得干干净净，然后煲了汤让你滋补身体，因为你告诉她会白头偕老，会爱她一辈子，她就信以为真，放心大胆地在家里做老妈子……你敢说你没这样告诉过她？

我盯着父亲的脸，他不看我，挪了目光，摸一支烟，点上，我接着说下去：她用自己最好的二十年来看顾这个家，屋里屋外、一草一木、一杯一盏，都是她亲手安置，直到她把自己彻底打造成一个忠实的老妈子，自以为大功告成时，你又说她思想僵化，没有时代新女性的风采。你怎么不早说呢？到她五十岁了，再要求她做时代新女性，她就是马上去学也晚了。

父亲把烟按熄，用两手按住脑袋，使劲把头发向后抹，仰天长叹一声，说：我也知道这样不公平。

我紧追一句：知道就好。

父亲忍了忍，终于不甘心，再说：可我真是受不了她了，她的时髦就是二月份穿一身紫色套装，腿上穿着厚丝袜，里面再塞条花衬裤，好像套上袜子就可以和我出去应酬，脱了袜子，就能直接钻到被窝里睡大觉……我跟她说过多少次了，没用，非得这么穿不可。还有……她所谓的高贵就是八根指头都戴上金戒指，还不忘和人家比一比谁的成色高，好像知道了6个9就是多深的学问，她就不能说点儿别的吗？整天就是打牌、逛街、做美容、看电视剧，再就是没完没了地折腾着减肥……

我紧皱眉头听他说下去，固然说的是实话，可是听来仍声声震耳，句句惊心，被说的人是我的母亲啊！



父亲声音悲哀，自顾说下去：你只知道你妈不幸，你有没有想过我也很不幸……

我扬脸，斜眼看他，这倒是新论调。他说：我也五十多岁的人了，你要是结婚早，我都该当爷爷了。该安享晚年的时候，却弄成这样，夫妻反目、父女成仇，你以为我不痛苦吗？只要能将就下去，我也不愿从头再来，从头再来的谁知是福是祸……他叹息，不能说下去。

我看着我的父亲，他竟然有着这样的苦衷，是我没想到的，他也看着我，神情凄楚，无限落寞。目光与目光对视，我吃一惊，心底震动：母亲尚有大众同情，父亲则是众叛亲离、威风扫地，他，也许并不比母亲轻松多少。

我低头，沉默间，一些模糊的往事碎片飞扬至面前，还记得父亲自香港带了酒红色无袖旗袍回来，配一串极品白珍珠，母亲说：现在谁还戴这个？转手就送人，另配了黄金的宽链子、黄金的手镯，高高兴兴出门去。

爱慕的内衣内裤也不是没给她买过，可母亲至今只穿自己做的内裤，料子是上好的花花或点点的纯棉布，一式裁成宽大的四方形。父亲养了一只智能成人玩具机器狗，无聊时，喂它一块电子骨头，它也知道感恩戴德，三年下来，增添许多乐趣；母亲却将它打包寄给乡下的侄子，理由是：这明明是孩子的东西嘛，你都多大岁数了……总之，她随时记得提醒父亲该去买一根拐杖……这就是我的母亲，呵……

父亲面色沉重，似在自言自语：难道我真的老了吗？老到没有资格再正视自己的感情了，可……我并不觉得自己老啊！

我不出声，心里也承认：是！他并不老，五十岁的男人，事业有成，阅历丰富，风度又尚好，正像陈年葡萄酒，是经得起品味的。可是，一个父亲怎么可以在女儿面前争取再爱的资格？他应该牺牲自己，他应该下地狱，因为他是父亲，他的情欲是不会被社会认可的，更不会被女儿认可的。

父亲看我，我继续沉默，他突然盯住我问：你在想什么？你在想一个有地位、有修养的人，应该“灭人欲，存天理”是不是？

我盯住他，勇敢地点头，说：是！这么多年你都是社会的栋梁、众人的楷模，你应该继续努力，你不能先想到你自己。

父亲愣了一愣，仰脸笑起来：呵呵！我不能想到我自己。嗓音沙哑呜咽，犹如落第举子的笑声。

我看着父亲的那张脸，我知道，他有条件，也有理由另寻新欢，可是……这怎么可以呢？他是我的父亲，这么多年我和母亲享受惯了他的种种好处，他怎么能突然抛下我们，把好处让不相干的人捡了去?!

我心里的不安和同情一瞬涌退，敌意卷土重来，看住他，我说：那个女人，她很漂亮？父亲淡淡地说：她气质很好。我再问：年轻吗？父亲看我，不说话。我不怀好意地再补问一句：不会比我还年轻吧？父亲苦笑了一下，嘴角的皱纹陷得很深，他又摸出一支烟，点上。

我心里冷笑，就算不说，我也是知道的，那个女人，她怎么能不漂亮呢？她不止漂亮，还一定很年轻，樱桃很早前跟我说过：年老的男人总是喜欢给小女子洗澡，因为这让他触摸到自己的年轻时代……哼！想着樱桃的话，我的眼睛眯了又眯，那小狐狸一定是尖细的脸，高挑的眉，十指尖尖如笋，裘服美食，连脚指甲也搽成宝蓝色，招招手自有款爷富翁鞍前马后地照应着，所以男人要争相抛妻别子，与她共度人生……嗯？我是越来越尖酸刻薄了。

蓝色的烟雾一口又一口地吐出来，父亲看着我，欲言又止，似难以启齿，顿了顿，终于说：她说那天谢谢你，我打了电话，她才离开公司的……

我心头一凛，想到那天母亲的指尖静静缩在我的掌心，她像一个突然失明的人一样六神无主。我冷冷地说：不必！她应感谢发达的现代通讯。请转告她，我不是为她，是为了我妈。

他苦笑：我以为你能理解我。

理解？他要和我妈离婚，还要我理解他，我为什么要理解他？换了别人的父母，我也会客观，我也会冷静，可是现在，我绝对不可以理解他。

# 七

一连几天，我没有去服装店，闷在家里看我妈的一张苦脸，没有出门，也不和外面联络，人是越来越懒，心是越来越灰，差点儿闷成了一只呆头鸟。

一天上午十点左右，总算还有樱桃那家伙想起我来，她给我打电话，故作玄虚地说：你快出来，小荷，出事了。声音却是快乐的，我知道她肯定没什么事，她要有事就不这样了。

我忽闪着两条胳膊，飞下楼梯，在楼梯口拉开防护大铁门，它在身后咣的一声响就自动合上了。我像个刚从监狱里放出来的人一样，竟然抬头去看天，完全是下意识的自然反应。

樱桃抱着一大束火红的玫瑰，神经兮兮上来拥抱我，我伸手去接玫瑰，嘴里说：你长进不少，知道送鲜花来安慰我。她愣一愣，喷笑而出说：你真幽默，是人家送我的。

什么？不是给我的！我没好气地揪了一朵，揉碎了，吹一口气，花瓣就向空中飞去，我撇嘴说：谁这么老土？这年头都改送黑玫瑰白玫瑰了。樱桃说：老土就老土，我喜欢红色，多喜庆呀！我说：别臭美了，没准儿方忠路过花店，人家正削价大处理呢！五块钱买这一大堆吧！

方忠？樱桃挑起眉毛，哧哧冷笑两声，不以为然地：我们还不定怎么回事呢！

嗯？口气不大对啊！拿眼去看樱桃，她扬着脸，斜着眼，有些张狂地说：现在不比从前了，哼！我随时可以走掉……

我眨一眨眼，心想：看来真是出事了，樱桃对方忠可从来没这么嚣张过，她什么时候变得胆大了？敢不把方忠当回事了！

我不急，我一点儿也不急着问她，反正她很快就会告诉我的，她兴冲冲跑来不就是要和我分享快乐吗？樱桃一直是这样的，她的观点是：快乐要与人分享，分的人越多，快乐就越多；忧伤更要和人分享，分到最后，就没有忧伤了。我一直觉得樱桃是真正境界高深的人。

但今天的确有点儿不同凡响，她很隆重地请我去本市星星最多的静雅大酒店吃鱼翅和龙虾，我欣然答应。钱这东西，生不带来，死不带去，既然它可以买些欢乐，何乐而不为呢！只是有点儿不明白，什么样的事情配得上这样华丽的场景。

踏进金碧辉煌的静雅酒店大厅，感觉怪怪的：西边整面墙都是落地玻璃，纤尘不染，透过玻璃，可以看见窗外蓝色的大海，海浪在翻涌，但听不见它的喧嚣，回响在耳朵里的是浪漫的钢琴曲，一个表情肃穆如秋的女孩坐在钢琴前旁若无人地演绎《少女的祈祷》。高大的凤尾竹和巴西木呆立着，在寒气逼人的中央空调下模拟着似是而非的热带风情。擦肩而过的自然都是绅士、淑女，他们的表情绝不比墙上那些描金的画中人鲜活……

我顿了一下脚步，很有自知之明地想：我的吊带小背心、七分牛仔裤实在有些不合时宜，尤其是脚上的白色木屐，每走一步，它就啪地一响，好像轻轻扇着我的耳光……我瞪了樱桃一眼，宁可她请我去布鲁斯音乐餐厅，看那个忧伤的白衣女孩抱着吉他唱《味道》；这种地方，等我人老珠黄的时候，装扮得珠光宝气，连脖子也抹上粉，再来不迟。

而樱桃倒似有备而来：红色洒金长裙、樽领无袖的式样，肩膀上挂条同样的洒金披肩，衬托得她肤色莹白如雪，身段妙曼如蛇；当然鞋子也很配，黑色细带，露着红色脚指甲。这一身行头为她赢得无数男人惊艳的目光。

心里也承认她的确十分妖冶动人。

到了餐厅，樱桃矜持地站在一边，等服务生恭恭敬敬拉开椅子，再坐过去。我这人没什么品位，等不得，自己坐下了，抱了两手支着下巴，看她跟服务生表演高贵，心里暗笑，小别三日，鸟枪换炮了。

樱桃说：我们不喝啤酒，有 XO 吗？服务生说没有。有轩尼诗吗？服务生又说没有。在每一个歉意的“没有”后面，都跟着一个幅度很大的鞠躬，好像他的腰有毛病，还不忘忙里偷闲闪烁着眼神窥探美人。

樱桃漠然也是宽容地再说：那你们有什么？后来她总算是挑了一种红酒，她冲我耸一下肩膀，无奈地说：希腊的红酒是最好的……我咳嗽了一声，摸了一下自己的鼻子，把笑压下去了。

鱼翅的味道绝不比红烧粉丝高明多少，但据说它的内涵比粉丝要高贵，所以我还算敬重它。樱桃的吃兴不大，她一直在说话，说的过程中，基本没有使用过逗号，那些滔滔不绝的话语从她嘴里源源不断地流泻出来，好像她的嘴巴是一条河的源头……

于是我看见了河水在阳光下闪闪发光，它向前流动，可能冲歪了一簇小草，卷走了一块石头，也可能把水底的一条小鱼掀翻在河岸的石洼里……总之，通过这条河，我知道了另一个男人；那个男人是方忠的朋友。在一天的饭局上，樱桃随方忠赴约，那个男人整晚都在桌子底下对樱桃搞阴谋要诡计，起先用脚尖，然后用腿，再后来用的是手。樱桃没有反对，更没有告诉方忠，于是，事情就这样开始了……

当然，我不可能知道那个男人是干什么的，他有多大年龄？以及品德为人如何？因为河水流得很急，它难免呈现一些东西，又掩盖了一些东西。再说了，我又不是樱桃的父母大人，我没必要知道得更多更详细，樱桃最想让我明白的不过是：这个男人……很好，比方忠好，好了不止有几千倍，在他们认识的第三天，她的银行账户里有了一笔巨款。

樱桃坐在我对面，笑笑地，很认真地说：什么是爱？谁最舍得为我花钱，谁就最爱我。你记不记得玛丽莲·梦露说的，谁送我最大的宝石，谁就最爱我？

关于这一点，我肯定不记得了，我倒是记得这个性感美人说：那些男人，他们用你的时候，用你；用完了，就像处理垃圾一样把你处理掉……这肯定不是什么好话，樱桃也不需要这样的祝福；我宁愿相信，那个男人真的好，樱桃是爱上他了，毕竟有心情爱，是一件幸运的事，所以我说：祝贺你，你又恋爱了。

樱桃不以为然地翻了翻眼皮，说：恋爱？我才不要恋爱呢！我只要碰到一个条件相当的人，嘭一声关上天窗，连耍花枪也免了，吹吹打打就入了洞房，白头偕老去。

我说：那方忠呢？一星期前他还是你的唯一。她嘴角挂一抹讽刺：那么小气，给我十块钱都摆出一副大爷的嘴脸，我早已吃够他的苦头……寂寥地一笑，不堪的往事似在寂寥中泛起，她弯起食指当当弹着酒瓶，竟轻轻哼唱起来：男人，不过是玩玩的东西，玩过了就放弃……

这是改编自《卡门》的一段老歌，旋律诙谐，歌词也十分有趣，不知是哪个妙人填就。在张帝歌迷演唱会上，一个胖女人拿一支塑料玫瑰，扭着水桶腰就这样对张帝唱：爱情，不过是一种消遣的玩意儿，有什么了不起……什么叫情，什么叫爱，不过是男的女的在做戏……

我听着樱桃唱下去，听她无所谓的声音里浓浓的自嘲与微凉，明明知道不过是搂搂抱抱在做戏，可还是希望自己遇到的会有所不同，谁真的会甘心？樱桃，还是我……

杜木沉默的眼神，又罩过来，如无边的蜘蛛网，往左往右挣扎，都逃避无路……我笑一笑，拿手捂住了脸，突然感觉有泪从指缝里涌出来……

是樱桃的美酒让我突然陷落。

静一静，樱桃于我对面，小声说：别这样，在哪儿找不到安慰啊！这么大的世界，到处都是高楼大厦，随便在哪座大厦的写字间扫一扫，都能扫出一大堆的时代精英。

我不能出声，手挡在脸前。是啊，安慰是不愁的，在街上遇着个尚且顺眼的人，就可相约去喝酒，倘若感觉不错，节目就可继续。可是爱呢？到哪里去找那样的一个人，愿意和他从早到晚关在屋子里，不停地说话，一直脸对脸地看着，连出去走走也没时间，管他海上潮来潮往、还是天上云卷云舒，都可以免了。

也许，在我心里，杜木就是我要找的这样的一个人吧，但杜木是不谈爱的，有时在半夜，他会给我打电话，他只说：想你，你好吗……

听听，“想你”，这就是杜木的示爱语言。

吸了一口气，心里说：就这样吧，我累了，已想不动他了。

这就好了，我让自己平静下来，哀伤，一瞬潮退。

再笑一笑，我已平静，说：这歌真好，适应一切情感不顺畅者，只是唱的时候，不要落下泪来才是高手。

樱桃瞥一眼桌上那堆红玫瑰，叽叽呱呱地笑，似无心肝。

在这种地方，不淑女不绅士做派是不合时宜的，临桌的人不时对我们投来尊敬的一瞥。少顷，竟有一中年女人向我们走来，她身穿职业套装，面带职业笑容，看着就是个餐厅经理之类，领班是不可能的，这把年纪了……

樱桃冲她一挑眉说：公共场合，禁止喧哗，对不对？

那女人竟在旁边坐下了，她不接话茬儿，笑笑地说：你们吃的差不多了，是吗？到底是经过职业训练，连赶我们走都做得如此委婉。樱桃摆出一副挺难对付的模样说：怎么？我们吃完了不能再坐会儿？难道你们酒店的椅子不够用？

那女人笑了，优雅地抬起一只手，冲樱桃摆一摆，一副少安毋躁的神态。她向我转过脸来，说：你是小荷，对吗？还记不记得我？

嗯？我愣一愣，她是谁？竟然知道我的名字？可是，我真的不认识她，我摇头。她微微探身过来，再说：真想不起来了？

我疑惑地打量她：年龄在四十五至五十五之间，短发，微胖，鼻梁上有几点雀斑，眼尾也有些垂了；首饰，只是脖子上一条样式简单的铂金链子，衣服也看不出什么牌子。不过是极为平常的中年妇女而已，只是她的神态，那种沉静从容，倒是普通妇女身上难得一见的。

看着她脸上的那几点雀斑，突然之间，我就有了点儿印象，她好像是一个什么公司的老总，对了，去年，她还帮我做过一笔生意呢。虽说是同我做生意，也只是仓促见过一面，前后操作的细节，都由我爸和她交涉。老黄从来都这样，凡是大点儿的生意，都会亲自打理。但这一次，这女人要和我谈，她有些歉意地对樱桃说：我想和小荷单独谈谈。

也许这女人看出我不是一块朽木，愿意和我再次合作呢。我欣然应允，这真是个好兆头，就算老黄以后抛下我们母女，我也照样可以赚钱活命，不至于饿死。

我随她去水云天茶馆，她自己开车，神态从容安详，一副一切尽在掌握的架势。

她让布茶的小姐退下，亲自给我筛满茶，然后抬起头来，看着我的脸说，直截了当地说：我想和你说说你爸你妈的事。这一次她没笑。

我爸我妈？原来是这样。我嘘出一口气，还以为她要和我单独谈的是生意呢，原来不过是打听我们家的丑事。我用手拍了拍雕花龙凤椅的扶手，漫不经心地说：他们在闹离婚，你们不是都知道了吗？可能你们比我知道的还要多些吧！

我的口气略带讽刺，想到自老爸要换个活法以来，我走到外面，很多次都被我爸我妈的亲朋好友们关切地问："啊，他们最近怎么样啦？"我忍不住自嘲地笑。

这个女人还不肯罢休，她再说：你妈呢？她好吗？

好？亏她问得出来，一个将要被人抛弃的女人，她有什么可好的？这个女人要么是真的愚蠢，要么就是故作天真，我有点儿挑衅地说：你说呢，她好不好？她的男人从早上一睁眼换上干净衬衫，到晚上扔下一双臭袜子，家里的事万事不入心。最最可气的是，他就这样一身光鲜地跑去约会别的女人，你说呢，她好不好？别人哪儿知道她丈夫的光鲜和体面后面那一双操劳的手……

她看我，很镇静地点点头，说：我知道。

你？我嘴角不禁浮出一抹冷笑，笑这个女人，她到底想知道什么？也笑自己，我在这件事情上的涵养是越来越好了。

她并不把我的讽刺放在眼里，沉着地说下去：我也曾经有过这样一双手……稍停，她扫我一眼，接着再说：就是你说的"体面后面那一双操劳的手"，我也曾有过。那时，一家老少五口的衣食大计都靠这双手，就算它干裂开出血口子，我也舍不得买一盒凡士林，哪怕给自己花了一毛钱，都有罪恶感，心里会一直骂自己：孩子的一支铅笔没有了，孩子的半个练习本没有了……她猛地打住，冲我抱歉地一笑，脸上有了一丝窘迫。

这是我完全没有想到的，她，一个所谓的女强人，可以把许多小人物呼来喝去的社会精英，出入有高级轿车代步，往来尽是商贾贵人，谁能想到竟然也有这样的不堪，我愣一愣，不禁问：后来呢？

后来？她叹息了一声，过了一会儿小声说：后来，有十年的时间，我独自抚养两个孩子，还有他多病的母亲；他和那个女人就住在前边一条街上。那时我在一家化工厂上班，在一个聚氯乙烯造粒车间里干三班倒，机器一天到晚轰隆隆地响着……她停住，抬头看我，笑笑说：你能听下去吗？

我点点头，我从来不知道什么是聚氯乙烯，在我身边也没有需要上三班倒的人，我只知道在酒吧里喝酒唱歌玩到凌晨，或者通宵上网，就是熬夜。我认真地向她点头，她就继续说下去：机器一开起来，人就像上紧弦的闹钟，一刻不停地动起来。女工负责往机器里填料，那机器很高，得踮着脚，把一百斤的料袋子举过头顶去，有时真没劲了，那袋子就在半空掉下来，砸在身上，里面蓝色的原料就撒了满身满脸……

她微微皱起眉头，拿手拂了一下脸，好像真有什么东西落在上边，我不禁也觉得脸有些痒丝丝的。她抿起嘴角说：现在不是有部电影就叫《蓝色妖姬》吗？我们那会儿在车间里干活的女人，全被男的叫成“蓝色妖精”……

我笑起来，拿手摸一摸脸，心想，天哪！我在外面多待一会儿，这脸就会娇贵得起阳光性皮炎，到目前为止，它上面盖过海藻美容面膜、真空活肤精华，还有巴拿马神奇海泥，要是把那些蓝色的刺鼻粉末倒上去，它会成了什么样子啊……

她的声音突然变得有些空洞，神情倒是漠然地说：我是怀着仇恨活下来的，没有对他们的恨，肯定活不到今天。不过，早就不恨了，我恨是因为不如他，我现在样样都比他强，还恨什么？弱者才恨。

是，我再点点头，心里明白，多少人都这样，为了报仇，为了让仇人气馁，无论多艰难也挣扎着活下去，活到扬眉吐气的那一天……可是，她为什么要和我说这些，我们并不熟，她，她是我爸的朋友，当时，是我爸介绍我们认识……

我的目光从她的脸移到墙上那一幅画，又从那幅画移到她的脸上，心里咯噔一下，小心翼翼地说：你？是……

她看着我的眼睛，目光仍是从容笃定的，顿了一顿，低声而清晰地说：我是李丽影。

李——丽——影！我愣一愣，马上有一种自己在明处被暗枪击中的感觉，什么？她……就是李丽影，可是……这个半老徐娘，她凭什么？她并不是狐狸精，她甚至没有我妈好看，满脸的雀斑，皮肤失养，还有那一双手……我看着她的手，那手当然不再干裂开口，但是骨节粗大，指尖方圆，并没有像我预计得那样尖尖如笋，且搽得血红，我低下头，心慌意乱地拿起杯子，喝了一大口茶。

己所不欲，勿施于人，这道理她肯定是懂得的，可是为什么还要充当一个被人恨的角色？我抬头看她，这一句话憋在喉咙，竟然不能说出来，只是挺直腰，紧紧地捧着茶杯。“弱者才恨”这句话一直在耳朵里铮铮作响。

她抬起头，苦笑一下说：我知道你心里想什么，我也知道你恨我，我承认，在这件事上，我是伤害了你妈，可是……她有点儿为难地犹豫了一下，还是沉着地说下去：在她不知道的情况下，是不会感觉到被伤害的，但现在不一样了……我想让你劝劝他们……

我瞪大眼睛，质问地：劝劝他们？劝他们离婚吗？我本能地打断她，这个女人到底惹恼了我，她太过分了！她要横刀夺爱是她的事，我爸要另寻新欢是我爸的事，干吗非把我扯进去？我像只被激怒的猫一样竖起了身上的毛。

她冲我摆摆手，有些苦恼地闭了闭眼睛说：你听我说完，小荷，我和你爸根本不适合在一起，你妈能给他的，我都不能给他，你劝劝你爸，别闹了，和你妈好好过吧，这么多年，我一个人，多好啊！想干什么，就干什么，用不着去考虑别人，一个人，真的挺好的……

嗯？这……这到底是怎么回事？我疑惑地看着她，真是有些奇怪了，我爸铁了心要和她双飞双宿，她却要我爸好好过日子去，他们到底想干什么？我把一根手指塞在嘴里啃了又啃，脑袋里一时竟有些空白了。

李丽影叹口气，有些不胜其烦地说：小荷，你一定得帮我劝劝你爸，我怎么说他都不信，他老觉得我是可怜你妈才不答应他的，其实我真的是为自己考虑，一个人多好啊……我们真的不能在一起，你劝劝他，你一定劝劝他……她看我，面容愁苦，眼神里竟然有着些许乞求……

有意思，这可真有意思啊！都一把年纪的人了，还敢上演这么洒狗血的情节……我站起来，冲着我妈的情敌李丽影咧开了嘴，我的笑一定很怪异，从她面部的表情，我能看出来。

## 八

樱桃终于脱离苦海，修成正果，她的新生活自此开始。

想不明白的人是方忠，他以为樱桃爱他，会永远做他感情的家奴，招招手她就过来伏在他的脚下，挥挥手她就遁到角落里去，现在看她重获新生，也就记挂起她的种种好处来了。

在桑妮冰屋，方忠手支着下巴，闷闷地对着两个“火舞魔芋”忏悔：……她那么喜欢冰激凌，可是坚决不吃一口，她说女人对自己不狠，男人就对她狠，她知道我不喜欢丰满的女人，从来都不敢吃饱……

我坐在他对面，美滋滋地吃我的香草冰激凌。他说得没错，每次去冰屋，我们都大快朵颐，只有樱桃要一壶云南普洱，可怜巴巴地喝。我跟樱桃说：美有百媚千红，你是杨玉环那一种。她很正经地答我：可方忠不是李隆基，他是楚王。既然她把方忠当楚王看，方忠为什么不理直气壮地喜欢赵飞燕呢？

如今，啊，如今……三十年河东，三十年河西，这个被惯坏了的人终于尝到了报应的滋味。

他幽幽地倾诉道：怎么会这样，说走就走？连我送的所有东西都一把火烧掉，说是免除后患，她怎么会这样绝情……他低下头来，神情无限落寞。



我招招手，让服务生再送两个巧克力冰激凌。翻脸不认人是大多男人的通病，偶尔有志气大的姐妹，以其人之道还治其人之身，岂不大快人心！

方忠大概看出来我并不同情他，皱了眉头说：你真行，真吃得下啊！我扬扬脸：为什么吃不下？被抛弃的又不是我！突然想到那天去寻李丽影未果，我姨妈吵着要去肯德基吃汉堡……不禁喷笑而出，我和她不过一路货色。

方忠恼怒，恨恨地看我，目不转睛地说：你们这些女人，越来越没女人味儿，要独立，要权利，欺骗男人算计男人利用男人，又不肯同人家结婚，更不肯生孩子，逼得男人变坏，去嫖鸡……

他口不择言，竟吐出这样一番妙论来，想来男人和女人一样，失去理智都会胡搅蛮缠。我看他一眼说：打住，方忠，到底谁逼谁变坏的？这笔账能算得清吗？你不就是觉得樱桃另谋高就，伤了你的自尊吗！你认为就算要分手，也得你先说出来，哪儿轮到她甩你！

方忠被我气坏了，大概也是点中了他的致命脉门，英俊的五官扭曲变形，好一会儿，才说出话来：另谋高就？就凭樱桃，你以为她能嫁进英国皇室？你知道那男人是干什么的？你肯定不知道，他收购猪皮，整个山东省的猪皮都在他那里汇总……

我吃一惊，收购猪皮？这是我没想到的，不过……收购猪皮的，不一定自己亲自杀猪；开金矿的，不一定亲自下井挖沙掏土。就算这样，我还是佩服樱桃的勇气。

方忠占了些上风，兀自说下去：哼，就算那男人买得下一座城堡给樱桃，她会幸福吗？他脸上露出丝丝鄙夷，好像已看到樱桃在不远的未来掩面哭泣。

我不以为然道：那有什么？反正她和你在一起也不快乐，抓不到人，抓到些钱也是好的。

方忠彻底气馁，他看着面前已化成一团乱粥的冰激凌，有气无力地说：你是个心硬的女人。

我点点头，并不生气。

# 九

我不记得了，是从什么时候开始的，总之长时间以来，我总是起得较晚，早上的太阳和新鲜空气与我无缘，我不知道起来那么早干什么。有些日子电视里总在倡导全民健身，我觉得这是个好主意。有一天晚上关了电视上床去睡觉时，我对着我的枕头说：亲爱的枕头神，请明早五点叫醒我，我要去晨练。

这办法很灵验，第二天早上，枕头神果然在五点时叫我，可是床这好朋友紧紧地抓住我不放，于是我在梦里跑了一会儿步，做了一会儿体操。在六点时枕头神又叫了我一次，我就在梦里凑合着转了一会儿呼啦圈，然后就放心大胆地睡去了。

如此两日，枕头神也被我带坏，索性和我并驾齐驱直睡到太阳当空照时，才蒙眬地醒来。但是今天，好像我刚刚合上眼睛，门就被轰轰地敲着，母亲在外面一连声地喊：小荷，你快起来，我有事和你说。

要在往日，我完全可以不理她，可现在是非常时期，我虽然迷迷瞪瞪，也知道轻重缓急。拿破仑的名言是：除非报告坏消息，否则别叫醒我。我觉得我妈既然一大早就吵吵嚷嚷，一定是又有什么坏消息要和我分担。

我的眼皮有千斤重，也得艰难地睁开，瞄了她一眼，却是面有喜色。我的心与眼皮一起放松，立刻跌回混沌状态。我妈揪着胳膊把我拉起来，又拍我的肩膀，又掐我的手。她说：小荷，你听着，大师说了，有挽回的余地啊！这个大师很神的。

我闭着眼睛叹了一声，唉，她老人家到底是去求仙拜佛了。我说呢，昨晚上和姨妈嘀嘀咕咕好半天，然后说出去转转，也不带我，两人就出门走了，直到半夜我睡着时，她也没回来，原来是找大师破财消灾去了。

我妈拿手拍拍我的脸，欢喜地说：你快看看，这是什么？说话间，一个凉凉的东西爬到我的鼻子尖上。我睁开眼，一下子就看见我妈手里托着一只小胖猪，白瓷的，有拇指那么大。

我打了个大大的呵欠，懒洋洋地说：不就是一只猪吗？这玩意儿一块五一个，街上哪儿都有的卖呀……我妈变了脸色，上来就捂我的嘴，神道道地说：不能乱讲，不能乱讲，这是大师帮我请回来的。急转了身，把那只猪东西放在我的桌子上，两手抱在一块儿，嘴里叽里咕噜地说着话，大意好像是小孩子，有口无心……神灵勿怪之类的什么。

她的神态无比敬畏又极为不安，手不停地摇来摇去，头像捣蒜一样不停地点着，好像那个小东西马上就要化成一股清烟现了原形出来；我在背后笑得差点儿翻到地板上。

母亲安抚好那猪，马上转过来跟我算账，她气呼呼地说：你闭上嘴！我请它回来，是要放在你的房间里。你知道有这回事就行了，不许告诉你爸！不许乱说话！不许去动它！你听见了没有？

我使劲抿紧嘴巴，憋住笑，装作一本正经地点点头。她看我这样，总算松了一口气，双手托住那东西，恭恭敬敬走到我房间的东北角，把它安置在那里。再重重补一句：讲究方位的，你绝对不许动。

我忍了又忍，到底没忍住，问她说：干吗是一只猪呢？要是一条龙，神通会更大……我妈猛回头，恶狠狠地盯着我，眯缝的眼皮把两束目光挤得又扁又薄，如锋利的白刃。我听到咕咚一声，那半截话就咽下去了。

被我妈如此一番折腾，我也就睡不下去了，况且这房间已经摇身一变成了许愿参拜的殿堂，我这等俗物，哪还配待在这里。另外，她现在既然有了神灵保佑，其他的妖魔鬼怪想必都近身不得，应该是很安全吧。我就跟她商量，说我还是回店里去吧。

她好像没在听，歪着头想了一会儿，很坚定地说：给你爸打个电话，让他回来吃饭，就说你好长时间没看见他了。

我对这个和事佬的角色很不感兴趣，不就是离婚吗？有什么大不了的，离就离吧，我都有些不耐烦了，说：算了，天要下雨，娘要改嫁，你就随他去吧。

这话好像很刺耳，她长叹一声，又开始抹泪，絮絮叨叨地说：我都五十多岁的人了，不比你们年轻人，反正有的是机会，你不帮我，谁帮我……

唉！好吧！好吧！我承认我输了，我去求他，谁让我是他们的女儿呢？我怎么那么不知道孝顺啊！我冲过去恶狠狠地抓起了电话。

父亲犹豫了一会儿，还是答应了我晚上回来吃饭。

我搁下电话，心里暗自嘀咕：难道大师真的那么灵验？还是人家李丽影不肯收留他，他正等着这边搭出一把梯子，好噔噔噔地跑下来?！母亲在旁边兴奋地点着头说：大师说得没错，他太神了啊！

时间还早，不过早上八点左右，母亲就匆匆出门去购置物品要迎接父亲回家。我回了房间，准备重新躺下，可是眼睛里总看见香火袅袅，耳朵里总听见祷告声咿咿呀呀，都是那猪给闹的。我抱了枕头躺到客厅的沙发上，随手打开电视，一个喜笑颜开的女人正在做娱乐报道，她说再过两天，7 月 15 日那英演唱会就要在这座城市举行了，多么激动人心啊等等，我一激灵，7 月 15 日，那今天……不是我的生日吗？

我从沙发上翻下来，去翻桌上的台历：果然不错，今天真是鄙人的生日！二十六年前的今天，我经历了千百个偶然和不经意来到了这个世界上，然后每年的这一天，我爸和我妈都会借着我的名义，呼朋唤友海吃豪饮一顿，可是今年的今天呢？

竟然没有人想起这事，父亲母亲都昏了头，他们自己的烧饼炉尚且照看不过来，哪里还顾及到我。杜木无声无息，樱桃不知道在哪儿欢乐；过去的旧情人今年也忘了电话问候一声，他是说过的，不管在一起还是不在一起，你的生日我年年都会记得，要记一生一世……可是一生一世也就一两个春秋吧，同样的话拿去再对别人说同样是深情的，连表情都不会变。

时过境迁，他忘了也就忘了，很多事我也不记得了，我并不跟已忘得差不多的人计较，可是……杜木不同，他怎么能忘？他是多么重要，哪怕他只说一句：生日快乐！我就真的会快乐。只是一句话，也那么难吗？

他的心那么硬，所以他从来不装，不想说就不说。其实我根本不在乎生日或者别的什么纪念日，这是一件很无聊的事，我只希望杜木问候一声，能得到他的一点儿关爱。他真的忘了吗？他把所有的都忘了吗……

也许，过一会儿，他会打电话来吧，时间还早着呢！

## 十

母亲采购了许多东西回家，兴高采烈挽起衣袖下厨，锅铲叮当，煎炒烹炸，设宴款待负心人，把我也支使得团团转。其间她的表情之生动、态度之郑重、程序之复杂，使我深刻体会为人妻子之种种不容易，单单一个名字怪异的什么金钩银条福寿汤，已复杂得让我不再热爱生活。备料：鲜活的黑鱼一条，体重必须是一斤二两，活虾十只，去头斩尾，取其中段，还有鲜笋、黄花、香菇等等名目繁多的东西十几种，或蒸或煮或炸或煎，挨样处理妥当，再按照前后次序放进锅里。耗时达五个钟头之多，也不过是煮了一碗杂碎汤。

这顿饭实在是麻烦多多，我一边帮她剥葱捣蒜洗香菜，一边心存不满。假如煮好后，能和心上人额头顶着额头甜蜜蜜地你一口我一口，倒也罢了。可是你这厢深情款款，人家那厢却怀着一颗策反之心，光想想无名邪火就往上蹿，毒舌忍不住放出根根冷箭，我妈中了内伤，终于火起，将我赶出厨房。

退到客厅里，我问自己，有一天我会不会也像母亲，为了一个人，情陷迷城，爱得失去理智，爱得匍匐在地？杜木，这个我爱得最深的人，就算是为他，我会不会这样虔诚地煮汤给他喝？也许一次两次是可以坚持的，但感情的天平上，他那边轻了一点点儿，这事就难以继续。

煮汤？多么可笑的念头。我只要爱的甜蜜，不要煮汤的麻烦，可是我妈要说了，天天吃肯德基、麦当劳，或是牛肉方便面，怎么能留住男人的心！

男人的心？煮汤就能留住男人的心？没那么简单吧，他们的心是一座沙漠；女人在探险的时候，切入口总是选在中间那一小片绿洲开始，这儿自然芳草鲜美、清泉甘甜，等到再往前走，才发现绿洲已过去，四面都是滚滚的沙尘……

杜木没有电话来过，我躺在沙发上，闭着眼睛，听王菲《香奈儿》的旋律层层包围过来，直达内心。

菲唱：我是谁的安琪儿，你是谁的模特儿，衣服挂在橱窗，有很多人都适合，没有独一无二……好像有水在耳边流淌，一颗心在水里漂，恍惚着，在水面上，我看见了杜木的眼睛……那扑朔的眼、苍白的脸、无言的嘴唇，这一刻，我真的想念他，想念他的好，想念他的笑，想念他的十指从我脸上缓缓滑过，如风吹树叶……这一刻，我在迷乱里心碎……

暮色降临，在越来越浓的暮色里，风吹树动，我想念着一个遥远的人。

他一直没有来过电话，我想我不应该听王菲，也许，我应该听猫王普雷斯利的《好运在召唤》。

后来，母亲进来，打开吊灯，黑夜隐退，白昼一样的黑夜，杜木也隐退。我想到聊斋中的芳魂，总在鸡啼时分消失踪迹，杜木不是芳魂，却也恍惚得像一场梦。我摸着自己的脸，有一缕微笑慢慢绽放，像铁一样坚硬。

振作起精神，随母亲去餐厅布置碗筷，站在那里，不禁一愣，疑惑她在变魔术：红白相间的格子桌布，金伯纳红葡萄酒，铮亮的高脚酒杯，水晶圆肚高花瓶里竟有一束新鲜的百合，白绸缎一样的花瓣、墨绿的枝叶……怔一怔，竟想起那一次，和杜木走在祖儿鲜花店门前，我叹息说：多么美丽的百合！他似是而非地笑笑，我不敢说喜欢，紧紧跟上他的步子……

可是，今天，在母亲款待父亲的晚宴上，我看见那些憔悴在梦里的花，开得如此恣睢、如此芬芳！我回头看母亲，她不看我，把蓝穗白瓷描金接碟一个一个放在桌子上，微微低着头，神色是羞涩的，也是不安的，而她的脸上，竟打了厚厚的脂粉，描过眉毛，也抹过红唇，因下手太重，效果如万圣节的小丑。我呆呆地看着母亲，张开嘴却说不出话来。她明明知道父亲的心思，却偏偏要委屈自己，向背叛者曲意承欢。我心生悲凉，愣在那里……

门铃在这时惊响，我和母亲都一激灵，不约而同地说：回来了。

母亲愣一愣，突然跟我说：去给你爸开门啊，她自己转身跑进卧室。

是父亲，他站在门口，永远都不习惯拿钥匙开门，反正母亲总是在家。我拉开门，他表情严肃地进来，像一个上门收税的国家工作人员。

在门口，他顿一顿，我没有替他拿拖鞋，以前这事都是我妈干的，每次他总是昂着头大声说：拖鞋呢？我妈就赶紧把拖鞋放在他脚边，但是今天我妈在卧室里，我不知道她在干什么，我没有给父亲拿拖鞋。他犹豫了一下，还是决定尊重这个家的新规矩，有些吃力地弯下臃肿的腰身，自己换了鞋。

母亲一直在卧室里，没有出来，我和父亲也没有多少话要说，气氛有些僵。他坐在沙发上，我打开了电视，电视上一堆人在唱“祝你生日快乐”，一个尖脸的女人点着蜡烛，深情款款地说：许个愿吧。一个男人“阿嚏”一声回报了她一个响亮的喷嚏。我和父亲漠然地看着那个女人故作讶异的脸……母亲还是没出来，我连叫了两遍，她期期艾艾地答应着。

终于，她出来了，在房门口出现的那一瞬，天哪！我目瞪口呆，她……她竟然……换上她美丽的新睡衣，雪白飘逸，缀着很多蕾丝花边的美丽睡衣。我浑身冰冷，不能呼吸。

她自己大概也很紧张，低着头，急匆匆地向厨房里走，两脚像被绳子绑在了一起，扭扭缠缠，差点儿把自己绊倒，闪进厨房的瞬间，她的肩膀轰一声撞在房门上。

我羞愧地闭上了眼睛，不忍再看。

父亲和我一样深受打击，待我有力气睁开眼，见他微微张着嘴，眼神凝在厨房的门口一动不动。大概自母亲出现，他的目光就一直追随至此，直到失去目标，都没有反应过来发生了什么事。

母亲在厨房待了一会儿，没有任何声息，她在干什么？做深呼吸?!

我与父亲静止不动，那个广告旁若无人又重放了一遍，男人那个惊天动地的喷嚏过后，然后是母亲的声音自厨房里传出来，她说：小荷，叫你爸吃饭。这是她经常说的一句话，但是今天声音向上跑，有些不受控制。她开始向桌子上端菜，我的耳朵支棱起来，随时准备承受碟子从她手中滑出摔向地上的尖叫。

父亲的眼神飘忽了一下，还是站起来和我一起来到餐厅。他怔怔地落座，餐厅里的景象再一次残忍地打击了他。他像一个失去记忆的病人，可怜地瞪着迷茫的老眼。

母亲也坐下，她表情僵硬，拿酒杯的手在颤抖，不看父亲，强作镇静地说：今天，咱们喝一点儿酒吧，你……多长时间没在家吃饭了。

父亲一言不发，神色痛楚，不看母亲，似不忍目睹，顿了顿，终于说：怎么穿成这样？

母亲的脸腾地通红，嘴唇颤抖，双手缩回来，放在桌子底下去，她低下了头。

父亲喘一口气，拧了拧眉头，终于忍不住，再说：你……看看自己，什么样子！

母亲突然又羞又愤地跳起来，冲父亲尖叫：你还要我怎么样？我到底怎么样你才满意？是你逼得我这样……

父亲脸色发绿，瞬间就失去控制，大叫一声：不可理喻！他腾地弹起来，推开椅子，又要再一次绝尘而去。

母亲迅速扑上去，扑向父亲，两手紧紧抱住他的大腿，她穿着雪白的美丽睡衣匍匐在父亲的脚下，呜咽着说：你不能走，你想怎样都行，不能离婚……

父亲撕不开那一双手，他决绝地向门口拔腿，母亲在地上被他拖着向前……我浑身冰冷，几乎站立不稳，倒还有理智冲母亲喊：放开他，你放开他……她依然坚持不放，冲我叫：你跪下来，快跪下来求他……

我的脑袋轰一声响，踉跄两步，扶着墙站住：跪？我为什么要跪？错的又不是我……

我战栗地看着我的父亲、我的母亲，看着这两个曾经多么亲密无间的人，如今纠缠在一起，撕扯……

父亲终于还是走了，母亲没有哭，她坐在桌子前，满脸的仇恨和冷漠，红格子餐桌布的一角紧紧攥在她的手里。

我不能说出话来，也不能安慰她。我觉得非常耻辱，好像失去自尊的人是我，好像匍匐在地的人也是我……她好像完全不记得我的存在，自己呆呆地坐了一会儿，就站起来去打电话，她在电话里向人哭诉，不外乎她这些年的酸甜苦辣……她尖厉的声音哭诉着：我真是恨啊……

我陷在她身后的沙发里，盯着她滚圆的背影，竟然没有了一点儿的同情，甚至恶毒地想：恨？她有什么理由恨？这么多年，父亲给她撑足了场面，衣食无忧，又脸面光光；别的男人不能给的，父亲都给了她，她自己做过什么努力？如果一定要把操持家务算作功劳，父亲不是已经连本带息都还给她了吗?!

她当然不是保姆，也不是用人，可是除了保姆和用人，她还做过些什么？连相父教子她也胜任不了，父亲的成功是他自己的努力，她并没有红袖添香，更没有勤勉鼓励。我呢？自小是姥姥带大，偶尔跟她睡一晚，早上起来就嚷着没睡好，要再补一会儿觉。再大些呢？接送有爸爸的司机或是公司的人，上了小学就开始住宿，她什么时候为生存大计费过心思？这样一想，几十年来，她，实在是享尽了福气……就算是现在要离婚，父亲也会给她房子和一大笔钱，养老是没有问题的，她还有什么理由恨？

也许，我不该这么说，我是她的女儿，我得站在她的一边，同情她，可怜她，可是现在，除了耻辱，我心里真的没有同情，是她自己一定要做那个倒霉的警察，一副铐子铐住了两个人，最后犯人跑了，只困住了她自己……



后来，我来到了大街上。外面不知何时下雨了，风从南边吹，天上的云向北边跑，树都歪着身子，随着风的方向挣扎，朦胧的灯光下，树顶的叶子全都翻过来，夜色里竟像奇异的白色花朵。

满世界都是风声雨声，我宽大的裙子呼的一声，扬起来，如风鹏正举。我看着树顶那些似是而非的白花，开始给杜木打电话，在这个风雨飘摇的夜晚，我是多么想听听他的声音。

铃声响了很久之后，话筒被人拿起，是杜木。我让自己冷静，我用很冷静的声音说：……是我，你好吗……那边沉默了一下，他用很朦胧的声音说：我在睡觉。他甚至还装模作样地打了一个呵欠，我很懂事地说：对不起。就挂掉了。

可是……我灵敏得像太空雷达追踪器，哪怕现在杜木在月球上，我也嗅到了他身边有一种暧昧的气息，这种气息我不是第一次感觉到，但是它对我的刺激从没有如此的强烈过，因为今晚我很看不开，我很计较，我很在乎他身边别的女人，我知道这没什么道理，这样的夜晚，杜木也孤独、也迷茫，他为什么不可以？

他当然可以。

因为他可以，所以我悲伤。更悲伤的是，我知道得很清楚，这不是距离的问题，与我们相隔多远没有关系，哪怕我此刻就紧紧地拥抱着杜木，他仍然是孤独和迷茫的。而我呢？我也是这样吧，从没有一个人，真的可以不孤独，不迷茫。

我靠在一棵芙蓉树上，看着对面“慢慢地”酒吧灯火迷离，寻欢作乐的音乐蛊惑着恍惚的心，堕落是愉快的，可是愉快可以保留多长？欢乐和毁灭都在瞬息，只有空虚像泡沫，永远明明灭灭。

谁能告诉我，怎样才可以找到一个人、一个地方或一种方式，让欢乐延续下去？

2002 年第 3 期《时代文学》

# 你是一个正经人

傍晚快下班的时候，张美丽打了个电话给我，以命令的口吻说：去市场买条鲤鱼，称点儿鲜姜，晚上在家吃。没头没尾，没名没姓，说完这些，她就把电话挂了。

好像我不是她的丈夫，而是她家的老保姆。

我嗯了一声，也不知她听没听见。

放下电话，我接着看报纸，把一杯温吞吞的残茶喝干了，泼了茶叶，就锁了办公室的门奉命去市场给张美丽买鱼。

张美丽是我老婆，她跟我说话从来都是言简意赅，连个多余的语气词都不带，不管这样好还是不好，反正我已经习惯了。我是一个尊重习惯的人，这种习惯有益或有害，其实无所谓，一旦适应了，再改变就会令我不安。

举个例子来说，比如我习惯了老婆这样跟我说话，习惯了在领导面前闭紧嘴巴光点头，习惯了在卫生局政工科的办公室里翻翻当日的报纸，也习惯了每天早上七点半上班，下午五点半下班等等，我觉得这样挺好。要是哪天发生了点儿变化，我就觉得不对劲。

遗憾的是我老婆对这种规律性的生活极为藐视，她曾振振有词地跟我说：六七点钟回家的是穷鬼；九十点钟回家的是酒鬼；十一二点回家的是色鬼；三四点钟回家的是赌鬼。按照这样的划分，她毫不客气地把我归属于第一种鬼的范畴。

没关系，我并不激动，反正到最后，所有的人都会变成死鬼的。

张美丽本人总是在午夜三四点钟回家，甚至彻夜不归。我不能肯定她属于哪一种鬼，因为从时间和空间上来分析，她极有可能做完前两种鬼，又接着做第三种鬼。种种迹象表明，这种可能发生的概率极高。对此，我没什么好说的，你也知道，在这年头，一个穷鬼是得不到同情的。多说无益，我索性闭紧嘴巴去买鱼吧。

天下的农贸市场基本上都是大同小异、人欢马叫的，哪怕在这个能把人耳朵冻掉的冬天，也照样人来人往、挤挤撞撞。我不是搞市场调研工作的，对于萝卜白菜的价格和人民生活水平或者社会繁荣之间的关系不感兴趣，所以这一部分直接跳过去算了。有必要一提的是：按照张美丽的指示，我买了活鱼，买了鲜姜，顺带还买了一簇香菜，全部放在自行车的前筐里，慢慢悠悠地向家里骑去。那条鱼大概已经意识到大祸临头，不安地在那一塑料袋水里乱扑腾。

我回到家时，沙发上躺着一个人形的东西，身子和地球人无异，脸是超级机器人奥特曼的造型，银灰色。你千万别就此以为是外星人登陆地球了，其实这就是我老婆张美丽，她脸上戴的是再青春美容面具，据说这个玩意儿能让时间倒流，哪怕你明天就该订副棺材了，它照样能把你带回十八岁，然后就此停止不动。

为了重回十八岁这个梦想，张美丽每天都要扮演一会儿奥特曼。此刻她腰里别着一个小小的控制仪，顶着那张奥特曼的脸坐起来看了一下那条鲤鱼，用一根手指做了个杀的动作，又重新躺回沙发上去了。她的宝贝狗卡尔懒洋洋地卧在沙发上，今天新换了一件柠檬黄的软缎小马甲，头上扎着红色蝴蝶结，看我的眼神像个厌世的少女。

我开始宰鱼，这个倒霉的家伙精力旺盛，不甘心地左右挣扎。我豁开它的肚子，去掏那些滚热的内脏时，它一甩尾巴，跌在水槽里，把一串鲜艳的血花开在白色的瓷砖墙面上，也开在我的脸上。我挓挲着两只血红的手，扫视了一下厨房，这儿像一个血腥的凶杀现场，好像我不是杀了一条鱼，而是刚刚杀了一个人。

我咕咚咽了一口唾沫，把挤在喉咙口的心肝肺都吞回肚子里去了，继续宰鱼。对于一件无法避开的事，我的习惯做法是勇敢地面对它。这应该感谢张美丽，是她培养了我这种坚强的意志。她说鱼必须现杀现做，鱼血一凉，吃起来就不地道了。基于这样的原因，经过岁月的磨砺，我终于变成了一个杀鱼高手。

我把鱼收拾利索，切好葱姜香菜，正在给鱼打花刀的工夫，电话响起来了。我竖起耳朵，手里攥着菜刀，听见张美丽的笑声很鲜亮，像颤巍巍的槐花一样，一嘟噜一串地开在空气里，但是她到底说了些什么，我却一个字也没听清。那些含混的压低的话语像些小虫子似的躲在油亮的树叶子底下，蠢蠢欲动。

过了一会儿，张美丽恢复了真身，面具摘掉了，过来跟我说：你自己吃吧。

凡是她这样说话我就知道她又有饭局了。我的第一个反应是今晚没人和我争电视了，我爱看哪个台就哪个台。这……没什么不好的，我说过我习惯了。

既然张美丽不在家吃，我就把鱼塞进了冰箱，反正我又不愿吃这东西。

我在冰箱里找吃的，准备凑合一下了事，面包没有了，只找到一包火腿肠。我拿了两根，在沙发上坐下来，打开电视，一边看一边撕开封皮。

一直耷拉着眼皮躺在沙发上扮高贵的卡尔突然呜地怪叫一声，气势汹汹地扑到我身上，又撕又叫。我没好气地给了它一巴掌：什么玩意儿，穿上马甲，打上蝴蝶结你还变成人妖了不成。

我也没怎么用劲，这个杂种就发出一种要了命似的怪喊。张美丽冲出来，手里攥着一只口红，一迭声地说：有本事你冲我来，有本事你冲我来。

她的上嘴唇涂了口红，鲜艳欲滴，下嘴唇什么也没有，青白干燥。我奇怪地看着她那张怪异的嘴说：我又怎么了？

她说：你还不知道你怎么了？是不是？那是你吃的呀？她狠狠盯着我手里的火腿肠，那架势恨不得掐住我的脖子，把吞下的那一口挤出来。那狗杂种靠着她的腿，向我瞪着眼，哼哼唧唧，好像受了天大的委屈。

嗯？明白了，原来我吃的是那杂种的口粮。我把火腿肠甩到墙角，张美丽极其鄙视地哼了一声，掉身回屋。我抖开一张报纸，拿两手举着，遮在脸前，在张美丽出门之前，我不打算把报纸拿开。

大约二十分钟后，一股香风从我面前刮过，张美丽闪身在门口换上了高跟鞋，她待在那儿咯噔咯噔狠狠地跺着地板，气焰嚣张。我把报纸遮在脸前，感觉头皮上凉飕飕的。我知道，在张美丽的心里，这会儿一定响着“大刀向鬼子头上砍去”的旋律。

门轰的一声巨响，我终于把憋在心里的一口气喷出来，站起来伸个懒腰，在屋里转了一个圈，那个没了主子撑腰的杂种在沙发上警惕地瞪着我，观察片刻，见我并无攻击它的意思，像个怨妇一样哼呀了两声，夹着尾巴躲到张美丽的卧室里去了。

我知道，除了上厕所，否则它的亲人张美丽不回来，它是不会露面的。我做了一个深呼吸，感觉空气是如此通畅。我在心里估计了一下，这个时间，张美丽大概已走到楼下了。今天会是谁来接她呢？我贴在窗前向外看，就看见了楼下停着的银色大奔，也看见我的老婆张美丽像只母蝴蝶一样向着那大奔翩翩靠近。

我抱着胳膊鸟瞰这个与我同床共枕十几年的张美丽，发现她真的十分陌生。她穿着来路不明的灰色貂皮大衣、灰色靴子，胳膊上挽着带狐狸毛的小包包，脸上是我从没见过的软性微笑，风姿妖冶、仪态万方。哪像我这个每天六点半准时回家的穷鬼的老婆，香港富豪李嘉诚的夫人也不过如此风度吧！

我忽然相信了，张美丽也许真像别人说的那样挺美丽的，有股挡不住的风情。而我为什么一直都没发现呢？我寻思了一下，或许是因为我们离得太近的缘故吧，我领略最多的是她的另一种姿态，每天夜里，上边咯吱咯吱地磨牙，下边噼里啪啦地放着连环屁……

你一定觉得我是个小人，专揭人短处，但是老实说，对于张美丽，我感受最深的就是这个了。她的肠胃不好，在外面总是很淑女，回到家就完全抹下脸来。哦……她的脸，其实关于她的脸，我现在已经轻易看不见她的脸是什么样子的了，因为她待在家里的时间很少，而在这很少的时间里，她总是戴着那个奥特曼的面具。

想到奥特曼那张银灰色的脸，我不禁就叹了一口气，从窗前缩回了脑袋，心里对自己说：算了吧，刘东，你又不能给人家点儿快乐，人家自己找到了，你还有什么可说的呢！

我抱着遥控，窝在沙发上开始不停地换着频道，一会儿是张柏芝的洗发水，一会儿是李玟的洗发水，一会儿又是杨钰莹的洗发水……看得我连连感叹：众女争洗发，各显其妖娆，这可真是个美女当道的时代啊！不过，你可千万别以为我不喜欢美女，我不过是有些害怕，还别说是她们，一个半老徐娘张美丽，已把我折腾得技穷，这样动不动就身价连城的货色，不知迫害了多少男人……

电话就是在这时响起来的，我抬头看了一下钟，差一刻十点，这个时间一般是我女儿刘啸的电话，她在读高中，此刻刚下晚自习。

我抓起听筒喂一声，那边却没有叫爸爸，只是沉默着不说话。我说：啸啸，是你吗？

想不到传来的却是一个陌生女人的声音：啸啸是谁？

我愣一愣，不是我女儿，随即说道：反正你也不认识，你是哪一位？

女人轻轻笑了一声说：我？自然是这一位了。她倒是有些幽默。我也笑了，说：你打错了吧，我好像不认识你。

女人说：我知道，我也不认识你。

这就奇怪了，我把话筒换到左边耳朵，想听她继续说下去，但是一声悠长的叹息过后，那边却再也不说话了。我忽然有点儿紧张，生怕这女人就此放下话筒，来时无影去时无踪地就消失了。

我正想说点儿什么，话筒里却传来嘟嘟的声音，这会儿打进来的大概是女儿刘啸吧。我说：哦……有电话打进来了。其实我还拿不准是跟这女人继续，还是先接了女儿的电话。

她闲闲地问：是你等的那个啸啸吗？她挺可爱？

我没话找话地说：是啊，是啊，你怎么全都知道？心里想：早不来，晚不来，怎么偏偏这个时候打？添乱！

女人好像突然有些生气，说：那你怎么不接她的电话？你不是在等她吗？也不知怎么回事，这个女人就不高兴了。

那边还在锲而不舍地向里打，嘟嘟的声音搞得我心惊肉跳，既沮丧又有些恼火，正想按下切换键，女人漠然地说：算了，我挂了。

我赶紧说：那你还会再打吗？说完自己都吓了一跳，这算怎么回事呢？一个素昧平生的女人，我为什么突然想强烈地留住这个声音？

她沉吟了片刻：再说吧。就喀嗒一声挂了。

我迅速按了一下切换键，那边传来一声清晰的嘀音后，也悄无声息了。我心情复杂地趴在那儿等着，但是那台红色电话机像只突然被掐死的鸟一样，一声不吭。

这个夜晚，在接下来的时间里，我想了一会儿那个女人，又想了一会儿我的女儿刘啸。关于那个女人的问题是：她长得什么样子，好看吗？有多大年纪了？她为什么打这个电话……呸，管她长得什么样，跟我有关系吗？她没准儿是精神病医院跑出来的呢。关于我女儿的则是：她打电话会不会有什么事？万一真有事，那可遭了。

我怎么能因为一个陌生人，而把女儿放在一边呢？她可是我唯一不落的太阳啊！这个孩子，敏感、忧郁，不怎么说话，学习成绩老是飘飘悠悠，忽上忽下的。我很担心，万一明年她考不上大学可怎么办呢！

想到女儿的未来，我就经常失眠。张美丽倒是很少为此事烦恼，她的信条是：儿孙自有儿孙福，车到山前必有路。

张美丽不怎么关心孩子，孩子倒是挺替我俩考虑。有一次，刘啸挺认真地和我说：你和妈要是过不下去，就早点儿分了吧！她的话把我吓了一跳，因为这，我和张美丽好好谈了谈，我很惭愧地说：既然已经耽误你这么多年了，也不急在这一两年，等刘啸考完了，你爱怎样就怎样，我决不拦你。

张美丽气冲冲地说：你当然不在乎，你看看我还能再拖吗？再拖下去，我还有机会吗？她拿四根手指揪着两个眼皮说：你看看，你看看，我二十岁时是这样的吗？我三十岁时是这样的吗？我一辈子最大的失误，一是嫁了你，二是给你生了孩子……话是说得难听，不过张美丽还算是有良心的，在孩子面前倒也尽量委曲求全，和我做比翼双飞状。

这就行了，我早就想开了，张美丽也不容易，她那么美丽，可是她没赶上自己的好时代，等醒过味儿来，也没剩几天好时光了。四十岁的女人，随她去吧，横竖不过最后一抹夕阳。

第二天晚上，张美丽依然有外事活动。差不多在同一时间，电话又响了，是……那个女人？我气沉丹田，静一静心，拿起话筒，很温柔地喂了一声，那边说：爸，是我，昨晚电话怎么一直打不进去啊？

我支吾了两声说：哦，可能线路坏了吧，最近电话常犯毛病。

刘啸跟我说了说学校里边的事，以及这个礼拜天不能回家之类。她没别的事，不过是习惯性打个电话回来罢了。我正问她最近的学习情况，电话里又响起了嘟嘟的声音。我浑身一激灵：终于来了！我匆忙跟女儿道别然后就挂线了。

果然是昨晚那女的，她说：还是我。

我说：我知道，你会再打过来的。

她说：这么有把握，为什么？借着一根电话线，我也看得见有一丝淡淡的笑容，在她嘴角绽开了。

我说：很简单，因为你是一个寂寞的人，希望和人说说话。

她很快回敬道：但你不是一个寂寞的人，你有啸啸。好像为掩饰口气里的惆怅，她马上又换了个话题问：她很漂亮是吗？

我突然明白，她或许把啸啸当成我的女朋友了，听她的口气，肯定是这么回事。这极其可笑，但也证明这个女人对啸啸这个名字有些许的紧张，或者嫉妒。这种说法肯定没什么道理，但世界上很多事都是没有道理的，就像我，也不愿意承认对这个女人保持着莫名的好奇与激动。因为以上这些，我笑了一下，说：实话说，她真的很可爱，她对我来说无比重要。

女人语气郑重地说：我明白了，你是一个正经人。

我突然想她没准儿是一个什么学校的班主任老师，愿意给学生下简单的评语。

接下来，我们又说了一些别的，关于电影、福利彩票、晚报昨天刊载的焦点纪实……她说，我听；或者我说，她听。没人提到家庭、感情、年龄、工作、收入之类的问题。

后来，在另一次电话交流里，她告诉我：她大学毕业的那一年，曾经和另外的三个好朋友一起去沂蒙山区玩儿。那是个秋天。他们没带干粮，也没带钱，就进了大山。遇到有人家的地方，就去借宿，找吃的。没有人烟的时候，他们就在山上打野果子、摘酸枣、喝山泉，到了夜晚，他们就紧紧地抱在一起取暖……她的声音充满了甜蜜的忧伤：呵，那可真是快乐啊！我们在山坡上撵野兔，兔子下坡的时候，总是一连串地翻着跟斗，我们也连喊带叫地翻着跟斗……

我说：我没有去过沂蒙山，但我知道一个更美的地方，是我老家东北的大草原，天空中飞着仙鹤、云雀，草丛中跑着野鸭……

她急急地打断我说：花呢？草原上的花多吗？

我说：那当然了，有卷莲花、马兰，还有甜草、蒲公英、兰巧花……草甸子上生长的花都很美，也很坚强，不怕疾风暴雨，耐旱耐寒……

她不待我说下去，就发出了一声惊叹：马兰？是我知道的那个马兰吗？我很小的时候看过一部电影，说善良的人才会看见马兰花，只要把她捧在手里说：马兰花，马兰花，勤劳的人在说话，请你马上就开花。幸福就会来到你的面前……

随着她的声音，关于草原和马兰花的记忆开始复活，很多年了，我没有再提起草原，我以为我已经把它忘了，其实它一直躲在我的记忆深处，我看见草叶飞长，年华再现，一朵又一朵马兰在我眼前绽放。

我感叹：就是这种神奇的马兰花啊！春天的时候，马兰淡蓝奇香的花开在嫩绿的草海里，叶子有发丝形的，向四周散开着，把花衬在中央，柔媚得令人怜爱；还有一种是宽叶的，像扇瓣，坚韧漂亮，包围着带露的莲朵……可是现在，草甸子上已经看不见成片成片的马兰了，急于生财的人们把它们连根挖出来，制成刷子，拿去卖钱——再坚韧的根也抵不住铁锨啊……

她惋惜地啊了一声，说：那怎么办啊？再也看不见马兰花了吗？她的声音带着一股浓浓的焦灼和急切，我看不见她的表情，但我能感觉此刻她的心一定非常慌乱。

我突然就有些不忍心让她失望，像哄一个孩子似的轻声说：别担心，在春天，顺着草甸子向里走，在草原的深处，仍然可以找到马兰花的身影。

她缓缓嘘出一口气，低声说：你知道吗？我哪儿都不想去，就想去草原，看一看马兰花，她是藏在我心里的一个蓝色的梦……她的声音像梦呓一样又轻又薄，从我耳朵上滑过，也从我的心里滑过，那轻柔的声音，如风丝丝缕缕地吹着，带我飞过千重山，越过万道河，一直带我回到故乡一望无际的大草原。

天是那么高，草是那么绿，草原上劳作着我的爹娘，他们有着酡红的脸和健壮的身躯……在这一瞬间，我竟然就看见自己和这个陌生女人挺立在故乡的茫茫草海之上，我把马兰花编成的花环戴在她的头上，把兰巧花头尾衔接串成手镯，戴在她的手腕上，而她的眼睛像草原夜空的星星一样看着我，闪闪发亮……

我的夜晚，从此不再寂寞。

又一个晚上，我和张美丽在沙发上看电视，电话又响了，我抢先过去，抓过话筒，我就知道会是她。

她像一个老朋友似的问：关于马兰，你还有别的消息吗？比如传说，神话故事什么的。

我说："有，很多，很多，以后我会慢慢告诉你。"

她无声地笑了一声，我知道她肯定是笑了一下，我感觉得到，她说：我猜马兰花一定是像精灵一样的花朵，当我看着它时，它会不停地向我眨着它的眼睛……

我握着话筒的手在轻轻颤抖，似乎这个女人此刻正偎在我的怀里喃喃细语，而我的手指温柔地梳理着她的头发，把她的心思也梳理得丝丝缕缕。

女人静了一会儿，说：也许你不相信，我也不知道自己是怎么了，我甚至都不想知道你是什么样的人，这对我一点儿都不重要，真的，我只是特别想和你一起去草原，你愿意吗？

我已经很久都没激动过了，但是这一次，在张美丽的眼皮底下，我说：我愿意，我当然愿意。我的心里慢慢敞亮起来，这个女人像冬日里的一缕阳光，暖暖地照射着我。

静默了一会儿，女人说：因为，你就是那个知道马兰花长在什么地方的人……静默了片刻，我听见女人的喘息声突然有点儿急促，她嗓音暗哑地说：我……我想抱抱你……

大片大片的雾气弥漫过来，我的眼睛有些模糊了，我微微张开嘴，雾气向我扑过来，在迷茫的雾气中，我听见张美丽发出了一声冷笑，这声冷笑像锐利的风，将雾吹散了。张美丽皮笑肉不笑地说：刘东，你行啊，功夫看长。

那个夜晚，我在黑暗中辗转难眠，我看见那个女人黑亮黑亮的眼睛，我听见她说：我想抱抱你……这句话慢慢地把我点燃，我看见红红的火苗在身上燃烧，就是这些火苗，使我突然想做一件好久都没做的事儿。这件事据说与爱有关，尽管我一直怀疑这种说法。很多男人跟妓女照样把这事做得痛快淋漓，但是你若说他们爱那妓女，他们准会生气。这不过是最基本的生理需要之一。

但是我已经很久没有这种需求了。我为什么没有这种需求了呢？因为我不行了。

可是我为什么就不行了呢？也许你不相信，可我觉得这事真和张美丽有直接关系，这样的理由多少有些牵强，但是，如果让一个奥特曼跟你做爱，你肯定也会不行的。

不过……现在有另一个女人，我不知道她长什么样子，但是我知道她想去草原晒晒太阳，她还会把马兰花捧在手里说：马兰花，马兰花，勤劳的人在说话，请你马上就开花……

这个女人啊，她肯定没有奥特曼那样的一张脸，在阑珊的夜里，她也肯定不会像奥特曼那样跟我说话。在黑暗中，奥特曼最常说的一句话是：你那东西还能用吗？好像我那东西是一个随时都可以挖穴的工具。

我真希望我是，但实际上我不是。我知道这个女人，她肯定不会这么说的，她会说：我想抱抱你……我突然就有点儿想哭。我已经四十二岁了，微微秃顶，没有钱，也没有权，有一点点儿啤酒肚，可是我并不觉得自己老，我的心脏在胸膛里跳得坚实有力，如果她不计较，我愿意和她一起燃烧……

果然，她愿意，我就知道，会这样。

那天上午，我先去约好的那个酒店开好了房间。我带了干红，准备了鲜花，不是玫瑰，那是小孩子们的游戏了。我带来的是两枝鹤望来，它们像两只展翅飞翔的仙鹤一样高贵、典雅。我把它们小心地卷在报纸里，偷偷拿到酒店。插在水杯里，又插在冷水壶里，可是都不好看，我就跑到旁边的商场买了一只漂亮的水晶花瓶。

站在房间门口，审视那两只飞翔的仙鹤，我的心里无比慌乱，又无比温暖。我想在踏进这个房间的第一时间，我会抱住她，摸一摸她的头发。不管她长什么样子，不管她有多么苍老。然后我们再坐下来，慢慢地喝着红酒，慢慢地说一说草原，说一说马兰花。

准备好这一切，我乘电梯下楼，来到酒店一楼的大厅里等候她的到来。大厅里静悄悄的，没有别的客人，墙上挂钟的时针刷刷地向九点逼近。我坐在沙发上，把两手松松地抱在一起，放在腿上，像抱着我快要裂开的胸怀。

九点整，一个女人的身影出现在酒店门口，她穿着黑色的长大衣，围着一条火红的围巾。走近了，越来越近了，她已不年轻了，但也不是很老，从她的眼睛和神态，我看出来了，她就是那个想去草原的女人。

而她飘忽的眼神，只扫了我一眼就确定了目标。她微微低着头，向我走过来，她的步子有些慌乱。



坐在沙发上，她不看我，两手依然插在大衣口袋里，她看着面前的小茶几，那上面有一只白色的小瓷瓶，里面插着一枝红色康乃馨。

我说：你比我想象的要年轻。

她伸出一只手迅速触摸了一下康乃馨，小声说：我差点儿就打算不来了。

我笑了一下，挺沉着地说：那我就一直等下去。我不信你真的会不来。

她抬头迅速看了我一眼，警觉的眼神在大厅里一扫而过，我想她或许是担心碰到熟人吧，毕竟在这样一座小小的城市，随时都会冒出一张熟悉的脸。我说：要么到楼上去说吧。我订了一个地方。

她皱了一下眉头，表情挺奇怪地说：可是，我想……怎么跟你说呢……

我不明白她这是什么意思，如果她觉得两个人单独待在一起不大合适，那我会尊重她的意见。我说：你怎么想就怎么说吧。

她抿了一下嘴唇，站起来，像终于下了决心似的，说：那你就听我的，咱们走吧。

我说过了，我尊重这个女人，也信任她。于是女人走在前边，我在后边跟着，我们两人一起出了酒店的大门。

然后，我们坐上了一辆出租车，在乘车过程中，女人告诉司机顺着这条路向前走，再向右拐，再向前走，再向左拐……我想也许她是要把我带回家去，如果这样，接下去会发生什么呢……

但是“如果”是不存在的，事实上，出租车七拐八拐在一家医院门前停住了。女人看着我说：我们去查一下 HIV 吧。我想，这对你我都是负责任的。

HIV？多有创意的想法！

我瞪大了眼睛，在冬天的这个上午，我站在医院的门口，瞪大眼睛看着一个陌生女人的眼睛，我发现她的眼珠是栗黄色的，像正午的猫一样，没有瞳孔。

这个眼睛像猫一样的女人，真诚地看着我，她说：我是真诚的。

我终于笑了，发出一种乌鸦一样嘎嘎的怪叫，这种怪叫就是一个叫刘东的男人的笑声。



大约一个小时后，我们在医院三楼的一个角落里重新聚合，手里各自拿着一张白色的化验单。我对她说：我没事。她对我说：我也没事。

旁边的角落里有只长条椅子，但是我们没有走过去，也没有坐下来，因为我们在对方的眼中，都看到了不耐烦，还有戒备……我最后看了那个女人一眼，稍一犹豫，然后……转身走了。稍停，身后响起她高跟鞋急促的哒哒声，越来越远，我知道，是往相反的地方去了。

我在街上走，到处都是来来往往的人群，每隔三五十米就有一个黄绿色的 IC 电话亭，我看着这样或那样的人，趴在那儿说话，姿态各异，表情生动。

我突发奇想：恐怕用不了多久，这街上到处都会矗立起造型统一的高潮机吧，既安全又便捷，随便何时，只要你想，就可走进去。轻轻松松按一下按钮，选定一种你喜欢的做爱方式，比如风摆杨柳型、狂风骤雨型、摧枯拉朽型、饱受摧残型、穿越时空型等等，不管你有何种特殊的嗜好，凡你能想到的，机器里都有现成的程序供你挑选。

你可以投进一个钢镚儿，也允许打卡，高潮机马上就会让你享受做爱的乐趣。不消两分钟，你浑身就像着了火一样哇哇大叫起来。而身边所有的人该忙什么忙什么，根本没人搭理你。

我不开玩笑，真的，我是个正经人。

感谢上帝，好日子就要来了！

2001 年第 6 期《当代小说》

# 据说与水有关

## 一

刘芭砰一声摔上门，拂袖而去，我对着她摔过的那扇门哼了一声，坐下来开始写我那篇似乎永远也写不完的小说。

刘芭是我的女朋友，我们还没有结婚。如果她高兴，会在我这儿住几天，反之，她就回到母亲身边做乖乖女。也就是说她来去自由，我基本上不加以干涉。当然我的意思并非我不爱刘芭，而是她不住在这里时，对我的工作大有好处，至少有利于我独立思考。从今天早上她摔门而去这个情况看来，我大概又有一段比较愉快的时光。

新的一天就这样开始了。

但是，当我坐下来面对那篇小说时，我却无从下手，我不知道问题出在哪儿，反正写着写着，就面目全非，甚至忘记了初衷。我现在的情况就像陷落在一片原始森林里，向前走前途未卜，往后退又不可能原路返回。

我在电脑前坐了半个小时，敲几个字，又删掉几个字，磨磨唧唧，结果一无所获。我把这归罪于恶劣的天气，据有关资料统计，今年我居住的这座城市是有史以来最干旱的一年；生活用水已被严格控制，自来水管道基本处于睡眠状态，只有到了晚上五点，它才偶尔把惺忪的睡眼睁一睁。



这座城市的居民像一群退潮时留在沙滩上的鱼类，大张着干渴的嘴巴，渴望下雨，就像四九年的老百姓盼望解放一样刻不容缓。

就在我想着水的问题时，楼上传来了男人和女人的叫骂，骂不足以解恨，便开始噼噼啪啪摔东西，他们争论的似乎是早餐和胆结石的问题，或者是早餐与男人的尊严问题，也可能是早餐和人的品德问题。我并无兴趣细听，我只是奇怪，近一段时期，我的楼上楼下楼前楼后这种突发的混战骤然增多，连空气里都充满了哧哧爆响的火星，我猜测与天旱少雨有很大关系。

尽管所有的这些都令我不愉快，我仍然坚守在电脑前，我想也许只消一会儿，灵感就会像顶开瓶塞的香槟一样喷得我满头满脸。然而只过了片刻，我就沮丧起来，事实上我感觉灵感像潮汐一浪推着一浪越推越远，我的大脑正渐渐呈现出退潮时空白的沙滩。

我感觉不胜其烦，在这时，电话铃突然响了，我伸手去抓话筒，有些如释重负，心想这无论如何是个受欢迎的访客。

电话是李桃打来的，这家伙总有一些或真或假的消息要发布，他说：你知道吗？刘放进去了。我不以为然：什么？进去了？他把他们院长给杀了吗？（刘放是一所医院的医生）李桃声音严肃地说：比这严重多了，他强奸妇女。我愣了一下，马上笑了：去你的吧，小子，今天又不是愚人节！李桃在那边听我这反应，有点儿急：老兄，这事也是开玩笑的吗？千真万确，今早的报纸都登出来了，就算我胡说八道，报纸它也敢欺骗全市三百万人民吗？

这种事报纸当然不敢干，可我还是不能相信，为什么？刘放为什么强……奸妇女？我质问李桃，在说到那两个字的时候，它们在我的舌头底下躲躲闪闪，可见我对它们的陌生和敌意，但是这两个字突然之间变得不可回避，虽然它不是直接跟我发生了关系，而是间接和我的一个朋友有了联系，我还是不能面对。

李桃大概很能理解我的心情，他叹了一口气，表示与我心息相通，说：你问我，我问谁？他的答复令我极为不满，我说这怎么可能？他不是就要结婚了吗？他女朋友，叫什么来着？对，是叫白荔，那么漂亮！这回轮到李桃不以为然了，他反驳我道：你老兄真逗，辛迪·克劳馥的丈夫就不红杏出墙了？我说：可是没有道理啊！李桃附和道：当然没道理，有道理我还不跟你说了。听得出这小子的声音里有一股抑制不住的兴奋。

他跟我又聊了几句，就迫不及待地挂了线，我估计是忙着充当义务宣传员去了。

挂上电话，我赶紧去门外报箱取报纸，来不及进家，我站在门口就找到了那则消息，关于刘放的这条新闻全文如下：

（标题从略）

某月某日，我市杏花村生活小区发生一起一青年男子持刀强奸妇女未遂案。经审讯，该男子为我市某医院的主治医师刘放，刘放四年前自天津医学院毕业来此，工作期间未发现有不良倾向。案犯刘放对所犯罪行供认不讳，并主动交代了另两起犯罪事实，此两起案件涉及的当事人，警方正在查找，并已掌握了可靠的线索。目前此案正在进一步调查审理之中。

本报将密切关注此案，并连续报道……

## 二

刘放，医生，强奸犯，这几个风马牛不相及的词一时间占据了我的脑子，我极力想把这个家伙和有关他的只言片语抛到脑后，但这就跟我不能把一片树叶子按到水底一样，努力忘记的企图只能使记忆更清晰。于是，我索性找出电话号码本，去查公安局一个朋友小潘的联络电话。在我拨号时，刘放那张白嫩的像优质奶油一样的脸开始在我面前晃动，他说：你老兄，小说写得一般，太假了。

他耷拉着眼皮，总是慢吞吞地跟我说这句话。我当然不高兴，这就像说谁的儿子长得不像他父亲一样，令人不能忍受。于是我反驳刘放：你又不写小说，你怎么知道什么样的小说好，什么样的不好？刘放总是呵呵一乐：对了，我不写小说。厨师也不能下蛋，但他知道炒鸡蛋的滋味，母鸡行吗？母鸡……我正走神，电话已通，我听见小潘在那边恶声恶气喂了一声，这小子总是一副衙门当差的德行。

我与他很熟，也用不着客套，直截了当就追问刘放的情况，他听我说到刘放，就笑了，说：怎么？他是你朋友？这小子，有点儿意思，刚开始耷拉着眼皮，一副死猪不怕开水烫的架势。后来一过电，噼里啪啦全招了，本来也就强奸未遂，没想又供出两个，这回严重了。

什么？还不止一个呀！真是吃饱了撑的，这小子，完了，看来喂枪子儿是逃不掉了。

小潘压低声音说：需要关照一下吗？他所谓的关照也无非是能不打时，就不打，得重打时，尽力轻打。没准这一关照，刘放就免掉了一些皮肉之苦。“物以类聚”这个词在我脑子里一闪而过，我无所谓地对小潘说：你随便。态度有些急于表白又不好直言的迫切，两个人就都忍不住笑了一下。有些只可意会不可言传的意味在里边。

他到底怎么回事？还三个五个的，这能是真的吗！那家伙看着不像坏人啊！我拍着自己的脑袋问。小潘说：这可不好说，我们搜查时找到一本日记，作案的经过记得清清楚楚，他好像挺陶醉的。我大吃一惊：还有日记？小潘笑了：我敢说，这些日记比你的小说可读性强多了……我赶紧问：我能不能看看那些东西？这回轮到小潘沉默了，过了一会儿，他说他想想办法吧，东西不在他那儿，让我等他的消息。

撂下电话，我有些莫名的兴奋，这小子，竟然还有一本日记，他会写些什么呢？我记得刘放不止一次在我面前说将来他要自己开个诊所，一边行医，一边写他的生活。难道他已经在为他将来的生活奠定基础了？

这一天剩下的时光，我就一直在等小潘的电话，不料到下午三点钟，刘芭回来了。我打了个呵欠坐在电脑前没挪窝儿，刘芭没跟我说话大概也没看我，她直接开始整理东西，我装着没事似的说：你知道吗？刘放出事了。我想这个突发事件也许会分散她的愤怒，有利于缓和我们目前的紧张局势。她既然回来了，我就有义务让气氛融洽一点儿。



但是看来我错误地估计了刘芭，她没有像往常那样顺着我给她搭的梯子滑下来，而是忍无可忍地说：刘放是死是活关我什么事？无聊！

无聊？也对！刘放是我的朋友，又不是她刘芭的朋友。他不过是给刘芭割过一段盲肠，割过一段盲肠又不至于感恩戴德，刘芭的确没必要去关心他的死活。

刘芭背着她的大行囊，头也不回地快步向门口冲过去，看来情况比我预计得要严重得多。

我紧跟过去抓住了她的胳膊。要知道换一个女朋友有多麻烦，你就明白我为何宁可做出一些适当的让步，也不愿从头再来。我说：又怎么了？我哪儿又不对了？你至少让我知道。我尽力说服自己语调要诚恳老实，但刘芭一点儿不领情，声调至少比我高了两个八度：你又怎么了？你还问我呢，看来我要不说你永远都不知道自己怎么了，我问你昨天什么日子？昨天我们相识一周年纪念日你知道吗？刘芭逼视着我，愤怒得像一只烧得通红就要爆开的煤球。

而我，一丝笑忍不住爬上了我的嘴角，我还以为什么了不起的事呢！不就是一男一女在一年前的昨天认识了吗？这天下每天有多少男男女女凑到了一块儿呀，这也得设个纪念日？简直是多事。还有生日，因为生日，刘芭也和我翻过脸，我说我不知道你生日啊！她说不知道怎么不问？我说我问了，你不告诉我。刘芭更生气了说：那是问的吗？你应该去打听。你看看多麻烦，不就是一个不美丽不特别还算说得过去的人在某一个普通的日子出生了吗？有必要弄得那么兴师动众的吗？还有什么情人节、狂欢节、愚人节、丈母娘大寿以及诸如此类名目繁多的日子，我一定都得知道吗？我不知道不行吗？我看着刘芭，真是忍不住笑了。

估计我笑得非常不合时宜，刘芭好像很受打击，她目瞪口呆地看着我，突然就哭了，眼泪像坏掉水龙头的自来水管一样不受控制。结果可想而知，我没能拦住刘芭，她拿着她的东西走了。

## 三

……

顺着那条河往下游走，在转弯的时候，有一个小树林，树叶子很密，把天空都遮住了；下面是草地，长着很多狗尾巴草；还有花，什么颜色的都有，我叫不出名字，我只知道那些金黄色的是苦菜花，花朵很小，可是开得真精神，一片连着一片……对！这不重要，不说了。

这个树林我常去，我有时候会带本书过去看。那段时间我迷上了小说，想当个作家，想说什么就说什么。我大多时候是躺在那儿胡思乱想，想以前的事，想现在正发生着的事，也想以后可能发生的事。我想有些事是可以设想可以自己左右的，但有些不能，有些肯定不能。我常觉得有些奇怪的东西在控制着我，指使着我，使我越来越不像自己了，可我自己原来是什么样的，我好像并不清楚。这样想的时候，我很灰心，我不是一个乐观的人……

那天下午的事？是，又说远了，那天下午……时间？差不多三点吧，地点就是那个小树林……我看见了一个女的，四十岁，也可能三十几岁，说不准。她背对着我，蹲在离我不远的地方割草，她手里握着一把镰刀，把儿长长的那种，她一边干活儿，一边抬起胳膊擦汗。我从后面看了她一会儿，她一点儿没觉察，她穿着一件背上有很多小洞的破汗衫，露出来的胳膊和脖子都是紫黑色的。我抬起自己的胳膊看了看，心想她可真够黑的，隔老远，我差不多都能闻到她身上的酸臭味，我闷闷不乐地想她这样就算活到两百岁又有什么意思呢？可是她竟然唱起歌来了，一会儿男声，一会儿女声，挺带感情的，我听出来了，唱的是《纤夫的爱》，我就笑了，这很有意思，她这么丑还能这么高兴？没有道理啊！

我想她那会儿要是回头看我一眼，我准会和她打个招呼，没准儿我还会帮她割一会儿羊草，可是她一直没发现我，一个人唱着干着，挺陶醉的。我也慢慢高兴起来，我折了一根小树枝拿在手里，慢慢向她走过去，都走到她身边了，她也没发现我，还在放声歌唱。有那么一会儿，我都不知道该怎么办了，我犹豫了一下，笑了，我把那根小树枝顶在她后背上，就跟小时候孩子们闹着玩似的，我说：不许动，动就让你白刀子进去，红刀子出来。她扭过脸，张着大嘴看我，一双鼓鼓的牛眼全是眼白。她的脸真是太丑了，我从来没看见这么丑的脸，这张脸把我吓了一跳，我脑子里乱乱的，不知道接下去再怎么办。突然我想起来我刚才说的那句话好像是哪部电影里的一句台词，是哪部电影呢？我脑子里全是白刀子进去，红刀子出来这句话。可是那个女的突然跳起来挥着镰刀向我砍过来，我撒腿就跑，我听见那女的在后边追过来，边追边喊：抓住他，抓住他……

我跑出树林，那女的也追出树林，我穿过小河，那女的也穿过小河，她一直紧紧咬在我身后。她一定是疯了，她要不是疯了，为什么一直追着我不放？她跑得很快，一直在我身后三四步的地方，她的嗓门太响了，放牛的、洗衣服的、树下乘凉的，还有走路的人都听见了她的喊声，这所有的人都跟着她跑起来，就像天兵天将一样从天而降……

后来？……后来的事，你们都知道了。刀子？没有刀，我说过了，那是一根树枝，我原来就是想闹着玩玩的，真的，不知道后来怎么就成那样了，我没撒谎，真的没有刀……

……

以上这段自述是审问刘放的一段录音记录，这出乎我的意料，它呈现的事实与报纸上那则新闻几乎南辕北辙，刘放一直否认刀的存在，他说他就是想闹着玩玩，不知道怎么就成这样了。也许正如小潘说的，这家伙太狡猾了，他完全明白有刀没刀，有着本质的不同。

小潘态度很坚决，他说：有刀是毫无疑义的，案犯自己也承认作案时说过白刀子进去，红刀子出来，而且受害人肯定绝对有刀存在，它曾紧紧顶在她的后脊梁上。这是最有力的证据，我们不会被刘放的狡辩蒙蔽。



难道你相信刘放的说法？小潘征询地望着我：我？我皱了一下眉

头，刘放那张白嫩得令人难为情的脸在我面前一闪而过，我好像又看见他用手扶一扶滑下鼻梁的眼镜说：你老兄小说写得太像个小说了，又是前因又是后果的，其实现实不一定要服从可能性，咱们每天做的多少事是说得清的……是啊，也许真像刘放自己说的，他就是想闹着玩玩呢，所以可能有刀，也可能没刀，这都是说得过去的。

小潘把刘放的日记复印了一份给我，我把厚厚一沓纸塞进包里，其实我很想马上就看，可是时间已到了傍晚，我决定还是先和小潘去吃一顿再说。

向办公室外面走的时候，小潘问我：你不去看看他吗？我毫无意义地犹豫了一下说：再说吧。在迈出门时，我补充了一句：反正他也不能跟咱们共进晚餐。

我们找了一家小餐馆，规模虽小，倒也雅致，地上铺着红地毯，桌布是灰蓝色细格子的，桌上的白花瓶里插着一枝鲜红的康乃馨，墙角的 KTV 屏幕上一个表情哀怨的歌手翻来覆去地唱着这么几句词：天荒地老有没有，我只担心等不到。把个“为情所困”的小资女人演绎得活色生香。

酒菜上来，我们便开始喝酒。三两杯下肚，我忽然想起关于刘放的那段新闻中“持刀强奸”这几个字眼，可是审讯记录中并没涉及“强奸”这两个关键字啊？我有些疑惑，就问小潘，他说刘放拿刀对着那女的，就是想实施强奸，那女的说刘放当时就是想那样，只是没有得逞。我说持刀不持刀还不一定呢，强奸好像就更说不准了，刘放不是说他就是想闹着玩玩吗？小潘说：案犯的话你也信，你怎么能这样？考虑问题这么简单，告诉你，案件定性是件十分严肃的事，也是个非常复杂的综合过程，不是凭一些简单的表面现象就决定了的。那些日记很能说明问题，你好好看看。既然小潘说到日记，我就无话可说了，我还没看，怎么有发言权！

于是又开始吃菜、喝酒，可是我发现那个女歌手还在重复“天荒地老有没有，我只担心等不到”，跟小潘一说，他招招手把服务小姐叫过来，指指那屏幕说：这机器一定是出毛病了，它怎么可能五十分钟一直在重复一首歌。小姐抿嘴一笑，示意屏幕左上角，于是我看到

“单曲连放”四个小字，心里着实把自己笑了一把。

小潘虽觉无趣，却能仗着职业的蛮横遮脸，一本正经地说：换换，换换，这破歌有什么好听。小姐挺善解人意微笑着说：先生想听什么歌，小潘张了张嘴，一时却说不出自己想听什么。我在旁边说：新闻吧，现在不是新闻时间嘛。

于是一个表情严肃的男人出来开始报告新闻，说的都是本地的这个官员、那个官员就什么问题召开了什么什么会议，这个会议具有什么什么样的重大意义。新闻最后，屏幕突然变成全黑，打字机咔咔咔打出一些抢眼的白字来，是公安局发布的一则启事，说在南山公园的一个山洞里发现一具年轻的无名女尸，系扼颈窒息而死，接下来是她的身高衣着等特征，有知情者请与公安局联系，并请家属前去认领云云。

我瞄了两眼没吱声，这新闻都播了好几天了，据说公安局组织了精干人马专门来调查此案，看来没多大进展。小潘在旁边说：挺惨的，是被勒死的，发现时估计有六七天了，都看不清面目了。目前这案子还一点儿线索都没有。我叹了一口气，举起酒杯说：喝酒，喝酒，不说这些了，败坏兴致。

两只杯子在半空咣当一碰，一些啤酒泡沫顺着杯子边滴滴答答滴到桌子上，我心里莫名其妙有些慌，这则启事突然让我想起了刘芭，迫不及待想打个电话问问她的情况。

## 四

接下来我就一头扎到刘放的日记里去了，这家伙的文字功底还不错。日记写得条理分明，语言流畅，我从中节选了一部分内容，以期与尊敬的诸位读者分享，现抄列如下：

10月7日　晴

今天，白荔没来，我无事可做，就翻了一本书出来看。是阿来的《尘埃落定》，这名看着眼生，以前没看过他的书，不过这本写得真好，等白荔来了，让她也看看。

我挺佩服有些作家的，我觉得他们是离神最近的一种人，他们垂手站在一个神秘的交叉点上，昂首低头之间就看透了一切，包括人间、天堂还有地狱的所有事。以前，或者说直到现在，我还是想当个作家，自由自在，想说什么就说什么，想怎么说就怎么说。许多人肯定和我一样，觉着有话要说。好像米兰·昆德拉说过，到了二十一世纪人人都是作家，就是说自己想说的话罢了。我将来要自己开个诊所，一边给人看病，一边写写我的生活，肯定挺有意思的。

我总觉得医生是离魔鬼最近的人，一手接生，一手送死。我一点儿不喜欢我干的这活儿。有时候，我忍不住去看看身边白帽子下一张一张的脸，老觉着那些脸一半哭、一半笑，一半阴、一半阳，一半像天使、另一半像魔鬼。

我不愿意看见这些晃来晃去的白帽子，也不愿意看见病号哭丧的脸，他们一那样，我就难受。当医生的感觉一点儿都不好，都是些职业刽子手，手术刀一划，开膛破肚，跟杀猪没两样，一样的腥血，一样的乱肉，一样的下水；刀子剪子咔嚓咔嚓一气乱响，没准儿病号想割个小瘤子，却连子宫一块儿端掉了；或者他想缝条肠子，却把一把刀，或一截胶皮管子落到肚子里缝上了。出了事也无妨，反正有“医疗事故”四个大字给兜着，照样吃香的喝辣的，下一个命苦的撞到他手上，一切照旧。不过，现在这样的事不大容易糊弄过去，病号都眼明心亮的，警惕性高得很。

医生在外边的口碑越来越不好，不过名声越坏，病号越是毕恭毕敬，哪怕心里把你骂得狗血喷头，还是小心翼翼地送上红包。我以前不大敢要，不过现在也习惯了。

白荔老说钱不够花、钱不够花，她以前不这样，我的工资和红包差不多都给她了，她好像不大放在眼里，其实要那么多钱干什么？她总说我见识短，她说这个世界上只有钱是最靠得住的。我说那我呢？她总是模棱两可地说钱是钱，你是你，两码事。一说到钱的问题她就跟我谈未来，说要住什么样的房子，要戴什么样的钻戒，还要开什么样的车子……一套一套的，都是些让人胆战心惊的名词，听得我都有些喘不上气来了。我又不是大款，也没有海外遗产要继承，白荔有些异想天开……

最近老听着李宗盛的《最近比较烦》挺顺耳，不过我要唱还得改改歌词……

10 月 16 日　大风

白荔说她找了一份兼职，在海滨大厦大厅里弹钢琴，每晚六十元，一月可拿到近两千。我不大同意，可她主意已定，兴冲冲去了。

我试图阻拦，她说如果大厦能长期用她，她立马辞职，她被那些孩子吵得快烦死了。可是我觉得，她在幼儿园里待着更合适些，我喜欢她和小孩子们一起唱“朵朵葵花向太阳”时的样子。

……

无聊，很没意思。白荔大概又在对着那些不相干的人大弹特弹《秋日私语》。

到了晚上八点，我准备出去吃点儿东西，碰到了楼下那女的，她提着大包小包的东西站在门口开门，我们打了个招呼。错身过去时，她手里提的一包东西掉到了地上，她呀了一声，我只得蹲下来帮她拾。她打开了门，探身进去摁亮了灯，我把手里的东西递上去，她在门口说：进来坐坐吧。说完话脸突然红红的。我愣了一下，赶紧说不进去了，就匆匆忙忙走了。

挺奇怪的，她年纪好像也不小了，怎么跟个男人说句话都脸红？

我和她不熟，虽然楼上楼下住着，见面一般就点点头，最多不过说句上班啊、下班啊之类的话。她好像就一个人住在这儿，和谁都不远不近的。今年……大概是春天的时候吧，有一个瘦高个的男人经常过来，她低着头，和那男的一起慢慢走着，微微抿着嘴角，好像在笑，也好像有点儿不好意思。后来，那个男的就不来了，她又是一个人出去进来的，脸绷得紧紧的，总像在想什么事。

其实她长得挺好看，皮肤比白荔白，身材也挺好，就是不会打扮，总穿职业套装，换来换去，都是板板的、硬硬的。有一回白荔还取笑说可惜了她一副好坯子。她好像也不化妆，这个年代不化妆的女人吃老亏了。毛戈平能把五十岁的亿万富姐变成十八岁的妙龄少女，别的女人虽没有他的神来之笔，变一两手魔术的能耐还是有的。就说白荔吧，不化妆绝对不会见人，下楼买个早点也得描眉画眼十分钟。不知道这个女人化妆什么样……

11 月 8 日　大风

天气越来越冷，随时都可能下雪，再有四天就供暖了。

昨天晚上，五楼的肖小丽（原来她叫这个名字）来了，她说她有个亲戚在我们医院住着，没有床位就在走廊上，天气这么冷，我能不能给关照一下。我答应明天去看看，她就连连说：真不好意思，给你添麻烦了，要行更好，不行你也别为难。她不看我，脸又莫名其妙地红了。我就决定帮她这个忙。

肖小丽的事办起来太顺利了，有个病号刚好出院，我就把她那个亲戚挪了进去。我叮嘱护士好好关照着，还去了一趟药房，把那些既贵又没多大用处的药撤了下来。做完这些，我心里挺高兴。

我拿不定主意是不是该到肖小丽那儿去一趟，跟她说说这事。这好像多少有些表功的意思。

12 月 23 日　雨夹雪

我的心情糟透了，白荔辞掉了幼儿教师的工作。她突然变得很忙，她总是飞来飞去，今天在北京，明天在上海，回到我身边的时间很少，就是回来也只忙着展示带了什么贵重礼物给我。她对我的感受越来越不关心，可她带给我的东西一次比一次多。我奇怪她哪儿来这么多钱，她说她和朋友在一起做生意，问她做什么生意，她就说挺复杂的，反正一时半会儿也说不明白，无非就是倒来倒去，化工原料啊，走私汽车啊，除了军火和毒品，什么赚钱就捣鼓什么。我说你赚钱我不反对，可是不能犯法啊！她半真半假回敬我：马克思早就说了，资本的原始积累都是罪恶的。

有几次，两人都挺不高兴的，我觉得和她合伙儿那男的准不地道，他们俩要清清白白的，白荔能拿那么多钱吗？我从来没看见一个老老实实的姑娘靠勤奋一夜之间就发了家，致了富。我想了很长时间，有一回狠了狠心说：你要是迟早得蹬了我，那不如早点儿。白荔有些吃惊：她说我都是为了咱俩的将来，你以为我容易吗？我吃了多少苦你知道吗？我不愿和你说是怕你担心。你要是有本事，还用得着我冲出去吗？你是不是想甩了我？你个狼心狗肺的东西……她哭了，越哭越伤心，眼泪鼻涕一塌糊涂，她坐着哭累了，就躺倒了再哭。我不就说了一句话吗？她用得着这么伤心吗？她哭的时间太长，到最后好像把为什么哭的原因也忘了，呆呆地一个人发愣；她神情怪异，呆头呆脑看着我，好一会儿才说，你不能抛下我，我谁也不爱，我只爱你。

每次见面都是这样，好了吵，吵了好，挺累人的，我不知道我是更爱白荔了，还是有些怕她。

2000 年 1 月 21 日　风

再有两天就过年了，白荔还没回来，原来说好了今年一起到我老家去，我妈把见面的礼物都准备好了。可她说回不来，她要去香港。为这事，就在电话里吵了起来，后来她咔一声挂了线，电话就断了。我再打过去，手机不开，呼她又不回。

我喝了酒，不是很醉，可是一个人空虚得厉害，后来我到肖小丽家里去了。她倒水给我喝，我没有接杯子，我抓住了她的手，开始她好像有些吃惊，我抓住她不放，她就靠在我怀里……后来事情就发生了，她好像推过我，也可能没有，我记不大清楚了。我醒过来的时候，她在哭，她说你是个流氓，我要去告你。我不知道我怎么会这样，我想说我喜欢你，可白荔的脸老在我面前晃。那一会儿，我准是把她当成白荔了，我一句话也说不出来，又不知道该怎么办。我上楼回了自己家，没有开灯，靠在门口，我哭了。

……

1月27日　晴

人为制造的快乐泡沫一样浮荡着，我心情很坏，大伙儿都去团聚了，连找个喝酒下棋的人都没有。昨天是春节，我买了一堆酒回家一个人喝，直想把自己喝死算了。

到半夜十一点的时候，电话响了，我以为是白荔，拿起话筒，却没有人说话。我骂了一句，把电话撂下了，继续喝酒。快到十二点时，电话又响了，还是没人说话，有人在小声哭，是个女的，有点儿像白荔，又不太像，我脑子乱糟糟的，我大声喊白荔，那边就挂线了。

今天，写这份日记时，我也不大敢肯定是做梦，还是真的有谁来过电话，我现在想一想，越想越说不明白昨晚的事是真是假。

1月28日　风

我想我要发疯了，真想把白荔狠狠地揍一顿，我不敢看她的脸，我怕控制不住就一拳捣上去。她以为我一点儿不知道，装得没事人一样，可是她后背上那两道长长的抓痕我早看见了；还有，她脖子上被咬出来的青印，她以为穿件高领毛衣就遮住了。她真是以为我太好糊弄了，那个男人，是谁？……

这两天，我不知道是怎么过来的，我想了很久，决定和白荔谈谈。我还是没忍住，我到底打了她一巴掌，我让她说出那个男人是谁。她咬着牙一声不吭，眼巴巴瞅着我，泪珠子吧嗒吧嗒往下滚。她一哭，我的心就乱了，我不知道怎么办好。我说好吧好吧，你就跟那个男人走吧，他能给你的，我也不能给你，你走吧。她听我这样说，竟然扑上来抱着我不放，一个劲地说你不能抛下我，你不能不管我，你要是不要我了，我就去死……

2 月 1 日　晴

白荔今天走了，她说除了我她谁也不爱，她再也不和那个男人来往了，她把手头的几笔生意办好，我们就结婚。

我也不知道我是不是相信她的话，反正她又走了。

自从那事后，我好像总是碰见楼下的肖小丽，她从来不正眼看我，紧紧抿着嘴唇，一言不发从我身边走过去。我想她一定很恨我，那天她说过要去告我的，但到现在还没有人来找我调查这事，我一直不能安心。老想找个机会跟她解释一下那天的事，可我好像又没什么可说的。我有些怕她，我不愿意看见她。

2 月 16 日　雪

开始是那个女人先盯上我的，她从哪儿冒出来的，我没注意，可能是从肯德基快餐店，也可能是在精品影院门口。她走过来，先笑了一下，把脸贴近了我，差不多能咬着我的耳朵了。她说你一个人吗？她的脸很年轻，路灯下看起来有些发飘，挺好看的。

她笑嘻嘻地说她是离家出走的，她父亲找了个和她差不多的小老婆，她就跑了，今晚她没有归宿了，问我是否能收留她。我说你怎么找上我了，我不是好人你没看出来吗？她爆发出一声大笑说那咱们是亲戚。我一点儿没笑，我说你别套近乎，咱们是亲戚我也不能带你回去。她说为什么不呢？我挺好的。我说你不是我喜欢的那种，就这么回事。她有点儿急了说你看都这么晚了，你就暂且将就着吧。

后来我就决定带她回家，上了出租车后，左拐右转兜了好几个圈，转到我自己都差不多找不到地方了才下车。在车上我一句话也没和她说，我知道她是干什么的，我很不喜欢这样的女人，我什么也不想干，可我还是把她带回了家。

关上门，这个女人无需过渡就直奔主题，她剥香蕉皮一样麻利地把自己剥光，然后就靠上来替我宽衣解带，显得很敬业。我有些恼火，直到现在我也不知道带她回来干什么：一方面我对她的健康情况抱有很大怀疑；另一方面，很显然她也不是说话的对象，她只想加快进度，速战速决。

我皱起眉头，把她推到一边，我说你站到屋子中间去，把左手放到头顶，右手叉腰在地上走两圈。她笑嘻嘻地把屁股扭来扭去说，我以前练过舞蹈，你看出来了？我的身体特别柔软。我说你少废话，照我说的做。她有些不高兴地说你是不是不行啊！难道你是太监转世的。我很生气，从抽屉里拿出一把手术刀，我说你要是不听话，我就教训教训你。她的脸色有些变了，小声说咱们不玩了，行吗？我想回家了，我妈等着我呢。我晃了晃手里的刀子说闭上嘴，照我说的去做。

她开始慢慢地在屋子里走，一只手叉腰，一手放在头顶。她的脸阴得很厚，她再也笑不出来。大约过了十分钟后，我让她停下来，又换了另一种姿势。她重新在屋子里走动，每走一步脚背上的筋就绷起来，我看着她瘦骨嶙峋的身体，不知怎么就想起了医学院解剖室里挂在墙上的那副骨架，风一吹过来，它就轻轻摆动着嘎嘣嘎嘣地响。

我紧紧握着刀子，感觉它就要脱手飞去，雪白的刀尖上即刻喷出一股猩红的血。我的身体微微颤抖，我听见血液在血管里哗哗奔窜，我有些兴奋，好像自己也变成了一把即将飞射出去的刀。

女人哽哽咽咽地开始哭，她的脸扭曲着，表情很复杂，愤怒、耻辱和恐惧纠缠在一起，她慢慢走着，一边偷偷看我。我向她靠近，手里握着刀子，不对，好像是刀子拖着我向她逼近。我看见女人的一滴泪流下来，在嘴唇边停留了一下，突然拐进了嘴里，刀子就在这时脱手飞出，我看见一团舞动的白光在女人的胸前装饰了一个小小的十字架，像细细的两条红线织在柞丝绸上。女人的嘴保持着山洞样的形状有一个世纪那么长，突然爆发出尖厉的一声呼啸，这声呼啸震掉了刀，它向地面飞去。我吓了一跳，竖起耳朵，准备承受它刺向地面制造出来的更刺耳的声音时，女人轰然倒地，巨响盖过了其他所有的声音。我目瞪口呆，一步一步向后退去，冷汗从我额头冒出来，天，这到底是怎么了？

……

在这个女人醒过来以前，我把她放到了工商局门口。我原来是准备把她送到人民公园的，那儿离我家更远些，可是她挺重的，那天又下了雪，路一点儿都不好走。还没到公园，她就在我肩膀上哼哼呀呀地叫，我只好把她放在那儿了。

第二天早晨上班时，我故意绕到工商局门口去看了看，那儿一丝异常也没有，人们出来进去的，好像没有谁知道昨晚这门前曾躺过一个女的。天空晴朗，比以前好像要蓝些，工商局的大门牌在阳光下闪闪发亮。我眯着眼睛在那儿停了一会儿，也不大能肯定昨晚我是不是真的来过这儿，而且昨晚真的发生过什么事吗？

……

# 五

关于无名女尸的启事，电视上一直在播放，我因为天天看本市新闻的原故，对这事颇为不满：一是这无人认领的女人给人们阳光的生活投下阴影，二是暴露了公安部门办案不力。

而最令人恐慌的是继此事件之后，又先后发生了好几起人命案，受害者全是年轻女性。据传闻有一蒙面人专趁月黑风高之夜袭击年轻女人。一时间风声鹤唳、人人恐慌，夜晚的街道鲜有女人的身影。

我由此理直气壮地在深夜给刘芭打过好几个电话，以表达我的关心体贴。当然不管刘芭在或不在，我的这些美意大多由她母亲转达。她母亲比刘芭可靠，总是如实告知刘芭在或不在，而刘芭是经常不在的，这令我很不安，所以她家的电话总是越到深夜越沉不住气。

被感动的是她的母亲，不是刘芭。有一天晚上十一点她母亲正在跟我汇告刘芭的情况，刘芭突然很不友好地插进来喊：我就这么晚回来怎么了？你管得着吗？我说：我是管不着，我只是担心你。刘芭冷笑一声：担心？哼！你那是心理阴暗，不就想打听我去哪儿，和谁在一起吗？你敢说不是？

我避开她这个问题说：你总得为你妈想想吧？她这么大年纪了……刘芭毫不客气地说：我妈？那还是我妈呀？那是你安插在我身边的间谍！我忍无可忍，终于放大了声音说：我是怕你倒霉碰上那个蒙面大盗。刘芭的声音比我还大：你听好了，先生，我不愁没人送我回家。她轰的一声就扣死了电话。

刘芭的种种表现让我很不快，我决定暂时把她放在旁边冷一冷，女人是不能宠的，你越把她当回事，她越不把你放在眼里。于是我恶狠狠地把刘放的日记又从头读了一遍。

刘放的日记当然不止以上节选的那些，洋洋洒洒内容极为丰富。上至天文地理、国际局势——甚至建国五十周年庆典江总书记检阅三军都有记载，下至领导同事、街头巷尾的鸡零狗碎也有涉猎，其中还提到我和刘芭，说我幸好不写诗，否则准得饿死。涉及刘芭的言论一针见血，令我过目不忘；他说刘芭是小姐身子丫环命，有张天使般的脸盘却长着一双奇大的脚，富贵人家的女人哪怕长得像只西红柿，手脚却都是精致的。所以刘芭不要和命运做斗争，老老实实跟作家过小日子是上策……

他这一番言论要让刘芭知道不气得吐血才怪，不过算他小子说了实话。另外还有大多是关于和白荔的情感纠纷，从日记内容可以看出，刘放对白荔既爱又恨欲罢不能的矛盾心理，关于这样的篇幅很多。我觉得普天下男女的纠纷都差不多，意义不大，所以没有节选在此。

但值得一提的是：日记中还反复说到那个匿名电话，电话总在夜晚打来，她或者在那边叹气，或者低声哭，她从来不和刘放说话，就那样接通，过一会儿再挂掉。我注意到在字里行间刘放对这个神秘人物抱着一种姑息迁就的态度，他没有责难她，也没追究她是谁，为什么要这样做？对于这个女人，刘放心里是不是隐隐有些明白呢？如果不是，刘放长时间以来容忍这个电话的骚扰而不采取任何措施就显得没有道理。他如果想知道这女的是谁，查一下电话号码便清楚。他为什么没有去查呢？原因可能只有一个，就是刘放害怕他的猜想得到证实。

他在害怕什么？我不得而知。

在其余的那些日记里，我还看到有涉及肖小丽的一节，关于楼下女邻居的那段是这样写的：……我和白荔手拉着手向上走，我在前面，白荔在后面，一拐楼梯，我看见肖小丽从上面下来。她似乎愣了一下，一张脸肃杀如秋，连嘴唇都是白的，她高高地昂着头，一个台阶一个台阶慢慢地走下来，高跟鞋敲击水泥地面的声音尖厉刺耳，一直在我心口敲出一个黑洞来。她没看我，在一错身的瞬间，她的眼睛像刀锋剜向白荔的脸。仇恨！清晰又刻骨的仇恨盛在她的眼睛里。我怔在原地，她恨白荔？为什么？这没有道理啊，可是我看出来了，她真的恨白荔。

关于这一节，我和刘放一样不明白，女邻居没有理由仇恨白荔，强奸或者说骚扰她的又不是白荔，她恨的应该是刘放，她怎么可能恨白荔呢？除非是刘放自己精神紧张搞错了。

刘放的这些日记对于我了解他的所作所为没有丝毫的帮助，只是使我陷入了更深的谜团，真不知道小潘他们是怎么从这些日记里发现的线索，并由此找到了刘放作案的动机。我估计要想像 X 光一样透析刘放，我还得深入研究一下心理学、性格学、犯罪学等等高深的理论。

很久以前，我在一本书上看过一句话，在我年龄小时不以为然，到现在却越来越认可它的意义。这句话说：每个人的心里都有一个黑洞，别人永远不能企及。刘放心里是不是就有这样一个黑洞呢？我太想知道他心里想什么了，我迫不及待要去探望刘放。这事在小潘的帮助下轻而易举。

探询室就是四面墙壁围起来的一间空房子，中间地上有一张长桌，桌子的两边各放一长条椅。我和刘放各坐一条，中间隔着那张桌子。刘放的脸色不好，白得发青，好像有几百年没见太阳了，其实他进来就几天的时间。我估计是精神紧张焦虑所致。

刘放两手抱拳垂着头坐在那一言不发，我既不能轻描淡写把这事一笔带过，又不能故作轻松地安慰他天下太平，对于他目前的状况，所有的劝慰或转移话题都显得虚伪可笑，还是尊重事实比较诚恳。于是我直截了当地说：这事让我挺奇怪的，我怎么想都想不明白，你觉着自己有理由吗？

刘放抬头瞥了我一眼，嘴角浮上一丝苦笑，他张开嘴想说什么，可嘶哑失声的嗓音使他不得不停顿了一下，不过只一会儿就顺溜了，他说：我知道你，你在研究我，这不奇怪，许多人都对我感兴趣，一个医科大学毕业的医生，受过良好的教育，工作表现突出，年年被评为先进工作者，一贯还是大家学习的榜样，可是突然有一天发现他是一个强奸妇女的恶棍……

说到这里的时候，刘放停住了，他的表情有些严肃，稍稍顿了一下，接着说：当然强奸这一词还有待进一步商榷，我本人是不同意这种结论的，但我不代表法律，也不代表别的什么。你说呢？他征询地看着我。

我？我摇摇头说：没怎么想过这个问题，况且我想或不想对问题本身有帮助吗？我模棱两可地把问题抛出去了。其实这个问题我当然考虑过，只不过我和刘放的考虑可能根本就不在一个出发点上，我思虑的是事件同刘放的关系，他关心的是事件对他的影响。他说得没错，我是在研究他。这是一桩有意思的事，从某种意义上来讲，人人就是一个谜，我喜欢破解这一个又一个的谜团，即使我一辈子都在解这样的谜，也不能说我就是浪费了时间。

刘放不再看我，他两手插在头发里支撑着脑袋，我看不见他的脸，可仍能感觉他很疲惫。我决定还是和刘放聊聊，从哪儿说起呢？就从白荔开始吧，这应该是个不错的切入角度。关于白荔，我猜测有几种情况：一是事至今日她一无所知；二是她知道并来探望过刘放；三是她知道但没有来探望或正准备来探望。刘放对此的回答很肯定，他说：她不会来，我知道她不会来。

你不愿意让她来？还是她根本就不知道这事？我问刘放，刘放怪异地盯着我，表情复杂，好像他一时间被这个问题难住了。或者是她不愿意来看你？我再问道。这句话很显然刺激了刘放，他猛地一下子站起来，脸上的肌肉奇怪地抖动，活像他的脸皮底下藏着一堆蹦蹦跳的小弹簧。

没想到刘放的反应如此激烈，也许我的问题正好戳到了他的痛处，这件事情令他羞愧难当自感无以面对白荔，只要想到白荔可能对这件事产生的反应，愧疚、悔恨、懊丧这些情绪就像蘸水的鞭子一样抽打着他，使他失去了控制。

肯定是这么回事。

我同情地看着刘放。其实就算白荔永远不再搭理他，从此恩断义绝，也是合乎情理的。在这件事上，刘放除了让自己的承受力变得无限强大外，别无他法。当然这不是一件轻松办到的事，于是我绕到刘放的身边拍了拍他的肩膀以示安慰。我说百步之内必有芳草，当然这话很可笑，我一说出来自己就感觉到了。

刘放抬头看我，眼神如毛玻璃，散乱混沌。我再看他，才知道他并没看我，我不在他的视线之内。他轻声说：我看见她啦，我一闭上眼就看见她了，可看不清她的脸。

谁？你看见谁了？我疑惑地问。刘放的眼神挣扎了一下，从很远的地方飘回来，落在我身上。他突然打了个寒噤，像刚刚被冷水泼醒了，认真地看了看我，就紧紧闭上了嘴巴。

刘放蜷曲的身子战栗了一下，把脸捧在两只手掌里，再也不肯说话了。

## 六

在第二次去见刘放之前，我决定先找到白荔。也许刘放的谜底就在白荔身上也说不定，就算她不知道全部答案，总可以提供有益的帮助。但我的这个想法在一开始付诸行动时，就遭受了沉重的打击，首先我不知道白荔的联系地址，不知道她的联系电话，更不知道这座城市有没有她的亲人或朋友，谁可能给我提供一点儿有关她的信息。到这时我才发现这个俏丽的似乎近在咫尺的女人，我对她一无所知。她就像阳光下的一滴水刺了一下我的眼睛，然后就蒸发得无影无踪。

后来我想到了白荔曾供职的那所幼儿园。

幼儿园园长是个黑胖的中年妇女，我一提白荔的名字，她马上从桌子后探过身来问：怎么？她出事了？她心里隐藏不住的兴奋一丝一丝开上她的圆盘大脸。我说我只是她一个远方的朋友，刚到这座城市，想见见她。

这个女人干巴巴哦了一声，神情随之变得庄严起来，她坐直了身子，指着桌子上高高一摞纸说：你看，我忙着呢，我们这儿有三百多个孩子。我点点头，其实我一点儿看不出这摞纸和孩子们有什么关系。很显然这个女人不愿意告诉我任何白荔的消息。

在走廊里，我停住了脚步，得承认这是一个不错的地方：白色石灰墙上贴满了鲜艳的剪纸画，简洁明朗，又极尽想象力，花花草草葱茏恣睢，红的艳丽，绿的肥腻，黄的明亮，虽抢眼却不俗；那些在墙上奔跑、跳跃或嬉笑的孩子们，一个个也都是圆滚滚、肥嘟嘟的，令我忍不住想伸手去摸一摸他们。

我正仰脸看那些画，前面不远传来了说话声：你有事吗？说话的是一位年轻的姑娘，她站在半掩的一扇门前。我走过去，她就跨出来一步，随手把门关上了。站在门前我向里扫了一眼，才知道这是一间教室，大约有四五十个孩子都坐着小椅子伏在长桌上玩积木，他们或者漠然地向门口扫一眼，或者专注于手里的东西。没人说话，他们集体沉默着。难怪在此之前我没听到一点儿声音。

我说：你知道白荔吗？那个姑娘扭头向走廊里张望了一下，她再回过头来的时候，眼睛不再看我，而是稍稍偏离了目标，也就是说她看着我身侧的地方。这当然不是一件令人愉快的事，我不明白她这种态度是对我的漠视，还是对我的问题漠视。我叹了一口气说：好吧，也许白荔真的是人间蒸发了。

我准备走开，她突然紧紧抓住我的手，她急切地说：你要是有了白荔的消息，一定早点儿告诉我，我很久没有联络上她了……她说不知怎么回事，一直联系不到白荔，后来她给了我白荔的手机和呼机号码。

我说：她会不会换了号码呢？那姑娘连连摇头，肯定地说：不会！绝对不会！她什么事都和我说，我很害怕，我觉得她一定出事了，真的……我有预感，我每晚做噩梦……总看见白荔的脸，她的脸真吓人……这姑娘的声音哽咽起来，不能再说下去，她扭过脸，将滚落在腮边的一滴泪蹭在肩头上。

一时间，我们都没有话说，正静默着，从走廊的一间教室里传出了咿咿呀呀童稚的歌声，站在那堵贴满剪纸画的墙下，我听孩子们唱道：我们的祖国是花园，花园的花朵真鲜艳，小弟弟呀，小妹妹呀，每个人脸上都笑开颜……

## 七

寻找白荔未果，我发出的信息她那边没有一点儿回应，这是怎么一回事呢？就在我一筹莫展时，有一天下午，李桃一个神秘电话把我召唤到了“吸引力”酒吧。这地方我又不是没去过，他却郑重其事等在门外，看见我老远就迎上来，神情复杂，样子不像是请我喝酒。

他上来就按住我的肩膀说：你老兄别激动，千万别激动。其实激动的不是我，我根本还不知道怎么回事呢！他压低声音，有些沉痛地说：我看到刘芭了，她在里面。

嗯？刘芭！她怎么在这儿？我反问一句，其实刘芭在这儿一点儿不奇怪，有许多女人是需要情调养着的，情调就是她们的一部分。如果刘芭只是在这喝点儿酒消遣消遣，李桃绝没必要搞得如此郑重其事，果然李桃接下来说：我看见她好几次了，都和那男的在一起……

在李桃的指点下我有幸看到了刘芭的另一面：她一扫往日的沉稳抑郁，满面春风地注视着对面的年轻男人，时而掌托香腮做脉脉含情状，时而以手掩口笑得花枝乱颤——看得我一愣一愣地心底发凉，真不知道这个自己朝夕相处的人儿竟有如此好风情。

我大踏步向他们走去，在靠近他们的过程中，竟突然想起因扮演潘金莲而红得烂透的那个女演员说：喜欢和不同的男人约会，那种感觉让我神秘。真是大胆的坦白，那意思不就是说我喜欢勾引不同的男人吗？我拉把椅子往他们中间一蹾就坐下了。刘芭的表情像去咬一个红苹果，结果咬到嘴里一条大青虫子。

那男人一看就知道是好人家出来的孩子，皮肤滋润紧绷，一点儿没有被生活摩擦过的痕迹。他从容地看我一眼，很有分寸地问刘芭：这位是……一副大世面熏陶过的样子。

刘芭撇撇嘴，哼了一声说：我前任男朋友。那男人马上站起来，没有看刘芭，只对我微微一点头道：抱歉，先走一步。他很快从我们面前消失。洒脱、老辣，蜻蜓点水一般不留痕迹。

不懂游戏规则的是刘芭，她有些目瞪口呆，目光一直追随着那男人的背影，直至不见；她的表情变得失望，愤恨、懊恼和沮丧青苔一样爬上了她的脸。显然她过于高估了自己在那男人心中的分量，并由此感觉羞辱。她恶狠狠地盯着我，盯着盯着突然哧地发出一声冷笑，续而流下两滴眼泪。她在如此短暂的时间内表情变化如此丰富，可见心情十分复杂。

那天以后，刘芭在外边租了间房子自己住，我则开始天天给刘芭送玫瑰花，并把平时不说写小说时也很少用到的肉麻话对着她的耳朵吹进去，时间持续达一个月时，刘芭说：明天买把塑料的吧，放多久都不枯。

刘芭租的那间屋子直到现在还留着，平时她住在她那边，我住在我这边。每到周末，我，或者刘芭就挂个电话给对方，我们说：你过来？还是我过去？所以现在的我，过着节制而有规律的性生活。

## 八

进入九月，天气依然炎热，干旱情况没有丝毫缓解，预计的几场暴风雨都没有如期而至，连人工降雨也只听雷声不见雨点。报纸上说整个蓝色星球都面临着缺水的危机，到 2025 年水将成为全球性匮乏商品，现时供一户人家使用的水届时将供给二百户人家，电视上一个面容庄严的女人则无情地说：地球上的最后一滴水，将是人类自己的眼泪。

一个午后，我在街上溜达了一圈，没有找到营业的桑拿浴，它们好像在一夜之间全部关门大吉。人们躲在树荫和大楼的阴影里，像狗一样吐着舌头大口大口地喘气，生怕一口气喘慢了肚子里就喷出火来。我心情焦躁，渴望到一家冰屋去吃冰，过马路时，融化的柏油路面粘掉了我的鞋子。

一头撞进桑妮冰屋，在黑压压的人群里寻个位置坐下来，一口气吸进四个香草冰激凌复魂归原位。屋里的中央空调拿出全副本领，却并不令人舒服，只觉阴森的凉气一浪一浪直渗进骨头缝儿。后来我的手机就响了，有个男人的声音裹挟着汽车喇叭声、叫卖声、吵嚷声乱哄哄地一下子冲进耳朵，我一时没能听清是谁，那边几乎喊叫起来：我是刘放，我出来啦！

我大吃一惊，刘放？他出来了？该不会是越狱逃跑吧？我的脑子里飞速地闪着电影画面，一幕一幕都是逃犯越狱后的情形：躲在一个自认安全的地方，一边给可靠的人打电话要钱求助，一边紧张地观察身边是否有形迹可疑的人，犹如惊弓之鸟随时准备撒腿奔逃……而眼下我就是刘放认为可靠的那个人……我下意识地看了一眼周围，听见刘放在那边声音嘶哑地说：真的是我……

哦……我回过神来，赶紧说：你怎么样？现在在哪里？刘放含含糊糊嘟囔了一句什么，我没听清，他却在那边沉默着，再不说话了。我追问道：你没事吧……过了一会儿，刘放才有气无力地说：不会的，不会没事的。

隔着话筒，我都看得见他满脸的愁苦。我故意说：他们让你出来，就是啥事也没有了，好好缓几天你不又是一条英雄好汉。刘放唉声叹气说：是别的事，我想和你说说，我心里很难受，真的，我一定得和你说说……

我说：那行啊，咱们也别等了，就今天晚上吧，我请你喝酒。我故意报出一个生意兴隆的酒店，说：咱们五点在大厅里碰头怎么样？心里想：如果他是逃出来的，绝对不敢到处招摇过市。没想到刘放立刻痛快地答应了。

放下电话，我赶紧再打给小潘，我说：怎么刘放没事了？你不是说得重判吗？小潘是这样跟我解释的：没招！我们审讯了好几次，刘放倒挺老实，口供基本一致。可去取证时，那个女的，就是他的女邻居肖小丽，坚决否认有这么回事；别说是去告刘放强奸了，在她眼里，刘放简直就是一个君子，她说刘放不但是一个彬彬有礼的人，还很热心，帮助过她，也帮助过别的人。她还说打死她都不相信报纸上说的那些鬼话，她说记者就是一些唯恐天下不乱的家伙。我们前后去了三次，她的回答都是这样，没人知道她和刘放到底谁在撒谎。而另一个当事人，就是日记中说的被刘放用刀刺伤的那女人，我们根本就无法找到她，好像一开始就不存在这样的一个人，也没有那回事，完全是刘放自己编造出来的。至于最后那个当事人，她倒是一口咬定刘放没安好心，可没安好心并不等于就犯了罪，她拿不出有力的证据，这事就不能定性。审讯录音你也听了，刘放说他就是想闹着玩玩……这从前到后就像一场闹剧。

要真这样还不就是一出闹剧吗！我问小潘：那你觉着到底是刘放

在说谎，还是他的女邻居在说谎。小潘哼了一声：我总觉得姓肖的那女的不可靠。唉，对了！你还记不记得日记里总提到的那个匿名电话？我估计就是楼下这女的打过去的。

她为什么这样做呢？我皱了一下眉头，突然脑袋灵光一闪，我冲着小潘说：那女邻居是不是爱上刘放了？要么她为什么恨刘放的女朋友呢？小潘在那边哈哈大笑说：你也想到了。

神经病！接下来我俩把刘放和他的女邻居胡乱骂了一通了事。

傍晚，我按照约定时间前往酒店大厅和刘放会合。一直等了半个小时，刘放始终没有露面，我呼他，打电话，那边始终没有反应。我既生气又疑惑，难道这小子又闹出什么事来了？

一直折腾到晚上八点，刘放既没出现也没联络我，我气得半死只得回家，仍不忘给刘芭打电话，照例说些晚上不要出去，小心有蒙面杀手之类的话，听得刘芭直叫耳朵疼，骂我是老猫念经。

这一晚没有看书，也没有开电视，一会儿想想刘放，一会儿想想刘芭，也顺便想了想我和刘芭的未来，以及另外的什么男人和什么女人的未来，这样一想就虚弱得不行，一口真气提不上来就此息劳归主的可能都有了。

好在总算还有电脑救我。网络调情不需负任何责任，我可以随心所欲朝三暮四和任何人卿卿我我，把一场爱情方便餐吃得有滋有味，而后脑袋里浮漾着些许情色泡沫，一个人爬上空荡荡的大床。

## 九

第二天，我起得很晚，睁开眼时，阳光已爬得满屋子都是，吹了一晚的冷气使我浑身僵硬，脑袋发飘，像刚刚度过冬眠期的蛇。我保持原来的姿势躺着，等待我的肢体一点点儿柔软，一点点儿恢复知觉。十点，也可能是十一点吧，其实时间对我没有多大意义，我从没感觉这个阴险的家伙咔嚓咔嚓和我擦肩而过，床对面的墙上倒是有一只钟，三年前刘芭把它挂在那儿，直到现在我还没有给它安上电池。

每天早晨醒来，我都会看看墙上那只死钟，就像看着我自己。

后来我就起床了，在屋子里走来走去，床上很乱，地上很乱，书柜也很乱，其实整个屋子都是乱的，我决定大扫除。就先把目光瞄准了书柜，决定从它开始下手。

事实上，到傍晚我的门被敲响时，所有的书都乱七八糟地摊在地上，而我坐在书堆里乱翻。

刘放来敲门时，我正在看海明威的《获而一无所获》，这个勇敢的对着自己扣动了猎枪扳机的人，他说：阳光下劳作一生的人获得了什么呢？获而一无所获。他的这句话给我设下了一道阴谋的陷阱，使我在陷阱的边缘爬进爬出。

刘放就是在这时候敲响了我的门，他像辆超载的破卡车一样开进来，叽里咣当撞翻了鞋架和茶几。

暮色越来越浓，刘放蜷缩着身子瘫在沙发上，一言不发，也一动不动。有那么一会儿，我以为他已经睡着了。我站起身准备走到另一个房间去，刘放突然用沙哑的声音说：看电视吧，你不想看看电视吗？

我瞥了他一眼，我想刘放一准儿是进去后受了很大的刺激，好好的一个人变得阴阳怪气，我说：咱还是喝酒吧，我还欠你一顿呢！我已经决定不和他计较了，努力说服自己调整出一副轻松的状态。我拿出一瓶泸州老窖。转过身时，刘放已经把电视打开了，定在本地频道，他像只备战的猫一样两眼放光，紧张地盯着屏幕。

我不知道这电视上有什么值得刘放迷恋的玩意儿，不管我说什么，他都不接茬儿，大口大口地喝着酒，也不看我，只是不错眼地盯着电视，嘴里念念有词地说：来了，马上来了。新闻时间一到，刘放砰一声把酒杯蹾在茶几上，既恐慌又激动地指着屏幕说：看，快看。于是我又一次看到了那段极不愿意看到的女尸启事。

启事过后，沉默了一会儿，刘放问：播了多长时间了？我说：有半个月了吧。他突然哧哧笑出声来说：我没有作案时间，对吧！我看了刘放一眼，发现他正目不转睛地盯着我，那眼神既冷漠又荒芜。我觉得胸口哧啦一下被划开了一道口子，我说：你……你没事吧，你那会儿还在里边关着呢！

刘放的脸向我逼近过来，我看见他的眼睛是一片广阔的风雪弥漫着的荒原。他低声说：是我干的。

什么？我瞪大眼，刘放拿起酒瓶摇了摇，一仰脖把剩下的小半瓶酒向嘴里倒去，酒液流得满脖子都是，他也不擦，坐直身子，挺了挺脊背，认真地说：电视上说的那女的，是白荔，是我干的。

我愣了愣，其实我的脑子一直在想刘放昨晚去哪儿了？他是不是又跑到女邻居家去了？他竟突然说出这样一番话来。我结结巴巴地说：你……你快算了吧，就算你恨白荔，也没必要害死她。我用手拨开桌上的空瓶子，想站起来，可是头晕得厉害，眼睛好像也睁不开，一起身竟差点儿跌倒。

刘放指着我哈哈大笑起来，我不知道他笑什么，可是他在我眼里变成了好几个，我知道这肯定不对，这没什么好笑的，但我们指着对方笑得前跌后仰，笑得停不下来。

后来刘放大声地咳嗽起来，总算缓过一口气，他说：我告诉你，真是我干的……

为什么？难道……这是真的？

根据刘放断断续续，语无伦次的叙述，我的眼前大致出现了这样一幕情景：时间是夜晚，地点在本市一家豪华酒店的客房部，长长的红地毯上，走动着一位年轻女人，她越走越近，我们可以清楚地看清她的脸，一张漂亮而脆弱的脸。她向前走着，眼神迷茫。在一个房间门口这个女人停下来，用手指上下揉动了几下脸颊，努了努紧绷的嘴，于是我们看到一张妩媚而风情的脸。她顶着这张脸开始举手敲门，一个男人在门口出现，他们在门口说了几句话，然后一起进屋。门关上了。

紧紧关闭的门阻隔了我们的视线，我们不可能知道一扇紧闭的门后是怎样的一个世界，但是我们可以随意想象一扇紧闭的门后是怎样的一个世界。

好在这个女人没有让我们的思绪跑得太远，大约二十分钟后，她出来了。她的脸重新变得脆弱，她在红地毯上走动，直到再一次停在一扇门前，并举手敲门。于是我们看到这个女人不断地敲门，把脸变来变去，并不断地走进去或者走出来。

这个女人就是白荔。

刘放说这个女人就是白荔，刘放的叙述语无伦次，当然我的叙述也可能语无伦次，所以我不能保证事情的真相如刘放所叙。但是我们好像没有理由不相信刘放，因为刘放接下来的一段叙述有力地证实了这个女人就是白荔，而且白荔从没有离开我们到外地做生意，她一直就在这座城市的一个繁华所在，一个被众人称作情人旅馆的地方，过着她另外的一种生活。

事情真的是从一个晚上初露端倪的。那是怎样的一个晚上呢？毫无疑问，这个晚上是一个相当重要的场景，有红地毯，走动的女人，打开的门和关着的门。可以肯定，在此之前，这个场景一再地重复再现，它缓慢而有序地沿着既定的轨道前行，不怀好意又不为人所知，在空气中秘密酝酿起某种危险的云团，直到有一天劈面打来，令人猝不及防。

但是关于这个晚上的种种细节，刘放省略不提，不知是他无意疏忽还是有意为之，为了满足我们无比旺盛的好奇心，姑且来猜测一下刘放是怎样和那个重要的场景劈面相逢的：首先，咱们是不是这样设想一下，刘放的一个朋友一个同学或者别的什么人因为这样或那样的原因，住在这个酒店，刘放去拜访他，于是一个经常重复的平淡场景在刘放眼前爆出灿烂的火花。也可能刘放早已对自己的女友产生了某种不安的猜测，他盯梢、跟踪、买通相关人员，于是遭遇事实。当然，咱们不妨再以小人之心去揣度，干脆就认定刘放自己住在那个酒店好了，刘放有什么道理住在那个酒店呢？刘放当然有道理，因为他孤独而悲伤，难道这还不够吗？

以上的某种猜测可能就是事实本身，也可能和真相完全南辕北辙，还是让我们来听听刘放自己是怎么说的吧。刘放说：真的太简单了，绳子一套，然后使劲一勒，她呃了一声，然后就完了，简单得让人不放心。真的是白荔，你怎么不相信呢？是我干的，真是我干的，我老是做噩梦，看见她，可我看不清她的脸……我很害怕，你别那么看着我，是真的，你一定得相信我……

为了让我相信他，刘放拖着我去找一样东西，我们拿着手电筒、小铲子打车到了南山公园，刘放摇摇晃晃直奔一棵玉兰树，他在树下起劲地挖着，一边挖一边嘟囔：我让你不信，我让你不信。

我在旁边打着手电筒，兴奋地瞅着这只田鼠一会儿工夫就挖出个大洞，可是洞里什么东西也没有，这太好笑了。我说：你别挖了，再挖洞里也没有你过冬的粮食。

刘放皱着眉头想了想，他转到另一棵树下接着挖。我拼命想睁大眼睛，两只眼皮却老是向一起粘，脑子眼睛和手脚好像都不是我自己的；我使劲拧着我的胳膊，一点儿知觉也没有，我一时间就想不起来我怎么在这个地方，那个人是谁？他又在干什么？这可真有意思啊……我抬头看天，天是乌蓝的，星星离得太近，那些树啊、冬青啊、花花草草的都像蹲伏着的怪兽，刘放这时突然叫起来：找到了，快照照，我找到了。

我使尽力气睁开眼睛，把手电筒对着刘放照去，就见刘放从土里拉出个女士棕色皮包，他哧一声拉开拉链，掏出条绳子在手里抖着，得意洋洋地说：没骗你吧！你看，你看，就是这条绳子，还有，这是她的呼机，这是她的手机，你还不相信我吗？

我傻傻地愣着……

刘放把那些东西统统倒在地上，揪住我气急败坏地说：你为什么不相信我？真的只是一下子……就在这时，我看到地上的那个呼机突然闪出荧荧蓝光，发出一阵诡秘的嘀嘀嘀的响声，这个声音在黑夜里尖厉刺耳，一瞬间使我魂飞魄散，白荔的呼机？天啊！白荔、绳子、女尸、刘放……我跳起来，撒腿就跑。

我不知道是怎么回的家，反正我一回家就扑到了电话机上，可我的手指怎么都按不准号码。我脚步轻飘飘地转到洗手间，把脑袋塞在水龙头底下，想冲走满脑袋的糨糊，可水管里一滴水也没有，我忘记了，忘记了这个时间生活用水已停止供应。

后来我总算挂通了110，我听见一个极其惊慌的声音说：快去抓凶手，我知道无名女尸是谁，我知道谁是凶手，刘放很害怕，我也很害怕，我发誓这事和我没一点儿关系……一个很严厉的声音不耐烦地打断我说：你不知道乱拨110是犯法的吗？

我很生气，我大声说：刘放是凶手，快去抓他呀！山洞里那女人真是他杀的，他刚才还和我喝酒呢，你怎么不相信我呢？我要给你们局长打电话……那边的人说：你就别折腾了，那是一个杀人团伙干的，你们老老实实喝酒，啥事没有，再扰乱治安，就把你抓起来。

他砰一声扣了电话，我满耳朵都是嘟嘟的忙音，正愣着，就听见轰轰的砸门声，刘放在门外一边哭一边喊：老兄，开门，你快开门，我知道你在里边……

2002年第6期《时代文学》

# 先生看刀

这是冬日的一个上午，时间在早上八点，我待在车上听音乐。是旧歌，毛阿敏的《思念》。那只蝴蝶眼看就要匆匆离去，吊儿郎当地又把聚会当成了一次分手。我最喜欢这一句，毛阿敏大叫一声：难道……很有点儿不依不饶的架势。就在这时，藤总拉开车门，扔上他的小提箱，委身坐了上来。

我赶紧伸手，把蝴蝶赶跑了。

藤总说了三个字：去光明。我愣了一愣，心里虽纳闷，手脚却行动飞快。这是我的职业需要：紧睁眼，慢说话，手脚永远要比脑子快。

车子驶出了总公司大院，我的脑子也没闲着，心里想：这种时候阳光明媚，正是大干革命的好时节，怎么会去光明大厦？“光明”可是个我和藤总夜晚出没的地方。不对，这样说很欠公道，“光明”从来就没我什么事儿，出力流汗都是藤总一个人顶着。

真的，我从不说谎，那是藤总一个人的“光明”，“光明”的中心地带住着他的一个咪咪。我知道她真正的名字肯定不叫这个，至于叫什么，我并不关心。反正所有可以从酒吧或夜总会里随便带走的女人，统统可以把她们称为咪咪或者菲菲什么的。

藤总怎么会在一大早去找那个咪咪呢？

车子拐上马路，我迅速换上了小宋的《越来越好》，藤总不喜欢蝴蝶蜻蜓之类的玩意儿飞来飞去地干扰视线，他就喜欢这个一把声音哗啦啦的小宋，说她美妙的歌声像小百灵鸟一样扑啦啦飞进了他的心房。

他真是这么说的。那次小宋到我们这座城市来演出，藤总和市里有关领导宴请她时，他说了这句话。不过，你千万别以为我是亲耳听到的，稍稍有点儿常识的人都知道，主人和某些尊贵的客人共进盛宴时，我这类的“司级”干部是不可能点缀其间的，这会大大降低宴会的标准。我之所以知道，是因为名人名言总是广为流传。

从后视镜里，我扫了一眼藤总，看来他兴致不错，像盘踞在后座上的一头狗熊，举着一只肥厚的爪子左摇一下，右摇一下，不知道的以为他在抓苍蝇，其实是在随着音乐打拍子。

车子很快驶近光明大厦，藤总拿起电话拨号，我赶紧把音乐调小。他说：下来吧。

他这就已经说完了，小宋同志重新放声高歌。我早就看出来了，地位越高，越是惜字如金，皇帝老儿一个杀字，多少人头落地。说得唾沫横飞者不是骗子，就是深仇大恨去上告的。

一会儿，藤总的咪咪摇头摆尾地出来了，我赶紧下车把她的箱子接过来，她又噘嘴又翻白眼，甩着手说：累死我了，你不能快点儿啊！那口气那架势，好像她家十八代都是贵族。

我并不跟她急，我从不跟藤总的这些咪咪们急，她今天是藤总的咪咪，明天还不定是什么呢，我从不跟这些不具稳定性的家伙急。

等我放好行李上车，咪咪的小拳头已经在藤总的肩头飞舞了。这个咪咪，不愧是经过特殊训练的，一举一动、一言一行都颇具职业特点，揉捏按摸，夹杂甜言蜜语，且不避我，好像我是奔驰 700 上配备的一个零部件。

我从后视镜扫她，眉毛细细，眼尾上扬，小下巴尖尖的，越看越像某种小动物，据说她们和这种小动物是直系亲属，因通晓吸纳天地精华之大法而得道成仙，名字好像叫狐媚。

狐媚是些争议颇大的小东西，女人恨得入骨，男人爱得肉疼。若要问我的感觉，我想天下的男人只有两种，有钱的和没钱的，比如：藤总和我。

你千万别告诉我还有个什么姓柳的君子，我是“司级”干部，有权代表最广大人民的利益和心声，我最知道人民想什么，人民同样不反对殷勤关顾和款款柔情。问题在于狐媚都不大好养，需要极其肥沃的土壤。

按照吩咐，我把藤总和那个咪咪送进飞机场，他们要去北京，至于去干什么，跟我没关系。我的任务已完成，可以打道回府。

开车往回走，我乘机又让毛阿敏的蝴蝶出来翩翩飞舞。真不明白，藤总喜欢《越来越好》这有情可原，人家是真的越来越好了，钞票越来越多，官越当越大，情人倒是越换越小。我老婆李桂枝喜欢，就有些要饭花子扭秧歌——穷乐。她是房子越来越大了？还是电话越来越小了？她什么也不是，她就是精神好，高烧四十度，照样喝的下三大碗疙瘩汤……

说到李桂枝同志，我就忍不住怨声载道。这似乎很不应该，她是真正的良家妇女，体重接近两百磅，一年四季骑着一辆吱哇乱叫的自行车风里来雨里去，上的是三班倒，累是真累；回得家来，照样洗米煮饭，伺候儿子，孝敬公婆。用她自己的话说：我给你生了个儿子，我养着你的老妈……前者，她引以为荣；后者，她以功臣自居。

思绪正天马行空——咦？我的眼前猛然一亮，我看见一团红红的火，在前面呼啦啦地燃烧。当然，不是真正的火，是像火一样的女人，她站在马路边上，远远地向我挥舞着胳膊，车子离她越来越近，她的脸笑得像春天的喇叭花一样招展。

我知道在这段路上，经常会有各种“飞禽”在路边招揽生意，只是这种让人眼前一亮的货色还真不多见。看她的打扮，红色皮衣，红色长靴，粉脸无瑕，黑发飞在风中，简直像冬天雪原上一闪而过的红狐，整个山野都被她点燃了。

车子肯定是要停下来的，你能拒绝一只火狐吗？反正我不能。

她拉开车门上车，直接坐在我的旁边，一股奇香袭过来，我鼻子痒痒的，直想打喷嚏，外面那么大的风都没把她的狐味吹散。



她冲我笑，一边搓着两手说：冻坏我了大哥，你摸摸，多凉呀！

她把两手向我伸过来，直接贴在我的腮边上。我愣了一下，这么快？真是争分夺秒。她飞快地挪开了手，继续搓着说：外面真冷啊！大哥，你搭我一程好不好吗？

我当然是要搭她一程的，如果你是个男人，你也会这么干的。

借眉来眼去的机会，我飞快地打量她，模样简直无可挑剔，甚至比藤总的那个咪咪还要性感，尤其是两眉之间那一粒吉祥痣，添了许多神秘，据说这样的女人会给男人带来好运。只是到目前为止，她自己的运气好像还不够好，她没有碰到一个什么“总”，所以她不能入住“光明”，而只能在路边当一只流动的“飞禽”。

当然话又说回来，成为什么“总”的一个咪咪，没什么好庆幸的；没有成为什么“总”的一个咪咪，也没什么好悲哀的。我说过了，她们的角色随时随地都会发生改变，没人把她们当真，就像她们也没把别人当真一样。

途中这一段没什么好多说的，如你所知，不可能什么也不发生，但也不可能真的发生什么，不过是些局部接触而已。我的脑袋一直在飘啊飘，我承认我的确是动了情，但我并非动了心。你是知道的，这些狐媚的小玩意儿啊，她们总是热情而主动。

车子飞驰，往前走，不远。红衣女子说：大哥，我快到了。目光脉脉含情，似乎很是不舍。我心中也满是留恋，她话锋一转，柔柔地再说：大哥，相遇是缘起，相识是缘续，我不敢说我们相知，但我真的舍不得就这样和你分手……

缘分是个玄妙的东西，谁也不知在哪儿就碰到了知己，我知道她说的未必是真，但听来仍声声入耳。我握住她的手，她的嘴唇随即贴在我耳边轻轻地说：大哥，前边不远有家酒店，格调非常高雅，我们去坐坐吧，妹妹陪你喝酒。

于是，相约去坐坐，她的脸上露出舒心的欢笑。

果然，前面不远就是那家酒店。我们一起下车，她在前边引路，看着似是熟门熟路，我在后面跟随，进了大厅，果然是个高雅明净的地方。



服务小姐引我与红衣女子向包间走，途中，她紧紧贴在我的肋下，温柔似敛翅的小鸟。我摩挲她，春心荡漾得一塌糊涂。走到房间门口，正要开门，腰间的呼机突然狂叫起来，打开一看，吓了一大跳，留言是：母病危，速归。落款：妻。

我赶紧拨李桂枝的电话，竟然占线不通。我急出一身冷汗，红衣女子可以改日再会，但是妈只有一个，弄不好，见一面都赶不上。

我仓皇挥别，她难分难舍，把头别在我的胸前，依依流下两滴眼泪。我也难免惆怅。

飞奔回家，时间正是晌午。

结果我老母安然无恙，坐在床上剪窗花。见到我，从老花镜上抬眼笑说：回来啦！

我怒从心起，反身去找李桂枝，越发觉得她用心险恶，竟然敢开这种玩笑！

李桂枝正蹲在厨房地上数鸡蛋，她们单位每月分五斤鸡蛋，对于李桂枝同志，这是一件天大的大事。她好像没事人一样，低着头，一边数一边嘀咕：不对呀，怎么少了两个蛋？

装得可真像啊！我又气又恨，斜眼看她蹲在地上那副熊样，搬到大门口，简直就可以看家护院。我说：以后有事，呼我，没事少来这套。

她眼珠一翻，昂起头，凶巴巴地冲我说：谁呼你了？不知哪个小妖精又勾你呢！她低下头重新数鸡蛋。

刚刚做的事，翻脸就不认账，真他娘的好本事。我真想对着她的大饼子脸响亮地拍上一巴掌，拍得她满地找牙，可是……拍了她对我有什么好处？拍了她，谁给我儿子做饭？谁给我老娘端水拿药？可是……我终究不甘，对着她肥墩墩的大屁股使劲踢了一脚，骂道：看看你这熊样……

我忘了，李桂枝同志是一个很有尊严的人，谁要敢说她熊样、猪样她绝不会善罢甘休。果然，她抓起一个鸡蛋啪地砸在我脸上，顿时鸡蛋黄鸡蛋清流得我满脖子满脸，我气得浑身发抖。



她倒是不气了，站起来，叉着腰哼一声骂道：我一个蛋把你打成这样，你两个蛋打了我十五年，我还能有个好样儿！

……

那天夜里，睡觉之前，一个火红的身影在我眼前闪来闪去，她风情万种地对我说：大哥，相遇是缘起……

一些日子过去，我已经把那只小火狐狸给忘了。我再一次看见她，是在两个月后。

确切地说，我并没有看见她本人。那一天，电视上播放新闻，正审判一杀人抢劫团伙，镜头从罪犯的脸上一一闪过，忽然我就看见她了，真的，肯定是她，脸尖尖的，眉细细的，眉心有一吉祥痣。

审判员宣读罪状，说是犯罪团伙共八男三女，女犯诱蛇入洞，在豪华酒店内，欢笑亲热，男犯伺机冲进去，乱刀捅死。男女协作，无一逃脱。先后有二十三名司机前仆后继，风流赴死，有十八辆汽车被倒卖，共得赃款四百六十七万之多……

镜头闪过，开始介绍作案地点，我看见那栋格调高雅的酒店，流光溢彩的一楼大厅，顺着铺满红地毯的台阶向上，是一间一间的豪华包房……

我惊出一身冷汗，天哪！就在不久之前，这个美妙的地方，我曾有幸光顾……

在沙发上瘫坐了很久，我吸了一口冷气，拿过传呼，找到多天前那则留言，再看，依然是：母病危，速归，妻。再看后面的电话号码，1234567，咦？奇怪……这是谁的号码？

2001 年第 11 期《雨花》

# 羽毛凌乱

## 一　新娘去哪儿了

这是2000年深秋的一天，天气有些冷了，在这个有些冷的深秋的一天，有一场婚礼将如期举行，也就是说，有一个男人或一个女人，自此将成为另一个人的配偶，且受法律保护。自此，在填写各式各样的表格时，他们都必须慎重对待“配偶”这两个字，这可是两个有意思的字，什么意思呢？配成双数，更有意思的是，作为一个单数，和谁配成的双数呢？他们再也不能忽略不计，必须坦白交代。

这个深秋的一天没什么奇怪的，这场即将举行的婚礼也没什么奇怪的，每个冷的热的或不冷不热的一天，都会有人莫名其妙就成了另一个人的配偶。这一天之所以值得一提，是因为发生了一些意料之外的事。

至于意料之外是从什么时候开始的，没人知道。也许它早就发生了，这不过是最后的结果。也许它才刚刚开始，后面还有一连串的意料之外。所以很难说现在我们看见或听见的是尾声的余音，还是开始的序曲。这真的不好说，反正在这个早晨，从新娘程遥的家里传出了一些嘈杂的吵闹声。

有一个女人，衣着光鲜，神情无奈，她说：我都说过一百遍了，这事和我一点儿关系也没有，我根本不知道是怎么回事，别冲着我喊好不好，我真的什么也不知道，你们问我，我去问谁呀……她声音嘶哑，像一架快要报废的破录音机，一遍又一遍地重放着上面这些话。

这个女人叫黄木子，是新娘程遥的朋友，也是今天这场婚礼的配角，一位伴娘。

这个叫黄木子的女人就是我。

可是根本没人理我，或者他们根本没有听见我说什么，这些人团团将我围住，每人胸前戴着一朵猩红的绢花，下面垂着的布条上写着金光闪闪的两个字——嘉宾。我敢保证，如果不是发生了意外，我和这些人这会儿肯定热热闹闹地坐在一起喝喜酒呢，新郎新娘的小脸红扑扑的，衣兜里塞满了红包，他们不停地给七大姑八大姨哥哥姐姐什么什么的敬烟敬酒，七大姑八大姨什么什么的会争着炫耀自己的成语知识，关于“郎才女貌”“白头偕老”或者“比翼双飞”之类的词会一而再地被提起。而另一些比较年轻的家伙会赛着劲地起哄、搞笑，想出各种各样的怪招来摆弄那两个幸福的人。快乐和欢笑就像春天的风，灌得人满脖子满脸。

那将是一个多么激动人心的场面啊！那个场面就像一面裂了缝的镜子，使结过婚的人看见了自己的过去，没结过婚的人看到了自己的未来。

然而，遗憾的是发生了一点儿意外，婚礼没能如期进行，自然也就没有了以上的那个场面。当然我的态度不够老实，我所说的“一点儿”不尽其然，事实上是发生了很严重的意外，在今天这个大喜的日子，新娘竟然失踪了！

还有比这更严重的吗？恐怕没有了吧。我之所以用了“一点儿”这个措词，实在出于大事化小、小事化了的企图，但我这个企图其实等于痴心妄想。

那些差一点儿就喝上喜酒的人，那些戴着小红花的人，团团将我围住，像一群狗围住一只耗子，其实狗拿耗子比猫厉害。他们都是新郎王博的亲戚朋友或家人，王博自己从开始到现在，一直跌坐在沙发上，两手紧紧抱着脑袋，好像他的脑袋马上就要裂开了。他的那些亲戚朋友或家人异口同声地质问我：你不知道？你怎么能不知道？不知道才怪了！

……快说，人到底藏到哪里去了？

……不把人交出来，今天这事就没完！

……把人逼急了谁也没有好日子过。翻，给我翻，我就不信姓程的连张纸条也没留下，她对王博就这么绝……

他们觉得程遥，也就是今天婚礼的女主角是应该对新郎王博有所交代的。无论怎么说，肯定会有一封信、一堆退回的首饰，或意义特别的小物件，最不济也该有一张纸条什么的。于是有人一声令下，大家马上齐声呼应，翻抽屉、撬锁、掀床垫、扣纸篓、搬桌子……他们仔细地研究一粒锈了的纽扣、一串断了的珠子，或者一张涂得乱七八糟的纸，他们审视着这些东西，就像面对程遥的一片盔甲、一块残骸，或者一股味道。在满屋的烟尘里，他们翻着、找着，大声咳嗽，使劲吐痰，把程遥的照片和没派上用场的白婚纱扔在地上用脚跺来跺去，兴奋一丝丝升上他们的脸。我敢说，有那么一会儿，他们肯定把找东西的目的给忘了，把新郎王博也给忘了。

但我也知道他们不会忘记得太久，他们随时都会回到初衷，我很希望地上能裂开一道缝，好赶紧逃离这个是非之地。别看他们平时都是些老实人，没言没语，其实许多人心里都窝着一把无名火，但凡逮着机会，一怒没准就把天下砸烂了。虽然我和这事没有一点儿关系，但我不敢指望和一群愤怒的人讲道理。

当然了，他们愤怒也是理所应当的。试想一场好戏正待开场，所有配戏的人都到齐了，灯光、音响、摄影师也各就各位，只等导演的一声 OK 了，女主角却突然退场，这也太自私了吧？这也太不把人放在眼里了吧？你以为你是谁？莎朗·斯通？还是朱丽娅·罗伯茨？就算是她们也得给自己寻个不到场的由头，况且你不过是个普通人，普通人就得知道好歹，有脾气你也得忍着点儿。

再说了，你早干吗去了？有脾气你早点儿发呀，偏到这般时候，总得有点儿大局意识吧，无论如何你该配合一下，就算出了天大的问题，推到明天去理顺不行吗？先把婚结了，以后的事以后再说，大不了到时候甩甩衣袖再换一个人家。现在都讲民主、讲人权，离个婚什么的又不像以前，非拖个三五十年，不剥下你一层皮不肯罢休。现在……现在多方便啊！

所以，不管怎么说程遥的逃跑没有任何道理，谁都能对她表现得很愤怒。谁对她愤怒我都不反对，我只是希望不要连累到我。

但是现在看来情况对我很不妙。

这些人肯定会一无所获，因为在此之前，我们和程遥的父母已经把屋子翻了一遍，连老鼠洞都掏过了，只在废纸篓里找到了四个揉皱了的纸团，有两个是空白的，什么也没有，另一个写着：王博，对不起……然后就没有了，程遥大概是要说对不起什么的，可是想到这件事不是凭着几个字就能一笔带过的，所以自己也不好意思说了。最后那张写着：王博，我很抱歉，但是……到这儿又说不下去了，这张好像是想说说她自己的理由，可是不管什么样的理由肯定都得不到大众的支持，所以也只好团起来扔掉了。

这就是程遥对这件事的所有交代。

程遥的妈妈是这样跟我说的：……她昨晚一直在屋子里试婚纱，提着两个裙角在镜子前走来走去，前后左右地看，一会儿看着镜子里的人，一会儿又看着身上的衣服。到十点的时候王博来过一个电话，他们说了一会儿话，说的好好的。到十一点，我要睡觉的时候，程遥屋里的灯还亮着，她抱着婚纱坐在床上，整个人都埋在白色的婚纱堆里，她还冲我笑，好像有什么事乐得她憋不住了，然后我就去睡觉了。总之，没什么不对劲的地方，可是第二天早上，人就没有了……当然，同时消失的还有她所有喜欢的衣服和首饰，包括她那只花里胡哨的旅行箱。

从以上种种看来，至少排除了程遥被人绑架或是劫持的嫌疑。

我对着程遥父母寻求信任的眼神不住地点头，心里却想，谁知道这话是真是假，没准儿他们不但知道这件事，还参与并策划了其中的某些环节呢。谁知道到底是怎么回事。不管怎样，反正我对此是一无所知，在整个婚变事件中，我既没煽风，也没点火。

但我却要承担一些不必要的责任，甚至失去了行动自由，他们指定一个十七八岁的小伙子看住我，叫嚣说“别让她也跑了”，那个嘴边拱着些黄毛软胡子的小家伙还真的接受了这个任务，他不敢看我，低着头，用一只脚在地上踉来踉去地寻找着支撑点，好像他不那样就非得摔倒似的。好几次我都准备溜掉，可是稍稍有个风吹草动，那个可恶的小家伙就警觉地仰起脸来盯着我，他不说话，脸红红的……

我不停地叹气，这事怎么越来越滑稽了？

其实他和我一样无辜，他不过是随着父亲或母亲来喝喜酒的，而我呢，不过是一位伴娘，来陪伴别人出嫁的，但是新娘跑了，一切就都乱了套。程遥的父母，起先还出来露了露脸，说了一些很无奈也很抱歉的话，后来大概觉着情形不妙，干脆也一走了之。然后程遥家那些亲戚也都迅速消失了，只有我这个笨蛋腿脚慢些，被堵在了程遥家里。

我很愤怒，除了新郎王博，我是最有理由愤怒的人，在这场婚礼的筹备工作中，我差不多和新娘一样紧张而忙碌：我陪着程遥挑婚纱，拍艺术照，买鞋子买衣服买化妆品买大大小小有用没用的东西，甚至他们新房的门垫和床上的床单……为了担当好这个光荣的角色，我买了一套华伦天奴的裙子，昨天下午洗了桑拿，还去本市最豪华的发屋做了头发，还有，激动得一晚没睡好，早晨四点钟就起来化妆，不得不多打点儿粉底遮住乌眼圈……倒好像今天这个日子出嫁的人是我一样，我心里愤愤地想。

唔？这话听来有些耳熟？

想起来了，早上匆忙梳妆打扮时，寿林就说过这话。寿林姓杨，国家公务员，是我的男友，属于不好看不难看但挺妥实的那类人。目前我们还没有结婚，暂时也没有这种打算，但我们住在一起。关于这个问题肯定不能单单用好或不好来做结论，这不过是个比较折中的办法罢了。老一辈的人总爱在这个问题上和我们纠缠不清，以显示他们的洁身自爱，其实没有道理，在我们这种年龄他们早已吆儿喝女。尤其好笑的是妈妈级的人物，女儿若混到这种地步总觉得是收藏多年的珍宝没卖出好价格，亏得血本无归。都随他们去好了，生存有很多困惑，这不是最重要的。

早上我出门时，寿林缩在被窝里就是这样嘟囔了一句：今天出嫁的人不是你吧？

好的不灵，坏的灵，差点儿被他的乌鸦嘴说中。

这简直是岂有此理！

更要命的是那些一无所获的人，愤怒地重新围住我，他们叫嚷着：走，到酒店去，你和那四十桌客人说去，说说你们姓程的是怎么害人的……对，不能便宜了他们……有人架住了我的胳膊，有人推着我的背，还有人在后面踢了我一脚，有无数的胳膊或手猛然使我悬在半空，我被一种巨大的恐惧击中，在一瞬间感觉自己已经五马分尸、皮开肉绽。一声尖厉的呼啸从我嘴里蹿出，把自己都吓了一跳，"救命啊——"，这喊声像一股锐利的风在半空回荡，完全是下意识的自我救助反应。

我被拖向门口，这时身后轰隆一声巨响，把所有的人都吓了一跳。众人停住，转头向后看，就看见了新郎王博。

原来王博把一把椅子砸在了墙上，他像突然得了中风，脑袋拼命地摇晃着，大家都奇怪地看着他，他猛地伸长了脖子，使劲闭着眼吼叫起来：滚！滚——滚！所有的人都愣了一会儿，王博突然张着大嘴，扭曲了满脸的肌肉，号啕大哭起来，声音壮如闷雷。他这个样子把所有的人都吓住了，他们面面相觑，过了一会儿，除了我，屋子里就没有别人了。

王博还在哭，眼泪鼻涕一塌糊涂，我从来没有看见一个男人这样哭，也从来没看见过这么丑的哭相，这让我心里很不舒服，甚至闪过了一丝厌恶或鄙夷。当然我知道这很不好，似乎我是一个铁石心肠的人，其实我不是，但我真的不知道怎么会这样，我甚至都不能说出一句安慰的话。我愿意解释为自己还没有从刚才的惊吓中回过神来。

我走过去，在王博的面前站了片刻，等到他的哭声慢慢低下来时，我扯了扯他的衣袖，小声说：王博，王博……他停顿了片刻，抬起衣袖在脸上使劲抹了两下，然后抬起了脸，这张脸真的很苍老，额头上的皱纹密密麻麻，深深浅浅都是岁月的沉淀……我慌忙把目光从他脸上移开了。

## 二　我什么也不知道

走在街上，我才感觉身上那套时髦的伴娘装不胜风寒。十一月的初冬，寒气已很重，路边的花花草草，青翠的只有云杉和冬青；月季的叶子已凋萎，却有两三枝茎顶了小小的骨朵，冷得缩成一球，仓促露出点点红，便没有了心思再开，过不多久，恐怕这点点一抹红也要被雪压住了。

时间已是正午，这个时候，酒店里那四十桌正等待开席的客人会干些什么呢？那些王博方面的人，那些程遥方面的人，他们不会打起来吧？我满脑子都是港台片里群战群斗的场面，蛋糕、酒杯、椅子满天飞，猩红的血像美人蕉的花朵一样泼剌剌开在白墙上……天哪！但愿别打起来，看在他们差一点儿成了亲戚的份儿上。

这样想着我就不太冷了，却感觉到又累又饿，靠着路边的一棵树，我飞速给寿林拨了个电话，我说：你快点儿出来吧，程遥失踪了，我差点儿被绑架了。打完电话，我就近推开一家西点厅，要了一杯牛奶，坐下来一边慢慢喝，一边等着寿林。想着今天发生的一切，真是又好气又好笑，好笑的是王博那边那些人，对着我，一口一个“你们姓程的”，那架势，就差拉着我去拜天地了。可气的是我没招谁，也没惹谁，竟然就落得今天这下场。

寿林几乎是插上翅膀飞过来的，一杯牛奶没喝完，他就颠着小步跑进来，乐滋滋地冲我嚷：真的出事了？

看！又一个幸灾乐祸者，都是隔岸观火的好手。他兴奋地搓搓手，大声地说：程遥真的跑了？好戏开演了哈！

我瞪他一眼：你严肃点儿！这件事，我真的很生气，程遥跑了，我竟然什么也不知道，我怎么能什么也不知道呢？我是她的好朋友啊！我是她的伴娘啊！她怎么能什么也不告诉我呢？

寿林坐下，看着我频频点头道：是啊，你怎么能什么也不知道呢？谁信啊！

我继续对着这张脸幽幽倾诉：你分析一下，程遥到底怎么想的，她有难言的苦衷？还是根本就把我和所有的人都当成了傻瓜，玩弄于股掌？就算她有非逃跑不可的理由，不能对别人说，难道也不能对我说……我对她还不够仁至义尽吗？这个家伙，竟然这样对待我，我很生气，我真的很生气！难道我不应该很生气吗？

寿林再连连点头，做贴心状：应该，你太应该了，你比谁都理直气壮。不过他怪异的表情，令我怀疑他并非真的对我的处境有所同情。

我还是接着说下去，我说：按照我的道理，就算程遥非跑不可，也该和我打个招呼，一开始我肯定会劝她打消这鬼念头，不过她要是理由充分，我就不劝了，哪怕她连个理由也没有，就是不想嫁了，估计我也不会觉得太奇怪，不想嫁了不就是理由吗？这肯定说不清是怎么回事，可有时候……

寿林突然哈哈大笑起来，笑声像高压喷枪的水一下子就喷上了天花板。大厅里的人都诧异地看着我们，我在桌子下踢了他一脚，他也不管了，把身子转到一边，接着再笑，因为这样，那些看他的人也都笑了。

我恶狠狠地瞪着他，心想我根本就没必要把寿林拉过来，男人永远都不会懂，每一个女人差不多都会有这种逃跑的念头，在很多时候。

啊！逃跑！

想到逃跑，我不禁振奋起来，好像自己真的参与了这起婚变，我好像就看见，我和程遥头挨着头窃窃私语，秘密策划出一整套计划，天衣无缝，一环套一环，环环相扣，险象环生。

我满脑子都是这样的情节：古代的千金小姐，深锁在闺房之内，三寸金莲不擅飞檐走壁，连走路都磕磕绊绊，想逃婚就得买通丫环里应外合，趁月黑风高之夜，约好私奔的人弄匹好马在楼下接应着，倘无意外，一阵狂奔，自此就过好日子去了……

可是我算个丫环，还是外面接应的？还有下一步的计划呢？

下一步……想到程遥并不需要我参与她的计划，我感觉索然无味。

一口气喝了三杯热牛奶，直喝得我血脉偾张。当然按照公理，我是应该站在王博一边，先替他想想，我该先指责程遥陷王博于如此尴尬的境地，使他众叛亲离，再一次成为公众议论的焦点。但我就是没按照公理去想，我暂时还顾不上别人，我最生气的是：自己在这桩婚事中到底扮演了一个什么角色呢？

寿林坐在我对面，故作严肃地说：没错！你活该，一开始，你就助纣为虐，事到如今，别想得到一点儿同情。

## 三　每一次都是真的

程遥和王博的认识，始于去年的二月。我之所以记得很清楚，是因为当时我正在策划第三期杂志，这是一本很前卫的杂志，高举传播新生活的旗帜，它有一个时髦的名字叫《X + Y》，我是这个杂志的编辑兼记者。我让王博拍一张美女照，好做封面。

王博是我初中时候的美术老师，挺有性格，属于桀骜不驯敢作敢为的那一类男人。他没教我们几天，就专职搞画画去了，一直也没弄出什么名堂。到四十多岁时爱上了摄影，有几幅关于白天鹅的片子在全国得了奖，再加上这会儿全人类都在倡导人与自然这个主题，大小人物提提终极关怀就显得很有层次，王博也就由原来的业余爱好者变成需以“家”称之的人物。

本来杂志封面这样的烂活儿王博是不屑一顾的，但先前我为了扩大他的知名度，曾做过很多煽风点火的工作，另外我们《X + Y》的报酬也很诱人，所以王博虽然把街头的书摊和《X + Y》杂志说成是小狐狸窝，也还是答应去拍一个小狐狸。

于是我介绍了程遥给王博认识，程遥是我的密友，职业是模特，有什么事我们两人都愿意互通有无，也包括无伤大雅的情感故事。

约定见面的那一天，程遥去得比较晚，她在咖啡厅门口亮相的那一瞬，用艳光四射来形容一点儿不过分。她袅袅娜娜向我们飘过来时，吸引了所有人的目光，王博的眼睛也随之一亮，我听见他说：这一定是幅好片子。他没有丝毫谴责她迟到的意思，像所有的男人一样对这个美丽的女人极尽宽容。

长得好看真的是资本，倘若再有一副聪明的小脑袋那更是了不得；我喜欢美丽的女人，有时便没有立场地原谅她们做的一些不怎么美丽的事。贾宝玉尚且说过：对那媸皮妍骨的也要多给些爱护。至于这兰质蕙心的就更没有不娇纵些的道理。况且，女人的好时候也不过那么三五年，怎么能和男人比，男人有时候就像优质的葡萄酒，年代越久远，口味越醇厚。所以女人的脾气再坏一些，男人也应该心平气和，她的风华时代是如此短暂啊！

在这类问题上我既不偏激，也不嫉妒。

王博很快完成任务，正如他所说的，那确实是一幅难得的好片子。至于他们合作的细节，我不得而知。只是有一次，我和寿林去商场买东西，寿林突然像狗一样抽了抽鼻子，肯定地说：程遥在这儿，这是程遥的味道。果然拐过一个柜台，我们就看见了婀娜多姿的程遥，身边站着殷勤的王博。

我知道程遥用的什么香水，一个不用香水的女人不是雅女人，但一百个女人用同一种香水，会有一百种不同的味道，也许在一百个女人里，只有程遥能将“毒药”这款香水的神韵发挥到极致吧。我们简单地打了招呼就告别，私下里两人可以是无话不谈的好朋友，但我不愿在公众场合成为美女的陪衬，虽然打扮打扮我也姿色不凡，和这年头的许多女人一样可称之为行走的风景，但和白桦树似的程遥站在一起，我感觉自己就是一堆北方的小灌木。

后来，在各种场合，我们又相遇多次，程遥永远都是那么靓丽抢眼，吸引了纷纷扰扰的眼神。王博的长发在脑后绑了一个把把，露着光洁的额头，一米八六的大个子穿件黑色风衣，再加上傲慢的眼神，风度直追佐罗，两人走在一起倒是挺般配。

寿林提醒我说：你就没嗅出点儿什么味道来吗？我笑一笑，不以为然。其实我也感觉到了，他们之间绝非拍拍照片那么简单，不过这也没什么，程遥也好，王博也好，都是有激情演绎新故事的人，他们不会在一段旧故事里耽搁太久，一切很快就会过去。

我只是提醒程遥不要太明目张胆，毕竟王博是别人的丈夫，而且不是一般人的丈夫，是这座城市宣传部部长的丈夫，玩儿得太过火，对谁都没有好处。我希望程遥给所有的人都留点儿面子，省得撕破脸大家都不好看。

程遥一点儿不领情，反而说我心理阴暗，听听她自己是怎么说的吧：谁说我是玩儿的？我真的很爱他，我从来没有这么投入地爱过一个人，他给我的感觉很特别……

我讨厌这样的腔调，谁都知道，一开始总是真的。我告诫她说：算了吧，你爱他又怎么样呢？可能某时某刻感觉真的很特别，但很快就过去了，一瞬的新奇罢了。再说，男人从来不吝惜给漂亮女人一些所谓的爱。

程遥完全不同意，她很认真地和我探讨爱情，她说：木子，别和我谈你的现实观，你这种人理智到乏味，根本不可能遇到真的爱情，你最适合的职业就是在中国当官员，就像王博家的那位女部长……说到那位女部长，她大概想起了什么挺滑稽的事，一个人哈哈笑起来，也不管我在旁边向她翻白眼。她笑完了，接着说：真爱是什么？真爱就是随时随地愿意为对方去死！你甭瞅我，我知道这不理智，理智的就不是爱了。

关于此类话题的探讨，以后还有过几次，大致在五月的时候，我突然就听到了王博和宣传部长闹离婚的消息。

这消息差不多让我和所有知道的人都大吃一惊，惊讶的不是离婚本身，而是谁要离婚！这是惊讶之一，在这个问候语都差点儿变成“离了吗”的年头，谁跟谁都能离，就是官员不能离，官员可以没有爱情，但不能没有婚姻。至于原因很复杂，深究起来有一二三四五至几百几千条不止，包括官员婚姻与社会发展的关系，官员婚姻在社会文明演变过程中的作用，以及官员婚姻与政治、经济、科学、风土人情什么的之关联，有心的社会学家深入研究考察一下，立个选题，搞部学术巨著没问题。

惊讶之二是：程遥竟然真的要和王博走到一起，这可信吗？她年轻美丽，比王博小了十六七岁，可以说前程花团锦簇。而王博眼见着是一路狂跌的烂股，没有任何升值的迹象。这怎么可能?!

我问程遥：这是真的吗？她毫不含糊地说：当然是真的！我们在谈恋爱，我很幸福……

谈恋爱？幸福？怎么听着有点儿耳熟呢？这是什么年代的流行语？人间可是三两年就换了天哪！况且恋爱是谈的吗？虽然恋爱还是男人和女人之间的那点儿事，可是靠谈肯定是不行了，谁有那么多的时间和力气呀，得多快好省，加大改革力度，变“谈”为“搞”，像崩爆米花一样，加把猛火，在十五、二十、最多不超过二十五分钟之内，轰的一声把它搞定。

有谁不明白吗？那咱们来加插一个电视小片段吧：

速配成功实例展播之一

展播工具：电视。

操作人员：男主持，女主持。

待速配者：来自五湖四海的陌生男女，按（1—10）号女嘉宾，（1—10）号男嘉宾排序。以下以数码直接标号，例男5号，女7号……

参与群众：男女嘉宾之亲友团，场内观众及场外所有关心爱护电视事业者。

展播程序：

（1—10）号女嘉宾亮相；（1—10）号男嘉宾亮相。

女嘉宾按照号码顺序做两分钟才艺表演。指甲尖利者表演孔雀舞，嗓音沙沙者献上《别问我是谁》一段，善变脸者展示千面女郎风情……

男嘉宾按照号码顺序做两分钟自我推销及未来畅想。

个人亮相完毕，进入男女嘉宾自由选定理想爱人阶段，并由男女主持公布其结果。经过比较、筛选、淘汰，第一次选定结果为：女3号、女6号一致钟情男5号，而男5号选定女3号。为示公平，男主持让两位女嘉宾再选择一次，第二次结果为：女3号、6号知难而进依然圈定男5号。第三次结果为：女3号、6号坚持初衷，且齐齐对准目标放电。男5号被击中，难做抉择（女6号亲友团打出标语：将爱情进行到底。女3号亲友团打出标语：他的眼中只有你。男5号亲友团打出标语：跟着感觉走）。男5号闭眼，听天由命，点击键盘，最后结果为：女6号胜出。

以最后一次结果为准，男5号女6号为最佳速配对象，女3号淘汰出局前提出最后要求，希望与男5号交换联络电话，男5号欣然接受。

男主持、女主持：（发出指令，男5号、女6号各就各位，正式进入速配阶段）

女主持：（向男5号）你觉得女友的胸罩颜色鲜艳些好，还是淡雅些好？以及厚的好还是薄的好？

男5号：花的还是素的，都无所谓啦……只要罩得住就好啦！

男亲友团：（再亮标语）甜言蜜语把她骗过来，骗回广州，好好爱。

男主持：（插科打诨，向观众说：罩不罩得住都不要紧啦，女人戴胸罩，男人穿背心是四大傻中之二傻。全场笑。转向女6号提出问题）如果结婚的话，会要小BB吗？

女6号：（做个怪脸）不要嘛！我要留着好身材去逛街、去购物、去旅游，小BB嘛，那多麻烦呀！

女主持：（郑重其事，向观众，说：如果婆婆不答应，可以申请克隆一个小人，操作室在美国的一大漠深处，我这儿有详细的联络地址，谁想要？她环视全场，尖叫：哇塞！这么多人举手！散场后找我啊！转向男5号）如果女友以前跟人上过床怎么办？介意吗？

男5号：（摸头，笑。女主持步步逼近：说！快说！）不介意，没有关系啦。如果……她也不介意，可以交流一下体验的啦。



男主持：（呱呱怪笑，转向女6号）你会配合他吗？

女6号：（笑得花枝乱颤，轻声地）应该没有问题吧！

女主持：（面向大家）好，果然是落花有情，流水有意，现在双方交换礼物。

男5号闻语，掏出一方蓝色丝巾，离开座位走向女6号，脉脉含情围上她的香肩。

女6号则拿出一条领带，替男5号扎好。四目对视，火星乱溅。

女主持：（对着男5号，猛烈煽风点火）还不趁热打铁，赶快跪下求婚。不要永失我爱哦！

男5号：（猛然当众单膝着地，眼神乞求，望向女6号）我在外企工作，时间宝贵，如果你愿意，请嫁给我吧（伸手去拉女6号的手，女忸怩，躲开，张嘴细语）。

男主持：（凑上耳朵听，后向男5号，也向场内观众，噘嘴做小女生状）钻石戒指呢？

男5号：节目散场就去买。然后再去选房子。

女主持：（紧追不放）汽车呢？

男5号：（稍作考虑，对女6号）衣服不能总穿一件，汽车也不能总开一辆，结了婚我就换成宝马，行不行？

女6号：（但笑不语，赶紧将纤纤素手塞入男5号手中）

男5号、女6号：执子之手，喜笑颜开。

男方亲友团、女方亲友团：起立欢呼，挥舞各式彩旗标语。

场内观众：掌声雷动。

共同心声：祝贺！祝贺！热烈祝贺！速配成功！

……

播放完毕，感想如何？

感想：电视可真是个好东西呀！不管你是在天涯，还是在海角，你是个艺术家，还是个农民，老人或者孩子，它对你都绝对童叟无欺、一视同仁，决不另眼相看。统一配料，统一发放，统一喂养，这真正是人类历史上规模空前宏大的一场普及教育。

不止如此，电视还专门为大家准备了成名速配、暴力速配、情感速配、发财速配等等，随便你吃哪个口味，总会有你喜欢的一款。生在这样的年代，置身于一个大的操作区内，被各式各样的速配饲料喂养得迅速肥大起来的我们，真是幸福啊！

而在这样的速配时代，我听见身边有人，也就是程遥正儿八经地说她在谈恋爱，她很幸福。这难免让我的耳朵一时有些不适应。

让爱做主的结果是：女宣传部长家里的战事正式拉开，在交战双方心理素质和武器装备不相上下的情况下，一度出现形势严峻、难分胜负的僵持局面。

外界只看见战场上硝烟弥漫，却无法深入内部去转播实况，我的情况有所不同，战争的引爆器——程遥，严密关注战事动态，并随时向我报道整个演变过程：

——5 月 12 日，冷战开始。

——6 月 23 日，王博向部长说出程遥的名字，公开宣战。

[根据程遥的叙述，补充细节如下：部长：你说，那个人到底是谁？王博：只谈我们两个人的事，不要去涉及别人。部长：难道这只是两个人的事？你连承认她的胆量也没有？是不是程遥？王博低头（展开心理活动：我要说不是，就是侮辱了程遥，我真的爱她，真爱无需隐瞒），于是咬咬牙，一仰头，坚定地：对！是程遥。]

——7 月 8 日，战事升级，领导级人物出现，分别与交战双方谈话，有关部门以各种方式进行干预。

——8 月 10 日，孩子从外地赶回，向王博施压，没有屈服（补充王博的话，由程遥转述……女儿林冰一直在哭，一直在求我，我心里很难过，真的，程遥，要是答应了孩子，我这辈子就这样完了。这么多年无爱的婚姻，我早就受够了，现在可能是我最后的机会了，我一天都不愿再等。我很难过，可我不能答应林冰，不管怎样，就算我和她妈离了，她也是我的孩子，总有一天她能明白。但是你不一样，遥遥，我一旦失去你，就永远失去了，遥遥，你知道吗？这不如要了我的命……）。

——9月2日，战争全面爆发，双方持械混战中，女部长打碎了墙上的玻璃镜子，王博双手及左胳膊受伤。

——9月3月，王博与部长正式分居。

——9月4日至2000年2月，冷战时期。

——2000年2月15日，部长痛定思痛，起草离婚协议，一式两份。

（由程遥转达，我看到了该协议的复印件，逻辑清晰，字迹苍劲有力，关于房子、财产、存款、孩子、衣服等的归属问题，理顺得清楚明白，分配得公平合理。女部长的干练与胸怀在此协议中体现得淋漓尽致，看得我连连叹服：不愧为女中豪杰！）

——2月23日，民政部门对王博收回红本，发下绿皮书，战争结束。只留稀疏枪声。

……

以上是我所做的一份战事记录，也是王博婚姻演变的大致概况，和一般离婚事件本质没什么不同，值得一提的是：战争结束后，我作为程遥的友好同盟，迅速被卷入婚事筹备大战中。紧接着婚期逼近，我以伴娘的身份和装束闪亮登场，但在这场众人拭目以待的婚礼上，新娘没有出现。

以上这些是我知道的情况，谁还能说的更多一些？或者说谁还能知道得更详细一些？

## 四　只爱陌生人

等待程遥的消息。

我的手机呼机全部处于二十四小时备战状态，家里的电话线每天检查好几遍，生怕线头插得不严实错过了程遥的电话。就算她有千种理由、万条道理，也该跟我联络。然而一连几天，没有程遥的任何消息。

寿林说得没错，我是程遥逃婚事件的第二个牺牲品。我越来越无精打采，越来越提不起精神，这场婚礼，或者说这场爱情是个幻影，这打击了我。我觉得自己很受伤，当然相爱的一直是程遥和王博两个人，没我什么事，我不会无聊到去暗恋王博，那是末流的小说或影视剧的路数。一直以来，我不过是从他们的相爱中吸取了一些养分，比以前较热爱生活。

真的，说实话，是他们追求爱的那种姿势吸引了我，我自己很清楚，这不是值不值的问题，也不是般配不般配的问题，打动我的是相爱本身，任何真正的爱都能打动我，让我不至于对生活太灰心。心就像一把火烧过的草地，灰烬下面还有一些不死的根埋在土里。

程遥和王博站在悬崖边上相爱的姿势打动了我，使我感觉到有一股风吹过来，闻到了一股久违的味道，人的味道，饱满、温暖、厚实，像冬天里一件中式小棉袄。

但是……现在呢？他们的爱情眼看就要修成正果，程遥却全线撤离，我……很受打击？

用寿林的话说：是的，你很受伤！他曾语焉含混，眼神暧昧地盯着我的脸，似乎我的脸上藏着程遥逃跑的秘密。

我觉得自己实在没必要拜祥林嫂为师，逢人就讲：我真傻，我只知道……什么什么诸如此类的废话，这毫无用处，越描越黑的道理我还是懂的。至于寿林，他和别的人没有很大的不同，我一开口他准能找到许多可疑的地方，所以最好的办法是免开尊口。

寿林又说：你不说话就有理了？越不说话越证明你心虚。

心虚吗？一点儿也不，但倘或事事都跟人解释得清楚明白，还不累得去死！

我跟寿林说：王尔德说过沉默是女人的美德，我一直具有这种美德，你没发现吗？

寿林给了我一个白眼，就到另一间屋子上网去了，除非有事，这是他每晚的必修课。关于这点，我有很多话要说。他好像新近换了一个代号叫“猎人”，再早的时候是“晴空一片”，还有“小柳树”什么的，据寿林自己说换换名字就像重新做人。这种说法我倒是完全赞同，把稀里哗啦的残局一笔抹去，一切从头开始，光想想，都足够振奋人心。

寿林的固定网友大概不下几十个，他们谈天说地，从古到今、从上到下、从里到外，当然极有可能也干点儿别的什么。去年我编那组“网上恋情”征稿时，收到一篇来自本市的题目叫《只爱陌生人》的稿件，作者署名“‘缘’来是你”，这个家伙说：他可以在网上和多个人同时做爱，而且他呼吁软件设计者应尽快发明研制出遥感快乐器，以解决远程做爱中的几点遗憾。最后这个家伙悲哀地感叹道：我敢预言网络将是人类最终的也是最安全的做爱工具，毕竟人类历史上从没有过如此众多的性焦虑者啊……这是原话，我一直怀疑这篇文章出自寿林之手，却不便明说。

想想都觉得虚弱得不得了，寿林同志能在一分钟之内就和普天下的陌生人由天涯变为咫尺，而和我这个同床共枕的人竟没有话说，我和他都待在自己的精神小世界里，闭门不出，且没有一点儿要交换钥匙的意思。

就像今天晚上，寿林在一间屋子里纵横天下，我则缩在沙发中看影碟，我挑了不下三十盘统统堆在地板上，打定主意非把自己看得脑袋发木、眼冒金星才肯罢休。说起来自己也奇怪，我竟然如此缺乏情趣，既不追星，也不发烧，我宁肯待在家里听 CD，也不愿去欣赏一场免费的歌星演唱会。看到一对爱情小蜜人，我总是发自肺腑地祝愿他们幸福，因为我是真的担心不久之后他们就得把一颗心缝了又缝，补了又补。我知道这很不好，这直接影响到我的生活态度，但我真的不知道是什么时候、什么人和什么事使我变成了现在的我。

现在的我是什么样子的呢？

一朵吹皱的山花？一片吹老的山色？消极吗？也不是，自己说总比别人说不那么触耳惊心罢了。

偶尔我也上上网，并非出于喜爱，实在是因为大伙儿都在上，我要不上就显得不识时务罢了，其实我对操纵机器没有一点儿兴致，我对掌握整个世界也没多大兴致。

即使在网上，我也不能玩得随心所欲，玩得乐开了花。有一次一个叫“小女巫”的女孩缠住我，她说：你来上海好不好？咱们把我的男友从楼顶上扔出去，他太讨厌了，老是管着我。我回复她说：你该找个力气大点儿的，我吃的很少。她再说：咱们可以交换条件，我也帮你干掉一个男的。我说：你闭嘴吧，你就是帮我把天下所有男的都干掉了，也没什么好玩的。她就开始骂我，用语言代替男人的肢体动作从我本人一直强暴到我的老祖母。不止如此，她挑衅说：你为什么不用同样的方式来刺激我？你不觉得这很过瘾吗！

过瘾？不！绝对不！

我只感觉到空虚，还有空虚过后彻头彻尾的绝望。

其实……心里也是羡慕如寿林这般的高手，网络无限，一切都尽在掌握。生活和理想分得清楚明白，各放身体的两旁。但我不行，我缺乏那种玩得起放得下的魄力，我总是怀疑，那个知书达理、嘘寒问暖的神秘情人就是隔壁四世同堂的郭大爷；还有，那个激情洋溢一手拿着钱袋一手拿着鲜花的王子没准是市场上宰牛的阿财哥。

我永远做不到自我蒙蔽，自我欺骗。在这件事上，我觉得任何人对我的鄙视都没有道理，谁也不能要求一棵水仙开出牡丹花。

但我可以在别人的爱情故事里过足瘾，这一点不会伤筋动骨，也不需要承担什么风险。

就像今晚，电视机呜里哇啦地响着，电话却始终蹲在那儿一声不吭。寿林喷出的烟雾在屋里飘荡，我握着电视遥控器，守着一大堆有趣或无趣的男男女女，和他们一起演绎生死爱恨、激情飞跃或者鸡毛蒜皮，我放任自己在虚构的故事里随便做个主角或配角，打打闹闹、吵吵笑笑，甚至哭红了眼睛。一时间，好像自己也活得很热闹，我的爱可以在每一处地方破土动工。

我放心大胆任自己失去理智，死缠烂打，甚至要死要活，这都没事，反正只要切断电源，什么样的恩怨纠葛都灰飞烟灭，不像在生活或网上的恋爱，弄不好就粘在心口上，像一颗小黑痣，随时可能癌变。

这应该算是好处。

这应该……

其实我和寿林五十步笑百步罢了。再其实，我和寿林都是鸟，都有一双翅膀，飞翔功能已退化的翅膀，所以我们不飞，我们只是站在瓦砾场中偶尔瞅一瞅灰色的天空。

好吧，就这样，我看碟片，寿林上网。

我正看到皮尔斯·布鲁斯南隔着落地玻璃门和一个女人亲吻，那女人的头发都被雨水打湿了粘在脸上，就像她纷乱无序的情欲一样。寿林突然兴奋地蹦出门来冲我喊：你看看这个傻瓜，他要空邮一打黑玫瑰给我，哈哈哈……

我这才知道，原来寿林最近换了个“罗裳”的名字，净说些“天之涯，地之角，知交半零落”之类的话招摇惑众，就有一个自称“唐伯虎”的家伙中了招，非得空邮一打黑玫瑰给“罗裳”小妹妹，寿林准是乐疯了，竟然跟我咨询要不要给那位多情的唐公子真实地址。

我的态度不够友好，很不合作地说：前两天你不还是块“石头”吗？什么时候又变“罗裳”了？再说你干脆叫“秋香”多好，直接和你的唐才子三笑四笑的才浪漫。这话说完我就后悔了，寿林果然警觉地看了看我的脸，就收拾起得意，闭上了嘴巴。他转身回屋，脸上是一副对“得意忘形”这词充满了感悟的神情。

寿林的门重新关上了，我觉得我的心情就和皮尔斯门外那女人的湿头发一样黏糊糊、湿漉漉的，几乎能拧出水来，我努力劝慰自己说：姓黄的，这没什么大不了的，“石头”也好，“小柳树”也好，

“罗裳”也好，都不妨碍寿林继续做一个忠厚的人，打个比方来说，这就像下水游泳，你可以穿短裤、三点式、连体式，甚至裸泳，这有什么关系呢？没人怪你，因为你是在游泳，反正你也没打算这样在大街上晃悠。这样一想，我还有什么道理不把心思放宽呢？

## 五　我不要玻璃

关于程遥的各种消息，我听到很多，像秋天的落叶一样，满天飞舞，而她本人就像渗进沙漠里的一滴水，无影无踪。

等待程遥，没有任何结果，倒是王博的电话经常在深更半夜打过来，埋怨别人、亦埋怨世道，我脊背上常背负着寿林两道寒冷的目光，耐着性子听他絮絮叨叨，蛙鸣聒噪。这样的倾诉一次两次倒也罢了，再多便害人累己，实在算不上什么美德。

今晚，寿林出去应酬，一个人在家，感觉空气如此通畅。

冬天的夜显得漫长，暖气到了十一点就没有了，寿林没有回来，也没有电话来过。到了十二点，我继续看片子，并不想追问他在哪里，如果他在该在的地方，问了等于多此一举，如果他在不该在的地方，得到的肯定是假信息，寿林能自圆其说倒也罢了，倘若不能，又害得我把一颗心悬着，疑神疑鬼、草木皆兵。我并不是一点儿不关心寿林，只是不愿一些意料之外的事来扰乱我的平静。

道理是对的，但肯定有哪儿不对劲。

第四盘片子我放的是《美国大美人》，我正看到美丽的安琪拉在台上跳舞，她对着台下的观众两眼放电，双手扯开了衣襟，我一下子看到……看到什么了？肯定不是叶玉卿或叶子楣的超级巨无霸，港台的导演总是懒得用脑子，反正他们有的是生猛海鲜。而人家山姆·曼德斯的路数就不一样，从安琪拉敞开的衣襟里飞出的是鲜艳的玫瑰花，纷纷扬扬、铺天盖地，好像一时间满世界都下起了玫瑰雨……当然玫瑰也很俗，最好是百合，但白色的胸脯飞出白色的百合，肯定不如白色的胸脯飞出红色的玫瑰来得抢眼……我正琢磨着，门突然被轰轰地砸响，好像后面有人追杀似的。我被吓了一跳，玫瑰花瓣像些蘸水的鞭梢擦着我的头发和脸皮飞过……

是谁？这种时候，这种方式……绝对不会是寿林，难道……是程遥？

程遥现身了？

我一下子神清脑明，跳起来扑到门边。

冷风裹着一个人几乎是跌进来的，差点儿把我撞倒。

不是程遥，是王博。

我在王博的身后关上门，心想：深更半夜，这可不是个受欢迎的访客，况且我也很疲惫，哪儿有多余的精力去安慰别人。况且，什么样的安慰对他能起作用？

我讨厌任何虚伪的陈词滥调，一个人被撞掉了一条腿，你跟他说没事，他就没事了？你跟他说一切都会好的，一切就真的会好吗？我知道这种腔调很讨厌，好像在为自己找借口，但除了难过，我不能对王博有任何实际意义上的帮助，对于一个成年人来说，没有实际意义的帮助或者越帮越忙都是令人厌恶的。

王博勾肩缩背坐在沙发里，披着挺艺术范儿的长发，像被抽掉了脊梁一样，整个人灰扑扑、轻飘飘的，好像伸手一拍打，他就飞上了天。

我身边总有些人很容易就变得面目全非，这种事随时都可能发生，人生不能细想，想深一层，便灰心一层。若是一下就毙命般的打击，虽说残酷，倒也利落。可怕的都是些钝刀割肉式的痛苦，或是投之于沙石中慢慢磨出血来，一缠就是几十年，可见，快乐一点儿是多么要紧的事。我关了电视，给王博倒了一杯水，王博就说了第一句话：别给我这个，有酒吗？

我打开一箱蓝带啤酒，拿了两罐放在他面前的茶几上。幸亏这世界上有酒，否则那么多忧愁的人都怎么办呢？

王博扯开盖，就往嘴里灌，好像他在沙漠里跋涉了很久。空罐被扔掉的时候，他伸长了瘦瘦的脖子，像鱼一样吐着泡泡。过了片刻，他皱着眉头问：你能告诉我这到底是怎么回事吗？

我？当然不能！我摇摇头，他说：你知道会变成这样吗……程遥和你都说过什么……她跟你联络过？或者信……我摇头，再摇头，我一直在摇头，自己都觉得有些对不住王博，我怎么能什么也不知道呢！

王博看着我，眼神像长满了荒草，他的双手插进了长发使劲揪了揪，好像打算把那片碍事的头发撕下来，然后他突然就哧哧地笑了，停了一会儿，他挺纳闷地说：我都糊涂了，我怎么想，都想不明白。

他踢踏着脚步走到墙角，把那箱啤酒抱了过来，噼噼啪啪地打开。窗外起风了，枯树枝被刮得嘎嘎乱响，像一群骚乱不安的乌鸦。

寿林一直没回来，不知他在哪儿，在干些什么。王博低低地说着话，我静静地听着。因为夜深了，神志涣散了，心事便在很远的地方飘着，像雾，被风吹得丝丝缕缕，缠在树枝、灌木上，也蒙在眼睛上……

不知什么时候，我的手里也握着一罐酒。

王博断断续续地想着事，断断续续地说着话，一小段，一小段，都是和程遥的往事碎片；他东扯一块，西扯一块，倒不一定就是视谁为知己，只是渴望有个人聆听，恰好我在身边，就一直说下去。

……

……我自己也很奇怪，以前看别人离婚啊什么的，总觉得幼稚，推翻皇帝再立皇帝有什么意义呢？可是遇到程遥我就完全失去了控制，我变得不是我了。其实我的婚姻早在十五年前就死了，我云游四方，对我来说那不是一个家，就是一间房子。我们不在一个房间睡，有事都写在纸上，没有外人知道这一切，一直就这样，两个人都习惯了，都从这桩婚姻里得到了超度……两个活着的死人，心木木的，是程遥救了我……

我静静地听了，眼睛看着别的地方，一口一口地喝酒。

……我四岁的时候，母亲就死了，从小到大吃了许多苦，可我一直记得母亲，她告诉我要坚强，永远都要靠自己。我总是和程遥说我的母亲，程遥就坚持要去看她，我们赶了两千里路到我母亲的坟地，那天下着雨，程遥一直跪在我母亲的坟前，她说：妈，你放心，我再也不让王博受苦……我都不相信，程遥能那样，她爱我，连我母亲也爱……

程遥的样子在我眼前闪现，黑发飞扬、冷艳耀眼，或回眸，或凝视，或巧笑，每一副都是她在T形台上俯视众生的样子，而在雨中，被淋湿了衣服和头发，跪在一座坟前的程遥，是什么样子？我不能想象。

……就是现在，我也不相信程遥不爱我了，那是真的爱，我敢肯定，我们都像孩子一样，快乐、幸福，愿意为对方去死……我们有一间小屋，在乡下，村子里到处都是梧桐树，到春天，那个小院子里的梧桐树开满了紫色的花，一朵，一朵，像小喇叭，程遥的身上、头发上……她所有所有的地方，都是这种辛辣的香味……松木在炕洞里啪啪地烧着，我们在暖暖的土炕上……相爱，到处都是紫色的梧桐花，我们亲吻着对方的头发、耳朵、手和脚趾，每一寸皮肤……程遥总是泪流满面，她说：我们留下来好不好？养马、种菜，吃自己种的麦子，给我盖一座木头房子吧，我不要玻璃……

王博不能再说下去，他咬着嘴唇，忍住哽咽，我突然觉得很虚弱，心一点儿一点儿地疼着，恍惚间听见一个声音说：我们留下来好不好？养马、种菜，吃自己种的麦子……那个声音，好像是我自己……

……

啤酒罐一个一个扔在地板上，白色的泡沫滴滴答答滴在茶几上，也顺着我的手腕流进衣袖里。王博蒙眬着眼歪倒在沙发上，嘟嘟囔囔地叫着程遥的名字，偶尔抽泣一声。我也有些醉了，想起很久前的事，爱过的人，说过的话，头疼，感觉孤单，想哭……

那是在多久以前？在海边，有一个男人，我们坐在一块岩石上，岩石周围开满了忧郁的香点点花，一只海鸥悲切地鸣叫着，飞来飞去，他说：海鸥在找什么呢？我说：它在找它的伙伴，它会一直这样飞来飞去吗？我等着，等着他告诉我另一些话，可他一直看着那只悲伤的海鸥。后来海上起风了，我扭过脸，用手按住了眼睛，也按住了满眶的眼泪，不愿让他看见。他说：我们走吧。我佯装平静地说：

好……你向那边走，我向这边走，谁也不要送谁了。

于是我们向两个方向走，在十几步远的地方，我忍不住回头，而他也正回头看我：风从后面吹过来，鼓起他的衣袖和裤管，整个人摇摇摆摆着好像站不稳，而那双绝望的眼睛羸弱不堪一击。在那一刻，我听见两颗心破碎的声音。

很多年了，很多年心仍不死，总觉着在什么时候什么地方，会遇到自己想遇到的人。

可许多年过去了，摇摇晃晃，一路走下来，我不停地回头，并没有人在灯火阑珊的地方等我。我转得脖子都酸了，眼睛也花了，在三十多岁的时候终于看到寿林。我对自己说：就这样吧，有个人靠一靠也是好的……

致于爱情，啊！爱情……

天荒地老是很遥远的事，对吗？我只担心自己等不到，苦海无边，我也老了，还能游多远呢？回头……抬头都不是岸，就近靠上寿林的小岛，自此繁衍生息，人间烟火吧。

……

王博歪在沙发上睡着了，我握着一罐酒，想着那个爱过的人，想着自己说过的话，却想不起来他的样子，我的眼泪一滴一滴流下来。

……

## 六　《X + Y》杂志

第二天早上，我醒来的时候，寿林已经把早餐准备好了。

他说我昨晚喝醉了，吐得一塌糊涂，他已经收拾干净了，他让我多喝些豆浆，说是酒精伤胃……我看着他圆黑的脸，细眯眯的小眼睛，粗短的身材，心里不是不感动的，可是若换成一风流倜傥的绅士感觉会更好吧，我喜欢马龙·白兰度……不！我立刻警告自己说：黄木子，没有血缘关系的人里，寿林对你最好。

静静地坐在桌前喝豆浆，寿林于我对面，问：你和王博怎么回事？我拿起勺子加糖，不以为然道：我们能有什么事。寿林提高了声音，再问：你和王博到底怎么回事？唔？我抬头，他的表情竟然很严肃。我说：我们……没事，一切正常！寿林冷笑一声道：哼！没那么简单吧！

我手里的勺子当一声跌在杯子里，认真审视着寿林的眉眼，禁不住也冷笑了一声说：那你以为呢？他做了个很不屑的表情说：你别以为我什么也不知道，我早就看出来了，你们俩不大对劲，你们要对劲，程遥还不跑了呢……

什么？我抓起杯子，那些豆浆就飞到他的胖脸上去了，我也不知道为什么我的坏脾气来得如此之快：去你妈的，留着自己喝吧！我还准备去抓那些奶油曲奇，寿林的一句话就把我打垮了，他说：别装了，昨晚你俩搂在一起拍打着肩膀哭，我拉都拉不开。

什么！我和王博？搂在一起哭？

我竟然……和王博搂在一起哭？这……是真的吗？

我只知道我们先是喝酒，接着说了一些话，不知怎么的，就都哭了，后来呢？

后来我就不记得了，至于王博怎么走的，寿林什么时候回来的，我统统不知道，后来的事，我真的一点儿不记得了。

我呆在桌子前。这次，寿林很绅士地用手抹了一把脸，雄赳赳地摔门而去。

这就是新的一天，新的一天就这样拉开了序幕。我估计这是个不怎么愉快的一天。

来到办公室，呵欠连天坐在桌子前拆阅作者来稿，唐朝坐在我对面干着和我相同的事，不过他比我投入，时不时选出个绝句妙段来念一念，博得旁边的暖暖哈哈大笑。

唐朝和暖暖，他们两个都是我的同事，原来都有自己的名字，比较朴素。从编上这份杂志，就吆五喝六起来，开始分别以唐朝和暖暖呼之，这和演员喜欢起艺名一样没什么奇怪的，他们都是好人。



唐朝戴眼镜，身高一米六八，皮肤很白，眉眼与胳膊都细细的，是位男性。暖暖长得很大众化，但扮相奇特，像糖醋蒜，味道比较冲，但你要是喜欢就非迷上不可。她涂黑色唇膏，脸颊上贴一支小梭镖。唐朝说她是丑人多作怪，她说唐朝是残疾人。他们总是相互攻击，倒没多少恶意，闲着无聊罢了。

我说过了，我们编的是一份很前卫的杂志，听到的自然是一些很前卫的声音，那些作者大多署名小玩意儿、风萧萧、老鸭子或是泪如雨下什么的来投稿，个顶个都是一副奶毛未干就闯荡江湖的模样。

我们定做了一些光怪陆离的盒子，来收藏这些声音，你只要听听这些盒子的名称，就明白收藏了些什么好东西，它们有的叫“情话夜绵绵”，有的叫“情感大放送”。唐朝曾运用他的聪明智慧，创意了一个“零点 1 +1”栏目，使我们杂志的发行量一下子突破四百五十万大关。主编曾当着我们所有人的面奖给他五千元，以激励所有的人。在这种你争我赶、人人赶超先进的大氛围下，先后有许多奇思妙想被隆重推出。

时间到了九点，有一个小女生找上门来，点名要见唐朝先生，待到真的见了唐朝，她很不满意地说：你怎么能是唐朝呢？这话很伤唐朝自尊，他气愤地说：我怎么就不能是唐朝？那女孩翻了翻白眼，说：大叔，其实我比较喜欢胸脯长毛的男人。

这句话差点儿把我和暖暖笑死。

早上的一口恶气终于呼呼吐出来，顿觉神清气爽。我正侧耳细听她再吐出什么妙言，总机室通知我老编有请。

老编为女性，丽人，说是老编，其实并不老，年纪不过三十多点，属于长袖善舞、八面玲珑，踏着尾巴头会翘的那种角色。我刚坐下，她就把一份当日的报纸推给我，好像她推过来的是一份香草冰激凌。

别想了，其实她从来不给我准备什么可口的小美食，她推过来的是一则寻人启事，它的全部内容如下：

我妻程遥，年龄 28，身高 1.75 米，身材婀娜，容貌俏丽，因突发间歇性精神分裂症于 11 月 25 日晚走失，请知其下落者速与其丈夫联络，电话：13906315678，呼机 95812 -

呼12345。

特别忠告，鉴于患者发病前职业为模特，其很有可能重操旧业及涉猎相关事业，因其分裂症发作时，屡有持械伤人行径。特此忠告，以防无辜者受害。

文字下面配有程遥一幅六寸大的黑白美人照。我把这则启事连看两遍，然后对着这张报纸喷笑而出。

老编问：有何感想？我说：小人！地地道道的小人！这招够狠！老编笑说：五十步笑百步罢了，刚好打成平手。我说：王博是男人，怎么能和女人一般计较?！她冷笑：男人怎么了？男人就得忍气吞声？骂不还口，打不还手？人家打完了左脸，再把右脸转过来让人打？这年头，管你是男是女，就得以牙还牙，以血还血，以恩报德……我瞪眼看她，她说：你别用那种眼神，我是个是非分明的人，该谁的错就是谁的错。还有，今天叫你来不是看报纸，你不觉得这件事大有文章可做？

嗯？我马上警觉，她恐怕又动了什么坏心思，就轻描淡写地说：这不过是一场闹剧，有什么文章可做？她毫不放松地说：别忘了，你是个记者，咱们只怕闹剧不闹，丑剧不丑，天下太平咱们吃什么？给你三天的时间，给我写一万字出来。

我对着这个拥有120%的智慧、却只吃35%的食物的小女人说：我不能写。她歪着脑袋看我，一副很难对付的样子说：就因为你是她们的朋友？别人写，不会比你更留情。写吧，你是最合适的人选，题目我都想好了，就叫《爱情死得很难看》，你觉得怎么样？我说：随便你叫什么，反正我不写。当心王博告你侵犯人权。老编得意洋洋地说：不会的，王博已经答应接受采访了。

什么？我大吃一惊，王博竟然答应接受采访！昨天晚上我们还在一起喝酒呢，而且据寿林说我们还有一些不怎么体面的行为，他是什么时候答应老编的？老编大概知道我在想什么，直截了当地说：就刚才我和他通的电话，你现在就可以去找他。我通知本期责编撤一万字下来，把版面给你留着。三天后，完不成任务你就直接回家吧！

我看着她的脸，她看着我的脸，对峙了一会儿，我抓起那张报纸掉头向门外走，我知道她不是吓唬我。这种事，她干了不止一次。

## 七　没有一种方式是合适的

我怒气冲冲地去找王博，竟然两天都找不到他，更糟糕的是寿林也趁火打劫，不仅没有什么安慰鼓励，在此期间竟然不回来了，也不联络我，一时间内乱外患，让我又气又恨。可见三十、四十的人再不能由着性子去疯、去闹，一怒就把天下都砸乱了，砸乱的残局还得自己去收拾，实在没有如此之多的力气。倘若十八岁……那就好得很。十八岁真的不同，事事认真，斤斤计较，一句不合，立马翻脸，永远不和这厮再往来。

如今……真是没有那般气概了！

越是不见寿林，越是想起他的种种好处来了，竟有一种被人挂起来晾着的悲切。早知一杯豆浆可导致如此恶果，我还敢率性胡来吗？收拾战场真是麻烦……

嗯？转念再一想，难道错的是我？干吗要委曲求全？我又不是解放前的家庭妇女，丈夫另寻他欢，还得乞求他留下一缸米，以防饿死。我从来自己赚钱养自己，这便是经济独立的好处，有理就气壮。又可见寿林也好，别的什么人也好，没有谁是可以终身依靠的，只有靠自己最心安，倘若现在还有谁待在阁楼或睡在城堡里等着王子来救命，那真是可怕之极。

算了，天要下雨，娘要改嫁，随他去吧！

我还是去找王博，尽管不喜欢这份工作，可现在开电梯的兜里都揣着张硕士文凭。生活由来逼人，混到面子光光并不那么容易。除非万不得已，谁愿从头再来！

我使劲用脚踢门，并不知道王博是不是像只缩头乌龟一样待在壳里舔舐伤口。我是太想干点儿什么了，所以我的力气很大。

王博没出来，出来的是对门的老太太。她咬着我的耳朵说：你使劲踢，屋里有动静，你第一天来的时候，屋里就有动静……我们一起砸门，里面一点儿反应没有，老太太突然大声喊：肯定是出事了，赶紧叫110来，快拨110，再晚人恐怕没救了……

因为这样，门就开了，王博站在门口，脸上像堆满了汽油，只差一根火柴了。我向门里挤，那老太太也向里边挤，我把她关在门外说：谢谢！没你什么事了。也不去看她那张拉下来的老脸。

进了王博的屋子，我差不多以为误入了废品收购站，到处都是垃圾和空酒瓶，他蜷缩在沙发里，闭着眼睛像只饿昏了头的蝙蝠。我说：王博，出去晒晒太阳吧。生活逼人，可是自己不能逼自己，你是个成年人了。

王博很厌烦地一摆手，冲我说：我愿意逼自己吗？我付出了那么多，可结果呢？我牺牲了一切啊！

我拖把椅子坐下来，心里不是不感叹的，是啊，爱情就是种田，付出的多，自然不希望收的少。还有“牺牲”这词，但凡用到，总表示后悔了。可即使这样，也没必要打出寻人启事这种怪招，惹天下人耻笑，我掏出报纸说：那也用不着敲锣打鼓到处招摇你的痛苦。

王博很嘴硬地说：我不痛苦，我就是要她好看，憋不住就现出原形来。我还要在省报、中央电视台做启事，她总不能逃到国外去，她逃到哪儿，我就追到哪儿。

我掏出采访本扔在桌子上，冷冷地说：现在开始吧，请你配合我的工作。

他恶狠狠地冒出一句：我改变主意了，我干吗让别人来写，我自己写不更好吗?！我冷笑一声：算了吧，就你那点儿伤心往事，也值得著书立传？你以为你是刘晓庆的前夫呢，我们杂志可是国内外公开发行的，你省多少广告费啊！他闭了一下眼睛，突然撑不住了似的，耷拉下嘴角，低声说：木子，你别说了行不行，我真的很痛苦啊……他神情悲哀，一瞬间竟如同垂暮的老人。

我轻叹一声，闭上嘴，程遥真是害人不浅，王博似乎已元气大伤。

也就是在这天，王博给我看了一些东西，他自己涂涂抹抹的一些文字，他说：我一直在想这事，有时候好像明白了，有时候，又更糊涂了……

王博的这些文字断断续续，支离破碎，像一些羽毛凌乱的鸟，触摸这些鸟的脉络，倾听它们的呼吸，顺着它们飞行的方向……有一些曾经发生过的事情慢慢凸显出它的面目来了。于是，我听见了裙子在沙沙作响，看见了含着泪水的眼睛，以及藏在皮肤纹路里的欢喜、悲哀或者混乱……

往事之一：

雨天。乡下的一间小屋，碎石铺的院子，许多的梧桐树。雨水把碎石洗得很干净，紫色的花朵和绿色的叶子吸饱了水，“啪啪”打在水洼里。

王博和程遥面对面站在门口。程遥一直皱着眉头，看雨中的那些花朵，王博则一直看着她的脸，王博的表情很痛苦，他说：你为什么这样？你太冲动了。你仔细想过吗？

程遥的口气很冷静，她说：没有一种方式是合适的，也没有一个人是合适的，你照样救不了我，真的，我心里越来越虚，我再也感觉不到对你的爱了……

难道以前的一切都是假的吗？王博的声音有些虚弱，他紧紧盯着程遥的脸。

不！那些都是真的，可现在没有了，都过去了，我知道我又变了，我一点儿管不了我自己，我很痛苦……我不想和你探讨什么真的假的，这没有意义。

王博的眼睛渐渐射出仇恨来：你太自私了，为了你，我牺牲了一切，到现在这种地步，你竟然说不爱我了，你让我以后怎么办？

程遥的脸上有了一点儿讥讽，直视着王博：你的婚姻早就死了，你敢说你等这样的机会不是等得太久？碰上别的女人，你照样会离婚，你是为了你自己……

王博在颤抖，他的脸变得死灰，沉默了一会儿，低声说：我不能没有你，我会活不下去的，你说过你爱我，我们永远都不分手，你说过的，你都忘了吗？

程遥闭了一下眼睛，再睁开的时候，眼里就有了一些泪光，她开始看着王博：我没忘，那些天，我从来没有睡得那么踏实，那么安心，在夜里我不再尖叫，不再被噩梦缠住，我以为这一次我真的得救了，我心里很感激你。你和我，和他们，我以前认识的那些人都不一样，你有清晰的感情和想法，你对待生活很认真，一点儿都不混乱，你过着健康的生活……可是……程遥的眼泪流下来，她说：可是，我现在什么感觉也没有了，我不爱你了，一点儿都不，我不知道这是怎么了，我对自己很灰心，真的，我一直希望我可以死心塌地爱一个人，永远都不变心，永远都不分开，我愿意过着最平静的生活，一辈子为他守身如玉，直到我死的那一天，可是我变得太快了，我对自己很害怕……

王博抱住了程遥，两人的脸上都有泪，程遥挣开王博，一直跑到外边的雨中。

程遥站在雨中的石板上，雨水淋湿了她的衣服，她的脸，她的脚上没有鞋子，她站在雨中，光着青白的脚，捂着脸大哭……

往事之二：

程遥说：没有用的，不管怎样都没有用的，没有一个人是合适的，没有一种方式是合适的，我不是你的，也不是我自己的，我对自己一点儿办法也没有……

怎么办啊？这到底怎么办啊？

……

## 八　咱们结婚吧



2001年，我们准备结婚，是我和寿林。

寿林的妈从东北来了，喝茶的时候，她看着我的脸小声说：去东北结婚吗？

我点头说：去东北好。喝一大口茶，我再说：我喜欢东北的玉米大馇子，还有蘑菇炖小鸡。结婚的时候，最好一连下十天的大雪，雪把所有的路都封住了，没有一个人能赶来喝喜酒，我穿着大红的棉袄棉裤，坐在热烘烘的炕头上。咱们放开了吃肉，放开了喝酒，放开了睡觉，那才是人过的日子，我再也不减肥了……

寿林在桌子底下踢了我一脚，说：你正经点儿。他妈的表情则很奇怪，眼神飘飘的，很小心地笑着说：我就是说说，你们要不同意就算了。

我说：你别只是说说，我是认真的。寿林狠狠地瞪了我一眼说：你想干吗？我妈是乡下来的，你用不着和她斗智斗勇。我叹了一口气，心想：我怎么一正经，他就说我不正经呢！

寿林转而对他妈说：她这人就这样，其实心眼挺好的。她喜欢咱们东北那儿，到处都是树和玉米地，到了冬天的时候就一直下雪，一家人守着热炕头嗑松子，那真好……你看这儿总是灰蒙蒙的，都不怎么下雪，是吧？木子。

我赶紧点头，我说：是啊，是啊，我都没怎么看见下雪，下雪多好啊！最好下一场暴雪，把所有的路都封住……

寿林又偷偷踢了我一脚……也是，没看见下雪有什么好说的呢！这和结婚有关系吗？这和寿林有关系吗？我闭上嘴，看着眼前精致的红陶茶具，精致的布茶小姐，我再也不想说什么东北的玉米大馇子、红棉裤红棉袄了，也不想说什么咱们养马、种菜、吃自己种的麦子之类，我什么都不想说了……

反正，2001 年，我们结婚。

我和寿林，有谁是糊涂的吗？有谁是愿意苟且偷生的吗？好像都不是，但我们都害怕冷雨敲窗的夜晚一个人总想从窗口跳下去，也害怕病得头重脚轻时自己挣扎着起来找杯凉水喝。

真的，我与寿林，我们并不特别坚硬。



2001 年第 6 期《青年文学》

# 大风来兮

## 一

圣经山上的老道邱三树下山了。

邱三树天天拖着一根树枝，走十几里山路到海边和龙王开会，风雨无阻，寒暑无误，已经有四五年的时间了。海边的人看见他，总是笑着说：“看，那个疯子，又来了。”

王大喜潜伏在半山坡的树丛里，像一只等待猎物靠近的豹子，慢慢绷紧身体，静候那凌空一跃的冲刺。近了，更近了，邱三树竹竿样的身子撑着件宽大的道袍，衣裾翻飞，迎风而来，像一面刮在半空的青色旗帜，猎猎生风。

在旗帜扬起一股尘土扑面而来的瞬间，王大喜一跃而出，飞快扣住了邱三树的肩膀，他欣喜地叫道：“跑不了啦，邱疯子，你再也跑不了了。”这只被他围剿多日的猎物终于被咬在唇齿间，再也不能挣脱。

邱三树猛地收住脚，两只白多黑少的眼睛乒乓球似的来回乱跳了一阵儿，终于停靠在王大喜身上，他突然笑了，说：“我从你家麦地过来，你的麦子长得真好！”

王大喜身上的力气突然懈了，好像被邱三树点住了穴位，他的呼吸粗重起来，言语中有了哀求：“邱疯子，快给我算算吧，我那麦子，还有房子，留得住不?”

邱三树擦一下鼻头，嘿嘿笑，他不看王大喜，扭头看山上，好像那山上有王大喜要的答案。

王大喜也跟着向山上看，山上迎面十里模糊能看见一块巨石，凸显出一老人像，面朝大海，慈眉善目，长须飘然，裹一袭道袍，他就是那个生来白头的老子。老子石像矗在那山上有上千年了，不见说话不见动，还不如老道邱三树能掐会算地实用。可是有一天镇上的唐老鸭镇长突然对这石像重视起来，他要打造亚洲最大的老子旅游风景区，结果就烧香引出鬼来了，不只山下王大喜的房子和麦地遇到了危险，连山上邱三树的那个破道观也被夷为平地了。

邱三树不看老子像，他看着满山飘扬的彩旗，也看着那些脾气暴躁的推土机、挖掘机、拖拉机横冲直撞着，不时腾起狼烟冲天。他对王大喜抱怨道：“我师父和老狗每天晚上不停吵闹，说他们整夜失眠，再也不能安睡。”

王大喜往地上唾一口：“你师父和老狗早死了，活人的事都管不了，还管死人的事，你快给我算算。”

邱三树使劲摇头，把脑袋摇得水花四溅，汗珠直飞到王大喜脸上，师父和老狗怎么会死呢？前些天道观被推倒时，邱三树没处住，就夹起铺盖，钻进了当年邱处机修行得道的那个山洞，他抱着祖师爷留下的竹编《道德经》，摸着山洞潮湿的泥土，一夜好睡。师父和老狗都跑来亲热地挤在身边，邱三树把师父冰凉的双脚抱在怀里焐了一夜。谁说他们死了？他们和邱三树从来就没有分开过。

从邱三树七八岁时上山开始，他只有师父和老狗，师父和老狗也只有他，可王大喜竟然说他们都死了，邱三树很生气，使劲挣扎着说：“我不知道你的麦子，我也不知道你的房子，龙王叫我去开会，我不能耽误。”

邱三树挣脱了，拔脚就跑，袍子后襟却被王大喜一把抓在手里，一个向前跑，一个向后扯，来回几个回合，王大喜突然松手，邱三树一头栽到地上，等他坐起身子，额头正中多了一个不规则的吉祥点，血慢慢溢出来，吉祥点越来越鲜艳了。

王大喜喃喃道：“你算得挺准的，真的挺准的，我的牛都是你找回来的。”

邱三树坐在地上，一边埋头观察一群蚂蚁搬家，一边说：“我现在看远事，不看近事，我能听见海水说话，能看见鱼在哭，成群成群的鱼都在掉眼泪，有一只老龟断了一条腿，它整天都在唉声叹气……”

王大喜挥挥手，沮丧地嘟囔着：“去吧，去吧，真是疯了，不定哪天淹死你。”他穿过一片草地，向半山腰走，他的黄牛在那儿吃草。

邱三树不跑了，跟在他的身后，遇到石头不避，碰到坑洼不躲，深一脚，浅一脚，走得满心欢喜。他随手折了一枝开满槐花的树枝拖在身后，有两只蜜蜂就在槐花间盘旋飞舞着，一路从山上跟下来。

外号叫唐老鸭的望岛镇唐镇长领着一帮韩国投资商从山下蜿蜒走来，他的胳肢窝里永远都夹着那个黑色的小皮包，他可能不带手机出门，也可能不带秘书出门，但这个黑色的小皮包就像长在唐老鸭的胳肢窝里一样，与他从不分离，如同香蕉长在树上，红薯挂在藤蔓上。

关于这个黑色的小皮包，江湖上有一种传说暗暗流传，传说中唐老鸭是个大烟鬼，毒瘾发作时，喜怒无常，半死不活。他有时在上班，有时在陪客，也有时正在给全镇村民开大会，突然他就呵欠连天、涕泪横流地犯了毒瘾，起先还避着人，后来困得连眼皮都睁不开了，索性从小皮包里摸索出一支毒品来，直接给自己扎一针，他立刻就像濒临窒息的鱼重归大海，摆尾畅游。

这样的传说，有人信，有人不信，总之唐老鸭本人从未站出来辟过谣。

唐老鸭夹住他的小皮包陪众人走走停停，沿途都是正在扩建的全真道教遗迹，玉皇阁、老君庙、会仙桥、达摩天塔等掩映在郁郁苍苍的绿树翠柏间，放眼四望，峰峦起伏，满目苍翠，空谷鸟鸣沾着露水的清凉。

韩国人并不被美景所惑，他们皱着眉头指指点点，对仙山开发的进度表示严重不满。唐老鸭镇长佯装认真聆听，心里却并不当回事。

不止韩国人对唐老鸭不满，镇上那帮草民还骂他卖国贼呢，因为唐老鸭把这座山租给了韩国人，时间是一百年。于是望岛镇一下子就沸腾得像个大火锅，痛哭的、嘲笑的、责骂的、揣测的、企图趁机发财的、拒不配合的、写上告信的，各式各样的人都跳出来了，唐老鸭来者不拒，把这群鼠目寸光的家伙一锅烩了。租给小鬼子一百年怕什么？这山不是还在咱共和国的土地上吗？这老子不还是咱共和国的老子吗？咱不就是画了个香喷喷的大饼吗？为了这个大饼，韩国鬼子可要掏出三个亿呀！

空气中飘着五月的槐花香，树影憧憧，风摇树动，四处映着麦子的青芒。唐老鸭抬头向山上望去，眼前依稀闪现出新修好的大殿庄严辉煌，香火鼎盛，无数海内外游人欢聚在此寻真迹、研真经、饮圣水、食圣果……他眯起眼睛，竖了耳朵细听，恍惚听见无数钞票像下雨一样刷拉拉落地的声音。

唐老鸭镇长精神一振，他胡乱抹掉脸上和脑袋上的汗，指点着几里开外的老子像，摇头晃脑道："道可道，非常道，名可名，非常名。无名，天地之始；有名，万物之母。"这几句，从他调到望岛镇的当夜就挑灯苦读，背得滚瓜烂熟。他声情并茂地背完，冲耷拉着眼皮的小翻译用力一挥手，"给这帮小鬼子翻翻，一个字也不许漏。"

小翻译从不抬头看人，他总是蹙着眉头，似乎担着全世界的忧虑，唐老鸭那么活色生香的演说，经过他磕磕巴巴的加工，再吐出来的都是骨头碎渣。唐老鸭斜着眼不满地瞅小翻译，似乎那是他家地里一棵长歪的玉米，随时都会被他一锄头铲掉。

唐老鸭镇长是真的热，他脱了西装搭在肩头，花领带也揪下来塞在裤兜里，他澎湃的啤酒肚，像发大的面团恣睢着溢出盆外，走几步，就不得不停下来把滑到胯下的腰带松开，将自由散漫的大肚子使劲塞回裤腰里去。

韩国人也热，但靴帽依然整齐，西服笔挺，衬衣雪白，皮鞋能照出人影子来，他们呜里哇啦说着唐老鸭听不懂的鸟语，聒噪如黄昏归巢的群鸟。

一群鸟人继续向山上走，在半山坡一棵开花的大槐树下，他们看到一头黄牛在树荫下吃草。黄牛懒洋洋地磕巴着眼皮，偶尔甩尾巴驱赶一下骚扰的苍蝇。众人便停下来，有人摘花，有人逗牛，有人把槐花成串砸到黄牛身上，似乎占了多大便宜，开心地哈哈大笑，黄牛懒得搭理他们，把脸扭到一边去。

这就是王大喜的黄牛，王大喜去山上截获邱三树，把它独自留在这里，它一等主人不来，二等主人还不来，却等来了唐老鸭他们。

唐老鸭揪了一棵阳阳鼓草伸到黄牛鼻子底下诱惑它，这是黄牛的最爱。牛进人退，牛驻人扰，反复几次，黄牛站住不动了，唐老鸭却又笑眯眯地凑上前逗弄它，黄牛看他笑得诚恳，再次张开嘴巴，却再一次被戏弄。黄牛扭曲着脸，生气了，众人全被逗乐了。

笑声惊动了树上的喜鹊，不安地喳喳叫起来，黄牛终于恼羞成怒，低头向唐老鸭冲来，唐老鸭侧身一躲，牛角贴着唐老鸭的身体滑过，待黄牛反身再来时，却被脖子上的绳索牢牢困住了。

唐老鸭站在几步远的距离，依然笑眯眯地向它摇晃着手里的草。黄牛心生烦躁，正不知所措，突然看到主人王大喜疾步奔来，就委屈地长哞了一声，王大喜根本不体谅它的心情，照着它的脊梁噼里啪啦地打了两巴掌，低骂道：不长眼的东西！

唐老鸭镇长立刻变了脸色，似乎王大喜的两巴掌不是在打牛，而是在打他。他扔掉手里的草，绷紧了脸，像只坏了阀门的煤气罐嘶嘶地喷着气，但他使劲皱皱眉头，把阀门拧紧了，不让自己轰的一声炸了。

唐老鸭镇长咕咚咽下一口唾沫，笑嘻嘻地凑上来说：“老喜，还放牛呀？有福不会享！”

王大喜埋头解缰绳，冷冷地哼了一声：“人不死，哪儿来的福！”

唐老鸭愣了一下，脸上突然有了狰狞之色：“你死也要死到镇上去。”

王大喜二话不说，梗着脖子，一抖缰绳，拉起牛就走。

唐老鸭上前一步，压低声音，从牙缝挤出一句：“你等着，看我怎么修理你。”

王大喜头也不回，倒是黄牛瞪大眼睛看着唐老鸭，一副幸灾乐祸的样子。

唐老鸭把胳肢窝下的小皮包紧了一紧，一仰脸，自我解嘲地大笑起来。他抬手一挥远处，对众人慷慨陈词道："看啊，这就是神奇的圣经山！我要把它打造成世界最大的道教文化旅游圣地，要造一座亚洲最大的老子像，在这里，就在这里，开一个六车道并行的山门……"突然，有一团不明飞行物从空中直袭而中，啪嗒落在他的衣襟上。众人惊诧，唐老鸭镇长慌忙抬头，又一团诡秘物直奔面门而来，他一闪，砸在伟岸的肩膀上。

是喜鹊，竟然在他头顶拉屎！

唐老鸭终于火了，他对着老槐树狠狠踢了两脚，恶声恶气问候了喜鹊的老祖母，然后迅速弯下腰，哧啦一声撕开自己的右裤腿辟邪，企图把招上身的晦气赶走。

等他抬起身时，才发现自己犯了一个严重的错误，所有的韩国人都目瞪口呆，续而指着他豁开的裤腿下多毛的肥腿大笑起来。

唐老鸭毕竟不是普通的鸭子，他心里冷笑一声：老子可不是烤鸭、板鸭，也不是咸水鸭，我修理不了你们，对不起我这国际品牌。他一板脸，威严地把韩国投资商挨个扫了一遍，目光所到之处，人人噤声。唐老鸭一指小翻译喝道："你，让他们把裤腿全撕开。"

小翻译愣着。

唐老鸭："告诉他们，邪气太重，我一个人压不住，必须所有人都撕开裤腿。"

小翻译犹豫着，唐老鸭一挽眼皮："你他妈的要不想干了，现在就滚蛋。"

小翻译赶紧照唐老鸭镇长的意思呜里哇啦表述了一番，所有韩国人都大惊失色、面面相觑，但没有人动手。

唐老鸭又加了味猛药："告诉他们，这灾小则倾家荡产，大则性命难保。谁不信，谁倒霉！"

韩国人果然爱财更爱命，小翻译话音未落，众人已争相踊跃撕起裤腿来，一片哧啦哧啦的声响，唯恐慢了被灾祸当场撞个正着。

唐老鸭镇长撇着嘴哼一声，心里说：想来中国赚钱，没那么容易。不收拾收拾你们，不知道我唐老鸭的厉害。他威武地一挥手，率领豁着裤腿的一群人向山上继续进发。

## 二

唐老鸭镇长打老子的主意不是一两天了，从他调到望岛镇，就打算吃定这个生来白头的老子。

那是他刚调到望岛镇不久后的一天，市长召集各镇镇长开会，研究讨论招商引资的问题。市长在上面说得口干舌燥，下面的人都快把脑袋扎到裤裆里去了。

市长逼着大家必须拿出招商引资计划，否则不散会。大家饿得肚子咕咕叫，可是谁都忍着，不抬头，不说话，不接市长的眼神，整个会场寂静无声。市长有些气急败坏，就在他怒其不争时，会场上空突然掠过一阵嘎嘎嘎鸭子的笑声，是李扬变调的唐老鸭的经典配音。

石破天惊的一声大笑艳惊会场，大家惊慌环顾，就见唐老鸭抻着脖子笑得满脸红霞飞。

市长的脸色尚未来得及变青，唐老鸭已迅速主动地站了起来，笑嘻嘻地说："市长啊，我来说两句，我来说两句。"也不等市长表态，他抹抹头上的汗，开始讲笑话，话说，"有一个领导开会，总是让秘书写发言稿，他照着读。有一天，秘书写完发言稿，把页码顺序写乱了，开会时当那个领导读到'十月革命一声炮……'接着翻下页，可是不对了，跟前边的'炮'接不上，领导又翻了好几页，终于找到了，他高兴地一拍大腿叫道：他——妈——的，在这儿'响了'。"

会场里扬起一阵大笑，数那鸭子的笑声最酣畅淋漓，肆无忌惮。

市长不笑，绷着脸看这个不怕死的家伙，一脚踹死他的心都有了。

唐老鸭无辜地眨巴着眼，憨厚地看着市长，眼睛笑成了一道缝儿，高声大嗓地说："市长啊，你别生气，我就是大名鼎鼎的唐老鸭。你那个炮啊——"说到这里，唐老鸭使劲一拍大腿，夸张地叫道，"他妈的，肯定在我这儿响了。"

市长冷冷地哼一声："你就是唐向前？"

唐镇长笑得鼻子眉毛一团吉祥："对，对，叫我唐老鸭吧。大家都叫我唐老鸭，多好啊，还国际品牌呢！"

市长瞋目："难道我也叫你唐老鸭不成？"

唐老鸭笑得很诚恳："市长啊，你随便叫，你叫我板鸭、烤鸭、咸水鸭，我都不管，反正你那一声炮啊，非在我这儿响了不可。"

市长逼视唐老鸭："你怎么响啊？你凭什么响呀？"

唐老鸭一字一顿地说："开——发——圣——经——山！"

市长不语，其他的镇长都撇嘴龇牙抠耳朵，七嘴八舌地嘲讽："当你有什么高招呢，圣经山不就是座破山吗？一个破道观，还有一个疯道士。"

唐老鸭用藐视的目光环视会场，脸上是一览众山小的豪迈与从容，他不笑，不紧不慢地说："那是座破山，但那山上有个老子，市长，你信不信？就靠这个老子，我能给你钓来三个亿。"

那天散会后，市长拉着唐老鸭走了，带他去奔赴一个重要的宴会。一路上，唐老鸭调动他的如簧巧舌，雄心勃勃地向市长展现出一幅开发仙山的宏伟蓝图，直说得市长心花怒放、满面春色。

进了酒店，一群达官贵人都在恭候大驾，市长却似乎谁都没看见，亲热地抓着唐老鸭的手，两人脸对着脸，眼看着眼，促膝交谈，万千宠爱集于唐老鸭一身。其他人都没机会把准备良久的热脸贴贴市长的冷屁股，就没好气地把白眼纷纷砸在唐老鸭的胖脸上。

唐老鸭边与市长运筹帷幄，边忙里偷闲把这些白眼一一笑纳，并点头回礼，似乎这些白眼是发给他的奖品。

请客的主人征得市长同意后打开了茅台酒，唐老鸭突然想起个重要的事儿，他夹着他的黑色小皮包急步奔到墙角，匆忙解开了裤腰带。

众人瞠目，唐老鸭歪头对市长笑："市长啊，我还不想死。"他从小包里掏出针剂迅速在自己屁股上扎了一针。唐老鸭华丽的大腚在众人面前惊鸿一瞥，旋即被收藏起来，整个过程不超过五秒钟。

唐老鸭夹紧他的黑色小皮包，抹着头上的汗从墙角奔回来。市长紧紧锁起眉头，眼神在那个小皮包上蜻蜓点水般轻轻一点，那段江湖传说就复活了。市长抱住自己的两只胳膊，绷起脸，像一尊供人展览的冰雕。

大家都感觉到凉飕飕的了，只有唐老鸭感觉不到，或者他感觉到了，却根本不在乎。他用一只小胖手罩住市长的耳朵，亲亲热热地凑上他的厚嘴唇嘀嘀咕咕着，像把一些防冻液顺着市长的耳朵灌了进去。

市长竟然真的被暖过来了，他稍稍一惊，叹息一声，站起来，拍拍唐老鸭的肩膀，由衷地说："唉！你唐老鸭，不容易呀！"

唐老鸭嬉皮笑脸嘿嘿一乐，挺腰站直，抓过酒瓶咕咚咚给自己倒满酒，他夸张地咳嗽一声，端庄了表情，立刻进入舞台剧表演状态，唐老鸭庄严地举起酒杯，就像举着一面准备插上敌人阵地的红旗，突然放声唱道："什么也不说，祖国知道我……"字正腔圆、浑厚雄壮，若是有耳朵没眼睛的瞎子听见了，准以为是阎维文现场表演，唱完这两句，唐老鸭咣当一声把一杯白酒倒进肚里。

大家都笑，市长不笑，市长什么都不说，自己倒满一杯白酒，郑重地向唐老鸭回敬了一下，咕咚也一口干了。

众人愣了一下，稀里哗啦地鼓起掌来，市长皱起眉头看众人，果断地一挥手，掌声像被刀切般戛然而止，市长沉声说道："谁不是爹妈养的？谁的心肝不是肉长的？向人家唐老鸭学着点儿，你们看看他，为工作，多舍得自己。"

就这样，唐老鸭凭着自己一不怕苦，二不怕死，嘴巴甜，脸皮厚的综合实力，迅速成为望岛市级别最高的三陪。市长和书记都愿意带着他出去陪客，陪领导，陪外商，陪权贵。他永远都带着那个黑色的小皮包，小皮包里永远都装着针剂，他逢酒必喝，逢喝必先扒了裤子打一针，打完针，能说会唱敢喝。到了高潮时刻，还舞着小胖手，踮着小胖脚给大家跳小天鹅舞，一身肥肉颤哆哆地抖着，众人笑得鼻涕一把眼泪一把，唐老鸭不笑，小胖脸小短脖，凝神回眸，庄严忧伤，偶尔提一把滑下去的裤子。



市长即兴赠予唐老鸭一个特别的荣誉称号："三八型人才"，这个称号得到大家一致认可，尤其是唐老鸭本人，走到哪儿，宣传到哪儿，处处以“三八型人才”的标准来严格要求自己。功夫不负有心人，不久，市长的那个“炮”，果然在唐老鸭这儿响了，韩国人真的来望岛镇开发圣经山了。

大片的土地被征用了，要盖五星级酒店，要造农家乐山庄，要建高尔夫球场，要建狩猎场……还要造一座世界最大的老子像，高三十八米，重四百六十吨，青铜镀身，运用现代声光电设施，让这个世界第一老子三百六十度旋转，眼睛能放光，嘴巴会说话……大家尽情地想象一下吧，那景象有多宏伟壮观：金碧辉煌的老子，气势磅礴的老子，屹立于崇山峻岭之绝顶，高声朗诵《道德经》，他伟大的声音将传遍世界每一个角落。

于是，像一阵春风刮过，化工厂、钓鱼竿厂、电子厂等如草芽般拱土而出，见风疯长，越来越多的大货车在望岛镇子上呼啸而过。

望岛镇的村街两边是错落的农户，家家户户养鸡养鸭，喂牛喂羊，也栽果树，柿子苹果甜杏样样齐全，轻薄的桃树顶着一树红花从矮院墙探出身来，在村街上空招摇。

那些汽车在曲里拐弯猪肠子似的村街上跑过，从不减速，一阵狼烟过后，落英缤纷，花红满地，刚刚还在散步的一条狗已倒在血泊中，还有那两只争风吃醋的小母鸡也双双毙命。村民跺脚骂两声，拎了死物回家，拔毛开膛，按到锅里煮了，全家老小吃得口水滴答。

直到有一天汽车跑过时，碾死了一个四岁的小孩和一个七十岁的老人，村民们不干了。三十几个人一合计，背着干粮，抱着小板凳跑到镇政府静坐，饿了吃，困了睡，横七竖八摊在镇政府的大院里。镇领导不搭理他们，三天过后，他们的干粮吃完了，扒拉着手指头算算：不得了！再不下地种麦子，明年吃啥呢？呼啦啦一片都起来了，争先恐后奔家里去了。

等到地里的麦子种上了，菜园的萝卜白菜藏到窖里了，他们又想起了伤心事，浩浩荡荡又告状去了。这回不去镇上了，直接去市里，而且是女将出马，市政府的大门不让进，她们就在市政府门前排排坐，每人面前放一只水碗，领头的喊一嗓子花腔女高音：哎——呀，我——的——妈——呀！众人得令，齐声扯着嗓子“妈呀”就哭将起来，她们双手拍着大腿边哭边唱边骂，眼泪稀里哗啦瞬间把衣襟打湿。哭累了，就端起碗喝口水，润润肠子，清清嗓儿，接着再哭。她们哭得翻江倒海、乌云密布，哭得惊天地、泣鬼神，哭得路边骑车的人翻到了沟里，哭得广场上练太极的老头鼻口喷血，哭得广场边上的杨树瑟瑟发抖，树叶一层层地往下掉，哭得市政府的办公大楼摇摇晃晃……结果，还没等换男将们上阵，望岛市的领导和唐老鸭镇长就以迅雷不及掩耳之势拿出了解决办法。

就这样，望岛镇的村民交出房子，交出地，集中搬到镇政府为他们盖的小洋楼里，好啊，好啊，天上终于掉馅饼了，可是……不种地会不会饿死呀？当然不会，十八岁以上，六十岁以下不聋不瞎的村民都到镇办企业上班去，月月发工资，年年发奖金。

哎呀，不得了！望岛镇的婆娘们齐心协力哭出了幸福的新生活。于是大家欢天喜地推倒房子，住进了小洋楼，砍倒果树，在阳台上种花，至于那些曾幻想着和主人一荣俱荣的阿鸡阿鸭们，大多在乱刀下变成一道美味。

先是鸭子们，扭着个大屁股，性感倒性感，逃命时却跑不快，全被吃光了。接着是鸡，年老体弱的、智障的、意气用事的，先被吃掉了，剩下的都是鸡中的精英分子，它们九死一生，多次突破主人的围剿，于千钧一发时刻飞上院中的大树，再也不肯下来，鸡们破碎的眼神透过树梢仰望蓝天……

家家户户都在磨刀霍霍向鸡鸭，整个村子上空飘荡着畜生们的惨叫和肉香，村民们的脸蛋越来越滋润了，他们脚底抹了香油，向着幸福的新生活飞速滑去。

只有王大喜家静悄悄的，他的吃了一辈子萝卜白菜、挨了一辈子打的老太婆刚开始时还问："咱杀鸡吗？"

王大喜一瞪眼："杀你的头！"

过几天，老太婆又问："咱杀鸡吗？"

王大喜还是一瞪眼："杀你的头！"

老太婆总是这样问，王大喜总是这样答，他家的鸡鸭们整天茶饭不思、忧心忡忡，唉！这真不是鸡过的日子啊！

## 三

王大喜坐在门槛上看他的老杏树。

老杏树铺天盖地的叶子下缀着密密麻麻的杏子，大小如乒乓球，橙黄中透着红晕，它繁茂的枝叶，在半空纠结成巨盖，撑起一片巨大的荫凉。可是，今年的夏天，再也不会有车马歇在它的树荫下了，再也不会有成群的邻居坐在树荫下吃杏子了。

王大喜的老太婆坐在旁边的凤仙花丛下缝破衣裳，身后是她的小菜园：韭菜葱绿，辣椒鲜红，茄子紫色的小花很是羞涩，起初都由着老太婆的手把它们胡乱按到泥巴里，就长得满心欢喜。

老太婆欲言又止，缝几针，拿衣袖擦擦红肿的眼泡，偷偷斜眼瞅王大喜，想看清他的表情，来确定他的心情，她把眼睛眯了又眯，王大喜的影像恍惚如肥皂泡一样忽胖忽瘦地晃动不定。

老太婆曾跟医生抱怨她的眼睛里开了一层白花，医生说要开刀，于是他们一直在攒钱，可是一直也攒不够。后来，那层白花像水发的银耳，丰盈着，妖娆得快开疯了，老太婆把眼皮都揉烂了，也揉不碎那层白花。

王大喜总是瞅着老太婆的眼睛叹息："咳！长满了，你就该瞎了。"老太婆起先还长吁短叹，后来王大喜再叹息时，她就铁骨铮铮地说："长满就长满吧，长满我也该死了，反正钱我是不会花的。"

老太婆就这样等着那层白花一点点儿长满，也等着死亡像蚕吃桑叶一样，悄无声息地一点点儿把她吞没。当然在吞没之前，她还是抓紧时间该干嘛干嘛。

老太婆坐在小菜园旁边穿针引线，都是儿女捎回来的旧东西。她拆拆缝缝，把儿子一件破损的外套领子拆下来，把另一件羽绒服的帽子缝了上去，又把媳妇淘汰的紫色小棉袄添进去做了里子，于是这样，王大喜就有了一件冬天挡风的棉外套。

还有媳妇的裙子，都是上好的呢料子，穿过几次就不要了；老太婆把它拆成两片，剪剪缝缝，絮上点儿棉花，留出两个窟窿，就成了一件暖和的棉背心。

不是儿女不孝顺，是老太婆自己拧巴，谁要给她买新衣裳，她就生气，急眼上火嘴巴长脓疮，斜鼻子横眼地抢白：“我还能活几年？死了又带不走，净糟蹋东西！”

老太婆低头缝缝补补，暗自揣摩王大喜的心思。

王大喜闷头抽烟，眼神沉甸甸地压在他的老杏树上，麦黄杏、麦黄杏，麦子熟时，杏子也最甜香可口。每年这个时候，那些馋嘴的孩子总是偷偷来袭，人躲在暗处，贼眼流星，石子乱飞，一时间叶子果实漫天狂舞，但凡稍稍有点儿异常响动，那些小脚踩起一片烟尘野马驹似的蹿出老远……

老太婆咬咬牙，终于开口道：“杀鸡吧！镇上又来人了。”

王大喜不说话，依然看着老杏树。心里长叹一声：唉！今年夏天，再也没人来偷杏子了。

老太婆突然抬高声音说：“杀吧！他们说要采取行动。”

王大喜愣了片刻，沉声地：“他们不敢！”

老太婆停下手里的活儿，小声地：“要是敢呢？”

王大喜依然看着老杏树，锉锉牙：“我说不敢就不敢！”

老太婆低下头，缝了两针，慢慢地抻着线，执拗地：“要——是——敢呢？”

王大喜不看树了，他慢慢回过头来，看着老太婆，老太婆看不清他的表情，却感觉到有一场风暴正在沉默中迅速酝酿。

老太婆低下了头，飞快地抻线缝着她的破衣裳。

突然，两只受惊的母鸡惊慌失措地扑扇着翅膀跄过来，老太婆还未来得及抬头，隔壁的二生嫂就一阵风似的刮到了她面前。

二生嫂是个无儿无女的孤老太婆，贫穷、多病、老迈，一头白发，她生来似乎就是为了体验苦难，从来与幸运无缘，可是她突然喜气洋洋地跑来，拍打着老太婆的肩膀，语无伦次地说：“老东西呀，小洋楼，我也要住小洋楼了啊！”



老太婆激动地站起来，嘴唇哆嗦着，却说不出话来，只是两手紧紧地攥住二生嫂的手，攥得满手心的汗，她的眼泪叭嗒叭嗒敲打在两人的手背上。

王大喜稳坐在门槛上，他谁也不看，他只是重重地咳了一下嗓子。

两个老太婆一惊，立刻松开了手。二生嫂这才看见王大喜，她立刻将双手藏到背后去，好像这样就藏起了她的快乐。

二生嫂在心里骂了一声：老阴天！

王大喜在心里骂了一声：老白毛！

老太婆为撇清自己，赶紧坐下来，装模作样地抓起针线活儿，似乎这样，她和二生嫂就不是一伙儿的了。

二生嫂和老太婆处得亲密，和王大喜却是死对头。因为老太婆总把家里的好东西偷给二生嫂吃，为此王大喜没少揍老太婆，张嘴便骂，扬手便打，老太婆不还手，也不躲，只是嗫嚅着说："人家吃了扬名，自己吃了填坑。咱自己吃了，当个么?"

二生嫂不止嘴巴馋，心眼儿也坏，她总是对老太婆进行策反，搞得老太婆百爪挠心的，做梦都惦记着镇上的小洋楼，王大喜怎么能不恨她呢？哪怕全村人都搬走了，他也要抓住老太婆这个最后的同盟。他狠狠剜了二生嫂一眼，用眼神逼得她倒退了一步。

街上突然传来汽车喇叭的鸣叫声，二生嫂立刻获得重生的勇气，她勇敢地回敬了王大喜一个白眼，坚定地对老太婆说："我要走了，汽车喊我呢，你也赶快搬吧，这村里都没人了。"

老太婆不敢抬头，吧嗒吧嗒眼皮算是回应。

二生嫂疾步向深情呼唤她的汽车奔去，奔向她的新生活，她再也不想藏着掖着，脸蛋笑成了一朵花，连声说："好福咧！好福咧！"心满意足地似乎上天把欠她的快乐一次性全补发了。

老太婆没站起来送别二生嫂，也没抬头，她知道门槛上蹲伏着一只喉咙里呜呜咆哮的恶狗，正死死地盯着她呢。于是，她低头缝补她的破衣裳，就像努力缝补她碎了又碎的人生。

王咋呼回家了，奉厂长之命回家管教他爹王大喜。

王咋呼是王大喜的儿子，他是个勤快人，在镇化工厂开大卡车。

每天凌晨三点，他都率领五辆大卡车去海边倒污水，大卡车穿越沉睡的镇子，直奔海边，把刺鼻难闻的污水倾进大海。

这样的活儿，王咋呼干了好几年，一不叫苦，二不叫累，年年被评为镇化工厂的先进工作者，年年戴着大红花站在台上和领导合影留念。照片中的王咋呼总是嘴巴咧到了耳根子，一口暴牙小钉耙一样往外挓挲着。

但现在王咋呼再也笑不出来了，因为他爹王大喜死活不愿意搬到镇上去。唐老鸭镇长来做工作时，他爹鼻子不是鼻子，脸不是脸，完全不把领导当把尿泥。化工厂的厂长就劈头盖脸把王咋呼骂了一顿，让他好生管管他爹。

王咋呼把饭桌摆在老杏树的树荫下，从镇上带来的各种下酒菜也都孝敬上了，烤鸭、烧鸡作为王咋呼此次随行的友好大使，活色生香地对着王大喜频频微笑。王咋呼本人更是如同清早的向日葵一样灿烂地冲着父亲怒放，他给父亲递烟，点火，倒酒，把菜夹到父亲的碗里，亲热地替父亲拂掉肩头的头皮屑等等，似乎父亲就是他冉冉升起的太阳。

一阵风来，老杏树的叶子沙沙地响着，空气中弥漫着甜杏的清香，父子俩不禁一起仰起头来，满树的杏子寂寞地熟了。

王大喜长长吸了一口气，重重叹息了一声。

王咋呼也长长吸了一口气，但他把这口长气切碎了，分成好几截，一点儿，一点儿，再一点儿地嘘了出来。

父子俩貌似亲热地推杯换盏，断续拉着家常，王大喜弓着的肩膀，慢慢放松下来，开始主动给儿子倒起酒来。王咋呼小心谨慎地绕着父亲的阵地盘旋，寻找发动进攻的最佳时机。

三杯酒下肚，王大喜兴奋地吆喝老太婆上树摘杏子。老太婆应了，拿出一盒马蹄糕放在桌上，这是王咋呼去北京出差时带回来的，他的媳妇孩子都不愿吃，就捎回家了。

老太婆爬上树去摘杏子，王大喜打开马蹄糕，发现都发霉长黑毛了，王咋呼团起盒子要扔掉。老太婆听见了，哧溜一声从树上溜下来，抢过马蹄糕就往嘴巴里塞，连声说："能吃，还能吃。"

王大喜撇嘴骂道："犯贱！"

老太婆好像没听见，仰脸对儿子连声说："好吃……好吃！"干干的面渣噎得她直翻白眼。

王咋呼上去抢，老太婆把马蹄糕圈在胳膊肘里，紧紧护住不放，手劲大得吓人，王咋呼竟然没抢过她。他看看他的父亲，再看看他的母亲，心里突然有点儿乱，各种各样的滋味翻搅着堵在心口上。他拿手在胸口上使劲压了压，终于长长叹出一口气，端起酒咕咚自己干了一杯，红着眼睛，看住王大喜说："爹，搬吧，搬到镇上去吧。"

王大喜也端起了酒杯，他的手哆哆嗦嗦，等凑到嘴边时，里面的酒只剩下了一半。王大喜干了这半杯酒，血红的眼睛盯着儿子，额头的青筋一鼓一鼓的，他的声音寒气袭人，他质问地："那牛呢？猪呢？鸡鸭呢？都搬到镇上去吗？那麦子呢？搬不搬？还有这老杏树，搬不搬？"

王咋呼的肩膀一点点儿塌下去，耷拉着脑袋，气息奄奄，如同太阳落山后的向日葵。如果可以，他恨不得把王大喜的脑袋凿个窟窿，将里面的淤泥清理干净，然后灌进新潮的思想，唉……这就是他的父亲呀。

王大喜突然把手里的筷子啪地拍在桌子上，手指快戳到王咋呼脸上了，他高声喝道："我自己的房子，凭啥就不让住了？我自己的地，凭啥就不让种了？我一个农民，不种地，我还能干个啥？"

王大喜步步紧逼，王咋呼节节败退，他低头夹菜，嘟囔着："摊上你们这样的爹妈，我算是倒血霉了。"

王大喜一把夺下王咋呼的筷子，扔到地上，使劲往屋外推搡他："嫌我拖后腿，别叫我爹，也别坐我的凳子，你现在就滚，有种你别叫我爹。"

王咋呼也火了，扭头往屋外走，扬言说："要能换个爹，我早换了，还用你说。"

王大喜还不自觉，哗啦一声把那些镶着儿子光荣照的镜框扫到地上。王咋呼回头，看着满地破碎的他自己，心被撕得一缕一缕的，收拾不起来，他含着两眶热泪冲出家门。

一直躲在墙角的老太婆蹿上来攥住王咋呼的衣袖，讨好地说："你放心，我不会花你一个子儿的，等那玻璃花长满了，我就去死。"

## 四

邱三树天天拖着一根树枝，走十几里山路到海边来开会。风雨无阻，寒暑无误，已经有四五年的时间，海边那些钓鱼的、游泳的、做小生意的人都认识他，远远地便打招呼："邱疯子，又来了！"然后是一阵开心的大笑，惊飞了浅水嬉戏的鸥鸟。

海风呼啸，海浪层叠涌动，邱三树总是跪在海滩上，闭上眼睛，把耳朵贴在滚烫或冰凉的沙子上屏息倾听：他听到各种各样的声音，从遥远的地方随着荡漾的水波飞速钻进他的耳朵，像蓝色的光束击穿了他；他听到了一只鸟的欢唱，听见了一朵花的叹息，听见了草原噼噼啪啪燃烧的爆响，也听见了森林尖锐的咆哮，还听见了土地欻欻撕裂的声音……他皱紧眉头，一个人嘀嘀咕咕，脸上的表情时而欢喜，时而悲伤，时而忧虑……

海边的人各自忙着，邱三树一个人玩得热闹。他跪累了，就躺着，躺累了，就坐着。太阳暖暖地照着，邱三树两手抱在胸口，像抱着自己的心脏，他眯着眼睛自言自语，做小生意的商贩乏客光顾也来逗他解闷。

专哄人扔圈儿赚取小物件的小刘说："邱疯子，龙王也听你念经吗？你告诉龙王，只要他保佑我买彩票中五百万，我天天给他烧香磕头。"

邱三树突然起身，把耳朵浸在水中，脸上的表情惊惧不安，似乎脸皮下面装了一堆小弹簧，嘣嘣跳个不停。他喃喃道："不好了，不好了，风暴上岸了……啊，人被卷走了，房子也被卷走了……"

海面平静，波澜不惊，只有暗流涌动。

几个男人蹲在岸边，哈哈笑着把水撩到邱三树身上，他们怪叫着："哇塞！哪儿？是哪儿？哪儿又起风暴了？"

邱三树睁开眼睛，抹掉脸上的海水，打了个响亮的喷嚏，不远处一条鱼跃出水面，闪亮的肚皮在阳光下划过一道白光。邱三树说："不知道，我不知道那是什么地方，那些人满身黑得流油，只有牙是白的，他们的头发很短，像羊毛卷，紧压在头皮上，他们不穿鞋，男人女人都不穿鞋，女人把米桶顶在头顶上……"

大家哄笑："是黑人呀？埃塞俄比亚？印度？"

专套圈儿玩的小刘突然跑过来把邱三树的脑袋按进水里，灌了几口海水，训斥道："老疯子，别装神弄鬼！你看看，哪儿有风暴？哪儿有风暴？"

海边的世界秩序井然，人们神态安详地忙着各自的活计，蓝天高远，艳阳高照，几艘渔船满载鲜活的鱼虾正徐徐靠近岸边。

邱三树被呛得连声咳嗽，他抹着脸上的水，正色地说："是大风暴，大风暴真的要来了。"

光头老王骂道："黑人招灾，关我鸟事？老子还不是照样吃香的喝辣的？你个老疯子，又报丧！"

几个男人一起动手把邱三树抓起来，像丢粮食麻袋一样悠了悠，笑嘻嘻喊着："一，二，三！"把他丢到海水里去了，啪嗒溅起一个巨大的浪花。

几个人拍打着手走了。

邱三树泡在海水中，海水一漾一漾地包围着他，他的身体一起一浮，像坐在盛开的大花瓣上，轻轻摇晃。他闭着眼睛谛听，他听到了遥远的一场大风暴：肆虐的风暴席卷了岸上的房屋、建筑、汽车、轮船、树木和很多的人，有男人、女人、孩子、老人，他们被裹挟在水流里载沉载浮，惊慌地挣扎与呼救，他们不再是父亲，不再是母亲，不再是孩子，不再是朋友，也不再是仇敌，没有爱，也没有恨，他们什么都没有，什么都不能……邱三树伸手去冰凉的海水里抓他们，可是什么都抓不住，他们被黑色的漩涡吸进去，直到黑暗的深处……

圣经山上那个破道观没有了，道观的墙上曾画着很多黑道道，是师父惩罚邱三树背《道德经》时刻下的，背一遍，画一道，从墙根一直画到屋顶。后来邱三树够不着了，就踩着梯子上去画。师父和老狗总是站在下面，一起昂着脑袋看邱三树在空中画道道。老狗总是汪汪叫个不停，似乎炫耀它把《道德经》也背熟了。

那堵画着道道的破墙被清理得干干净净，连一片残瓦也没留下，一座金碧辉煌的新大殿迎接着每天初升的太阳。

新来的道长领着一群道士每日洒扫庭除、吃饭睡觉，除了每日一小时诵经外，众道士弹古琴、玩手机、拍照片、看闭路电视，也上网浏览世界新闻，偶尔下山坐公共车去串亲戚，与世人无异。

这些都和邱三树没关系，他在山洞里一住大半年，除了去海边，不怎么出来，也不见人。他慢慢变成一只黑暗中的土豆，吸饱了山洞的水汽，浑身长了一层白毛，他听见白毛下面嫩芽疯长，拱破皮肤，吱吱响着拔节向上。

邱三树有时坐在洞口诵经，怀里抱着冰凉的《道德经》，竹经已字迹模糊难辨，他也不打开，只是紧紧抱着，嘴里念念有词，眼睛看着天上云卷云舒。有时他在洞里和老狗打着滚儿嬉闹，老狗的身子滚烫，把邱三树身上的水汽蒸得嗞嗞啦啦响。

后来，山上的几处大殿都陆续修好了，邱三树也被人从洞里清理了出来，几个工人在洞壁上凿凿刻刻，刷上红漆，“仙人洞”三个大字就在阳光下熠熠生辉了。

邱三树被带到大殿见了新来的道长，道长把这个野人交给新来的道士。新来的道士把他赶进新建的浴池，邱三树从没洗过淋浴，小道士突然打开喷头，热水喷了邱三树一身一脸，他吓得哇哇乱叫，两个小道士笑得前扑后跌。

邱三树在热水里洗了又洗，身上的土洗掉了，身上的白毛也洗掉了，只剩下耳朵后边那簇白毛，怎么搓都搓不掉，就随它去了。

## 五

夜太黑，没有月光，没有犬吠，也没有虫鸣，只有风，卷着尘土，不时呼的一声扑打在窗户上，似要推窗闯进来的醉汉。



王大喜和老太婆并排睡在土炕上，喘息悠长像蚕在尽力吐丝，每一次呼吸都像最后一次，在末尾时断成几截，愈轻愈弱，几近熄灭时，胸脯又突突地激烈颤动良久，才艰难地发动起另一声呼吸。

“砰”的一声，院子里突然传来一声巨响，老太婆陡地睁开眼睛，竖起了耳朵。鸡群叽叽咯咯地骚乱起来，显然它们受到了某种惊吓。

老太婆刚爬起来，院子里传来更大的一声巨响，鸡舍像炸了窝，鸡们扑棱着翅膀惊慌地尖叫不止。窗户突然被照亮了，一团光在窗户上鬼火似的忽悠着，老太婆推醒王大喜，两个人愣愣地盯着那团鬼火，却又听得啪的一声响，窗玻璃炸开了，碎片四溅，风从破洞灌进来，那团光倏忽消失了，四处陷入无边的寂静。

除了风声，黑夜更黑，黑夜更长。

天亮了，院子里多了两块大石头，一块砸在院中间，将院子砸出一个土坑，一块砸在鸡舍棚顶，穿棚而过，直接滚在鸡舍里。

至于砸碎玻璃的那一块石头也找到了，它比较小，有鸡蛋那么大，被王大喜紧紧攥着，攥得骨头节嘎嘎作响。

老太婆打算到镇上给儿子通风报信，被王大喜打了一耳光，王大喜说：“你要是敢踏出这个门一步，我就打断你的狗腿。”

人慌着，日子却不慌，不紧不慢地黑白更迭交替着。

是一个太阳晴好的早上，王大喜正给院子里的韭菜和青葱浇水，听见门外推土机轰隆隆响着开近了，地皮震得乱颤，紧接着哗啦一声巨响，一片烟雾腾空而起，他家的土墙就塌了一片。

王大喜家那只红冠子小公鸡，它虽说是只乡下鸡，住的又是平房，但见过大世面，树林子、草坡、苹果园、麦地、废弃的地窖等等这些景点它都游览过；一大早，它正给那些天真的小母鸡排疑解惑，土墙哗啦一声巨响，把它也吓得够呛，它扑啦着翅膀率领那群小母鸡惊慌失措地逃回了家门。

老太婆手里的面盆咣当掉到地上，她扶着锅灶软软地坐到地上，悲喜交加地说：“来了，到底是来了。”

王大喜手里捏着水瓢，脑袋闷闷的不清浆，一时还不能相信这样的事实：他们真动手了！

王大喜不清浆的事挺多，原来邻居们商量好了，谁都不搬迁，凭什么呀？我的房子，凭什么就不让住了？我的地，凭什么就不让种了？虽说人都搬进镇上的小洋楼，可是还有那牛呢？还有那鸡鸭鹅呢？还有那老杏树呢？还有那大片大片喷香的麦子呢？它们都怎么办？

后来唐老鸭镇长带领派出所的人来做了几次工作，白脸黑脸红脸轮着唱，软话硬话酸话有时还夹带着威胁利诱，大家就呼啦啦往镇上搬。王大喜还想再等等，等老杏树上的果子熟了，等地里的麦子收了，等……可是土墙哗啦一声响，他就明白：再也不让等了。

王大喜扔了水瓢，抓起一把铁锹蹿出了门，迎着推土机就冲了上去，他二话不说，一阵乱劈乱砍，砍得火星四溅。

司机不能干活儿，也不敢下来，缩在驾驶楼里给镇领导通风报信，镇领导急火火来了好几拨，都镇不住杀红了眼的王大喜。

后来大家就把求救电话打给了唐老鸭镇长，唐老鸭镇长刚在自己的屁股上打完针，正端着酒杯在几帮客人间串场子，告状的电话来了，唐老鸭陡然火起：这个王大喜简直香臭不分，猪狗不如，耽误一天工期损失好几万，谁担当得起！

唐老鸭摔了酒杯，一脚踢开房门，冲了出去，走几步又回来了，抓起桌上的黑色小皮包夹在腋下，火速赶到现场。

唐老鸭镇长一身酒气，两眼喷火。王大喜抓着铁锹坐在推土机前，梗着他油盐不进的猪脑袋。众人都屏息看唐老鸭如何修理王大喜。

唐老鸭镇长谁也不看，豪迈地一挥手，就一个字："推！"

推土机轰隆隆又响起来，两个人上前抓住王大喜把他提溜到一边去，推土机伸出巨手轻轻一碰，土墙呼啦又坍倒了一片。正躲在墙根下负责时事观察的红冠子小公鸡来不及逃避，不幸葬身瓦砾，它尚有许多心愿未了，就这样不幸英年早逝。



王大喜红了眼，挣扎着冲向唐老鸭，众人上前阻拦，唐老鸭再一挥手，掷地有声地："别拦他，冲我来。"

王大喜就像一只松掉铁链的狗冲向唐老鸭，唐老鸭镇长并不怕，一拍脑门："有本事，你往这儿铲。"

王大喜盯着唐老鸭硕大的脑袋，握着铁锹有片刻的犹豫，唐老鸭错着牙，一字一顿地说："铲不死我，我还得扒你的房子，砍你的树。"

唐老鸭仰天长笑，笑声豪迈激烈，如响雷震聋发聩。老杏树上的杏子噼里啪啦掉了一地，那只刚刚经历丧偶之痛的小母鸡，架不住这刺激，摇摇晃晃走了两步，一头栽倒在地，鸡事不醒。唐老鸭奇异的笑声化作黑色的旋风盘旋在王大喜头顶，一圈圈旋转，萦绕不散，似乎要在他头顶凿开一个窟窿钻进去。

王大喜汗毛竖立，眼前金星乱冒，他死死闭上眼睛，瑟缩着将铁锹铲了出去，想用最后一点儿力气制止这股可怕的笑声。

一道白光闪过，笑声被拦腰切断，唐老鸭的头发刺猬毛一样挓挲起来，少顷，他的一边脑袋上，有豆大的血珠子欢快地从发梢冒出来，噼里啪啦地滴下来，唐老鸭伸手摸了一下自己的脑袋，那血突然汹涌着奔流起来，顷刻湿了半个肩头……

王大喜翻着白眼，尽力撑住铁锹才没有跌倒在地。唐老鸭看着自己满手的血，疑惑地冲王大喜笑了笑，他紧了一下腋窝的小皮包，慢慢地倒下了。

那一天下午，在望岛镇国际海水浴场的沙滩上，有一个脑袋缠满白纱布的家伙把自己摆成了好多造型，一会儿少林拳，一会儿武当脚，一会儿金钟罩，一会儿铁布衫，大家都围过来看，以为遇到了一位武林高手。有个小家伙想拜师学艺，有个外国友人往他的身上扔了一张美元，还有个家伙老想掀开他脑袋上的纱布看看里边的情况，大家如此热情地捧场，摆造型的家伙想停都停不下来。

后来有个肥硕的女人迎风走来，海风鼓荡着她的衣裾呼呼翻飞，她胸前一双巨乳巍峨壮观，激烈摇荡，吸纳了众人灼热的目光。

正摆造型的家伙百感交集地看着女人，女人分开众人径直而来，她脚步坚定，眼神镇静，胳肢窝里夹着唐老鸭镇长那个黑色的小皮包。男人抹了一把夺眶而出的热泪，一头扑进女人怀里，他捉住女人的一只肥乳，将脑袋紧紧偎在她的胸口，如受伤的小兽，咻咻喘息着，小声啜泣道："老婆啊，老婆……"

这个女人就是唐老鸭的老婆。

唐老鸭的老婆护着她的男人突破人群往外走，斩钉截铁地说："不干了，这破镇长，咱不干了！"

## 六

已经好久不下雨了，太阳毒辣，烤得石头墙烫手，自来水停了，电也停了。

王大喜和他的老太婆还住在自己的房子里，起先老太婆还每天到村头的小河边取水，人喝，牛喝，也浇菜园的黄瓜青菜。后来天气越来越旱，小河的水一圈圈地缩小，到最后，只剩下井口大一个小水潭，散发着臭气。这样的臭水，连黄牛闻着都皱眉头，不时跟王大喜闹情绪。

村子里很热闹，推土机在轰鸣，电锯在嘶叫，打桩机日夜发出刺耳的尖叫。再也没有人来找王大喜，做思想工作的不来，吓唬他的不来，连派出所的人也不来，按理说王大喜差点儿铲掉唐老鸭镇长半个脑袋，该把他抓起来才对，可他们突然间就把他忘了，他们在村子里来来往往，人啊车啊，都热火朝天地忙着，锯树，清除垃圾，搬运水泥石子，挖土打桩……说啊，笑啊，该干什么干什么，唐老鸭夹着小皮包，脑袋包扎得像个大白茧似的也来视察了好几趟。有一回王大喜故意提着水桶从他身边走过，唐老鸭连眼皮都没磕巴一下，完全当他是隐形人。

他们怎么就把王大喜给忘了呢？他们怎么就不再做做工作了呢？这样的日子，王大喜突然很不适应。

王大喜和老太婆都不怎么说话，也不怎么吃东西。每天早上起来等天黑，天黑了就躺下来等天亮，也许还在等别的什么，但他们谁都不说。



老杏树还长在门前，树上的果子一茬接一茬地熟着，往年这个时候，干瘪的老太婆总猴子似的在树杈间钻来钻去摘杏子，然后这家一盆、那家一盆地分给邻居们，空气中飘荡着淡淡的甜香，整个村子的村民都能得到老树的恩惠。可是现在，杏子熟了送给谁呢？老太婆的身子突然重了，再也爬不动树了。一阵风来，熟透的杏子噼里啪啦落了满地，慢慢地干瘪、腐烂，空气中飘荡着一股馊烂的酸臭味。

有一个馋嘴的孩子，从镇上来，他带来了二生嫂的消息，孩子仰脸瞅着满树的杏子说："二生嫂死了！"

王大喜欢欢喜喜地爬上了老杏树。

当这个孩子离开王大喜家时，背上驮了一个沉重的大口袋，里面满满的都是成熟的杏子，孩子走一步，口袋就磕一下他的脚跟。

这个孩子从晌午开始走，一直到太阳落山才刚刚挪到村口。后来月亮升了，夜色深了，孩子抱着一个大口袋，坐在路边低声抽泣。

二生嫂真的死了，骨灰送回来埋在村里的松树岗。

老太婆却总是嘀嘀咕咕和死去的二生嫂说话，有时也悄悄告王大喜的状，二生嫂不嫌她烦，说什么她都听着，还偷偷给老太婆出主意，王大喜不在家的时候，她们两人就坐在凤仙花丛边骂王大喜，你一句我一句，骂得十分热闹。

王大喜若在跟前，老太婆就闭紧嘴巴不说话，他们一个坐在家里叹气，一个坐在老杏树下叹气，谁也不搭理谁。

老太婆在生王大喜的气，她准备把自己饿死，已经饿得眼冒金星，两手哆嗦，但在饿死之前，她仍要做饭给王大喜吃。

王大喜也在生气，越生气，他吃的越多，一顿能吃一饭筐馒头，老太婆越看越觉得他像饿鬼投胎。

二生嫂就在老太婆耳边叫："老鼠药！老鼠药！"老太婆知道二生嫂的意思，可是她还下不了决心，心思像钟摆一样左右摇晃，不知道该不该把老鼠药像盐巴一样撒到饭锅里去。

老太婆经不起二生嫂的怂恿，她虚弱得厉害，倒倒歪歪坐到老杏树下，闭上眼睛等死。一阵风来，熟透的杏子落了满地，老太婆不忍心看，那杏子啪啪坠地的声音，却一阵密似一阵敲打在她的心口上，地上的杏子越来越多，一片金黄，覆盖了整个地皮。

终有一天，老太婆再也忍不住了，树上的杏子使劲儿地掉，老太婆使劲儿地吃。她吃得眼泪一汪一汪的，满肚子泛酸水，地上的杏子还是越来越多，老太婆一边吃一边央求老杏树："你慢点儿掉哇，宁可烂在肚里，也别烂在地里呀！"

唉！老太婆想把自己饿死也是不行的，她不能看着满地的杏子不管吧？于是她天天坐在树下吃烂杏子，她再也不问：咱杀鸡吗？王大喜再也不答：杀你的头！

那群失去爱人的小母鸡也不再关心未来，它们蜷缩在倒塌的土墙坷垃里打瞌睡，眼神暗淡、羽毛破败，一副破罐子破摔的屃样。

树在等雨，花在等雨，乌鸦喜鹊在等雨，人也在等雨。

雨不来，一等不来，再等，仍不来，太阳却每日高悬，花草树木萎缩了叶子，轻捻便成灰，一只蝴蝶在空中飞着飞着一头栽下来，死在地上。

墙烫手，地烫脚，王大喜的光脚板在院子里走动，所到之处，腾起一股白烟。

骄阳当空，王大喜撕着嘴唇上的干皮神情恍惚地向外走，咳！再不下雨，人就得干死。连性情豁达的黄牛近来也得了抑郁症，王大喜在它背上拍了拍，想带它出去走走，它鼻子不哼，嘴巴不唱，耷拉着眼皮一副待答不理的样子。

王大喜闷头独自往仙山上走，山路两边是大片大片的麦地，麦子顶着沉甸甸的麦穗迎风起浪，刷刷轻响，一浪推着一浪翻向远处。他揪了一个麦穗，捂在两手间搓了搓，一蹙嘴唇吹飞麦芒，几颗饱满的麦粒就躺在他的掌心里，王大喜把麦粒倒进嘴里，狠狠地嚼着，嚼得满嘴生香。

王大喜一路向山上走，看见满山都是人和机器在争分夺秒地忙着。在半山腰，他看见了经常拴黄牛的那棵老槐树，刚被一群人用电锯放倒在地，毛蓬蓬的喜鹊窝还搭在枝杈上。那只曾在唐老鸭头顶出恭的白肚皮老喜鹊正在追逐一个男人，它神情凶狠，嘎嘎怪叫，不时从空中俯冲下来，用翅膀扇，用嘴巴啄，紧紧追着男人不放。

男人一只手挡住脸，一只手捂着衣兜，边躲边叫，周围的人哄笑不止。男人四处闪躲，猝不及防间，被喜鹊一口叼在脸上。男人恼怒，从衣兜里掏出两只小喜鹊攥在手里，小喜鹊惊惧地哑哑嘶鸣，老喜鹊一声悲鸣冲向男人，用翅膀激烈地扑打。男人举起手中的小喜鹊，朝一块石头使劲摔了下去，小喜鹊顿时脑浆迸溅，蹬蹬腿，不动了。

老喜鹊愣了片刻，冲向倒地的小喜鹊，疯狂地用翅膀去拨它们，口中急切地哀哀低鸣，小喜鹊双目紧闭，一动不动。老喜鹊呼啦飞到半空，悲鸣一声，对着石头一头撞了下去，许多羽毛腾空而起，老喜鹊耷拉着破碎的脑袋躺在她的孩子们身边，眼皮扑闪了两下，慢慢合上了。

大家叹息一声，继续埋头干活。王大喜恹恹地向山上走，唉！树倒了，喜鹊死了，再也没地方拴牛了，他想去看看自己的麦子。

王大喜向山上走，邱三树正拖着树枝下山来，两人迎面碰上了，邱三树嘴中喃喃自语：“天雨虽广，难润无根之木。”

王大喜一把拉住邱三树：“邱疯子，你快给我算算吧，我的房子，还有我的树，留得住不?”

邱三树嘻嘻笑：“天雨虽广，难润无根之木。龙王叫我去开会。”

王大喜叹息一声，松开手：“去吧，去吧，收了麦子，你来家里，我给你蒸白馍吃。”

邱三树高高兴兴地走了，王大喜闷头上山，忽然听见远远地有人喊他，喊他的是原来的邻居富有，自从富有搬到镇上，两人再也没见过面。

富有和一群人在半山腰忙活着，也不知在干啥，王大喜就过去了，结果却看见了儿子王咋呼。

王咋呼刚从外地拉来一棵巨树准备栽在仙山上，这棵巨树来头不小，是唐老鸭和众多镇领导集体拍板看好的，据说能招财进宝、镇妖祛邪，富有想让王大喜也见识一下这棵巨树。

巨树刚从大卡车上卸下来躺在地上，树身要七八个人才能合抱过来，树叶郁郁葱葱，繁茂碧绿透着美玉似的光泽，竟然连一片枯叶也

没有，大家兴高采烈地围着巨树啧啧赞叹，

王大喜十分惊奇，他忍不住上前想揪下一片树叶看看，可是那树叶竟然揪不掉，他不甘心，再用手去搓，也搓不碎，就算把它紧紧揉成一团，一松手，它又恢复如初，连一滴液汁也不会渗出来。

王大喜和众人围着巨树转圈，大惊小怪地叫唤着，王咋呼不屑地撇嘴翻着白眼。

王大喜纳闷地："这是啥树？"

王咋呼："假——树！"

王大喜："假——树是个啥树？"

王咋呼："假——树就是个塑料树。"

众人恍然大悟。

王大喜："塑料树不算树！"

王咋呼："塑料花算花不？"

众人大笑，王大喜向塑料树呸了一口唾沫，掉头就走。

王咋呼："哼！瞧不起这塑料树，它可是唐老鸭花八十万买的，你老杏树再能耐，不值一把菠菜钱。"

八十万？八十万是个啥概念？买麦子能买多少斤？买牛能买多少头？买猪头肉呢？能吃几辈子？

大家盯着这棵塑料树，把舌头伸得老长，都被镇住了。

王大喜梗着脑袋向山上走，心里忿忿地骂：一棵破树，一棵破塑料树，有本事你开花呀，有本事你长杏子呀，有本事你落了叶子再长叶子呀，花八十万，作死啊！

王大喜本来想去看看自己的麦子，走着走着，却走到老子石像前了。他很想和老子说说自己心里的事，据说老子他妈怀胎七十二年，才在一棵李子树下生下了他，又因为生来白头，才叫老子。老子沉默地站在这座山上远眺大海，看惯日月山川沧桑变幻，还有什么事他不清楚呢！

王大喜靠在老子膝下，一遍遍抚摸着冰凉的石像，心里又酸又软，可是王大喜竟然开不了口，他不知道怎么跟老子说自己的那点儿事。

唉！这么多年，也不知道有多少人，来和老子说了多少事，也不知道他听进去没有？

王大喜兀自摇头，叹息着，走开了，向他的麦地走去。

已是黄昏时分，金色的夕阳笼罩四野，万物静谧，风摇草动。王大喜走到自己麦地时，突然发现不对了。

他紧跑几步，冲过去，腿一软，跪倒了，整个麦地一片狼藉，推土机已将麦子碾倒，新鲜的泥土被翻上来，压住成片成片的麦子……

王大喜在他的麦地里呆呆地坐着，一动不动，远处山影模糊，偶尔有隐隐的鸟声啁啾着。

后来，天黑了，起风了，群树蓊郁的影子倒伏摇动。风卷起尘土扑打着王大喜的脸，他恍惚着下山，两条腿却软得走不动路，王大喜不得不在路边蹲下来，哭了一会儿，使劲地哭了一会儿。

## 七

发生了一件怪事，王大喜出不了门了。

那天早上，天刚蒙蒙亮，整个院子罩在一片蓝色的晨曦中，有大团大团的雾气在飘。王大喜提着水桶准备去五里外的村子弄点儿水回来，一推院门，一堵高墙迎脸堵住了他。

奇怪！哪里来的一道墙呢？

王大喜诧异地仰头，那墙高高的，竟然看不见墙外的世界，他绕着墙疯走，长长的围墙，竟然走不到尽头。

王大喜和老太婆一起绕着墙转圈，转一圈回到原地，转一圈又回到原地。墙外突然传来窃窃的笑声，隐隐约约、若有若无，竖了耳朵再听，却又听不见了。

老太婆一屁股坐在地上，脑袋抖得像啄米的鸡，嘴里央求道："二生嫂啊，人有人道，鬼有鬼道，你得守规矩呀，俺给你过三七，俺给你蒸白面馍馍……"

王大喜训斥道："我早说了，她做人不厚道，做鬼也不厚道。"

老太婆继续作揖："二生嫂，你别和他计较，你过三七时，俺俩都去，想吃啥，你说。”

王大喜“呸”了一口，拔高声音：“死得不干净，当心下辈子投胎做猪。”

老太婆嘟囔道：“你不能这样，她才死几天。”

王大喜终于逮着理儿了：“我早说过，不能去住那小破楼，她偏不听，你看看，欢蹦乱跳的一个人，又能上房揭瓦，又能下河摸鱼，一住那破楼就得死。眼也瞎了，脉也断了，都不接地气了，能不死吗？”

“梆梆梆”，墙上猛地传来激烈的敲打声，停了停，又是梆梆的两声。王大喜噤了声，定在原地，突然，他撒腿往家里跑。片刻，王大喜抱了热水瓶出来，顺着那堵墙一边飞跑，一边淋热水，嘴里狠狠咒骂着：“老白毛，烫死你，我烫死你……”

老太婆坐在地上，磕头如捣蒜：“二生嫂，莫怪，莫怪，他不让人安生，更不让鬼安生……”

又是一阵瘆人的笑声，尖厉、凛冽，与湿漉漉的雾气一起将人缠裹起来，王大喜手里的暖瓶啪嗒跌在地上，晶亮的水银碎片散了一地。

王大喜和老太婆瑟缩在高墙根上，两人肩膀靠着肩膀，抖着。高墙顶上，月亮淡淡地悬在半空，只剩浅白的一线影子，在飘绕的雾气中若隐若现。

后来，蓝色的晨曦渐渐退尽，天际返白，鸡们抖着翅膀在院里觅食，太阳慢慢地升起来了。

太阳升起来了，那堵高墙还在，它并没有在光天化日之下消形遁迹。

王大喜和老太婆身上的鸡皮疙瘩慢慢退掉，心脏又开始艰难地跳起来，他们伸手摸索着冰凉的墙壁，慢慢绕着圈子，慢慢研究。

这是一堵坚固的水泥墙，新砌的，水泥还没有干透，就绕着王大喜家的院子，严严实实地把他的屋子包了起来，与原来的矮院墙间留出窄窄的一段距离，仅可容一人通过，王大喜和老太婆出得了自己的家门，却出不了这堵墙。

王大喜怎么能够不出这堵墙呢？

王大喜必须要出去！

王大喜从屋里拿来锤子，轰轰地开始砸墙，这墙砌得真结实，横着有四个砖宽，砖缝里抹紧了水泥，牢牢地凝固在一起。王大喜甩开膀子抡锤，凿得一片火星四溅，巨大的震力顺着手掌传到手臂，麻酥酥的，汗水热辣辣糊了一脸，王大喜的心情却慢慢振奋着激昂起来：狗日的，不就一堵墙吗？老子砸烂它！

王大喜挥汗如雨，费尽千辛万苦，终于在墙上砸出一个脸盆大的窟窿，看着这个窟窿，王大喜有种砸破牢笼得解放的喜悦。

然而老太婆轻而易举就把王大喜的好心情破坏掉了，她给王大喜准备的早餐竟然只是两个生地瓜、一碗咸萝卜干。

王大喜抓起咸萝卜碗就扬到了老太婆脸上："去死，你当我是牲口！"

老太婆不慌不忙地抹掉脸上的杂物，眼皮不抬地："早死早投生！"

王大喜："你还学会顶嘴了啊？我是为了谁？还不是为了治你那瞎眼?!"

老太婆撇撇干瘪的嘴巴："村里瘸腿瞎眼的人，比驴拉的还多，没见哪个赖到一分钱。"

王大喜就火了，刚要扇一耳光让老太婆闭嘴，老太婆却像个烈士一样大义凛然向那堵水泥墙冲去，嘴里高喊着："不活了，活不出个人样来。"

老太婆是真的不想活了，她牙一咬，心一横，一头向墙上撞去，只听扑哧一声，老太婆穿墙而过，瞬间消失不见了，只在墙上留下一个大窟窿。

嗯？难道二生嫂把这个苦命的人接走了？那个鬼终于不忍心再看她受苦！

王大喜惊讶地奔过去，从那个大窟窿向外张望，就看见老太婆躺在地上哎哟哟地乱叫，再看那堵墙上，竟然开着一道木门，此时还在忽闪忽闪地晃悠着。

木门就开在王大喜刚凿开的那个大窟窿旁边，里外都抹上了一层水泥，抹得和整堵墙一模一样，如果不是老太婆撞开了它，根本就发现不了。

原来人家是给他留了门的。

王大喜跺着脚骂："畜生！关着门弄要饭的，糟蹋穷人啊！"

村里的好些人又都回来了。

他们在王大喜家外面干活，除了领头的监工，王大喜都认识。他们原来都是这个村的村民，大家曾经一窝貔子不嫌臊地天天扎成一堆儿，现在他们又回来了，却不找王大喜，就算碰上了，也不说话，不对眼神，只是抽抽嘴角笑一下。他们现在身份不同，是镇上的人了，是被镇上召集回村收拾那些推倒的房子和垃圾的。

他们在废墟或乱石堆上干活，嬉笑怒骂，打牙磨嘴不停地说话：这儿曾经是我的家，那儿曾经是他的家，还有那边原来有棵山楂树，那个大磨盘下面，还住过一窝黄鼠狼，那个公黄鼠狼经常趁男人不在家，去调戏他的老婆，或者躲在门后边学小孩哭……他们在墙外边说，王大喜在墙里边听，听得模模糊糊，断断续续。

王大喜搬把椅子踩上去，在墙边探头探脑偷偷地看，越看越觉得这些人就是夜晚偷偷给他砌墙的人。

监工背着手走来走去，那些干活的人互相做鬼脸，劳动的姿态很强烈，动作却轻柔缓慢，带着舞蹈的舒缓，像电视中播放的慢镜头。

村子拆迁留下的大片废墟被迅速清理，地面平平整整，不留一根杂草，一个大广场就这样诞生了，宽敞而空旷，视野开阔，不受阻挡，只有王大喜家的房子被新砌的水泥墙围起来，像座孤坟醒目地矗在广场中间。

没有人来，里面的人也很少出去，四处都静悄悄的，只有在夜晚，月亮幽蓝地挂在天上，才会有人影从墙上飘出来，那是不得不出门的王大喜。

而老太婆的情形越来越不对了，她成天和二生嫂眉来眼去地说话，说到高兴时，就笑得前仰后跌。王大喜偷偷打量老太婆，发现她额上的三道抬头纹都开了，拿手试试，有一股小风凉飕飕地向外冒，便知道她活不长了，魂魄都已跑了出来。

王大喜知道，老太婆随时都可能扔下他投奔二生嫂，他没想到的是老杏树竟然先走了，连个梦也没托给他。如果老杏树在梦里说一声，王大喜那天是绝对不会出门的，他刚出去一会儿，一群人就来到了他家门前，他们带来了电锯，要把老杏树锯掉。

电锯呜呜响的时候，老太婆从屋里跑了出来，跑掉了一只鞋，她抱着老杏树不放，像一只粘在树上的绿豆虫，大家伸手把她撕下来，她又粘上去，再撕下来，她再粘上去，接连几次，老太婆累得瘫在地上大口喘气，眼睁睁看着电锯哧啦一声豁进树身。

老杏树呜呜地哭起来，浑身颤抖，树叶和杏子一起纷纷扬扬地往下掉，老太婆瘫在地上跟着老杏树一起呜呜地哭。电锯哧哧地响着，有白色的粉末纷纷扬扬地漫天飘扬，突然从锯开的地方冒出暗红的液体，汩汩地顺着树身流淌，溪水般奔涌而下，直冲到地上，群蛇似的蜿蜒爬动，有几滴红色的液体溅在拉锯人的手背上，他甩着手叫起来：“烫死我了！”那红色的液汁在他手背上滚动，竟甩不掉，迅速钻进他的皮肤里不见了。

电锯哧哧地怪叫，老杏树疲惫地嘶嘶喘息着，红色的液汁在地上聚成一洼一洼的，不时有杏子砸进水洼，溅起一片红雾。后来，老杏树呜地哀鸣一声，挣了两挣，断成两截，巨大的树冠向地上一头栽去。

锯树的人扔了电锯，使劲地搓手，嘴里叫着：“痒，痒死了……”他的手背起了一串红色的大疙瘩，凸出皮肤表面，像钻进了一条蛇，顺着手腕向上，迅速向整条胳膊蔓延爬行；拉电锯的人龇牙咧嘴地叫唤，他使劲地抓挠，血淋淋地抓掉了一层皮。

大家都说老杏树成了精，跟他索命来了，他很害怕，跑到山上给老子烧香磕头，大把大把地吃香灰。也在半夜三更到十字路口去烧写着咒语的纸符，那纸符烧起来，忽忽悠悠地飘，有一辆夜行的车开过来，纸符就忽忽悠悠跟在后面，车快它就快，车慢它就慢，很快就飞走不见了。



咒语不起作用，锯老杏树的人很苦恼，又跑去找大师画了一个更厉害的咒语。烧符时，他按照大师的嘱咐在地上画了一个圆圈，向西方留出一道口子，那燃烧的纸符在圆圈里果然不再到处乱跑，只在画的圈中安静地燃烧。可是他的痒还是止不住，痒得他整夜尖叫，骂孩子，打老婆，胡乱摔东西，往自己的胳膊上捅刀子，闹到后来，连家里养的两只猫都离家出走了。

锯老杏树的人东一头、西一头地四处乱撞，有一天一头撞进了省城皮肤病医院，这一去，他心里立刻踏实了。

皮肤病医院里人头攒动，他们的皮都坏了，起疹子、冒风团、长疙瘩、鼓水泡、烂得流水冒脓的，什么款式的都有。问起原因，也五花八门，有人是因为吃了甲鱼，有人是因为亲了一张陌生人的嘴，有人是因为抱了一下狗，还有人是因为多看了几眼盛开的桃花，另有人是因为被汽车喷了一股黑烟……

总之，一不小心，他们的皮就坏了。锯树人终于找到了组织，他在这些坏了皮的人中间穿梭，大家亲热地打着招呼，互相展示着自己坏掉的那一部分身体……

## 八

王大喜在琢磨一件事，琢磨好久了，总也下不了决心。他想找个人商量商量，但这事又不能跟人说，也许和邱疯子说说倒好，反正他也听不懂，但邱三树近来总是起早贪黑，忙得很！

邱三树总是在天刚蒙蒙亮的时候就下山，脚步匆匆赶到海边去。清晨的大海，辽阔而安静，经过一夜的狂暴肆虐，只有细碎的浪花层层簇涌着轻轻舔舐沙滩，太阳正从东方冉冉升起，万丈霞光照耀着蓝色的大海与白色的沙滩。

迎着太阳，邱三树光着脚在沙滩上奔跑，边跑边呼喊，好像后面有野兽在追赶不舍，跑着跑着，他就一头栽倒在沙滩上，浑身颤抖不已。

有晨练的人上前探讯，见邱三树双目紧闭，耳朵贴紧沙子，屏息倾听。晨练的人跟邱疯子说话，他也不理，有大股大股的泪水从他紧闭的双眼涌出来，溅到沙子里。

晨练的人去推邱三树，他躺在地上蜷成一团，喃喃自语道：“来了，来了……”

晨练的人使劲推他，问什么来了？他就嘀嘀咕咕很纳闷地翻着眼睛看人，好像刚从梦里醒过来。

太阳当空照时，做小生意的人陆续来到海边。邱三树还在海边折腾，不时把耳朵浸在水里听动静，大家都笑他更疯了，他也不理会，只管忙自己的。

后来，邱三树玩累了，就把自己埋进沙子，连脑袋也埋进去，只留两个鼻孔出气，沙子压住眼皮，整个世界都消失了，邱三树静穆在黑暗中，慢慢睡着了。

再后来，夜风起了，海边松涛阵阵，沙子慢慢凉了，海水涨起来，刷刷冲击着沙滩，一漾一漾地围住邱三树，他身上的沙子被冲掉，身体也微微随着海浪荡漾。他慢慢醒来，怔怔看着苍黑的夜幕，听见有一股沉闷的声音从海底深处怒吼着传来，像火车爬行在铁轨上，缓慢而沉着地向前逼近，慢慢地，越来越近，越来越重，终有一天会逼近到面前……

没有人能阻挡它！

邱三树知道。

邱三树倒掉耳朵里的沙子，拧干衣服，一个人摸黑走夜路回山上去。

皓月当空，夜色幽蓝迷离，群树的影子明暗起伏着，草丛中众虫低吟。邱三树轻飘的身影如剪纸，时而出现在田间垄头，时而游荡在山楂林，时而攀爬在陡峭的山坡怪石。

当邱三树靠住半坡一块石头歇息时，他突然发现了另一个身影：这个身影在矮灌木丛中飞快地移动，时而直身飞跑，时而弯腰潜行；邱三树紧紧追随这个身影，见黑影鬼鬼祟祟直奔半山腰那棵巨大的假树而去。



假树矗立在月亮地里，周围是一片巨大的空地，月光似水，照得见空地上的石头和杂草，只有中间那棵巨大的假树，繁茂的枝叶铺天盖地，遮挡住月光，在空地中间投下一团漆黑的影子，那个诡秘的黑影一闪，被假树吞噬不见了。

邱三树瞪大眼睛寻找那个黑影，却什么都看不见了，他竖起耳朵，也听不到任何声音，山野空旷，整个世界沉睡无声。

邱三树抬头去看仙山半腰的老子，月亮地里，那老子雕像一团模糊，看不清慈眉善目，也看不清长髯飘飘，只是静默着，微微泛着亮光，也不知道这样的夜里，他在想些什么。

突然，有一团火光划破夜的寂静，在黑暗中摇曳着，忽闪了两下，一条火蛇刷地蹿起。就在此刻，邱三树又看见了那个黑影，黑影从燃烧的假树底下飞快地逃走，重新遁入黑暗中。

火蛇缠住巨树燃烧起来，巨树剧烈地扭动，颤抖，发出刺鼻的气味，火蛇愈缠愈紧，愈燃愈烈，巨树噼噼啪啪地燃烧起来，它奋力挣扎，在火中狂舞，左冲右突，却冲不出火海的包围，风助火势，巨大的火光照亮了半边夜空，也照亮了山川和树木……

夜幕正在退去，晨曦即将来临，正是一天中最黑的时分，镇子上的人们还沉浸在睡梦中。王咋呼从热被窝爬出来，也不开灯，闭着眼睛摸了衣服，披在肩头，趿拉着鞋就出门了。

王咋呼呵欠连天地发动了车子，率领五辆装满污水的大卡车出了厂门，向海边开去。

活儿是熟活儿，路是老路。王咋呼手上揽着方向盘，车灯不开，眼睛也懒得全张开。一会儿送完污水回来，抖掉衣服，合上睁开的这半边眼，他就又睡过去了，轻松随便得好像半夜起来撒了泡尿。

可今天的路有点儿硌，总觉得车子底下疙疙瘩瘩的，有东西？起先王咋呼没理会，可是那东西好像一直挂在车底下，而且不时发出尖叫。

谁在尖叫？

王咋呼心里咯噔一声，人立刻醒了，他拿手一搭额头，摸到一脑门子的冷汗。王咋呼停下车，慌忙跳下来，他的脚下立刻发出一阵吱吱嘎嘎的乱响，有什么东西在尽力挣扎翻滚，他赶紧挪挪脚，又是一阵吱吱嘎嘎的怪响。他低头细看，突然间目瞪口呆。

王咋呼看见有无数黑乎乎的东西紧贴地面向他爬来，前不见头，后不见尾，浩浩荡荡，络绎不绝，它们顺着王咋呼的裤腿攀爬而上，尖利的爪子抠住他的皮肉，王咋呼跳脚呼喊，它们嘶嘶惨叫，尸骨咔嚓咔嚓被折断，腥咸的血肉溅得王咋呼满身满脸。

等到后面的车子赶上来，雪亮的大灯照耀下，大家看到无数的螃蟹，淹没了整个路面，它们从海边的方向而来，浩浩荡荡，横穿公路，前赴后继向仙山爬去，整个队伍绵延有几里长……

## 九

柴火在灶下熊熊地燃烧着，热腾腾的白汽从锅盖的缝隙钻出来，一股一股，香喷喷地弥漫了整个屋子，老太婆踮着脚飘来飘去，像踩在云朵上。

二生嫂要过三七了，过了三七她就该重新投胎了。老太婆给她蒸了一锅白馍，好让她吃饱了有力气投生个富贵人家。

王大喜屋里屋外走了好几趟，等着掀锅盖的那一刻。老太婆把菜刀按在水缸沿上哧啦哧啦磨得火星四溅，她站在锅台边上，挥舞着雪亮的菜刀，嘴中念念有词，驱散挤在锅边抢食的饿鬼，一把将锅盖掀开，十几个雪白的大馍馍脉脉含情地呈现眼前。

老太婆飞快地给大白馍点上黑点，白馍的模样立刻郁闷起来，王大喜伸手去锅里抓馍吃，老太婆将他的手打开："这是给死人吃的。"

邱三树一脚闯进屋里，满脸欢喜地："真香！我来吃馍！"

老太婆用身子挡住锅，不让他们近前，王大喜飞快地从锅中抓起一个滚烫的白馍，老太婆去抢，白馍挟一道黑光射到橱柜底下去了。趁老太婆撅着屁股到柜子底下掏馍的空当，王大喜从锅里抓起两个馍。

王大喜和邱三树一人捧一个白馍出了门，老杏树的枝叶已被拖走了，只剩一个大圆桌似的树桩横在地上，两人并肩在树桩上埋头坐下，龇牙咧嘴地吃馍。

白馍很烫，他们两手抱着，不停地捯来捯去，瞅空伸嘴叼一口，撕下一片滚烫的馍嘶嘶嚼着，烫得眼泪吧碴，偶尔，他们抬头，透过香喷喷的热气，冲对方笑一下。

一个白馍还没吃完，突然有辆警车呜呜叫唤着开到了王大喜门前，车上下来两个警察，径直走到王大喜面前，说他犯了破坏国家财产罪，他们给王大喜戴上锃亮的手铐。

王大喜愣怔着，好一会儿才反应过来，纳闷地问道："唐老鸭是国家的财产？"

警察搡他一把："少装蒜！是谁把那大树烧了？"

王大喜站住不走了，急赤白脸地叫起来："不是我，你诬赖好人！"

警察："少废话，走！"

王大喜放松下来，嘿嘿笑了："真的不是我，我还没来得及下手呢，它就烧了，烧得好！"他手里还捧着吃剩的一块馍，刚要往嘴巴里送，警察抬手打过来，王大喜眼疾手快将馍全塞进嘴里，腮帮子立刻被撑得鼓鼓的。

两个警察推搡着王大喜向前走，王大喜一边飞快嚼着馍，一边跳着脚叫："不是我！不是我！真的不是我！"

警车叫嚣着开远了，邱三树在老杏树的树桩上重新坐下，安静地吃完了手里剩下的半块白馍。

海边如往常一样喧闹，太阳退去炙热，慢慢向西天隐去，松软的沙子被烤得热烘烘的，成群的游人穿着泳衣光着脚在沙滩上奔跑、打滚，欢笑不止。

邱三树将自己埋在沙子里，眯眼看着辽阔的天空：天色蔚蓝，霞光映红天际，北边遥远的天际有两块黑色的云，隐隐地飘着，它们有时静止不动，有时又快速变幻形状。邱三树看着那两块云，打个盹儿，慢慢睡过去了。



有风轫轫地吹着，打在皮肤上凉凉的，海边的人来了又走，走了又来。那两块黑色的云慢慢飘到望岛镇上空，它们在空中停顿片刻，迅速合并在一起，吞噬掉最后一道霞光，整个天地突然陷入无边的黑暗中。

有无数冰雹从天而降，如银色流弹横飞，一股飓风铺天盖地冲下来，瞬时间，沙石横飞，太阳伞、游泳圈，扎在沙子里的帐篷都被连根拔起，胡乱飞在半空，海滩上立刻乱了，游人挟儿唤女，惊恐地四处奔逃。

一道巨大的风柱如虐龙狂舞，呼啸着向仙山扑去，却被海边的一座悬崖阻挡，它立刻折返抽身南进，向望岛镇扑来。海边正有一座新建的百余米吊桥，龙卷风立刻将它从石礅上拔起，挥舞着在半空飞了半公里，然后从镇子上空扔了下去……

龙卷风在望岛镇上空狂暴肆虐，成片庄稼、万千果木瞬间被摧毁，屋顶被掀起如滑翔伞般飞出去，屋里的人畜杂物被刮得狂飞乱舞，东西在空中飞，人也在空中飞……

一声惊雷过后，暴雨如注，飓风复大作，海边狂风恶浪奔涌，潮挟风威，掀起几米高的浪头，汹涌着冲上岸来。

岸边的人惊恐地四处狂奔，邱三树夹在慌乱的人群中逃窜。有一个四五岁穿红裙子的小女孩呆在原地，闭着眼睛大哭，邱三树一把抓起她，狂奔不止，海潮在身后呼啸着扑上来，邱三树仓促间将小女孩擎到一棵大槐树上，大喊：“抱住！别撒手，千万别撒手！”

一个浪头扑来，邱三树被卷进水里，小女孩紧紧抱住树，惊惧地看着邱三树瞬间被洪水卷走……

## 十

那天晚上，整个望岛镇，不！整个望岛市市民都无法平静，他们放下手头的活儿，皱着眉头聚集在电视机前。

黑夜深沉，月色朦胧，手电筒将夜幕撕开一道一道的口子，电视机前的人们看到一片汪洋，在黑暗中闪烁着微光。随着记者的采访镜头和解说，人们模糊地看到受灾最严重的望岛镇：洪水冲毁了海堤，吞没了码头，也淹没了低处的村庄。他们还看到龙卷风的杰作，龙卷风拔起了树木、掀翻了车辆、更摧毁了无数的建筑物；仙山之上正在扩建的清心大殿被刮倒了，剩下半堵歪墙，斜压着一棵古槐，满地都是残砖碎瓦，胡乱倒塌的脚手架和折断的树木，有一只翻倒在地的大香炉，半边身子仓皇钻在乱草中，尚未来得及藏匿的另半边身子，断了一条腿，也不知它经历了怎样的磨难。

有一个特写镜头是给老子雕像的，老子还是那个样子，还站在那个地方，沉默地凝望大海，似乎依然在处无为之事，行不言之教。他的衣服经了雨淋，尚未干透，深一块浅一块，浅的地方发白，深的地方泛着水汽，刮一阵儿风，也就干透了吧。

人们还在电视上看见了唐老鸭，唐老鸭镇长站在过膝深的洪水中，手拿对讲机和手电筒，神情严肃地对大家说：“要尽一切可能，保护人民生命安全和财产。”那些熟悉唐老鸭的人盯着他看，越看越觉得不对劲，好像唐老鸭少了一只胳膊，或者缺了一条腿。再看看，突然醒悟，原来那个长在唐老鸭胳肢窝里的黑色小皮包不见了，他们莫名地冷笑一声：“哼！你再也不吸毒了吧?!你再也不跳小天鹅舞了吧?!”

跟随摄影机镜头，大家看到昏暗的夜色里，一只只皮筏艇上，救生人员正护送劫后余生的人转移到安全地带，手电筒在黑夜里发出微弱的光芒，胡乱照在那些人的脸上，他们的表情悲喜难辨。

突然，电视屏幕上传来一阵哇哇乱叫，一名救护人员指着一棵树激动地大叫起来，大家注目凝视：黑夜里，一片汪洋之中，有一棵树从水面挣出半个树身，倒倒歪歪地晃着，树下巨大的漩涡在盘旋，似乎随时要将树卷进汪洋，一个小红点跃入眼帘——大家屏住呼吸——是一个孩子！树上趴着一个孩子！

大家的心不约而同地揪了起来，紧紧盯住电视屏幕，镜头在营救人员、唐老鸭镇长还有树上的孩子间来回转换，每转一次，大家的心就跟着扭绞起来。

营救的皮筏艇一次次靠近那棵汪洋中的树，又一次次被湍急的漩涡逼退。唐老鸭镇长烦躁地踱来踱去，大家都不想看他，只想看树上的那个孩子。那孩子伏在树上，面目模糊，一动不动，皮筏艇上的人冲她喊话，她悄无声息，也不知道是死是活。

唐老鸭镇长和几个领导模样的人脑袋挨着脑袋紧急商量对策。看电视的人就忍不住骂起来，骂唐老鸭胖的像头猪，也不知糟蹋了国家多少粮食；还吸毒，花的肯定不是他自己家的钱；骂他的猪脑袋早该被铲开瓢了；骂老天不长眼，怎么不让他爬到树上去！

大家越骂越生气，镜头却转到别处去了，那个挽着裤腿，站在洪水中的男记者表情沉痛地告诉大家：我国是风暴潮多发的国家，自1949年至1993年中，共发生轻度风暴潮269次，特大潮灾14次，严重潮灾33次……仅仅2006年，我国就发生了28次风暴潮，死亡及失踪人数达327人，渔船沉没损毁6980艘，共造成经济损失217个亿……

大家拿手压住胸口，心翻着个儿向无底的黑洞坠下去，大家听啊听，看啊看，直看到电视屏幕哧啦哧啦下起了雪花，也没再看见那棵树和孩子的影子，大家骂骂咧咧地爬上床，抓着枕头摔摔打打地骂唐老鸭。

这一个夜晚，很多人都在支离破碎的梦里挣扎，梦里洪水漫卷，淹没了天地，他们在洪水中载沉载浮……清晨醒来，湿漉漉的枕头被心有余悸地抱在怀里，一时分不清是梦，还是现实。于是大家从未有过的心齐，有钱的出钱，有力的出力，没钱没力的也跟着瞎着急，他们脚步铿锵奔出家门，把横条字幅挂得满大街都是，字幅上写的都是慷慨激昂的话：奋战、抗争、斗争到底之类。

到了晚上，大家又都企鹅一样伸长脖子聚到电视机前，那个被困在树上的小女孩突然又冒出来了，一只皮筏艇劈风斩浪把小女孩送到了岸边，唐老鸭镇长分开众人，冲上前把小女孩抱在怀里。

岸上的人们一片欢呼，击掌相庆，看电视的人也都热泪盈眶。记者抢上前采访小女孩，这个在树上趴了三十多个小时的孩子始终咬住嘴唇，一言不发，她的两只胳膊和腿始终保持搂住树的姿势，僵硬地绷着，唐老鸭镇长用他的一双小胖手使劲地捋、扳、弯，都不能让她恢复过来。

小女孩后来是否恢复正常，不得而知，是否找到了她的家人，也不得而知。只是关于唐老鸭镇长，电视上又有报道，据说那是灾后第二天，唐老鸭镇长的胖老婆找来了，她拿着一个黑色的小皮包，是唐老鸭平常夹在胳肢窝里的那个小皮包，她把皮包往唐老鸭手里塞，哀求道：“老唐，你就打一针吧！”

胡子拉碴、神情疲惫的唐老鸭已经几天几夜没有休息了，他正指挥大家抢修仙山上坍塌的清心殿，他眼神恍惚地看着老婆，像看一个陌生人，干裂的嘴唇艰难地抽搐了几下，吐出一个字：“滚！”

他老婆嘴角一瘪，强忍住两眶泪，固执地把小包往唐老鸭手里塞，唐老鸭镇长伸出手想推开他老婆，那手却轻飘飘地不听使唤，抬到一半颓然垂下，一阵强烈的眩晕突然攫住了他，他使劲睁开眼睛，茫然地瞪着清心殿，磕了磕眼皮，又看了一眼清心殿，猛地一头栽倒在地。

唐老鸭镇长再也不用扎针了，他终于可以好好地睡一觉了，睡到再也不用醒过来。他老婆死死抱着那个黑色的小皮包，披散着头发往太平间的门上撞，尖厉地叫嚣着：“求求你们了，给他打一针吧，给他打一针吧……”她把脑袋都撞破了，谁也拉不走她，大家只好打开了门。

唐老鸭镇长静静地躺着，他老婆打开黑色的小皮包，里面静静地躺着十几支胰岛素针剂，他老婆轻手轻脚地给唐老鸭打胰岛素，打完一针，推推他，小声问：“老唐，好点儿没有？”打完一针，再推推他，小声问：“老唐，好点儿没有？”……

唐老鸭的老婆就这样不停地给他打着胰岛素，一针接一针，每打一针，就推推他，问一声，好点儿没有？你好点儿没有……

……

风暴潮过后，又是阳光明媚的一天，海面风平浪静，鸥鸟盘旋低回，矮丁香的花蕊上簇着一团团晶莹的水珠，人们在岸边收拾垃圾、清理淤泥，泥瓦匠叮叮当当敲着残砖，把防海堤坝重新修好。

风暴潮还将再来，还将退去，人们坚守家园，弓身而作，直到某一天再次被席卷、被淹没……



2011年第2期《人民文学》

# 飞行调适期

飞行，对我来说是众多诱惑其中之一种。当然，我指的不是坐飞机，坐飞机的感觉从未美好过。我所说的飞行是像鸟儿那样，具有“飞”本身的轻盈与灵动，比如说跳伞，比如说滑翔，再比如说最近在某些旅游景点新兴起来的蹦极。

遗憾的是，以上种种，我无一试过。

当然了，就算有飞的机会，我肯定会找很多原因说服自己放弃。比如去年春天在武夷山，我先是对蹦极这一玩意儿跃跃欲试，摩拳擦掌。看一青春靓丽的女孩为了证明她爱的勇气，做飞前准备。她捆好了双脚，在临飞出去之前，跟她的男友吻别，强作欢笑说：亲爱的，我去了。

然后，随着一声惨绝人寰的叫声，她就被推了下去，头向下，飞速坠落，完全像背后突然遭了黑手暗算一样。当然，不必担心，她并没有重重地砸向地面，捆在脚上的绳子，使她像只挂在烤架上的鸭子一样，在空中来回晃悠了一阵，终于被摘了下来。

当她魂魄俱散瘫在男友的怀里，瞪着一双直勾勾的三白眼时，我飞速转动着我的大脑：一、自己又没什么亲爱的人，需向他证明爱的勇气，所以飞不飞都行；二、面对面怎么整我都没关系，我最怕背后的黑手啦……这样一想，我就像那个无耻的叶公一样夹着尾巴逃跑了。

但是，我得承认，飞翔自始至终对我充满了诱惑。

马玛曾经跳过伞，只是对于跳伞的前后过程及其感受，她只字不提。她越是这样，我越是对这件事充满了幻想。我曾无数次把马玛飞翔的这一镜头闪回，让她一次又一次像朵花似的开在蓝天上。但是到底是一朵红色的花、黄色的花，还是一朵白色的花呢？

类似的细节我不能确定，这限制了我想象力的尽情发挥。所以马玛飞在空中的情景，我不可能设想得栩栩如生。我曾怀着无比旺盛的好奇心耐心地诱导过她，但她自始至终紧紧抿着性感的红嘴唇，一言不发。

马玛的确有一张性感的嘴唇，用“圆、厚、翘”三个字便可概括出它的特点，毫无疑问，它的形状、色泽、湿润程度，都足以证明它无愧于性感二字。但你千万别以为是演员舒淇式的性感，真的不是，其实舒淇长了一张吹火口，倘若在古代，这种女人是没有男人敢沾边的，庆幸的是她逢上了自己的时代。很多人都逢上了自己的时代，这是多么好的一件事。

实际上，嘴唇的问题没什么好说的，不管马玛的嘴唇曾经是怎样，到如今，肯定也是两片沧桑的唇了。一直以来，如今怎样，不是我最想说的，我想说的其实是过去，马玛曾经像朵花似的开在空中的——过去。

好了，现在，就让我把马玛这朵已经开模糊了的花，镶嵌在多年前的蓝天上，让她在云朵里穿行，让她心花怒放，让她像风一样自由地飞翔，而我们呢？我们也随她一起返回到过去吧。

## 一

八十年代中期，我十六岁，正在读高一。马玛和米登高是我的同班同学，她们自小一起长大，又一起考入这个学校。我之所以有缘和她们同学，实在是因为不思进取的缘故。



我高中考取的这个学校在乡下的一个镇上，它有一个奇怪的名字，叫九里汤中学（或者是烫，我不能确定）。刚来报到的那天，马玛，也就是我的同桌，她告诉我这个村子离一个可以洗澡的温泉有九里地，村子叫九里汤村，学校自然叫九里汤中学。而周围的村子依次叫作七里汤、三里汤……

听她说到这儿，我的脸上露出一抹嘲笑，说：由此可见，你们这儿的人都懒得动脑子。马玛瞥了我一眼，抿着嘴唇笑了。她好像没什么意见，但是米登高不乐意了；米登高那天走在我的左边，马玛在右边，我们三个人一起走在去宿舍的路上。

路两边有高大的白杨树，树叶子在风中哗啦哗啦地响着，像挥着无数热情的小巴掌。米登高很不乐意地反驳我说：天下可以洗澡的温泉有很多，但我们这个温泉是秦始皇亲自下去洗过的。我说：你怎么知道？她瞪大眼睛，很认真地说：我当然知道了，我们这儿的人都知道，不信你问马玛。我哦了一声，心里想这个老米是个纯洁的人。

我很愿意和纯洁的人打交道，纯洁的人在没经受打击以前都活得轻松快乐，连忧愁也是透明的，像冬天结在玻璃上那一层薄薄的冰花儿，你只要伸出温热的舌尖轻轻舔一舔，它就融化了。

时至今日，这种轻松都一直是我希望的。我很希望自己是个从身体到心灵都轻松自如的人，像鸟儿一样，肉很少，骨头是空的，羽毛又薄又滑，有事没事随便在哪个树梢都能叽叽喳喳地一展歌喉。

但是你也知道的，希望和现实总是两码事，努力到今天的结果，我的嘴唇越抿越紧，嘴角的法令线越拉越长，像夜晚急行军的拉练部队一样，一往无前。但愿它们不要走着走着，就直接拐进了嘴角，因为我相信阴阳大师的说法：这样的面相将被饿死。

将被饿死！是一件极其可怕的事，不管最后是否应验，它都像悬在头顶的一口丧钟，随时都会发出一声悲鸣。所以我每天早晨起床，都要对着镜子观察嘴角的法令线，以揣测我未来的运势。

为了将来还不一定发生的事牵肠挂肚、惴惴不安，这样的一个家伙儿，肯定是不快乐的。对此《新周刊》直截了当地说：如果你不知道如何让自己快乐，那你就去死吧！

当我看到这句话时，觉得有无数闪亮的小刀子嗖嗖地飞过来，直奔我的五脏六腑。是的，我为什么不快乐呢？哪怕我昨天才接到辞退通知，哪怕我刚刚被人骗财骗色，都没什么不好的。因为“不好”是可耻的，别人都好，你为什么不好呢？条条大路通快乐，你有什么理由不快乐呢？

其实真正不快乐的人是我的母亲柳惠心女士，十几年前的她，极端不快乐，差不多担着全世界的忧伤。

她不快乐的原因最主要的一是没嫁个体面的男人；其次是发现这个男人不成器后，还姑息迁就地为他生了一个孩子；第三，这个不知好自为之的孩子很不争气，严重影响了她的再嫁，一而再地降低她的择偶条件，致使她的人生一误再误。

这是我母亲亲自总结概括出来的人生失败三部曲。我觉得很公正、很客观。不愧是知识女性，具有穿透纷繁复杂的表象，直达事物本质的能力。

我完全同意母亲的说法，事实真的如此，父亲除了长得英俊潇洒并努力将这一特色发扬光大之外，并不做别的努力。在我七岁时，他就展翅飞上别的枝头闹春意，自此我与母亲相依为命。当然，这是个没意思的话题，咱还是不说了吧。

至于后面两个原因，完全可以合二为一，那就是我耽误了母亲的前程。母亲早就发现是我耽误了她，所以她很希望能在我身上捞回一些成本。这个我很理解，任何人都应该试着理解她，不难想象一个美丽的单身女人要养育一个孩子，需付出多么大的努力。所以我很愿意把“含辛茹苦”之类的纸帽子献给母亲，但这样的帽子不挡风雨，含金量为零，所以我很对不住我的母亲。

我前边说过自己是个不长进的东西，上小学的时候，就体弱多病，每天上半天课，其余的时间自己在院子里煎中药。上初中时，身体倒是健壮得像一头大象，可是又坏了良心，总是装神弄鬼地生假病。让我母亲总是犯愁：这个孩子恐怕是养不活了！

至于高中，踏进这个门槛，我觉得母亲就摆出一副准备发动总进攻的架势，大概她已看见未来朦胧的微光在闪烁。可我总是沮丧地想，母亲离希望的大门轰隆一声关上的日子越来越近了。

事实真是这样，这个九里汤中学，虽说也有百年历史，还算全市重点中学，但它的基本任务，就是为广阔的绿色田野培养自己的拓荒者。女的毕业后大力发展畜牧业，办办养鸡养鸭场什么的，男的则研究果树修剪技术等等，每年除了十几个人有资格抖抖鸡毛，飞上枝头变凤凰之外，其余的毕业生基本放归山林、自生自灭。

母亲盲目，我自己心里是有数的，我绝不属于那幸运的十几个之一，如果我真的属于那一个范畴，也就可以留在城里读高中了。但是我的分数不过是摇摇晃晃刚过了这个九里汤中学的录取线。于是乡下的孩子考到城里读书，我则考到乡下来读书，这是让我母亲十分不平的一件事。

好在十六年来，因为我的缘故，她已锻炼得越来越坚强。所以不管结果是怎样的，我希望在所有需要坚强的时刻，她都会坚强起来。

掉过头来，还说这个九里汤中学吧，当我和马玛、米登高一起走在高大的白杨树下时，我对这个地方其实挺满意了，因为我原来的那些同学要么飞往高处，要么原地踏步。只有我像一股分道而行的水，曲里拐弯地流到了这个荒僻的乡下。

也就是说没有一个人知道我就是那个外号“胡思乱想”的柳翘翘，关于“胡思乱想”是这样的：在语文课上，所有的同学都在热烈地畅谈理想，只有柳翘翘懒洋洋地说：理想就是胡思乱想。我每三分钟就换一个理想，所以这不值得一说。总之柳翘翘就像一截萎缩了叶子的荆棘一样，混在一堆盛放的喇叭花里……而所有这些，都将统统被这个冒着热气的温泉汤所掩盖。

当马玛和米登高一边一个，紧紧地挽着我的胳膊走在校园的林荫道上，并把她们的体温毫不客气地传送给我时，我感觉到一种类似友谊或者温暖的东西，正渗透进我的血管，并把血液的成分进行了更新，这是我愿意的。我朦朦胧胧地认为，那个奇形怪状的柳翘翘将在这片冒着热气的土地上，夹起尾巴，重新做人。

## 二

一直以来，一些陌生的地方和陌生的人，总能激发我潜在的对生活的热爱。不管这种热爱可以维持多长时间，当它发生时，就一定是真的。比如九里汤中学就曾经是这样的一个地方，尽管后来它不是了。

这一点儿都不奇怪，曾有一些地方和一些人，让我以为自己就像一部报废的机器，已经被弄坏了，再也不可能发动起来。而事实上，稍将休养生息，再次发动起来并不困难，只是不一定轰隆隆地唱着歌罢了。

那么，在这个冒着热气的九里汤中学到底发生了一些什么事呢？

接下来，我将把这些事情其中的一部分告诉你。你可以相信，也可以不相信，我只问一句，你崇拜过军人吗？在你七八岁，或者十七八岁时，如果你曾经有过，那我很愿意我们找到了一些共同的地方。

我曾经对红五星和红领章充满了敬畏，我觉得它就是一种崇高、严肃、积极向上的生活，一切妖魔鬼怪都在它的照耀下原形毕露。然而，我离这种生活很近，也很远。

这就不得不说一下我的家族，在这个家族里出现了许多军人，男女都有，最辉煌的要数我的外公。他上过朝鲜战场，指挥过千军万马，无数次死过，又无数次活过来。凭着这样光荣的历史，在新中国干净的蓝天白云下，他仍指挥着千军万马。

但是他虽然调遣得了别人，却控制不了自己的女儿——也就是我的母亲柳惠心女士。我的母亲是这个革命家庭的一个叛逆者，她自作主张嫁了一个花花公子式的男人，自此被革命家庭扫地出门。当然，生活很快就变成一位残酷的祖父狠狠地教训了她。

在我长到十八岁以前，这个坚定的革命家庭都没有让我和母亲回归的意思。到这儿你明白了，我对红五星的向往和崇敬实在有着叶落归根的重要意义。需要补充说明的一点是，关于我的外公，岁月的流逝已将可以带走的一切，悉数带走。到如今，他的皮肤底下孕育着数颗战争年代的弹片，独自一人，驼着背，在这个世界上沉重地咳嗽。

所以你或许能够理解，当我知道九里汤中学的隔壁驻扎着一个团的空军部队时，我的心情是多么复杂，又是多么激动！

每天早上，当我在宽大的操场上跑操时，隔壁的口号喊得惊天动地，我的热血都处于沸腾状态。我毫不怀疑，如果我的那些同学，像米登高或是马玛什么的，如果她们的激动能把鸡蛋煮熟，那么我的热情就一定能把炸药包点着。

是的，我和军人，和我向往的生活仅仅隔着一道墙壁，这道墙壁不可能阻挡我，墙壁边生长的那些白杨树也不能。我看见他们芬芳热烈的呼吸飘过白杨树的树梢，在整个操场上弥漫，他们坚定有力的脚步和我的脚步混在一起，我们一起奔跑，一起呼吸，心房贴着心房，跳荡得无比激烈，无比崇高。

不止是早晨，不止是在操场上，在学校外面的小路上，在小商店里，在修鞋的摊子前……在任何地方的任何时间，我都可能和那些穿着天蓝色军装的人不期而遇，他们在我的眼睛里进进出出。

但是，我从没有看清过他们之中的任何一张脸，因为太过向往，反而从不敢与他们对视。但这完全没有关系，哪怕那神圣的蓝色只是在心里一闪，都能像闪电划过黑暗的夜空，映红了我的脸膛，也照亮了我的心。

最好的时光，是课间休息时，阳光明媚，蓝天又高又远，我、马玛和米登高躺在操场中间密密的草丛里，嘴里嚼着一根草叶，眯着眼看那些最可爱的人，在蓝天上表演跳伞。

那些伞花，如此艳丽，又如此轻盈，它们五颜六色，开在蓝天白云间，从我们的眼睛，一直开到心上。于是心事开始发芽，如春天的野草，在皮肤地下孕育萌动，渐渐显示出它不可阻挡的派头来了。我始终相信，那些和伞花一起自如地开在空中的人，一定听得见我的心跳，看得见我的表情，甚至触摸得到我衣服皱褶里的心事，所以我必须保持庄重。

而米登高从不沉默，她总是无限向往地感叹：我要是能这样飞一次就好了，我想嫁给他们。我和马玛总是迅速交换一下眼神，闭紧嘴，一言不发。

我的两手紧抱在一起，护在胸前，像严守着一个不能和人分享的秘密。米登高寡廉鲜耻地说出了我们共同的心声，我由此有些恨她，也有些看不起她。

写到这儿，我忍不住要把米登高称为：我亲爱的老米。

尽管亲爱的老米当时十六岁，满脸雀斑，眼睛太小，又长着一个四十六岁的大屁股，但是我依然要这样称呼她，这样的称呼让她和有关她的记忆变得清晰而鲜活。我看见了我冒着热气的十六岁，看见了我动不动就红了的脸膛，也看见了那些黑暗中的夜晚，艳丽的伞花，在我的梦里梦外自由开放。

最激动人心的时刻是在开学后不久，我们学校和隔壁的部队兄弟联合演出了一场节目，地点就在隔壁的大礼堂。

在此之前，双方都进行了紧张的排练。马玛因为歌唱得好，被挑出来和部队的兄弟合作一首《清晨》。其实，我唱得比她还好，但我是那种扶不上墙的东西，像一根搭在弓上的箭，由于绷得太紧，目标还没出现，就已经飞出去了。很多事都这样，本来私下里我能干得挺好，但是别人一期望，我准得弄砸了。

所以，从学校决定让马玛与部队的兄弟合作演出时，我的心里就开始长草。我经常看见疯长的草叶，从我的鼻孔、嘴巴、眼睛和手指尖上钻出来，它们哧哧啦啦地响着，笔直地向外拉长，我很快就变成了一棵玉米，披挂着满身毛糙糙的叶子，在风中摇摇摆摆。

米登高的演变比我高级，当马玛从隔壁小礼堂排练回来时，她就扑上去搂住马玛的肩膀，凑上鼻子，在马玛的脸上嗅来嗅去，似乎她在马玛离开的这段时间变成了一条狗，以后得靠鼻子和马玛交往。

正式的演出终于开始了，能容纳几千人的礼堂坐得满满的。我们排着队进入时，早已就座的军人们刷地站起来，又刷地敬礼，简直比刀切的还要整齐。我差点儿晕倒，似乎我不是混在浩浩荡荡的队伍里，而是法海老和尚照妖镜下正在变形的蛇精。

好在我们很快就坐下来了，演出开始。

那是一场什么样的演出呢？我没法形容，反正在此之前和在此之后，我从没有再欣赏过类似的演出，不管是什么天皇级重量级的人物都没给过我如此的震撼。甚至是不久前在帕瓦罗蒂的三人钻石组合的轰击下，我还无聊地感叹：老帕真的是老了！但是在那个灯光昏暗的小礼堂，我手心的汗把椅子的扶手都打湿了。

后来，当米登高开始和身边的同学嗑瓜子时，我突然希望自己变成一个身怀绝技的武林高手：专擅暗器，眼观六路，耳听八方，所有嗑瓜子的、嚼糖块的、交头接耳的、东张西望的，凡此种种，都是飞镖打击的目标。

小小飞镖，投之所向，无不如意……天哪！多么大快人心，又是多么恐怖主义。

那一晚，演出归来，我们三十六个人的女生宿舍里，欢声笑语，掌声雷动。在大伙儿的一致要求下，马玛把那首《清晨》又放歌了一遍。歌声冲破宿舍的黑暗，把隔壁宿舍也点亮了，她们拍着床铺、敲打着脸盆也闹起来。后来，值班老师来拍了四次门，一边拍门一边喊：疯了！都疯了！没人理他。

那个夜晚，各色的伞花在我的梦里开得恣睢而艳丽，那些花形状如喇叭，花瓣柔软而富有弹性，她们嗞嗞啦啦地响着，在瞬间丰满肥硕起来，如同一片一片饥渴的嘴唇，微微颤动。

## 三

米登高这个名字，也许你听起来觉得奇怪，其实并不费解。米可以延伸为粮食、收获什么的，登高更简单，就是步步交好运的意思。我想老米的父亲，那个紫红脸膛的农民，实在是具有田园诗人的基本素质。

在开学不久后的一天中午，米登高带我去了她的家，那是四间崭新的红瓦房，黑漆木门，门上有狮头铁环，两边的门垛上各自趴着一堆绿色植物，像蔷薇一样的枝叶，开着比玫瑰小的花朵，葱茏又旺盛。

米登高说它的名字叫“爬墙虎”。有那么一会儿，我差不多以为它们就是看家护院的两只猛兽。我好像是一下子就喜欢上这个地方了，尤其是老米家的门前竟有一条小河，河水清澈悠扬，在秋日的阳光下泛着微光，几只白鹅，悠哉地漂在水上。

我盯着它们看了一会儿，心里想：做只鹅倒也不错，当然做只鸡、鸭什么的也行，总之做什么都好过做人。在此之后，我曾经在各式的动物园，看过无数的黑天鹅、白天鹅，它们无一例外都心事重重，怨天尤人。那些臭烘烘的家伙总是让我想起老米家门前的那几只鹅，它们是如此安详，如此高贵，好像它们心中都装着上帝。但是，仅此一次，我再也没有见过它们。

那天，米登高口气优越地说：这就是我家。她得意地按响了自行车的铃铛。一个又矮又胖的中年妇女迎了出来，我知道这肯定是老米的母亲，只有她才会有着和米登高一样的脸、一样的雀斑，还有一样的小眼睛。

那么小的眼睛一笑起来，就不大容易找得到了。

她母亲不好意思地搓着手，把炕沿扫了又扫。我注意到她穿着一双脚跟露出来的破袜子，但是她到里屋去了一会儿，出来时，那双破袜子不见了，塞在拖鞋里的是一双紫红色的新袜子，左脚的大拇指有些扭捏地在里边歪着。

我很不好意思，我觉得她没必要这么看重我。

米登高塞了一把红薯干给我，这些红薯干比天下任何高级的点心都香甜可口，它们又甜又软，长满白霜，入口即化。我品尝着这些美味，想象着米登高的母亲坐在一大堆熟红薯前，快乐而忙乱地剥着黏黏的红薯皮，准备把它们统统切成薄片，晾干，收在缸里捂出白霜，然后再分了无数次塞进米登高的嘴巴里。

而在这时，我母亲的形象也插进来凑热闹，她恹恹地歪在一把椅子里，皱着眉头，翻着一本厚厚的书。我曾努力试图把她们的位置调换一下，让我的母亲坐在红薯堆里，让米登高的母亲抱着那本破书，但是这样的努力总是差强人意。似乎我大脑的粘贴功能已瘫痪，我刚刚把她们挪过去，她们就嗖的一声又弹回各自的位置。

米登高的母亲一直看着我和她的孩子笑，她的脸又黑又红，可我并不觉得她难看。后来，她转到灶间，用最快的速度炒了一个芹菜鸡蛋，摊了四张香喷喷的小油饼。

而老米的父亲，含着烟袋嘴儿，笑眯眯地看着我们吃。他不坐，蹲在炕沿上，眼神像蹲在他的菜地里，查看小萝卜发芽了没有。

米登高跟她父亲说话的口气不像个孩子，这让我有些吃惊，有好几次，我以为他一准儿要火了，但是他眼里的笑就像蜂蜜一样黏黏地流淌着，都差点儿滴到我的头上来了。在这时，我不禁又仓促地想了一下我的父亲，或许他也曾这样看过谁，用笑眯眯的眼神，但是，他曾经这样笑眯眯地看过谁呢？

不管是谁，反正肯定不是我。我的名字叫柳翘翘，你看，连姓也是我母亲的。

在这以后，我又无数次看见过米登高的父亲。一般是在礼拜三或者礼拜四，他被米登高的母亲派来，穿着一套干净的衣服，衣服的袖子和裤腿上有笔直的褶子。他胳膊上挽个硕大的紫花包袱，抿着嘴，有些拘谨地走在学校的林荫道上。

有时，他来的时候，我们正在上课，他就在教室后门等着；先是站着，累了就在那儿蹲下来，吧嗒吧嗒吸着他的烟袋嘴儿。

又是一个礼拜三，在这个早上，我们高一四班的教室里发生了一件事。早上开饭时，我们班的班长吴自昂收集起十几个不熟的酸馒头，把它们揉在一起，制造出一尊灰色的大炮，并富有挑战意义地架设在老师的讲桌上。

其实早就有人想这么干了，只是谁都缺乏勇气，因为学校食堂的馒头总是缺把火，并散发出一种奇怪的酸味。如果你把它揉在一起，可以当糨糊用。而菜永远是烂萝卜和烂白菜，煮出来是灰白色的，飘着一股腐朽的酸臭，所以吴自昂的这一手获得了大伙的一片掌声。

更让人服气的是，这家伙用他办板报的那一手好字，在黑板上写道：各位同学，你应该记得小学时那篇课文，题目是《穷人》，里边有一句话说“吃的是黑面包，菜只有鱼”。你现在该明白了，他们绝对算不上穷人。然后，在下面龙飞凤舞署上他的大名——吴自昂。

没错！我们才是真正的穷人，穷得一年到头都在吃酸馒头，喝馊了的白菜汤，七尺肠子，有三尺半是闲着的，从未启用。

整个学校里，一个胖子都没有，我的小伙伴们都保持着极为苗条的身材。

饥饿，浸透在骨头缝里的饥饿，使那些正在发育的身体，使那些渴望营养供给的身体，恨不得连课桌都啃巴啃巴咽下去。

所以吴自昂的壮举得到大家一致拥护。

那天，第一节课是英语，在老师走进教室前，胆小怕事的学习委员准备把黑板上的字擦掉，但是吴自昂硬邦邦地说：谁要是敢擦掉，我让他站着上去，躺着下来。

后来，教英语的女老师就进来了，她站了好一会儿没说话，脸红红的，后来，她的眼睛藏在厚厚的镜片后，咬着牙说：吴自昂，你要是生在乱世，不是流芳千古，就是遗臭万年。

教室里爆发出哄堂大笑，我没笑，心里藏着另外的想法。

我默默地看着吴自昂，眼中含着柔情万丈。我自己也不知道怎么回事，总是对各种流氓无赖表现得极感兴趣。原来我以为自己跟他们是一伙儿的，后来吃了流氓无赖的太多苦头，才算明白，在狼群里我当不成一只狼，在羊群里我又做不成一只羊，很尴尬的一个货色。

那天，英语老师面无表情地说：滚出去，反省！吴自昂满不在乎地站起来，像个英雄一样对着大伙儿挥了一下手，就出去了，很自觉地靠在教室的后门上，开始晒太阳。

早晨的太阳正从东方升起，吴自昂微笑着沐浴在灿烂的阳光里，他昂着头，目光望向远处。我不知道他在看什么，是晴朗的天空，还是那些在风中摇晃的树。我很希望他能回过头来看看我，他如果看看我，准能在我的眼睛里找到安慰和鼓励。

但是他始终背对着教室的方向，没有转过头来。当老师再一次在黑板上写字时，我趁机再一次转过头来看吴自昂，这时就看见了米登高的父亲。

他和吴自昂一起站在后门，像两个亲密的老朋友一样说说笑笑，吴自昂一边说一边对着老米的位置笑，很暖很柔的一种笑。我的心情莫名其妙地沉下去，再转过脸时，突然就和身边马玛的目光撞在了一起。

有闪亮的火星四处飞溅，只在瞬间，我们两人的目光就弹开了，我心里厌恶地想：她在研究我！

我挺直腰杆，两手紧紧抱在一起顶在下巴上，一动不动地盯着黑板。这已经不是第一次了，她想干什么？我让自己稳住，不动声色，我决不能让她看透我的心思。

但是米登高父亲的出现，让教室里微微漾动起一股激动的情绪，先是从教室后面开始，一个指头又一个指头，捅着前面那个人的背，像波浪一样层层向前推进，把消息传递给米登高：老米，你爹来了。

老米就向窗外望去，小脸蛋憋得如同下蛋的母鸡红扑扑的，很多人也跟着向窗外望去，眼神闪光灯一样咔嚓咔嚓射向老米的爹，好像是他们共同的爹来了。

大家都知道，那个沉甸甸的紫花包袱里藏着红薯干、花生米、金帅苹果，或者是肉丁炒出来的香喷喷的辣面酱，还有那种又圆又厚的麸皮大饼。米登高曾无数次让我品尝这种纯朴的大饼，它又香又硬，每一口咬下去，都会印上几个雪白的牙痕。我一直忘了问老米，它是否有个正式的名字叫“杠子头”火烧？

对于亲爱的米登高给我的这种殊荣，我毫无怨言，不仅没有怨言，简直是暗自欢喜。我比老米还迫切地渴望她的父亲和紫花包袱的出现。

你不一定能理解，但你可以试着想象：每天晚上，当熄灯以后，在黑暗中，我的同学们就开始疯狂地吃东西，因为她们淳朴的亲爹亲娘总是会给饥饿的孩子送来一些吃的，萝卜干、红薯干、炒豆子、煮玉米，或者各种坚硬的烙饼……如同有几万只老鼠在集体磨牙，咯吱咯吱的声音此起彼伏、密密麻麻，织成一只巨大的网，将黑夜淹没，将世界淹没，好像这个世界只剩下了尖尖的牙齿。如果让几万只饥饿的老鼠一起吃东西，而让其中的一只旁听，你认为这算不算世间最残酷的惩罚？

这样你就理解了我对老米的感情，也理解了我对老米父亲的感情。

但是今天，当那张紫红的脸和吴自昂的脸晃动在一起时，我的心里堆起一小堆一小堆的沙子，就像有一群鼹鼠在沙子底下打洞。

我笔直地坐着，眼睛死死盯着黑板，一动不动。但是老师说的话，我一个字都没有听见。有那么一会儿，我竟然看见那个紫花包袱沉甸甸地挂在我母亲的胳膊上，她穿着墨绿色的长呢大衣，脚上蹬着棕色牛皮短靴，神态优雅，脚步轻快地向我走过来，但是……那沉甸甸的紫花包袱，它怎么可能挽在母亲的胳膊上呢？她有什么必要做如此扮相！难道她的孩子是石头缝儿里蹦出来的见风就长吗?!

从来没有人，给正在发育的急需补充营养的我送过干粮，哪怕是这种粗糙得能划破喉咙的麸皮大饼。

## 四

秋天来临的时候，在一天的下午，我和马玛游荡在田野上。

那是一个礼拜六，米登高回家了，所有能回家的人都回家了。我没有，一是因为路途遥远，二是不愿看见我妈那张沉重的老脸。这没什么奇怪的，而马玛不回家，就是奇怪的事。

她为什么不回家呢？近一段时间，她经常是上完晚自习就匆匆离开，说是她母亲病了，必须回家照顾。她母亲我当然也见过，壮硕如一头母牛，一把声音哗啦啦的，响彻云霄，高可退贼。但是这样一个人说病也就病了，而且据马玛说还病得不轻，由此可见，健康和疾病实在是一墙之隔的两个邻居，说不准什么时候，它们就会互相串串门，走动走动。

田野里的风自由欢畅，刷啦啦地从庄稼的头顶上掠过，也鼓荡着我们的衣服。人在风中摇摆，且笑且行，心门不知不觉间被打开，这注定是一个袒露心怀的时刻。



我们一前一后地走着，马玛的手里拿着几枝黄色的野菊花，她一会儿看看天，一会儿又看看我的脸，好像有什么话要说，显得心事重重。我说：你妈好点儿了吗？她心不在焉地说：差不多了吧。我再说：那你今天不回家了？

她揪住一朵菊花，一点点儿撕碎了，叹口气，瞥了我一眼，莫名其妙地说：有很多事，我说不明白，可是……我真的很想找个人说一说。

她的表情让我明白她忧伤的是些别的事，至少与她母亲的身体没什么关系。果然马玛又看了看我，突然下定决心似的说：你喜欢诗吗？我想了想，诗是什么，我并不清楚，但是我觉得自己很诗意，就含糊地说：还行吧。

她很兴奋地说：有一首诗，写的真好，我背给你听听。我还没表态，她就清了一下嗓子，微微低了头开始背诵：在你知道的那片果园/在苹果树的树干上/刻着你的名字/苹果在树上疯长/而你在我心里……马玛的脸红红的，最后"在我心里"这一句是用气声发出来的，有些沙沙的感觉。

她念完了，我摸了摸自己的手背，觉得有点儿麻酥酥的。

她没有抬头，清了一下嗓子，拿脚在地上来回搓了搓，好像那诗是从地上长出来的，这样搓一搓就把它们又按进泥里去了。

就在这时，我无意间抬头，突然看见那些伞花，一朵又一朵开在蓝天上了。我叫了一声，马玛也抬头看去，我听见她飞快地说了一句话，她清脆地说：我也飞过。

什么？我大吃一惊，立刻盯住马玛的脸，她的脸在一瞬间流光溢彩，有喜悦、快乐和一股压抑不住的神秘。我说：什么？你真的飞过？

马玛的脸腾地一下变得通红，她低下头，使劲向我点点头。

我的脑袋轰的一声响，这怎么可能?！马玛不是军人，她怎么会飞过呢？她肯定在骗我，但是马玛一口咬定，她真的飞过。但是对于飞翔的具体细节，她一字不提。

后来，那些五颜六色的降落伞，擦过蓝色的天幕，消失在看不见的地方。我们不约而同地叹了一口气，收回了目光。这时候，才感觉那股空荡荡的风，带着一丝凉意。我热烈地盯着马玛的脸，希望她能告诉我更多的秘密，而马玛躲避着我的目光，再也不和我对视了，她的神色怅怅的，似乎在后悔说得太多了。

回来的路上，风刮得有些放肆。我抬头看天的时候，马玛就来看我的脸，我看她的脸时，她就抬头看天。我们一直沉默着，没有话说，我突然十分想念米登高。

傍晚的时候，风时断时续地刮着，风里裹着浓浓的水汽，刮过白杨树的树梢时，把发黄的叶子拧了几片下来。过不多会儿，牛毛细雨沙沙地下起来了。马玛站在宿舍的窗户前，把鼻子压扁在玻璃上，呆呆地看着窗外，她拉开门离开了宿舍，没说去哪儿，我也没问。

宿舍里的灯光太暗，我能看见所有的东西，但所有的东西都蒙着一层陈旧的颜色。我点了一支蜡烛，抱着语文老师借给我的一本《红楼梦》，前前后后地翻。我一直想找到王熙凤害死小叔子那一节，这个情节我曾把耳朵贴在门上，听我妈给别人讲述过，她讲得声情并茂，扑朔迷离。我由此对王熙凤十分佩服，也对那面镜子着了魔。我很想知道凤姐儿是怎么弄到那么一面镜子的，我要是也能搞到这么一面镜子就好了，看谁不顺眼，就请他进去照一照，那可是太过瘾了。

我正在翻找着，就听见门被敲响了，是吴自昂。虽然在敲门的同时，他就报上了尊姓大名，我还是吓了一跳，都是那镜子闹的，好在宿舍里另外还有一个人，我也就定下心来。

吴自昂是来找米登高的，我说老米回家了，他站在门外说：那我就找你吧。我还没反应过来，他就推门进来了。

我大吃一惊说：你怎么能进女生宿舍呢？吴自昂哈哈一笑说：你们女生还上我们男生宿舍呢。原来你是兔子胆啊！

我看着吴自昂向我走过来，手指下意识地哗哗把书又翻了两页，心里想：那一节到底在哪儿呢？怎么就找不到了？

吴自昂径直走过来，也没用我邀请，直接坐在我的床边上。他总是让我一次又一次地吃惊。我有一点儿生气，也有一点儿安慰。抬头看了一下宿舍里另一个女生，昏暗的灯影里，她蜷缩在被子里一动不动，我不知道她是不是睡着了。

吴自昂嘴角挂着一抹冷笑，用低沉的声音说：我妈刚才来了。我毫无意义地哦了一声，他接着说：每次他们吵完架，我妈都要跑来告诉我，说她要离婚，她再也受不了啦！

他们？我愣了一下，也就明白，这是说他的父母。我被吴自昂突然的信任搞晕了头，或者说完全没有料到他会说出这样一番话来，而且我摸不准他的神态是悲伤，还是厌恶。总之，我有些可怜他，但不知道如何安慰他。就很小心地问：他们为什么吵架？

吴自昂暗哑的声音，哧哧笑了一声，说：你真想知道？他看着我的眼神有一股邪恶的小火苗，这股火苗让我害怕，也吸引了我，好像火苗摇曳在一片阴森的坟场里，而它知晓有关这片坟场的所有秘密。

磷磷的小火苗逼近了我，吴自昂贴近我的脸，差不多是咬着我的耳朵说：一到晚上，他就把我妈关在里屋，我妈叫的不是人声。

我拿手掩在胸口上，一口气断成了好几截。我……我真的不明白他的话是什么意思，但是潜意识里，我好像又是非常明白的。在黑暗中，我感觉我的脸像个大煤饼一样，呼呼地燃烧起来。

沉默是危险的，沉默当中总会孕育出很多意想不到的爆发。我意识到了这一点，于是我假装镇定地对吴自昂说：老米回家了，她今天不回来了。

吴自昂叹了一口气，拿手捋了一下头发说：我今天晚上特别想见到米登高，你说这怎么办？他的语气含着一股逼问的意思，好像我要为此事负责似的。

哼！他要找的是老米，又不是我，何必跟我絮絮叨叨。我想到那天早上老师请他出去反省时，我曾对他倾注的痛惜与爱恋，以及众多类似的默默关怀，可他从没感受到。他鬼迷心窍，竟然会喜欢老米，我看出来了，他是真的喜欢老米，尽管老米自己都不知道这回事。她是一个迟钝的人。

我有些恼火，想都没想地问：你到底喜欢米登高什么地方？他看着我的眼神又冷又恶，小声说：你看出来了？吴自昂一撇头，说了一个鬼都想不到的理由，他说：米登高她妈给她父亲洗头。趁我目瞪口呆的时候，他理直气状又补了一句：米登高将来会和她妈一样，给自己的男人洗头，她很贤惠。

这真是个令我啼笑皆非的理由，我说：很多女人都会给男人洗头的。他像个预言家一样打量我片刻，不屑地说：你就不会，你是个会让男人为你打架的女人。我差点儿气疯了，他还唯恐不解恨似的又说了一句完全可以称之为格言的话，他说：要想知道一个女人将来的样子，就去看看她的妈，你呀，跟你妈一样。

这个杂碎，他怎么能这样说话？我怎么会是个让男人为我打架的女人呢？我的胆子比兔子还小，我的心比水还柔弱，我的灵魂比冰雪还干净。我妈是什么样，跟我有什么关系？我从小就立志跟她划清界限，况且她也不是什么阶级敌人，或卖弄风骚的交际花，她不过是长得漂亮，又愿意打扮罢了。就算是错了，也是她个人的错，跟我有什么关系?！我对着他那张邪恶的脸扬起了手掌……

在此我发誓，这是我第一次对一个人表明我的厌恶，在这以前，我说话轻声细语，走路风摆杨柳，哪怕谁刚刚咬了我一口，我也会为了维持风度而咬着牙一声不吭。但是在那天晚上，我突然想把巴掌结结实实拍在一个人的脸上，拍得一掌心的血………其实，我并没有打到他，他捏住了我的手腕，我挣了一下没挣开，他手掌的力量和温度从我的手腕切入，轰一声涌上大脑。他邪恶混杂着温柔的眼神，像扣眼细密的网，严严实实地包围过来，一个热烈、不容置辩的声音在我耳边说：跟我走，我需要你！

我不知道自己是如何变成一团雾的，漾来荡去，那个声音风一样韧韧地刮过来，把我吹散了。

我跟他走出去，他在前边，我在后边，一直向校园的东边走。以前我从没注意，那儿的围墙上有一个缺口，墙角堆着松木和柞木柴。或者我注意了，但我从没想过它们除了燃烧，还可以充当梯子。

吴自昂站在那堆柴垛上，黑暗中，我看见他像个指挥突围的英雄一样，果断地一挥手，说：上来。我就乖乖地爬上了柴垛，又翻上了墙头。然后吴自昂拉着我的手，他喊了一、二、三，我们就一起向着外面的世界飞去了。

外面的世界，夜是黑暗的，我不过是从一个黑暗飞向另一个黑暗。

黑暗中的田野，濡湿、黏稠，雨仍在丝丝拉拉地下着，风嘶嘶拂着我的脸，红薯、萝卜、白菜，不知名的青草的味道混在雨雾里，四处飘荡。我恍惚地走着，并不知道要走向哪里，好像自己也是一片等待收割的萝卜或者白菜，等待着闪亮的镰刀和挥动的手。

吴自昂走在前边四五步远的地方，我极力想跟上他，但我快他就快，我慢他就慢，始终和我保持着不远不近的距离。他不和我并肩走，嘴里却总是嘀咕着这边那边之类的话指挥着我。

这是一种很奇怪的情形，如果你了解一些黄鼠狼偷鸡的情形，你就能知道那天晚上，我和吴自昂在田野里行走的情形。黄鼠狼根本无需把它的猎物叼在嘴上，它只是在前边走，鸡就会在后面乖乖地跟着，爬坡过桥，毫无怨言。

难道说鸡不知道危险正在步步紧逼吗？它还是亦步亦趋，紧紧跟随。难道说鸡对它的敌人也充满了好奇和敬畏吗？而忘记了自己将要面对的危险。我不知道，我真的不知道鸡是怎么想的，就像我不知道自己是怎么想的一样。

但我知道，在那样的时刻，鸡肯定忘了它自己是谁，就像我忘了我是谁一样。

在田野里的行走总归是有目标的，目标就是一处没有竣工的房子，它还只是一个土坯框架，裸露的门和窗户就像张大的嘴巴。吴自昂把我带进了这样的一个所在，不！这样说是不客观的，是我跟他走进这个地方的。

地上堆满了石子和沙子，或者还有水泥什么的。就在那冰冷的泥地上，吴自昂脱下了他身上的衬衫，小心地放在石子堆上。他说：我妈刚给我买的，别弄脏了。然后，他将我推倒了，无需过渡，直奔他的主题。

我的身底下有很多小石子，它们硌疼了我，可是我没好意思说出来。

过了一会儿，我犹豫着小声说：你强奸了我。他很不满意地说：这能叫强奸吗？这至多擦着顺奸的边儿。

他懂得可真多啊，顺奸？什么意思？我虽然不能理解，但从字面上琢磨，也可大致分出它们的区别。我一下子哑口无言，满脑子回荡的都是伟人海明威的话：如果你是好样的，发生倒霉事时，只能怪你自己。

我虽然不是什么好样的，也从没想过做硬汉，或是当烈女，但在某一段时期，我总把伟人的话当成行为指南，心里装着，本子上记着，动不动就进行自我批评。但是后来，我发现这一套害苦了我，明着暗着吃了太多的亏。我就再也不把它们当回事了。

但是那一个下着雨的夜晚离后来的醒悟还远着呢，所以在那一个夜晚，海大师的话如指路明灯照亮了我。我觉得吴自昂没有任何错，错的是我，所以身底下的石子硌得我生疼，我还是咬牙坚持着，很有教养地配合他做完了他想做的事。

后来的一些情节我已经忘了，如果我没记错，在分开的时候，吴自昂说了这样一句话，他说：我们分开走，别让人看见了。

我想都没想就说好，唯恐张嘴慢了被他以为要纠缠不休。他很快就走了，像个对地形熟悉得烂透的侦察兵一样，迅速消失得无影无踪。

我呆在原地，心里对自己满满的都是恨，竟然忘了还应该哭一哭，更致命的是夜如此黑暗阴险，我来不及酝酿伤感的情绪。我最迫切的问题是：向哪儿走才能回到学校？

后来，我迷迷瞪瞪着像被人打了一闷棍，磕磕绊绊走在田野里，到处都是茂密的红薯藤，它们像些幸灾乐祸的手臂一样伸出来，揪住我，缠着我，使我一次又一次跌倒在冒着奶腥味的红薯地里。

就在不久前的一天夜里，我做了一个很类似的梦。梦一开始，我就误入了一片原始森林，抬头是树木林立，回首是林立的树木。树们起先都呆立不动，一条一条笔直地竖着，互不搭界，但是它们繁茂的树冠在我头顶交缠，织成了密密的一片天，遮住了真正的天，连风都透不进来。



我向前走，其实无所谓前，亦无所谓后，原始森林里是没有方位的，我只是向着一个方向行走。四处都是黑暗，唯一可看清的是那些挺拔的树干，它们是苍白色的，网着淡淡的幽蓝，就是这些呆立不动的树干，突然像手臂一样游动起来，奔向我，无数的、苍白的、萎软的手臂，一齐向我骤然逼近……

醒了，到底还是醒了，我拿手掩在胸口，长长舒了一口气，睁眼看着黑透了的夜。这样的黑夜，醒着，我就不害怕，因为我熟悉它黑暗的质地。

## 五

在以后漫长的岁月里，我曾经无数次穿越尘封的往事，回望那片红薯地，以及在红薯地里游荡的那个人。我奇怪地看着她，看着她像午夜游魂一样在那个雨夜里的出没，我不能合理地解释她的行为。当然，我知道她叫柳翘翘，可是柳翘翘是谁？我并不认为我真的认识她。

红薯藤的奶腥味也许刺激了我。

在第二天的晚上，我去找我的语文老师，迫不及待要见到他，在他的宿舍，我磨磨蹭蹭着不愿离去。后来，下晚自习了，我听见踢踢踏踏的脚步声，杂乱地从他窗外走过，好像那些脚就乱糟糟地踩在我的心口上。

他终于感觉到了某种不妥，疑惑地问：你怎么了？谁欺负你了吗？

我等这一句话已等得太久，眼泪早在眼眶里酝酿出倾盆雨的架势，听到这一声号令，连雷声和闪电的过渡也免了，直接就稀里哗啦地倾倒下来。

他有片刻的愣怔，犹豫了一下，过来抱住我，我缩在他怀里，哭得像一只上足了发条的电动娃娃。

得承认我和我的老师都是悟性很高的人，他用朦胧的语言启发我回答问题，我则用凝练的单词，配合点头和摇头的动作，给了他明确的答案。

接下来是令人窒息的沉默，我听见因为强压呜咽我的嗓子里发出呃呃的响声，当然，这对一个无比讲究的少女来说，是极为不雅的。好在令我安慰的是老师的呼吸也有些粗重，如烧着的火苗一样呼呼地响着。

他站起来，去关灯，在这个间隙，我想到了干柴、烈火之类的词，这是我在母亲那些闲书上经常看到的，通常情况下，都在孤男寡女独处一室时使用。

照此看来，眼下用在我们身上也是合适的，但是如果他是烈火，那我是什么？干柴？不！我充其量是一堆湿柴火，他的火苗点不燃我。

……

在黑暗中，他抱住我，我不知道是因为窗外月光幽蓝，还是因为别的什么，他的脸复杂而怪异。这张怪异的脸扭曲了一下，艰难地说：这个畜生，我……都舍不得动你。这句话像把狗牙参差的刀，在从他嘴里出来之前，好像就已经把他划伤了。

他不能说下去，神情悲哀地把我抱在怀里，又重复了一句：我都舍不得动你……这是一句什么话呢？听在我的耳朵里，实在是后悔下手晚了的意思。他有气无力地说：妹妹，我要替你报仇……

我想我肯定是大吃一惊，“报仇”这个词在我印象里总是和地主恶霸、国民党反动派，或者日本鬼子之类紧密联系在一起。况且说的时候，一定是有个人就要死了，而扬言要报仇的另一个人，眼里一定饱含着仇恨的泪花……它怎么可能在这样的夜晚，这样的场合莫名其妙地出现呢？因此我觉得这十分滑稽，不禁悲伤地笑了。

他把牙齿咬得咯吱咯吱乱响，我很庆幸自己背对着月光，他因此不能看清我的表情，我也做出伤心的样子，其实心里并没感觉多么痛苦，相反倒似乎我把事情说出来了，那堆烂摊子就交给他了，我再也无需忐忑和担心。



后来，他唉声叹气将湿淋淋的舌头塞进我的嘴里，好像一条肥硕的大鲇鱼突然走错了门，左奔右突，要寻个缺口冲出去。我又不是一个池塘，当然很难受，还有一点点儿恶心，但是，我是一个坚强的人，赶紧在心里告诫自己：忍一忍吧，习惯就好了。

过了一会儿，那条鲇鱼大概是憋死了，软绵绵地滑出来。他将脑袋拱在我的怀里，哺乳期的小兽一样迷茫，一遍又一遍重复着："妹妹，我要替你报仇！"

这句话，他说了无数遍，起先如暗夜里一道刺目的闪电划过我的脑际，连划了几次之后，我感觉黑暗中有一棵树被雷电击中，无数的火星腾空而起，巨大的浓烟过后，被烧焦的树杈以各种怪异的姿势狰狞地指向空中。

我觉得很愧疚，很对不起他，由于我的失误，让他如此难过，这是不道德的。

好在他是一个体贴的人，没有让我在愧疚的情绪里停留太久，就抱起我放到了床上。他放下了蚊帐，是的，他的蚊帐好像一年四季都没有摘下过，不知道这算不算奇怪的事？

我们一起躺在蚊帐里，他的手滑过我的脸，在准备向下滑时，突然轻声哎呀了一声，直起身跪在床头上，伸了一只手在蚊帐外边摸索。我听见塑料纸窸窸窣窣地乱响了一会儿，他缩回身，把一个又圆又大的桃子放在我的手里，他很快乐地说：吃吧，我特意去买的，我记得你说喜欢吃桃子。

我很感动，心想他对我真好。我说过那么多话，连我妈都不记得，但是他记得。我根本不计较他记住了我喜欢吃杏子，还是吃桃子，这无所谓。关键是"记住"这个词给我的心里暗示，我觉得自己被重视，被摆正了位置。

我躺在那个黑暗的小蚊帐里，很有预见性地又继续想了很多，在以后的日子里，不定何时何地，我还有更多的话，肯定都会被他一一记住……我因此非常快乐。尽管这种快乐属于将来，而且还说不定怎么回事呢，但我提前预支了这种快乐，并用实际行动对这一想象中的喜悦进行了回报……



我的语文老师，他是一个高大的人，那一个晚上，他不厌其烦、上上下下地忙碌。结果可想而知，到天亮时，他磨破了膝盖。

在后来的某段时期，也曾有这样或那样的男人，把他们的脑袋歪在我这边或那边肩膀上，给我画了一些鲜灵灵的梅子，或者是樱桃什么的。虽然他们画得非常仓促，但我是一个想象力极为丰富的人，哪怕只是寥寥几笔，我也能把它想象成一片芬芳的果园。

仅此而已，我从来没有为此多事。我跟这些果园的关系，就像飞鸟跟鱼的关系一样，相安无事。

有必要说明的一点是：第二天早上，上早自习时，我的语文老师破天荒地到我们教室遛了一圈。他在我的身边停留了片刻，虽然一句话也没说，但我感觉到他的目光像八脚章鱼阴谋的触角，柔柔地罩在我的头顶。

## 六

后来，有一天，我在水池边洗衣服，远远看见我的语文老师和吴自昂一起走过来，他们每人手里拿着一个大馒头，另一手，端着饭盒。我的心里咯噔一下，在这一个缓冲里，我想起了那个难以言表的夜晚，月亮幽蓝地爬在他的脸上，他跟我说：妹妹，我要为你报仇……

他们走过来了，我看见他们手里的馒头越来越大，越来越白。他们笑着，是又笑又说的。从我身边走过时，带起的风，掀了一下我的衣角，他们都没有看见我。可是……他说过要替我报仇，我还记得。

……

多年以后，当我装模作样坐在一间豪华办公室里，做着些谁也不需要的蠢事时，吴自昂以一名下岗职工的身份走了进来。

他再也没有了当年造大炮时的豪迈，但是从他大大咧咧地歪在沙发上的姿态，从他有失恭敬的眼神，从他嘲讽社会现状的语气，我看出他仍然想在我面前占些上风。



遗憾的是，他的运气实在不够好。那天，我的衣着端庄得体，我的脸涂抹得美丽滋润，早晨在电梯间里，我的领导对我投来赞许的一瞥……我的心情由此十分舒畅，我的一举手一投足都显示着高贵和尊严。于是，我跃跃欲试，恨不得他放马过来，决一高低。

他的嘴角习惯性挂着嘲弄的笑，但从他断断续续的诉说里，我越来越清晰地嗅到来自九里汤中学的那股腐朽的烂白菜的酸味，而这种酸味，就是他生活的底色。于是，我漫不经心地给几个更善于装腔作势的家伙打了好几个电话，称呼都是某某部长、某某局长，或某某经理什么的。

果然，他的眼神不再四处乱窜，只是偶尔看看我，偶尔再看看他的手。到我终于放下电话时，我看见他已经挺直腰，搓着两手，坐在沙发的边上了。

很好，这正是我希望达到的效果。他看着我，终于期期艾艾地说：能不能帮我找个事做，干什么都行，我不计较。

我轻轻地笑了一下，轻描淡写地说：你是不计较，可是你能干什么呢？他眨了一下眼，低下头，没吭声。我看着他乱苍苍的头发，心里突然对自己充满了厌恶。

过了会儿，他小声说：你还恨我吗？到底……他还是说了。

我做出一副自信女人毫不在乎的嘴脸说：什么？哦，我早不记得了。

他抬起头，由衷地说：我很佩服你，真的，你和别的女人不一样。他用他真诚的眼神看着我。我宽容地对他微微颔首，其实心里恨不得立刻掐死他，如果意念可以杀人，他早死了一千遍了。

走的时候，他留了一个电话号码给我，意味深长地说：一定帮帮我，我等你的消息。我说：你得有耐心，这事急不得。他无限期望地向我点点头，走了。

当他的身影在门口消失的那一瞬，承载着他无限希望的纸片已变成一团，飞进了废纸篓。当那个纸团划了一道弧线，在纸篓的边上发出噗的一声叹息时，我非常难过，感觉有一把刀插在了心口上。

# 七

在那个秋雨连绵的夜晚之后，我对米登高产生了一种很异样的感情，我觉得她欠了我很大的一个人情，她应该有所补偿，哪怕是在言语上的一些亲热，也稍稍可以安慰我。

但是米登高对此一无所知，她像个没事人似的，欢蹦乱跳，对我笑，对马玛笑，也对吴自昂笑，好像满世界都是她的亲人。更无耻的是，每到开饭时间，米登高就打开她的面酱瓶子，使整个世界都散发出肉丁炒面酱的香味。

这是一种低级的香味，也是一种庸俗的香味，我对米登高本人产生了厌恶，进而对我们的所谓友谊也产生了怀疑。

那天傍晚吃完饭，在上晚自习前那一段比较长的间隙里，米登高提议，我们一起出去走走。我们指的是：我、马玛和米登高。在我刚刚加入米登高和马玛当中时，走在中间的是我，她们俩一边一个。

经过一段时间的不断调整，现在情形是这样的：米登高在中间，左边胳膊挽着我，右边胳膊挽着马玛。如果，只有我和马玛两人，我们就各走各的，谁也不靠近谁。

我们一起向前走，米登高的步子太碎，屁股又太大，走起来像只鸭子一样摇摇摆摆，更可恶的是还发出鸭子一样嘎嘎的笑声。路边经过的人都不免看她两眼，我觉得很丢脸。心里想：她为什么要这样笑，她为什么要这样走路？像个老娘儿们一样，她就像一个熟过火的老玉米……

我突然站住脚，拉着米登高向回走，我说：带你去个好玩的地方，绝对有意思。米登高吱吱嘎嘎地笑着，我们三个人调头跑回去，一直跑到……

你肯定已经想到了，我把米登高带到哪儿去了，对！一点儿不错，就是学校东边那堵墙，吴自昂曾带我从那飞出去的那堵墙。站在那个柴垛的跟前，我极力怂恿老米从那儿跳出去。老米说：墙太高，怎么可能过去。我说：绝对没问题，你试试就知道了。

米登高还是不肯，我说：你真没用，不试试怎么知道过不去。老米苦着脸看看我，又看看马玛说：要不，你们先跳，我有眩晕症。我很不耐烦地说：你毛病怎么那么多啊！就这样还想飞呀！

我的声音里冒着一股尖酸与刻薄，可是我再也顾不得去做什么温温尔雅的人。吴自昂的声音比这残酷得多，他说：我妈刚给我买的衬衫，别弄脏了。他的声音一直在耳边铮铮响着，逼得我把牙齿咬得咯咯响。

其实这个声音原本跟我一点儿关系都没有，要不是因为米登高的缺席，我怎么就成了替死鬼。所以，无论如何，我坚持要米登高从这儿出去，一定要从这儿出去，好像只要她现在从这个缺口出去，时光就可以倒流，一直倒流到那个下着小雨的晚上，然后，一切就都跟我没关系了。

在我与米登高争执的过程中，马玛一直没有表明立场，既不支持老米，也不反对我。她斜着脸看我，那眼神自然也是斜着的。起先，我回避她的这种端详，但是她越来越肆无忌惮，她放任那该死的眼神像窝蚂蚁一样爬在我的脸上。

这一次，我突然就不想再装下去了，扭过脸，稳稳地接住了马玛的目光，让两道冷冷的目光告诉她：我不怕你，你猜的一点儿没错，我从来就没有喜欢过老米，我对她的所谓友谊，你完全可以说……是看在那些又甜又软的红薯干上，或者是那些麸皮大饼上。

我知道，她心里一定是这么想的，我等着，只要她的嘴唇张开一道缝，我就把这些话狠狠地向她的狗头砸过去。我看着她，她也看着我，没有谁先采取行动。

突然老米扑过来，一只胳膊搂着她，一只胳膊搂着我，挺纳闷地翻着白眼说：你们怎么了？刚才不还好好的吗？

没人回答她，老米看看我，又看看马玛，掉头向柴垛走过去，嘴里一迭声说：好了，好了，我跳过去不就完了吗！真是的！她爬上柴垛，两手扒着墙，先把一条腿跨上去，但是她的腿实在太短了，几个引体向上也没有将另一条腿翻上去。她像一只被困在悬崖边上的母兽一样，发出了嗷嗷的呼叫。

我和马玛差不多是一起冲上去的，一边一个擎住老米的屁股，一推一送，随着一声惊呼，米登高就从墙头消失了。噗的一声闷响之后，墙外又传来了那种鸭子一样嘎嘎的笑声。

好像什么事也没有发生似的，马玛轻快地说：我也从这儿出去。她敏捷地两手一撑一跃，就麻利地翻上了墙头。在跳下去之前，她回过头来，对着我嫣然一笑，轻声说：你从大门走吧。然后她伸开两条长长的手臂，像燕子的翅膀一样划出一道美丽的弧线，就从我的视线里飞走了。

她的这一套动作和谐欢畅，娴熟自如，简直把我看呆了，好像她专门做过飞翔训练。我想起来了，马玛说她曾经飞过，可她在哪儿飞过呢？是在空中，乘着降落伞？还是从这堵围墙的缺口，像我那样？

我离开柴堆，慢吞吞地向大门口走去，心里说不上是喜是悲，原来的兴奋全被马玛的节外生枝赶跑了。

## 八

冬天很快就来了，马玛还是经常回家，仍然说是照顾她的母亲，每天上过晚自习就走，至于什么时候回来的，没人知道，反正我每天早上进教室时，她都低头在用功。我想她是一个很孝顺的人，同时又是一个认真读书的人。

不仅是我吧，班主任也是这样说的，她不止一次要大家向马玛同学学习。每当大家把赞许的目光投向马玛时，她都不好意思地低着头，脸羞得通红通红，不停地用手指甲在课桌上划来划去。

有一天的晚上，下起了纷纷扬扬的大雪，下课铃打响的时候，我与米登高照例回宿舍，而在这样的夜晚，马玛还是回家了。但是第二天早上，我进教室的时候，没有看见马玛。下了早自习，马玛没有来。直到上课铃打响时，马玛仍然没有来。

在唱晨歌的时候，米登高曾从她的座位跑过来跟我商量，说要么替马玛请个假吧，可是她又想不出合适的理由。正说着，班主任从窗外一闪而过，米登高赶紧逃走了。班主任进来时，米登高的小脸绷得紧紧的，很卖力地唱着：社会主义好，社会主义好……她的嘴张得像河马那么大。

接下来的白天没有下雪，太阳暖融融的，积雪开始融化，到处都是杂乱斑驳的脚印。一整天，我身边的位子始终空着。到了第三天的早上，吃完早饭，米登高神色异常，扑在课桌上放声大哭。

她的哭声像一串由低到高的音符，冲到高音斗时，突然急转而下，一下子拐到了低音拉上，所以这样的哭声虽然表达的是悲伤的感情，还是招来了毫无同情的嘲笑。我最听不得公众场合的这种激情演绎，况且我还是米登高的朋友呢，于是我不得不去安慰她。

米登高伸出双臂，绝望地一下子紧紧抱住了我的脖子。我很惊讶，不知道是什么样的打击使亲爱的老米失去了理智。她把哭得黏糊糊的一张脸贴上来，在我脸上来回蹭着，把她嘴里吐出来的一些话，也蹭得支离破碎。

我就是这样在老米的呜咽声中知道了有关马玛的消息，当我知道了这个消息时，我想遭受打击的已经不是老米一个人了。

关于马玛，我得老老实实地说，我从来不知道她的任何细节，我只知道个大概，用一两句话就足以把事情说清楚了。在那个下雪的夜晚，马玛睡在隔壁兵营里，查夜的首长把她从一个空军少尉的被窝里提了出来。

据说他们在一起很久了！

据说少尉被部队开除了！

我知道的，仅仅这些。

## 九

马玛就这样消失了，她再也没有来过教室。

在最先的一段时间，我经常想念马玛，因为我再也不能照抄她的作业了，这十分不便，给我增添了许多烦恼。偶尔，我也回想一下那天她给我读诗时的情形，她的脸红红的，她还看着天上盛开的伞花说：我也这样飞过。

当然，她是一个把自己藏得那么严实的人，这些记忆也就显得极不可靠，缺乏必要的真实性，远远不如她造成的那些烦恼来得直接。

我不知道米登高是怎么想的，她经常用一只手托着下巴，小眼睛忧伤地望着我旁边那个空位子，好像马玛不是离开了这个教室，而是离开了这个世界。我已经懒得再让她从我的眼睛里找安慰，省得她又吧吧地掉下泪来。

我估计马玛的事一定是极大地刺激了亲爱的老米，她要么整天眼泪汪汪，要么就对谁都怒气冲冲的。

那一天，米登高进教室时，不小心和一个绰号“金丝猴”的男生撞在了一起，大概撞疼了脸，她就冲着那男生发飙了。那男生起先没吭声，但是米登高没有停下来的意思，金丝猴就很冷静地说了一句话，就是这一句话，把老米的嚣张气焰彻底镇住了。

他说：你看看你那样，一脸的鸟粪。

米登高虽然长得不漂亮，但并不缺自尊，这句话显然严重伤害了她，她趴在桌子上哭起来，连续三节晚自习，她都没有抬起头来。我估计她准是气坏了。

下了晚自习，米登高仍然趴在桌子上，脑袋紧紧地压在两条胳膊上，一动不动。我过去推她，她不出声，我用点儿力气再推，说：老米，回去吧，再晚就熄灯了。她抬起头，睁开眼，很奇怪地看着我，愣了愣，好像突然明白过来怎么回事似的说：老师来了吗？我要告诉老师，金丝猴骂我。

我看着她的脸惊讶地说：老师来你没看见吗？她还在你身边站了一会儿呢……我突然醒悟，可能米登高哭着哭着，睡着了。肯定是这么回事，我还担心她哭坏了呢。这样想着，我就很想笑，但是在这种时候笑，无疑会破坏我们之间的友谊。我咬住嘴唇，想把笑憋回去。但是我做得极不成功，米登高看见了我的笑，并迅速做出了反应，她甩开了我的胳膊，气呼呼地说：你们都欺负我。

她的鼻子抽了抽，酝酿了一下情绪，又咿咿呀呀地哭起来。我推着她回宿舍，她的身子软软的，不知是伤心过度，还是没有完全清醒过来。

这一晚，米登高没有洗脸刷牙就上床了。这一晚米登高也没有在黑暗中探身甩一个大饼给我，我支棱起耳朵等了一等，她那边一点儿动静都没有。然而在这时，整个黑暗中，又响起了那种铺天盖地的老鼠偷食的声音。我蜷缩着身子在黑暗中躺着，感觉到有无数欲望的小手从嗓子眼儿里钻出来。

在睡去前的片刻恍惚里，马玛流光溢彩的那张脸在我脑子里闪了一下，我听见她轻轻地说：我也飞过，是真的……那一晚，我的梦里照样飞着许多乱糟糟的降落伞，开始它们在天上飞，后来就落了下来。我跟着它们跑，突然，置身在一大片果园里，苹果树的树梢上，开着硕大的喇叭花，无数朵，璀璨艳丽、触目惊心……

第二天早上起来，米登高已经把昨晚的事忘记了，她嘻嘻哈哈地笑着，从我的搽脸油瓶里狠狠搲了一指头，抹在了她那张满是鸟粪的脸上。然后，我们照例各自提着一个尼龙布包从宿舍急急忙忙跑出来，在去教室前，经过厕所，她把手里的包塞给我，扭着胖屁股跑进去了，我在外面等。

这一天早上，米登高去厕所的时间过长，我在外面等得有些不耐烦，闲着无事，突然看见米登高的布包比我的布包鼓胀了很多，我随手松开袋子，向里瞅了一眼。

我绝没想到，就是这漫不经心的一眼，让事情发生了根本的改变，一连串的意外都从此刻开始，真的，很多意外……

还是让我先告诉你，我看见了什么？

我看见了米登高的父亲曾无数次挽在胳膊上的紫花包袱里的大饼，也就是米登高曾无数在黑暗里向我扬手扔过来的大饼。此刻，它们有四个，亲密地挤在一起，躺在米登高的布包里。

我看着它们，就像看着我亲密的兄弟姊妹，也许它们其中的一个，在昨天晚上就该被米登高扬手一扔扑进我的怀里，但是昨天晚上因为一点儿小小的意外，这个扬手一扔的动作被拖延到了今天。是的，肯定是在今天，它们中的某一个就会被米登高塞进我的布包里。也许就在过一会儿，在米登高从厕所里出来时……但是米登高为什么还不出来呢?

我伸手进去，拿了一个饼放进我的包里，我没有一点儿慌乱，或者不安，我觉得在这一瞬间，那一只手，完全就是米登高的手。我心安理得地把这些做完，就继续等着米登高。

米登高好像是一下子就冒出来了，她嘎嘎地笑着冲过来，挽着我的胳膊，我们一起向教室跑去，还没跑到，在半路上，上课铃就响了。这一个早上，米登高实在是耽误了很多时间。

后来，我无数次回忆这个细节，回忆这一个早晨，米登高和我手拖着手，一边向教室跑，一边笑，她红红的脸离我非常近，脸上有一堆一堆的雀斑。我看见她的笑，那样清晰，那样鲜活。她是我亲密的伙伴。而从这个早晨开始，我再也没有如此贴近地看过一个人的脸。

于是上课了……于是下课了……这一天，和以往的任何一天都是一样的，不一样的是第三节课下课时，米登高从座位上站起来，像一条被松开链子的狼狗一样迅速冲向讲台，她站在讲桌前，一边抹眼泪，一边向班主任哭诉着什么，她好像很伤心，因为她抹泪的动作很频繁。

我想她一定是在告诉班主任，昨天晚上金丝猴骂她这件事，这件事真是伤了米登高的心，金丝猴应该向她道歉。

毫无疑问，我是坚决彻底和米登高站在同一个战壕里的战友，如果班主任向我调查，我一定会支持我亲爱的老米。我抬头看着她们，急切等着班主任给我这个为友谊添砖加瓦的好机会。果然，当米登高回到座位，再一次把脑袋使劲压在两条胳膊上时，班主任皱着眉头向我走过来了。她声音低沉地说：柳翘翘，你出来一下。

我飞快地从座位上站起来，跟着班主任向门外走，我的脸上甚至还闪过一丝灿烂的笑容。在出教室之前，我回头向米登高张望了一下，希望可以和她迅速交换一下眼神，在眼神相撞的瞬间，我一定会让我亲爱的老米明白：金丝猴是我们共同的敌人。

但是米登高仍然趴在桌子上，一动不动。我有一点儿遗憾，但是我马上想到，貌似忠厚的老米一定是故意做出这种无比悲痛的姿态，以加大老师对金丝猴的批判力度。

其实现在我明白了，在那个冬天的上午，际遇这个大师早已把我回首望向米登高的这一动作，设置成一把启开的铡刀，只等时辰一到，就咔嚓一声从空中劈下。随着刀刃的寒光闪过，我将向亲爱的老米彻底告别，向友谊告别，向着许许多多可能和不可能告别。

接下来的事情，你大概也猜到了，班主任没有提金丝猴，她是一个坚决果断的人，年年被评为市里的优秀教师。优秀教师处理问题都是一刀子一块，刀刀见血的，所以她没有浪费时间，上来就说：米登高说你偷了她一个饼。

米——登——高——说——我——偷——了——她——一——个——饼？

……

你知道魂飞魄散是什么样子的吗？如果你知道，那你就能知道那天我是什么样子的。如果你不知道，那你总看过一些类似的电影，像《午夜凶铃》《失盗的女尸》什么的。如果你连这个也没看过，那你总该知道《一双绣花鞋》吧，昏黄的灯笼，黑夜撕得一块明一块暗，结着蛛网的角落，出现一双移动的绣花鞋……而我就是老更夫挑在舌尖上的那一声号叫。

## 十

雪是从什么时候开始下的，我不知道。

流言就像雪一样，弥漫得满世界都是。我知道他们，每一张嘴都在议论着这件事，每一双眼睛都在嘲笑着这件事，他们一定是在飞快地、想尽一切办法地让每一个人都了解这件事，要不是如此，那个人和那个人，他们为什么要把脸凑得那么近？还有那两个人，他们为什么一边说话一边东张西望？还有语文老师，他为什么看都不看我一眼？还有……

天哪！还需要还有吗？

一整天，米登高因为伤心过度而哭得红肿的小猪泡眼再也没有看过我，她嘴角含着一抹冷笑，尊贵得像位女皇。每到下课，她就把书本在桌上摔出啪的一声响，然后随便奔向哪位女生，立刻亲密地与她们打成一片。

她们无比的团结，无比的庄严，谁都不看我，谁都没有与我交流的打算。她们的悠闲自得就像是悟空给师父画下的那个护身金圈一样，发散着正义的光芒，使得小妖精退避三舍，不敢近前。

恐惧像一个发酵的面团，在我心里迅速膨大。我是多么渴望再听见亲爱的老米向我发出鸭子一样嘎嘎的笑声。为了这样的愿望，我甚至希望老米突然被病魔击中了，她又脏又臭，谁都不理她，在这时，我默默地关怀她，鞍前马后、呕心沥血，在我的照顾下，老米终于康复了，她胖了，但是我却瘦了，还累病了……

我不动声色地关注着老米，绷紧每一根神经，迫切地等待着她在翻单杠时，突然从上面掉下来；或者是跳远时，扭伤了脚脖子；实在不行，就让她正好好地说着话，突然咬坏了舌头……总之，我想了一万种可能，这一万种可能随时随地都会发生。

但是三天以来，老米连个喷嚏也没有打过，我胆战心惊地看着她每顿吃下六两酸馒头，喝下一碗白菜汤，然后把洗碗水刷的一声泼到我脚下。

就这样，那个故作矜持、貌似高贵的柳翘翘彻底被一个大饼灭掉了。

雪是在一个傍晚停了的，西边的天空有一抹令人心碎的夕阳。教室里空荡荡的，一个人也没有。我站在教室的门口，看着老米和别人在扫净雪的院子里跳绳，夕阳把老米的脸弄得毛茸茸的，让我很感伤。

看了一会儿，我就离开了教室，穿过院子一堆一簇的人群，向前走去。

院子里的人都看着我。她们看着我，又装作没看见。我挺着腰，走得不慌不忙，我也不知道我为什么要这样走，但是，我知道我必须这样，这表明了我的一种态度。

我得承认，这一小段路，无比漫长，无比滑溜，非常难走。我脚底铺着的不是泥土，而是一层闪亮的眼珠子，它们乱滚乱滑，好几次我都差点儿跌倒。

我还是走出去了。

在门口，我犹豫了一下，西边紧挨着校园的是兵营，接下去是小车站，然后一直一直地走，就是我家的方向。那个家里，我有一个妈妈。她总是抱着一本书看，不怎么看我。所以……我向东边走去了，我不知道东边是什么地方。

远的山，近的田野、沟渠都被白雪掩盖着，这时的世界是干净的，只有我脚下的路面斑驳杂乱。我一直向前走，偶尔有经过的路人，投来讶异的一瞥，我始终用坚强粉饰着自己的嘴脸。

在行走的过程当中，夜幕一点点儿降临了。

开始觉得有些冷，心情也有些悲伤，还有些屈辱，在夜色的遮掩下，我一点点儿放大了声音开始哭，哭声被寒风撕得东一块、西一块的，支离破碎，十分怪异。有那么一会儿，恍惚中，我觉得自己比窦娥还冤屈，我做什么了？她们要这样迫害我，苍天啊苍天……可是，我马上又想到这是多么无耻，难道苍天真的会觉得我什么也没干吗？

夜是那样的深，看不见行人，看不见灯火。路是那样的漫长，好像永远都不会走到尽头了。我很疲惫，但我极其丰富的脑神经仍然充满了幻想，首先我希望有辆夜行的车从这儿经过，司机看见了我，而且他将车停下来了。当然不管是什么样的车，只要它肯停下来，我就会坐上去，随着它轰隆隆一路奔向远方。

远方，远方是什么样子的呢？一个我完全不知道的地方，那个让我搭车的人，一路上给我吃，给我喝，给我讲故事等等，总之，他表现得无比亲切，无比善良，让我觉得他是这个世界上最好的人。

后来呢？后来我就长长地睡了一觉。再后来呢？再后来我醒过来发现自己流落到了一个偏僻的荒山沟里。那儿可能是四川，也可能是贵州，关于这个我没细想，反正都是天高皇帝远的地方。在这儿呢，有一个四五十岁的老光棍，那个司机已经把我卖给他了。再再后来，我终于被绳子和拳头弄散了逃跑的心，老老实实地和那个农民过起了小日子……

这一幕幕，一景景，使我心如刀绞，泪流满面。好像我真的已经在那个山沟里，眼神呆滞地养了一群鸡鸭，喂了几头牛，还养了一群孩子。到了晚上，数一数鸡鸭猪都在，孩子个数也不少，就吹灯睡觉……

因为以上的种种原因，我无比地恨米登高，我觉得我之所以遭受这么多残无人道的折磨，都是米登高一手造成的，我的不幸就是对她最好的惩罚。

真的，那晚，如果有车停下来，如果故事真的这样发展，那么毫无疑问，米登高将会一辈子在忏悔中度过。但是……事实上，那晚的车很少，那晚很少的车也根本没有一辆停下来。

其实我既没去四川，也没去贵州，我一直在雪地里走，一会儿当导演，一会儿扮演员，把自己搞得心力交瘁。直到我看见黑夜里的一片闪光，鸽子一样四处乱飞的思绪才敛住了翅膀。

在黑夜里闪光的是一片池塘，幽蓝的月光下，它美丽、安静，充满诱惑。我走近它，在边上站住，犹豫着是不是应该一直走进去。如果那样，池水将洗刷我的冤屈。如果那样，人们就会指责米登高因为一个大饼而害死一条人命。这样的话，米登高照样一辈子都不会好过的……我又有些得意起来，那就去死吧！

我向前靠近了一步，又靠近了一步，但是……我突然蹲下来，用手抱住岸边一块大石头。我想，我还是再想一想吧，万一进了水里死不了怎么办？天这么冷，我弄湿了衣服，又没地方换去，会得肺炎的。就算能死，是喝一口水一下子就死了呢？还是得慢慢灌饱了水，再一点点儿沉下去？

想了很多类似的问题后，我就从池塘边上逃跑了。

## 十一

我逃跑是因为我害怕，我一点儿都不想死了，我拼命地向前跑，生怕那池塘里藏着什么鬼来拖我与它做伴。这时，我发现死比悲伤更可怕，活下去的念头让我在雪地里狂奔。

后来，在一处荒僻的乡村，四处一片漆黑，我看见了零星的灯火，那是从一所小茅屋透出来的。

时间是午夜，我走向那所寒风中飘摇的小茅屋，突然一条狼狗嚎叫着扑过来，它站起来时，个子比我还高。我仓皇地蹲在地上，护住脸，开始哭。那条比我还高的狗，它没有再难为我，它歪着头看了看我，哼哼了两声，靠上来，安慰地蹭了蹭我的身体。

于是，茅屋的门打开了，一个叫麦子的姑娘走了出来……

……

在九里汤中学后来的学生生涯里，麦子姑娘给了我一些温暖。她总是跟人说：黑虎很凶的，但是那天，黑虎一点儿没叫。

多年以后，也就是不久前的一天，我的母亲柳惠心女士突发奇想，用了一下午的时间来追忆前尘往事。其中她声情并茂提到这次出走事件，让我大吃一惊的是：包括每一个被我遗忘的细节，她都梳理得丝丝顺滑，像用日本肥料刚刚做过的永久性直板发型一样，焕发出咄咄逼人的新鲜生机。

在她讲述的过程当中，我曾强烈制止过几次，并且毫不掩饰心中的不满。在这种情况下，她依然执着地将这种可怕的回忆进行到底，并在结尾处以“忘恩负义”四个大字加以概括。

你也看出来了吧，这就是爱读闲书的好处，可以用最简练的语言，表达最复杂的思想。

我不能明白的是，为什么我丢弃的这些陈芝麻烂谷子，她总是细心地收进她的粮仓，以备我得意忘形时亮出来刺激我。这到底是为什么？

你不觉得奇怪吗？

我承认她说的是事实，但是请你听我为自己辩护，我为什么要做个忘恩负义的小人？理由有N条：

一、那个麦子姑娘，她住在一个偏僻的小山村里，离我有三百里，路途遥远，车马不便，实在很难将如山的恩情延续下去。

二、那个麦子姑娘，她像一块活化石镶嵌在我的生活里，只要她出现，就昭示着一段耻辱的历史重新复活。我恨不得在这段历史上倾倒一万吨垃圾，以将它彻底埋葬。如果我不是脑袋漏电了，怎么会自动把它从废墟底下扒出来。

三、有谁还需要第三条理由吗？或者更多？

关于那个麦子姑娘，就是这样。由此你知道，我并非如我母亲所说的忘恩负义，她的许多说法都是靠不住的。其实，一个人的时候，我经常会想一想，那个长辫子、大眼睛的麦子姑娘，她嫁人了没有？嫁了什么样的人？她爱自己嫁的那个人吗？

## 十二

你完全可以说活着就是一次旅行，在旅途中，有些人走近你，有些人又离开了你。有时候，完全没有前因后果。又有时候，它们之间有着看似必然的联系。

关于九里汤中学，毫无疑问，是某一些人旅途中的一个驿站。在那里，一些人跟一些人曾经交汇到一个点上。从那个点出发，他们又沿着各自的轨迹，缠缠绕绕、继续前行。然后，经过了一些岁月，在某一天，在某一个商场的电动扶梯口，其中一条轨迹与另一条突然触到了一起。

那是多年之后，我和马玛的一次不期而遇。

她站在那儿笑，头发剪短了，米色外套的衣领上，挂着一条火红的围巾。一个微胖的中年男人站在她身边，留着月亮升起型的发式。他们一起冲着自动扶梯笑，马玛拿手掩着嘴，笑得弯下了腰。

我在这时从楼上下来，经过他们的身边，就这样一眼认出了马玛。我迅速犹豫了一下，准备避开。可是马玛飞快地侧过头来，她含笑的眼睛扫向我，我听到心里咯噔一声：完了！断开多年的记忆锁链，将在今天重新连接起来，这会是很有意思的事吗？



但是，马玛含笑的眼神飞快地从我脸上扫过，像一个笔直的横画，没有丝毫停顿，她继续对着扶梯笑。我坚信她是真的没有认出我来，假如是装的，她的表情一定会出卖她，但是没有，我于是放下心来，在她身边停住，一起对着扶梯笑。

自动扶梯上有一个五六岁的小男孩，正是他制造了这件有意思的事。他坐反了扶梯，他明明要向上走，但扶梯向下行，他的脚步迈得很快，慌乱而紧张。扶梯不慌，但比他快，所以他虽然向前迈着脚步，却一直在向后退。

经过扶梯的人都忍不住停下脚步，看着那个孩子笑。

我看孩子，也看马玛，飞速流失的时光并没有改变她很多，她的皮肤仍然光滑，她的头发仍然乌黑，她还是年轻的……当然，马玛的嘴唇，已经不再是我记忆中的那张嘴唇，它不再圆了，不再翘了。我也根本不可能知道它的颜色，因为它上面打着流行的唇膏。这是我完全陌生的一张嘴唇，和我记忆里的那张完全不相干。我并没感觉真的曾经认识过它。

或许，在以后的日子里，不一定具体在什么时间，马玛也许会想起一个叫柳翘翘的人。但她一定不会想到，曾在某一天的上午，多年以前的那个小伙伴，像个陌生人一样向她靠近，并在她身边做过短暂的停留……

……

那个孩子费尽千辛万苦，终于接近扶梯的顶端，马玛和那个微胖的男人一起伸出手，一边一个，将他从扶梯上解救下来，那孩子有张和男人一模一样的脸，他扑进男人怀里，三人在扶梯口笑成一团。

这是幸福的一家三口。

眼前这个男人……跟当年兵营里那个空军少尉有关系吗？当年辍学的马玛与被部队开除的少尉就此天涯陌路？还是始终不离不弃？

……

马玛与男人一起牵着孩子向前走去，我看着他们的背影，眼睛在那男人的发型上停留了一会儿，是的，月亮升起型。我的嘴角绽开一抹笑。据说这种发型的男人长寿，反应敏捷，性格还比较温和，而且更重要的是荷尔蒙分泌旺盛。还有，这种男人，据说在床上，能带着女人一起飞翔。

总之，当我看着走在马玛身边那个男人的脑袋时，就想起了电视上那个促进荷尔蒙分泌的广告，付笛声一往情深地对着大伙说：任静是幸福的，我就是快乐的。

哦，对了，你知道月亮升起型是什么样子的吗？就是四周有一圈头发，而中间是光光的那种。

2002 年第 4 期《青年文学》

# 碎时光

## 一

老张是个厉害人，越老越厉害，看什么都不顺眼，到处挑人毛病，把身边认识的人都快得罪光了，他自己还委屈得要命，逢跟人开口说话，必然长叹一声："唉——我都快被气死了!"

好在老张只剩一只眼睛了，能看见的东西有限，他的另一只眼是闭着的，因为那只眼瞎了，所以老张总是睁一只眼闭一只眼的样子，好像随时随地都在瞄准，预备开火。

老张的老婆樊春花是个明白人，她和老张在一起时主要是为了搜集情报——他又把谁得罪了，她不和老张在一起时主要就是忙着给人赔礼道歉。

因为老张得罪的人实在太多，所以樊春花活得越来越有成就感。

老张真的快被气死了。秋天的傍晚，云丝挂在天际，路边的杨树哗啦啦地摇晃着树叶，像无数的小巴掌轻轻拍响。他独自跑到小酒店去喝闷酒，小酒店的店主不停向门外张望，直到菜都上齐了，也没见老张的死党王麻子露面。

据说李天王有三只眼，大概是把老张的眼睛借去了一只，不过没关系，老张虽然只有一只眼睛了，但他有很多来自天南地北的好朋友，大家一起吃肉喝酒，那感觉呀——就是云上飘着的日子。



老张喜欢呼朋唤伴，人豪爽，也舍得掏钱。朋友的快乐是朋友的，老张不贪图，但朋友的困难如果不分一份给老张，他肯定瞪着一只眼睛跟人急，所以那些酒友大半都曾捏着小酒盅发誓和老张铁到底。

可是几年下来，老张还是锲而不舍地把他们都得罪光了，只有开药店的王麻子，老张骂他，笑他，嘲弄他，鄙视他，责难他，他都不往心里去，照样笑眯眯地陪老张喝酒，可就是这个王麻子，现在也被老张彻底得罪了。

樊春花在第一时间获得了这个情报，她脚心痒痒心痒痒，当夜就画画眉毛抹上口红跑到王麻子家去了。

老张坐在小酒店跟店主诉苦："唉！我都快被气死了！"他把小酒盅在桌子上蹾得啪啪作响，大骂樊春花是光着腚推磨，转着圈地给他丢人哪！

店主想象着樊春花光着肥肥的大白屁股一扭一扭地推磨，就笑得不行，把酒笑喷了好几次。

那会儿正是傍晚，店主隔着小酒店的脏窗户向外看，就看见樊春花正站在门外给王麻子道歉。

王麻子很胖，衣襟下面像藏了一口倒扣的大铁锅，樊春花想站得离他近点儿都不能，王麻子就这样双手端着肚子上的这口铁锅将樊春花的一腔热情拒之千里。

王麻子一言不发，嘴巴抿得像个鸡屁股。

樊春花的红嘴唇飞快地上下翻飞，一树梨花，一树海棠地开放着。

这样的情形，店主很熟悉。以前每次老张和王麻子闹了别扭，樊春花只要把王麻子拉到这门口就算大功告成了。老张在里边隔着窗户吆喝一声，王麻子就笑眯眯地进去了，两人又坐到一起喝起酒来了。

可是现在，他们俩绷着脸，谁都不打算搭理谁。

老张不止没有招呼王麻子，干脆把身子转到一边去了，他恨恨地捏住小酒盅，要是能把樊春花的两片贱嘴唇也这样紧紧捏住就好了。



春天的风很大，风卷着沙粒呼一股扬起来，樊春花脑袋上被烫过的几簇卷发立马摆出绝尘而去的架势。

她用手把它们镇压住了，呸呸吐着嘴里的沙子说："那驴下的，他把所有人都得罪光了，蝈子腚上可就剩你这一根毛啦，要是连你这根毛也搓搓掉了，我看他……"

一股更大的风扑过来，要替老张雪恨似的，立刻让樊春花闭了嘴。

王麻子也裹在风里，他一时听不见樊春花的声音，也看不见樊春花的影子，好像这股妖风把她拐跑了。他有些幸灾乐祸地问："驴下的？老张真是驴下的……"

樊春花红口白牙拍着胸脯说："没错！绝对是驴下的！"

## 少年之老张

很久以前，有一个女人，她是个寡妇，大年初一这天，家里无米下锅，她就骑着毛驴去镇上卖柴火。

这个女人就是老张的寡母，老张那会儿还待在寡母的肚子里，到现在他已六十岁了，这样算来时间是六十年前了。

六十年前的那场雪下的真大，整个世界白茫茫一片真干净。大过年的，那毛驴驮着柴火，还驮着老张的寡母，心里很不情愿，它把身子扭来扭去地闹情绪，老张的寡母被甩下来两次，她都揪着驴耳朵又爬上去了。

老张本来没必要非赶着大年初一报到，可那头毛驴真把他惹火了，他就急吼吼地冲出来找毛驴算账来了。

当时老张的寡母真的想再坚持一会儿，至少坚持到镇上卖了柴火再说，可老张不干，驴也不干，老张当场就把他的寡母放倒在雪地上了，驴躺在旁边斜着眼睛看笑话。

寡母瞅瞅天地，空旷白茫，鹅毛般的大雪纷纷扬扬从天而降，世界安静得像聋子的耳朵，寡母知道她犟不过肚子里这鳖羔子了，就一手揪住驴耳朵，一手把身下的棉袄抻平了，她闭上眼睛，躺安稳了。

后来，有一只兔子惊慌失措地跑了过来，它被眼前的阵势吓坏了：雪白雪白的雪地，鲜红鲜红的血，血把雪地融掉了一大片，雪地上躺着一个半死的女人；一头驴，驴身边是一个浑身冒着热气的孩子。

孩子就是老张，那时老张还娇嫩得很，像只剥了皮的肉老鼠。

更加惊慌失措的是那个追赶兔子的猎人，他扛着一杆土枪，扑哧一声就拱到膝盖深的雪窝里去了，那头驴正伸着毛糙糙的舌头舔老张，好像那是它刚生出来似的。

那猎人从雪窝里爬出来，抖抖索索地拿枪指着驴说：你……你个驴下的，你……你别过来啊！”

这是老张和继父的第一次会面，很不体面，所以那男人私下叫他“驴下的”，并在小范围内流通使用。但老张的老婆樊春花则一口咬定丈夫就是驴下的，虽然六十年前樊春花本人还不知道在哪儿刮旋风呢，可人家两口子毕竟黑天白日地一起厮混了四十多年，说不定老张哪天晚上一不小心就喷着响鼻，尥着蹶子露了真形出来……不过，让我们还是先回到六十年前的那场大雪吧，老张的寡母还在雪地上躺着呢。

老张的寡母在雪地上躺了有几辈子那么长，天地墨黑墨黑，地幕掀开一角，她向着无边的黑暗深处坠落，整个世界就要跟她没关系了……

那个猎人就是在这时出现的。猎人是个老兵，先是在家里种地，冬天不种地时就上山打兔子。后来他被国民党抓了壮丁在炊事班里蒸馒头，再后来连馒头带人都被八路军俘虏了，就不蒸馒头了，扛起了枪开始打鬼子。等到鬼子都打光了，他就又回到了老家种地，冬天不种地时还上山打兔子。那天有只兔子领着他不停地转山坡，转了一座又一座，后来就一头撞到了寡妇面前。

猎人就把雪地里这一摊乱七八糟的人啊驴呀的拾掇拾掇弄回了家，他把一只兔子和野鸡剥了皮按到锅里煮了，老张的寡母躺在热烘烘的土炕上，捧着大碗嚼肉喝汤，吃得口水滴答。

那时老兵还是个小伙子，没碰过女人，虽说眼前是个寡妇，可人家也是个异性呢！



羞涩像满屋香喷喷的蒸气熏得小伙子头晕目眩，他越晕，老张的寡母越镇定。

老张的寡母捧着大肉碗，一双眼睛从碗沿上含情脉脉地看着这毛头小伙，心里已打定主意要将他拿下。

就这样，没几个回合，老张的寡母就把自己搞成了别人的老婆，顺便给老张也搞到了一个继父。

至于老兵本人，他同时晋升为一个寡妇的丈夫和三个孩子的父亲，对他来说，人生的大喜大悲都来得太快了一些。

后来，老兵一直想搞明白这场姐弟恋的女主角到底多大年纪，每次那寡妇都说自己是桃花盛开时出生的。听着挺靠谱，可到底是哪一年的桃花开时呢？寡妇很认真地说："那谁知道，反正是桃花开时生的嘛。"

这是桩悬案，老兵到死也没搞清楚。

还是说老张吧，老张是个厉害人，小的时候就厉害。

当他的寡母和老兵的新生活开始后，他们每晚关起门来做运动，肚皮拍打着肚皮啪啪作响。

老张才不管这些呢，他见风就长，天天光着屁股率领一群孩子在外边野，浑身都是泥土和山风的味道。但老张的好日子很快就到头了，也不知道怎么搞的，家里忽然就添了一个弟弟，再忽然又添了一个妹妹，再再忽然又添了两个小弟弟，好像他们是从石头缝儿里蹦出来似的。

老张就负责管理最小的那两个弟弟，老六和老七，他们一个三岁，一个一岁半；这两家伙很难调理，他们有手有脚，乱爬乱动，上边吃下边拉，弄得当年八岁的老张手忙脚乱，浑身一股尿臊味。这直接导致他在小孩子队伍中的威信直线下降，大家都对这个拖儿带女的家伙心存不满。

老张恨死这些弟弟了，如果不是寡母看得紧，老张早把他们两个摔死算了。

一直被老张压在二把手位置上的大雄早就想夺权了，但把老张从首领的位置掀掉并不容易，他必须做一件事盖过老张的风头。大雄每天啃着玉米饼子穿过大半个村子到老张家门口集合时都在思谋这件事。

有一天，老张率领手下的虾兵蟹将从生产队偷了一些花生和红薯，大家聚在山洼里架起篝火烤这些战利品。

秋天的山村，天空湛蓝，水洗过般澄澈干净，田野起伏蜿蜒，大片等待收割的庄稼随风起舞，刷刷欢歌。山风硬朗，柴火潮湿，大雄撅腚拉胯跪在地上烧火，弄得乌烟滚滚，把大家熏得像群吃了盐巴的小刺猬吭吭咳个不停。

老张是个厉害人，从小就厉害，他看不得别人笨手笨脚，上去一脚就把大雄踹翻了。

老张自己撅着屁股开始烧火，他眼明心细，左撩右拨，鼓着嘴巴诱导火苗由弱到强徐徐燃烧起来，空气中开始飘荡着烤红薯甜丝丝的香气，一群毛戗戗的小脑袋围拢在老张身边，等待分享胜利果实……忽然，祸从天降，老张突遭袭击，一块石头击中他的脑门。

老张当时八岁，尚且年幼，但他并未伸手捂头，他让血流了一会儿，随便地在脸上流了一会儿，这样当他披红挂彩再次抬起头时，大雄发出撕心裂肺的一声惨叫，蹦着高儿地逃跑了。

老张站起来紧了紧腰上的布带子说："大个的红薯留给我。"他向手心吐了口唾沫，搓了搓手，循着大雄留下的那股狼烟狂追而去。

大雄在前边跑，老张在后面追，他们跑过玉米地，玉米穗子好奇地向他们张望；他们跑过母猪河，河水揪掉了他们的鞋子；他们跑过驮粪的驴队旁，驴子们欣慰地看到还有比它们更暴躁的家伙；他们跑过村庄，村里的狗倾巢出动，紧跟不舍。他们跑过一个村庄，又跑过一个村庄，村子里的那些狗们都闻风而动，浩浩荡荡跟在他们身后狂奔不止……

大雄在前边跑，老张在后面追，前边跑的流泪，后面追的流血。

大雄跑丢了裤子，老张跑丢了鞋子，但他们谁也没把谁跑丢了。有那么两次，老张都跑到大雄前边去了，于是变成老张在前边跑，大雄在后面追……



他们跑得太久，都忘了当初是为了什么出发。

大雄的泪已停，老张的血已干。他们仍然不离不弃，最后穷途末路的大雄爬上了河边的一棵柳树，含恨自挂东南枝。

他以为这样就逃过去了吗？

他真的以为这样就逃过去了吗？

那些狗们气喘吁吁聚在树下，嘶拉拉吐着舌头议论纷纷。

老张并不罢休，他也爬上了柳树。大雄绝望地闭上了眼睛，抖动得像一片秋风中的枯树叶。

狗们集体噤声，它们围在树下举头仰望，崇拜地看着老张把大雄这片枯树叶摘了下来。

筋疲力尽的老张和大雄瘫倒在柳树下，双双口吐白沫。大雄两眼翻白，疯抖不止，老张挣扎着摸起一块石头，用了最后的力气在大雄头上砸了一个洞，血飞快地流出来。两个人都踏实了，大雄立刻不抖了，他咧咧嘴角，放心地笑了。

后来，夜深了，月亮又大又圆，高高地挂在天上。老张和大雄并肩躺在柳树下，安安静静地睡着了。

山影朦胧，风摇树动，小虫子在秋草丛中轻声呢哝，露水打在身上，浸湿了他们身上的衣服。

那些狗们围坐在他们四周，静静守护，月亮将它们活动的身影重叠地投射在熟睡的人身上，不停变换形状，像上演皮影戏。

后来，这些狗们多日奔走相告，周围十里八村的狗都知道了姓张的小孩是个厉害人，它们每每在街上看到这个小孩，都拼命把尾巴摇成一朵花向他问候致意。

再也没人敢争夺老张的位置了，就算他必须带着两个小尾巴，大雄也必须穿过大半个村子到老张家门口去集合。

虽然老张本人英勇善战，带领他的队伍多次打败别村孩子的围剿，但他带着两个小东西冲锋陷阵实在多有不便，而且小东西多次沦为人质被敌人关押在牲口棚里，害得老张搭上多把弹弓和木头枪才把他们交换回来。

老张想过多种办法安置这两个拖后腿的家伙，先是用绳子把他们绑在村头的梧桐树上，当他们张着嘴巴号啕大哭时，树上的喜鹊就幸灾乐祸地在他们头顶出恭。等到老张晚上把他们弄回家时，他们满头满脸的鸟粪立刻就为老张赢来一顿毒打。况且老张随身总带条绳子，目标太大，很容易引起寡母和老兵的注意。

后来，老张终于想到好办法。每天早上，海边的沙滩上都闪现着一个辛勤劳作的身影，那就是八岁的老张。

八岁的老张撅着屁股，迎着太阳在沙滩上挖沙子，他挥汗如雨，像一只勤劳的土拨鼠。他飞快地扒出一个坑，把弟弟埋进去，再飞快扒出一个洞，把另一个弟弟也埋进去。

当然不能埋得太深，脑袋要露出来喘气。当然也不能埋得太浅，胳膊腿儿的都要用沙子压紧了。不只压紧了，老张最后还要用双脚在上面密密地踩一圈，踩实了，压死了，以防他们逃出来。

最后老张围着埋好的弟弟们走上一圈，拍打着手上的沙子，哈哈笑着，一溜烟地玩儿去了。

老张的小弟弟们年纪虽小，却已见识过各种各样的人生考验。他们躺在绵软潮湿的沙子里，看了一会儿湛蓝的天空，和天空中飘动的云朵，听了一会儿海浪的喧哗和鸥鸟的鸣叫，然后又嗅了一会儿腥咸的海风，暖洋洋的太阳照着，他们眼皮磕着眼皮，漫不经心地睡着了。

后来，他们睡醒了，继续看蓝天，听海潮，嗅海风，他们都是好孩子，如果能有一口吃的就好了，可是没有，他们等了又等，海浪继续高声喧哗，却没有带来任何令人安慰的消息。

他们饿，烦躁，还有恐惧，于是他们开始哭，你哭一会儿，我哭一会儿，用哭声呼唤着对方，用哭声激励着对方，他们使劲哭，使劲呼唤，使劲挣扎……

当他们费尽千辛万苦从沙坑里挣扎着爬出来时，老张赶来了，刚刚好，不早也不晚。

老张又像土拨鼠一样埋头苦干，飞快地在沙滩上挖出两个坑来，拎起腿把他们重新埋进去，然后自己又放心大胆地玩儿去了。

就这样，寡母管生，老张管带，老张不仅帮寡母带了孩子，还没耽误自己的事业，这很好。

当然，也有不好的时候，有一次就很不好。

那天傍晚，老张带着缴获的战利品——一盒火柴、两个弹弓、一把木刀兴高采烈地回家，迎头一看见寡母那张沉甸甸的脸，才想起来还有两个家伙埋在沙子里呢！

老张拔腿往海边跑，他的继父老兵就在后边撵，等他们跑到海边，两人都傻眼了。海水已经涨潮了，一浪一浪的海水刷刷舔着沙滩，那两个埋在沙子里的家伙已经被浪头舔出来了，他们四脚朝天漂在水面，像两只鼓肚死蛤蟆。

老兵把那两只鼓肚蛤蟆搭在驴背上，驴很不情愿地在村前的土路上颠簸了一整夜，屁股被老兵用笤帚疙瘩抽打得火烧火燎。

当夜，老张没敢回家，他一头钻进了村头的玉米秸子里。风把玉米秸子吹得刷刷作响，像粗糙的刀片把老张的皮肉拉得生疼。老张竖起耳朵剔除玉米叶子的噪音，努力分辨着驴蹄子叩打着土路的嗒嗒声，那声音时急时慢，老张的心也跟着忽左忽右，钟摆一样不能自主。

那夜，幽蓝的村庄上空飘荡着母狼般的号叫，凄惨悠长，那是老张的寡母。

第二天，老兵从玉米秸子里把老张扒拉出来，掐着细脖儿拎回了家，啪嗒扔在灶间地上。

其时，他的两个弟弟示威似的并排躺在灶间的玉米秸子上，悄无声息，老张的寡母已哭得百转千回，老兵把老张往她面前一丢，睁着大眼看她如何反应。

寡母已肝肠寸断、神思涣散，实在没心思收拾老张，可人家亲爹正眼巴巴瞅着呢，她只能打起精神教训这个驴下的。

寡母打散了笤帚，打断了烧火棍，打肿了胳膊，打得自己声泪俱下，老张始终很勇敢，他坚决不跑，也不求饶，像一颗坚硬的钉子钉在寡母面前。

寡母累坏了，她多希望老张一跑了之啊，可老张这个二百五根本不懂得搭把梯子接她下来，寡母不只累坏了，还气坏了，一边打他，一边往外推搡，小声骂道："你个驴下的，你跑啊，你跑啊……"

老张连滚带爬，可是他不跑，老张知道自己错了，他怎么还有脸再跑呢？所以他要把自己的错死扛到底。

老张一边号哭，一边爬回原地站着，寡母把他推翻，踢到门外，他爬回来站在原地，再踢出去，他再爬回来站在原地……

老张的寡母虽然厉害，可是厉害不过老张，她嗷地惨叫一声，抱着脑袋向墙上撞去，她真不知道是哪辈子欠了这个驴下的。

老张似乎就这样欠下了两条人命，不过事情在当天夜里有了转折。

按理说夭折的孩子不能留在家里过夜，要摸黑把他们送到荒郊野外去，省得他们记住了回家的路，老是跑回来给活人作祟。

当夜老兵拿了一个拾粪的筐子，打算把两个小可怜装进去送到乱葬岗上埋了，可是悲伤的老兵在灶间栽了一个跟头，把身上的元气都摔散了，他哼哼呀呀地爬上炕，打算先睡一觉再说。

夜里，寡母听见灶间一阵乱响，是干燥的玉米秸子不安分地在窸窸窣窣地抖动声，肯定是老鼠，家里人多，粮少，老鼠们的日子紧巴，能下嘴的地方都不放过。

老张的寡母点着了煤油灯，披着衣服，摸索着到了灶间，突然眼前的情景差点儿把她吓得晕过去。

一群黑压压的老鼠正围着她的两个孩子手舞足蹈，它们捧着孩子的脚指头，揪着孩子的头发，眯眼端详着孩子的耳朵眼，快乐得像举行新年自助晚宴一样，互相抖动着尾巴和胡须，交头接耳，寒暄致意。

老张寡母的突然出现，把老鼠们也吓了一跳，它们齐刷刷地举头望过来，贼亮的小眼睛聚光灯般打在她的脸上。

寡母无力地挥了一下手，喝令它们走开。群鼠面面相觑，决定暂且服从这个悲痛中的女人，它们排着队，悄无声息地从门缝向外溜。

一只排在后面的老鼠心有不甘，它突然冲上去，对着小四儿的脸就是狠狠一口，令这只老鼠始料不及的是：小四儿突然尖叫一声，嗖地坐了起来。



所有的老鼠都惊慌失措，仓皇逃走了。老张的寡母同样惊慌失措，不同的是她没有逃走，她扑过去将号哭不止的小四儿按进怀里，并忙里偷闲摸了摸旁边的小五儿，天……哪，那孩子身上竟然也热乎乎的，难道给阎王爷当差的小鬼脑袋被门挤了，忘记把这俩孩子带走了?!

老张的两个小弟弟就这样又活了过来，自此老张就欠了他们的，要星星要月亮，老张都想着法儿帮他们摘下来，不过到最后，连这两个家伙，老张也得罪了。

## 二

午后的时光有些懒洋洋的，王麻子的小药店里乏客光顾，唯有几只绿头苍蝇聚在一起嗡嗡地争论着什么，自从樊春花进来，它们就像看到自己的领导似的，立马列队站在王麻子的大茶杯子的杯沿上，集体闭紧了嘴巴。

樊春花喋喋不休地诉说着老张的不是，话里话外都是大人不计小人过的意思，她说老张也不是故意搞破坏，他就这德行，原本高高兴兴去参加个婚礼，他快被气死了，说女婿比老丈人年龄还大，这辈分怎么摆？坐趟公共车，他快被气死了，说那小青年跟孕妇抢座位，怎么就一点儿规矩没有？儿子给他摆个豪华生日宴，他也快被气死了，说这鱼翅皇宫大酒店做菜用地沟油，国家怎不把它灭了？儿子说不能灭，人家每年给国家交税好几千万呢，老张就更生气了，说这国家是奸商的国家，还是老百姓的国家？你说说麻子大哥，就这样的一个货色，你跟他有什么好计较的呢！

王麻子表情严肃，一副不为所动的样子，不时撩撩沉重的眼皮看着门外。这时一个干瘦的女孩悄无声地进来了，樊春花认出是附近大学的学生，她十八九岁的样子，单眼皮、薄嘴唇，青黑的面皮上点缀着几个黑褐色的青春痘，脑后垂着一条毛糙枯黄的马尾辫，一看就是缺乏营养没长开的样子。

她飞快地扫了樊春花一眼，低下头，瞅着药柜里的东西，王麻子低声说："来了。"

女孩不抬头也不说话，只轻轻地嗯了一声，依然盯着药柜不动。

王麻子转身进了里面的小间，再出来时手里多了一个白色的塑料袋子，里面装满了各种药。王麻子提着那包药从柜台里出来，女孩匆匆伸手接过药，低头欲走。王麻子没松手，两人一起抓着药包，女孩飞速抬起眼皮瞟了他一眼，眼神有些慌乱，也有些凌厉。

王麻子把那包药放在柜台上，戴上他的老花镜，慢条斯理地向女孩解释药品的使用说明。他倾着上半身歪向女孩，眼神咬在她的脸皮上，女孩退了一小步，微微向后扭着身子。

王麻子一直在说那使用说明，有治疗心脏病的，有治疗高血压的，还有治疗糖尿病的……也不知那女孩是给谁拿的药。

樊春花很生硬地插了两句话进去，王麻子也不搭茬儿，完全当她不存在。樊春花自己坐了一会儿，就有些不高兴，心想你王麻子有什么了不起的？不就是开了个小药店嘛，得罪了就得罪了。

心下一生气，樊春花抬脚就向外走，王麻子连头都没抬，他挑着脑袋从眼镜下面俯视着女孩，女孩歪着头，从下面接住他的眼神，两人就那样眼神衔着眼神。

樊春花怎么看着他们都不顺眼，她揣着一肚子鳖气回到家，心里想：幸亏那女孩不好看，否则王麻子满脸的麻子坑里都得长出小手来。真是，还大学生呢，长得跟棵死高粱秆似的。

樊春花把自己的冷遇告诉老张，老张冷冷地哼一声："活该！"

樊春花就没见过这样不通情理的人，她指着老张的鼻子说："说到底，你还不如那个王麻子呢。"

老张立刻又生气了，他把胸脯拍得啪啪响："我怎么了？我就是脾气坏点儿，我堂堂正正。他王麻子，不要脸，他……"

樊春花好奇地："王麻子怎么了？"

老张脸红脖子粗地张了张嘴，他使劲咽了口唾沫，把后半句话生生咽下去，他突然扬起巴掌，狠狠地冲樊春花嚷道："再问，再问，我揍你！"

嘿！樊春花倒是愣住了，王麻子到底犯了什么错？让老张如此生气！老张虽然脾气坏点儿，可他不打女人，像樊春花这样猴屁股上安不住个簪儿的女人，成天上蹿下跳地四处跑风，一起生活了四十多年了，老张也没揍过她。不！等等，老张还真是揍过一个女人，一个天仙女一样漂亮的女人。

那是很久以前的事了。

## 青年之老张

青年时代的老张俊秀挺拔得像一棵白杨树，那时的他，相貌端庄、眼神凌厉，走起路来虎虎生风，是很多姑娘暗恋的对象。

樊春花那会儿也年轻，不算美人，但长得腰是腰，腚是腚，红萝卜的胳膊，白萝卜的腿，也煞是喜人。

老张和樊春花在河边一棵繁茂的柳树下见了几次面。年轻时的樊春花属于闷骚型，不好意思主动攻击，但不动又不甘心，就老拿眼风飞老张，那眼风像蝴蝶一样飞呀飞。

飞得老张五迷三道的，老张抵抗了，但没扛住，就把樊春花的红酥手紧紧地拉住了，两人就这样私订了终身。

樊春花原准备给老张绣双鸳鸯嬉水的鞋垫，那会儿她还比较含蓄，你问她爱老张有多深？那对水鸟代表她的心，可水鸟尚未来得及做代言，老张已经和他的寡母打开天窗说亮话了。

老张的寡母不同意，她嫌樊春花眉梢高挑，眼角斜飞，一看就是个祸害人的狐狸精托生。她给老张准备了另一个姑娘，那姑娘屁股像磨盘，单手能拎起一麻袋粮食，老张的寡母满心欢喜，打算把她娶过来当牲口使，家里的驴就能歇着了。

老张是个厉害人，从小就厉害，他把人家樊姑娘的手都拉了，还有什么好说的呢！

老张一头扎进西房，他家的房子共有四间，西房原本是个储物间，堆放着一家老少吃喝用度的杂物，就听见一阵噼里啪啦的乱响，面笸箩、米桶、油壶、酱坛子全都飞了出来，寡母一边去抢救那些东西，一边连声叫唤："听你的，都听你的。"

老张掷地有声地说："把这间房子收拾了，我要结婚。"

老张就这样急火火地结了婚，由一张白纸迅速涂鸦成一张潦草的大写意。

老张的新房就安排在那间西房，樊春花没有挑剔，她嫁了村里最好的青年，高兴还来不及，哪还有工夫挑剔，她成天到晚和老张躲在西房里甜蜜蜜。

西房没有房门，只是挂了一面红彤彤的新门帘，红门帘上开满粉嘟嘟的牡丹花，衬着鲜绿的枝叶，妖冶而恣睢。老旧的破屋、破损的桌凳、灰黑的灶台和案台，还有空中巨大的蜘蛛网都被这鲜红的新门帘给照亮了，点燃了。

以灶间为界，怒放的牡丹门帘将世界一分为二。

一边是老张的寡母、老兵、未成家的另外四个弟兄姊妹，一股脑儿都挤在东边的旧世界。一边是牡丹花丛后冒着花粉味的新天地，鸟语花香、风声妩媚。

东边的人来来往往，走过灶间时，总是眼睛躲避着灼人的牡丹花，却轻手轻脚并竖起耳朵，迅速捕捉滑过耳畔的只言片语。

那是谁的一只手，总是悄悄捏住红门帘的一角，悄悄向里张望？在薄雾迷蒙的早晨，在夜色幽蓝的深晚，在蝉声嘶鸣的晌午，悄无声息地靠近，一点儿一点儿拨开牡丹繁茂的枝叶，将繁花世界的景色欣赏。

他不急不躁，他细水长流，他慢功终于出了细活，在红门帘上留下一团大大的黑印子。

它不是一下子就黑了，它慢慢地黑，一点儿一点儿地黑，一点儿一点儿地晕染，浓郁，直到有一天，它突然就变成樊春花眼里一团醒目的疑惑。

老张和樊春花都没有打草惊蛇，他们该说该笑，该打该闹，一样都不耽搁，只是两人做梦都睁着一只眼睛盯着那门帘。

来了，又来了，那只手，只用两个手指轻轻捏起门帘一角，拉开一点儿，再拉开一点儿，够了，刚刚好，一只扑朔的大眼睛潜伏在芳香的牡丹花丛。

是……？怎么可能？

老张使劲咳嗽，大声清嗓子，那只眼睛迅速消失，门帘抖了抖，盖严实了。

那个人走了。

可是第二天一大早，那个人又来了，还是那只手，更轻巧地捏住了门帘，撩开一角，一点儿一点儿撩开……

老张噌一下从炕上下来，他在地上找鞋，明明找到了，也不穿，故意弄得啪啪乱响，嘴里嚷嚷着："鞋呢，我的鞋呢？"

那个人再一次迅速消失了，老张以为他不会再来了。可是到了晚上，那人又来了，照样轻手轻脚，照样小心谨慎，照样用两个指头轻轻捏住门帘一角……

唉！不长记性的东西呀！

这次，老张一点儿没犹豫，他直接冲上去，一把就扯下了门帘，扔在地上。

偷窥者原形毕露，是老张的寡母！

她像一尊铁像被塑在门口，脑后挽着一松散的发髻，一只手举在半空保持挑门帘的姿势，神色诡秘，嘴巴微张。

老张不客气地训斥道："你多大年纪了？这是你该做的事啊？！"

老张的寡母恨不得变成一只钻地鼠，遁地而逃。

樊春花捧着肚子在炕上笑得打滚，说："你可真是个厉害人，连你妈，你都不给她留面子。"

老张不给他妈留面子，寡母就记了他的仇。每日天还未亮，老张和樊春花正睡得香甜时，寡母就爬了起来，动作夸张地撵鸡打狗，把睡眼惺忪的鸡狗们都撵到院子里数星星看月亮。

鸡狗们当然不服，对此事议论纷纷，并试图抗议，但都被老张的寡母镇压下去了。一只年轻气盛的小公鸡索性离家出走，另有两只老鸭子因不堪忍受长期的睡眠不足，在河边的紫蓼丛里安了家。

寡母一看情形不对，再这样干下去，家里所有的畜生非反了不可，她就改变了策略，每日清晨，拿一只木瓢，磕在灶间大铁锅的锅沿上嘭嘭地响。

樊春花那会儿刚结婚不久，身上的红褂子还没洗过几水，不好对婆婆指指点点，但她可以流眼泪呀；她把老张的心哭得一缕一缕的，老张就抢过寡母的木瓢摔成了几瓣，并扬言分家单过。

老张那时已二十一岁了，他浑身都是改天换地的勇气和力量，况且樊春花姑娘是他的初恋，也是他的新娘，他觉得应该给自己的新娘盖间房子。

没有木料，他就找了一群人，把家门口的榆树和梧桐树全伐倒了。

梧桐树换钱，榆树留着做房梁。

这下换成老张的寡母流眼泪了，她抱着榆树不撒手，寡母说："你还有两个弟弟没娶媳妇呢，这树每人分两棵，不能都归你。"

老张就写了两张纸条塞给寡母，一张写着：借老四两棵榆树，还四棵。另一张写着：借老五榆树两棵，还四棵。

寡母不要纸条，老张威胁他妈说："你不要啊？不要连这也没了！"

其时风华正茂的老张在村里干大队会计，管着给村民记工分，工分直接决定一家人的生存质量，所以村民都说寡母不对。

那会儿舆论的力量还是很强大的，寡母当然不敢和人民群众对着干，况且她估计着要是真把名声弄臭了，她另两个儿子就很难娶上媳妇了，这两个赔钱货要是砸在手里，那情况就太不妙了，于是她只好乖乖地把两张纸条收好了。

好在老张的寡母并不是一个人在战斗，她还有老四和老五呢。这两个家伙就是当年差点儿被淹死的那俩人，虽然事发当时他们还不记事，但寡母帮他们记得清清楚楚，但凡他们念叨起老张怎么怎么好，寡母总是撇着嘴哼一声："哼！可别忘了，你俩差点儿死在谁手里！"

所以他俩根本没机会忘记当年差点儿被海水淹死，差点儿被埋到山上喂了野狗……况且老张现在又霸占了他俩的榆树，真是旧仇未报又添新恨！

老张没工夫理别人，刚刚下过一场大雨，河里到处都是被山洪冲下来的石头，这是盖房子上好的石料。

老张挽了裤腿在河里捞石头。石头被河水冲刷得干干净净，一块一块，清新芬芳，老张把它们从水里抱出来，像收获秋天的大白菜一样，愉悦而兴奋。河水哗哗地奔向远方，老张的心也在哗哗地歌唱。

后来，黄昏时刻，老张推着满满一车石头向村里走，他迈着弹性的步子，一步一步迈向他的幸福。

在爬一道山坡的时候，老张遇到了麻烦，车至半坡，他再也没有力气了，车子一点点儿向后倒，老张拼尽力气，可是依然不能前进半步……

他亟须帮助，就是在这时，他看见了自家弟弟老四和老五，他们趴在旁边地上玩弹珠。

老张看见了他们，心里一喜；他们也看见了老张，并且看见了老张的形势严峻，但是他们都没有上前帮忙，假装没看见，依然趴在地上玩。

老张咬紧了嘴唇，他死都不会向他们求救了，他知道顶住就是一切，他顶了，但是没顶住，车子飞快向后退去……

老张的两个弟弟停止了玩耍，站在坡底，睁大眼睛看着自己的哥哥孤身奋斗。

老张脚步踉跄，被车子带着快速向坡下退去，但是老张不想放弃，也不想让两个弟弟看笑话，他双臂一挣，前腿弓，后腿蹬，双腿像桩子一样死死扎到地上。

车子停住了，不再后退，老张青筋暴突，双手拼命攥着车把，他就这样被架在半坡，进退不能。

两个弟弟依然在坡底看着。老张不求他们，老张谁也不求，他一咬牙，又向坡顶冲去，僵持了一会儿，车子又开始向下滑……

就这样，老张推着一车石头在半坡进进退退，上下不能。他的两个弟弟就袖手站在旁边看笑话，直到老张终于挺不住，连人带车翻倒在半坡，把脑袋撞了个大口子……

这事儿樊春花说了半辈子，在有生之年，她还将继续说下去。



老张的新房盖起来不久，村里的老支书经过多年暗中观察，认定老张是个可造之才，就扶持他当了支书。

二十三岁的老张就这样走上了领导岗位，虽说是个村官，可管着全村老少一千多口人呢，一千个人，两千个眼，都眼巴巴地瞅着老张呢！

好在老张天生就是非分明、正直坦荡，不包庇，不袒护，不歧视，强弱平等，童叟无欺，很快就赢得全体村民强烈拥护。

有次樊春花她爹不知深浅，仗着自己身份特殊，偷砍了生产队一捆柞木柴。老张得到举报后，毫不客气地开了他的批斗大会，有理有节，就事论事，当着全体村民的面把他老丈人改造得服服帖帖。

樊春花他爹站在台上貌似老实，实则掐死老张的心都有了。从此逢年过节，老张和樊春花回去见他，他都梗着个脖子不搭理，待老张前脚出门，樊春花他爹后脚就把老张带去的酒和点心从院墙扔出去，砰的一声摔碎在老张面前。

东西院的邻居从老张进门那刻起，就放下手头的活儿，贴着墙屏息竖耳偷听，只要听到砰的一声响，他们就喜笑颜开，终放下心来。

好多年如此，老张年年送，他老丈人年年摔。于是，老张的好名声在南庄北疃广为流传。

老张不只懂得关门打狗，还懂得开门揖客的道理，他三十多岁的时候，兜里揣个小半导体收音机不分昼夜地收听中央的指示，在指示的间隙彭丽媛嘹亮甜美的歌声鼓荡得老张心胸澎湃，他就随着彭丽媛一起放歌："我们的家乡在希望的田野上，炊烟在新建的村庄上飘荡，小河在美丽的村庄旁流淌，一片冬麦（那个）一片高粱，十里（哟）荷塘十里果香，哎……嗨哟……"

彭丽媛怎么那么懂得老张的心思呢？老张都被她唱得热泪盈眶了，老张就打算世世代代子子孙孙都生活在这片土地上，为它富裕为它兴旺。

于是，老张带着大雄等三个歪瓜裂枣的村干部北上南下、神游八极，走遍千山万水，说尽千言万语，用尽千方百计，到处取经学艺，结识了各式各样的朋友。于是张家庄栽苹果、种洋梨，喂兔子、养水貂，大伙儿一块儿养，一块儿种，卖了钱再一块儿分，无儿无女的孤寡老人也都住到新盖的大红瓦房里，老张专门请了三个好脾气的妇女照顾他们好吃好喝。

隔三差五，老张还组织村里青年到六十里外的大海捞鱼捕虾，再雇了大卡车拉回来。傍晚时分，卡车轰隆隆进村，村里的妇女拿着脸盆竹篓蜂拥而至，家家分得盆满篓溢，全村的婆娘都怒放成灿烂的金菊花。只有樊春花躲在家里生闷气，因为老张黑着脸警告她是干部家属，这种时候不许出头露面。

到了晚上，整个村庄上空都飘荡着鱼虾的鲜香，连猫们都撑得打饱嗝。樊春花隔着窗户看到院子里人影憧憧，就是不见有人进屋。她跑出去看，就看到院子里堆成小山似的鱼虾，鱼肥虾美，原来都是村民们从自家挑了最好的悄悄送来的，唉……说什么好呢？说什么好呢？

老张坐在炕头上，吃着花生米喝小酒，眼眶水汪汪的，嗨，还是彭丽媛唱得好啊："在希望的田野上，老人们举杯，孩子们欢笑，哎咳哎嗨哟……"

老张不只出去参观考察，还带了很多人回村满山满岭地转，有次还带回了一个大胡子的外国人，外国人是个专门研究水的专家。据大雄说那外国人拐走了全中国最俊的女人，于是张家庄的村民们暗中摩拳擦掌，准备等那大胡子进村时，把咱们的女人抢回来。

那大胡子外国人来的那天，是夏天里最炎热的一个晌午，成千上万只蝉在树上声嘶力竭地鸣叫。全村老少奔走相告，聚在马路边排起长长的队伍，翘首向马路尽头张望，村里的小学校也临时停了课，老师和孩子都混进了观望的队伍。

那大胡子外国人终于来了，他果然带着咱全中国最俊的女人，那女人光滑得像个蜡像，她打着白绸的小洋伞，穿着雪白的裙子，手上戴着雪白的花边白手套，却光脚穿着白色皮凉鞋，十个脚趾像十个剥了皮的鹌鹑蛋，温柔恬静。

那女人挽着大胡子的胳膊昂首从马路上走过，满脸高傲，连看都不看一眼那些打算把她从火坑里救出来的乡亲们。



全村老少乡亲们齐刷刷地站在马路边上，目瞪口呆，树上那些蝉们拼命地给他们打暗号，吹口哨，他们也听不见了，那女人的十个鹌鹑蛋似的红脚趾把他们全镇住了。

他们从没看见过这么触目惊心的脚趾，细嫩得像上等细瓷，高傲得像一群皇后，更重要的是它们被染上血红的蔻丹，乡亲们只在电影《与魔鬼打交道的人》中见过把手指甲染成红色的女特务，可是这脚指甲染成红色的女人，算个什么物什呢？

那女人挽着大胡子向前走，微微颦着眉头，她的十个鲜红的脚指头熠熠生辉，像无数闪亮的红色小炮弹嗖嗖发射，一次又一次将乡亲们炸成重伤。

乡亲们被塑在路边，张着嘴巴被施了定身大法，不能动弹，直到女人和那一群人走远了，他们才唉哟一声，拍着大腿叫起来："妈的，不是说好要把那女人抢回来吗？看被外国鬼子糟蹋成啥样了！"

老张领着那外国大胡子去山上走了一圈，大胡子高兴得张牙舞爪。那女人充当他的翻译，一会儿人话，一会儿鸟语，她告诉大家，张家庄的水是世界上最好的水，可以挖出来装到瓶里卖。

女人的话差点儿让大家笑掉大牙，从盘古到如今，没见过水还能装在瓶里卖钱的，又不是酒，又不是油，竟能装瓶里卖？大家本来就对大胡子抢了中国女人一肚子不高兴，这时就小声骂："你以为中国人都像你，脑袋被驴踢了！"

老张也觉得有点儿玄，可那大胡子说得头头是道，他告诉大家："装到瓶里方便干净，出门带着，想啥时喝就啥时喝，国外都这样。"

乡亲们还是嗤之以鼻，要说出门带干粮还靠点儿谱儿，带水干吗呀？随便哪个水沟渠边一趴，不喝得饱饱的？真是！见过脑子有病的，没见过病这么重的。

老张觉得大胡子老外有道理，眼光要放长远，但目前要把山里的水挖出来装瓶卖，这步子迈得还是有点儿大，步子迈大了不好，弄不好会闪了腰，但是……老张的脑袋突然被灵光击中，水不能装瓶卖，酒也不能装瓶卖吗？咱用这好水来造酒呀！

造酒的贺师傅来的那天，全村老少敲锣打鼓站在村口欢迎。樊春花穿着新做的花褂子夹在人群里，瞄了一眼造酒的贺师傅，差点儿晕过去，天哪，那不是郭凯敏吗？

郭凯敏是《庐山恋》的男主角，老张为了让村民们长见识，每周都请县电影队来播放电影，《庐山恋》刚在张家庄放映过，它像早饭时烟囱里冒出的炊烟一样还在各家各户的屋顶上萦绕。已有两个孩子的樊春花在看《庐山恋》时突然情窦初开，不可抑制地爱上了郭凯敏，白天想，夜里念，当个神仙一样供在云端里，可是这个神仙突然化作人形走在村口的土路上，眉清目秀，风流潇洒，挟一道光芒照亮暗淡的天地万物。

大家屏息，连树上饶舌的麻雀都哑口无言，樊春花扶住一棵开花的大槐树哆哆嗦嗦地站着，好像停在梦里醒不过来了。

樊春花把贺师傅当个神仙一样供在云端，老张则把他当个财神一样捧在手心，村里没有现成的空房子，他就把自家的房子贡献了出来。

贺师傅摇头说这根本不符合造酒的环境。老张拿手一挥："你说怎么改造合适，咱就怎么改。"

贺师傅也不客气，在屋子里边走边指指点点，这堵墙要推倒，这铺炕要拆掉，这儿要放一个四米的铁罐，那儿要摆一排大缸……

老张全都照办，樊春花不干了，这神仙原来是来害人的呀！她哭得梨花带雨企图让老张改变主意，但老张无比坚决，他说："娘儿们见识，等我造出啤酒，我让全村人都住楼房，楼上楼下，电灯电话。"

樊春花毕竟是干部家属，对干部的话即使不全信，也必须遵命执行。她带着两个孩子住回老张寡母家，老张带着贺师傅创造新生活。

老张还从村里挑了三个聪明伶俐的小伙子，小伙子的爹妈很骄傲，小伙子也都很兴奋，要跟着贺师傅学技术了，可贺师傅都不怎么搭理他们，好像他那话都是金豆子，撒几颗给谁就改变了命运。

贺师傅成天把小伙子们关在屋里捣鼓着煮大米，也煮大麦，屋里屋外都是白腾腾的雾气，那贺师傅出来进去的，更有了几分仙气。

老张喜欢知识人，人家贺师傅孤家寡人的，他也不好意思晚上搂着暖乎乎的老婆睡觉，就和贺师傅住在一起。从此樊春花的下蛋母鸡三天少一只，两天缺一个，慢慢都成了俩人的下酒菜，连圈里的猪崽也被老张给贺师傅改善了伙食。两人秉烛夜谈，谈现在，谈未来，谈国内，谈国外，黑脸和白脸都红通通的，眼睛亮晶晶闪着崇高的光芒。

村里副村长大雄总是看这造酒师傅不顺眼，他说：“嘚瑟什么呀？张家庄的村民哪个不会捣鼓点儿地瓜烧！”为此老张狠狠地修理了大雄，并撂下狠话说你要不想干这副村长你早说，人家贺师傅是留过洋的，他造的不是地瓜烧，是啤酒。啤酒是什么？你知道吗？是液体面包！液体面包是什么？大雄还是搞不明白，老张敲着大雄的猪脑袋说，告诉你吧，人家外国人把啤酒当凉水喝，你想想，咱中国有八亿人，要是有四亿人把啤酒当凉水喝，咱能赚多少钱哪！

老张对贺师傅的好，贺师傅都知道，所以麦子抽穗的时候，贺师傅就把张家庄的第一桶啤酒造出来了。老张召集了几个村干部去品尝，大家喝了一口，憋得眼泪汪汪的都没咽下去，大雄哇一口吐出来说：“一股马尿味！”

另一个人也说：“臊烘烘的，上面还有一堆尿泡泡。”

贺师傅慢悠悠瞥一眼老张，不说话。

老张倒是喝过啤酒，但啤酒到底该是个啥味，他也说不好，也许就该是这样酸溜溜、苦唧唧、涩巴巴的，不管怎样，不能让人家贺师傅没面子，他对那几头不长脸的货一挥手，命令道：“干了！”

那几个鬼头蛤蟆眼的家伙不敢反抗，龇牙咧嘴把碗里的马尿一饮而尽。

没多久，村里的啤酒厂就忙起来，有人负责收大米和小麦，有人负责买酒瓶，有人负责做商标，贺师傅和老张专门负责研究口味和酒精度。大部分男劳力都被啤酒厂吸了魂，他们在那个白雾腾腾的大屋子里进进出出，满身都是酸溜溜香喷喷的啤酒花的味道。

为了防止妇女们拖后腿，老张买了三十台缝纫机，把妇女们都集中到了大队部，从城里请了个师傅来教她们绣花。



绣花师傅是个天仙女一样漂亮的姑娘，她的黑睫毛扑闪扑闪的像一把炎夏的绸扇，扑闪得人心里凉飕飕麻酥酥的。她教樊春花她们绣花，手脚并用，手搭七彩丝线，脚踩缝纫机，哒哒哒像机关枪一样猛扫一阵儿，一件绣品就做好了。

张家庄的男人和女人们都着了魔，男人把家里的瓶瓶罐罐都种上了啤酒花，女人把家里的布布帘帘都绣上了花花朵朵，男人睡觉时舌头还咂摸着啤酒的香味，女人躺在被窝里两只脚还在踩来踩去地蹬着缝纫机。小孩子们都无家可归，他们聚在村口，手里拿个罐头瓶子，里面装满了尾巴上挂着小灯笼的萤火虫，孩子们就用这虫灯照着读书，摇头晃脑地念："二〇〇〇年实现四个现代化。"因为总是搞不清楚二后面到底有多少个〇，他们经常为此打得头破血流。

麦子油绿的时候，镇上的领导来参观了，麦子抽穗的时候，县里的领导也来参观了。麦子扬花的时候，张家庄的男人能把啤酒装到瓶子里了，女人能把花朵绣到给外国人挂的帘子上了，可是等到麦子黄了的时候，终于出事了。

一个村民跑来告状说他家的麦子全被蹚倒了，大片大片金黄的麦子啊！老张很纳闷，村里没见野兽出没呀，好好的麦子咋就倒了呢？

过了两天，又一个村民跑来告状，说他家的麦子也被大片大片地蹚倒了，而且说是贺师傅蹚倒的，不止他一个人，还有一个女人，是贺师傅和那个女人抱成团在麦地里滚来滚去，把麦子全都蹚倒了。

一个女人？

哪一个女人？

老张被气坏了，青筋绷得老高，他训斥那村民狗血喷人，贺师傅是大城市请来的，他不可能是那样的人，更不可能干出那样的事。正在老张训斥那村民的当口儿，一伙村民扭着贺师傅和那天仙女一样的绣花师傅来到了大队部。

天仙女和贺师傅衣衫散乱，头发上还扎着麦芒，他们是刚刚在麦地里搂着打滚时被村民逮个正着的。

老张实在是气坏了，张家庄还从来没出过这样伤风败俗的事，万恶淫为首啊！贺师傅纵然留过洋，纵然造出了啤酒，纵然有千般见识、万种文化，老张也容不下他们了。他当即抓起电话，直接打到了贺师傅的工作单位，那会儿的领导处理这事都坚决果断，直接在电话里向老张承诺要开除这个给集体抹黑的王八蛋。

那天仙女一样的绣花姑娘听到要开除贺师傅，当即坐在地上蹬着腿哭起来，她一边哭，一边指着老张对众人说：“他勾引我，他也和我睡过觉。”

老张冲上去给了她一个耳光，她挺着胸脯说：“你打我也没用，你就是和我睡过觉。”

情况一时变得有些复杂，好在群众的眼睛是雪亮的，全体村民集体出动了，那些白发苍苍轻易不露面的老太太也来了，他们义愤填膺把那两个仙人围在中间，向他们吐唾沫，冲他们甩鼻涕，老太太拿拐杖颤巍巍指着那天仙女说：“想污蔑我们的村长，瞎了你的狗眼，他的心肝肠子我们看得清清楚楚，一丝灰尘都没有。你再胡说，我就一拐杖戳死你！”

村民们拥上去准备把这两个仙人活剥了，他们在麦地里打滚糟蹋粮食，已经不对了，他们还敢糟蹋好人，那简直不可饶恕！关键时刻老张喝住了村民，老张说：“人是我请来了，我怎么请来的，就怎么把他们送走，这是个做人的道理。”

老张和大雄一起去送那两个仙人，村民们都列队站在村口齐声咒骂。造酒的贺师傅手里玩弄着一把雪亮的小刀子，他恶狠狠地看着村民说：“我早晚会回来的，你们等着，我早晚会回来的。”说着话，他把手里的小刀子嗖地向十步外一棵柳树扔过去，树上一只麻雀应声落地。

村民们都脸色煞白，原来这仙人是会打飞刀的呀！大家都闭上嘴巴，纷纷躲避贺师傅的目光。大雄的老婆冲过去抱住男人的腿，死死拽住不放，大雄虚情假意地和老婆撕扯着，他老婆抱得越发的紧了。

老张一挥手，喝道：“谁也不许去，人是我请的，我自己去送，理就是理，天王老子也不能把理扳过来。”

樊春花哭得泪如雨下，好像生离死别似的。老张的大闺女清晨那年九岁了，她拉住樊春花，眼睛死死盯着贺师傅，镇定地说：“妈，让我爸去，你让他去。”清晨抱住樊春花，看着自己的爸爸和两个仙人去了。

当天晚上，樊春花度过了一个不眠之夜。第二天，老张胳膊腿都齐齐整整地回来了，她总算松了一口气。

但不久后，有村民们说曾看见一黑衣人嘴衔闪亮的飞刀在村里游荡，他神出鬼没、飞檐走壁，墙壁和门都挡不住他。一时间，各种传言像天外飞仙一样扑朔迷离。

老张干脆卸下了院门的门板，拍着胸脯说："朋友来了有好酒，敌人来了有猎枪。"可是樊春花被吓坏了，她不敢回家，晚上不敢在家睡觉，每晚带着两个孩子去邻居家借宿。

樊春花的女儿清晨很少说话，很少笑，也不见她哭，她跟着母亲这家睡两天，那家睡两天，一年时间，睡遍了村里上百户人家。

黑夜里，当世界陷入黑暗的最深处，四五个人并排躺在大土炕上，名叫清晨的这个孩子就静静地躺在黑暗中，静静地看着黑暗中的棚顶，听着身边的人发出各种各样的声音，或者做出各种各样的事情，这个孩子越来越沉默了。

## 三

初秋的清晨，寒气袭人。老张缩在被窝里，不用看表，也知道大约是早上五点，往常这个时辰，他早和王麻子一块去海边晨练了。

可这些日子，他不想出门，不想见到王麻子，他担心一看见那张麻脸，就忍不住向那些麻坑里吐唾沫。

说实话，老张也不想和王麻子翻脸，可是一想到王麻子做的那些事……呀呀呸！就算他跪下来给老张磕一百个响头，老张都不打算再理他。

一想到王麻子，老张就像吞了几条生蛆那样恶心，他本来一时冲动想和樊春花说说，可她睡得像一头无忧无虑的母猪，老张嘟囔了一句："唉！我都快被气死了。"

老张随手扭开收音机，里面正在说中华名医张悟本，他没听上几句，就抓起小收音机摔成了几瓣。

小收音机到底在老张头身边待得久了，处变不惊，身虽残，志仍坚，那个女播音员临危不惧地继续播报："……有关部门已关闭了悟本堂，张悟本本人已被刑事拘留。据调查张悟本原是北京棉纺二厂一下岗工人，曾卖过保健品。他所有的学历及行医经历均为造假，他的父亲也非国家领导人的保健医生，一切纯系子虚乌有……"

老张从被窝里一跃而起，光着脚就去跺那小收音机，一边跺，一边骂："昨天还是中华名医，今天就成江湖骗子了。这是个嘴，还是个腚?!"

小收音机已被老张头践踏得支离破碎，女播音员用尽最后的力气喊出："绿豆……绿豆……"终于英勇捐躯了。

樊春花此刻在梦里买彩票中了一千万，满屋的钞票像洗澡水一样在脚底下越聚越多，都快淹到脖颈了。她蒙眬中感觉到老张又在闹事，可她不想醒过来，她皱紧眉头抵抗着种种噪音，竭力想回到梦里再待会儿，那么多钱，她还没想好怎么花呢！

老张瞅瞅樊春花蜷缩成抱窝鸡的样子就气不打一处来，随手抓起床边厚厚一本书向樊春花砸过去："吃回去，有本事你把吃出来的病吃回去呀！"

那正是张悟本被媒体吵得沸沸扬扬的医学大作《把吃出来的病吃回去》。那段时间，樊春花天天照着这本书逼老张吃白萝卜喝绿豆汤，直到市场上的绿豆被那张大嘴忽悠到了十八块钱一斤，樊春花仍以一个贤妻的良知保证让老张天天喝上绿豆汤。

樊春花被书砸醒了，她想梦回富人是不可能了，干脆抖抖被子哼一声："关我屁事！报纸电视台成天张大师长、张大师短的，那报纸不是国家的报纸？那电视台不是国家的电视台？"

老张斜着他的一只眼睛，把视线聚了再聚，死死盯着樊春花骂道："猪脑子呀！唉！我真是快被气死了。"

樊春花用两只眼睛回应着老张的那一只眼，自从老张变成一只眼，他的世界就变得越来越小了。



老张到底是从什么时候变的呢？真的是从他剩下一只眼睛开始的吗？

## 中年之老张

造酒的贺师傅和绣花姑娘终究是个传说，很快飘出了张家庄村民的生活。老张的家像片废弃的战场，樊春花和孩子们回来了。女主人勇敢地站在残破的家园前，打算在废墟上重建，但老张像个伟人似的一挥手拦住了她，贺师傅还留下一桩未竟的事业，亟待后人去继承呢！

这样的重任交给谁呢？老张先前派去跟贺师傅学造酒的那几个小青年平时五马六猴、打牙磨嘴的，看着不呆不傻，老张说："谁能把啤酒造出来，我就封谁当啤酒厂厂长，跟贺师傅享受一样的待遇。"

这几头货一看动真格的了，都耷拉了眉眼向后缩，老张很生气，把他们赶进造酒的房子里，窗缠铁链门上锁，厉声威胁说："造不出啤酒，我饿死你们。"

老张搬把凳子坐在大门口，他自己也不吃不喝。副村长大雄他们根本不敢上前劝说，那几个小青年的爹妈都来了，唯唯诺诺地不敢跟老张说话，却凶狠地趴着门缝向屋里喊话："造不出酒，你就饿死，饿不死，你就一头撞死，权当我没养你这不争气的货。"

那几个小青年在里面一阵瞎折腾，用冷水还是热水？不知道！两样都试试吧。贺师傅煮的是什么东西呢？大米？大麦？还是高粱？糖呢？熬到啥成色？熬煳了，起泡了，冒烟了……天哪，谁让你把油倒进锅里……起火了！起火了！救命啊！快来救命……屋里火光冲天，几个人一起拼命拍打着门。

有本事你别饿死我们，你烧死我们得了。老张还真没这本事，他把几个熏得像灰老鼠似的家伙放出来，自己蹲在敞开的门口生闷气，黑烟从他背后翻涌着冲出来，他一动不动地蹲着，任凭滚滚乌烟把自己衬托得像个黑山老妖。

老张一边咳嗽，一边眺望着远处的群山，群山逶迤，山影层叠。进？无计可施！全国只有一家啤酒厂，就是贺师傅所在的那家啤酒厂，现在怎么好意思让人家再派人来？退？领导和乡亲们都眼巴巴地等着喝啤酒呢。你老张原来也是个说话不算数的㞞包啊！

屋里的烟雾还没散尽，老张已经打定主意亲自上阵了。他把那几个学无所成的灰老鼠揪回来，强迫他们把脑子里有关啤酒的那部分都抠出来，他自己与贺师傅交往的片段也像录像带一样多次回放，这样大家集思广益，鸡一嘴鸭一嘴，差不多就把造啤酒的技术搞清楚了。

从那天开始，老张就寝食俱废地投入到了伟大的事业中：他炒大麦，他熬糖，他过滤、沸腾、冷却，再充氧加酵母，再发酵，再过滤，然后再灌装……反反复复，经历了九九八十一难，到第二年的春天，老张的胡子长到了胸口，麦地的麦子拔节向上时，他的啤酒也终于造成了。

那是一个早春的日子，艳阳高照，风清云爽，鲜艳的红旗猎猎生风，村里敲锣打鼓、欢声笑语。

周围三五村庄的乡亲们来了，镇上的领导来了，县里的领导也来了，大家围着成堆的啤酒排排坐，吃果果，等着品尝老张的啤酒。乡亲们把各家各户的杯子碗都献了出来，那些杯碗五颜六色、高矮胖瘦不等地摆在雀跃的人们面前。

各种瓜果也水灵灵地摆上了，大人笑，孩子闹，整个气氛就像玉皇大帝在开蟠桃大会一样。

那一天，闭门操练了大半年的老张终于刮了胡子，洗了澡，穿上了雪白的的确良衬衫。众目睽睽之下，他嘭一声掀掉啤酒盖，就见一股激情的泡泡喷薄而出，大家仰脸惊呼，那些泡泡在阳光下闪烁着七彩的光芒，瞬间点亮了大家的眼睛。

老张胸中的激情也像这股泡泡一样喷射而出，喷得他热泪盈眶，无语凝噎。大家端着杯子冲上来，老张嘭嘭嘭飞快地起着瓶盖子，一股又一股白浪射向空中。

大家开怀痛饮，不消一会儿，就晕乎乎地变成了神仙，身子轻软，像踩着云朵在空中飘，有人跳了起来，有人唱了起来……但事情突然露出了狰狞的那一面：当老张将又一瓶啤酒慷慨地握在手里，像握一颗手榴弹，他还未来得及拉响引线，那手榴弹突然轰的一声自己响了，这声巨响压倒了其他一切的声音，大家都被这一声巨响震醒了。

老张的造型有些奇怪，他满脸是血挺身屹立，右手微微握拳悬在腰间，左手紧攥着炸飞的半瓶啤酒，血水和泡沫一齐滴滴答答顺着瓶底滴到地上，似乎他正在模拟董存瑞舍身炸碉堡的那个瞬间。大家觉得老张大可不必如此忘形地渲染气氛，老张自己似乎也很不好意思，他有些难为情地冲大家笑了笑，意思是说："别管我，你们继续。"

可是……那血是真的，鲜红的血顺着老张的脸怪异地窜动，大家呼啦一下冲向老张，老张仍保持原来的姿势一动不动地站着，左手死死攥住炸飞半截的酒瓶，似乎这样，就可以抵挡事情的逆变，大家拉他，他不动，推他，他不走……就在这时，老张身边那堆啤酒突然再也沉不住气了，它们争先恐后噼噼啪啪地开火了，就像发动了一场自卫反击战。

措手不及的众乡亲们被突然袭击，来不及细想，纷纷抱住脑袋趴在地上，恨不得变成鸵鸟把脑袋扎到沙里去。

老张就是在这场大爆炸中变成独眼龙的。

当老张变成一只眼，世界明显变小了，但老张看世界更专注了。他把自己关在酒屋里埋头攻克爆炸的问题，他炒大麦，炒大米，炒完大米再炒小麦，樊春花和老张的寡母把家里的粮食东掖西藏，就是藏到老鼠洞里，老张也能闻着味儿找出来。直到全家老小饿得两片肚皮合成一片了，老张依然没有攻克难关。那些啤酒瓶比他倔强多了，不管老张怎样对付它们，它们总是在装瓶十天左右得意洋洋地爆炸。

老张的寡母拿他没办法，樊春花也拿他没办法。老张的大女儿清晨每天饿着肚子去学校好好学习，课间操时安安静静趴在课桌上，不踢毽子不跳绳，尽力争取别饿晕。因为家里的麦子被老张偷去造酒了，高粱也被偷走了，接着是玉米，最后连地瓜干都被偷走了。

副村长大雄跑到镇上去告状，说老张被啤酒炸魔怔了，村里什么事都不管了，村民们都对他很有意见。

镇上的刘书记知道大雄的私心，把他批评了一顿，然后想办法联系了贺师傅原先上班的那家酒厂。那酒厂的厂长也是个大老粗，骂骂咧咧地说："那个张二尿，他以为他是天狗啊，能把月亮吞了？我这里养着多少吃白食的家伙？屁事不干，就管研究酒瓶不爆炸，三年了，没一个成气候的。"

老张知道了这事，向酒罐踹了两脚，吐了一口唾沫，骂了两声娘，就把酒坊关了。

老张虽然剩下了一只眼，但他不造酒了，村民们都很高兴，又跟着他兴高采烈地大干四化了。

老张通过造酒这件事觉悟到：人必须开眼界，才能站得高，看得远，才能不钻死胡同。于是他想方设法跟县电影公司把关系搞得很铁，村里的苹果、花生，山上打来的野味，纷纷送给了他们；有一次樊春花买了一块花呢子布料也被老张偷去送了礼。结果县电影公司来了好片子，有时县电影院还没放，张家庄就已经先放上了，像什么《爱情啊你姓什么》《赤橙黄绿青蓝紫》《牧马人》《小街》《庐山恋》等等。电影里边的男人潇洒，女人漂亮，电影看得多了，张家庄的村民们都优雅了很多，知道早晚要刷牙，谈恋爱要满山满岭追着跑。只是他们怎么都跑不出《甜蜜的事业》里边那样的慢镜头，那女演员李秀明的脚抬得那么高，放那么慢，可那男的死活都追不上她，人家到底是怎么跑的呀？

老张把村里搞得红红火火，是全县第一个安了电、通了自来水的村庄。他不仅让村民们看电影受文化熏陶，还分期分批挑选村里的灵秀青年送到县城工厂去上班，结果这些小青年就把城里的闺女领回了家，那城里闺女脸皮嫩得像剥了皮的熟鸡蛋，宽大的绸裙子在风中旋得像朵盛开的喇叭花。周围村的姑娘都红了眼，人人以能嫁到张家庄为荣，就连村里瘸腿瞎眼的老光棍都娶上了花媳妇。

老张的所作所为被上级领导们看在眼里，记在心上，于是在一个朝霞似火的早上，两只喜鹊在樊春花家门口的梧桐树上热情洋溢地欢唱不止，老张接到了被镇上提拔重用的喜报。

老张去的是镇上的海水养殖厂，干书记兼厂长。



临走之前，大雄提着一斤桃酥、一斤白糖坐在了老张家的炕头上，老张吩咐樊春花把下蛋的小母鸡杀了，二人盘腿坐在炕头上喝酒。

樊春花鼻子不是鼻子脸不是脸地做辣炒小柴鸡，老张则结合大雄自身的毛病进行谆谆教导。老张追古抚今，给大雄讲忠孝两全，讲仁义礼智信，讲诸葛亮的《出师表》，讲毛主席说的看《出师表》不哭的人，不是忠臣。讲到最后，大雄很不好意思，一把鼻涕一把泪地在热炕头上举手向毛主席发誓："我一定当个忠臣，一定当个好村长！"

就这样，老张去了镇上的海水养殖厂当书记兼厂长，大雄接过老张手里的红旗，留在张家庄干村长。

话说老张有造啤酒的那股气势，在海水养殖厂也很快干出了一番事业：他从银行贷款买了六七条船，男工们天天唱着号子出海捕鱼捞虾；女工们在近海养海带种扇贝，秋天的时节，晴空万里，女工们穿着红红绿绿的花衣服，头上包着鲜艳的头巾，她们在海滩上甩着长长的海带晾晒，不像劳动，倒像挥舞着绿色的彩带在跳舞。

大海奉献给老张的这些鱼虾蟹鳖，或鲜卖，或被处理成干货，送到各地商场的货架和集市上，都被换成源源不断的钞票。老张用这些钞票给镇上盖了一座养老院，建了一座学校，给厂里的工人盖了男女宿舍，还给厂里买了两辆大解放汽车，专门拉鱼虾，给各地的商场、集市送海货。

张家庄的村民都以老张为荣，村里有了大事也习惯越过大雄去找老张撑腰。老张既不看僧面，也不看佛面，谁有理，谁无理，他直接了断，大家心服口服；而大雄总是模棱两可当好人，结果总是里外不是人。

不过后来，老张的工厂日益壮大，事务日益繁杂，张家庄的事也就顾不了那么多了，大雄自然有了更多的用武之地，没几年下来，连张家庄的猫狗都觉出来了，整个村子的味儿变了。

等到老张发现他的村庄换了模样时，也不免吃了一惊。那时，老张的两个小弟弟都娶了媳妇，两个媳妇亲姐妹一样鱼水情深，人多力量大，她们合起伙来就敢修理婆婆，老五媳妇甚至当众扇了老张寡母一记响亮的耳光，说是教她说人话、做人事。



老张的寡母再一次哭得肝肠寸断，差点儿步孟姜女后尘把自家院墙都哭倒了。老张的妹妹连夜到城里求救，老张立马就决定回村主持公道，挽狂澜于即倒。

樊春花幸灾乐祸地说：“你妈不是留着那两棵榆树给老五娶媳妇吗？这会儿让她跟着老五好好享福吧。”

老张一嗓子就把这短见识的娘儿们喝到了一边，这是咱妈一个人的事吗？这是全村妈的事，这股歪风要不赶紧刹住，村里的媳妇势必你追我赶掀起轰轰烈烈的虐待公婆活动。百善孝为先，连妈都不孝顺了，可见这人心坏到了什么程度！

当夜老张披星戴月赶回村，村民们都在村口列队迎接，像四九年的老百姓盼解放一样翘首以待。村里的狗们眼睛闪亮兴奋地摇着尾巴在跳舞，只有那些猫们冷静地贴墙旁观。

老张召开了全村村民大会，当众开除了五弟的厂籍。当时老张的五弟和村里大部分青年都在老张的养殖厂当工人，每月领工资，这是一份美差，没想到老五媳妇一巴掌就把一份大好前途打飞了。老张在大喇叭上吆喝：“我就是要杀鸡儆猴，谁不孝敬自己的爹妈，谁就是我的敌人。我就开除谁的厂籍，再不悔改，村里就开除他的村籍，让他拖着棍子要饭去。”

台下掌声雷动。

当下，那些甚嚣尘上的妖孽都被老张现了原形，瑟瑟发抖，一并拿下。

大雄的弟弟二雄在台下听得热血沸腾，他是个胸怀大志的好青年，对老张佩服得五体投地，老张刚刚讲完话，他就冲上台紧紧握住了老张的手。

老张对二雄很是尊重，因为二雄是村里唯一的一个中专生。这个中专生在读高中时就读过四大名著，尤其喜欢《三国演义》，他瞧不起优柔寡断的刘备，崇拜善谋智断的枭雄曹操。

有一天他在语文书的空白处写下了曹操的惊世名言：“宁可我负天下人，不可天下人负我。”语文老师吓了一大跳，那会儿大家都你追我赶着为人民服务，争着抢着做革命的一块砖，东西南北任党搬，这个成绩优秀的孩子竟然说他敢负了天下人？老师扶着桌子站稳，擦擦头上的汗，用颤抖的手把书上写字的那一小块撕下来，紧紧攥在了掌心。

后来大雄的二弟考上了县城中专，毕业后在县城一家大企业上班，娶了个漂亮姑娘在城里安家落户了。村里人说起二雄就像说一个故事，二雄在这个暗夜里出现，像一支燃烧着知识的火把，蓦然照亮了老张，他攥住二雄的手使劲地摇了摇。

没想到老张这一摇就接通了地狱的通道，从此他的生命中出现了一条黑暗的裂缝，老张顺着这条裂缝飞速坠落下去。

二雄这支火把之所以能在村里闪闪发亮，是因为他刚被单位开除了，他也没犯什么大错误，他就是太爱给厂长提意见了。

厂长刚开始也没当吃棵辣葱，架不住二雄执着，一年三百六十五个日子，即使刮风下雨，二雄也在风雨中守候，等着厂长出现的第一时间冲上去给他提意见。

后来，厂长一经过工厂大门口就腿肚子转筋；再后来，厂长都不敢轻易从大门口经过了，每次经过，必先派人去侦察二雄在不在。但人家二雄毕竟拥有知识武装起来的头脑，他声东击西，他调虎离山，他道高一尺魔高一丈……如此这般，厂长就被玩烦了，终于有一天把这个门神赶走了。

老张仔细听了二雄给厂长提的那些意见，都是要求厂长如何做人如何做事如何管理工厂如何进步的，老张心里激动地怦怦跳，人家唐太宗为什么能把事业做那么大？都是因为有魏征啊！老张像捡到了一颗夜明珠，当夜就高高兴兴用大解放卡车把二雄拉走了。

二雄的人生从此掀开新的篇章，他一进入老张的工厂，就雄心勃勃帮老张制定了很多管理制度，人家二雄毕竟读过书，知道“才自清明志自高，生于末世运偏消”的李鸿章，也知道那个具有“说法点顽石之头，苦口滴杜鹃之血”的拙才曾国藩等等，老张对他很佩服，经过三个月的查貌鉴色，老张觉得把二雄这样的优秀青年放在我党之外是巨大损失，于是力荐二雄入了党，还写了提拔申请书报到了镇上，镇党委刘书记提醒老张悠着点儿，还是防而用之为好！

老张说："用就扎扎实实地用，防着怎么用？缩手缩脚，不如不用。"老张拿出二雄提意见的架势，天天去镇上找刘书记。刘书记的老婆其时正瘫痪在床，家里气氛悲戚，他凡事都懒得上心，也就随了老张的心思。二雄就这样顺利登上了副厂长的位置。

老张得了二雄这样的良才，很是器重，先是在工厂内部确立他的威望，然后是带他去拜见各路领导，积极引荐，并把很多重要事情交给二雄去处理，以迅速锻炼他的领导才能。二雄果然不辜负老张的栽培，不消半年，已能独当一面。

老张很欣慰，他放心地把厂里所有事情安排给二雄，自己带着船队扬帆出海了，以前的领导从不亲自参加远洋捕捞，老张能够和大家一起出海，工人们都很受鼓舞。

晴空万里的秋日，浩瀚的大海波澜不兴，老张的船队一字排开，整装待发，浪花轻舔船舷，鸥鸟翻飞鸣叫，老张带领一群热血澎湃的青年小伙站在船头，神情庄严。

岸上锣鼓齐鸣，鞭炮轰响，姑娘们挤作一团挥舞着花头巾冲船队呼喊，二雄脚踩坚实的大地，在弥漫的硝烟中向巍然屹立船头的独眼船老大频频挥手。

而后船队犁开平静的海面，向远处驶去，渐渐海天一色，直至将船队整个吞没不见。

二雄留在后方迅速开展各项工作，他以副厂长的名义单独去拜访镇上和县里的各位重要领导，自然不空手，带着最合适的礼物，有送给领导本人的烟酒手表，有送给夫人的布料花裙子，也有送给领导子女的书包铅笔盒什锦点心，还有送给领导爹妈的鲜鱼活虾等等，花的当然是厂里的公费，于是二雄同志迅速得到上级领导的一致认可。

至于那位老婆已百无一用的刘书记，二雄则提供了更贴心的服务，他把自己尚未出嫁的小妹妹派去了。刘书记的老婆寝食俱废，做人已无乐趣，她再也不能给男人洗衣服，再也不能给男人做饭，再也不能陪男人吹灯说话做伴儿。二雄的小妹妹想他人所想，急他人所急，把那个女人不能做的事都替她做了。



二雄在家里一边忙于生产，一边大搞外交，老张已经乘风破浪，离岸十万八千里了。他们从黄海出发，直驱太平洋，船队在海上漂泊了一个多月，此次外出捕捞收获颇丰，所有船只都满载鱼虾。就在他们欣喜地撞入海参窝子，下网捕捞时，大风暴突然来袭，海面卷起滔天巨浪，渔船剧烈摇摆，似乎瞬间就会被黑色的浪头吞没。老张率先冲上甲板，死死拉住船帆，他在风暴中呼喊，指挥大家迎战。

狂风呼啸，要把渔船掀翻到海里去。老张和众人死死地揪住船帆的绳索不放，力图扳正船身，粗硬的绳索在手里来回滑动，老张的双手被磨得鲜血淋漓，他毫无所察。

半小时之后，风暴退去，浪潮平息。老张和众人跌坐甲板之上，才发现自己右手的食指和中指各剩下半截。大家四处寻找，后在甲板一隐蔽处寻找到半截疑似指头的东西。老张接过来，尚不能确定它是哪一部分的，它在主人的手心痛苦地抽搐一下，老张悄悄将它装进口袋。

于是就这样，等老张回到他的工厂时，他在少了一只眼的基础上，又缺了两截手指。

镇领导对老张舍身保卫人民生命财产的行为大加赞赏，召开镇企业集体大会号召大家向老张学习，镇上的刘书记亲自给老张戴上了大红花。老张很感动，人家刘书记刚刚丧失了结发妻子，还能强忍悲痛坚持工作，这种工作作风才是老张要好好学习的呀。

其实老张不知道，刘书记此时已经不悲痛了，他被二雄的小妹妹梳理得丝丝缕缕，就像春天的柳枝一样随风轻摆。老张更不知道，二雄的这个小妹妹就此在刘书记身边长期潜伏了下来。

又是半年过去了，老张渔业公司突然出了大事，他跟银行贷款买的两条渔船在海里捞海带时，突然沉没了，还死了一个工人，造成直接经济损失一百多万元。如此同时，镇领导还接到知情人的举报信，信上例举了老张种种贪污受贿情况，种种营私舞弊情况，比如在某某酒店请客吃饭喝酒累计欠债达几千元，比如南方人来收海带送了老张两块梅花表等等，这些事情确实了不得，光是那一百万的经济损失，就够把老张枪毙十次了。

镇领导掌握了这些情况非常震惊，让老张暂时停止工作，听候处置。老张非常生气，他不明白那船好好的，怎么就沉没了呢？还有那酒店，他明明没去几次嘛，他倒是跟酒店老板说过二雄也可以签字，但二雄怎么可能去吃那么多呢？再说了，就算是二雄去吃的，他怎么不签自己的名字，偏偏要签老张的名字呢？还有那两块梅花表，不是让二雄还给南方小老板了吗？还有，还有……太多了，他妈的，事情怎么会这样呢？

老张越想越生气，公司的工人纷纷跑到老张家来安慰他。有两个看不惯二雄的工人拎着白酒来了，他们一仰脖咕咚咕咚喝了半瓶，一撩衣襟，拿出别在腰上的菜刀，红着眼睛说："张书记，你说一句话，我们就去砍这个忘恩负义的王八蛋。"

老张一拍桌子，义愤填膺地喝道："谁要砍了他，就先砍了我。"两个工人禁不住抱头痛哭起来。

老张将工人赶出家门，把自己锁在屋里，不让别人进来，他自己也不出去，一个人躲在里边生闷气。

樊春花急得屋里屋外地走，像只找窝下蛋的母鸡，她想去跟刘书记反映一下真实情况，也请公安局调查一下，那船好好的，怎么就沉了呢？

老张扬言说："你要是敢去，就永远别回来。"他相信群众的眼睛是雪亮的，领导的眼睛更是雪亮的，连一个无知妇孺都能想到的问题，难道领导想不到吗？我去找他们，就是求他们，我又没错，为什么要求？

所以，老张不求，老张倔强地坚守在原地，等待组织还他一个清白，还他一个公正的待遇。

老张的组织确实没有辜负他。十天后，镇上的刘书记在处理决定上签字，罢免老张养殖厂厂长与书记职务，另行安置，厂里的工作由二雄全权代理。

另行安置到哪里去呢？所有的地方都一个萝卜一个坑儿，哪里有闲置不用的坑儿给老张呢？刘书记突然想到老张不是还盖了个敬老院吗？他可是把那些老头老太太当自己爹妈待，惯得那些老家伙都不知道自己几斤几两了。

于是老张被通知去敬老院报到，敬老院的院长起先很紧张，后来看了一下通知，只安排报到，并没安排老张任何职务，于是放下心来。

敬老院的老头老太太听说他们的小张儿要来了，欢呼雀跃，纷纷蹲在大门口，用昏花的老眼盯着门前的那条土路，一边看，一边念叨："真好，真好啊！"他们再也不用看院长的脸色，再也不用听管理员的训斥，再也不用吃那馊了的馒头，再也不用睡那湿漉漉的床铺，有他们的小张儿给撑腰，看谁还敢把他们当废物！

一大早，这群耳聋眼花嘴巴歪的人就在门口眼巴巴地瞅着，从太阳出来就在瞅，一直瞅到太阳落山了，后来月亮升了，也没瞅见那个他们熟悉的身影。

第二天，那群人继续眼巴巴蹲在门口瞅，他们期待的人依然没有来……第三天，第四天……瞅的人渐渐少了，越来越少，后来就剩下一位老人，他每天艰难地挪到大门口，独自蹲在墙根儿瞅着门前的那条路，天天等着，天天叹气，天天使劲揉他那一双已看不见的眼睛。后来终于有一天，他一头栽倒在地，再也没醒过来。

## 四

是一个大雾弥漫的早晨，海上雾气蒸腾，海边的建筑、树、晨练的人都裹在雾气里若隐若现，犹如仙境。

老张在一个双杠上练臂力，以他急脾气的一贯做派，练得呼呼生风、左右翻飞，猛一抬头，看见王麻子正面红耳赤地在双杠的另一端挣扎，他肥胖的身子挂在半空像吊着一麻袋粮食滴溜溜地打转。

两人的目光不期而遇，王麻子有些尴尬，但不愿服输，双手仍死死抓住杠子吊着，肉囊囊的大肚子不知羞耻地露在外面，像一只垂死的鼓肚蜘蛛。

老张看见王麻子这个丑恶的大肚子，立刻气得要命，冷冷地"哼"了一声，满脸的不屑与鄙视。

王麻子本来就吊得难受，他恼羞成怒地嘟囔了一句："有病！"

王麻子下了双杠扭身要走，没想到身轻如燕的老张一下从杠上飞下来，挡住他的去路，喝道："你骂谁有病？"

王麻子愣了一下，不想和这个二尿计较，他把脸转到一边，小声嘀咕着："病得不轻。"不料王麻子话音未落，老张一只拳头已挟一股寒风直冲他的面门而来，王麻子一躲，拳头落在他的肩膀上。

王麻子跳起来："你他妈的神经病！"

老张一把揪住他胸前的衣襟，恶狠狠地骂道："你他妈的多大岁数了啊！她才多大岁数？你真不要脸！"

王麻子愣了一下，眨巴眨巴眼，红脸一下变得煞白，紧张地四处张望了一下，嗫嚅道："她……愿意，她……愿意。"

老张对着王麻子的脸就是一巴掌，喝道："她愿意？你那叫乘人之危！"

王麻子使劲挣扎，满脸的麻子坑都堆满怒火："她就是愿意，她爹妈吃了我多少药，你知道吗？我们俩的事，你管不着。"

老张忍不住又给了王麻子一个耳光："你看看自己这熊样儿，好好的一闺女，你怎么忍心下手？"

王麻子拼死挣扎，老张紧抓不放，两人扭缠着打起来，边打边骂。

……

有人和狗嚣闹着冲这边奔跑过来，有人边跑边喊："打起来了，快来看啊，打起来了。"

众人迅速围拢过来，老张和王麻子连体人一样紧紧搂抱着，在沙滩上打滚儿摔跤，一会儿王麻子将老张骑在身底下，一会儿老张将王麻子骑在身底下，局势反复，输赢难定。

有人认出了他们两个，可是实在不能明白前几天哥儿俩还好得一个鼻孔出气，现在怎么就你死我活了？

"你们到底怎么了？"

"是为了什么呀？"

众人疑惑地问两人。



老张和王麻子突然齐心协力起来，只管专心致志地摔跤，不说话，也不对骂，他们咬紧牙关，一字不吐，似乎一张嘴就有秘密飞了出来。

后来，两人都累得口吐白沫，再也打不动了，就各自松了手，呼哧呼哧地躺在沙滩上大喘气。

再后来，王麻子被众人搀扶着走了，只剩下老张一个人躺在沙滩上，没人去管他，因为他总是在生气，看谁都不顺眼，一天到晚都快气死了，到处惹是生非，连王麻子这样的老实人他都欺负，这样的人，有什么好搭理的呢！

## 老年之老张

老张被二雄暗算了，这是好多年后他才明白的事。只是好多年后，老张依然不明白，二雄看着嘴巴不歪眼睛不斜，怎么独独心眼就长黑了呢？

还有那镇上的刘书记，那是党的书记，是组织的书记，他明明是知道老张的，可他还是免了老张的职，还是把老张送到敬老院去。老张不老，那年他才刚刚三十六岁，所以老张不去，那等于是说杂草地里冒出一棵白杨树，乌鸡群里养着一只金凤凰。

老张有生以来第一次没听组织的，他不去敬老院，他就这样自动脱离了组织。他一旦脱离了组织，好像全人类都把他开除了似的，没有档案，没有工龄，没有工资，将来也没有退休养老金，总之老张什么都没有了。他曾经那么风光，那么努力，那么得风得雨，可是现在，所有的一切，都不算了。

从组织抛弃老张的那天起，全世界也把他抛弃了，尽管后来他又干过很多事：他开过小饭店，因为不肯给地痞流氓白吃白喝，被清理掉了；他雇车给建筑队拉过沙子，因为货款拖欠被压死了；他办过养鸡厂，一场鸡瘟全都死翘翘了；他与人合伙开过金矿，明明已经挖到那金线了，可是再挖下去那金线却突然不见了，于是合伙人一哄而散，老张把一大堆欠账揽过来背着，等到来年一个家伙低价把金矿盘过去，随便挖挖，就挖出了金子，过了十几年，那矿还在源源不断地出金子，好像永远都挖不完似的……

总之，老张的好运气似乎在三十六岁之前已透支完了，过了三十六岁命运就露出了阴险的另一面。

自从老张离开了他的组织，他就什么都不是了。他们全家还住在镇上的干部宿舍大院，东邻西舍都是镇上的干部，老张却突然变成一个老百姓了。他窝在家里，很少出门，不愿和这些邻居干部碰面，倒是樊春花比平时活跃，上赶着和人打招呼，拉近乎，老张在门里边听着樊春花夸张的热情，浑身火烧火燎整个人几乎要自燃起来。

老张的女儿清晨在县城读书，老张说："你自己好好考，考不上拉倒，反正我不会给你去求任何人。"女儿清晨知道他是说真的。尽管曾经到家里来喝酒的那些叔叔伯伯现在大部分都升官发财了，有干教育局长的，有干文化局长的，还有干副市长的等等，但老张真的不会去求他们；清晨也不会，清晨很沉默，也很刻苦，她读完大学读研究生，读完研究生带着奖学金去国外读博士。

老张什么都不是了，但十里八乡的老百姓还叫他张书记，张嘴就来，家长里短的事也依然要找他判个公断。老张起先有些别扭，不过后来大家都这样叫，他也就习惯了。

再后来，连有些当官的也都这样叫，他们坐上了汽车，先是大头车，后来是桑塔纳，再后来换上了更高级的奥迪，甚至是宝马奔驰之类。有时，他们坐在车上透过车窗看见老张走在路边，就让司机停下车，他们恭敬地走过去，很客气地和老张说几句话。老张也很客气地和他们打招呼，但老张从未接受他们的邀请，拒绝搭车，拒绝赴宴，也拒绝他们的任何帮助。总之老张客气地站在路边拒绝他们时，依然挺拔笔直得像棵白杨树，跟他二十岁时一个样子。

曾经有一段时间，张家庄的村民纷纷要求老张回村给他们继续干书记，有一个豁了门牙的老头儿三番五次走十几里路赶到老张家，拉着老张的手，眼泪吧嗒地央求道："走，孩子，咱回家去，咱还回家去啊！"



樊春花嚷嚷道："要不咱就回去，让大雄把位置让出来。"老张斜着一只眼看樊春花，闭紧嘴巴不说话，就那样一直斜眼看着，直到樊春花落荒而逃。

老张不是个干部，却住在干部家属大院里；老张是个村民，却不能回他的张家庄。

老张和樊春花都没有工作，也没有经济来源，在女儿清晨上高中的时候，日子很紧巴，紧巴得半个月菜汤里都不放盐，不过等到清晨十八岁上了大学，一切都变样了。从她上大学的第一年起，她就养起了父母和弟弟，这十几年来，清晨给父母在市里买了房子，给他们交高额的养老保险，每月给他们五千块生活费，让他们吃安利纽崔莱的保健品，穿锦衣，食玉食，给弟弟买房子找工作摆婚宴送彩礼娶媳妇，事无巨细，样样张罗。

日子长长短短，十几年也就这样过去了。

现在人民公社改叫镇了，县改叫市了；原来镇上的刘书记现在当上了副市长，他的瘫子老婆早死了，二雄小妹妹“地下党”的身份也早就公开了；老张原来的海水养殖厂改叫渔业集团了，已经被腹有诗书的二雄成功运作上市。对了，曾经被老张凿破脑袋的大雄，被老张教训得鼻涕一把泪一把的那个大雄，现在当市交通局局长了……

老张跟这些带“掌”的家伙从不往来，别人评价，他也决不插嘴，好像他们从不认识。

他跟街头那些贩夫走卒卖煤卖酒卖药的人一起喝酒，听他们议论市里那些当官的，谁被抓起来了，谁被抄家了，谁养了个私生子，谁又贪污了几千万等等，他只是捏着酒盅闷头喝酒，唉声叹气地说：“唉！我都快被气死了！”

其实，老张有什么好气的？跟他有什么关系呢？他自己的日子，不是挺舒服惬意的吗？

夏日傍晚，他和樊春花街边漫步，樊春花打着小洋伞，披金挂银，奔六十的人了，还描眉画眼，装扮得像个老妖精。老张戴着台湾草的白凉帽，扣着太阳镜，穿沙驰的衬衫和皮鞋，袜子雪白耀眼，不像饭后散步，倒像两个游手好闲的香港来客。

老张的女儿清晨是怎样让父母过上了这样的生活呢？她是怎样让父亲继续像一棵白杨树那样挺拔骄傲呢？她不提，老张也从不问，但老张心里总是沉甸甸的，清晨——那样柔弱清秀的一个女孩，她是怎样做到这些的呢？她凭什么？

其实老张多少也是知道的，他只是不说，或者也是不能说吧。从女儿清晨十八岁上了大学开始，老张家门口就不断来往着各种各样的小汽车，那车上总是坐着各种各样的男人，这些男人出手大方，给老张家带来一些生活必备，或解决某些难题。他们却很少到屋里坐，匆匆搬下东西就走掉，偶尔和老张碰上了，他们的眼神也从不对视，像偷了东西的贼一样仓促消失。

那些男人的面孔换来换去，无疑他们都比清晨大出很多，无疑他们也都是有家庭的，他们阶段性地走进清晨的生活里，却从未走进她的内心。清晨一直都是沉默的、决绝的，她跟在那些男人身边，很少笑，也不见悲伤。十几年过去了，她没有固定的男朋友，也不打算成家，或许，她也是打算过的吧……

老张就是从那时候开始恋上喝酒的，他一个人坐在黑暗中，静静地饮着辣酒，泪流满面。

当然，更多的时候，老张是在外面和众人一起喝酒，那样的时候，他总是大声说话，大声笑，争着掏钱买单。

……

老张早就想找人狠狠地打一架了，真的，他早就想这么干了。今天，他虽然和王麻子在沙滩上摔了一跤，可心里一点儿都不轻松，不过瘾，不解气。他脸朝下把自己压在沙滩上，一动不动地躺着，他紧紧闭着眼睛，还是看见那女孩，那个干瘦黢黑的正在读大一的女孩，她在小药店里，被熊瞎子似的王麻子紧紧抱在怀里，手里攥着一塑料袋子药品，面无表情的脸上是隐忍的沉默……

老张在这沉默里看出一些熟悉，看出一些陌生，也看出一些惨烈，那是他的女儿清晨脸上惯有的表情，他的清秀柔弱却担负全家人生存大计的女儿啊……

……



众人围着倒地的老张轻声议论：

“他怎么就看谁都不顺眼呢？活该！”

“吃饱撑的他，到处找事，连王麻子这样老实人都欺负。”

好像大家都挺高兴的，也挺解气的，好像老张已经死了，或者他早就该死了。老张的脑袋昏沉沉，似乎自己是被苍蝇围住的一块臭肉，又似乎他的脑壳被砸开了，他看见一缕轻烟飘出去，那轻烟袅袅娜娜停在半空，笼罩着躺在沙滩上的老张。

老张想那应该就是他的魂儿，他得把自己的魂儿拽回来，他不能让女儿伤心，但他浑身无力，连一根手指都动不了。慢慢地，他看不见了，也听不见了，世界寂静无声，他变成了一滴水，正慢慢地渗到沙子里。

也许这就是死吧，但真的就这样死了吗？老张的一滴泪顺着脸颊慢慢滑下，落到沙子里，他心里迷迷糊糊地犹豫着，不知道是活过来好，还是就这样死了算了？

2013 年第 1 期《小说月报·原创版》

# 谁是鸡肋

## 一

上午九点半，老 K 电话找我，上来就说：小巴呢？我们老板把他毙了。

我正在采访，在一个新兴农民企业家的办公室里，和他表演现代话剧。在此之前我们配合得非常默契：他说一小段，我就把这一段归纳为奋斗精神；他说另一小段，我再归纳为奉献精神；当我正准备用到“运筹帷幄，决胜千里”这样的词时，老 K 的电话就打进来了。

我顿了顿：小巴？我也不知道他在哪儿……于是我跟那个配戏的男人说：对不起，过一会儿咱们接着再谈好吗？

我离开屋子到走廊上，对老 K 说：你说详细一点儿。我的声音很冷静，好像等待这个消息已很久了，或者说我早就料到会有这样的一天。

老 K 义愤填膺地告诉我，她们公司约好了客户今天八点看广告策划案，这活儿是小巴干的，但小巴一直没露面，经理第六遍请客户喝茶的时候，人家站起来藐视地说：对不起，我们搞错了，原来你们这儿是茶馆。撂下这句话，客户就气冲冲地走了，然后老板冲着老 K 就摔了茶壶，老板之所以冲着老 K，是因为小巴是她介绍去的。



老 K 照例凭一句“活该我倒霉”作为开场白开始了对我的咆哮，她之所以冲着我，又因为小巴是我介绍给她的。老 K 在激动的时候，声音总是比较刺耳，这对我的耳朵是一种考验，但老K实在无辜，我得听她倾诉，免得闲气窝在心里长出病来。

我闭了一下眼，把话筒换到另只耳朵，放得远远的，不时哼哈两声，这样就比较有趣，我只听到她在那边咆哮，其实并不知道她说了些什么。

过了一会儿，估计她的火力减弱得差不多时，我很诚恳地说：老K，你不会和我绝交吧？我不能没有你这个朋友啊！这话当然比较肉麻，她果然轰轰大笑起来，老K就这点好，恼得快，好得也快。

老K发完疯就开始替我担忧，她说：这天底下有多少好男人，你睁只眼闭只眼，随便摸一个都比小巴强，就当养个孩子呢，满十八岁也该赶出家门自求活路去了。你是真看不明白还是怎么的？和他混在一起前程黑暗啊！

我张开嘴要说话，可是突然就发不出声音来。摸了一下兜，我的救命含片不在身上，就吭吭咔咔地清嗓子，这个慢性咽炎真是害苦了我，使得金嗓子喉宝成为我的日常生活之必备，就像避孕工具之于妓女，这个比喻很不文雅，可是因为小巴我很生气，生气的人口不择言。

老K在那边蛙鸣聒噪，我就像一颗臭弹填在滚烫的炮膛里。

我和小巴的事，老K都知道，小巴原来有事做，后来准备大展宏图就辞掉了。可惜这个世界上有远大理想的人太多了，所以小巴一直都没机会。

其实……小巴除了长得好看，没别的特长。

小巴真的挺好看，他像最近红起来的那个男演员陆毅，模样像，神情也像。但这又不是演电影，谁好看就有机会抖起来，他被挤到一边是很寻常的事，于是就不得不寻点儿事做，但是做什么呢？做商品推销员太伤自尊，做保险经纪人太辛苦，做生意世道人心都太险恶，做……做什么是既不出力，面子光光，又赚得多多呢？

这样的美事始终都没有变成大馅饼从天上砸下来，所以小巴对生存有诸多不满。



老K是真的瞧不上小巴，她继续说：一个男人，怎么就肩不能扛，手不能提了？可见男人不能长得太好看，太好看的男人和漂亮女人一样难养，除了娇惯自己，一无是处。

我用指头捏着嗓子，又咳了两声，谢天谢地，终于可以出声了，我嘶哑着嗓音说：我明白，老K，我全都明白，这不是好看不好看的问题，在一起时间长了总会有些感情，不是分一次手就能成功的。这就像大地震，惊心动魄之后，总还会有些小的余震，折腾几次，也就彻底平静了。

老K没心没肺地说：我就这点比较服你，情况再糟糕都有幽默感。告诉你，小冰，是该了断的时候了……你听听你这破嗓子……

扣上老K的电话，我做了长长一个深呼吸，然后快步走进屋去，我决定先将小巴放在一边，把采访继续进行下去。敬业吗？真是谈不上，我只是比较明白自己的处境。以前商店卖冰箱彩电把顾客称为上帝，现在我们报纸也把企业家尊为上帝，谁愿意，或者说谁敢和上帝过不去呢！

我从包里摸出两片含片放进嘴里，接着喝水，老板桌后的那个农民企业家一直看着我，我喝完了一杯水，摆出一副平静的嘴脸说：刚才咱们说到哪儿啦？

他用手捋了捋头发说：正说到去哈尔滨那回呢，我一个人在雪地里走了三个多小时，才搭上了一辆车，唉，想想当初我不容易啊……

我连连点头，做理解状，并在采访本上飞快地记着，知道我记的什么吗？我记的是：我容易吗？我也不容易！这句话大概用在十二亿人民身上都合适，谁容易啊？谁都不容易！接下来，以这个企业家的谈话做背景，我涂了这样一些话：小巴到底又去哪儿了？他到底想干什么……

上午的采访总算结束了，我约了“上帝”改日再谈，就开始联络小巴，可他家里的电话一直忙音。我估计他又在网上高山流水会知音去了，以至于把现实中这些鸟人都忘得干干净净。

这样的事发生了不是一次两次，我记不起上次发生这事是在昨天，还是在前天，每次的结果都是以小巴抱住我的腰，小声说“亲爱的，对不起”而结束。

但这一次，我已对饰演配角失去兴趣，舞来耍去也就那么三两个招式，看得次数太多，我已麻木。我找上门去，掏出钥匙开门，直接冲进书房，果然见小巴赤臂奋战在电脑前。

他有些吃惊，好像我是天外来客，虽匆忙，仍不忘调了一下屏幕，于是我看见一只卡通狗在屏幕上仓皇地刷来刷去，把现场打扫得干干净净。他很不满，笔直地指着房门说：难道你不懂得敲门？

我说：我在外面敲过了，我以为你煤气中毒了。

憋了一肚子的气，我自己就像一只灌得满满的煤气罐，只等他嘭地一点火，我就爆炸。可是小巴打了个呵欠，伸了个大大的懒腰说：请你安静，我要睡一会儿。他连吵架的力气也没有了，估计又是连续作战，彻夜未眠。

小巴闭着眼睛，瘫在椅子上一动不动，嘴角挂着一丝微笑，大概还沉浸在某种甜蜜里。我气急败坏地说：我这是最后一次问你，要么继续上网，要么咱们散伙。

他的脸上露出厌恶的表情，叹了一口气说：你干吗总和机器争风吃醋？你明明知道都是假的，你看看，到目前为止，我在网上已经离过八次婚了，现在依然拥有六个太太，四个……不对，五个丈夫，三个孩子，两辆车子，一只猫，三条狗，还有一座城堡……你知道这都不是真的……他看着我，神情疲惫，蓬头垢面，眼里盘根错节都是红血丝。

看在我眼里也不过就是一个落魄的人罢了，我原来那颗动不动就为他疼一疼的心，不知什么时候就换成了混凝土的，这恐怕真的是余震之后的平静了。

审视那张脸，的确很英俊，还是很像陆毅，但陆毅在那个电视剧中被吸毒所害，而现在网络之于小巴，有如吸毒。

我把这间房子的钥匙扔在桌子上，我说：可喜，可贺，继续建立你的丰功伟业吧！

小巴靠在椅子上，有气无力地说：也祝贺你，终于解脱了。

我向楼下走，脚步轻飘飘的，好像浮在半空中，小巴为什么不追出来？他为什么不追出来抱住我？难道做做样子也不肯了吗？我的眼泪稀里哗啦地流下来。

楼道很黑，而且在地下，拐来拐去像个迷宫，我一脚踩空，骨碌碌滚出老远，立刻三魂六魄也跟着飞出体外。我在地上躺了一会儿，忘记了哭，也没有爬起来，当然不是因为摔坏了，情况没有那么严重，我只是惊魂未定，又很伤心。

后来，我钻出了那个楼道，好像刚从地底下冒出来的蝙蝠侠一样，浑身散发着湿泥和苔藓的味道。

## 二

第二天，早晨起床的时候，我的嗓子就开始疼，好像趁着我睡觉的时候，小巴在里面放了一把大头针。我在洗手间拼命地咳嗽，随着一声喉咙爆裂的声音就喷出一股血来，那一团血滴在白色的洗面盆上，触目惊心。

在那一瞬我有些害怕，我想我不能再拖延下去，也许我会在这个小病上丢了命，咽炎不是可导致胸膜炎、关节炎、心脏病，甚至恶变吗？任何一个不起眼的小毛病都可能要了我的命去，死人的事每天都在发生，这本没什么大惊小怪的，可是……这一个早晨，阳光透过窗子射进来，那盆绿色棕竹蓬蓬勃勃，玩具布袋熊憨厚可爱，那本才看了一半的《罗素精品集》斜躺在白床单上，而我的一张脸，还如此年轻，皮肤光洁，看不见毛孔……我从来没有像今天这样热爱生命，热爱生活，天哪！绝不可以，我还有很多事没做呢！

这一个早晨，我发现自己真的很贪生怕死。

嚼完八片金嗓子喉宝，我感觉可以说出话来了，就给认识的那个高医生打电话，他乐呵呵地说：你终于决定了？你早就该决定了，今天过来吧。

借着一根电话线，我就看见他的那张脸，这张脸永远都在笑，但你可以真切地感觉到不是因为快乐的缘故。有一点儿亲切，有一点儿愚钝，还有一点儿阴险。我总在想这张脸很熟悉，后来迷迷糊糊记起是哪部电影里的一个变态杀人狂，就是这样的一张脸。可是这很不对头，他是一名医生，救死扶伤的天使，他怎么能有着杀人狂那样的一张脸呢？我不知道是他的脸有问题，还是我的脑子有问题。

说实话，我不喜欢这个高医生，但我还是去找他，看病的时候怎么能不找个熟人呢？我已经习惯了办各种各样的事时都找熟人熟地方，并不因为我活得仔细，实在是因为我对很多事很多人都放心不下的缘故。但熟人骗熟人也是经常有的，盖因陌生人警惕性高，不像熟人那么好骗。熟人骗熟人当然可怕，但如果你活在这个社会上到处都找不到熟人，恐怕是更可怕的事吧！

我去了高医生的办公室，他打发走另一个病号，就把我安顿在一张奇形怪状的靠背床上坐下，然后他头上戴了一盏小探照灯，来照我的喉咙。他的腿紧紧顶着我的腿，脸又靠得如此之近，我可以感觉到他不清爽的气息，像吃完酸菜饺子忘记了刷牙。这令人很不舒服。

但一个病人怎么可以和她的医生计较什么酸菜饺子呢？我闭上眼，想到第一次见这位高医生，朋友介绍说：你认识他吗？我说：不认识。朋友再说：真不认识？我看一看他肯定地说：真不认识。朋友大声说：哎呀，这是市立医院的高主任，大名鼎鼎的“高一刀”啊！直到此时他才矜持地递上名片，于是我看到了十多个头衔，像什么省政协委员、市政协委员、香港什么协会的会员、台湾什么协会的会员，还有什么医院的主任之类，找了半天才看到他的名字，我笑了说：失敬！失敬！朋友在旁边补充道：高主任很厉害的，名人。我笑得差不多点头哈腰了，说：名人！的确是名人！

老K总瞧不起我这一点，骂我口是心非，见只猴就竖个竹竿让它顺着往上爬。要换了老K，她肯定会说：啊，我没见着克林顿或奥尔布莱特碰个人就掏出名片说“我是名人，我怕谁”。这家伙肯定会这样说。想着老K那副可爱的嘴脸，我无声地笑了。

……

高医生说：没事，把扁桃体摘了，保管你就好了……

高医生说：这是小手术，半小时就完了，打上麻药，你一点儿都不疼……

高医生说：扁桃体就是在小时候会起点儿免疫作用，人到成年，它就没用了，留着只能增加发病感染的机会……

好吧！好吧！到此我明白，扁桃体和爱情一样，是少男少女时期的一种需要，人到成年，它就变得无用，且只会带来麻烦。况且我和小巴已经完蛋了，如果不是思量起了和他的种种恩怨纠葛，我也不至于急火攻心，犯了老病。我的爱已了结，摘掉扁桃体似乎势在必行。我决定听高医生的。

## 三

但在手术之前，我遇到了一点点儿小麻烦。不是我胆怯了要退缩，这样一个小手术，应该没什么太可怕的，在所有该坚强的时候，我都会坚强起来。我只是在家属签字这一关上被难住了。

我竟然找不到可以替我签字的人。

我没见过父亲大概有五个月了，我不知道他腆着鼓鼓囊囊的啤酒肚儿是去香港观光了，还是在美国考察，或者带着哪个年轻姑娘在游山玩水。有时候我听别人说些顺口溜，像“现代男人真奇怪，四十五十谈恋爱，怀里搂着下一代，嘴里唱着迟来的爱”时，我就想一想我的父亲。我是多么怀念小时候，父亲用自行车驮着我飞快地冲下山坡，我害怕得眩晕，而那时，他的笑声很嘹亮。

还有母亲，自从父亲支撑起了家的门面，在十几年的锦衣玉食中，她越发地失去理智，五谷不分起来。母亲的形象，看得最多的是：穿着雪白的丝绸睡衣，蜷在沙发上，一边给她的爱犬打着毛线坎肩，一边眼泪汪汪地看着肥皂剧，她为那些旷女怨妇是多么焦心啊！然后就等着父亲哪一日回家，开恩带她去豪华饭店，服务小姐恭敬地拉开椅子说：黄夫人，请。她就安然就座。

还有谁呢？

小巴？也许在此之前吧，他也算一个亲人，但在此之后，他就是个陌路人。虽然以后，不定什么时候，我还是会想他，想得泪流满面，但我已有理智不再把电话打过去了。

也好，三年的恩怨终于就此一笔勾销。细想，应感谢那间屋子，黑暗、阴冷且杂乱，没有阳光，我看他是无趣的，他看我大概也是狰狞的，这样的环境促使我们决然了断。倘若寻个温馨的地方去上演分手这一幕，叫了咖啡或别的什么，眼睛对着眼睛，喝一口，叹一声，环境是那么浪漫，音乐是那么抒情，生存的窘迫便没有那么逼人，这分手也就悱恻起来，不知要缠到何年何月。

算了，都过去了。

再想，就想到老K，老K永远是我最后的救命稻草，把电话拨过去，我说：老K，限你五分钟之内，马上过来见我。她在那边说：小姐，我又不是家政公司的，随时可听您召唤。我在上班呢！我和客户正谈业务。我叫了一声：老K……突然鼻子发酸，好像要哭，我按了按鼻子忍住了。老K嗯了一声，不问我发生了什么事，只问了地址，直截了当就挂线了。

几分种后，老K的白色宝来出现在视野里，她停好车，一双精致的浅咖啡色短靴钻出来，曲线优美的双腿在地上一蹬便站直了婀娜的身姿，再回手，刷地甩上车门，真是潇洒得很。

我看着她向我走过来，梳短发，穿皮尔·卡丹的藏蓝色职业套装，脸上有自信及事业女性的高贵与美丽。美丽和美丽真的不同，一个妓女再美，也是颓废的。而老K的美令人振奋。她曾告诉我两年后要换成宝马车，我相信她有实力做得到。四年前她孤身一人从重庆跑到这里，在“黑眼睛”广告公司做勤杂工，扫地收拾垃圾，赤手空拳从最底层做起。有两年的夏天她没穿过丝袜，不是为了露着脚趾赶时髦，而是因为她买不起。但是几年下来，她已开着私家车，提着笔记本电脑出去开展业务。

我相信不是老天厚爱老K，每个人的奋斗史都是一部血泪史。老K不提，是因为她涵养好，

我把事情大概告诉她，她拍了拍我的肩膀，高屋建瓴地点点头说：嗯，早该如此，让你的爱伴着你无用的扁桃体，见鬼去吧！

我带着老K上楼去见高医生。上楼梯时，看见一个时髦女孩扶着楼梯，横着双脚向上挪。刚刚二月，她已穿上短裙与薄丝袜，好像

春江水暖只有她先知道一样。但吸引我和老K的不是这些，而是她那一双颇为时髦的皮鞋，长且尖，是平时鞋长的二倍，尖利如一把匕首，就是这双鞋害苦了她，使她不得不横着走。

老K向我眨眨眼，模仿着电视上播放的浪莎广告，用女声骄傲地说“浪莎天鹅绒系列”，换个深情的男声再说“不止是吸引”。她向我扬了扬眉毛，一本正经道：那个广告，你还记得？我使劲憋住笑。

走到那女孩身边，老K还不肯放过她，由衷地说：我得建议房地产开发商，把所有的台阶加宽至原来的三倍，这害得多少人跟着螃蟹学走路啊！那女孩愤怒地瞪圆双眼，却没有话反驳她。我搡了老K一把，让她积点儿口德。

我们去见高医生，我说：这是我姐。老K麻利地在单子上签下她的名字——黄凯恩，姓是我的，名字是她自己的。高医生说：你们姐儿俩真漂亮，我怎么从来不知道你还有个姐姐呢？老K飞了一个眼风给他，妩媚地说：你不知道的事多了。

高医生的脸笑得像朵打散了的菊花，简直有点儿收拾不起堆了。他乐颠颠地拿着单子亲自送我到手术室去了，临走之前叮嘱我：你就说是高主任的老乡，护士对你就客气；她们要问你交了多少钱，你就说不知道，都是高主任一手经办的。我给你亲自做手术，保证手到病除，还把你的手术费给免了，够朋友吧！

他走了，扭着肥厚多肉的屁股，像个娘儿们。我和老K眼对着眼看了看，都笑了，老K说：你可注意点儿，他看你的眼神都冒绿光。我说：嘁，这种人看见母猪也冒光。

过不多会儿，护士通知我进手术室，老K在后面追着问：手术的时候坐着还是躺着？护士说：这又不是生孩子，用不着躺。老K很神经地说：这我就放心了，我最怕打上麻药，直挺挺地躺着任人宰割。



进了手术室，高医生已装扮停当：他穿着白大褂就像一只行走的麻袋，麻袋下面光脚趿拉着拖鞋，那脚出奇的青白，闪着蜡的光泽和钢的寒光。我从来没看见这样奇怪的一双脚：粗壮、青白，五个脚趾的关节处长着浓黑的卷毛。

高医生神态自如，一边行手术，一边和我说话，他说：这样的小动作对我来说太轻而易举，别人都是采用一点点儿把它切下来的方法，我是用钩子，缠住它，使劲一拽，就万事大吉了，基本都不流血。我最多一天拉过六十个人，那边消毒，我这边拉……他的口气很是荣耀。

我的嘴被器械撑开，不能发出声音，倘若可以，我一定会说：这又不是计件做工……正想着，他竟然接口道：就是流水作业，一条线下来。你别担心，我的手法是很麻利的。

可是接下来，具有讽刺意味的是：左边的那块肉他拉了三下，右边的那块他拉了五下，在我以为总该结束了的时侯，他突然闭上嘴，神情郑重起来，又把家伙伸进了我的嘴里。我绝望地闭上了眼，心里念了一声“阿弥陀佛”。

我会死在这里吗？有谁能告诉我切扁桃体的死亡概率是多少？

后来总算是搞停当了，但是出了很多血，面巾纸根本用不上，我用卫生纸，一会儿的工夫就填满一垃圾桶。我感觉喉咙像粉碎机的出口，而喷出来的都是玻璃和铁片。

对于这些，高医生是如此解释的：我有些紧张，这对我来说是第一次，我看到你的脸，那么漂亮，就紧张了，我给我妈也做过手术，手都没抖一下呢！我今天真是太紧张了，你知道原因吗？想不想知道？他很深情地看着我放电……

我太想对着他那张深情的脸啐上一口了：这个狗娘养的，他怎么能跟一个正饱受疼痛折磨的人调情?!

## 四

从即刻起，我不能说话，不能吃饭，不能喝水，但是要不停地吃雪糕和冰激凌，以防止伤口感染。在此之前，我不喝饮料不吃这种甜腻腻的东西，只喝矿泉水。每每看到女孩在街上舔着冰激凌满脸的幸福，我就莫名其妙。尤其是李玟的小甜嘴满世界唱着“一见你就有好心情，好像夏天吃着冰激凌”之后，这种玩意儿简直就成了女人的识别码，好像谁不爱冰激凌谁就不像个女人，就像谁不爱足球谁就不像个男人一样。虽然在此之前和在此之后，我都不怎么在乎我到底像个什么，但是此时此刻，对着冰激凌，我要大开杀戒。

高医生给我开了七天的药，需要在医院输液，这是此次手术中最令我欣慰的一件事。我终于名正言顺地病了一次，这等于说我比别人多过了一个春节，或者国庆节。

老K拉着她的男友肖鹏来看我，带了一泡沫箱的雪糕和冰激凌，足足有一百个，老K说：我决心把你变成一台冷冻冰箱。肖鹏则告诫说：小冰，你当心点儿，老K是想借此机会把你变成一超级肥婆。老K笑，光洁的额头有一颗小痘痘，也朝气勃勃，她说：你别想挑拨离间，我们俩的友谊经得起任何考验。肖鹏半假半真：男人之间才会有哥们儿深情，你们女人哪！也仅限于一起买买衣服和化妆品吧。老K很不服地说：你才认识几个女人，少摆出一副女性专家的姿态。

我静静地看着他们打嘴仗，笑笑着，心里却不是很平静的。每次看见肖鹏，我就觉得自己缺乏建树。虽然我和老K一样，都在自己的天地里做得不错，她是“黑眼睛”的半壁江山，我则是本市晚报的一名资深记者。但是我怎么可以和她比呢？她有肖鹏，便活得神清气爽。

肖鹏自然属于优秀人物，质地精良才会进入老K的视线。他谈吐文雅，气质风度俱佳，难得对老K还温柔体贴，三十三岁已做到一家房地产公司的副总，可谓有形有款。在这一点上，我心有不甘，女人再优秀，也希望有个好男人来撑足场面。这就是许多稀世珍品像林青霞、辛迪·克劳馥之类女人也忙着嫁人的道理吧！

况且我称得上优秀吗？井底之蛙，尚有一摊水活命而已，对于井口外的天空有多广阔，我不是一无所知。想到此我叹一口气，再想到陈年旧货如老K者也卖得好价格，而我不知还得在仓底压多少年，就再长叹一口气。

老K看我，斜着眼睛说：长吁短叹的干吗呢？你别以为在这儿一躺就真成个病人了，你那是什么病啊？我上小学时就摘了扁桃体，半小时就回来上体育课了，铁打的人在医院躺几天也得变成林妹妹。没事你就赶快回报社看稿子去。

肖鹏在旁边幸灾乐祸地哈哈大笑：你看咱们的老K同志，心比蝎子还恶毒，没有一点儿怜香惜玉之心，黄小冰，你交友不慎啊！

老K作势要打他，他抓住老K的手紧紧握住不放，揉了揉，眼中放出柔情来，老K立刻敛了翅羽，如小鸟一般温顺起来。

真是，再跋扈的女人只要调教得当，也会露出水的本性来。只是这两个没心肝的家伙自己幸福也就罢了，何必跑来上演恩爱情深刺激我，我指着门口使劲挥手，做扫地出门状。

老K留下一堆杂志和报纸，携着肖鹏离去了。

老K一走，病房便很安静，本来也就只有我一个病号。白色的床、白色的墙，白色的床头柜上放着两个花篮，有勿忘我、相思草和满天星，不像百合与玫瑰那么招摇，但都是我喜欢的。那个高医生也没有像企鹅一样一晃一晃地来看我，他说他今天有个大手术，我很高兴，希望在我住院期间他天天都有大手术。

我开始翻老K拿来的那些报纸，在找到中意的内容之前，高医生的影子在我眼前晃了晃，这真是奇怪的一个人，他有着那样一张与众不同的笑脸，但笑得很低级。不止如此，他还有一颗怪异的门牙，比另一颗要宽要长，颜色倒是一样的，我注意这颗牙齿很久了，像什么呢？像……你见过两扇关闭的不一样高的窗子吗？就是那样的。而且我最近还注意到他走路的样子，从后面看，不折不扣是个娘儿们，从前面看竟然是只企鹅，晃来晃去的肥企鹅。

这个人总是让你愣一愣，然后情不自禁就笑了。

我翻着报纸，对自己说：他整体没什么大毛病，但每一个细部都是不和谐的，最可怕的是：一个人的感觉怎么能如此之好呢？简直不可思议……想到这儿的时候，我就看到了《树叶变花瓣》这个题目。

这篇小短文说：生物学家已发现了利用基因工程技术把树叶变成花瓣的方法，这是一项非常令人振奋的发明。并且特别指出说：“这意味着我们应该能够把所有植物的叶子都变成花瓣，这必然会培育出外形有趣的植物……”

这有趣吗？我一点儿看不出来，如果科学家的研究只是出于有趣而非有益，我觉得大可不必如此劳民伤财。另外照这样的观点，人类将来因基因的参与而变得非驴非马也是有趣的事了？这不会是另一场灾难吧？我希望是因为我的愚蠢才会这么想。

接着再看，是关于电影《菊花茶》简评的，《菊花茶》的大意是：有一对男女真心相爱，但女人得了绝症，不能过性生活，一过性生活她就得死。男人很痛苦，他一直忍而不发，突然有一天醒悟了，他说：一块石头就是活一万年又有什么意义呢？（这是人类物种可笑的优越感，一块石头活一万年的意义就在于这块石头活了一万年。）生命的意义不在于数量，而在于质量，于是他和女人终于爆发出了生命原始的火花。

这样的说法就有问题了，好像生命没有性就没有了质量，而有了性就具有了质量。那么灵魂呢？灵魂可以忽略不计吗？

再往下看，又看到一个饮食男女版，一个女人气势汹汹地叫嚣着：让女人站起来，让妻子倒下去。这位可爱的斗士高举红旗，一路乘胜追击直把男人这个群体赶进不齿于人类的狗屎堆里去了，最后她无限自豪地呼喊：姐妹们，站起来，没有男人，咱们也能行……

没有男人？真能行吗！

我笑，女人总是这样，说得牙坚口硬，其实心里总还惦记着找个好男人的肩膀靠上一靠。骂他们，是因为受了他们的委屈，是因为讨不到他们的便宜，还因为他们辜负了人家的期望。真是，不骂不足以解恨！

我不知道别人，但知道自己，虽然我自己赚钱养自己，也上网，也旅游，也到健身房练形体，也有朋友经常聚一聚聊一聊，可是疲惫的时候，孤独的时候，喜悦的时候，还是希望能把头贴上一个男人的胸脯，闭着眼睛听听他的心跳，悄悄地流一流眼泪，或者把尖尖的牙齿咬在他的肩膀上……没有男人？怎么行呢！



我自嘲地笑一笑，真是不争气！这样的想法，恐怕要召来激进的女权主义者一顿臭骂。不过我不计较这些，我是个简单主义者，喜欢说人话，办人事。

接着再往下看，饮食版上还有一些男斗士和女斗士，互相拆台、互揭老底，一副一拍两散，老死不相往来的架势……

女人说不指望男人，可是就算把胳膊练出腱子肉，和男人一样喝酒、划拳、驾驭机器，女人终究变不成男人吧。男人也说不指望女人，可是好像再怎么涂脂抹粉、洒香水、穿花衬衫，男人也不可能变成女人吧！

这都是想干什么呀？难道孤独的时候，都举着杯子邀请月亮下来喝酒？伤心的时候都抱着电脑去哭不成？

不过是乌鸦和猪的斗争罢了，光嚷嚷人家黑了，就是忘了自己的模样。

我把报纸统统都推到地上去。

## 五

在医院躺到第三天，我已无福消受，如果单单是躺着打吊针倒也罢了，最可笑的是在这初春时节，那个高医生像只发情期的猫一样在病房蹿进跳出，护士进来加药，他们就打情骂俏、眉来眼去，等那小护士抬脚出门，他就附在我耳边说：她们都想勾引我。

听得我暗自发笑，我在纸上写着：她们都说你是第一副院长人选，人又年轻潇洒，不久的将来这儿的天下就是你的了，谁不想歇在大树的荫凉底下！

他撇了一下嘴，摆出一副傲慢的姿态说：我都看不上她们，档次太低了。至于看上谁了？他没说，或许……他把自己归属于伊丽莎白女皇级人物的价位？

我是最有体贴之心的人，如果对方是一只气球，我愿意帮他向里面吹气，直到他飘上云端，既然人家喜欢，我又何乐而不为呢！况且我是专业干这个的，长期的职业训练已把我培养成一个最善于制作各种大帽子的高手，随手就可送人一顶，完全不需用脑子。我再写下：

年轻有为，前途无量啊，抢手是很自然的事。

他咧开嘴，又让我瞻仰那两颗一高一矮的门牙。

后来我们就牙齿的问题又探讨了一会儿。他夸我的牙齿长得好，他说他的牙齿不行，就像一些瘪了的玉米粒。他用食指哒哒地敲着那颗高个儿的门牙说，这是后来加上去的，原来那个就是一粒瘪玉米，现在挺好的是吧？我心里咯噔了一下，然后告诉他：挺好的，它和旁边那个挺般配的。

他很得意地说：这个当然好了，这是一颗真牙。

真……真牙？我愣一愣，并不想追问下去。这是我一贯的作风，不感兴趣的人，哪怕他刚从太空飞回来，我也像一盆糨糊。况且我真的不关心他的牙齿，我又不准备带着他到街上去亮相，他就算长得像只土豆，我也不着急。

可是高医生很有兴致，他似乎觉得我也应该很有兴致，他说：这没什么奇怪的，器官都可以移植，我这牙齿是移植的……

移……植?！从哪里移植的？是动物，还是人？如果是人，是活人？还是死人……

我正想追问呢，护士长突然匆匆进来了。

护士长挺漂亮的，就是年纪大了点儿，但看的出她春心不老。她很警惕地看着我，详细向高医生询问这个病号的姓名、年龄、职业、是否结婚等等，好像她在警察局工作，要对我立案侦查。

最后她送了一个白眼给我，拖着高医生的手向外走，很亲密地说：你看你，找你都找不到，产妇刚做完手术，那东西给你取下来了，快去吃，快点儿，听话……

护士长的神情很神秘，我不知道她要给高医生吃什么好东西，反正这些医生总有许多可怕的好东西要吃。

我木然地躺着，看输液管里的药水一滴一滴跌下来，想象着高医生那颗移植的门牙，我像个傻瓜一样幸福地笑着。



在这静寂的幸福时光，我想起了我的另外一次手术。

那时，我十五岁，也可能是十三岁，我做梦都在想着能快快长大成人，和现在刚好相反。就是那次手术，我无可救药地爱上了我的主治医生。

他是个军医，苍白、瘦弱，像棵豆芽菜。但他的白大褂下面穿着橄榄绿的军装，当时，在我心里，或者说在全国人民心中这可能是两种最崇高的颜色，当它们集于一身时，对我形成了巨大的震撼。

另外的震撼还有：他的老婆比他大了八岁，是一个带着七岁的儿子一起嫁给他的离婚女人；当那个母牛一样健壮的女人率领她的全家嘻嘻哈哈走在医院的林荫道上时，我看着低头跟在后面的他，总觉得他是女人另外的一个孩子。

我爱上了他，无比坚定。

我像条尾巴一样长在我的主治医生的屁股上，在哨兵的注视下大摇大摆地出入各种场所，器械室、病房、手术室，甚至是院长办公室，听他向病号询问病情，或向院长汇报工作。从来没人阻止我，因为从我进了这家医院，我的父亲就忙着给大大小小的人物送礼，他本人从没问过我“好点儿了吗，还疼不疼”之类的话，但是他使得其他所有的人都来问我这类问题。

那时，我真是一个八面威风的病号，我跟在我的主治医生身后，连他老婆都没觉得这有什么不妥。但他的内心一定是有感受的，因为他总是看着看着我，脸突然就红了。

后来，有一天，我们在小山坡上种向日葵：他挖土，我把种子埋进去。那是个春天，不远的地方有人在播种玉米；我们就像一对年轻的农民夫妇一样愉快。

后来，他在一块石头上坐下来，沉默地看着远方，等到他再看我的时候，他的眼神很绝望，他绝望地看着我，说了一句话，他说：医生都是些职业流氓。这是完全没有前因后果的一句话，以我当时远远跟不上身体发育的大脑来说，这话过于深奥。

他没有再说什么，我竟然也没问什么，只是他的眼神和神态使我有一种要和他私奔的冲动。我什么都没想，我只知道我喜欢这个男人，他是最好的，我要和他在一起，永远听他的话……

后来，在太阳下山以前，我们回到了医院，再后来，我出院了。

自始至终，我们连手也不曾拉过。我曾给他打过一个电话，但是他不在，于是一日不见，也就永远不见了。

我都不知道，那些我们一起种下的向日葵发芽了没有，是不是顶起了黄灿灿的圆盘大脸，我也不知道他有没有再去那块石头上坐坐，想一些什么事……我什么都不知道，但是我经常会想起他红了的脸膛、看我的眼神，以及那个时候敢于跟在一个喜欢的人身后大无畏的小丫头。

那时，我是真的爱着那个医生，我根本不知道还应该想一想他的孩子、他的老婆，他出生的那一片黄土高坡。这像什么呢……像小孩子和她破旧的布娃娃，因为喜欢，完全不计较是否破旧，是否有价值，这在大人的眼里是愚蠢的，我现在也会这样训斥那个孩子说：那是完全“无用”的。

多么令人欣慰，看！我长大了，已懂得以“有用”和“无用”的标准来做人做事。

## 六

药水滴得太慢，它已无力把我的幸福时光再拉长，我坐起来拔掉了针头，在高医生回来之前逃出了医院。

走到街上，我和一个卖葡萄的小贩试着说话，舌头、嘴唇、牙齿好像不是我自己的，它们向着不同的方向努力，使得每一个字在露脸之前都四分五裂，这是一种糟糕的也是奇妙的体验。小贩不耐烦地看着我，多半以为我是闲人多作怪，因为我看起来根本不像个病人，开在外边的伤口别人会知道，而伤口若在里边，疼痛只有自己能感觉。

再向前走，迎面和一中年妇女劈面相逢，年纪、神情都和我母亲相仿，大概也属于正闹更年的那一类怨妇。因为袒胸露乳、打扮奇特，不免多看两眼，原来不只小女人喜欢露得多一点儿，老女人在此方面也颇有建树，只是她也过于老了，担着这样的重任难免力不从心。



我在心里叹气，年轻时代穿得少一点儿，露得多一点儿，实在无可厚非，盖因露着好看，又冻不坏。倘若满脸皱纹时，还硬做一副老葱装嫩相，打紫色睫毛膏，穿花边小白袜，露着赘肉颤抖的大片肥胸脯，便实在不够高明了，就算赢得“老来娇”的美誉，也不值得欣慰。

看着这女人，心里诸多辛酸。唉，中年……幸好我离它尚远，幸好我的母亲也尚有自知之明，不做如此扮相。

我回家，先把音响打开，然后吃冰激凌，听电话录音，有三个是朋友的，一个是我母亲的，她说：又疯到哪儿去了？回来给我打电话。没有小巴的声音，他竟然没有来过电话，我沮丧地坐在地毯上，把脑袋捧在手掌里。

坐下来，我把自己仔仔细细地清算了一遍，发现我竟然一直在等待着小巴搭出一把梯子，我好噔噔噔地跑下来……

哼！这算什么？我对自己冷笑，扬言分手的是我，希望和解的也是我，简直恬不知耻。小巴是谁？又不是一条狗，看不顺眼就踢到角落去，觉得还有些情趣再招招手，他就乐颠颠地跑过来摇头摆尾。小巴虽然没什么本事，尊严还是有的，他何苦委曲求全来迁就我？他又不是我的生身父母，可以对儿女不计前嫌。

想到生身父母，我苦笑。也许生死关头只有他们肯舍身救我，但为了一段未可知的感情我却和他们翻脸，实在是不明智得很。三年前，父亲指着小巴跟我下了最后通牒：要么滚出家门，要么让他走。我勇敢地挽住小巴的胳膊。

那一幕太像演戏，今天想大概有模拟琼瑶言情电影的嫌疑。母亲上来抱住我哀求：你忍一忍，等他气消了，再商量这事。

忍一忍？

这是什么话？我怎么能忍！我要和心爱的人一起追求新生活啊！我绝对不能忍！

我跟父亲说：总有一天你会后悔的。我连个皮箱也没整理，雄赳赳地跨出了家门，真是何等的潇洒。

也许我说的那句话也是父亲想说的，但后来我发现父亲有这个资格，而我没有，生活像位残暴的祖父一样教训了我。我再踏进家门的那一天，不是我衣锦还乡，而是趁着父亲不在回去拿我的衣服和日用品。母亲往我的皮箱里放钱时，我装着没看见，仰脸去看墙上的一幅画……

我想象着自己当初那副嘴脸，开始给我妈拨电话。

## 七

时隔几天，我再去找那个农民企业家，继续完成上次的采访。

这样的工作对我来说已成模式，就像把操作程序输入电脑，到时打开开关就行。唯有一次感觉有压力，是采访天津商学院的一位教授，当然，那时他的身份已不是教授，而是一家集团的董事长。

这个男人有一双小眼睛，不动声色，你都摸不准他是不是在注视你，但是他的反应异常敏锐。我喜欢这个男人的小眼睛，锋芒内敛，犹如宝剑在鞘里，寒光一闪时，石破天惊，流星如雨，全部的文韬武略尽在那一双小眼睛啊！

他借了我几本书，有贾平凹的《怀念狼》、梁晓声的《九三中国断想》和《第三只眼睛看中国》什么的，都是我喜欢的，但时隔半年，他一直没有还我。我希望有一天他打电话的时候会提一提这事，我不喜欢他这样，但我还能再等一等。

……

采访完毕，照例少不了一顿吃喝，我征得企业家的同意，打个电话把高医生叫来。这人虽不可爱，但他帮我免掉手术及住院费，穷人是越来越没资格生病了，割个扁桃体都需两千余元，若得了大病恐怕只能等死。况且在我病痛期间他还给予诸多关怀与便利，就此我已欠下他的一个人情。另外我不敢肯定，以后漫长莫测的岁月里，我就安然无恙，不再得病。

高医生欣然赴约，企业家另请了几位人士，大家一起共赴盛宴。因为彼此不熟，除了喝酒便是互相抬举，高医生在酒酣耳热时分先给我戴了几顶高帽，像什么年轻美丽、才华横溢之类，这本来是我的拿手好戏，不过别人演给我看也满心欢喜。正飘飘然，这家伙话锋一转要求我在报纸上给他树碑立传，等我从云端落地，再拒绝已经晚了，况且我刚刚受人恩惠，怎能以怨报德？只得应承下来。

友谊天长地久?!

我和高医生碰杯，一饮而尽，脑子竟然明镜一样清亮起来：这高医生、企业家，我的工作、爱情之类，甚至今天奔赴的这场盛宴，许许多多的人情与事物，其实都如鸡肋，食之无味，弃之可惜。

有的时候，那一块鸡肋明明是瘦骨嶙峋、臭不可闻的，可是忍了又忍，留了再留，舍不得痛下决心把它丢弃。

再有的时候，明明知道自己也不过盘中的一块鸡肋，可是装痴作傻、忍气吞声，拼了老脸维持着鸡肋的名头，直到有一天，发现原来装着自己的盘子也是早就废弃不用的。

我是什么时候，不知不觉置身于这一个“鸡肋”场中的？别人是我的鸡肋，我又何尝不是别人的鸡肋，每个人都是鸡肋吧？一个“鸡肋”的时代。

接着再喝吧……没有知己，酒也千杯不多，这样就有些醉了，随着他们一起再去酒吧。

昏昏暗暗的灯光，高脚凳上错落地坐了，不免有些倦怠和伤感，企业家的目光直直地盯着前方，我循着他的目光，只消一会儿便说：你喜欢那种年轻长发的瘦女孩对不对?

他转过脸看我，笑了说：你太聪明了，聪明的女人男人是不敢娶的。

高医生笑笑地看我说：那要看什么样的男人了。他俯身过来，我闻不到他身上的酒气和别的不清爽的味道了，我也喝了酒，我们是同类。

我安静地看着那些美丽而脆弱的女孩，看她们坐着，等待闪亮的钩子垂下来，钓人，也被钓。高医生的脸凑过来，灯影里模糊的一团，他也看着那些女孩，说：女人到了这步是悲哀的。我抿一口杯中的酒，说：做人都是悲哀的。

再抬头，见企业家已和那女孩坐到一起，三言两语，胳膊已搭上了瘦弱的肩膀。我叹一口气，微笑：是啊，没有谁会像那个崔护了，都是些看见桃花就折下来的人，也不一定拿回去插瓶，走几步随手也就扔了，谁还想着明年再来呢？

况且，古人早就说过，“花开堪折直须折，莫待无花空折枝”，折枝干什么？又不当柴烧。还有呢，就算你不折，别人也是要折的嘛……

我再微笑，唇角的笑意一点点儿荡漾开去，高医生幽幽地说：你不觉得我们俩很般配吗？

般配？我愣一愣，这口气像说一头骡子或一匹马，他竟然用到了“般配”这样的一个词，简直令我啼笑皆非。我说：是啊，是啊，咱们俩般配得就像你的那两颗门牙。这话真幽默，也真恶心，我笑得眼泪都出来了。

在我止住笑的时候，他突然神情黯淡下来，说：我最不顺心的就是我的婚姻，她从来不体谅我，我们总是吵架，我一直想离婚，她总是缠着……我安静地听下去，这样的环境，人总是难免会有倾诉的愿望。说吧，说吧，我不打断他，就算他不说这个，说别的也不一定多么有趣。

也许在他，我真的是一个不错的听众；也许这不过是他的习惯行为，与我都没关系。这样的夜晚，喝了酒，有一点点儿的清醒，也有一点点儿的沉醉，随便他说些什么吧，甚至是他们的一次吵架。

关于那次吵架——那是冬天一个风雪肆虐的夜晚，为了一点儿鸡零狗碎的小事，他老婆就夺门而去。和那些电视剧里演的一样，女人冲出家门，男人就在后边展开疯狂大搜捕，去马路、去海边、去火车道、去塔楼……总之，所有危险最有可能上演悲剧的地方，男人都找遍了。

后来，天光大亮，在风雪中折腾了一个晚上，差不多冻得半死的男人去了女人上班的地方。与电视剧情节安排不一样的是，男人看到的不是女人已割腕自杀或吞下了安眠药；他敲开女人暖气十足的值班室时，女人咂摸着嘴来开门，顶着睡得红扑扑的一张脸，和脸颊上被枕头硌出来的压痕……

男人诉说着这些，他有些伤感，也有些讽刺的意味，总之他叹了一口气，很复杂。

很复杂的一声叹息。这是什么意思呢？也许，这一声叹息里还藏着一些别的什么东西吧，比如遗憾什么的，一种电视剧情节没有如实发生的遗憾？当然，如果这一幕真的发生，女人一怒自杀身亡，男人也是会痛哭的，这种痛哭多半是为自己有着这样的念头而愧疚，以及这种念头变成了事实的恐惧，伤心的成分恐怕不多……只在一瞬，我的思绪已跑出很远。我总是这样，一不留神就看到了隐秘的黑暗，这很不好，我希望自己像个白痴一样，热爱生活，热爱眼睛看到的一切。我使劲咳嗽了一声，警告自己就此打住。

沉默着，片刻，他低声说：我真的要和她离婚……他的手搭上了我的肩膀，我心里一惊，他飞快地说：我爱你。态度轻慢，就像跟那个侍应生说“再来一杯”一样。

他说，他爱我？

可是……这是从何说起呢？我轻轻晃着手里的酒杯，有一些酒洒在我的手背上。我想起多少年前的那个春天，在那个小山坡上，我和我爱的那个人，我们一起种向日葵，那时，我愿意跟着他私奔……后来，在小巴那间黑暗的屋子，我对小巴说：咱们去晒晒太阳吧，我有一些向日葵的种子，咱们把它种在山坡上。小巴掀开窗帘向外面看了看，他说：算了吧，你看外面太阳那么大，晃得人头晕。他把窗帘拉上了……

我把高脚杯子放斜，再放斜，让那些酒慢慢地、慢慢地淌出来。

这样就想起了小巴，唉！小巴，这样的夜晚，是谁在陪你过呢……

我掏出手机，贴在脸颊上，顿一顿，然后开始给老K打电话，我说：老K，送我回家吧，我喝醉了。

男人奇怪地看着我说：我爱你，我真的爱你。

我对男人竖起一根食指，嘘了一声，说：好了，很多人都这么说过。

# 八

早上醒过来的时候，我的嗓子就开始疼，好像里边被张铁皮箍住了。老K一边给我找消炎药，一边骂：你神经病啊，这才几天就喝酒。

我把手臂搭在老K雪白的被子上，不服气地说：那个娘儿们医生说已经没事了，喝点儿酒还消炎呢！

老K又气又恨地说：他当然说没事了，他恨不得你再吃点儿春药，你看看他昨晚那样儿，这种瘪三男人，最可恶，在外边满不在乎地说"我老婆，就那么回事"，回家了呢？脱皮鞋都小点儿声。你等着吧，下一次他就该跟你说：我和老婆没感情……

老K撇腔拉调的样子实在好玩，我懒懒地说：他已经说了。老K瞪大眼，继而笑道：已经说了？比我想得还快。

正说话，电话响，老K帮我接，是高医生的，他问：昨晚没事吧？我说：怎么没事，我喝多了，什么都不记得了。他在那边说：我也喝多了。于是我们都笑，齐声说：喝多了，真的喝多了。

接下来他问我今天有时间吗？你还要给我写篇文章呢，我把一些资料送给你……我以为他喝多了，已把这事忘了，其实他把该忘的忘了，该记住的都记住了。我说算了，还是我去取吧，你顺便给我看一下嗓子，它又开始疼了……

挂上电话，我向老K眨眨眼，说：你看，已经打得火热了。老K拿了把喷壶给她的那盆天堂鸟喷水说：行了吧，我还不知道你，就算无聊，也不至于找这种人来填补空虚。

我欣慰地叹气，还好，总算有老K懂得我。

于是起床，梳洗打扮。

我和老K收拾妥当要出门。在门口，老K回头，扫视屋里的东西说：这月底房子就到期了，除了那盆天堂鸟，你看好什么就搬走吧。我说：我什么也没看好，就要那盆天堂鸟。



老K用皮包摔了我一下说：你就是愿意和我对着干，不行！我得把它搬到新房去。摆在卧室里。我正色说：我就要它，今晚我就把它搬走。老K挺紧张地说：你，你不是君子吗？君子不夺人所爱。

我就爱看老K紧张，继续说：我才不做君子呢，做小人多好，爱怎样就怎样，占多少便宜呀！老K都站住不走了，瞪眼看我，我笑了拍拍她的肩膀说：好啦，好啦，吓唬你呢，那是你和肖鹏的天堂鸟，我再没心肝，也不至于这样。不过，真看不出来啊，老K同志，我还以为要放在客厅里呢，原来是放在卧室里飞呀……

老K又开始用皮包摔我，满脸的幸福……

女人嘛，都这样，嫁个如意郎君就算丰功伟业。

心里虽是有点儿醋醋的，还真是替老K高兴，这个月底，她就要和肖鹏共筑爱巢。他们的新宅选在景海花园，上下两层，足足有二百四十平米，依山观海，环境实在美得不得了。老K曾带我去看过，那时正装修，沙尘滚滚如战场。老K责令干活儿的工人这儿拆除，那儿重整，那些人唯唯诺诺，不敢正眼瞧她，看得我暗暗好笑。

走在返回的路上，我对老K说：大权在握真是过瘾，你一个小雇主尚且如此，撒切尔夫人不知有多么扬眉吐气。老K甩一甩头发说：所以那么多的人都挤在一条升官小路上，挤掉了胳膊挤掉了腿，也在所不惜。

新房的装修历时一年之久，最近总算接近尾声。我估计老K大概想把它整成一个宫殿。

和老K愉快地分手，我去见高医生。

他帮我先看嗓子，用探照灯照了又照，后来说刀口周围长了一圈小泡泡，我说：怎么会有小泡泡呢？喝酒的缘故吗？他说不一定，反正都没事，继续消炎吧。于是又找了些药片给我便算完事。

我去他的办公室拿材料，他的屋里还有两个白大褂医生，他们坐着，冷着脸，低头在纸上写字，一言不发。他们的桌子都很乱。

高医生在抽屉里找出几张报纸和一本书，那书的名字叫《星光灿烂》，他很仔细地翻到有他事迹的那页让我看，他说：你看，这是市政协出的，铁路局的局长也在上边，后边还有妇联主席呢……

我把这些“星星”拿在手里翻了翻，我说：你这么年轻，成绩已这么突出，不愧为优秀……我突然打住，低声“啊”了一下，我看见了一个令我大吃一惊的东西——骷髅，它就放在窗台上，旁边是一盆萎了叶子的瓜叶菊。

我惊恐地指着这个骷髅，张着嘴，也许我想说什么，可是我没发出声音来。高医生笑了，他抬起身，把那东西拿在手里说：这有什么好怕的，你摸摸。他把它递过来，差点儿碰着我的手，我又叫了一声，向后退了两步，高医生和另外那两人都哈哈大笑起来，他们看着我，很快乐，也许……我的表现真的很好笑？

高医生把那骷髅拿在手里，不停地掰开它的上颌，再松手使它落下去，发出咔咔的声响，他掰开，松手，再掰开，再松手，他就像在玩一只打火机般淡定愉悦。

另外的两个人继续写字，我目瞪口呆地看着高医生，看着他的笑脸，他突然像个骡马经纪人一样眯眼打量着那骷髅的牙口说：你看，他的牙齿磨合得很轻，这小伙才十九岁……

我并不懂牙口不牙口的问题，我只知道那个骷髅少了一个门牙，为什么少了一个门牙呢？还有，他怎么死的？为什么会在这里？他没有家人吗？他死了以后他的家人怎么样？我有很多很多的问题，但我什么也说不出来，这一瞬间，最震撼我的是：他竟然把这个骷髅称为“一个小伙”，他既然把这个骷髅称为“小伙”，为什么还能这样不动声色？

他用手敲打着那个骷髅，说：这“小伙”和女朋友分手了，太痛苦，就从山上跳下来殉情死了……

过了一会儿我才听见自己的声音，那根本不像我的声音，好像它在出世的过程中准备变成一条麻花，这个曲里拐弯的声音说：可是……你不害怕吗？高医生挺纳闷地说：这有什么好怕的？他已经死了，不过一个标本嘛。他拉长的声音里透着一股优越感。

那两名医生再一次抬头冲着我笑起来，神情里有些许藐视……

可是……他是“一个小伙”啊！他为了爱情从山顶上跳下来，他是多么严肃，如果他知道有一天他会这样被一双手毫无敬意地把玩着，他还会跳下来吗？或者说他现在真的不知道自己正被一双手毫无敬意地把玩着吗？

我从来没想过人死了就是一个标本，我也从来没想过一个骷髅就是“一个小伙”。

……

我真的很混乱，我根本不能把我的意思表达清楚，在这一瞬，我的脑海闪过很多年前的一节生物课。在此之前，我从来没想过这节课，它很遥远，遥远得根本不像是我自己曾经历过的，但在这一瞬，它在我的眼前无比清晰地闪现。

标本室、大腹便便的生物女老师、福尔马林溶液瓶、瓶里浸泡着的一个婴儿，他八个月大，生物老师讲解人的发育过程，她浮肿的脸上带着微笑……

我不能容忍一个孕妇面对一个泡在药水瓶子里的婴儿那种从容和镇静，我甚至想，如果不是把这个婴儿泡在瓶子里，他一定会哭、会说话、会把眼睛笑得眯成了一条缝，他还会晃着短短的小胖腿在我们中间跑来跑去………我一点儿都不关心人的发育过程，我只想知道是谁？为了什么？把这个婴儿泡在瓶子里，以及孕妇为什么会笑……

多少年前的这一幕，此刻如此清晰，那个药水瓶里的孩子，眼前这个被人把玩的骷髅，我想如果不是在中途出现了一点点儿意外，他们也会慢慢地长大，慢慢地受伤和慢慢地成熟，而我们暂且能看着他们，只因为我们的这种意外尚未来临，它在远处蛰伏，或者奔跑在赶来的路上，以为它还离得很远，所以从容地笑……

高医生的脸在这一瞬探过来，有些阴险、有些愚钝还有些亲切，有如鬼魅，他说：来，我带你去看个好东西。我愣在那里，看他的脸，他对我笑，露着他的门牙，一高一矮的两颗门牙……刹那间，我浑身冰冷，大彻大悟，我终于明白了他牙齿的来历。那个变成骷髅的“小伙”，少了一颗门牙啊！

我的思维是凝滞的，没有任何语言能形容出这一刻的感受。

我一言不发跟在他的身后，像一个被摄了魂魄的人，他在前边，我在后边，没有一点儿声响。穿过长长的走廊，我们来到了一间空空的屋子，四片墙壁，一扇门，再向前走，又是这样的一间屋子，四片墙壁，一扇门，空气里有越来越浓的福尔马林味。再向前，我就看见了那个女孩。

不！是一个女孩的头颅。

很完整，到颈子那儿齐齐地切下来，漂浮在一个大的瓶子里，她瞪眼看着我，我也看着她，我们安静地对视着。她很年轻，脸是俏丽鲜润的，没有皱纹，没有斑点，只是有些苍白，眉毛是文过的，细细地高挑着，眉心里有一颗吉祥痣。这张脸，像任何一张卸掉了彩妆的年轻女孩的脸，有着这样一张脸的女孩，也许就在不久前，她还曾在某个客厅或卧室停留过，吃着爆米花看电视，然后她困了，打着瞌睡爬上床，闲闲地翻了两页书……但现在，她的头颅泡在一个硕大的瓶子里。

我想她一定是仇恨的，要不是仇恨，她的嘴唇为什么紧紧地抿在一起？要不是仇恨，她为什么不闭上眼睛？我看着她，她也看着我，她的嘴唇突然微微地动起来，那些缩在一起的皱褶慢慢拉开，立刻被一些溶液浚洗了。我看见了，她的嘴唇在动，有一些话像灰败的花朵，一团一团地开出来，从她鲜润的嘴唇滑进溶液里……她在说什么？我听不清，我一点儿都听不清她在说什么，雾气一样的溶液在她嘴边微微漾动着，她长长的黑发突然漂起来，像被水流冲歪的海草一样，倒倒伏伏……

……

高医生站在我的身边，他的声音像气流一样在我耳边呼啸。他说这个女孩是被人杀死的，就在街心那个花园。公安局一个朋友通知了他，他就提了刀去，把她的头一点点儿旋下来……他炫耀说：你看看我的刀法，很完整的……

我的脑袋铮铮作响，我大抵看见那个我每日出门都经过的花园，在花园的冬青堆里，是白天？是夜晚吧？一个穿白大褂的人正挥刀切割一个躺在地上的女孩，而他的身边，观望的人，是穿着制服的警察。

是这样的吗？

真是这样的吗？

我希望不是，我仅仅是希望，这一幕发生在一间屋子里，而不是那个杀人现场。除了这一点，我还能希望什么？或者说，我还敢希望什么？

我不知道是怎么走出了那座医院的，外面的太阳很炫目，到处都是混乱的人群，嘈杂的人声。我看着这些人，看着他们迷茫的脸，我很想知道，在他们中间有没有那个女孩的亲人？他们是不是为了寻找那个女孩而伤心欲绝？我还想知道，他们会不会想到，想到那女孩正在一个瓶子里无奈地望着他们……太阳真的很炫目，一团一团的热气蒸腾起来，我很虚弱，踉跄着有些站不稳，恍惚着，好像自己也置身于一个溶液瓶里，大福尔马林溶液瓶……

## 九

这一天下午，我虚弱地回家，一动不动地躺在床上，瞪大眼，使劲盯着天花板，我希望疲劳袭来，我可以睡过去。我比任何时候都希望，能像一块吸饱了水的海绵一样沉在水底，沉沉地睡过去，或者是死去……

可是，那眉心的一颗痣，总在天花板上晃来晃去，很熟悉，又想不清楚了，我以前见过这颗痣吗？在什么地方见过的？是在最近？还是在很久以前？她是谁呢？儿时的一个玩伴？我小学时的同学？多年不相往来的一个亲戚？一个花店的小姐？或者一同乘坐飞机的旅客？再或者一个经常在街头擦肩而过的陌生女孩？

我想不清楚，可我真的感觉曾跟她很近、很近……

很久后，我的胳膊开始麻木、变粗，像一只巨型水桶，而我的脸有脸盆那么大，然后是整个身子越拉越长，有电线杆那么高……我听见骨节被抻得咔吧咔吧乱响，我看见背上裂开一道缝，然后慢慢蜕下一层壳，有一股烟雾飞出来，向空中升去，越来越远，这就是灵魂吧？

当那女孩被刀子切割时，她的灵魂也一定是飞出来了，停在半空，默默地看着挥动刀子的人……

……

过了多久呢？

我茫然地睁开眼，发现我陷在无边的黑暗中，我不知道是不是睡了一会儿，就算是睡了，在睡和醒之间也短得就像眨了一下眼皮。

我沮丧地爬起来，开亮了屋子里所有的灯，时间是午夜两点。这是一个最可恶的时间，我差不多每天晚上都会在这时醒来，万念俱灰地听着隔壁邻人在梦里磨牙，或哭泣。

又一次游魂在午夜。

坐在地板上，我紧紧抱住自己的胳膊，夜是静寂的，也是空漠的，我抱着自己的胳膊，抱紧，再抱紧……

## 十

今天是老K大喜的日子。

早上六点，我便起床赶到了她家，推门进去，老K迎脸坐在客厅里，看见我，招一招手。有一黑衣女子背对我，正给她化妆。我走上前去，那女子小手指勾了粉扑在老K脸上拍了两下，侧了脸对我点一点头，刹那间，我呆住，这……不是那个女孩吗！年轻鲜润的脸，细而挑的眉毛，眉间一颗吉祥痣，真的是那个女孩！可是，她……

我怔怔地向后连退两步，老K突然爆发出一串大笑，边笑边指着我说：还没睡醒，你在梦游吗？我站住，再看那黑衣女子，却是完全不同的一张脸，和福尔马林瓶子里那女孩的脸完全不同，怎么回事？是幻觉？幻觉为何来得如此清晰？抑或是事实……

我退到旁边的沙发坐下来，一时间不能说些什么，只是怔怔地看那女子，看她的脸，看她的眉眼，真的是完全不同的一个人。我对着自己茫然地摇头，老K和她见我这样，差点儿笑翻在地板上。

我并不害怕，只是有些奇怪，想到小时候去妈妈的办公室，同样的桌子、同样的椅子，无需人指点，我直接就能准确无误地坐到妈妈的位子上，是因为我一眼就能认出那把椅子长得跟我妈一模一样，这样奇怪的体验还有许多，说不清也不好对人说。

我在沙发上坐一坐，也就定下心来。

黑衣女子是老 K 的表妹，据说刚从法国回来，技艺精湛，还十分卖力。她给老 K 打柔象牙色的湿粉、粉紫的眼影和睫毛膏，再刷桃色腮红，经她手包装出来的老 K 皮肤雪白，眼神妩媚，像一个粉色的小精灵。

看得我连连叹服说：果然是神来之笔，祝贺你，幸福的新娘。老 K 揽镜自照，不禁也喜上眉梢说：别急，很快就轮到你们俩。

她表妹打趣说：你精挑细拣这么多年，已经把最好的挑走了，剩下的不是次品，就是假冒伪劣，我们哪还有你这样的机会，只能随便找个人嫁掉算了。

老 K 故作正经地教训她说：随便？你怎么能随便？名女人嫁丈夫才有资格随便，只要感觉对路就可双宿双飞，只因为她们机会多多，可以一嫁再嫁，身价都稳中不降，像伊丽沙白 · 泰勒级的人物，嫁了八次，仍炙手可热，争的争，抢的抢。普通女人……她停住，伸手一指我俩，接着再说：像你俩和我这样的，别的可以随便，嫁人无论如何随便不得，嫁得好就飞上枝头做凤凰，嫁给阿猫阿狗便永世沦为煮饭婆，就算哪一天醒悟，拼了老命逃出来，也身价大跌，不比做姑娘时尚有挑选的余地。你敢随便?!

我俩面面相觑，齐声讥笑老 K 世故，不过心里也承认老 K 说的是真理。我偷偷再瞄一眼老 K 的表妹，心里说：这女人也有一颗痣，只是在嘴角，不在额头。

接新娘的婚车定在十一点二十八分准时到达，这是阴阳先生给看的良辰吉时，说是这个时辰迎娶新娘，保证一对新人富贵长命、白头偕老云云。

但是在这个众人拭目以待的时刻，缀满玫瑰百合的豪华婚车没有出现。我代表老 K 的家人给肖鹏打电话，他的电话竟然关机，一直到十一点五十分，都没有联络上他。

这是不太可能的事，肖鹏很少关机，更何况是今天这个大喜的日子。老 K 坐不住了，她开始给肖鹏的父亲打电话，他父亲的电话一直占线。老 K 的额头上有细细的汗珠冒出来，她拨号码的手指在颤抖，我看得出她的恐慌，难道……有什么事情发生了吗？

我们心里都有着这样的恐惧，可是谁都不敢说出来，生怕一说出，就变成事实。

肖鹏始终没有跟老 K 联络，他的家人也没有露面。到十二点半的时候，去打听消息的老 K 表妹神色慌张地跑回来，她撇下老 K，拉着我进了里屋，结结巴巴地告诉我说：肖鹏昨晚被警察抓走了，他父母正在四处找人活动，情况很不乐观，估计一时半会儿不会放人。她说消息是从肖鹏的一个亲戚那里获得的，可是那人也不知道肖鹏是因为什么被抓走的。

我们两人正在屋里转圈子，不知道如何把这消息告诉老 K，老 K 突然自己闯了进来，她冷静地说：不管出了什么事，你们总得让我知道。可她在发抖，眼中有隐忍的泪光，神情是藏都藏不住的楚楚可怜。我从没看见老 K 这个样子，我的心里很疼。我过去抱住她的肩膀，她的肩膀太单薄，似乎只有细细的骨头。我愣一愣，鼻子突然酸酸的，第一次发现老 K 原来这样瘦弱。

我不能瞒着老 K，我都告诉她，她是我的朋友，她不需要善意的欺骗，她需要知道事情的真相，我紧紧握着老 K 的肩膀，告诉她新郎肖鹏被抓走了。她挺着腰，僵硬地坐在椅子上，眼神凝滞，一言不发，整张脸木木的。她保持这种姿势坐着，片刻，老 K 突然霍地站起来大步向门口走去。

我知道她肯定是要去找肖鹏，我说：老 K，你换换衣服。她停了一下脚步，没有看我，愣了愣，僵硬地走向衣柜。

我攥着两手在外面等她，已打定主意：这种时候，老 K 可以方寸大乱，但我必须冷静，我不能让她穿着婚纱去派出所找她的新郎，唯恐这不像一场闹剧。

我开着老K的车子，拐着之字形跑在去派出所的路上。我刚刚拿到驾照，也就是俗称的马路杀手，但也管不了那么多了。我们都紧紧地盯着前方，一言不发，老K始终僵硬着，像一尊雕像。

到了派出所，老K一直跟在我的身后，她低着头，面目呆滞，脚步轻飘，像游走的魂灵。我一个屋子又一个屋子地敲门，小心翼翼地向人打听肖鹏的消息，费尽周折，终于一个面容和善的女警察说出了事情的真相。让我们目瞪口呆的是：肖鹏并非因为杀人放火、贪污受贿之类的原因被抓进去，而是因为嫖娼。

……嫖娼？肖鹏在昨天晚上去嫖娼?!

我和老K眼睛瞪着眼睛，迅速碰了一下，有玻璃碎片飞溅开来，然后都直直地看着那个女警察，那女人脸上掠过一丝复杂的表情，她抿了一下嘴唇问：你们俩谁是新娘？要见见他吗？

我们就那么愣着，女警察再说：审问肖鹏时，他一个劲地求饶，说罚多少都行，只要让他今天先回去结婚……他还说……他并不是真的要去做那事，他就是觉得太无聊了……老K低低地呻吟了一声，转过身，摇摇晃晃地向门口走去……

回到车子上，她脸色煞白，颤抖得像一片风中的树叶，眼神直直地盯着前方，可是她不哭也不说话，整个人好像突然傻了。我吓坏了，摇晃着她的肩膀说：老K，你别这样，你哭吧，哭一哭心里能好点儿……

她还是不动，也不看我，嘴巴微微张着，我摇一摇她，她的身体就前后乱晃。我小心翼翼地说：老K，想哭你就哭吧……

她突然扬起头，恶狠狠地冲我叫起来：哭？我干吗哭？死人了吗？我他妈的真该高兴，他幸亏是……是去嫖啊……

老K一这样，我就哭了，我想到那盆火红的天堂鸟，老K说要把它放在卧室里，我无数次想过他们一起飞的情景，可是……我的泪水流下来，把眼睛都糊住了，老K就火了，指着我的鼻尖骂起来：你哭什么？可怜我？他算个什么东西？他是个流氓，是个恶棍，让他去死，他……他……老K突然哽咽起来，她一把抱住我，终于哭出声来，她一边哽咽一边说：他们不会打他吧……他们不会用电棍过他吧？

## 十一

我的嗓子继续疼，在我以为该万事大吉的时候，所有的症状又都卷土重来，嘶哑、肿痛、失声……一切都没有改变。我在心里把那个高某人骂了个狗血喷头，嚼着金嗓子喉宝，在一天下午，换了一家医院再去看病。

我很无知地对医生说：我把扁桃体都切了，为什么嗓子还疼？男医生露出讥讽的微笑说：你把腿摔断了，我却给你理头发，这是一回事吗？这当然不是一回事，可我就不明白，既然不是一回事，他干吗还让我切扁桃体呢？我纳闷地问，

他瞥我一眼：谁让你切的？我说：医生啊，市立医院的医生。他很严肃地说：他让你切你就切呀?！我想了想说：他说是扁桃体的毛病……男医生毫不客气地抢白道：他说什么你就信什么！他的眼里飘过一丝轻蔑，好像我是一个活该倒霉的白痴……

这就奇怪了，难道我应该比医生更高明些？不听他的，而听我自己的？或者在进医院以前，我应该自学一下医学院的全套课程，然后亲自指点着医生给我治病！

他很不温柔地扳正我愚蠢的脑袋，用铁家伙撬开我的嘴，看了一下说：喷喷雾吧，先喷一个月的雾，不好，你再过来。

他坐回办公桌去写诊断书，我跟过去尽量温柔地说：我这嗓子到底是怎么了？他简明扼要地说：慢性咽炎。我再问：有没有什么特效药？短时间就见效的。他说：没有，你先喷雾。我说：我以前喷过雾，没什么效果，要么你给我开点儿消炎药吧，这喷雾，不就是喷的阿莫西林溶液吗？吃阿莫西林药片方便……他突然把笔往桌子上一摔，说：听你的还是听我的？要么你来！

我立刻闭上尊口，当然是听他的，我怎么能不听医生的呢?！

我拿了单子往外走，来到走廊上，用了最大的力气把它揉成一团，扔进了垃圾桶。三十天的喷雾剂，统统见鬼去吧。我可以不跟医生计较，也许他今天心情不好，也许他永远都是这副嘴脸，可是我不

能不和这张单子计较，我怎么可能每天赶两个小时的路，来排一个小时的队，再喷半小时的嗓子，喷满三十天后重新坐到医生的桌子前，等着他冷冷地问：你怎么了？哪儿不好？

都是一些狗屁庸医，除了拍片子开单子，他们还会干什么？我又不是一块试验田，打针吃药又开刀的，就差开膛破肚地解剖了，一个小小的嗓子他们已是黔驴技穷，我还敢指望他们什么！

想一想，人生实在无趣得很，大的灾祸也就不必说了，单是到处充塞的这种种小毛病、小麻烦，已把人折腾得志短，我又不能为了这点儿小事就去死，一缠就缠了许多年，永远地神不清，气不爽……

我愤愤地向前走，一边走一边拿手拍一拍额头，心里警告自己说：行了，黄小冰同志，就此打住吧，要打起精神啊！要热爱生活啊！

我这样安慰着自己，可是心里突然就生出一个不断塌陷的黑洞，哗地塌下一片，哗地又塌下一片。站在黄昏的马路边，我感觉莫名其妙的虚弱，竟迈不动自己的一双脚，多么想，在这个朦胧的黄昏，有人肯握一握我的手，哪怕是一双冰冷的手呢，也能给我些许安慰啊！

我再也忍不住，开始给小巴打电话，他很快来接听，那一声懒洋洋的“喂”传过来时，我竟一下子被击中，突然间泪流满面，一句话也不能说出来，小巴顿了顿，静静地说：是你吗？小冰。

这一句话，就像在黑暗中跋涉已久的夜行人看见了灿烂的灯火，我拦了一辆出租车，直向小巴家奔去，跌跌撞撞着，又摸进了黑暗的楼道，又要上楼去看他了，又要紧紧地拥抱在一起了，我的心里百感交集，可是……这真的是我想要的吗……

我轻轻推门，门开了，小巴闪在一边，默默地等我进去，我原以为会直接扑进他的怀里，但是没有。没有拥抱！没有突如其来的热烈！空气有些凝滞，我在门口怔了怔，小巴站在旁边，大概犹豫了一下，还是伸出了胳膊，表情像个绝症晚期的病人，我听到心底一个不怀好意的声音冒出来：你确定这就是你想要的……

我马上反驳自己，是！当然是！我是爱他的，他也是爱我的，我们曾经有过多么美好的时光。我说服着自己，并积极地投怀送抱，以便让自己相信，也让小巴相信，我们是相爱的。

小巴的心情大概也和我类似吧，他的胳膊慢慢收紧，想必是在努力配合我。

可是恋人相见，光抱在一起怎么行呢？我们总得另有表示吧，除了证明曾经有过的真情，我们是多么愿意让对方知道，也让自己知道，关于爱一直还在心底流淌。

这样，我们就很有必要把爱做一做了。

小巴将我放倒的动作有些粗暴，以表明他是多么迫切地需要我，而我回应他的喘息也力求美妙动听，以表明我对他的爱是多么迫切！

骨头擦着骨头，皮肉厮磨着皮肉，马上就要拼刺刀了，在这样的紧要关头，像在三级片的拍摄现场，突然传来了观众的窃笑，事情到这时终于露出了它忍俊不禁的一张脸，小巴很惭愧地说：对不起……真对不起……你再等等……

他满脸的惭愧和不甘心，可是，光惭愧和不甘心就行了吗？他有什么理由这样做？你看人家女的都奋不顾身地来了，他竟然不能正常地开展工作，这对得起谁呀！

我的嘴角绽开一抹笑，笑人，也笑自己，女人的做戏可以以假乱真，但男人不能，实在因为他们的难度系数大得多，唉！苦命的小巴。

我拂开脸上的头发，假装若无其事地说：要不你去楼下买瓶印度神油吧。他气急败坏地抹了一把头上的汗说：你要是能弄到“伟哥”才好呢！

我看着小巴，小巴看着我，然后我们一起笑起来。

我的眼泪莫名其妙地冒出来，我别了脸，把它蹭在肩头上。小巴的笑声戛然而止，好像空中有一把刀切了下来。

我开始穿衣服，小巴也开始穿衣服，我们的动作都很快，然后，他坐到了椅子上，我去推开了门，我没看他，也许他也没有看我。总之没有人道别，也没有人说再见。

走了，就这样吧……



2002 年第 1 期《山花》

# 新才子佳人传

## 一

三年前，有一个姓梁的才子。有一天，他带着一个女人私奔了。

梁才子原本有自己的名字，但他真的很有才，写了好几本书。书对大多数人来说是很扯淡的事，而梁才子多年以来严肃认真地扯这个淡，所以，大家就忘掉了他的真名，只笑嘻嘻地喊他才子。

才子住在北方一个海滨小城，名叫望岛，望岛城距首都北京八百公里，拜现代化所赐，首都北京的万丈光芒，必然有一道也照耀着小城子民的生活。

望岛城三面靠山，一面环海，到处生长着遮天蔽日的梧桐树，春末夏初时节，空气里弥漫着梧桐花辛辣的香味。这是个环境优美、四季分明的地方，曾被联合国科教文组织命名为最适合人类居住的地方。梁才子就是从这个最适合人类居住的地方逃走的。

据梁才子说，他和老婆没感情。没感情是正常的，这年头，谁还和自己的老婆有感情呢？大家觉得才子很不实在。

再据说，梁才子从没正眼看过他老婆。可他们怎么生下两个孩子呢？生下两个孩子，又并非移植两棵小树苗那样简单。

大家对此议论纷纷，概莫一是。

至于才子的老婆本人，她是在丈夫离家出走很久后，才知道这件事的。

梁才子在望岛市文化局下面的艺术馆当创作员，文化局还聚集着一大群才子，有王才子、李才子、马才子等等，这些才子早先有画画的，有唱歌的，还有写文章的，他们也和梁才子一样，被大家慢慢忘掉了名字，但大家不喊他们才子，喊他们局长、科长、主任等等，当然不能笑嘻嘻，是恭敬而谦卑的。这些被淡化了名字的人，像些品种优良的大萝卜，外求发展，一把叶子绿油油，蓬勃喜人；暗强内功，人人在土里藏着一个肥硕的萝卜肉身。

曾经的那些才子，如今都一个萝卜一个坑，位子、房子、车子、小三子样样具备，有的甚至还买了别墅，霸了几百亩地，整个一地主老财的架势，连走路都像螃蟹那样横着走。梁才子不能和他们比，除了两袖清风、一身才气，他住的是旧房子，骑的是自行车，睡的是自己的老婆。其实梁才子要的不多，一个自己的萝卜坑而已，他希望能够不用天天去上班，而是待在家里搞专业创作，写出一部前无古人，后无来者的伟大著作。于是，他去找顶头上司马局长。

马局长和梁才子很熟，在他们还非常年轻时，每到梁才子发工资的日子，马局长——当年的马才子就召集一群才子哥们儿，簇拥着梁才子去小酒馆表演小李飞刀。

好汉们吆三喝四把酒论英雄，喝到兴致高涨时，必然作作歪诗，如“花满楼，楼满花，满楼花花”之类，最经典的节目是梁才子表演“小李飞刀”。梁才子总是袖子一撸，胸口衣服一扒，露出腰里揣着的两把菜刀，他疾步蹿到门口，把两把菜刀舞得白光闪闪，叫嚣着：看见了吗？看见了吗？小李飞刀就是这样出招的，去！

随着他手指的方向，马局长总是很配合地手捂胸口，啊的一声惨叫，踉跄两步，倒地而亡。

梁才子嘴角闪过一丝冷笑，白光一闪，人已出了房间。当然，他不是奔大街上杀富济贫，而是直蹿厨房，冲酒馆小老板去了。

梁才子把菜刀往案板上一拍，喝道：加两个好菜来！



小老板总是遵命而行，好酒好菜伺候着这帮常客。待到酒意阑珊需要买单时，马局长总是疾步奔着去厕所，像小李飞刀一样瞬间消失踪影；王才子总是醉得睁不开眼；而李才子总是身无分文。这样的时候，总是梁才子挺身而出，把钱包像炸药包一样直接砸进小老板手里。

后来的情形基本变成这样，每月发了工资，马才子就帮梁才子直接把钱包存在小酒馆了……

啊！那时的时光真好！

那时的肉真香！那时的酒真浓！那时的哥们儿，如今都躲在当年的马才子——现任文化局马局长的大树下欢声笑语、歇马纳凉，就连当年陪着吃花酒的梅春儿，如今也是文化局文艺科的科长了，那酒馆的小老板更不得了，承包了文化局新盖的五星级名仕大酒店，摇身一变，土鳖就变成了吃金拉银的貔貅。

只有梁才子一人待在空地里晒着大太阳，他不是不能奔着荫凉去，他只是需要矜持一会儿，最好是树下聚堆的人生拉活拽把他拖过去，可是，怎么会呢？大家都忙着摆正自己的位置，谁有闲心顾及他？梁才子又不好拉下脸自己跑过去，于是，这一放，一僵，就把彼此站成了两个世界。

既然这样，梁才子索性就离他们远了。但是，近来才子所在的艺术馆忙着竞争上岗，一个名额，好几个人在争，而且都是有背景的。才子无根无底，愈发感觉到形势逼人，于是他想通过马局长调到创作室去搞专业写作。创作室和艺术馆都是文化局的下属单位，而马局长又是最高领导，这事不算求他，举手之劳而已。

梁才子去找马局长，也不空手，带着一本自己的长篇小说。他把书往马局长面前一放，打趣地说：好好学学，实在看不懂，挑挑错别字也行呀！

梁才子还是一贯的那副德行，他跷腿坐在马局长对面的椅子上，隔着一张宽大庄严的老板台，仍然以为对面那个冷眼人是当年一起厮混的小马。

马局长淡淡地笑了。

梁才子也笑，他瞥着马局长的书架，那上面摆着一排马局长的文集，虽说马局长当年没少舰着脸请梁才子给他修改文章，但人家现在把各种发言稿、会议纪要、打油诗汇总到一块儿，不只出了一套文集，一不小心还得了个全国银奖，弄得整个文化局人人争相背诵局长的打油诗。梁才子站到书架前，对着那套文集摇摇头，推心置腹地说：老马，咱就别光着腚推磨，转着圈丢人了。咱兄弟，谁不知道谁呀！

马局长的脸迅速变成一张调色板，一块红、一块白、一块紫，煞是多姿多彩。

梁才子笑了，恍惚回到当年，他的“小李飞刀”一出，马局长应声倒地，真是痛快啊！他起身自己倒了一杯水，边喝边说：老马，你还记不记得，当年咱们在小酒馆喝完酒，我总是不想回家，你呢，总是有家不能回，因为你老婆不让你进门呀！

梁才子笑得眉飞色舞，马局长却一言不发，屏住气息，靠在椅背上练宰相肚里撑船的功夫。

梁才子说到兴奋处，转到马局长身边，亲热地拍打着他的肩膀，把嘴里的热气喷到了他的脸上：老马，现在不一样啦哈，以前，是老婆不让你进门，现在，是你装着找不到家门。嘿嘿，这外面呀，又是红颜又是绿颜地伺候着，谁还愿意找到自己的家门呀？

马局长的呼吸有些粗，宰相肚的功夫很不好练，梁才子却并不体谅他的难处，亲密地眨眨眼：不过，你老婆可真是个人物！她现在经常装模作样地出去找你，听说那次她明明看见你和你的娜娜手挽手在散步，人家硬是装着没看见，大摇大摆擦肩过去了，倒是你，汗毛都奓起来了。哈哈。你看看人家这觉悟，也知道，真找着了，反而也不好，索性装着没看见。梁才子哈哈大笑，笑得脸上的肌肉都在抽筋。

马局长练了又练的宰相肚功夫被才子轻而易举地破掉了，他像只失语的蛤蟆，肚子一鼓一鼓地喘息着，终于一巴掌狠狠拍在桌子上，站起身，扬长而去。

直到梁才子被马局长秘书请出那间富丽堂皇的办公室，他也没搞明白：马局长怎么就撇下自己走了呢，大家可都是哥们儿呀，那么深的感情，怎么说不算就不算了呢？

梁才子心情不畅，他给当年那些才子哥们儿打电话，倾诉马局长的不是，他们似乎经过统一训练，异口同声地扔过来一句：吃饱撑得你。

那些哥们儿当然不和梁才子亲，你能帮我升官吗？你能帮我发财吗？你能给我小姨子安排工作吗？你能让我儿子上重点中学吗？你都不能！那还废什么话呀？别耽误哥们儿奔前程。

梁才子十分郁闷，如鲠在喉，不吐不快，他拿出当年在小酒馆耍小李飞刀时的魄力命令那些哥们儿：今晚六点，老刺参，我请客，谁不到谁是孙子。

那些哥们儿便嘲讽才子：算了吧，还老刺参呢，哥们儿吃一顿，你一个月工资都不够。要去就去名仕，马局长说了，咱哥们儿喝酒都挂他账上。

梁才子更气了，心里想：姓马的可从来没让我去挂账。想当年你们合起伙来榨我，我每月刚蓄点儿血，你们就小嘴尖尖围拢来，一口一口吸干了，我说什么了吗？我什么都不说，谁让咱们是哥们儿呢！可是现在，你们怎么都这样呢……心念及此，才子的话就不悦耳了：他姓马的有什么了不起？他花多少钱，那都是公款。我掏一分钱，是我自己的，干干净净，我知道你们和他亲，你们玩小姐都开发票找他报销。

那些哥们儿就不愿意了，你才子再不痛快，也不能一竹竿子把大伙儿全打水里去吧。再说了，你这是干吗呀？愤世嫉俗的，谁还没有点儿小委屈呀？忍着！谁没有点儿小自尊呀？灭掉！

才子不与他们理论，直截了当地：晚上六点，老刺参，我等着，谁不去谁是孙子。

那晚的老刺参大酒店，宾客满堂、欢声笑语，只有才子的花衫下掩着一颗滴血的心。那些曾经掏心掏肺的哥们儿，那些曾经赶走女人彻夜长谈的哥们儿，那些曾经相拥而泣的哥们儿，一个都没来，原来大家并不介意做孙子呀！

梁才子发出一声又一声的冷笑，如果换了马局长试试，一声招呼，那些小人全都屁滚尿流觍着脸赶到，恨不能生出一条尾巴来摇着，随时准备跳起来接住主子扔过来的一块骨头。

才子并没有肉骨头，才子只有打狗棒，专打献媚狗的要害，所以哥们儿离他是越来越远了，基本上都不带他玩儿了。

老刺参大酒店的大堂里，梁才子一个人坐在偌大的圆桌前，几个小菜，一瓶白酒，喝一口，叹两声，不知不觉就消磨了大半个晚上。

待他踉跄着起身时，才发现大堂其他各处的灯已熄灭，只有他这一角独自亮着，曲终人散，客人终究是要走的。

梁才子迎风走到大街上，他不想回家，也不知该到哪里去。天那样高，地那样厚，可是他竟然就没有一个去处，这个问题把才子击成了严重的内伤，他开始流泪，而且止不住。黑暗中，不时有行人擦肩而过，没有人看见才子在哭泣。

梁才子停在路边，抱住一棵梧桐树，头抵住树干，想想过去，再想想未来，委屈得不得了：我怎么就成这样了？我一直在努力呀，我怎么就离我想要的生活越来越远了呢？

梁才子仰头叹息的时候，突然发现马路斜对面的一棵树下也站着一个人，他凝神打量，心下一喜：不好！她来了。

梁才子伸手轻轻抹掉残泪，也一并抹掉了他的悲伤，他板起脸，恢复了一贯的冷静和无所谓。尽管黑暗中的那个人并不能看清他的表情。

梁才子挺直了腰杆，觉得舒坦多了，他又成了那个妙手著文章的才子。他开始大声咳嗽，故意东张西望，好像在等一个什么人。

不远处的那个人明显地紧张起来，她缩起身子，往树后躲，似乎极力想变成一只蚂蚁，把自己隐蔽在树干上。

梁才子把这一切看在眼里，暗自窃笑。

一辆车从马路上驶过，梁才子借着车子的遮挡，迅速藏到一堆冬青树后。待他小心地从冬青树堆后悄悄探出头来时，就看见那个人已经从树后站出来，穿过马路，跑到刚才梁才子停留的那棵梧桐树下去了。



那是一个女人！

那个女人围着那棵梧桐树转了两圈，似乎为才子的突然消失很是迷惑不解，她东张西望，一无所获。她歪着脖子向树上瞅，甚至抱住梧桐树使劲地摇晃了几下，有两朵梧桐花从树上落下，她抬脚把它们噗噗踩扁，也许她认为其中一朵是才子的化身。

梁才子躲在冬青堆后饶有兴致地看着这一切，夜色阑珊，酒意微醺，他一时竟然有些辨不清是真是幻。

梁才子小心地点起一支烟，轻轻吸一口。那个女人离他如此的近，他听见了她的叹息，也听见了她咯咯咬牙的声音。他不能让她发现，所以他必须小心谨慎。

一无所获的女人踌躇着，正要离去，才子使劲吸了两口烟向她的方向喷过去。果然，女人十分灵敏，她转着脖子，猎犬一样嗅起来，慢慢地确定着方位。

女人猫下腰，她屏住呼吸，蹑手蹑脚，不发出一点儿声音，慢慢靠近冬青堆，她一个枝条一个枝条小心地拨开冬青，好像她不是在寻找一个活生生的人，而是准备捕获一只躲迷藏的猫。

女人突然跳到冬青堆后，冷静地：出来吧，我抓住你了。

可是，冬青堆后一个人影都没有。

差那么一点点儿，就差那么一点点儿，她就抓住他了，可他还是逃脱了。

地上有半支烟，烟头冒着火星，散发着她无比熟悉的味道，是梁才子仓皇离开时留下的，或许他是故意的，为了证实他刚才确实就在这里。

这个女人就是梁才子的老婆王好。

## 二

王好给梁才子当老婆，不知不觉，一当就当了二十多年。

二十多年前，他们还年轻，梁才子在一所小学当语文老师，王好在那所小学当数学老师。语文老师喜欢看小说、写诗，诗和小说是兴奋剂，让他变成一只喷着白汽的开水壶，不是烫伤自己，就是烫伤别人。

数学老师王好总是很安静，像一棵树，风来了，就轻轻摇一摇，风停了，她就止住。除了上课，她总在织毛线，那些花花绿绿的毛线在她手指间跳来跳去，悄无声息织下天罗地网。

那一个冬夜，狂风呼啸，大雪纷飞，大白菜逆来顺受地趴在窗台上。梁才子满是冻疮的手指缠着白胶布，握着一支秃笔跟一沓白纸较劲，终究没能把一句满意的诗涂在纸上，他死命揪自己的头发，恨不能把这些长错地方的杂草连根拔起。

门就是在这时被敲响的。

是数学老师王好。

比梁才子大三岁的数学老师王好，静静地站在门口。

王好站在小屋中间，身上落了一层白雪，脸蛋和鼻尖冻得红红的，她嘴里呼呼冒着白气，像一瓶开了盖的喷香的热牛奶。

王好打开硕大的包裹，拿出毛衣、毛裤、围巾和手套递到梁才子手里，她不说话，只是看着他微笑。

梁才子看着王好，那么平常的一个人，笑起来，好像满世界的花都开了，开在这寒冷的冰天雪地。

才子抱住毛衣，把脸埋进去，他嗅到了关于春天，关于幸福的气息。在这个寒冷的冬夜，才子抱住了他的温暖。

就这样，一不小心，一个孤单的男人和一个孤单的女人就生活在一起。

当他们生活在一起，再也没有时间孤单了，王好生下了两个孩子，梁才子发表了很多诗歌、小说。梁才子不再当语文老师了，他先调到报社，后来去了宣传部，接下来又去了文化局。他写小说，追逐各种文学动态，虔诚地给未谋面的文化名人写信，如果得到只言片语的回应，他就兴奋地摩拳擦掌，似乎中了六合彩。

至于王好，她还在那个小学，还在当数学老师，她并非爱这个职业，也并非不爱，她只是习惯了，习惯在熟悉的环境，做着熟悉的事。她觉得这样挺好，有家，有老公，上班下班，没事骂骂孩子，真的，一切都挺好的。

但是梁才子一直觉得不好，当语文老师时不好，当报社记者时不好，当宣传干事时还不好，当文化局创作员时更不好了。

具体怎么不好，王好不清楚，梁才子跟她说，她就听着，梁才子不说，她也不问。有时才子会很激动地跟王好说些文学的事，说些诗歌的事，说些“如果我在北京我早红了”之类的事，王好也只是静静地听着，也不知听懂了没有，才子就闭上嘴巴，狠狠地斜眼瞅王好，一副鸡对鸭说的恼恨。

王好还是静静的，也不生气，她的男人就是这样，她又不是不知道。

这样不好！这样非常不好！这不是才子想要的生活，可是他过着过着就成了这样；王好这个女人，也不是才子想要的女人，可是这女人混着混着就成了他两个孩子的妈。

怎么办呢？到底该怎么办呢？

梁才子经常拷问自己，把一个人的战争进行得有模有样，却总想不清楚出路在哪里，于是才子喜欢出去喝点儿小酒，经常是独自一个人，他不闹事，就是喝完不想回家。

所以，在才子出门喝酒的日子，王好总是满世界寻找她的才子。

为了便于王好寻找，才子的行动都是有规律的，如果是白天，他就去海边，看潮起潮落，才子诗兴大发，冲着澎湃的海浪叫道：啊！大海，你他妈的怎么那么大！如果是夜晚，他就在长满梧桐树的街上看人看风景，有时，看着看着，就把自己看睡着了，睡倒在街边长椅上，或者一丛月季花下。

当然，梁才子讨厌王好到处寻找他，他有时把自己埋在一堆沙子下面，只露出一双眼睛，窥视着王好在沙滩上四处奔忙；也有时候，他把自己藏在黑暗的墙角，然后看着王好抓错一个男人而被对方训斥，他就会因为笑得上气不接下气而暴露了自己。

有时候，才子兴致高，他就会多玩一会儿；有时他烦了，就故意让王好抓到自己。所以，到最后，王好总是能找到她的才子，两个人就搀挽着回家去，一个总是闭着眼睛摇摇晃晃，一个总是目标清晰、脚步坚定。



自从梁才子在马局长那里碰了壁，他出去喝酒的次数更频繁了一些，而单位那边考评、打分、评选，兼加拉帮结伙，闹得风生水起，僵持半年，都没有结果，才子很烦。有一天他终于借着酒劲一拍领导的桌子叫道：老子不干了，这破地方，容不下人才。

领导不火，笑眯眯地说：才子，你急什么呀？凡事都有个过程，要慢慢的，才能看到结果。

才子不能慢，他没有那么多大好时光可以浪费，他急着待在家里看书、写小说，让别人慢去吧！

也就是从那时候开始，才子酒后回家开始扔东西。第一次，他试着扔了一只茶杯，茶杯慷慨赴死的那一声炸响把王好吓了一跳，才子就以好戏开演的兴奋，等着看王好的反应，可是王好什么都不说，随手就把残片收拾了。

于是在下一次酒后，才子继续扔东西，他扔茶杯、扔碗碟，也扔暖水瓶，王好依然不说什么，她只是把这些东西都换成了塑料的。才子以挑衅的目光看着王好，希望能挑起一场战争，可王好说：咱不是扔不起，楼下的邻居嫌吵。

才子觉得很无聊，他甚至有些恨王好，她又不是只盘子，不是只碗，如果是，砸在墙上听个响儿也好。她偏偏是个人，凡是个人，怎么可以那么平静？

而王好，依然平静，每天上课下课、训训学生、用红笔批改永远批不完的作业，依然每天中午赶回家做手擀面。因为才子喜欢吃手擀面，加一点儿碱、一点儿盐、一点儿鸡蛋，调出硬面，醒半小时，然后用枣木擀面杖把面团擀压成透亮的纸样薄，叠压码起，切成细丝……

这样的生活，王好过了二十多年，似乎再这样过上两百年，她依然可以不温不火，像注射了镇定剂。

这一个春天的上午，梁才子洗手净面，照例端坐在电脑前噼里啪啦地敲打方块字，严肃而愉悦，就像蚂蚁埋头搬运小石子，一砖一瓦建立起它的帝国大厦。

梧桐树在窗外轻轻摇晃着，树影婆娑，花香暗动，太阳耀亮了整个屋子，让人有一种懒洋洋的恍惚。

墙上的挂钟敲响十二点时，王好准点开门回家，她直奔厨房，去给梁才子做饭。

一切都照常进行，女人照样在午休时间赶回家给丈夫做饭，男人照样在老婆做饭的间隙，出门去散步，谁也无需招呼谁，谁也无需询问谁。

电话就是在这时响起来的，是艺术馆的馆长，他上来就说：才子，你再不来上班，我就让你下岗。我总不能让天天上班的人下岗吧？

才子的怒火马上就着起来了，他冲着话筒叫道：天天去上班的都是些什么人？不懂艺术，不懂写作，你早该让他们滚蛋！

才子砰一声就撂了电话，真是没天理啊！艺术馆养着一大帮闲人，无德也无才，但钻营的本事练得炉火纯青，不是给工厂写厂歌，就是到企业弄报告文学，捞得盆满钵溢，还一路高升，倒是他这个纯搞文学的人要下岗了。唉！常恨此身非我有，何时忘却营营？他带着一肚子的怨气出了门。

梁才子散步必然经过一菜市场，那里总是人嘶马叫，鸡飞狗跳，看着乱得很，其实都从来的地方来，到去的地方去。

今天，当梁才子板着脸踱到菜市场边上时，他发现今日的繁荣和往日不同：卖猪肉的摊子前热闹非凡，人人露着一口残牙，笑得山河破碎——原来卖猪肉的小粉子竟然一边卖猪肉，一边在签名售书。

小粉子是个女人。

有好多年了，她一直在菜市场卖猪肉，从少女到姑娘，然后到一货真价实的妇女。不管刮风下雨，还是寒露霜雪，她都守在猪肉摊子前，一手操刀，一手握着黑亮的肉钩子，随时恭候着她的主顾。

大家都习惯了，梁才子也习惯了，习惯了看着粉嘟嘟、水盈盈的小粉子从一团白银耳，慢慢被挤掉水分，风干成一团黑木耳。可是今天，这个卖猪肉的小粉子，她的案子上除了码着白花花的猪肉，还码着一堆书——小粉子自己写的长篇小说。



小粉子的丈夫壮硕、高大，脖子上堆着几圈肥肉，像围了一条脏巴巴的破手绢。此时，他一边啪啪剁着排骨，一边难为情地冲周围的人眨眼。

几个穿着电视台黄马甲的人在旁边忙活着，扛机器的男人板着脸，虽说干的是力气活，却像个大老爷似的端着架子。拿话筒的是《望岛直播》栏目的主持人刘雪儿，望岛城的老百姓或许不知道李修平，不知道李瑞英，但是绝对知道刘雪儿。刘雪儿的《望岛直播》比中央台的《新闻联播》名气大，《新闻联播》说的都是大事，望岛的老百姓不操心，刘雪儿说的家长里短、鸡零狗碎可都是自己的事，今儿南庄的狗把主人咬了，明儿北村的千年老槐树倒了，后儿邻居家小子开车把人给撞了，没准撞的就是咱二大爷……

刘雪儿的到来引起阵阵骚动，好多人一路欢呼着奔过来：刘雪儿来了，刘雪儿来了，亲热得好像刘雪儿是他家闺女似的。

有个老娘儿们挤到前边，指手画脚的：刘雪儿呀，你到我家去拍吧，我家的猫能喝啤酒……

另一个老娘儿们争着说：还是到我家拍吧，我种的南瓜结出了西红柿……

刘雪儿一连声地答应着，她安抚住两个老娘儿们，指着小粉子说：这位就是咱们今天的主角，她的职业很有意思哈，大家都买过她的猪肉吧？

刘雪儿把话筒举到围观的人面前，好几个人争着把脸凑过来：买过，买过……

刘雪儿巴掌大的小脸笑得红扑扑的：大家不只要买肉，还要买书呀，这儿就是签名售书现场，咱们今天可以零距离接触女作家的真实生活。

小粉子羞涩地站着，眯眯着细眼睛，垂脸笑着，她戴着雪白的手套，或许是考虑到要签名售书，怕猪油弄脏了书页吧。

摄像的男人一言不发，扛着摄像机在小粉子和那堆书之间来回瞄准，好像拿不准该向谁开火。



他的眼珠子又大又亮，探照灯一样刷刷扫来扫去，梁才子的脑袋就跟着他来回晃，他就搞不明白了，这望岛城虽不是北京城，可是每天也有很多大事呀，比如：是谁让大楼突然倒塌？是谁在黑夜推倒睡着钉子户的民宅？又是谁长年累月把污水倒进河里，毒死鱼虾，毒死两岸的树木庄稼……

没人像才子那么多事，大家都很快乐。刘雪儿把话筒塞到一提着菜篮子的老大妈面前：大妈，你买书吗？

大妈摇头，撇嘴：不买！又不能吃。

众人哄笑：就是，就是，又不能吃。

刘雪儿也笑，小粉子也笑，大家都在笑。

梁才子闭了一下眼睛，咯咯地咬着牙齿，似乎大家笑的是他才子！

刘雪儿抓了一本书在手里翻着，夸张地：这么厚！有多少字啊？给我签一本吧。

小粉子脱了白手套，局促地搓搓手，她的一双手，红肿、干裂、骨节粗大，当它们翻动书页时，发出哧啦的响声，或许自己也觉得不对，小粉子又把手套戴上了。

梁才子满面通红，他站在小粉子的摊子前，莫名其妙地浑身颤抖，他不说话，抓了一本书在手里翻着，书上小粉子的艺术照炫得他眼花缭乱，他觉得两腿发软，有些站不稳。

众人簇拥着刘雪儿他们散去了，也不知是去拍猫，还是去拍狗了，梁才子仍捧着书待在原地，盯着那张香港影星样的艺术照看。

小粉子的声音传过来，细细的：是我，不像！

梁才子抬头，目光从小粉子脸上、身上、手上一寸寸轧过，企图把她碾压成一平面，塞进书里，与那张艺术照叠合在一起，这样的努力让梁才子心力交瘁。

梁才子定定神看着小粉子，小粉子眯眼笑着，闪烁着眼神，好像太阳耀了她的眼睛。还是细细的声音：梁老师，你给提提意见。

梁才子卷起书，攥手榴弹那样攥着，举在胸口，他哆嗦着嘴唇，质问地：你……好好卖你的肉，你写什么书呀！你……会写书吗？

小粉子垂下脸，依然笑着，笑得很渺茫，似乎她去了很远的地方，她不说话，埋头用肉钩子翻着案子上的猪肉。

梁才子跺跺脚，再说：你写也就写了，别拿出来丢人现眼啊！

小粉子抬头，有些委屈地：电视台非要这样，他们说这样效果好。

梁才子突然把书狠狠摔在肉案子上，他指点着小粉子，既无奈又悲凉地：你们这些人啊，就是你们这些人，把作家的名声全坏了！

小粉子的丈夫一直在旁边支棱着耳朵剁排骨，此时，他一甩手，那把雪亮的菜刀就颤巍巍扎在案板上，他二话不说，两步奔过来，掐住梁才子的螳螂细腰往地上戳了戳，似乎梁才子是根木桩，需要他插到泥里去。

一时间，众人哄笑。

梁才子向这个比他大两倍的庞然大物发起自杀式的冲锋，对方钢板似的胸膛一次又一次将他弹开。才子力量不占上风，可他的嘴巴不屈不挠地讲着道理，他讲卖猪肉的就该好好卖肉，卖猪肉的怎么能写书呢？他同周围的人群讲，同小粉子讲，同小粉子的丈夫讲，周围的人都咧着嘴巴笑，小粉子的丈夫一记老拳砸在梁才子的脸上：去你妈的！

这一天的中午，梁才子没能准时回到老婆王好的饭桌前，等到王好再见到她的才子时，才子的鼻梁上绑着一大团白纱布，白纱布下掩着才子的疼痛，他忍着，在医院的走廊上同不相干的人继续讲着道理：我断掉的是鼻梁，还好，我断掉的不是脊梁。

大家看着梁才子被白胶带扯歪的脸，开心地笑。不管他说什么，总之，他梁才子就变成一个断了鼻梁的人了。

王好能说什么呢？她的才子，就出去了那么一小会儿，真的，他就出去了那么一小会儿。

## 三

窗外的鸟儿都醒了，小粉子还没睡着。

她的丈夫躺在身边，鼾声四起，颠簸起伏得像只风浪中的小船。小粉子淡淡地看着天花板，等着晨曦一点点儿将屋子打回原形。

这个屋子，很小，也很旧，是租来的。小粉子的丈夫曾经提议买个新房子，小粉子说：等等吧，等攒够了钱再说。丈夫曾经还提议生个孩子，小粉子也说：等等吧，等攒够了钱再说。丈夫说：反正闲着也是闲着，就生个玩玩吧。于是他不辞辛苦，日夜劳作，奇怪的是终不见有花花草草冒出地皮。

小粉子不买房子，不添家具，也不生孩子，她不给丈夫买衣服，也不给自己买衣服，她只买书。丈夫看不过去，说：你给自己买点儿花衣服呀，还有那金银首饰，你喜欢啥就买啥，咱有钱。小粉子还是那句话：等等吧，等攒够钱再说。

至于啥时候能攒够钱，小粉子的丈夫不知道，也不操心，反正家里的钱都是小粉子管，她把每一张角票子都捋得平平整整，存进银行，从不叫苦，也不嫌麻烦。

大家都说小粉子傻，不定哪天一觉醒不过来，那钱不都给小老婆攒包袱了吗？小粉子只是笑笑，也不辩解。

小粉子的丈夫喜欢看她笑，眯眯着眼睛，像两道弯弯的月牙，一团祥和的样子。

哎！小粉子的丈夫，咋就那么有福气呢！

小粉子静静躺在黑暗中，等待黎明，当丈夫咂摸着嘴醒来时，她知道快四点了。总是这样，不管天气如何，他们的小蹦蹦车都在清晨四点横贯城市去市场，一路欢歌，从不注意风度，就算夜深更重，就算风雨飘摇，都雷打不动。因为天气好，大家要吃肉，天气不好，大家更要吃肉。

但今天丈夫起床的时候，小粉子声称不舒服。于是，她的丈夫去市场，小粉子独自留在家里。

小粉子把自己塞进了浴缸，水很热，浴缸很小，她把自己洗得干干净净，把身上的一层黑皮都搓破了。如果能把黑皮搓掉，换一层新皮，她是愿意的。

小粉子换上了干干净净的衣服，在出门之前，她做了另一件事，她用小刀把自己的胳膊割出了好几道血口子，是那把削铅笔的小刀。她总是把铅笔削得尖尖的，然后在纸上写字，就像看另一个细脚伶仃的小粉子在纸上跳舞。

血流下来，不是不疼，小粉子没有去擦，待它们干涸在胳膊上，她才小心地放下衣袖盖住。

小粉子出现在一栋老式居民楼里，她敲响了一户人家的门。

是梁才子来开的门。

梁才子没来得及拒绝，也尚未邀请，小粉子已经进屋了。

梁才子的鼻梁上还绑着那团白纱布，而且它必然要在那儿招摇一段时日。为着这样的缘故，梁才子理直气壮地板着脸，等着小粉子说出一些歉意的话。

但是，小粉子不，她从包里掏出她的那本书，封面上的美人照光芒万丈，瞬间将梁才子击成严重内伤。幸好，梁才子是靠着他巍巍壮观的落地书柜站住的，书柜里，无数大师和他并肩站在一起，所以梁才子的元气迅速恢复。

小粉子双手把书举到梁才子面前，用细细的声音说：梁老师，写的不好，你给指点指点。

梁才子的脸腾地红了，为小粉子对那团白纱布的视而不见，为自己的期待，为她竟然连装装样子也是不肯的，更为她对无数大师的藐视，梁才子很生气，他一巴掌将书打翻在地，没好气地说：知道不好，还敢写！

两人一时都有些发愣，小粉子突然捋起衣袖，露出血淋淋的胳膊。梁才子舞的是笔，不是刀，并不常看见血，所以他吃惊地张大了嘴巴，小粉子看着他，平静地说：是他打的！

他……他竟然打女人?！梁才子无比震惊，想想不对，他不是连男人也打了吗?！

小粉子淡淡地笑了，她说：总是这样，我，习惯了。

小粉子笑起来眼睛弯弯的，梁才子心里呼啦一声塌了一大片，裂出个黑洞来，莫名地恐慌着，他弯腰捡起地上的书，拿在手里，低声说：我会看的，你放心。

小粉子就放下衣袖，向门口走，临出门的一刻，回过头来说：他是他，我是我。

小粉子这句话把自己洗得干干净净。

知道的，没有别人。

总是这样，当梁才子的老婆王好去上班了，小粉子就来了。

当梁才子的老婆王好下班回家时，小粉子就走了。

这样的情形从春天延续到盛夏，漫过一个金黄的十月，还将继续下去，王好对此一无所知。

王好是每天中午都要赶回家给丈夫做饭的，而且一定要做才子最喜欢吃的手擀面，花样翻新、包罗万象。她不管同事甲的老公背叛了家庭，她也不管同事乙的老公有了外遇，王好总是笃定的。当她二十几年如一日，手握一根长长的枣花木擀面杖，专心致志对付那一个又一个小面团时，她一定误以为自己就是西天路上的孙悟空，腾转挪移、搓圆捏扁，将她取经路上的妖魔鬼怪清除得干干净净。

不只王好不知道，这件事情，小粉子的丈夫也是不知道的。

有一次，梁才子甚至偷偷到小粉子家里去了。

不为别的，只为看看小粉子都藏了些什么好书。

小粉子曾经无数次站在梁才子的落地书柜前自语：我有好多书，我也有好多书。于是梁才子就像一个珍宝收藏者，对小粉子的藏品觊觎已久。

当小粉子将钥匙插进锁孔的一瞬，有句神秘的咒语在梁才子耳边回荡：芝麻开门，芝麻开门……

没有珍珠，没有玛瑙，没有金银财宝，小粉子狭小的家到处塞满了杂志，《读者》《故事会》《知音》《家庭》等等，这就是小粉子说的那“好多书”，它们潜伏在窗台、墙角、睡觉的床铺、吃饭的桌子，甚至卫生间的暖气片上，像一群潜伏待命的士兵，不动声色地酝酿着某场战事。

梁才子看着小粉子，也看着那些共同喂养了她的书，他的眼神，像看一个贫困山区营养不良的孩子，他同情地说：你不能总吃这些，你得吃点儿好东西。



小粉子突然就红了脸，但菜市场的阳光早已给她镀上厚厚的保护色，梁才子看不到她的脸红，所有的人都看不到。

## 四

梁才子从来没有如此慷慨过，他把书柜里那些书，分期分批地借给小粉子，一次两本，一周一次。

那些寂寞已久的大师们掸掸灰尘，重出江湖，不只吸了小粉子的血，还摄了她的魂魄；小粉子更瘦了，似乎拴上线绳，就可以当风筝放在空中。

这样的时光，对梁才子来说是快乐的，对小粉子来说也是快乐的。空气中总是弥漫着淡淡的暗香，他们坐在才子家的客厅，四面的书柜里，众神耸立，被众神环抱的两个人，离世界很远。

幸福都是自己创造的，一切都要靠自己。为了那样的幸福时光，小粉子光着脚板踩冰凉的水泥地，用冷水洗澡，睡觉时不盖被子，满头热汗时故意站在大风口，企图与某场大病劈面相逢，但干瘦的小粉子健壮得像头犟牛，最多打几个喷嚏，便不了了之。于是小粉子和丈夫在市场抬肉筐时，一次又一次地跌倒，试图摔断胳膊或跌坏腿，这样的计谋却总是不能如愿。

春天的菜市场，风总是很大，把小粉子的心思刮得七零八落，没有办法，没有理由。小粉子不得不动用那把猪肉刀，那把刀切过无数猪的身体，猪从来不叫喊；今天，当它贴近小粉子的胳膊肘，划过一道冰凉的弧线时，小粉子大叫一声。

这声惊叫吸引了小粉子的丈夫，也吸引了其他的人，大家团团围住小粉子，她的丈夫惊慌地举着小粉子鲜血淋漓的胳膊，像举着一面不知该插在哪个山头的红旗。

这个总是微笑，很少说话，从不吵闹的小粉子终于号啕大哭起来，她哭得很伤心，很委屈，同时，也非常酣畅淋漓。

终于，小粉子可以名正言顺地留在家里。

艳阳高照的秋天的上午，小粉子吊着一只缠满白绷带的胳膊，心花怒放地走在去梁才子家的路上。抬头，天上云卷云舒，低头，身边花开花败，几只麻雀蹦跳着在路边草丛觅食，小粉子快乐的脚步惊起它们，扑啦飞上树梢，歪着脑袋打量她。

可惜小粉子的快乐不是梁才子的快乐！

窗外的梧桐树落光了花朵，覆满斑驳的绿叶子，有风徐来，褐色的果实掩在树影间，一串一串的，小拨浪鼓一样轻摇慢响。

梁才子对梧桐树的烂漫视而不见，他陷在沙发里，时而长吁短叹，时而愤世嫉俗，喋喋不休地倾诉着单位领导如何警告他必须去上班，否则后果自负，他是如何不屑与那些乌合之众混在一起，他们庸俗、世故，常常为一点儿蝇头小利打得头破血流……

梁才子在自己的情绪中载沉载浮，完全没有注意到小粉子的情绪变化，当梁才子说道“精神的快乐是大快乐！物质的痛苦是小痛苦”时，小粉子突然说：你带我跑吧！去北京！

梁才子突然抖了一下，打了个响亮的喷嚏，梧桐树的气味大团大团地涌进屋里，辛辣得呛鼻。

小粉子坚定地说：我们走，去北京。

关于北京，梁才子曾经带小粉子无数次地展望过，他赞美那里才是作家的天堂，无数大师汇聚一堂，大家有着共同的理想和追求，或者写小说，或者写电视剧，都能名利双收。最后，他总是悻悻地以这一句话来收场：如果我在北京，我早红了……梁才子不曾想到的是：他无意中播下一粒种子，却在小粉子的心中长成一棵繁茂的大树。

梁才子终于决定去北京，小舟从此去，江海寄余生。

夜色里，他坐在街口的大排档，一手举着烤肉串，一手端着扎啤杯，看着身边的芸芸众生吃喝笑闹，一瞬间，心情平静而包容，有种置身事外的轻松，似乎他只是暂且客居的旅人，小城人的庸碌、刁钻、短视都与他无关。

他喝着，看着，笑着，有着老僧入定的淡然，就在这时，他看见了他的老婆——那个叫王好的女人，

王好站在大排档边上，猫着腰，拿手遮在额前挡住灯光，像只年迈的老母猴般四处巡视。才子透过层层的人群，打量这个女人，对她

充满了好奇。他从不了解她的内心，也不了解她的外表，连她什么时候长发变成了短发他都没注意，可是他们竟然一起厮混了几十年。

梁才子看着这个熟悉的陌生人，看她搜索、打量、思考，然后悄无声息突然逼近一个跟才子相像的人，看她与那个陌生男人瞠目结舌地相对，才子嘴里的啤酒喷薄而出。他的笑声惊起旁边讶异的目光，也被王好捕捉，她迅速扑过来……

仍然差那么一点点儿，她又错过他了，明明刚才还在。就在王好茫然四顾时，却突然听到一声呼哨，再抬头间，就看见一逆光的背影，迎着路灯，衣裾飘飘，踏风而去。此时的才子一定以为自己就是酒中仙李白，天子呼来不上船，况且一女人乎……

才子迎着路灯走呀走，王好迎着路灯追呀追。这次，才子没有把自己伪装成一块石头，或者一尊雕像，他抱住一根电线杆站住了，王好也站住了，在他五步外的距离，才子招招手，王好就过去了。

梁才子喷着酒气，他不看王好，看着天上的月亮说：以后，你不用再找我了，我去北京，后天就走。

王好什么都不问，挽起才子的胳膊：回家！

才子有些委屈地：我没醉，我真的要去北京，我要在北京我早红了。

王好只是抓着才子的胳膊不放，拉他回家去。她的男人，她又不是不知道，他每次都是真的，睡一觉起来，就过去了，都不算了。

可是，第二天早上，才子跟王好说：家里还有多少钱？我要去北京，单位派我去学习。

这一次，王好知道她的才子说的不是醉话了。

是一个早上，雾气弥漫，笼罩四野，荒僻的小火车站，黑亮的铁轨时隐时现伸向远方，梁才子和小粉子见面了。

梁才子带了两个大箱子，里面塞满了他的日常用品，王好还给才子新买了个炖锅，可以炖鸡炖鸭炖排骨，王好不能跟着去北京，就把才子的营养大计拜托给这只炖锅了。才子说那边什么都有，王好说：我知道有，那边贵。才子也就带上了。

小粉子只背了一个小包。

两个大箱子让梁才子有些忙乱，小粉子倒像个局外人。梁才子偷偷打量小粉子的背包，暗想：她怎么能什么都不带呢？

小粉子似乎看出才子的疑惑，她拍拍包，坦坦荡荡地说：我什么都没有，也没钱，都是他管着。

梁才子的心突然像这雾气弥漫的天气一样迷茫起来。

## 五

梁才子就这样去了北京，他给老婆王好寄过几个包裹，有北京宫颐府的驴打滚小凉糕、老北京的茯苓饼和蜜饯果脯等等，也在秀水街买过两件衣服给王好，基本十天半个月给王好打一个电话，他说：你知道北京的十里长安街什么样子吗？你知道十三陵到底埋着多少个皇帝吗？你知道《乔家大院》的编剧，能拿多少钱吗……

所有这些，梁才子的老婆王好当然都是不知道的，梁才子说：你等着，我写的电视剧本被影视公司看好了，他们出价六十万，几家公司都在抢，我会赚很多钱，到时候带你来北京，爬长城，游故宫，去天安门看升旗，去全聚德吃烤鸭……最后，梁才子总要咂摸着嘴说：真想吃碗你做的手擀面啊……

每当这样的时候，王好的身体就变得很轻，她不得不紧紧抓住电话线，生怕自己真的飞起来，飞到才子身边去给他做一碗手擀面。

王好从不主动给梁才子打电话，因为才子说不方便，他有时候在鲁院上课，有时候和刘震云一起喝酒，有时候在中国大剧院看演出，当然，还有时候在接受凤凰卫视的记者采访。梁才子干的都是正事，所以王好不给他打电话，她只是等着。

这样的情形持续了大半年，有一天，艺术馆突然通知王好去收拾梁才子的东西，说他无故旷工多日，已经被单位开除了。

什么？梁才子明明被单位派到北京鲁迅文学院去学习了，怎么可能无故旷工呢？王好去找艺术馆的领导，领导回答得很干脆：根本没有的事！

王好就蒙了，她手足无措不知道该怎么办好。到底还是领导英明，让她直接给才子打个电话问问究竟。都这个时候了，王好还唯唯诺诺的，她说：他要是在上课，或者和些重要的人在谈事，会不方便吧。

领导才不管才子和哪些牛鬼蛇神在一起呢，他直截了当就拨通了梁才子的电话，上来就说：才子啊，听你老婆说你被单位派到北京去学习了？我怎么不知道哇？

王好不知道梁才子会怎么说，或者他根本就什么都没说，就把电话挂断了，反正她看见领导对着话筒恼怒地喂喂着，王好立刻就后悔了。她想不该把电话号码告诉领导，不该让他打这个电话，真的，太不该了，就算他撒谎，就算他欺骗，不管怎样，她都不该帮着外人戳穿自己的男人。才子肯定是生气了，他肯定会埋怨王好分不清里外。

王好骑着自行车回家去，车后座上绑着一个纸箱，里面放着梁才子散乱的东西。一路上，王好连人带车摔倒了好几次，她神魂颠倒，感觉像是驮着梁才子的骨灰。

王好回到家，关上窗，锁上门，坐在电话机前给她的才子打电话，她的手指怎么都按不住那些数字键，它们突然都变成了滑溜溜的小鱼，在王好的指头间钻来钻去。

没有人接电话！

再拨，仍然没有人接电话！

王好执着地一遍又一遍地拨着，直到有个莺歌燕舞的声音说“你拨打的用户已关机”，王好立刻被沉入深深的海底，她摇摆得像一棵浮游的水草，随着潮汐一漾一漾地晃着。

梁才子就此消失，他再也没有来过电话，那个手机也停机了。

梁才子的老婆王好从此跟电话结下不解之缘：白天，她一遍遍查看话筒是否安放妥当；夜晚，她总是听见电话铃声大作，当她光脚冲下床，抓起话筒时，才知道是场幻觉。

王好经常会握着话筒回味以前的情形，她的才子在电话里说：你等着，我马上就有钱了，你一定要来北京，我带你爬长城，带你去游颐和园，带你去雕窝看桃花……曾经很多次，她都被她的才子带着飞到天上去了。她就像传说中的那只癞蛤蟆，闭起眼睛，紧紧咬着天鹅的脖子，飞啊，飞啊，就听着风在耳边呼呼掠过，云朵软绵绵地滑过脸颊，她心里滋生出类似幸福的情怀，这种情怀让她想放声歌唱，可是她一张嘴，就啪嗒栽到泥地上了。

王好，梁才子的老婆，这只栽到泥地上的癞蛤蟆。

梁才子，那只在天上飞啊飞的天鹅，有一天，这只天鹅终于飞出了所有人的视线。

## 六

梁才子去哪儿了，他到底想干什么？他还回来吗？

没人能够回答王好这些问题，她不能跟任何人探讨，尤其不能跟她的孩子们探讨。

王好的孩子们都有自己的生活。儿子一直在做大生意，可是越做越穷。他已经结婚，又生下一个小人，六岁，瘦如纸片，一双犹太人的大眼睛，饱蕴忧伤，小小年纪，也不知何处惹的尘埃。

女儿十八岁起便与人同居，来来往往换过多人，都是临时工，没有长期任职的迹象。

他们都不在家里住，暂时并不知道才子父亲的事情。逢到他们偶尔回家，还不待问起那个才子父亲，王好总是抢着说：你爸被单位派到北京学习了；他和陈忠实在一起喝酒呢；他的剧本卖给影视公司了……所有这些都是才子以前对王好说的，王好就把这些再告诉孩子们。孩子们于是对这个素来无用的父亲充满了期待，并透过这些繁荣的表象，计算着自己可能得到的实惠。

于是，他们回来的次数多起来，谈到才子父亲的时候，嘴角不再绷紧，有了些笑容。甚至有时也会冲动地想听听父亲的声音，他们有些羞涩地向母亲表达这种遥远的思念。自从把才子的东西搬回家，王好的嘴巴里就鼓了很多大包，此起彼伏，从没消过，让她说话都不利索。她忍着疼痛，依然替才子遮遮掩掩，她不告诉孩子们才子的电话号码，并想方设法地阻挠，她说：你爸忙正事呢，大城市的人都没准点，咱们睡觉时，他们忙事，咱们忙事时，他们睡觉。

梁才子的儿女们也觉得欣慰，这么多年，那个做父亲的人终于知道忙点儿正事了，正事都是跟钱有关的事啊！这真让人振奋，就忍一忍吧，反正要过年了，过年多好啊！他们的财神就要从天而降了。

不料想，在财神降临家门之前，有尊瘟神先降临了。

是小粉子的丈夫。

小粉子的丈夫病了很久。从小粉子突然消失，他就倒在床上，想一想，哭一哭，哭一哭，再想一想，就像一件怎么都晾不干的湿衣服，滴滴答答滴着水，从大雾弥漫的那天，一直滴到现在。

那个干巴瘦的小粉子生生就把这个一米八六的庞然大物放倒了，他瘫在梁才子家的沙发上，一把鼻涕一把泪地哭诉着，顺势把鼻涕泡抹在沙发扶手上。他指责王好不管好自己的丈夫，放他出来祸害人，他不只拐跑了自己的女人，还支使这个女人拿走了所有的钱，怎么也有三十多万吧，一个子儿都没留下，谋财害命，谋财害命啊！作为老婆，王好总该赔偿他点儿损失吧！

容不得王好不相信，时间、地点、情节一一吻合，而且还有王好的邻居作证——她曾多次看见小粉子出入梁才子的家门；就在他们私奔的那天，也有人在车站看见梁才子掏钱买煎饼果子给小粉子吃。

王好再一次被炸得灰飞烟灭，她不知道她的才子丈夫到底埋下了多少雷，他干什么都行，偷偷去北京，被单位开除，失掉工作，身无分文，哪怕他就是瘸了瞎了，她也养着他，可是……可是……他竟然带着小粉子私奔了。

大地震终于来了，山崩地裂，王好的大厦彻底坍塌。

那天，小粉子的丈夫出门前认真地端详王好，他说：要不……咱俩就一起过吧！



王好拼了全力把他推出门去，自己跌坐在地上。

# 七

新年是越逼越近了，梁才子依然没有音信，这让王好很犯愁，就算才子被单位派出去学习了，过年也总得回来吧，哪个中国人不过年呢？

孩子们天天惦记着父亲的归期，王好不说，心里明白他们惦记什么。

孩子们也不说，各有各的打算。儿子的破面包车是太旧了，哼哧哼哧如同哮喘病患者，总是抛锚，把一家三口闪在半路上，他的老婆开始是骂车，后来不骂车了，只骂人，两人经常吵架，把离婚当歌唱，唱到高潮处，女人就扬言：离婚！孩子给你。男人也不示弱：离婚！凭什么孩子给我！

那个六岁的“小犹太人”谁都不骂，也不骂车，但他不让父亲把车停在幼儿园门口，而是藏在另一个街角，他宁可佝偻着小小的身子顶着风走到很远的街角，也不愿意让小朋友们知道他有个穷爸爸，他的穷爸爸有辆破车。

真的，不撒谎，对梁才子的儿子来说，买辆新车是火烧眉毛的事了。

至于女儿，她想开个小服装店，在男人身边流浪了这么多年，血泪相溅的历史总算让她明白：任何男人都是靠不住的，还是靠自己比较安全。

可是，王好到哪里去找他们的才子父亲，成全孩子们一场衣锦还乡的繁荣呢？

这一场戏，观众已就座，就要继续演下去，王好不过是个配角，而且受了严重的内伤，她强颜欢笑，独自撑着这场大戏，心急火燎地等待主角上场。

或许是近年情怯，或许是心灵感应，就在王好孤立无援之时，有一天深夜，王好家的电话刺耳地尖叫起来。

是才子，王好的才子终于来电话了。

才子不说话，只是大声喘息，或许是喝了酒，或许是无言以对，就算他沉默，就算他不发出任何声音，王好也知道这就是她那写了好几本书的才子呀！

王好紧紧抓住话筒，像每次逮到醉酒后的才子那样，抓住他不放，生怕一松懈，他就从指缝里滑走了。她屏住呼吸，生怕吓跑了他，小心翼翼地：回家吧！啊？回家！

才子声音含混，夹杂着呜咽，王好听不见他在说什么，但王好听见了汽车奔跑的声音，听见了嘈杂的人声，王好的心就揪紧了：他一定是背着小粉子出来打电话的，还有以前那些电话，他也一定是背着小粉子打的；他怕小粉子，他竟然怕那个女人，王好拿手按在胸口上，疼得不能呼吸。

才子呜呜咽咽着，翻来覆去嘟囔着什么，像每次酒后那样，倾诉，目的却在于让王好不明白他在说什么。

王好说：你回来，什么事都能说开。

才子使劲吸了一下鼻子：我……我啊，就想吃碗你做的手擀面呀……然后，电话就断了。

就这样，王好又和她的才子失掉了联系。

王好决定去北京！

王好必须去北京！

王好已经习惯了她的男人，像幅风景画，摆在客厅显眼的位置，起先，带来一些新奇，一些愉悦，时间长了，色淡了，蒙了灰，就算不去看，不去想，它也在原来的位置，习惯到忽略了它的存在。

突然有一天，这画从墙上掉下去，露出掩在后面残破的一块墙皮，斑驳着，突兀着，令人心里一惊，再也不能忽略它。

王好要找回那幅画，盖住墙上的那个窟窿。

王好要把她的丈夫，孩子们的父亲从小粉子身边抢回来。她知道她的才子不坏，他有点儿傲，有点儿倔，有点儿分不清好赖人，他就是一时糊涂被小粉子迷惑了。小粉子又不是那千娇百媚的树妖、牡丹精、狐狸精之类的，她不就是一个卖猪肉的吗？她有什么资格和自己抢丈夫？这样一想，王好就雄赳赳、气昂昂的，可是……可是，小粉子到底年轻，男人二十岁喜欢年轻的女人，三十岁喜欢年轻的女人……直到八十岁，他们依然喜欢年轻的女人。这样一想，王好又立刻被兜头泼了一盆冷水。可是……王好不能没有丈夫，孩子们不能没有父亲，这个家也不能没有个顶门头的男人。

王好无论如何都要打点精神去北京！

王好想好了，在北京见着她的才子和小粉子，既不能吵，也不能闹，要晓之以理，动之以情，以真诚感化浪子回头。她将既往不咎，一如往常天天给才子做手擀面。在才子去北京的这些日子，她励精图治，不只把国内各种面条做法深入透彻地研究、更新，还学会了最新的日本软骨拉面、意大利番茄面、法国的乌贼面、土耳其的辣椒土豆面等等，当王好的女同事们潜心钻研驻颜不老术、黑豆减肥术，甚至缩阴术时，王好将一场面条大革命进行得如火如荼。

不为别的，王好只是喜欢，喜欢看她的才子吃得顺心，吃得顺口。她做做面条又累不坏，锻炼了身体，还能让才子高兴，这是多么好的一件事呀！

还有，更重要的是，她将把才子和小粉子的事严严实实盖起来，不跟任何人说起，尤其是孩子们，她也只字不提。才子的尊严，她将和她的才子共同来捍卫。

大地震过后，余震尚存。王好站在一片残垣瓦砾中，下定决心在废墟上重建家园。

北京的冬天，风很大，干冷干冷的。

王好裹挟在滚滚的人流中出了火车站。天是凉的，地是凉的，人也是凉的，王好的胳膊腿已经冻僵，它们都不是自己的。

梁才子留下的地址有两个，都是从他寄来的包裹上找到的。一个在朝阳区望京，一个在通州。从时间推算，通州是他后来的地址，按照常理，在通州找到梁才子的可能性更大，可王好还是先去了朝阳区的望京。她宁可从最烂的那个苹果吃起，就算失望，剩下来的是希望啊。

在北京的望京，王好找到了她的才子曾经住过的那个地方。那是一个很大的生活小区，有喷泉、有绿冬青、有封闭的游泳池，王好穿着厚厚的羽绒服，隔着玻璃，看几个人在游泳池游泳，白花花的胳膊大腿白得瘆人。王好嘴里喷出的白汽把玻璃都糊住了，她拿手使劲地抹，心里十分纳闷，北京人到底和下面的人不一样，他们怎么不冷啊？

王好没有找到她的才子，只辗转找到了房东。房东长得歪鼻子斜眼，但到底是北京人，警惕性很高，他翻着小三角眼：我凭什么告诉你？你是他什么人？出了问题谁负责？

王好掏出结婚证，结婚证上的两个人，眼神干净，笑容羞涩，年轻毛嫩得很。

房东立刻像逮住了一个闯祸孩子的母亲，不依不饶地告起状来。

房东鲜红的嘴唇飞速地翕动，在他声情并茂的控诉中，王好理顺出以下的情节：梁才子和小粉子是在来北京的火车上认识房东的，一路上大家情投意合、相谈甚欢，甚至攀上了老乡，梁才子说要租一房子，房东说正好有一房子要出租，于是双方一拍即合。

回到北京，大家带着行李就直接看房子去了，梁才子和小粉子无比满意，梁才子比画着该加张写字桌，小粉子开始动手收拾卫生。当房东喊出月租五千，先付半年时，梁才子当即变了脸色（他当然要变了脸色，王好取出所有的家底，也就两万多块钱，全给他带上了）。小粉子倒是很镇定，平静地看着梁才子的窘迫。当时天色已晚，约好第二天去拿钱，可当天深夜房东的小孩生病了，这样在医院又拍又照又射地折腾了好几天，等房东再去拿房租时，他们已经跑了。

王好“啊”了一声：跑了?！王好吐出这两个字，像吐出一块滚烫的山芋，她嘶嘶啦啦着被烫伤的舌头，理亏地说：他……哪有那么多钱？心里却想，那小粉子看来对才子不是真心，她拿走了所有卖猪肉的钱呢，总有三十多万吧，她既然和才子私奔，就该把钱拿出来一起花呀，看来他们不是一条心。这样想着，王好身上就有了些力气，不再一个劲地往墙下面滑溜了。

王好站稳了些，房东突然笑了：你老公也有意思，跑就跑了呗，后来，他又把那四天的房租给我寄过来了，还写了一封信，里边夹着六百七十块钱，说做人要讲诚信，不能占我的便宜。他跟我道歉说屋里东西都没动，他们真没那么多钱，就去通州了，以后我要过去，他请我喝酒，你说这什么人啊……

王好半信半疑地问：他们真去通州了？

房东肯定地：那当然，信封上盖着邮戳呢，你说这不有病吗？真是病得不轻……

王好是有些难过，可并不崩溃，她知道这是个烂苹果，通州——才是她的希望所在。

去通州的过程非常曲折，王好是大清早就出发的，先坐地铁，北京的地铁站像个大迷宫，她进去就晕了，不知道哪儿是进哪儿是出，她无主游魂般转悠了大半个上午，终于坐上去了。可是总也不到，总也不到，王好就问一个女人，女人很优雅地听她说完，点点头说：你坐反了。王好满脸通红，大叫：反了？怎么会呢？车上那些外表冷漠、内心狂热的人眼睛一亮，都灿烂地笑了。

王好比一条在黑暗中爬行的蚯蚓还要盲目，还要惶恐。等她终于搞对方向时，又面临中途倒车的新问题，就是这一次倒车，把王好又倒回去了。

傍晚的时候，王好终于从地下冒了出来，她发现她还在伟大的北京城。

伟大的北京城，到处都是金碧辉煌的酒店宾馆，华灯初上，霓虹闪烁，可是并没有一个地方是王好的去处。王好在寒风中站了片刻，又回到了地下，地铁通道里很冷，没有风，是个好地方，王好贴着墙坐下来。

一阵舒缓悠扬的琴声传过来，盘旋低回。

王好循着声音看过去，拉小提琴的是一个五十岁左右的男子，清瘦、苍白，衣着单薄，他的眼神哀伤，结着薄冰，面前的纸盒子里放着几张零散的票子，极力挺直的腰身挣扎出最后一抹自尊。

舒缓悠扬的乐曲，在空旷的通道里回荡，空灵而缥缈。

王好在细腻的琴声中听到了隐忍的呜咽，她慢慢靠近，在他不远的地方坐下来。

男人无动于衷地继续演奏着，一曲终了，他用拿弓的手拨一下额前的头发，向王好微微一鞠躬。

王好看见他的右手，爬满紫黑的冻疮。

琴声又响起来了，像风，像雾，像春天柳树的扬花，一团一团地飘着，时起时落，时疾时缓……王好抱住胳膊，脑袋垂在膝盖上，闭着眼睛听着，脑子里想着梁才子，望岛城的梁才子在北京，还算不算一个才子呢？她听着，想着，偶尔打个瞌睡，安静、认命，如栖枝而眠的鸟。

再一次去通州，王好坐地铁，转大巴，最后又步行了两个多小时，两小时的路程有多远，王好不知道，但那是一步步量出来的。

王好最终找到一片城乡结合处。巨大的废墟，到处都是拆掉的残垣断瓦，碎纸垃圾袋子四处乱飞。紧挨废墟的是一溜小商铺，小饭馆、洗头房、五元店、蛋糕房，全都巴掌大，涂红抹绿赛着伴儿地比花哨，花哨得各有风情，却一律红笔刷一“拆”字，似被批了死刑的群囚，集体挥霍着最后的余光。

王好找到一家面目漆黑的小饭铺。几条吱吱响的烂板凳，三五张难辨颜色的歪腿桌，坐着几个面如黑炭的老客，埋头在海碗中扒面，一阵风来，泥沙成了调料，呸呸吐两口，照样吃得山呼海啸。

店老板出来了，是一个脸上没有四两肉的干瘦女人，笑起来满脸开败的老菊花。她眨着眼睛听王好说明来意，笑得更凋零，差不多是惊叫着：哎呀！你是老梁他老婆呀？

王好使劲点头，生怕慢了，自己就不是了似的。

老菊花兴奋地搓着手，一把将王好拉进小饭铺，把她按坐在一把油腻乌黑的椅子上：老梁是住我的房子呀，也经常来我店吃饭，没事时大家就一块儿搓麻将，老梁手气不行，输了不认账，嘻嘻，这个坏东西……

王好从椅子上站起来：那我们赶紧去找他吧。

老菊花又把王好按住了，她那么瘦，可是手劲很大：急什么呀？

让我老公喊他过来，我炖一锅香喷喷的排骨，晚上请你们两口子吃饭，你能喝点儿酒不？

王好有些不好意思：我不会，老梁没少给你们添麻烦吧？

老菊花满不在乎地挥挥手：哎，不麻烦，出门在外，谁不用着谁呀。老菊花躲在一边压低声音给她老公打电话，上来就说：老梁的老婆来了，你赶紧带着人过来，人家老两口子都好久没见了。

老菊花挂了电话，给王好倒了一杯水，一个劲地冲王好笑，层层叠叠的菊花瓣纷纷绽放，开得王好心里暖洋洋、金灿灿的。

王好死死盯着门口，屏住呼吸，生怕一喘气就晕过去了，王好生生把自己憋出了两眶泪。

门口出现三个男人，王好还来不及辨认哪个是她的才子，老菊花一个箭步已冲了过来，她率领三个男人团团把王好围住时，王好的两眶泪还在眼窝里转悠着。

一切都来得太突然。

三个陌生男人呈环状围住王好，像三只猎犬围剿一只断了腿的麻雀，老菊花再也不笑了，她搜查王好，态度严肃、手法活泼，从缝在衬裤上的小布袋里缴获一小沓钱，从缝在胳肢窝的小布袋里缴获另一小沓钱，老菊花的手与机场验关小姐的探测棒同样准确。

王好反抗了，可是没有用，而且有可能招致更大的灾难，所以她就不反抗了，她站在地中间，地上扔着她的羽绒服、旧围巾、身份证、车票、破钱包和大宝润肤蜜……

王好是个小学数学老师，偶尔欺负的都是些弱小的生灵，并不知道如何与强大的灵魂对抗，况且老梁和小粉子欠了老菊花四个月的房租跑了，还有酒菜钱，人家老菊花是占着理的。

不过，王好是有底线的，如果老菊花扒光她的衣服，她是坚决不干的，她咬牙忍着，等着老菊花打破她的底线，她就跳起来，与老菊花拼了。但老菊花也是有底线的，有个男人贼眼溜溜地伸手想扒王好的衣服，老菊花一巴掌就扇了过去，骂：滚！你们这些烂男人，到处搞野女人，让自己的老婆受苦。



到底是女人，女人是知道女人的，王好不恨老菊花，因为她知道每个女人都是不容易的。老菊花果断地一挥手：走！把她送派出所去。

王好不想在派出所过年，她得抓紧时间找她的才子，所以她不是很听话，老菊花一路上踢了她好几脚。老菊花的个子矮，每次都要抓住旁边的男人，才不把自己闪倒，旁边那些男人就面露喜色地看着老菊花踢王好，所以，去派出所的过程乱糟糟的，也喜洋洋的。

不过一进派出所，大家就静下来了，包括屁股上沾着两个鞋印子的王好。

这场演说由老菊花主讲，其他男人补充，警察只管记录，王好倾听，偶尔插嘴。老菊花声情并茂、栩栩如生地再现了梁才子和小粉子的生活场景：他们住在老菊花的小平房里，屋里的灯彻夜亮着，他们各自霸占小饭桌一角，埋头写文章，偶尔抬头相视一笑。在风轻云淡的日子，他们沐浴着阳光，手牵手，背起沉甸甸的书稿到外面去；在夜晚，又承载着满天星光回到老菊花的小饭馆，他们眼神锃亮，神情激昂，像喝了鸡血，把盛着二锅头的小酒盅碰得啪啪作响。

后来，他们就很少出门了，偶尔出来，也不再手牵手，中间隔着丈把的距离。有次老菊花去收房租时，看见那张油腻的小饭桌，断了一条腿，不知是谁对它下了黑手。屋里到处都散乱着稿纸，那个叫小粉子的女人一句话不说，冷冷地看着梁才子满头大汗地掏口袋、翻抽屉，终究凑不够一个月的房租。

再后来，小屋里经常发出噼里啪啦砸东西的声音，是女人在砸，男人总是沉默。老菊花十分担忧小屋的安危，就像孩子寄养在别人家，终归不放心，所以她总是趴在门外严密注视屋里的动向。

有一次老菊花听到的话让她心惊肉跳，那女人边砸东西边骂：早知道这样，还不如待在望岛呢。你是个骗子，你说我们一来北京就去鲁迅文学院上学，可是到现在为止，连学校的门向哪儿开的都不知道；你说你认识陈忠实，认识莫言，哼哼，读过他们的小说就算认识吗？那我还认识总书记呢，我老在电视上看见他；你还说电视剧本卖给影视公司能赚很多钱，我们去了好多家影视公司，人家就没正眼看过你，因为你写的东西都是垃圾，是狗屎……站住！不许走，啪！女人又摔了一只碗：你不只骗我，你还骗你老婆，你以为你躲在厕所我就不知道了，你以为你藏在楼洞里我就不知道了？你跟她说电视台在采访你，你还说余华请你喝酒，全是骗人的鬼话，连一只狗都懒得搭理你！你还说带我去游北京城，去游故宫，哼，你带我去哪儿了？去哪儿啦？你穷得喝风都没人给你刮，你就是个骗子，自己画圈自己跳的骗子，你还骗房东说剧本卖出去了，马上就有钱了……

老菊花偷听了这些话，立刻就慌了神，她正跟自己男人商量着怎么讨要房租和饭钱时，梁才子和那女人却突然失踪了。

王好像得了疟疾，浑身打着摆子，眼前一阵阵发黑，她摸索着一把椅子，把自己放上去了：假的！都是假的……

老菊花狠狠白了王好一眼：笨蛋！当然是假的，猪八戒他妈怎么死的？笨死的！

就这样，梁才子和小粉子都不见了，老菊花是很生气的，他们欠了老菊花的房租，欠了老菊花的酒钱，更欠了老菊花的信任，老菊花对警察扬言：我宁可相信一条狗，都不再相信人。

警察不激动，安详又从容，他对老菊花说：你们搜身是犯法的，把钱还给她。

警察不给老菊花撑腰，坚持说她犯了法。

老菊花和那几个男人面面相觑，看来老菊花是对的，连警察也不能信了。她撒腿向门外跑，警察也不追，靠在椅子上看她跑，等老菊花蹿出屋子，跑到了院子里，警察才趴在窗户上大喝一声：我知道你住哪儿。

老菊花就气喘吁吁戳在院子里了，她站在那儿嘟囔着：人是不能信了，人是不能信了。想必自此以后，天下的狗在老菊花那儿都能得到良好的待遇。

出了派出所，王好替梁才子付了部分欠债，写了欠条，留了联络地址和电话，还有一张身份证复印件给老菊花，又约定了还款时间。

也许换了别的女人，就会一推二抹三赖账，可王好是讲道理的人。才子再不对，他们也是夫妻，打断骨头还连着筋，他做下的事，她不能不管，他欠下的债，她不能不还。

那就离婚算了，连老菊花都说这种男人你要他干啥？养只公鸡能打鸣，养只狗能护院，就是养只猴子还能给你逗个乐子呢，你说你要他干啥？

王好叹口气，微微笑了，她和梁才子过了几十年，就算养只猫狗，也是有感情的，怎能说放下就放下了？再说了，她一个老女人，不只年老，而且色衰，也没什么钱，这样的一个女人，有什么好折腾的呢？

人一辈子就这样，晴天赶路，雨天打伞，遇到啥事办啥事吧。王好不抱怨，不是脾气好，而是心里明白：向左走，有向左的难处；向右走，有向右的难处。王好也不仇恨，不是麻木，而是因为凡是个人，都得受难为，既然大家都一样，还有什么好计较的呢？

## 八

王好在北京城游荡，寻找她的才子，可是那个小县城的梁才子像一滴水融入大海，消失得无影无踪。

就算这样，王好也不能回去，她决定在北京过年。

在北京过年的意义很重大，因为儿子要买车，女儿要重生，王好怎么好意思跟孩子们说：你们的爹跟别的女人跑了，你们该怎样还怎样吧。她真是不好意思说出口。

等待新年，王好住最便宜的旅馆，吃最便宜的东西，体验作为陌生人所能体验的种种不适。王好并没有心理不平衡，这不是她的地方，她的地方在遥远的望岛城，在望岛她就很舒服，哪儿都熟，哪儿都妥帖，进出了几十年的学校，住了几十年的老房子，窗外摇曳着春秋岁月的老梧桐树；那些斑驳的旧照片，也一直挂在原来的地方，上面有些人陆续地去世了，那笑容还挂在墙上，证明他们来过；还有，就算出门不带钱，买菜买米也能赊着……

她的根扎在望岛城的泥里，扎在黑暗的深处，风拉不走她，雨也卷不走她，就算秋天的风掳走她所有的树叶，来年，她还是能发出新芽。可是王好的才子，他的根不肯扎在望岛城的泥里，他喜欢北京芬芳的泥土，北京的泥土那么坚硬，才子能把他的根扎进去吗？

王好无所事事，在街头看风景，看来来往往的人，在每一张希望、茫然或颓丧的脸上，她都看到了才子，可他们谁也不是才子，他们只是他们自己。有时王好会想，也不知才子过得怎么样了？也不知小粉子把钱拿出来两个人一起花了没有？也有时候卖红薯的老人忙不过来，她就搭把手，帮老人看着炉子烤红薯。

灰蓝的天空，偶尔飘着白雪，零星的雪片被风吹着，在低空盘旋。两人守着炉子，守着一炉膛暖暖的甜香，等买主。老人挑出模样不端庄的红薯给王好，让她吃。

王好冻僵的手指剥着红薯皮，哆哆嗦嗦，像跳舞，她不好意思地冲老人笑，嘴上的血口子就渗出血来。

老汉说：慢点儿，不急。

一团白汽升腾在王好的面前，又香又甜又温暖，她大口吞咽着烤红薯，一阵风呼地刮过来，也不知是清鼻涕还是眼泪就挂在腮边上，王好拿手背抹抹，不好意思地冲老汉又笑。

大年三十的那天，傍晚，王好独自走在街道上，四处稀拉响着鞭炮声，为一场即将到来的集体狂欢拉起了序曲。几个七八岁狗都嫌的孩子跟在王好身后，扔一个鞭炮炸响在她脚下，王好吓得一趔趄，众孩子咧着缺牙的嘴，笑得跌头跌脑，一哄散了。

王好进了一家小商店，她要打个电话，给儿子。站在电话机前，她沉吟很久，似乎不是打一个电话，而是在缅怀一位亲人。开商店的胖女人急着回家做年夜饭，一个劲地对她翻白眼。

王好将情绪酝酿良久，当儿子的声音从话筒传过来时，她甚至从自己的声音里听出了一些轻浮的喜悦，王好热烈地说：你爸说我们就不回去了，我好不容易来一趟北京，就在这儿过年，你爸说还是在北京过年热闹……年三十晚上，我和你爸去……全聚德吃烤鸭……

儿子长长地沉默，一句话不说。王好满头大汗，似乎儿子马上就要戳穿她，可是她没有撒谎啊，儿子的手机上一定显示着 010 这个区号，多么伟大的 010，多么雄伟的 010，如果不是为了在新年的这天 010 出现在儿子的手机上，她何必赖在伟大的北京城呢？她完全可以回到望岛，回到那个闭着眼睛都不会走迷了的望岛城。

此刻，在那个遥远的小县城，梁才子的儿子握着手机呆呆地站着，失望像一条麻袋兜头蒙住了他，他是真的期望买辆新车，可是现在，做父亲和母亲的那两个人，竟然不回来了，他们要躲在北京寻开心。

梁才子的儿子心里酸酸的，恍惚就看见了那个小小的“犹太人”，正坐在破面包车上和自己说着话，突然他的小朋友在路边出现，“小犹太人”猛地蜷起身子趴在座位上，憋得小脸通红，像偷吃了盐巴的小刺猬一样吭吭咳嗽……梁才子儿子的声音哽咽了，他说：你们……也是有儿女的人，怎么能这样？他挂掉了电话。

长长的沉默之后，王好轻轻叹息了一声，自己该怎样呢？也许，怎样，也是不合适的吧。

街上的人都急火火地走了，世界越来越安静，越来越广阔。王好不急，也无处可去，她在街上慢慢地走着，零散地想着一些事，想着在望岛城过的大半辈子，想着才子总是不愿意回家，而她总是愿意四处寻找，才子总是藏在她熟悉的那些地方：在海姑雕像的背后，在被遗弃的旧船舱里，在一丛蓬勃的香点点花后边，或者干脆把自己藏在沙子里。他总是让王好能够循着气味就发现他，然后，乖乖跟在王好身后回家。可是现在，他把自己藏没了，藏得王好都找不到他了。

王好慢慢走着，在一家小商店的墙根，她捡到了一叠明信片，是北京旅游景点风景图，已经被水泡得有些皱巴，颜色却更鲜亮，红的妖娆，蓝的香艳，绿的翠靓，黄的肥腻，没有明天了似的，奔放出不管不顾的欢乐。

王好蹲在墙根，借着路灯，一张张地看着北京的风景，她看见了天安门的庄严，看见了故宫的博大，看见了十三陵的神秘，看见了颐和园的美丽，看见了长城的雄伟，还看见了满香山红疯了的红叶……

这些风景，就是梁才子在电话里跟她说过无数遍的风景，现在，王好终于看见真的了，这些风景，真美啊！她嘴里喷出的白汽把这些风景都弄模糊了，她不得不使劲地揉着眼睛。

夜慢慢地深了，蓝色的夜空，盛放一束束璀璨的烟花，炫目、明亮、盛大而光辉灿烂，壮观到令王好屏息，不敢呼吸。

王好靠在墙角，冻僵的手抓住那些美丽的风景，风也来争抢，她紧抓不放！又一束烟花升起，王好惊奇地仰脸看着开满烟花的夜空，北京的烟花光芒万丈啊，把整个世界都照亮了。

## 九

在回家的火车上，王好缩在上铺，一遍遍翻看那叠泡皱的明信片。那些风景被王好的眼神养活了，风摇树动，草长莺飞，王好的脚，踩在故宫坚实的大地上；王好的眼睛里，飘扬着天安门的猎猎红旗；还有王好的手，触摸到了长城古砖的冰冷与沧桑；甚至王好的舌尖上，还盘旋着烤鸭的香味……当然，还有那些宣传词，写得真好，王好把它们都背下来了，像平时给学生们备课一样，她把这些词融化在脑海中，准备对她的同事，对她的邻居，对她的孩子们，甚至对那个“小犹太人”一一讲解，她肯定会讲得很好，也绝不会忘记在所有的场景，加上自己和梁才子这两个重要人物。

王好回来了！

王好跟所有遇见的人说：老梁带我去爬长城了，长城的风真大呀！把老梁的帽子都吹跑了；老梁带我去全聚德了，那儿的烤鸭最正宗，满屋都是老外，吃得满嘴流油儿。你知道为什么那儿的烤鸭最香吗？就是用十三陵下面那个村儿的果树枝烤出来的，所以有果香味。什么？你说其他地方的果树枝呀？那不行，你想明朝十七个皇帝为什么都睡那儿呀？那是风水宝地嘛。不过有两个坟是空的，因为这两个皇帝流落到外边去了，到死都没找着……王好说得真好，随便什么时候，信手拈来，朗朗上口。

那一天，王好下班回家走到菜市场，正挑小菜，有个熟人跟她打招呼，挤眉弄眼的，内容照样是：你们家老梁还没回来吗？他待在北京干吗呀？



王好也奇怪，这些人明明是跟她打招呼，内容却总是关于梁才子。她也照例说：没呢，忙他的事。

熟人再说：还待在北京写电视剧呢？啥时候能播出来呀？

王好不好意思地笑笑：快了！快了！

正说着话，王好一抬头，看见小粉子的丈夫站在身边，也不知他何时过来的。小粉子的丈夫瘦得脱了形，从小粉子走后，他就在变，日新月异，变得都不是他了。起先他仍然每天卖猪肉，但经常重复两种错误，要么忘了收钱，要么死活跟人家收双份的。这样不好！这样很不好！他七十岁的老娘便从乡下找了个亲戚来帮忙。

亲戚是个老实人，老实人不能卖肉，卖肉让他很快就不老实了，也不知道怎么搞的，三弄两弄，肉摊子就变成老实人的了，而且小粉子的丈夫还欠了他一大笔钱。那七十岁的老娘天天哭骂，眼睛都快瞎了，老实人骂不还口，打不还手，任劳任怨经营着肉摊子，乡下的妻儿老小都眼巴巴地盼着呢，盼着他发挥出更大的聪明才智，带领全家人迅速在城里安营扎寨，他还有啥好埋怨的呢?!

此刻，小粉子的丈夫挡住王好，他手里玩着一个白色的小塑料瓶子，举到王好面前，神秘地问：知道是什么吗？

王好摇头，她真的不知道。

小粉子的丈夫眼睛晶亮，他嘻嘻笑：是避孕药啊！小粉子的，她藏在柜子里，小粉子吃避孕药，哈哈，我终于知道了，她为啥不能生孩子。

小粉子是个雷，王好不愿意被炸得血肉横飞，她准备逃掉，但小粉子的丈夫抓住她不放，执着地：小粉子还吃避孕药吗？她给你们家才子生孩子了吗？

周围的人都会心地对着眼神，表情莫测，好像他们有着同样的疑惑。

他们意味深长的眼神让王好恐慌，她左冲右突地挣扎着，她听见了众人的窃窃私语：何必呢？骗谁呀？人家孩子没准都多大了呢。唉，两个可怜的人……



王好没命地挣脱，滑出了小粉子丈夫的手掌，小粉子的丈夫一下子坐在地上，蹬着脚哭起来：你不能跑，你男人拐了我老婆，还拐了我的钱，做人要讲良心啊………

王好惊慌失措地逃走了，小粉子的丈夫被一群热情洋溢的人围住，继续哭，边哭边答观众问。

帮小粉子丈夫卖肉的老实人来了，拽着那位七十岁的老娘，他挤开人群，把那纸片一样脆薄的老娘送进人堆的中心，那老娘颤颤巍巍扇了儿子一耳光，骂道：你跟她去死啊，三条腿的蛤蟆找不到，两条腿的人有的是。

小粉子的丈夫爬起来就跑。

他的老娘踉跄着追了两步，终是不及，脱了脚上的鞋向儿子扔出去：去死，你去扒了那贱人的皮，你该坐牢就坐牢，该挨枪子就挨枪子。

老娘愤愤地骂完，摇摆着软在地上。

始终沉默的老实人矮下身子，背起那老娘，老娘瘫在老实人的背上，她扯老实人的头发，她揪老实人的耳朵，她咬老实人的肩膀，她吐老实人口水，老实人一言不发，脚步坚定地走在回家的路上。

过了不久，“小犹太人”出事了。

那是个夏天的傍晚，幼儿园的孩子们放学了。“小犹太人”牵着父亲的手走出了校门，校门口停着一些很神气的车子，梁才子的儿子盯着一辆奔驰看，眼珠差点儿跳到眼眶外边。

“小犹太人”不看，扭着脑袋，他认得那是胖仔家的车，胖仔总是欺负小朋友，有一次把“小犹太人”的脸都挠破了，老师还护着他。“小犹太人”才不和他做朋友呢，他拽父亲，父亲不动，他就突然挣开父亲向马路对面跑去，他们的破面包车就藏在对面那个角落，为什么要看别人的车呢？

“小犹太人”的体温还盘旋在父亲的掌心里，他的身体已飞上了半空，马路两边的人都在看着，看一个小小的孩子，像一道闪电，在一声尖嚣的刹车声里麻利地完成了自由落体动作，滚翻在马路牙子上。

梁才子的儿子也在看着，他不能明白，那孩子的手刚刚还被他紧紧握在掌心里，可是现在，怎么就不在了呢？他看着自己的掌心，那么空旷，那么苍茫，小小的那双手，真的不在了。

## 十

墙上的挂钟永远从容，从王好和梁才子结婚时，它就待在那儿了。王好经常看着挂钟，一看好几个小时，看它一分一秒把时光肢解得干干净净，不知不觉，她的头发白了，眼睛花了，耳朵有时会嗡嗡响，不知何时一群小蜜蜂在里面安居。

王好的儿子不来看她，女儿也不来看她。王好的女儿，那个如花似玉的姑娘，曾经，她热爱生活，追求理想，信奉爱情，但是生活、理想和爱情这三个家伙，合伙儿坑了她。在她很美丽的时候，遇到了很多不美丽的人，于是她做了很多不美丽的事。曾经有几条小生命孕育在她的体内，却又像无辜的小树被连根拔起。最后那次，在地下诊所，一个四个月大的胎儿被拽出母体，他身体滚烫，手脚抽搐，他的体温灼伤了那个姑娘，她失声尖叫。做手术的江湖医生大声训斥，命她将小小的尸首丢到街上的垃圾箱里。

她跪在硕大的垃圾箱旁放声大哭，并听见有众多稚嫩的声音随她一起哀号，她就此明白自己沉重的肉身犯下了不可饶恕的罪。自此，她不再是她，一句“阿弥陀佛”照亮了她的五浊恶世。走路的时候，她将脚步放轻，免得踩伤蚂蚁；坐椅子时，她会抖一抖，将小虫子移开；她不吃猪肉，不吃牛肉，不吃所有动物的肉，因为她听得见它们被杀之前的号哭……

没什么可说的，王好越来越沉默了，关于失踪了三年的梁才子，关于只活了六岁的“小犹太人”，关于吃斋念佛的女儿，有什么可说的呢？

王好很平静，她待在该在的地方，做该做的事，上班、下班，给学生讲课，用一只眼睛批改作业。

没错，她只剩下一只眼睛了。

# 十一

那天清晨，在半梦半醒间，王好恍惚听见自家防盗门被轻轻敲响。

王好猛地睁开双眼，其实，她的一只眼睛已经坏掉了，但每次用到眼睛，那只坏了的眼睛就赶着凑热闹，很是活泼轻佻。王好觉得它纯属多此一举，因为它已经完全看不见了。

王好躺在床上等着，等着敲门声再次响起。

天光微亮了，淡蓝的晨曦笼罩着四周，王好用一只眼瞄着对面墙上的钟表，是清晨五点整，她的一只眼，看得正，也看得准，没什么不好。

当然，在那只眼睛慢慢长出白花，打算要坏掉时，就不好，周围的东西都变得摇摇晃晃、神神秘秘的，王好使劲擦那只坏眼睛，越擦，越模糊；越模糊，心里就越恐慌，它让那只好的眼睛都不知怎么办了。

到最后，那只坏眼睛开出了越来越多的白花，它终于认命，不再干扰那只好眼睛。于是，王好就知道了一只眼睛的好。

就这样吧，一只眼，该看的，也看到了，王好觉得没什么。

防盗门再次被敲响，声音有些激烈。王好懵懂地起床，一只眼让她有点儿跑偏，差点儿撞到门框上。

门口站着一个衣衫褴褛、臭气熏天的叫花子，长长的头发和胡须覆盖住脸和肩膀，像神农架的野人突然大驾光临。

王好想要关门已来不及，野人黢黑嶙峋的手扣住门框，攀崖的铁锚般，奋力要挤进门来。

王好推了他一把，他就摇晃着轰然倒地，如同装满粮食的麻袋包，开了线，砸在地上，再也收拾不起来。

王好惊得退后一步，那野人突然伸出黑手攥住她的脚踝。王好挣了一下，没挣开。野人沉默地躺在地上，抓住王好，从他紧闭的眼睛漫出汹涌的泪水，飞速滑过鼻梁，溅落在地上。

王好侧脸，校正了一只眼，看躺在地上的人。

是……梁才子！

王好的丈夫！

没有任何预兆，那个离家出走三年的梁才子，突然回来了。

三年前，他刮起一股妖风，突然人间蒸发。三年后，他又驾一股妖风降临，以一只抽掉脊梁的杂毛老狗的姿态，瘫倒在一只眼的妻子脚下。

那个曾经带着女人私奔的梁才子，就这样回来了。

王好不说话。

梁才子也不说话。

梁才子闭着眼睛，成天躺在床上睡觉，很少动，也很少吃东西；他那么臭那么馊，也不洗一洗，成天昏睡不醒，在梦里辗转、磨牙、泣哭……

是细雨绵绵的季节，窗外的梧桐树又开花了，紫色的花朵，小喇叭似的挂满了老梧桐树，濡湿的空气里洋溢着辛辣的香味。

雨丝缠绵着，将梧桐树的叶子洗得碧绿，那些紫色的花朵吸饱了水，从树枝坠下来，落在院里的水洼处，啪嗒，一朵，啪嗒，又一朵……

王好听着那些花朵坠地的声音，回头瞅瞅躺在床上的梁才子，三年啊，一千多个日日夜夜，这些日日夜夜愈拉愈长，蚕丝一样裹缠着，王好竟然就走不出来了。她转身回厨房，找出一把大剪刀，霍霍地磨起来。

雨继续下着，细密的雨丝沙沙地响着，雨雾顺着窗子漫进屋里，贴在皮肤上，凉凉的。王好埋头磨那把剪刀，在一块长长的磨刀石上，曾经，王好在这块磨刀石上磨过菜刀，磨过斧子，也磨过剪刀。那是在三年前，梁才子还没有离开家门，王好经常杀鸡宰鸭，然后变成美味奉献在才子的面前。从才子走后，王好不磨刀已经有三年了。



王好握着锃亮的剪刀靠近梁才子的床边，才子仍然昏睡，双拳紧握，牙齿咬得咯咯响，她蹑手蹑脚地逼近，才子一无所知。

王好抓住了才子的头发，才子的脑袋就离开了枕头，他醒了，只瞥了王好一眼，又困倦地闭上了眼睛。王好端详近在咫尺的这个脑袋，跟鸡的脑袋鸭的脑袋一样，没有区别。

这样的时候，他也是不愿多看王好一眼的，王好心一冷，就看到一道白光对着才子的喉咙飞了下去……

才子闭着眼睛，小声说：我要死了。

王好没听清。雨不知何时停了，有一缕阳光从窗户爬进来，斜斜地跌在床上，将剪刀雪亮的刀刃映在才子的脖子上，才子的喉结上下滑动，那刀刃也跟着晃动，晃花了王好的眼睛。

才子虚弱地说：我要死了，肝坏了……

才子真的快要死了！

他的肝硬了、僵了，像石头一样顽固不化，不可理喻。

在王好的努力下，才子的儿子回来了，蓬着一头早生的白发，站在床前，他拿眼睛剜着床上的被子，被子下面躺着臭烘烘的才子，像一堆腐烂的垃圾亟待处理。

没有人说话。

街上的垃圾车轰隆隆驶过，每日它都乘兴而归，搜集起无数的垃圾，集中销毁，在它碾过的街道，梧桐花从树上纷纷坠落。

才子的儿子迅速离开了，留下巨大的难题王好独自面对。

至于才子的女儿，她对王好说：我不会回去。他死，也不要告诉我，我会替他念“阿弥陀佛”。你也不要哭，会挡住他往生的路。

就这样，才子变成了王好一个人的生活垃圾，她坐在才子的床边，一个睁着眼睛，一个闭着眼睛，都无语！

才子的肝硬了，心还是软的，他的眼角渗出一滴泪，缓缓爬在沟壑层叠的老脸上。

这一次，才子把自己藏得太潦草了，他只是藏在被子下面，王好再也不用满世界去找他了，随便什么时候，他都躺在那儿。

王好再次握住了那把磨亮的剪刀，咔嚓咔嚓地剪起来。片刻工夫，屋里就像个屠宰场，满地都是乱糟糟的头发、花白的胡须、肮脏的衣服碎片……

王好把才子剪碎了。

王好把除了肉身之外的才子剪得支离破碎。

她把才子塞进了浴缸，换了好几缸水，那水都没清过，她用了整整一瓶沐浴露，也没洗掉才子身上的异味儿。

## 十二

王好卖掉了家里的房子。

王好把才子送进了医院。

王好找到了一个二十五岁的杀人犯。

不！是找到了一个二十五岁杀人犯的肝，在他还活着的时候，买下来。

对这颗肝来说，它无所谓，在谁的胸膛跳动不是跳动？虽然在新鲜出炉的时候，它有过短暂的恐慌和昏厥，不过，它迅速树立起“嫁鸡随鸡，嫁狗随狗”的乐观主义精神，在五十六岁老男人的体内安居乐业。

这颗“肝”对梁才子如此之好，超出了大家的期待。

大家把所有的一切归功于王好，王好也只是笑笑，不这样，还能怎样呢？

医院的医生和护士都对王好很亲，有一天，一个小护士在走廊上对王好说：我们都喜欢你，因为你从不悲伤，你总在微笑。

王好觉得很奇怪：我又不是神经病，怎么可能，总在微笑？

王好回家，把自己关在屋里，看镜子里的自己，看到最后，就剩下那只好的眼睛在看那只坏的眼睛，好眼睛是审视的、迷茫的、疑惑的。坏眼睛则满不在乎、诡秘、不正经，嘲人亦自嘲，像资深的江湖浪人，见多识广、唯我独尊。

王好明白了，就是这只坏掉的眼睛坏掉了她的整个表情，它让王好看东西是两个，走路会走偏，世界比原来小。



王好挺烦这只眼睛，可又能怎么样呢？它虽然坏掉了，可它还是她的眼睛啊！

梁才子在医院躺了很久，又回家躺了很久，当然，不是原来的家，窗外也没有了婆娑的梧桐树。

他们搬到了一个简陋的小平房，房子很小，租来的，只有五十平米的样子。梁才子那些书无处可放，王好就借了辆拖车把它们拉到菜市场去了，卡夫卡、伍尔芙、米兰·昆德拉什么的等等，一大堆摊在那儿，论斤卖。

关于那三年的生活，梁才子只字不提，王好也不问；关于小粉子，梁才子也只字不提，王好还是不问。

王好明白，不知道比知道好，忘记比记得好。

梁才子的身体越来越结实了，腰直了，背挺了，脸色红扑扑的，皮肤紧实，眼神发亮，闪烁着青春的光芒，就连头发也新长了出来，乌黑油亮，根根都像喂了大力丸。

那颗二十五岁的肝，在梁才子的体内经历了爱恨情仇的变迁，终于借尸还魂，统领三军，将一场仓促结束的二十五岁人生重新展开。

梁才子不再吃王好做的手擀面，他现在喜欢吃肯德基的辣鸡翅汉堡，喝可乐；走到卖烤肠的摊子前就走不动了，缠着王好要烤肠，不给他买，他就发脾气，翻着白眼，赌气扭头就走。王好只能买了烤肠从后面撵上来，他就不生气了，美滋滋地咬着烤肠，冲王好笑。

梁才子原来那些衣服他也都不穿了，他现在穿耐克的短款运动装，穿耐克的运动鞋，小白袜，露着两条多毛的黑腿，膝盖上戴着护膝，胳膊上戴着护肘，都是耐克的最新款，好看！时髦！他追着看NBA 比赛，为那些黑大个的一举一动神魂颠倒……

才子已经不再是才子，那个二十五岁的生命，已彻底占领了他。

遵照医生的嘱咐，每个天气晴好的傍晚，王好都要陪着换了肝的梁才子出去散步，他们总是去海边，那儿海浪喧哗、鸥鸟低回，海滩上的松林里，很多人在公共的健身器材上锻炼身体。

新生的梁才子总是冲在前边，手里握一包薯片，一溜小跑，边跑边吃。王好总是跟在后边，步履蹒跚、老眼昏花，等王好气喘吁吁赶到时，她的才子已经吊在双杠上自由翻飞了，有着猴子的灵敏，蝴蝶的轻盈。

周围都是喝彩声，男女老少，都对才子的表演赞不绝口。

只有王好，一只眼睛看得心惊，她把才子的半包薯片捏在手里，捏得一手心汗，一迭声地：慢点儿，你慢点儿！

才子就很不高兴，王好总是坏他兴致，他从双杠上下来，绷着脸从王好手里抓过薯片，一片一片扔在嘴里，咔嚓咔嚓地嚼着。王好踮着脚，拿条手绢，笨拙地擦着才子头上的汗。

梁才子吃了一会儿，把薯片包又塞回王好手里，东张西望着，突然转身向远处跑去。

王好慌张地跟在后边：你慢点儿，你慢点儿。

梁才子又不见了，王好睁大她的一只眼，尽力搜寻，辗转反复，终于在一排拉力器下发现了她的才子。

王好的才子站在拉力器下，像一棵春天的小白杨，雄姿英发。他的身边围着两个年轻漂亮的姑娘，才子麻利地脱下外套，只穿着耐克的红色运动背心，红色运动短裤，他举臂、扭腰、送胯，像舞台上的健美运动员一样拉开架势，庄严地向姑娘们展示胳膊上隆起的肌肉块，姑娘们欢快地鼓掌，发出银铃般的笑声……

王好的一只眼睛，看得好累，好酸，她抓紧薯片包，慢慢扭过脸。天边，夕阳似火，那万道光芒射向王好，她用手使劲揉着眼睛，像揉一只熟透的西红柿，汁液四溅！

2009 年第 11 期《人民文学》

**图书在版编目（CIP）数据**

笑相逢 / 宋潇凌 著. -- 北京：作家出版社，2015. 10
ISBN 978-7-5063-8421-6

Ⅰ. ①笑… Ⅱ. ①宋… Ⅲ. ①小说集 - 中国 - 当代
Ⅳ. ①I247.5

中国版本图书馆CIP数据核字（2015）第255477号

**笑相逢**

**作　　者：** 宋潇凌
**责任编辑：** 雷　容
**装帧设计：** 设兴视觉
**出版发行：** 作家出版社
**社　　址：** 北京农展馆南里10号　　**邮　　编：** 100125
**电话传真：** 86-10-65930756（出版发行部）
86-10-65004079（总编室）
86-10-65015116（邮购部）
**E-mail:zuojia@zuojia.net.cn**
**http://www.haozuojia.com**（作家在线）
**印　　刷：** 三河市华业印务有限公司
**成品尺寸：** 152×230
**字　　数：** 418千
**印　　张：** 29.25
**版　　次：** 2015年12月第1版
**印　　次：** 2015年12月第1次印刷
ISBN 978-7-5063-8421-6
**定　　价：** 38.00元

作家版图书，版权所有，侵权必究。
作家版图书，印装错误可随时退换。